Anne Holt
Das achte Gebot

Roman

Aus dem Norwegischen von
Gabriele Haefs

Piper München Zürich

Die Übersetzung wurde von NORLA
Norwegian Literature Abroad, Oslo, gefördert.

Von Anne Holt liegen in der Serie Piper vor:
Das einzige Kind (3079)
Im Zeichen des Löwen (mit Berit Reiss-Andersen, 3216)
Das achte Gebot (3581)
Blinde Göttin (3602)

Ungekürzte Taschenbuchausgabe
1. Auflage Juni 2002
2. Auflage Juli 2002
© 1999 J. W. Cappelens Forlag a.s., Oslo
Titel der norwegischen Originalausgabe:
»Død joker«
© der deutschsprachigen Ausgabe:
2001 Piper Verlag GmbH, München
Umschlag / Bildredaktion: Büro Hamburg
Isabel Bünermann, Julia Martinez, Charlotte Wippermann
Foto Umschlagvorderseite: Michael Franke / photonica (links),
Bill Henson / Roslyn Oxley 9 Gallery (rechts)
Foto Umschlagrückseite: Peter von Felbert
Satz: Uhl + Massopust, Aalen
Druck und Bindung: Clausen & Bosse, Leck
Printed in Germany   ISBN 3-492-23581-6

www.piper.de

Für Tine

Erster Teil

Die Gewißheit, daß er nur noch Sekunden zu leben hatte, ließ ihn endlich im Salzwasser die Augen schließen. Beim Sturz vom hohen Brückengewölbe hatte er zwar einen Moment der Furcht gehabt, doch der Aufprall auf den Fjord hatte nicht wehgetan. Er nahm an, daß er sich beide Arme gebrochen hatte. Seine Hände leuchteten in dem fremden Winkel grauweiß. Wider Willen hatte er einige Schwimmzüge versucht, doch das hatte nichts gebracht. In der starken Strömung waren seine Arme unbrauchbar. Trotzdem spürte er keinen Schmerz. Eher war das Gegenteil der Fall. Das Wasser umschloß ihn mit einer Wärme, die ihn überraschte. Er fühlte sich in die Tiefe gezogen und verlor das Bewußtsein.

Der Anorak des Mannes umwogte seinen Leib, ein dunkler, schlaffer Ballon vor einem noch dunkleren Meer. Sein Kopf dümpelte wie eine Boje hin und her, und er hatte endlich aufgehört, Wasser zu treten.

Als letztes registrierte der Mann, daß er unter Wasser atmen konnte. Es war durchaus kein unangenehmes Gefühl.

2

Die Frau auf dem Boden war noch vor kurzer Zeit aschblond gewesen. Das war jetzt nicht mehr zu sehen. Ihr Kopf war von ihrem Körper getrennt worden, und ihre halblangen Haare klebten an den Hautfetzen ihres durchschnittenen Halses. Außerdem war ihr der Hinterkopf eingeschlagen worden. Die weit aufgerissenen toten Augen schienen Hanne Wilhelmsen überrascht anzustarren, so, als handele es sich bei der Hauptkommissarin um einen äußerst unerwarteten Gast.

Im Kamin brannte noch immer ein Feuer. Kleine Flammen leckten an einer rußgeschwärzten Rückplatte, und das spärliche Licht reichte nicht sehr weit. Da der Strom ausgefallen war und die nächtliche Dunkelheit sich wie eine neugierige Zuschauerin gegen die Fenster preßte, hatte Hanne Wilhelmsen das Bedürfnis, Holz nachzulegen. Statt dessen schaltete sie ihre Taschenlampe ein. Der Lichtstrahl wanderte über die Tote. Kopf und Rumpf der Frau waren zwar getrennt worden, doch sie ruhten so dicht beieinander, daß die Frau bei ihrer Enthauptung schon auf dem Boden gelegen haben mußte.

»Schade um das Eisbärfell«, murmelte Kommissar Erik Henriksen.

Hanne Wilhelmsen ließ den Lichtkegel durch das Zimmer tanzen. Es war groß, quadratisch und mit Möbeln vollgestopft. Der Oberstaatsanwalt und seine Frau hatten offenbar Sinn für Antiquitäten. Ihr Sinn für Mäßigung war weniger gut entwickelt. Im Halbdunkel konnte Hanne Wilhelmsen mit Rosenmustern verzierte Holzgefäße aus Telemark neben weißen und blaßblauen Chinoiserien erkennen. Über dem Kamin hing eine Muskete. Aus dem 16. Jahrhundert, tippte die Hauptkommissarin und ertappte sich bei dem Wunsch, die schöne Waffe zu berühren.

Über der Muskete hingen zwei leere, reichverzierte schmiedeeiserne Haken. Daran hatte offenbar das Samuraischwert gehangen. Jetzt lag es auf dem Boden, neben Doris Flo Halvorsrud, Mutter von drei Kindern, einer Frau, der es nicht mehr möglich war, ihren fünfundvierzigsten Geburtstag zu erleben. Dieses Ereignis lag noch gute drei Monate in der Zukunft. Hanne durchsuchte die Brieftasche, die sie aus einer Handtasche in der Diele gezogen hatte. Die Augen, die irgendwann einmal in einen Fotoautomaten geschaut hatten, wiesen denselben überraschten Ausdruck auf wie der tote Kopf neben dem Kamin.

In einem Plastikfach steckte ein Foto der Kinder.

Hanne bekam eine Gänsehaut beim Anblick der drei Teenager, die von einem Ruderboot aus in die Kamera lachten, alle drei trugen rote Schwimmwesten, und der Älteste schwenkte eine Bierflasche. Die Kinder hatten Ähnlichkeit miteinander und mit ihrer Mutter. Der Biertrinker und seine Schwester hatten die gleichen blonden Haare wie Doris Flo Halvorsrud. Der jüngere Bruder hatte sich die Haare radikal kurz geschnitten, ein Skinhead mit Pickeln und Zahnklammer, dessen magere Jungenfinger über dem Kopf der Schwester das V-Zeichen formten.

Es war ein Bild in starken Sommerfarben. Die orangen Schwimmwesten waren achtlos über braune Schultern gestreift worden, rote und blaue Badekleidung hing tropfend über den grünen Sitzbänken des Bootes. Das Foto zeigte Geschwister in einer Situation, wie sie selten erlebt wird. Es erzählte vom Leben, wie es fast niemals aussieht.

Hanne Wilhelmsen legte das Bild zurück und dachte, daß sie bisher keines der Kinder im Haus gesehen hatte. Zerstreut strich sie mit dem Finger über eine alte Narbe in ihrer Augenbraue, klappte die Brieftasche zu und schaute sich noch einmal im Zimmer um.

Eine halboffene Küche aus Kirschbaumholz war offenbar in die Rückseite des Hauses eingelassen. Die nach Südwesten schauenden Fenster waren groß, und im Licht der Stadt konnte Hanne Wilhelmsen eine großzügige Terrasse erkennen. Dahinter lag der Oslofjord und spiegelte den Vollmond, der irgendwo über den Hügeln bei Bærum herumlungerte.

Oberstaatsanwalt Sigurd Halvorsrud hatte die Hände vor das Gesicht geschlagen und saß auf einem klobigen Holzstuhl. Hanne konnte in seinem tief ins Fleisch eingewachsenen Trauring an seiner rechten Hand den Widerschein des Kaminfeuers sehen. Halvorsruds blaues Polohemd war von Blutspritzern bedeckt. Seine schütteren Haare waren blutverschmiert. Seine graue Wollhose mit den schmalen Aufschlägen wies überall dunkle Flecken auf. Blut. Überall Blut.

»Ich werde nie begreifen, wieviel vier Liter Blut wirklich ausmachen«, murmelte Hanne und drehte sich zu Erik um.

Der rothaarige Mann gab keine Antwort. Er schluckte und schluckte.

»Himbeerbonbons«, mahnte Hanne. »Denk an etwas Saures. Zitrone. Johannisbeere.«

»Ich habe nichts getan!«

Jetzt schluchzte Halvorsrud. Er ließ die Hände sinken, sein Kopf fiel in den Nacken. Der hochgewachsene Mann rang um Atem und erlitt einen heftigen Hustenanfall. Neben ihm stand eine Polizeianwärterin, die einen Overall trug. Weil sie nicht so recht wußte, wie man sich am Tatort eines Mordes verhält, hatte sie eine fast militärische Habachtstellung eingenommen. Zögernd und ohne sonderliche Wirkung klopfte sie auf den Rücken des Staatsanwalts.

»Das Schreckliche ist, daß ich einfach nichts tun konnte«, schluchzte er, als er endlich wieder in der Lage war zu atmen.

»Er hat doch wirklich genug getan«, sagte Erik Henriksen leise und spuckte Tabakreste aus, während er sich an einer noch nicht angezündeten Zigarette zu schaffen machte.

Der Polizist hatte sich von der enthaupteten Frau abgewandt. Jetzt stand er vor dem Aussichtsfenster, hatte die Hände im Rücken verschränkt und wippte ein wenig hin und her. Hanne Wilhelmsen legte ihm die Hand zwischen die Schulterblätter. Ihr Kollege zitterte. Und das konnte unmöglich an der Temperatur liegen. Obwohl der Strom ausgefallen war, herrschten im Zimmer sicher mehr als zwanzig Grad. Beißend und harsch hing der Geruch von Blut und Urin zwischen den Wänden. Ohne die Leute von der Spurensicherung – die endlich nach einer unerträglichen Verspätung eingetroffen waren – hätte Hanne darauf bestanden, den Raum ordentlich zu lüften.

»Fehler, Henriksen«, sagte sie statt dessen. »Es ist ein Fehler, Schlußfolgerungen zu ziehen, wenn du im Grunde gar nichts weißt.«

»Gar nichts?« fauchte Erik und bedachte sie mit einem Seitenblick. »Sieh ihn dir doch an, zum Teufel!«

Hanne Wilhelmsen drehte sich wieder zum Zimmer um. Sie legte den Unterarm auf Eriks Schulter und stützte das Kinn auf ihre Hand, eine halb vertrauliche und halb herablassende Geste. Im Zimmer war es wirklich unerträglich warm. Es war jetzt stärker beleuchtet, die Spurensicherung durchkämmte den großen Raum Stück für Stück. Der Leiche hatten sie sich bisher kaum genähert.

»Alle, die nichts hier zu tun haben, müssen raus«, polterte der älteste Experte und ließ den Taschenlampenstrahl mehrmals mit gebieterischer Geste zum Dielenboden hinüberfegen.

»Wilhelmsen! Schaff sie alle raus, sofort!«

Sie hatte nichts dagegen. Sie hatte mehr als genug gesehen. Wenn sie den Oberstaatsanwalt Halvorsrud dort hatte sitzen lassen, wo sie ihn gefunden hatten, in dem aus einem Holzstück geschnitzten Stuhl, der zu klein für diesen riesigen Mann war, dann, weil ihr nichts anderes übriggeblieben war. Der Staatsanwalt war unansprechbar gewesen. Und ziemlich unberechenbar. Hanne kannte die junge Anwärterin von der Kripo nicht. Sie wußte nicht, ob die Kleine imstande wäre, sich um einen unter Schock stehenden Staatsanwalt zu kümmern, der möglicherweise eben erst seine Frau enthauptet hatte. Hanne Wilhelmsen selber durfte den

Leichnam erst verlassen, wenn die Spurensicherung eingetroffen war. Erik Henriksen schließlich hätte sich auch geweigert, mit den grotesken Überresten der Doris Flo Halvorsrud alleingelassen zu werden.

»Na los«, sagte sie zum Staatsanwalt und reichte ihm die
Hand. »Kommen Sie, wir gehen woanders hin. Ins Schlafzimmer vielleicht.«

Der Oberstaatsanwalt reagierte nicht. Seine Augen waren leer. Der Mund stand halboffen, und seine Mundwinkel waren feucht, als könne er sich jeden Moment erbre-
chen.

»Wilhelmsen«, sagte er plötzlich mit schroffer Stimme.
»Hanne Wilhelmsen.«

»Richtig«, Hanne lächelte. »Also, gehen wir?«

»Hanne«, wiederholte Halvorsrud sinnlos, blieb aber sitzen.

»Los jetzt!«

»Ich habe nichts getan. Nichts. Können Sie das verstehen?«

Hanne Wilhelmsen gab keine Antwort, sie lächelte noch
einmal und nahm die Hand, die er ihr nicht freiwillig über-
lassen hatte. Erst jetzt sah sie, daß auch seine Hände von ge-
ronnenem Blut verklebt waren. Im trüben Licht hatte sie die
Spuren in seinem Gesicht für Schatten oder Bartstoppeln
gehalten. Automatisch ließ sie ihn los.

»Halvorsrud!« sagte sie laut und jetzt mit schärferer
Stimme. »Sie kommen mit mir. Und zwar sofort.«

Es half, daß sie lauter geworden war. Halvorsrud zuckte
zusammen und schaute auf, als sei er plötzlich in eine un-
begreifliche Wirklichkeit zurückgekehrt. Mit steifen Bewegungen erhob er sich.

»Nimm den Fotografen mit.«

Die Anwärterin zuckte zusammen, als Hanne Wilhelmsen sie zum ersten Mal direkt ansprach.

»Den Fotografen«, wiederholte die Frau im Overall verständnislos.

»Ja, den Fotografen. Den mit der Kamera, weißt du. Den, der da hinten Bilder knipst.«

Die Anwärterin schlug verlegen die Augen nieder.

»Himmel! Sicher! Den Fotografen. Alles klar.«

Es war eine Erleichterung, die Tür zu der kopflosen Leiche schließen zu können. Die Diele war stockfinster und kühl. Hanne holte tief Luft, während sie nach dem Schalter ihrer Taschenlampe suchte.

»Der Hobbyraum«, murmelte Halvorsrud. »Da können wir hingehen.«

Er zeigte auf eine Tür gleich links von der Haustür. Als der Lichtkegel von Hannes Lampe seine Hände traf, erstarrte er.

»Ich habe nichts getan. Wie konnte ich nur… keinen Finger habe ich gerührt.«

Hanne Wilhelmsen legte ihm ganz leicht die Hand auf den Rücken. Er gehorchte dem leisen Druck und führte Hanne und ihren Kollegen durch den schmalen Flur zum Hobbyraum. Als er nach der Klinke fassen wollte, kam Erik Henriksen ihm zuvor.

»Ich mach das«, sagte er kurz und drückte sich an Halvorsrud vorbei. »So. Stellen Sie sich hier hin.«

Der Fotograf stand in der Türöffnung, ohne daß sie sein Kommen gehört hatten. Er schaute Hanne Wilhelmsen schweigend durch dicke Brillengläser an.

»Haben Sie etwas dagegen, daß wir ein paar Bilder von Ihnen machen?« sagte sie und sah den Staatsanwalt an. »Sie wissen ja nur zu gut, daß es in solchen Fällen allerlei Vorschriften gibt. Es wäre schön, wenn wir das hier erledigen könnten, ehe wir zur Wache fahren.«

»Zur Wache«, kam es wie ein Echo von Halvorsrud. »Bilder. Warum denn?«

Hanne fuhr sich mit den Fingern durch die Haare und ertappte sich bei einer Ungeduld, mit der weder dem Fall noch ihr selbst gedient war.

»Sie sind überall mit Blut bespritzt. Obwohl wir natürlich Ihre Kleider aufbewahren werden, wäre es doch gut, Bilder zu haben, auf denen Sie sie noch tragen. Sicherheitshalber, meine ich. Danach können Sie sich umziehen. Das wäre doch die bessere Lösung, oder?«

Die einzige Antwort bestand in einem undeutlichen Räuspern. Hanne beschloß, das als Zustimmung zu deuten, und nickte dem Fotografen zu. Der Staatsanwalt war sofort in blauweißes Blitzlicht gebadet. In unregelmäßigen Abständen erteilte der Fotograf kurze Befehle, wie der Staatsanwalt sich hinstellen sollte. Halvorsrud hatte jetzt resigniert. Er streckte die Hände aus. Er drehte sich um. Er stand seitlich vor der Wand. Vermutlich hätte er sich auch auf den Kopf gestellt, wenn jemand ihn darum gebeten hätte.

»Das wär's«, sagte der Fotograf nach drei oder vier Minuten. »Danke.«

Er verschwand ebenso leise, wie er gekommen war. Nur das Surren des Filmes, der im Kameragehäuse transportiert wurde, verriet ihnen, daß er zum Wohnzimmer und dem abstoßenden Motiv zurückkehrte.

»Dann können wir ja gehen«, sagte Hanne Wilhelmsen. »Holen Sie sich etwas zum Anziehen, dann können Sie die Kleidung wechseln, wenn wir auf der Wache angekommen sind. Ich kann mit Ihnen ins Schlafzimmer gehen. Wo sind eigentlich Ihre Kinder?«

»Aber Hauptkommissarin«, protestierte Sigurd Halvorsrud, und Hanne konnte zum ersten Mal etwas wie klares Bewußtsein in seinen Augen aufleuchten sehen. »Ich war doch dabei, als meine Frau ermordet wurde. Verstehen Sie das nicht? Und ich habe nichts getan...«

Er ließ sich in einen Sessel sinken. Entweder hatte er das

Blut an seinen Händen vergessen, oder es war ihm eg›
jeden Fall rieb er sich heftig die Nasenwurzel. Danac›
er sich mehrere Male über den Kopf, wie in einem vergeь
lichen Versuch, sich selbst zu trösten.

»Sie waren dabei«, sagte Hanne Wilhelmsen langsam, sie
wagte nicht, Erik Henriksen dabei anzusehen. »Der Ordnung halber muß ich Sie darauf aufmerksam machen, daß
Sie keine Aussage zu machen brauchen, solange Ihr...«

Hanne Wilhelmsen wurde von einem ganz anderen
Mann unterbrochen als dem weinenden, frischgebackenen
Witwer, der noch vor wenigen Minuten wie ein übergroßes
Kind neben den enthaupteten Überresten seiner Frau auf
einem Holzstuhl gehockt hatte. Dieser hier war der Ober-
staatsanwalt Sigurd Halvorsrud, den sie von früher kannte.
Und sein Anblick brachte sie zum Schweigen.

Seine Augen waren grau und kalt. Der Mund war nicht
länger ein konturenloses Loch in seinem Gesicht. Seine
Lippen strafften sich um ungewöhnlich regelmäßige Zähne.
Seine Nasenflügel vibrierten leicht, als wittere er eine
Wahrheit, die er nun mit anderen zu teilen bereit war. Sogar die Art, wie er arrogant den Kopf ein wenig zurücklegte
und dabei sein Kinn vorschob, war plötzlich zu sehen, doch
nur so kurz, daß Hanne Wilhelmsen für einen Moment an
einen Irrtum glaubte.

»Ich war nicht nur dabei«, sagte Halvorsrud dann zaghaft
und leise vor sich hin, als habe er bei genauerem Nachdenken beschlossen, erst zu einem späteren Zeitpunkt wieder
zu seinem alten Ich zurückzukehren. »Ich kann Ihnen den
Namen des Mörders nennen. Und seine Adresse noch
dazu.«

Das Fenster stand einen Spaltbreit offen, obwohl es erst
März war und der Frühling sich energisch zu verspäten
schien. Ammoniakgeruch verbreitete sich im Zimmer, und
eine Katze miaute so plötzlich, daß alle zusammenfuhren.

Im Licht einer Gartenlampe am Tor konnte Hanne sehen, daß es jetzt schneite, leicht und spärlich. Die Anwärterin rümpfte die Nase und ging das Fenster schließen.

»Sie kennen also den... war es ein Mann?«

Der Oberstaatsanwalt hätte nichts sagen dürfen. Hanne hätte ihm nicht zuhören dürfen. Hanne Wilhelmsen hätte den Oberstaatsanwalt Sigurd Halvorsrud so schnell wie möglich zum Grønlandsleiret 44 bringen müssen. Der Mann brauchte einen Anwalt. Er brauchte eine Dusche und saubere Kleidung. Er konnte verlangen, das Haus verlassen zu dürfen, in dem seine eigene Frau ermordet und verstümmelt auf dem Wohnzimmerboden lag.

Hanne hätte den Mund halten müssen.

Halvorsrud sah sie nicht an.

»Ein Mann«, er nickte.

»Den Sie kennen?«

»Nein.«

Endlich schaute der Staatsanwalt wieder auf. Er fing Hannes Blick ein, und es entwickelte sich ein stummer Wettstreit, den Hanne nicht begriff. Sie konnte den Ausdruck in seinen Augen nicht deuten. Sie war von den auffälligen Änderungen im Verhalten des Staatsanwalts verwirrt. Im einen Moment war er weit weg. Im nächsten war er sein bekanntes, arrogantes Ich.

»Ich kenne ihn überhaupt nicht«, sagte Sigurd Halvorsrud mit bemerkenswert fester Stimme.

Dann stand er auf und ließ sich von Hanne in den ersten Stock begleiten, um eine kleine Tasche zu packen.

Das Schlafzimmer war groß, eine Doppeltür führte auf einen Balkon. Hanne streckte mechanisch ihre Hand nach dem Lichtschalter neben der Tür aus. Zu ihrer Überraschung leuchteten sechs kleine Strahler unter der Decke auf. Sigurd Halvorsrud schien die seltsame Tatsache, daß das Licht im ersten Stock der Villa funktionierte, nicht weiter zu bemerken. Er hatte zwei Schubladen einer grünen Kommode geöffnet. Jetzt beugte er sich darüber und schien ziellos zwischen Unterhosen und Hemden herumzuwühlen.

Mitten im Raum thronte ein gigantisches Himmelbett. Das Fußende war reich mit Schnitzereien verziert, und auch an Blattgold war nicht gespart worden. Ein wahres Meer von Kissen und Decken gab dem Zimmer etwas Verwunschenes, das durch drei Ölgemälde an der hinteren Wand mit Motiven aus norwegischen Märchen noch verstärkt wurde.

»Kann ich helfen?« fragte Hanne Wilhelmsen.

Der Staatsanwalt suchte nicht mehr nach etwas, das er nicht finden konnte. Er legte die Hand auf ein Foto in einem Silberrahmen, das zusammen mit fünf oder sechs anderen Familienbildern auf der grünlasierten Kommode stand.

Sie ging durch das Zimmer und blieb zwei Schritte vor Halvorsrud stehen. Das Bild zeigte seine Frau, wie Hanne erwartet hatte. Sie saß auf einem Pferderücken, zwischen ihr und dem Sattelknauf saß rittlings ein kleines Kind. Das Kind sah ängstlich aus und klammerte sich an den Arm der Mutter, der beschützend quer über Schulter und Bauch des Kindes lag. Die Frau lächelte. Im Gegensatz zu dem nichtssagenden Bild, das Hanne Wilhelmsen von dem blaßrosa Führerschein her angestarrt hatte, zeigte dieses Foto, daß Doris Flo Halvorsrud eine attraktive Frau gewesen war. Ihr Gesicht war fröhlich und offen, und die kräftige Nase und die breite Kinnpartie zeugten eher von anziehender Stärke als von mangelnder Weiblichkeit.

Sigurd Halvorsrud hielt das Bild in der rechten Hand. Er preßte den Daumen auf das Glas im ziselierten Rahmen. Der Finger wurde weiß, plötzlich zersprang das Glas mit leisem Knallen. Halvorsrud reagierte nicht, nicht einmal, als das Blut aus einem tiefen Schnitt im Daumen quoll.

»Ich kenne den Mann, der meine Frau umgebracht hat, nicht«, sagte er. »Aber ich weiß, wer er ist. Ich kann Ihnen seinen Namen nennen.«

Die Frau und das Kind auf dem Foto waren jetzt fast verschwunden zwischen Glasscherben und dunklem Blut. Hanne Wilhelmsen griff nach dem Bild und nahm es dem Mann aus der Hand. Behutsam legte sie es dann auf die Kommode, neben eine Haarbürste aus Silber.

»Gehen wir, Halvorsrud.«

Der Oberstaatsanwalt zuckte mit den Schultern und setzte sich in Bewegung. Rote Tropfen fielen aus seinem zerschnittenen Daumen.

3

Der Journalist Evald Bromo hatte sich bei *Aftenposten* immer wohlgefühlt. Es war eine gute Zeitung. Oder jedenfalls ein guter Arbeitsplatz. Die übelste Hurerei der Boulevardpresse blieb ihm erspart, und er wurde gut bezahlt. Ab und zu hatte er sogar Zeit, sich in ein Thema zu vertiefen, gründlich zu sein. Evald Bromo arbeitete seit elf Jahren in der Wirtschaftsredaktion der Zeitung und freute sich in der Regel auf die Arbeit.

An diesem Tag jedoch nicht.

Seine Frau stellte einen Teller mit zwei Pfannkuchen vor ihm auf den Tisch. Zwischen den Pfannkuchen gab es Butter, oben drauf echter kanadischer Ahornsirup, sie wußte, daß er es so liebte, doch statt sich begierig über sein Frühstück herzumachen, umklammerte er Messer und Gabel und klopfte damit unrhythmisch auf dem Tisch herum, ohne das selbst zu bemerken.

»Nicht wahr?«

Er fuhr zusammen und ließ die Gabel auf den Boden fallen.

Evald Bromos Frau hieß Margaret Kleiven. Sie war eine magere Frau, so als habe die Kinderlosigkeit, mit der sie sich niemals hatte abfinden können, sie von innen heraus zerfressen. Ihre Haut schien zu groß für ihren dünnen Körper, und dadurch wirkte sie zehn Jahre älter als ihr gleichaltriger Mann. Da Adoption für die beiden nie ein Thema gewesen war, hatte Margaret Kleiven ihr Leben ihrer Arbeit als Gymnasiallehrerin gewidmet und betrachtete ansonsten ihren Mann als Ersatz für das Kind, das sie niemals bekommen würde. Sie beugte sich über ihn und schob die Serviette in seinem Hemdausschnitt zurecht, dann hob sie die Gabel auf.

»Der Frühling kommt in diesem Jahr außergewöhnlich spät«, wiederholte sie leicht gereizt und zeigte energisch auf die Pfannkuchen. »Iß jetzt! Du hast nicht viel Zeit.«

Evald Bromo starrte den Teller an. Der Sirup war zerflossen, die Butter geschmolzen. Alles vermischte sich am Pfannkuchenrand zu einer fettigen Soße, und ihm wurde schlecht.

»Hab heute keinen Hunger«, murmelte er und schob den Teller fort.

»Ist dir nicht gut?« fragte sie ängstlich. »Brütest du etwas aus? Im Moment sind so viele Krankheiten im Umlauf. Vielleicht solltest du lieber zu Hause bleiben.«

»Nicht doch. Hab einfach nicht gut geschlafen. Und ich kann doch in der Redaktion essen. Wenn ich Hunger kriege, meine ich.«

Er zwang sich ein schmales Lächeln ab. Seine Achselhöhlen waren schweißnaß, obwohl er eben erst geduscht hatte.

Dann sprang er auf.

»Aber Lieber, du mußt doch etwas essen«, sagte sie energisch und legte ihm die Hand auf die Schulter, um ihn wieder zum Sitzen zu bringen.

»Ich gehe«, fauchte Evald Bromo und entzog sich der offenkundig unwillkommenen Berührung.

Margaret Kleivens schmales Gesicht schien nur noch aus Augen zu bestehen, Mund und Nase verschwanden im überwältigenden Eindruck von gigantischer graublauer Iris.

»Keine Panik«, er versuchte zu lächeln. »Aber vielleicht muß ich noch zu einer Besprechung bei... zu einer Besprechung. Steht aber noch nicht fest. Ich rufe an. Okay?«

Margaret Kleiven gab keine Antwort. Als Evald Bromo sich zu ihr vorbeugte, um ihr routinemäßig einen Abschiedskuß zu geben, wich sie aus. Er zuckte mit den Schultern und murmelte etwas, das sie nicht verstand.

»Gute Besserung«, sagte sie in beleidigtem Tonfall und drehte sich weg.

Als er das Haus verlassen hatte, starrte sie ihm nach, bis sein Rücken hinter der wildwuchernden Hecke der Nachbarn verschwand. Sie fuhr mit den Fingern über die Vorhänge und dachte zerstreut, daß die gewaschen werden müßten. Außerdem registrierte sie, daß der Rücken ihres Mannes mit den Jahren schmaler geworden war.

Als Evald Bromo wußte, daß seine Frau ihn nicht mehr sehen konnte, blieb er stehen. Die Frühlingsluft ließ einen Backenzahn aufschreien, als er mit offenem Mund tief Luft holte.

Evald Bromos Welt würde zerstört werden. Und zwar am 1. September. Ein Frühling und ein Sommer würden noch vergehen, und der Herbst würde noch beginnen, ehe alles vorbei wäre. Ein halbes Jahr lang sollte Evald Bromo Schmerz und Scham und die Angst vor dem Bevorstehenden ertragen müssen.

Der Bus kam, und er schnappte einer alten Dame den Sitz weg. Was sonst überhaupt nicht seine Art war.

4

Evald Bromo war nicht bei der Arbeit. Aus alter Gewohnheit war er ausgestiegen, als der Bus in der Akersgate zwischen Regierungsgebäude und Kultusministerium angehalten hatte. Doch ohne auch nur einen Blick in Richtung des fünfzig Meter weiter gelegenen Redaktionshauses zu werfen, hatte er sich von seinen Füßen ohne Gegenwehr zum Vår-Frelsers-Friedhof tragen lassen.

Dort war es sehr still. Vereinzelte Gymnasiasten liefen noch über die Wege, um rechtzeitig zur ersten Stunde in der Kathedralschule zu sein. Obwohl viele Schilder streng an den Leinenzwang erinnerten, schnüffelte ein freilaufender Hund zwischen den Gräbern herum. Es war ein fettes schwarzes Tier, das begeistert über alles, was es fand, mit dem Schwanz wedelte. Sein Besitzer war sicher ein ebenso fetter Mann in einem ebenso schwarzen Mantel, der zeitunglesend an einer Laterne lehnte.

Evald Bromo fror.

Er öffnete den Reißverschluß seiner Lederjacke und band sich den Schal auf. Plötzlich verspürte er einen gewaltigen Hunger. Er hatte auch Durst, wenn er es sich genauer überlegte. Er setzte sich auf eine schmutzige Bank neben einem Grabstein, dessen Inschrift nicht mehr zu entziffern war. Dann zog er seine Handschuhe aus, legte sie ordentlich neben sich und überzeugte sich davon, daß ihm schrecklich kalt war und daß Hunger und Durst ihn jetzt wirklich quälten. Er beschwor Essensbilder herauf. Er dachte daran, wie eiskaltes Wasser nach einer langen Joggingrunde den Mund füllte; er folgte dem Weg der Flüssigkeit vom Gaumen durch den Hals. Und dann zog er die Jacke aus.

Jetzt klapperte er mit den Zähnen.

Zwei elektronische Briefe hatte er erhalten. Eine E-Mail

ohne Unterschrift und mit nichtssagendem Absender: po-
ker-fjes@hotmail.com. Die andere war mit »eine Person,
die nie vergißt« unterzeichnet.

Die was nie vergißt?

Vielleicht war es möglich, eine Hotmail-Adresse ausfindig zu machen. Vielleicht gab es entsprechende Register.
Evald Bromo wußte sehr gut, daß die Polizei bisweilen nur
mit großer Mühe die Erlaubnis der Netprovider einholen
konnte, um den Ursprung einer Mail festzustellen. Um so
schwerer mußte das Privatpersonen fallen. Er hatte schon
einen Kollegen, der sich mit elektronischer Kommunika-
tion sehr viel besser auskannte, um Hilfe bitten wollen. Aber
das hatte er dann doch nicht über sich gebracht. Als ihm die
Hitze in die Wangen stieg, hatte er statt dessen um Hilfe
beim Zugang zu einem Archiv gebeten, in das er nicht hin-
einkam.

Das Schlimmste war jedoch, daß die Mails vermutlich
irgendwo im riesigen IT-System von *Aftenposten* gespeichert
waren. Als sie mit einem pling auf seinem Bildschirm aufgetaucht waren, hatte er sie geöffnet, zweimal gelesen und
gelöscht. Er wollte weg von ihnen, sie mußten verschwinden. Erst nachdem er die zweite gelöscht hatte, die am Morgen des Vortags gekommen war und die ihn endgültig in
Panik versetzt hatte, fiel ihm ein, daß sie noch immer
irgendwo gespeichert sein konnten. Evald Bromo erinnerte
sich vage an eine Mitteilung, die vor einigen Monaten in
seinem Postfach gelegen hatte. Da es um Dinge gegangen
war, von denen er keine Ahnung hatte, hatte er sie nur über-
flogen. Aber er hatte sich die Warnung gemerkt: Daß die IT-
Verantwortlichen aus technischen Ursachen gezwungen
sein könnten, private Post zu untersuchen. Und daß
gelöschte Dokumente noch eine Zeitlang im System liegen
konnten.

Evald Bromo war ein guter Journalist. Er war sechsundvierzig Jahre alt und hatte seine Arbeit noch nicht satt bekommen. Er lebte still und ruhig mit einem begrenzten Bekanntenkreis und einer, wie seine Umgebung fand, rührenden Fürsorge für seine alte Mutter. Im Laufe der Jahre hatte er sich eine Art wirtschaftliche Ausbildung zugelegt; hier einen BWL-Lehrgang besucht, dort einen Fernkurs. Genug, um vernünftige Fragen zu stellen. Mehr als ausreichend, um Schwächen dort zu finden, wo sie vorhanden waren. Wie es sich für einen guten Wirtschaftsjournalisten gehört. Evald Bromo ging bei seiner Arbeit ebenso gründlich vor wie beim Bauen von Modellbooten, was sich inzwischen zu einem zeitraubenden Hobby entwickelt hatte.

Zum Bootsbauen und zum Schreiben waren dieselben Qualitäten vonnöten: Gründlichkeit, Zuverlässigkeit.

So, wie bei einem Schiff jedes kleinste Detail stimmen mußte, von den Kanonenkugeln bis zu den Nähten der Segel und den Gewändern der Galionsfigur, mußten auch seine Artikel korrekt sein. Kritisch, bisweilen vielleicht nicht ganz objektiv, aber immer zuverlässig. Alle mußten zu Wort kommen. Alle das sagen können, was sie zu sagen hatten.

Evald Bromo hatte nur eine wirkliche Schwäche.

Natürlich hatte sein Leben auch seine traurigen Seiten. Der Vater, im Suff gestorben, als Evald erst sechs Jahre alt war, suchte diesen seither ab und zu in seinen Träumen auf. Die Mutter hatte für ihren Sohn getan, was sie konnte. Selbst jetzt, wo sie in der gebrechlichen Schale ihres Körpers dalag, mit einem Kopf, der längst einen Kurzschluß erlitten hatte, bedeuteten die fast täglichen Besuche im Pflegeheim für Evald Bromo eine stille Freude. Seine Ehe mit Margaret Kleiven war niemals eine Galavorstellung gewesen. Aber sie brachte ihm Ruhe. Seit vierzehn Jahren brachte sie ihm Zuwendung, Essen und Ruhe.

Evald Bromos Schwäche waren kleine Mädchen.

Er wußte nicht mehr, wann es angefangen hatte. Vielleicht war es ja immer so gewesen. In gewisser Hinsicht war er ihnen nie entwachsen. Den kichernden, kaugummikauenden Mädchen mit Rattenschwänzchen und langen Strümpfen unter kurzen Röcken, die ihn in dem Frühling umschwärmt hatten, als er zu seinem zwölften Geburtstag von einer Tante fünfhundert Kronen bekommen hatte. Die Mädchen wurden im Laufe der Zeit größer, aber dafür hatte Evald Bromo keinen Blick. Er konnte nicht vergessen, was eines von ihnen ihm für fünfzig blanke Kronen gegeben hatte; hinter der Turnhalle und gegen das Versprechen vollständiger Diskretion.

Als junger Mann hatte er seine Gelüste mit Arbeit und Training bezwungen. Er lief wie ein Pferd; eine Stunde, ehe andere aufstanden, und oft abends noch zwei. Sein begonnenes Jurastudium hatte er nach anderthalb Semestern aufgegeben. Die Stunden im Lesesaal, gebeugt über Bücher, die ihn kein bißchen interessierten, wurden unerträglich. Er hatte zuviel Zeit für Gedanken, die er sich nicht eingestehen wollte. Evald Bromo lief, lief wie ein Verrückter, weg von der Universität und weg von sich selbst. Mit zweiundzwanzig Jahren – 1974 – konnte er beim *Dagbladet* eine Vertretung machen. Und Laufen wurde damals gerade modern.

An seinem fünfundzwanzigsten Geburtstag wurde Evald Bromo kriminell.

Er hatte nie eine Frau gehabt. Seine einzige sexuelle Erfahrung mit einem anderen Menschen hatte er für fünfzig auf eine Schnur aufgezogene Kronenstücke gekauft. Mit zwölfeinhalb Jahren.

Als sein Leben doppelt so lange gedauert hatte, kannte er den Unterschied zwischen richtig und falsch. Das Mädchen, das von zu Hause durchgebrannt war und ihn um Geld anbettelte, als er nach einer Tour durch die Stadt mit

Leuten, die er vielleicht als Kumpel bezeichnen konnte, nach Hause torkelte, konnte höchstens dreizehn gewesen sein. Sie bekam dreihundert Kronen und eine Schachtel Zigaretten. Evald Bromo bekam fünf Minuten intensiver Freude und endlose Nächte voller Reue und Angst.

Aber er hatte einen Anfang gemacht.

Er bezahlte immer. Er war absolut großzügig und wurde nie gewalttätig. Manchmal staunte er darüber, wie leicht es war, diese Kinder zu finden. Sie stromerten herum; sie waren überflüssig in einer Stadt, die die Augen vor ihnen verschloß, solange sie sich nicht zu Banden zusammenrotteten. Und das taten sie nicht. Diese nicht. Sie waren allein, und obwohl sie sich altersmäßig nach oben schminkten, verfügte Evald Bromo über einen seziermesserscharfen Blick, der ihm verriet, was sich unter den engen Blusen und den mit Watte ausgestopften BHs verbarg. Er konnte das Alter eines Mädchens fast bis auf den Monat genau erraten. Er kaufte sechs Jahre lang illegalen Sex. Dann lernte er Margaret Kleiven kennen.

Margaret Kleiven war still, dünn und klein. Sie war freundlich. Sie war die erste erwachsene Frau, die ihm jemals mehr als nur kollegiales Interesse entgegengebracht hatte. Sexuelle Ansprüche stellte sie kaum. Sie heirateten nach drei Monaten, und als er ihr den Ring an den Finger steckte, empfand Evald Bromo vor allem Hoffnung und Erleichterung. Von jetzt ab würde jemand ihn kontrollieren. Alles würde viel schwieriger und endlich wieder ganz leicht werden.

Er war ihr nie untreu gewesen. Er empfand das nicht so. Als er durch Zufall in einer in der Redaktion herumliegenden Pornozeitschrift auf eine Adresse stieß, war die Versuchung zu groß. Ihm kam es ungefährlich vor. Es kostete viel mehr als das Auflesen von kleinen Streunerinnen auf der Straße, aber zum Ausgleich konnte er sein und Margarets

Heim sauber halten. Im Laufe der Jahre hatte er andere Adressen in anderen dubiosen Zeitschriften und manchmal noch jüngere Mädchen auftun können, aber immer hielt er sich an die Altersgrenze von zehn Jahren. Da sagte er stop. Das, was er tat, war falsch, es war entsetzlich falsch, aber es wurde schlimmer, je jünger sie waren.

Er war nie untreu gewesen.

Er kaufte einmal im Monat Sex.

Vor allem war er Journalist und baute Boote.

Evald Bromo war sechsundvierzig Jahre alt und machte zum ersten Mal in seinem Leben bei der Arbeit blau. Der Morgenverkehr im Ullevålsvei hatte sich jetzt ein wenig gelegt, und der eine oder andere kleine Vogel schien den Frühling schon für gekommen zu halten. Es roch nach feuchter Erde und vage nach Stadt, und er fror.

Am 1. September würde die Chefredakteurin von *Aftenposten* mit der Post einen Umschlag erhalten. In diesem Umschlag würden sich eine Videoaufnahme und fünf Fotos von Evald Bromo und einem Mädchen befinden, das noch drei Jahre bis zur Konfirmation warten mußte. Die E-Mail hatte keinerlei Forderungen enthalten. Keine Drohungen. Keine Auswegmöglichkeiten von der Sorte »wenn du mir dies und jenes gibst, dann ...« Sondern nur eine Tatsache. Kurz und bündig. Das wird passieren. Am 1. September.

Evald Bromo erhob sich, starr vor Kälte. Er zog die Jacke wieder an und band sich den Schal um.

Es gab nichts, was er tun konnte.

Er konnte nur warten. Noch ein halbes Jahr.

5

Die Osloer Wache hatte ihren Namen geändert. Als Teil einer endlosen Reihe von Neuerungen sollte das langgestreckte, graue und schwere Gebäude am Grønlandsleiret 44 jetzt Polizeidistrikt Oslo heißen. Niemand wußte so recht, warum. Nachdem die ländlichen Polizeistellen kürzlich der Stadtpolizei unterstellt worden waren und alle gutmütigen Dorfsheriffs jetzt urbane Kommissare mit Jurastudium und Lametta auf den Schultern über sich hatten, gab es in Norwegen keine Wachen mehr.

Der Namenswechsel hatte keine sichtbaren Spuren hinterlassen. Der Polizeidistrikt Oslo schien sich weiterhin in seiner Umgebung so unwohl zu fühlen, wie es bei der Wache auch immer der Fall gewesen war. Im Osten lag das Kreisgefängnis, das alte Bußgefängnis, dem Zeit und staatliche Bewilligungen längst davongelaufen waren. Im Westen ragte die Grønland-Kirche auf und wartete trotzig und geduldig auf Besuch, in einem Stadtteil, in dem die Hälfte der Einwohner aus Muslimen bestand, während die andere Hälfte seit ihrer Taufe wohl kaum noch ein Gotteshaus von innen gesehen hatte. Der Optimismus, der ansonsten die Umgebung prägte und die Wohnungspreise im alten Oslo innerhalb von zwei Jahren verdoppelt hatte, hatte niemals die Höhenzüge erreicht, auf denen der Polizeidistrikt Oslo lag, mit dem Åkebergvei wie ein Katzenfell im Kreuz.

»Eine Wache ist und bleibt eine Wache«, sagte Hanne Wilhelmsen energisch und warf einen Ordner in eine Ecke. »Seit ich bei der Polizei angefangen habe, ist dieses Haus schon zigmal umorganisiert worden. Faß die nicht an!«

Sie schlug nach dem Mann, der sich über sie beugte und

schon vier Schokobananen aus einer blauen Emailleschale auf dem Schreibtisch geschnappt hatte.

Der Mann nahm sich noch drei.

»Billy T.«, sagte Hanne wütend und versetzte ihm einen knallenden Klaps auf den Hintern seiner engsitzenden Jeans. »Laß das, hab ich gesagt. Außerdem wirst du langsam fett. Schweinemäßig fett!«

»Wohlseinszulage«, grinste Billy T. und klopfte sich auf den Bauch, ehe er im Besuchersessel Platz nahm. »Krieg im Moment verdammt viel gutes Essen.«

»Was ganz einfach bedeutet, daß du Lebensmittel zu dir nimmst«, sagte Hanne säuerlich. »Statt des Drecks, von dem du gelebt hast, seit ich dich kenne. Übrigens habe ich viel zu tun.«

Sie warf einen auffordernden Blick hinüber zur Tür, die er eben erst krachend ins Schloß gezogen hatte.

»Macht nichts«, lachte Billy T. und schnappte sich das *Dagbladet*, das in einem Regal unter einem überfüllten Aschenbecher lag. »Ich warte. Verdammt, du rauchst ja wieder!«

»Durchaus nicht«, sagte Hanne. »Daß ich ab und zu eine Zigarette konsumiere, heißt noch lange nicht, daß ich rauche.«

»Ab und zu«, murmelte Billy T., der sich bereits in einen Artikel über die neuen Motorradmodelle dieses Frühlings vertieft hatte. »Das bedeutet zweimal im Monat oder so. Sind das also die gesammelten Kippen vom letzten Jahr?«

Hanne Wilhelmsen gab keine Antwort.

Der Mann, der auf der anderen Seite des Schreibtischs in der Zeitung las und dabei zerstreut in der Nase bohrte, kam ihr größer vor denn je. Billy T. hatte schon mit achtzehn auf Socken zweinullzwei gemessen. Schlank war er nie gewesen. Jetzt war er fast vierzig und hatte im vergangenen halben Jahr sicher zwanzig Kilo zugenommen. Und dieses zusätzliche Gewicht schien auch seine Körpergröße zu beeinflussen. Noch im Sitzen schien seine Gestalt weder Anfang noch Ende zu haben. Er füllte den Raum mit etwas, das Hanne nicht so recht begreifen konnte.

Hanne blätterte in einem zerfledderten Lehrbuch über Strafrecht und gab vor zu lesen, während sie heimlich durch ihren Pony Billy T. beobachtete. Sie sollte sich die Haare schneiden lassen. Er sollte abnehmen.

Hanne Wilhelmsen hatte längst den Versuch aufgegeben, ihre Beziehung zu Billy T. begreifen zu wollen. Er war einwandfrei ihr bester Kumpel. Im Laufe der Jahre hatten sie eine Umgangsform entwickelt wie ein symbiotisches altes Ehepaar; einen leicht zänkischen, spöttischen Tonfall, der sofort verschwand, wenn die eine Seite begriff, daß das Gegenüber die Sache ernst meinte. Hanne ertappte sich bei der Frage, wie vertraut sie einander eigentlich waren. Während der letzten Monate überlegte sie immer häufiger, ob sie überhaupt einem anderen Menschen vertraut sein konnte. Abgesehen von Sekunden und flüchtigen Augenblicken.

Fünf Monate zuvor war an einem späten Donnerstagabend etwas zwischen Hanne und Billy T. passiert. Wenn sie die Augen schloß, sah sie, wie er in ihre Wohnung fiel, betrunken wie ein Abiturient im Mai. Das ganze Treppenhaus mußte gehört haben, wie er glücklich brüllend verkündete, daß er die Mutter seines demnächst erwarteten fünften Sohnes heiraten würde. Da er mit den Müttern seiner ersten vier Söhne nie zusammengelebt hatte, bestand aller Grund zum Feiern. Cecilie, seit fast zwanzig Jahren Hannes Lebensgefährtin, hatte Billy T. mit starkem Kaffee, sanften Ermahnungen und von Herzen kommenden Glückwünschen empfangen. Hanne dagegen war von einem halb verletzten, halb beleidigten Gefühl, das seither nie wieder ganz verschwunden war, zum Schweigen gebracht worden. Die

Erkenntnis, was sie da im Grunde quälte, machte ihr viel mehr zu schaffen als das Gefühl, etwas zu verlieren, von dem sie geglaubt hatte, es bis an ihr Lebensende behalten zu können.

»Denkst du auch an die Rede?« fragte Billy T. plötzlich.

»Die Rede?«

»Für die Hochzeit. Deine Rede. Denkst du an die?«

Die Hochzeit lag noch über drei Monate in der Zukunft. Hanne Wilhelmsen sollte Trauzeugin sein und eine Rede halten, wußte aber nicht einmal, ob sie überhaupt an der Trauung teilnehmen wollte.

»Sieh dir das an«, sagte sie statt dessen und warf ein Heft mit eingeklebten Polaroidfotos über den Schreibtisch. »Vorsicht. Starke Szenen.«

Billy T. ließ das *Dagbladet* auf den Boden fallen und schlug das Heft auf. Er schnitt eine Grimasse, die ihn fremd aussehen ließ. Billy T. war älter geworden. Seine Augen lagen tiefer in den Höhlen als früher, und die Lachfältchen darunter konnten mit bösem Willen auch als Tränensäcke gedeutet werden. Sein kahlrasierter Schädel war nicht mehr so auffällig; er konnte auch einfach die Haare verloren haben. Sogar die Zähne, die zu sehen waren, als er vor Entsetzen über die Bilder die Lippen straffte, zeigten, daß Billy T. im Laufe des Sommers vierzig werden würde. Hanne ließ ihren Blick von seinem Gesicht zu ihren eigenen Händen weiterwandern. Ihrer wintertrockenen Haut half auch die Handcreme nicht, mit der sie sie dreimal täglich einschmierte. Feine Furchen in den Handrücken erinnerten sie daran, daß sie nur anderthalb Jahre jünger war als er.

»Oh, verdammt«, sagte Billy T. und schloß das Heft. »Ich habe heute morgen bei der Besprechung davon gehört, aber das hier ...«

»Übel«, sagte Hanne. »Er kann es selbst gewesen sein.«

»Kaum«, sagte Billy T. und rieb sich das Gesicht. »Niemand kann mir einreden, daß Oberstaatsanwalt Halvorsrud mit einem Samuraischwert bei seiner eigenen Frau Amok läuft. Verdammt, nein.«

»Rasche Schlußfolgerung, das muß ich schon sagen.«

Hanne Wilhelmsen kratzte sich gereizt am Hals. Billy T. war der achte Kollege, der innerhalb eines Vierteltages und ohne irgendwelche Vorkenntnisse bezüglich dieses Falles in der Schuldfrage überzeugt Stellung bezog.

»Natürlich kann er es getan haben«, sagte sie tonlos. »Ebenso kann er natürlich die Wahrheit sagen und mit einer Schußwaffe bedroht worden sein und deshalb wie gelähmt zugesehen haben, wie seine Frau von einem Verrückten massakriert wurde. Who knows.«

Sie hätte gern hinzugefügt: And who cares. Noch ein Hinweis darauf, daß sie sich von irgend etwas fortbewegte. Das Allerschlimmste war, daß sie nicht wußte, wohin sie unterwegs war. Oder warum sich alles auf eine vage und undefinierbare Weise zu verändern schien. Etwas war in ihr Leben getreten, das dafür sorgte, daß sie es nicht mehr so richtig im Griff hatte. Oder daß sie einfach nicht mehr wollte. Sie war schweigsamer als früher. Mürrischer, ohne das wirklich zu wollen. Cecilie musterte sie jetzt immer forschend, wenn sie sich unbeobachtet glaubte. Hanne mochte nicht einmal fragen, warum sie dermaßen starrte.

Es wurde an die Tür geklopft, vier Mal und hart.

»Herein«, brüllte Billy T. und lächelte strahlend, als eine hochschwangere Polizistin in das enge Arbeitszimmer watschelte. »Meine angehende Gattin und mein ebensolcher Sohn!«

Er zog die Kollegin auf seinen Schoß.

»Hast du je einen schöneren Anblick gesehen, Hanne?«

Ohne auf Antwort zu warten, rieb er sein Gesicht am Bauch der Polizistin und führte einen unverständlichen und gemurmelten Dialog mit dem Kind.

»Es ist ein MÄDCHEN«, formte die hochschwangere Frau mit den Lippen für Hanne. »EIN MÄDCHEN!«

Hanne Wilhelmsen brach wider Willen in Gelächter aus.

»Ein Mädchen, Billy T. Wirst du also endlich Papa von einem Mädchen? Die arme, arme Kleine!«

»Dieser Mann macht nur Jungs«, sagte Billy T. und tippte mit dem Zeigefinger auf das Umstandskleid. »Und das hier, meine Freundinnen, das ist mein Sohn. Der fünfte in der Serie. Darauf schwöre ich Stein und Bein.«

»Was wolltest du eigentlich?«

Hanne Wilhelmsen versuchte, Billy T.s Herumgealber zu ignorieren. Tone-Marit Steen machte den tapferen Versuch, sich loszureißen. Beide Versuche mißlangen.

»Billy T.!«

Er schnitt eine Grimasse und schaute Hanne verärgert an.

»Verdammt, wieso bist du jetzt immer so sauer? Kriegst du pausenlos deine Tage oder was? Reiß dich endlich zusammen, Mensch!«

Seine Grimasse wurde zu einem für Tone-Marit bestimmten Lächeln, als er sich aus dem Sessel aufrappelte und verschwand.

»Was wollte er denn nun?« fragte Hanne und breitete demonstrativ die Hände aus.

»Keine Ahnung«, sagte Tone-Marit und setzte sich mit einem Stöhnen, das sie zu unterdrücken versuchte. »Aber ich hab was für dich. Dieser Typ, der angeblich Halvorsruds Frau enthauptet hat...«

»Ståle Salvesen«, sagte Hanne kurz. »Was ist mit dem?«

»Ja. Von dem der Staatsanwalt immer wieder behauptet...«

»Ich weiß, von wem du redest«, fiel Hanne ihr wütend ins Wort. »Also, was gibt's Neues?«

»Tot.«

»Tot?«

Ståle Salvesen war nicht zu finden gewesen, seit Hanne nachts die Suche nach ihm eingeleitet hatte. Ein Zettel mit Informationen über ihn lag vor ihr.

Alter: 52 Jahre. Zivilstand: geschieden. Arbeit: Frührentner aus Gesundheitsgründen. Ein erwachsener Sohn. Wohnhaft: Vogts gate 14. Einkünfte 1997: 32 000 Kronen. Kein Vermögen. Außer dem Sohn keine Angehörigen. Und der Sohn lebte in den USA.

Zwei Streifenwagen waren um drei Uhr nachts nach Torshov gefahren, um nach Ståle Salvesen Ausschau zu halten. Da er nicht zu Hause war und seine Wohnungstür nicht abgeschlossen hatte, hatten sie eine inoffizielle Besichtigung vorgenommen. Triste Behausung, aber aufgeräumt. Das Bett gemacht. Im Kühlschrank Milch mit abgelaufenem Verfallsdatum. Diese im Telegrammstil gehaltenen Auskünfte stammten aus dem Bericht, der den persönlichen Daten angeheftet war.

»Was meinst du mit tot«, sagte Hanne mit unnötig scharfer Stimme; die Tatsache, daß Salvesen nachts nicht zu finden gewesen war, hatte ihr die heimliche Hoffnung gegeben, daß Sigurd Halvorsrud doch die Wahrheit sagen könnte.

»Selbstmord. Ist am letzten Montag ins Meer gesprungen.«

»Ins Meer gesprungen?«

Hanne Wilhelmsen fand das komisch. Warum, wußte sie nicht.

»Es war ein .... uuuups!«

Tone-Marit legte die Hand auf ihren Bauch und hielt den Atem an.

»Einfach nur ein Bäuerchen«, keuchte sie dann. »Ein Spaziergänger hat gesehen, daß sich am Montag abend um kurz vor elf ein Mann von der Staure-Brücke gestürzt hat. Die Polizei hat gleich in der Nähe Salvesens alten Honda gefunden. Offen, der Zündschlüssel steckte noch. Auf dem Armaturenbrett lag ein Abschiedsbrief. Ganz einfache Mitteilung, vier Zeilen, er erträgt es nicht mehr etcetera, etcetera.«

»Und die Leiche?«

»Noch nicht gefunden worden. Gerade in der Gegend sind die Strömungsverhältnisse ziemlich wild, es kann also noch dauern. Und Salvesen kann auch beim Sturz schon ums Leben gekommen sein. Es sind über zwanzig Meter.«

Ein Feueralarm heulte auf.

»Neiiin«, schrie Hanne Wilhelmsen. »Ich hab diese falschen Alarme satt. Zum Kotzen satt!«

»Du hast im Moment fast alles zum Kotzen satt«, sagte Tone-Marit ruhig und stand auf. »Und es könnte ja vielleicht doch mal brennen.«

In der Türöffnung drehte sie sich um und sah ihre Vorgesetzte an. Einen Moment lang sah sie aus, als wolle sie noch mehr sagen. Dann schüttelte sie fast unmerklich den Kopf und ging.

6

»Es sieht nicht gerade gut aus«, sagte Hanne Wilhelmsen und goß neuen Kaffee in den henkellosen Becher, der vor Oberstaatsanwalt Sigurd Halvorsrud stand. »Das sehen Sie doch selbst, oder?«

Halvorsrud hatte sich gewaltig zusammengerissen. Er war frischgewaschen und glatt rasiert. Außerdem trug er eine Krawatte, obwohl er gerade in einer unkomfortablen Zelle residierte. Er nickte wortlos.

»Mein Mandant akzeptiert eine Woche Untersuchungshaft. Innerhalb dieser Zeit sollte dieses Mißverständnis sich klären lassen.«

Hanne Wilhelmsen hob die Augenbrauen.

»Ehrlich gesagt, Karen...«

Eine fast unmerkliche Augenbewegung von Karen Borg sorgte dafür, daß Hanne sich in ihrem Sessel aufrecht hinsetzte.

»Anwältin Borg«, sagte sie. »Ich habe hier einige Punkte notiert.«

Hanne legte Halvorsruds Anwältin einen Bogen mit einer handgeschriebenen Liste vor. Dann ließ sie ihren Zeigefinger über die Gründe wandern, die die Polizei veranlaßt haben, zu glauben, Oberstaatsanwalt Halvorsrud wesentlich länger als nur für eine Woche in Untersuchungshaft behalten zu können.

»Er war am Tatort, als...«

»Er hat selbst die Polizei informiert.«

»Dürfte ich weiterreden, ohne unterbrochen zu werden?«

»Tut mir leid. Bitte sehr.«

Hanne Wilhelmsen nahm sich eine Zigarette. Halvorsrud hatte schon drei geraucht, noch ehe sie die Formalitäten erledigt hatten, und in diesem Moment war es Hanne schnurz, daß Karen sich Macken zugelegt hatte, seit sie Mutter von zwei Kindern geworden war.

»Halvorsrud war zugegen, als der Mord begangen wurde. Seine Fingerabdrücke sind überall. Auf dem Schwert, auf der Leiche. Überall.«

»Aber er wohnt...«

»Anwältin Borg«, sagte Hanne demonstrativ deutlich und erhob sich.

Sie blieb am Fenster des Büros stehen, das ihr erst kürzlich zugeteilt worden war. Das Zimmer gehörte ihr gewissermaßen noch nicht. Sie gehörte nicht dorthin. Es gab kaum einen persönlichen Gegenstand in diesem Raum. Es war nicht ihre Aussicht. Die Bäume der Allee vor dem alten Haupteingang des Gefängnisses waren noch nackt. Langsam rollte ein Fußball über den Kiesweg, doch ein Kind war nicht zu sehen.

»Ich schlage vor«, Hanne Wilhelmsen machte einen neuen Anfang und ließ aus alter Gewohnheit einen Rauchring zur Decke hochsteigen, »daß ich meine Überlegungen vortragen darf. Dann bist du an der Reihe. Ohne Unterbrechungen.«

Abrupt drehte sie sich wieder zu den beiden anderen um.

»In Ordnung?«

»In Ordnung«, sagte Karen Borg und lächelte kurz, während sie für einen Moment ihre Hand auf den Unterarm ihres Mandanten legte. »Natürlich.«

»Zu dem, was ich bisher gesagt habe, kommt die Tatsache, daß Halvorsrud ein... gewissermaßen ein totes Alibi geltend macht. Er behauptet, ein gewisser Ståle Salvesen habe seine Frau mißhandelt und ermordet. Aber Ståle Salvesen ist am Montag ums Leben gekommen.«

»Was?«

Der Staatsanwalt beugte sich vor und knallte mit den Ellbogen auf die Tischplatte.

»Ståle Salvesen ist nicht tot! Nie im Leben! Er war bei mir... er hat gestern abend meine Frau umgebracht. Das habe ich mit eigenen Augen gesehen, ich kann...«

Er rieb sich den schmerzenden Arm und sah Karen Borg an, als erwarte er, daß seine Anwältin für seine Geschichte bürgen werde. Doch diese Hilfe blieb aus. Karen Borg machte sich an einem schlichten Diamantring zu schaffen und legte den Kopf schräg, als habe sie nicht richtig gehört, was Hanne da gesagt hatte.

»Ståle Salvesen hat am Montag abend Selbstmord begangen. Darauf weist jedenfalls alles hin: Augenzeugen, sein Wagen bei der Brücke, von der er gesprungen ist, ein Abschiedsbrief.«

»Aber keine Leiche«, sagte Karen Borg langsam.

Hanne schaute auf.

»Nein, noch nicht. Aber die wird schon auftauchen. Früher oder später.«

»Vielleicht ist er nicht tot«, sagte Karen Borg.

»Das kann natürlich sein«, sagte Hanne ruhig. »Aber bisher gibt es keine Spur von einem Beweis dafür, daß dein Mandant die Wahrheit sagt. Mit anderen Worten ...«

Sie drückte ihre Zigarette aus und ärgerte sich darüber, daß es schon die sechste an diesem Tag war. Sie wollte doch nicht wieder anfangen. Wirklich nicht.

»Eine Woche ist zu wenig. Aber wenn ihr zwei akzeptieren könnt, dann werden wir vierzehn Tage lang wie die Irren ackern.«

»Gut«, sagte Halvorsrud tonlos, ohne sich mit seiner Anwältin zu beraten. »Ich verzichte auf den Termin im Untersuchungsgericht. Zwei Wochen. Okay.«

»Mit Post- und Besuchsverbot«, fügte Hanne Wilhelmsen mit schroffer Stimme hinzu.

Karen Borg nickte.

»Und so wenig Presse wie möglich«, sagte sie dann. »Mir ist aufgefallen, daß die Zeitungen von der Geschichte noch nichts wissen.«

»Dream on«, murmelte Hanne, dann fügte sie hinzu: »Ich werde versuchen, Ihnen eine Matratze zu besorgen, Halvorsrud. Wir führen morgen ein weiteres und sehr viel umfassenderes Verhör durch, wenn es Ihrer Anwältin recht ist.«

Karen Borg schob sich in einer Geste der Zustimmung die Haare hinters Ohr. Als ein per Haustelefon herbeigerufener Polizeimeister hinter sich und Halvorsrud die Tür geschlossen hatte, schien sie nicht aufstehen zu wollen.

»Ich habe dich lange nicht mehr gesehen«, sagte sie.

Hanne lächelte kurz und fing an, etwas zu speichern, was in ihrem Computer gar nicht vorhanden war.

»Zuviel zu tun. Gilt auch für Cecilie. Und ihr? Was machen die Kinder?«

»Denen geht's gut. Und dir?«

»Geht schon.«

»Håkon sagt, daß dich etwas quält.«

»Håkon sagt seltsame Dinge.«

»Und viele kluge. Er hat einen scharfen Blick. Das wissen wir beide.«

Ein halbes Jahr zuvor war Håkon Sand endlich zum Staatsanwalt befördert worden. Das war erst spät geschehen, später als bei den meisten Polizeijuristen. Aber Håkon Sand hatte durchgehalten und sich nach und nach in den höheren Sphären der Anklagebehörden eine Art Respekt – wenn auch nicht gerade Bewunderung – erarbeitet. Was nicht zuletzt an seiner Zusammenarbeit mit Hanne Wilhelmsen und Billy T. gelegen hatte, die beide energisch gegen den drohenden Verlust ihres polizeifreundlichsten Juristen protestierten. Aber Håkon Sand konnte nicht mehr. Er hatte neun Jahre lang im Grønlandsleiret 44 das Linoleum plattgetreten und grüne Ordner gestemmt, bis er endlich Familienfotos und eine schöne Bronzestatue von Frau Justizia in einen Pappkarton legen und zum CJ Hambros plass 2 B übersiedeln konnte. Das war nur anderthalb Kilometer Luftlinie entfernt. Aber er war einfach verschwunden. Ab und zu rief er auf einen Plausch an, zuletzt erst vor zwei Tagen. Er hatte ein Mittagessen vorgeschlagen. Aber Hanne hatte keine Zeit. Sie hatte nie Zeit.

»Ich dachte, du wärst zur Rächerin der Schwachen und zur Freundin der kleinen Leute geworden«, sagte Hanne trocken. »Was hat dich dazu gebracht, den Fall Seiner Hochmütigen Hoheit Halvorsrud zu übernehmen?«

»Freund der Familie. Meines Bruders, genauer gesagt. Und du hast es ja selbst gesagt: Es sieht nicht gut aus für Halvorsrud. Was ist eigentlich los mit dir, Hanne?«

»Nichts.«

Hanne versuchte wirklich zu lächeln. Sie zog die Mundwinkel nach oben und wollte auch die Augen dabeihaben. Die füllten sich mit Wasser. Sie schaute aus weitaufgerissenen Augen von einer Seite zur anderen und merkte, daß ihr Lächeln zu einer Grimasse wurde, die etwas von dem verriet, worüber sie nicht sprechen wollte. Worüber sie nicht sprechen konnte.

Karen Borg beugte sich über den Schreibtisch. Vorsichtig legte sie ihre Hand auf Hannes. Hanne zog ihre Hand weg; eher als Reflex denn als Abfuhr.

»Es ist wirklich nichts.« Sie lachte, während ihr die Tränen kamen.

Karen Borg kannte Hanne Wilhelmsen seit 1992. Ihre Freundschaft hatte einen recht dramatischen Anfang gehabt. Ein Mordfall hatte sie zusammengeführt, der sich schließlich als politischer Skandal von seltenen Dimensionen erwiesen hatte. Er hatte Karen Borg fast das Leben gekostet. Håkon Sand hatte sie in letzter Sekunde aus einem brennenden Ferienhaus retten können. Als die beiden später zusammengezogen waren und Kinder bekommen hatten, waren Hanne und Cecilie zu engen Freundinnen von ihnen geworden. Inzwischen waren sieben Jahre vergangen.

»Ich habe dich noch nie weinen sehen, Hanne.«

»Eigentlich weine ich auch gar nicht«, sagte Hanne und wischte sich die Tränen ab. »Ich bin nur so kaputt. Müde irgendwie, die ganze Zeit.«

Draußen schneite es wieder. Verspielte große Flocken starben an der Fensterscheibe, und Hanne wußte nicht so recht, ob die Schneeflocken oder ihre Tränen die Umrisse im Park draußen zu einem unklaren grauen Bild verschwimmen ließen.

»Ich wünschte, es würde bald Sommer«, flüsterte sie.

»Warm. Wenn es nur ein wenig wärmer wird, dann wird alles besser.«

Karen Borg gab keine Antwort. Sie ahnte jedoch, daß nicht einmal die ärgste Hitzewelle aller Zeiten Hanne Wilhelmsen helfen könnte. Dennoch mußte sie jetzt auf die Uhr schauen. In einer Dreiviertelstunde machte der Kindergarten Feierabend. Hanne schwieg noch immer, sie wippte nur rhythmisch in ihrem Bürosessel hin und her und schnippte dabei mit den Fingern. Noch immer bedeckte das aufgesetzte Lächeln wie eine Maske ihre untere Gesichtshälfte. Noch immer strömten ihre Tränen.

»Dann bis bald«, sagte Karen Borg und erhob sich. »Bis morgen um zehn.«

Etwas tat weh, als sie über die Galerien im dritten Stock, in der gelben Zone, lief. Andererseits: Sie hatte noch immer keine Vorstellung davon, was sie zum Abendessen kochen sollte.

7

Die Strömung hatte Ståle Salvesens sterbliche Überreste bis an die Fjordmündung getragen. Bei der Begegnung von Meer und Fjord entstanden Wirbel, die mit der Leiche spielten, so lange es ihnen Spaß machte. Als sie dieses Spiel dann satt hatten, preßten sie sie nach unten.

In zweiunddreißig Meter Tiefe lag ein alter, an die fünfzig Fuß großer Fischkutter. Er lag dort seit einer rauhen Winternacht des Jahres 1952 und war schon längst zu einem beliebten Ziel für Amateurtaucher geworden. Die Aufbauten waren verschwunden. Das solide Steuerrad aus Eichenholz hatte ein Junge in den sechziger Jahren abmontiert. Töpfe und Tiegel gab es nicht mehr. Übrig war allein die leere Schale eines Schiffs mit einem Steuerhaus ohne Fensterscheiben.

Ståle Salvesen trug keinen Anorak mehr. Das Wasser hatte ihm dieses Kleidungsstück abgestreift; jetzt wurde es zwei Kilometer weiter nördlich gegen die Ufersteine geschlagen. Seine Stiefel jedoch hatte er noch. Sie saßen fest wie in einem Vakuum, und als Ståle Salvesens rechtes Bein mit der Strömung durch das Steuerhaus gezogen wurde, blieb der Stiefelschaft an einem Haken hängen, den zu entfernen sich niemand die Mühe gemacht hatte.

Er sah aus wie ein vierarmiger Seestern, als er im märzkalten Meerwasser auf und ab wogte.

8

Sie hatte es schon gespürt, als sie durch den Garten gegangen waren, sie mit etwas zu hohen Stiefelabsätzen im groben Kies, Billy T. mit einer verschlissenen Lederjacke, die er zuknöpfte, während er leise den scharfen Wind verfluchte.

»Hier ist etwas«, sagte Hanne Wilhelmsen verbissen zu Billy T. »Ich weiß, daß hier etwas ist.«

»Jetzt haben vier Mann das Haus drei Stunden lang durchsucht«, protestierte er. »Null und nichts. Das einzig Verdächtige, das wir gefunden haben, sind ein Waschlappen, der laut Karianne ins Chlorbad gehört, und zwei Softpornos unter dem Bett des Knaben.«

»Wo stecken die eigentlich?«

»Wer?«

»Die Kinder. Wo sind sie, und wer kümmert sich um sie?«

»Ach, die Kinder. Der Älteste ist auf Klassenfahrt in Prag. Die beiden anderen sind mit einer Tante oder so am Mittelmeer. Dem Teufel sei Dank, sag ich da nur. Gut, daß sie gestern abend nicht hier waren. Alles ist unter Kontrolle. Pastoren und Psychologen sind auf Staatskosten schon auf Reisen gegangen. Wir gehen davon aus, daß die Kinder im Laufe des Wochenendes nach Hause geholt werden.«

»Arme Wichte«, murmelte Hanne und hockte sich vor den Kamin in Staatsanwalt Halvorsruds Wohnzimmer. »Du mußt sie vernehmen, du. Wo du so gut mit Kindern umgehen kannst.«

»Wieso Kinder? Das sind doch schon Teenies.«

»Hier waren einfach zwei Sicherungen durchgebrannt.«

Mit steifen Bewegungen richtete Hanne sich auf und merkte, daß ihr linker Fuß eingeschlafen war. Sie stampfte leicht damit auf und drehte sich zu einer Kollegin um, die sie noch nie gesehen zu haben glaubte.

»Ganz von selbst? Ich meine, aus natürlichen Ursachen? Überlastung?«

»Schwer zu sagen«, erwiderte die Oberwachtmeisterin mit einem Eifer, über den Hanne sich ärgerte. »Der Sicherungskasten ist von der modernen Sorte. Solche Ewigkeitssicherungen, weißt du, wo einfach ein Schalter hoch und runter geklappt wird. Aber natürlich kann jemand das Erdgeschoß ganz bewußt in Dunkelheit gestürzt haben.«

Es ging jetzt auf den Abend zu. Hanne spürte, daß sie sich dem Punkt näherte, wo sie ohne Pillen unmöglich schlafen konnte. Früher hatte sie drei Tage durchgehalten, mit nur einem kurzen Nickerchen dann und wann. Auch das hatte sich verändert. Eine durchwachte Nacht wie die vergangene, und der Körper sagte am nächsten Tag dann einfach Schluß, aus. Sie unterdrückte ein Gähnen.

»Was den Computer im Arbeitszimmer angeht«, sagte die Frau in der Türöffnung. »Da ist etwas … seltsam könnte man sagen.«

»Seltsam.«

Hanne schaute die Oberwachtmeisterin an und wiederholte: »Seltsam. Na gut. Und was ist so seltsam?«

»Er ist ganz leer«, sagte die Frau und errötete.

»Und das bedeutet?«

»Naja, was es bedeutet ... «

Die Frau wand sich. Und war noch immer rot. Aber sie gab nicht auf.

»Es ist seltsam, daß ein Computer, der vielbenutzt aussieht, mit schmutziger Tastatur und Fingerabdrücken auf dem Bildschirm, rein gar nichts enthält. Nichts. Nicht eine einzige Textdatei. Von der Festplatte ist außer den Programmen einfach alles gelöscht worden.«

»Das ist übrigens Holbeck«, Billy T. hielt plötzlich eine Vorstellung für angebracht. »Sie ist vor kurzem vom Polizeidistrikt Bergen gekommen. Hanne Wilhelmsen.«

Er ließ die Hand in Richtung Hanne durch die Luft fegen.

»Mm.« Karianne Holbeck lächelte. »Weiß ich doch. Soll ich den Computer zu einer genaueren Untersuchung mitnehmen?«

»Kannst du das, ohne etwas zu beschädigen?«

Hanne Wilhelmsen wußte gerade genug über Computer, um einen Text schreiben und speichern zu können.

»Kein Problem«, versicherte Karianne.

»Sie war in Bergen IT-Verantwortliche«, sagte Billy T. so laut, daß Karianne es garantiert auch hören konnte. »Außerdem ist sie an die Wirtschaftskriminalität ausgeliehen worden, weil sie diese Geräte sehr gut kennt.«

Hanne nickte gleichgültig, riß sich dann aber zusammen und bedachte ihre neue Kollegin mit einem Lächeln. Es war zu spät. Karianne Holbeck war schon verschwunden.

»Jetzt schauen wir in den Keller, dann machen wir Schluß.«

»Na gut«, maulte Billy T. und stapfte hinter Hanne in den Flur und die Treppe hinunter.

Im Keller roch es nach Waschpulver und alten Gummireifen. Ein langer Gang mit vier Türen auf der einen Seite mündete in eine gut ausgerüstete Waschküche. Waschmaschine und Trockentrommel waren teure Miele-Modelle. Die schmutzige Wäsche, die auf einem braunen Resopaltisch lag, war in Stapel für Weiß, Bunt und Feinwäsche sortiert. Wände und Boden waren mit Fliesen bedeckt, und der Raum sah bemerkenswert sauber aus.

»Hier finden wir jedenfalls nichts«, sagte Billy T. und kratzte sich im Schritt. »Und ich krieg Genickstarre, wenn ich noch lange hier bleiben muß.«

Hanne achtete nicht auf ihn, sie ging in den Nebenraum. Wenn die Waschküche sauber und ordentlich gewesen war, dann war es hier um so chaotischer. Vermutlich war es früher einmal eine Art Werkstatt gewesen; darauf wiesen eine Hobelbank und Werkzeug an der Wand hin. Aber es mußte ziemlich lange her sein, daß jemand hier sinnvolle Arbeit verrichtet hatte. Zwei alte Fahrräder lehnten an einer Querwand, drei abgenutzte Autoreifen, die auf braunen Pappplatten aufgestapelt waren, versperrten den Blick auf den Fußboden. In einer Ecke stand ein eingestaubter Weinballon, es lagen alte Kleider und zerlesene Taschenbücher, ein Dreirad und das Untergestell eines Kinderwagens aus den achtziger Jahren herum.

»Hier sieht es ja nicht gerade so aus, als ob jemand gründlich gesucht hätte«, sagte Hanne Wilhelmsen und tippte mit der Stiefelspitze einen schwarzen Plastiksack an.

Sieben Kellerasseln rannten los, um sich einen neuen Unterschlupf zu suchen.

»Ich habe ihnen doch gesagt, sie sollten sich den Keller noch einmal vornehmen«, sagte Billy T. vergrätzt. »Wir haben Leute für diese Arbeit, Hanne. Eine Hauptkommissarin braucht nicht im Dreck herumzuwühlen, zum Teufel.«

»Du hast es wohl *nicht* gesagt.«

»Was denn?«

»Du hast nicht gesagt, daß sie sich den Keller noch einmal vornehmen sollen. Was ist das hier?«

Ohne auf Antwort zu warten, stieg sie über das Dreirad. Sie beugte sich vor und machte sich an etwas zu schaffen, das Billy T. nicht sehen konnte.

»Und was haben wir nun hier«, sagte sie und richtete sich auf. »Ein Medizinschränkchen. Ein sehr altes Medizinschränkchen.«

»Ein offenes Medizinschränkchen?« fragte Billy T.

Hanne Wilhelmsen hatte Plastikhandschuhe übergestreift und ohne größere Schwierigkeiten mit einem Taschenmesser das einfache Schloß aufgestochert. Jetzt hielt sie ihrem Kollegen das Schränkchen wie eine Schmuckschatulle hin.

»Mach du es auf«, sagte sie.

Obwohl Hanne Wilhelmsen das Gefühl gehabt hatte, daß Anhaltspunkte auftauchen würden, wenn sie die Villa der Familie Halvorsrud nur gründlich genug unter die Lupe nehmen würden, so war der Inhalt des abgeschabten Medizinschränkchens doch von der Sorte, die sie für fast eine halbe Minute verstummen ließ.

»Ja, verdammt«, sagte Billy T. schließlich.

»Das kannst du wohl sagen«, sagte Hanne.

In dem ungefähr einen halben Meter hohen und vielleicht vierzig Zentimeter breiten Schränkchen gab es keine Regalfächer mehr. Die waren entfernt worden, um dicken, in Plastikfolie gewickelten Bündeln von Geldscheinen und vielleicht fünfzehn bis zwanzig Computerdisketten Platz zu machen. Als Billy T. vorsichtig die obersten Geldscheinbündel herauszog, tauchten noch weitere auf.

»Mich interessiert ja wirklich, was unser Freund im Hinterhof dazu zu sagen hat«, sagte Billy T. und hielt sich ein Bündel unter die Nase, als wolle er sich die Antwort erriechen.

»Billy T.!«

Karianne Holbeck stand in der Tür und rang um Atem.

»Schau mal! Ich dachte, es könnte sich lohnen, einen Blick in den Abfall zu werfen ...«

Hanne Wilhelmsen schob unmerklich ihre Unterlippe vor und machte eine lobende Kopfbewegung.

»Und da lag das hier.«

Karianne Holbeck schien nicht so recht zu wissen, wem sie das Papier überreichen sollte. Billy T. half ihr aus dieser Klemme.

»Eine Benachrichtigung an die zuständigen Behörden, daß sie in Zukunft von ihrem Mann getrennt leben will«, sagte er und überflog den Rest des Formulars, das von Kaffeesatz und von etwas verschmiert war, bei dem es sich um Eidotter handeln mußte.

»Unterzeichnet von wem?« fragte Hanne an Karianne Holbeck gewandt. »Ich habe seit gestern abend viermal mit Halvorsrud gesprochen, und er hat kein Wort von Trennungsplänen erwähnt.«

»Von Doris Flo Halvorsrud. Nur von ihr. Die Rubrik für den Namen des Ehemannes ist leer. Aber das schlimmste ist das Datum. Oder vielleicht das beste. Kommt sozusagen darauf an, zu wem du hältst ...«

Karianne lächelte verlegen und lief wieder rot an.

»Doris hat diese Erklärung gestern unterzeichnet. Das muß so ungefähr das letzte gewesen sein, was sie noch gemacht hat. Ehe sie ... ehe jemand sie enthauptet hat.«

Hanne richtete sich auf. »Das war viel auf einmal«, sagte sie leise. »Sieht aus, als müßten wir das für morgen geplante Verhör von Sigurd Halvorsrud vorziehen. Ich muß wissen, was diese Disketten enthalten. Und zwar sofort.«

Es war Freitag, der 5. März, und bald halb sechs nachmittags.

9

»Billy T. hat darauf bestanden«, sagte Hanne Wilhelmsen schlaftrunken. »Er will das Verhör selbst übernehmen. Morgen. Alle brauchen Schlaf, hat er gesagt. Auch Sigurd Halvorsrud. Und ich brauche einen freien Tag. Sagt er.«

Sie war mit den Beinen auf dem Tisch eingenickt. Ein Rotweinglas war umgekippt und hatte sie geweckt. Cecilie Vibe sprang auf, um einen Lappen zu holen.

»Vernünftig«, sagte sie zerstreut und versuchte, den Schaden auf zwei Bücher zu begrenzen, die die wachsende rote Lache bereits erreicht hatte. »Nimm die Füße da weg.«

Hanne Wilhelmsen machte es sich auf dem Sofa bequem und zog sich eine Schlummerdecke bis zum Hals.

»Laß mich nicht hier einschlafen«, nuschelte sie.

Cecilie Vibe füllte das Glas noch einmal, schaltete den Fernseher aus und rückte ihren Sessel so zurecht, daß sie die schlafende Frau auf dem Sofa sehen konnte. Der Rotwein schmeckte ihr nicht. Das Essen hatte ihr auch nicht geschmeckt. Es schmeckte schon lange nicht mehr. Hanne war nicht einmal aufgefallen, daß Cecilie in weniger als einem Monat vier Kilo abgenommen hatte.

Irgendwann würde sie es erzählen müssen. Zwei Tage waren vergangen. Der Arzt, der sie über die Ergebnisse informiert hatte, war ein alter Kommilitone gewesen. Einer, den sie nie gemocht hatte. Es war genauso schwer gewesen wie früher, mit ihm Blickkontakt herzustellen. Er hatte sich an den Ohrläppchen gezogen und murmelnd auf seine eigene Kaffeetasse eingeredet. Cecilie hatte das rechte Ohr des Kollegen angestarrt und das Gefühl gehabt, daß die Zeit bei dieser Partie endlos lange nachspielen ließ.

Als sie das Krankenhaus verließ, war das Wetter unverändert. Der kalte Wind – der sie eine knappe Stunde zuvor durch die automatischen Türen zur Onkologie gejagt hatte – schnappte ebenso wütend nach ihr, als sie wieder zum Vorschein kam. Aber jetzt achtete sie nicht mehr darauf. Ein Kaugummifleck auf dem feuchten Asphalt hatte all ihre Aufmerksamkeit gebannt. Er wurde zu einem Globus, einer Kugel, einem Ball. Einer Geschwulst. Ein Krankenpfleger, der leere Betten vor sich herschob, vertrieb sie dann durch sein Genörgel. Sie wußte nicht, wohin.

Cecilie Vibe hatte im Dickdarm einen tennisballgroßen bösartigen Tumor. Aller Wahrscheinlichkeit nach saß er dort schon eine ganze Weile. Ob er sich bereits durch die Darmwand gepreßt und andere Organe angegriffen hatte, ließ sich noch nicht sagen. Vielleicht. Vielleicht nicht.

Sie stellte ihr leeres Rotweinglas ab. Dann goß sie aus einer Flasche frisches, kühles Quellwasser dazu; die Weinreste färbten es ganz schwach. Sie ließ das bleichrosa Wasser immer wieder im Glas herumschwappen und versuchte, sich den kommenden Sommer vorzustellen.

Cecilie hatte dem Mann mit den feuerroten Ohrläppchen nicht eine einzige Frage gestellt. Damals und dort hatte es keine Fragen gegeben. Später hatte sie vom Labor aus alle Datenbanken befragt, zu denen sie Zugang hatte. Und dann war sie zu Fuß nach Hause gegangen und hatte dabei die ganze Zeit geweint.

Eigentlich hatte sie es Hanne an diesem Abend sagen wollen.

Hanne wußte nichts. Auch an dem Morgen vor sechs Wochen, als Cecilie Blut in ihrem Stuhl entdeckt hatte und zum ersten Mal bei dem Gedanken daran, wie müde und lustlos sie sich seit langer Zeit schon fühlte, von eiskalter Angst erfüllt worden war, war Hanne zerstreut und unaufmerksam gewesen. Der Schrecken über die Entdeckung auf dem Toilettenpapier, der Wunsch, es möge sich um einen Irrtum handeln – vielleicht bekam sie ja einfach zu früh und außer Plan ihre Tage –, hatte Cecilie so schnell wie möglich die Spülung betätigen und sich danach mit übertriebener Energie die Zähne putzen lassen. Es gab nichts, worüber es sich zu reden gelohnt hätte. Damals nicht. Sicher war es falscher Alarm. Nur jede Menge unnötige Besorgnis, die Hanne nicht registrierte, obwohl sie Cecilie wie ein Panzer umgab, als sie im Badezimmer stand, nackt und für Hanne vollkommen sichtbar; sie sagte nicht einmal »mach's gut«, als sie ging.

Und dann war es doch kein falscher Alarm.

Hanne war zum Umfallen müde gewesen, als sie um Viertel vor acht nach Hause gekommen war. Ausnahmsweise einmal hatte sie geredet wie ein Wasserfall, vielleicht, um bis zum Essen wachbleiben zu können. Hanne plapperte drauflos, über eine kopflose Leiche, einen Mann, der ins Meer gesprungen war, und einen Staatsanwalt, der sich auf etliche Jahre hinter schwedischen Gardinen gefaßt machen mußte. Über mutterlose Jugendliche deren Vater im Gefängnis saß, über Billy T., der sich aufs Unerträglichste auf seine näherrückende Hochzeit freute. Über das neue Arbeitszimmer, an das Hanne sich einfach nicht gewöhnen konnte, und über den neuen Auspuff für die Harley, der noch immer nicht geliefert worden war.

Für die Geschichte eines Tennisballs mit bedrohlichen Fangarmen, der irgendwo in Cecilies Bauch lag, war kein Platz gewesen. An diesem kurzen, kalten Frühlingsabend hatte es für Cecilie überhaupt keinen Platz gegeben.

Hanne schnarchte leise.

Plötzlich wimmerte sie und drehte sich um, so daß Cecilie ihr Gesicht sah, mit offenem Mund, halb nach oben gekehrt. Das rechte Bein legte sie über den Sofarücken, der linke Arm hing kraftlos zu Boden. Es sah schrecklich unbequem aus, und Cecilie legte Hannes Arm behutsam wieder aufs Polster. Dann goß sie sich mehr Wasser ein.

Hannes Pony war zu lang und verbarg das eine Auge. Die braunen Haare hatten einen leichten Anflug von Grau bekommen, und Cecilie konnte nicht verstehen, warum ihr das erst jetzt auffiel. Das Lid des sichtbaren Auges zuckte immer wieder ganz leicht und zeugte davon, daß Hanne träumte. Der eine Mundwinkel füllte sich mit Speichel, und langsam breitete sich auf dem Kissen unter ihrer Wange ein dunkler Fleck aus.

»Du siehst so klein aus«, flüsterte Cecilie. »Ich wünschte, du könntest ein bißchen häufiger klein sein.«

Die Türklingel ertönte.

Cecilie zuckte zusammen. Hanne Wilhelmsen rührte sich nicht. Aus Angst vor weiterem Klingeln stürzte Cecilie in die Diele und riß die Wohnungstür auf.

»Billy T.«, rief sie und merkte, daß sie sehr lange keine solch unmittelbare, schlichte Freude über den Anblick eines anderen Menschen verspürt hatte. »Komm rein!«

Dann legte sie mahnend den Zeigefinger an die Lippen.

»Hanne ist auf dem Sofa eingeschlafen. Wir können uns in die Küche setzen.«

Billy T. warf einen Blick ins Wohnzimmer.

»Nein«, sagte er energisch, ging ins Zimmer und schob den Couchtisch beiseite, um besseren Zugriff zu haben.

Dann hob Billy T. Hanne Wilhelmsen hoch wie ein Kind, das bei einem verbotenen Fernsehkrimi eingeschlafen ist. Ihr Gewicht fühlte sich an seinem Brustkasten wunderbar an. Der leichte Weingeruch aus ihrem Mund mischte sich mit schon einen Tag zuvor versprühtem Parfüm und veranlaßte ihn, sie ganz spontan auf die Stirn zu küssen. Cecilie öffnete die Türen, und Billy T. konnte Hanne aufs Bett legen, ohne daß sie Anstalten gemacht hätte, zu erwachen.

»Das habe ich bei Erwachsenen noch nie erlebt«, sagte Billy T. leise und betrachtete Hanne, während Cecilie sie gut zudeckte. »Daß sie nicht aufwachen, wenn sie getragt werden, meine ich.«

»Getragen«, flüsterte Cecilie, lächelte und winkte ihn aus dem Zimmer.

»Irgendwas ist in die Frau gefahren«, sagte Billy T. und blieb stehen. »Weißt du, was es sein kann?«

Cecilie Vibe versuchte, seinen Augen auszuweichen. Sie waren zu blau und zu vertraut und sahen zuviel. Cecilie wollte fort aus dem Schlafzimmer, fort von der schlafenden Hanne und dem stickigen Geruch von Bettzeug und Schlaf. Sie wollte ins Wohnzimmer, eine neue Flasche Wein öffnen, über Filme sprechen, die sie nicht gesehen hatten, über Gästelisten und den Namen des neuen Kindes. Sie konnte sich nicht rühren. Als sie endlich den Kopf hob, zog er sie an sich.

»Was in aller Welt ist denn bloß los mit euch«, flüsterte er und hielt sie weiter im Arm. »Ist hier die Krise ausgebrochen, oder was?«

Billy T. blieb bis fast vier Uhr am Samstagmorgen bei Cecilie sitzen. Als er ging, hatte Cecilie einen Moment lang Gewissensbisse, weil Hanne es nicht als erste erfahren hatte. Zugleich fühlte sie sich erleichtert und empfand fast eine Art Optimismus, als sie Hanne vorsichtig auszog und dann selbst unter die Decke schlüpfte.

»Ich glaube, ich verkaufe die Harley«, sagte Hanne im Halbschlaf und schmiegte sich an sie. »Es wird Zeit, erwachsen zu werden.«

10

Oberstaatsanwalt Sigurd Halvorsrud sah bemerkenswert gut aus. Seine Kleidung war sauber, sein Hemd frisch gebügelt. Im rotgrünen Schlips funkelte ein in Weißgold eingefaßter Diamant. Nur die Spuren einer nachlässigen Rasur verrieten etwas über seine derzeitigen Lebensumstände. Seine Hautfarbe war frisch und auffällig wenig blaß für diese Jahreszeit. Seine gesamte Erscheinung hätte, in Anbetracht der Tatsache, daß seine Frau zwei Tage zuvor umgebracht worden war und er nun unter Mordverdacht stand, auf zartere Seelen als Billy T. anstößig wirken können.

Aber etwas war da mit seinen Augen.

Sie waren blutunterlaufen und leblos. Obwohl der Mann versuchte, in seiner ganzen Haltung eine Art Würde zu bewahren – er saß sehr aufrecht da und hatte sein Kinn auf die in der ganzen Branche bekannte Weise vorgeschoben – verriet sein verzweifelter Blick, was er für sich zu behalten versuchte.

Billy T. wischte mit den Fingern zwei Tassen aus und schenkte dann Kaffee aus einer Thermoskanne ein.

»Schwarz?«

»Ein wenig Zucker, bitte.«

Die Hände des Staatsanwalts waren ruhig, als er sich zwei Stück Zucker aus einer Pappschachtel nahm. Billy T. nahm sich auch eins, tunkte es in den Kaffee und schob es zwischen seine Lippen.

»Anwältin Borg muß jeden Moment da sein«, sagte er und saugte geräuschvoll an seinem Zuckerstück. »Warten wir auf sie oder fangen wir sofort an?«

»Wir können anfangen«, sagte der Oberstaatsanwalt und räusperte sich leise. »Wenn sie wirklich gleich kommt.«

»Dieser Ståle Salvesen«, begann Billy T. und schlürfte Kaffee, um den restlichen Zucker hinunterzuspülen. »Woher kennen Sie den Mann eigentlich?«

Halvorsrud blickte Billy T. verwirrt an.

»Aber«, sagte er und knallte die Kaffeetasse auf den Tisch, »ich habe doch gehört, daß er tot ist. Er hat ... mir ist berichtet worden, er habe Selbstmord begangen. Warum fragen Sie also danach?«

Billy T. nahm sich noch zwei Zuckerstücke, tunkte sie in den Kaffee und legte sie sich auf die Zunge.

»Ha'm noch keine Leiche«, nuschelte er. »Außerdem weiß ich von Hanne Wilhelmsen, daß Sie sich Ihrer Sache sehr sicher sind. Ståle Salvesen hat Ihre Frau umgebracht, sagen Sie. Also frage ich Sie nach Ståle Salvesen. Okay?«

Halvorsrud fuhr sich mit der Hand über die Kopfhaut, die durch seine schütteren graublonden Haare zu sehen war. Er schien nicht so recht zu wissen, ob es sich noch lohnte, an seiner Behauptung festzuhalten. Er schien überhaupt nichts mehr so recht zu wissen. »Ich begreife das nicht«, sagte er, preßte sich die Fäuste vor den Mund und versuchte, einen Brechreiz zu unterdrücken. »Verzeihung. Natürlich glauben Sie mir nicht. Aber ich weiß, daß Ståle Salvesen in meinem Wohnzimmer gestanden hat. Er war dort.«

Er hob die Tasse an die Lippen. Dann schluckte er zweimal, schlug sich auf die Brust und bat ein weiteres Mal um Verzeihung.

»Ståle Salvesen war lange da. Schwer zu sagen, wie lange, unter solchen Bedingungen verliert man das Zeitgefühl. Nehme ich an. Mir ist das jedenfalls passiert. Aber ich bin ganz sicher, daß er es war. Er ... «

»Aber woher wußten Sie das?« fiel Billy T. ihm ins Wort. »Woher kennen Sie einen Frührentner, der in einer Sozialwohnung in Ostoslo wohnt?«

Anwältin Karen Borg betrat das enge Büro. Überrascht starrte sie den Polizeibeamten an.

»Billy T.«, sagte sie tonlos. »Ich dachte, Hauptkommissarin Wilhelmsen sollte...«

»Die schläft sich aus.« Billy T. lächelte. »Was du offenbar auch getan hast. Hektischer Morgen mit den Kleinen?«

Karen Borg strich sich beschämt die Haare glatt und versuchte, einen Schokoladenfleck von ihrem naturfarbenen Leinenrock zu wischen. Der Fleck wuchs. Sie starrte ihn für einen Moment an, seufzte leise und setzte sich in den freien Sessel, ohne ihren Ordner aufzuschlagen.

»Und wo seid ihr gerade?« fragte sie mit angespanntem Lächeln.

»Ich versuche, in Erfahrung zu bringen, woher der Oberstaatsanwalt einen Kerl ohne Freunde mit einem Einkommen von unter fünfzigtausend kennt«, gähnte Billy T. »Und leicht ist das nicht, das kann ich dir sagen. Hätten Sie gern ein Magenmittel, Halvorsrud?«

Er fischte zwei lose Tabletten aus einer Schachtel mit Büroklammern.

»Danke«, murmelte der Staatsanwalt und spülte beide mit Kaffee hinunter.

Der Lärm eines Hubschraubers, der in geringer Höhe über Oslo sein Schrapp-Schrapp verbreitete, drang ins Zimmer. Billy T. beugte sich zum Fenster vor und schaute aus zusammengekniffenen Augen in die Sonne. Zum ersten Mal seit mehreren Wochen unternahm die einen halbherzigen Versuch, die winterstarre Hauptstadt aufzutauen, doch lange hielt sie nicht durch. Das gelbe Loch im Himmel wurde von einer schweren grauen Wolke verschlossen, und der Hubschrauber verschwand in Richtung Westen.

»Ståle Salvesen war früher ein äußerst erfolgreicher Geschäftsmann«, sagte Halvorsrud laut und sah seine Anwältin an. »In den achtziger Jahren. Er war geschäftsführender Direktor einer vielversprechenden Computerfirma, Aurora Data. Wir könnten Salvesen als einen typischen Gründer

bezeichnen. Totaler Autodidakt, der alles über Computer-
programme wußte. Einmal wäre Aurora Data sogar um ein
Haar von Microsoft aufgekauft worden. Da Salvesen über
die Aktienmehrheit verfügte, blieb es bei diesem Versuch.
Er wollte den Laden selbst leiten. Der Mann hatte Visionen,
das muß man ihm lassen. Die Firma war ihrer Zeit voraus
und entwickelte einen...«

Halvorsrud kratzte sich am Handrücken und schaute
dann endlich den Polizeibeamten an.

»Ich habe so wenig Ahnung von diesen Dingen. Damals
wußte ich es natürlich, aber ich kann mich nicht mehr genau erinnern. Es war auf jeden Fall etwas, das mit dem Internet zu tun hat. Ein... Browser? Ich bin nicht mehr
sicher.«

Er zuckte kurz mit den Schultern und musterte einen
Kratzer in der Tischplatte. Sein Zeigefinger lief über dieser
unebenen Stelle hin und her.

»Und dann kam gegen Ende der achtziger Jahre die Wirt-
schaftskrise. Neue und bisher ziemlich erfolgreiche Firmen
kippten um wie Dominosteine. Aurora Data überlebte. Seltsamerweise.«

»Warum sagen Sie das?« fragte Billy T. »Sie haben diese
Firma doch selbst als solides Unternehmen bezeichnet.«

»Nicht gerade solide. Spannend. Vielversprechend.
Großes Potential. Alles, was damals durchaus keine Garan-
tie gegen die Katastrophe war. Daß Aurora Data trotzdem
überlebte, war vor allem dem Durchbruch eines ihrer Programme zu verdanken. Soweit ich mich erinnere, war es
maßgeschneidert für Nachrichtenredaktionen. Für Fernse-
hen, Radio und Zeitungen. Und dann ging Aurora an die
Börse.«

Billy T. war ein Mann, der sich in seinen eigenen
Schwächen sonnte. Diese kolossale Gestalt prahlte mit
allem, was sie nicht konnte oder wußte. Es war ihm nicht

peinlich, nach einer Erklärung für die allereinfachsten Probleme zu fragen. Nachdem Anne Grosvold Schlichtheit zur Tugend gemacht hatte und mit kompakter Naivität zur Fernsehkönigin geworden war, hatte Billy T. ein Foto von ihr an seiner Pinnwand befestigt. Da stand sie nun, üppig und munter und mit ausgestreckten Armen, als wolle sie Billy T. und seinem immer freimütigeren Umgang mit seiner eigenen angeblichen Unwissenheit ihren Segen erteilen. Nur eines mochte er nicht zugeben. Daß er keine Ahnung von wirtschaftlichen Fragen hatte.

Billy T. hatte nur unklare Vorstellungen davon, was ein Gang zur Börse wirklich bedeutete. Er fischte einen Kugelschreiber aus einer oben abgeschnittenen Coladose und notierte den Ausdruck auf einem hellroten Klebezettel.

»Ach was«, sagte er tonlos und biß in den Kugelschreiber. »Und dann?«

»Ein Gang zur Börse bringt so vieles mit sich. Unter anderem verstärkte Kontrolle. Größere Aufmerksamkeit könnten Sie sagen. Von der Konkurrenz.«

Bisher hatte Billy T. mit mäßigem Interesse zugehört. Ståle Salvesen war ein Stück Leinwand, das gebleicht werden mußte, das danach aber vermutlich in einer Kleiderkammer verstaut werden konnte. Ståle Salvesen war ein bedauernswerter Frührentner und noch dazu tot, und Halvorsrud log. Doch langsam wachte Billy T. auf. Salvesen hatte eine Geschichte. Er hatte nicht immer in einer Zweizimmerwohnung mit vier Stück Lebensmitteln im Kühlschrank gehaust. Ståle Salvesen war der König auf dem Hügel gewesen. Vor nur zehn Jahren.

»Zehn Jahre sind keine lange Zeit, verdammt«, sagte Billy T. zerstreut.

»Bitte?«

»Erzählen Sie weiter.«

»Ich habe Ståle Salvesen 1990 kennengelernt. Das heißt ...«

Halvorsrud zog eine Packung Barclay hervor und hielt sie Billy T. hin.

»Rauchen Sie nur«, murmelte Billy T., ohne Anwältin Borgs Reaktion abzuwarten.

»Kennengelernt ist zuviel gesagt. Ich bin ihm nie persönlich begegnet. Aber ihm wurde ein übles Vergehen vorgeworfen. Insiderhandel. Und noch anderes.«

Billy T. kritzelte »Ins. Han.« auf seinen hellroten Zettel und schenkte sich mehr Kaffee ein.

»Salvesens Sohn, ich habe seinen Namen vergessen, studierte damals Betriebswirtschaft in den USA«, berichtete Halvorsrud. »Er tätigte einen sehr günstigen und äußerst umfassenden Aktienkauf bei einer Firma, bei der sein Vater im Aufsichtsrat saß. Nicht...«

Dieses Wort betonte er.

»Nicht bei Aurora Data, wohlgemerkt. Es war eine andere Firma. Unmittelbar nach diesem Kauf – und dabei war nur von Tagen die Rede – stellte sich heraus, daß diese Firma eine lukrative Abmachung mit einem amerikanischen Riesenkonzern getroffen hatte. Die Aktien hatten ihren Wert plötzlich verdoppelt. Und damit kamen wir ins Bild.«

»Die Wirtschaftskripo«, sagte Billy T.

»Ja. Ich hatte damals gerade meine Stellung dort angetreten.«

Zum ersten Mal konnte Billy T. im Gesicht des Oberstaatsanwalts die Andeutung eines Lächelns sehen. Halvorsrud war gegen die Strömung geschwommen. Nach vielen Jahren als erfolgreicher Wirtschaftsanwalt, als Fachmann für Steuerrecht, Firmenrecht und Geldverdienen, hatte er einen Schlußstrich gezogen und war in den Staatsdienst übergewechselt. Vorher hatte er runde fünf Millionen im Jahr verdient, dann hatte er seine einzigartigen Fähigkeiten in die Dienste der Wirtschaftskripo gestellt, für ein Salär, das Halvorsrud wie Knöpfe und Glanzbilder vorkommen mußte.

Über seinem Schreibtisch im Büro hing ein Messingschild, das die früheren Kollegen ihm zum Abschied geschenkt hatten: »It takes one to know one.«

»Wir fingen an zu graben. Und wurden fündig. Wenn man bei jemandem nachschaut, der sich aus dem Nichts hochgearbeitet hat und innerhalb von sieben Jahren zum reichen Mann geworden ist, dann findet man zumeist unendlich viel. Unregelmäßigkeiten. Gesetzesbrüche.«

»Und wozu wurde er dann verurteilt?«

»Verurteilt?«

»Ja«, sagte Billy T. ungeduldig. »Wie hoch war seine Strafe?«

Wieder lächelte Halvorsrud, ein ausgiebiges, fast hochmütiges Lächeln.

»Wir haben niemals Anklage erhoben.«

Billy T. wollte schon auf den skandalösen Umstand hinweisen, daß der Staatsanwalt einen Toten übel verleumdete, um dann zugeben zu müssen, daß dessen Vergehen niemals schwerwiegend genug gewesen waren, um ihn vor Gericht zu bringen. Dann riß er sich zusammen. Er mochte nicht daran denken, wie oft er selbst sich in dieser Lage befunden hatte. Die Schuld war offenkundig, es mangelte jedoch an Beweisen.

»Was nicht bedeutet, daß der Mann unschuldig war«, fügte Halvorsrud hinzu, als habe Billy T. laut gedacht. »Ich bin nach wie vor überzeugt, daß Ståle Salvesen hätte verurteilt werden müssen. Aber...«

»Schon gut«, sagte Billy T. »Alles klar. Ist mir auch schon passiert. Aber besonderes Glück hatte Salvesen dann trotzdem nicht mehr, oder? Etwas muß doch passiert sein, meine ich. Vom Straßenkreuzer zum Fahrrad, in einem knappen Jahrzehnt...«

»Ich habe nicht die geringste Ahnung«, sagte Halvorsrud trocken. »Die Sache wurde 1996 aus Mangel an Beweisen eingestellt. Damals war sie ... naja, während der letzten Jahre hatten wir nicht mehr sehr energisch daran gearbeitet, um es mal so zu sagen.«

Billy T. unternahm keinen Versuch, ein ausgiebiges Gähnen zu unterdrücken. Seine Kiefer knackten. Er ließ heimlich einen fahren und hoffte, daß niemand das bemerkt hatte. Sicherheitshalber beugte er sich zum Fenster hinüber und öffnete es einen Spaltbreit.

Fälle wie der von Salvesen kamen immer wieder vor. Ein halbes Jahr lang arbeiteten alle wie die Verrückten. Die Polizei drehte jeden Stein um, stellte noch das kleinste Indiz auf den Kopf. Dann verebbte die Aktion langsam und in aller Ruhe. Der Ordner lag ganz unten in irgendeinem Stapel, und das einzige, was noch passierte, waren die Beschwerden irgendeines immer munterer werdenden Anwalts, der sich im Namen seines Mandanten zusehends echauffierte. Am Ende wurde der Fall wieder hervorgewühlt, gestempelt, signiert und für eingestellt erklärt und dann ins Archiv verbannt.

»Wann wurde die aktive Arbeit an diesem Fall aufgegeben?« fragte Billy T.

»Weiß ich leider nicht mehr. 91 vielleicht. Ich weiß es nicht mehr.«

»1991«, wiederholte Billy T. »Aber offiziell eingestellt wurden die Ermittlungen erst 96. Was hat Salvesen in dieser ganzen Zeit gemacht?«

»Wie gesagt, das weiß ich nicht.«

»Wieso haben Sie ihn überhaupt erkannt?«

»Ihn erkannt ...«

»Sie sagen, daß Sie diesem Mann nie persönlich begegnet sind. Trotzdem sind Sie sich ganz sicher, daß Ståle Salvesen Ihre Frau umgebracht hat. Wie ...«

»Die Zeitungen«, brüllte Halvorsrud verzweifelt. »Die Zeitungen haben ausführlich darüber berichtet. Ich hatte damals Bilder von ihm gesehen. Ich habe es doch schon mehrmals gesagt: Der Mann war ein Erfolg. Er war natürlich älter geworden. Ein wenig... dünner vielleicht? Die Haare auf jeden Fall. Aber er war es.«

»Hat er etwas gesagt?«

»Als er meine Frau umgebracht hat?«

Halvorsruds Stimme kippte für einen Moment ins Falsett um. Er schluckte laut, schüttelte schwach den Kopf und schaute in seine Kaffeetasse. Die war leer. Billy T. schien ihm auch nicht nachschenken zu wollen.

»Er hat überhaupt nichts gesagt«, erzählte Halvorsrud. »Kein Wort. Zuerst verlosch das Licht, dann stand Salvesen in der Wohnzimmertür und bedrohte uns beide mit einer Waffe. Einem Revolver. Oder einer... Pistole. Ja, es war eine Pistole.«

Er schauderte, und Karen Borg streckte die Hand nach der Thermoskanne aus.

»Oder vielleicht ein Glas Wasser?« fragte sie leise.

Der Oberstaatsanwalt schüttelte unmerklich den Kopf und nahm sich eine neue Zigarette. Er paffte wütend am Filter, sein linker Fuß schlug in nervösem und eintönigem Takt immer wieder gegen das Tischbein.

»Und dann?«

»Mußte ich mich hinsetzen. In diesen Holzsessel. Meine Frau versuchte, mit dem Mann zu reden, aber ich... ich habe wohl kaum ein Wort gesagt, glaube ich. Es war, als ob... als er nach dem Schwert griff, habe ich für einen Moment das Bewußtsein verloren, glaube ich. Ich weiß es einfach nicht mehr. Ich...«

»Wie sehr müssen wir ins Detail gehen, Billy T.?«

Karen Borg machte sich an ihrem Schokoladefleck zu schaffen und sah abwechselnd den Polizeibeamten und den Staatsanwalt an.

Billy T. streckte die Hand aus, um das Fenster zu

schließen. Der Hubschrauber war wieder da. Seine Rotoren drehten sich unten bei Bjørvika starr über dem Hafenbecken, bevor er kehrtmachte und in wildem Tempo auf Grønlandsleiret 44 zuhielt. Ein ohrenbetäubendes Dröhnen jagte über sie hinweg. Dann verklang der Lärm langsam, als der Hubschrauber sich endlich für einen nördlichen Kurs entschied.

»Wo stehen Sie in der Opernfrage, Halvorsrud? Soll das neue Opernhaus in Bjørvika oder am Westbahnhof gebaut werden?«

Der Staatsanwalt starrte Billy T. an. Etwas, das Ähnlichkeit mit Wut haben konnte, flackerte in seinem toten, grauen Blick auf.

»Wie meinen?«

»Mir ist es eigentlich schnurz. Oper macht sich auf CD am besten. Wir müssen ins Detail gehen. Bis hinunter zu der winzigsten kleinen Tatsache, die ihm überhaupt einfällt.«

Das letzte sagte er zu Karen Borg.

»Wir fassen deinen Mandanten jetzt seit anderthalb Tagen mit Glacéhandschuhen an. Es wird Zeit, in dieser Sache weiterzukommen. Findest du nicht?«

Halvorsrud schlug die Beine übereinander und nickte.

»Er drehte einfach durch. Ich weiß nicht recht, wie ich das erklären soll. Er schlug ihr die Taschenlampe auf den Kopf. Dann...«

»War es seine eigene Taschenlampe?«

»Verzeihung?«

»War es Salvesens eigene Taschenlampe? Hatte er die mitgebracht, meine ich?«

»Ja. Das muß er doch getan haben. Wir haben keine solche Lampe. Meines Wissens zumindest nicht. Sie war groß. Und schwarz.«

Der Oberstaatsanwalt zeigte es mit den Händen, an die dreißig bis fünfundvierzig Zentimeter.

»Meine Frau brach vor dem Kamin zusammen, und ich konnte sehen, wie das Blut aus ihrem Hinterkopf strömte. Dann nahm er das Schwert von der Wand. Das Samuraischwert. Salvesen. Er packte das Samuraischwert und...«

Billy T. hörte fasziniert zu. Eigentlich hatte er das Verhör übernehmen wollen, um Hanne Wilhelmsen zu entlasten. Auch für ihn war es kein Vergnügen, den Samstag mit unbezahlten Überstunden zu verbringen. An diesem Wochenende sollten seine Söhne bei ihm sein, und obwohl Tone-Marit mit den Kindern eine Geduld zeigte, die fast schon an Dummheit grenzte, wollte er das Schicksal doch nicht herausfordern. Bis zur Hochzeit waren es noch drei Monate hin, und zudem konnte das Kind jeden Tag zur Welt kommen.

Doch inzwischen interessierte ihn der Fall. Oder vielleicht war es eher Sigurd Halvorsrud, der nun wirklich seine Aufmerksamkeit zu fesseln begann. Der Mord selbst – die makaberste Hinrichtung, mit der Billy T. jemals zu tun gehabt hatte – war natürlich auch spannend. Doch Billy T. war lange genug bei der Polizei, um sich nicht zur Unzeit faszinieren zu lassen. Das hier war ein Fall wie alle anderen, ein Fall, der geklärt werden mußte.

Sigurd Halvorsrud dagegen war etwas ganz Besonderes.

Billy T. ertappte sich dabei, daß er diesem Mann glaubte. So absurd ihm das auch vorkam.

Aller Wahrscheinlichkeit nach war Ståle Salvesen tot. Andererseits war die Leiche noch nicht gefunden worden. Ståle Salvesen konnte das alles arrangiert haben. Er konnte jetzt in einer Bar in Mexiko sitzen und einen Tequila Sunrise genießen, von dem Geld, das er damals, als er noch auf dem grünen Zweig saß und spürte, daß die Ordnungsmacht ihm auf den Fersen war, rechtzeitig beiseite geschafft hatte. Nur hatte bisher niemand auch nur die geringste Vorstellung davon, warum in aller Welt Salvesen Doris Flo Halvorsrud umgebracht hatte.

Halvorsruds Geschichte wirkte auf paradoxe und fast provozierende Weise glaubhaft. Er schluckte und erbleichte, stotterte und irrte sich, konnte sich nicht erinnern und dachte dann an Details, wie an ein Muttermal oder vielleicht eine Warze auf Salvesens rechter Wange, gleich über dem Mund. Zweimal konnte Billy T. sehen, daß der sonst so arrogante und selbstsichere Mann kurz davor war, in Tränen auszubrechen. Dann riß er sich zusammen, wischte sich imaginäre Staubkörner vom Revers, räusperte sich leise und erzählte weiter. Oberstaatsanwalt Halvorsrud benahm sich wie jemand, der die Wahrheit sagt.

»Sie haben sich auf jeden Fall einen verdammten Haufen Probleme besorgt«, sagte Billy T. schließlich und sah auf die Uhr. Es war zwanzig vor eins.

»Sie haben Ihre Frau also anderthalb Stunden lang angestarrt, ehe Sie die Polizei informiert haben? Anderthalb Stunden???«

»So ungefähr«, sagte Halvorsrud leise. »Natürlich weiß ich das nicht mehr genau, aber so ungefähr habe ich es mir zusammengerechnet. Im Nachhinein. Mir kam es nicht so lange vor.«

»Aber warum in aller Welt haben Sie das gemacht?«

Billy T. breitete die Arme aus und warf dabei die mit Kugelschreibern und Bleistiften gefüllte Coladose um. Die rutschten auf die Tischplatte und lagen dort wie ein Mikadospiel, bei dem niemand sein Glück hätte versuchen mögen.

»Ich... ehrlich gesagt, ich weiß es nicht. Ich stand wohl unter Schock. Ich dachte an die Kinder. Ich dachte an... unser Leben. So, wie es gewesen ist. So, wie es werden wird. Ich weiß es nicht recht. Mir kam es nicht so lange vor.«

Billy T. konnte sich vorstellen, wofür Halvorsrud diese

anderthalb Stunden gebraucht hatte. Wenn er die Wahrheit sagte. Was vermutlich nicht der Fall war, wenn man an die Beweislage dachte.

»Sie konnten nicht fassen, daß Sie nicht eingegriffen hatten«, sagte Billy T. und hörte, wie hart seine Stimme klang. »Sie haben sich zutiefst geschämt, weil sie zugelassen hatten, daß ein Mann Ihre Frau mißhandelt hat, während Sie keinen Finger gerührt haben. Vermutlich haben Sie sich gefragt, ob Sie mit diesem Wissen überhaupt weiterleben können. Sie konnten sich nicht vorstellen, wie Sie Ihren Kindern beibringen sollen, was passiert ist. Zum Beispiel. Habe ich recht?«

Halvorsrud schnappte nach Luft. Er starrte Billy T. in die Augen, in seinem Blick mischten sich tiefe Scham und frische Hoffnung.

»Sie glauben mir«, flüsterte er. »Es klingt so, als ob Sie mir glaubten!«

»Was ich glaube, bedeutet null und nichts. Und das wissen Sie sehr gut.«

Billy T. rieb sich mit der rechten Hand den Nacken und fischte mit der linken einen Ordner aus der obersten Schreibtischschublade. Er knallte ihn auf den Tisch, öffnete ihn aber nicht.

»Ich finde Ihre Geschichte interessant«, sagte er kurz. »Aber noch interessanter fände ich Ihre Erklärung zu dieser Scheidungseinleitung, die in Ihrem Müll gefunden wurde. Unterschrieben von Ihrer Frau, datiert am 4. März. Am Tag ihres Todes. Am Tag, an dem sie ermordet wurde.«

Zum ersten Mal lief Halvorsruds Gesicht tiefrot an. Er schlug die Augen nieder und rieb sich wie besessen die Hose über dem Knie.

»Ich wußte das nicht. Ich wußte nicht, daß sie wirklich ... ich hielt unsere kleinen Probleme der letzten Zeit für nicht relevant für diesen Fall.«

»Nicht relevant?« brüllte Billy T. und sprang aus dem Sessel hoch.

»Nicht relevant«, schrie er noch einmal, stemmte die Pranken auf die Tischplatte und beugte sich zum Staatsanwalt vor. »Und Sie wollen einer der großen Macher bei den Anklagebehörden sein? Sind Sie... spinnen Sie denn total, oder was?«

Auch Anwältin Borg sprang auf und hielt einen Arm vor ihren Mandanten, wie um Billy T. an einem physischen Angriff auf den Mann zu hindern.

»Also wirklich. Das brauchen weder Halvorsrud noch ich uns gefallen zu lassen. Entweder bewahrst du Ruhe und setzt dich wieder, oder ich werde meinem Mandanten empfehlen, keine weiteren Fragen zu beantworten.«

»Gefallen lassen müßt ihr euch noch einiges«, fauchte Billy T. durch zusammengebissene Zähne. »In diesem Ordner hier...«

Er klopfte mit den Fingern auf den geschlossenen Ordner.

»...habe ich Indizien dafür, daß something was really rotten in the house of Halvorsrud. Und eins müssen Sie sich klar vor Augen halten, Halvorsrud...«

Billy T. ließ sich wieder in den Sessel sinken und kratzte sich wütend mit beiden Händen seinen kahlen Schädel, ehe er einen mahnenden Zeigefinger auf den Anwalt richtete.

»In diesem Haus haben Sie nur einen einzigen Freund. Auf der ganzen Welt haben Sie nur einen einzigen Freund. Und der bin ich. Karen zum Beispiel...«

Jetzt zeigte sein Finger auf die Anwältin.

»...ist eine glänzende Anwältin. Absolut tolle Frau. Sympathisches Mädel. Aber sie kann Ihnen nicht einen Meter weiterhelfen. Nicht einen Meter, verstehen Sie das? Ich dagegen, ich kann das, weil ich Ihre und Salvesens Geschichte dermaßen unglaublich finde, daß ich sie gern genauer untersuchen möchte. Mit jedem Tag, der vergeht, ohne daß sein Leichnam an Land gespült wird, bessert sich Ihre Lage. Wenn ich das will. Wenn Sie sich als kooperativ erweisen. Wenn Sie meine Fragen beantworten und außerdem Ihr verdammt riesiges Gehirn nutzen, um zu kapieren, daß Sie mir auch das erzählen müssen, wonach ich Sie nicht frage. Klar?«

Es war ganz still. Das schwache Rauschen des Computers verstärkte den Eindruck totaler Stille nur noch.

»Tut mir leid«, sagte Halvorsrud endlich, inzwischen war sicher eine Minute vergangen. »Es tut mir wirklich leid. Natürlich hätte ich darüber sprechen müssen. Aber es kam mir so weit weg vor. Im Moment, meine ich. Wir hatten wirklich eine schwierige Phase. Doris hatte von Trennung gesprochen. Aber ich wußte nicht, daß sie schon konkrete Schritte unternommen hatte. Am Donnerstag, ehe Salvesen gekommen ist ...«

In seiner Salvesen-Geschichte ist er immerhin bemerkenswert konsequent, dachte Billy T. erschöpft.

»... war alles sehr harmonisch. Ich hatte mir für Freitag freigenommen, wir wollten das ganze Wochenende miteinander verbringen. Allein. Die Kinder sind verreist.«

Als er die Kinder erwähnte, huschte wieder etwas, das Ähnlichkeit mit körperlichem Schmerz hatte, über sein Gesicht; eine Muskelanspannung unter seinen Augen, eine Wellenbewegung unter den Wangenknochen.

»Ich muß das aufschreiben, ehe wir weitermachen können«, sagte Billy T.

Er drehte seinen Sessel zur Tastatur um. Obwohl er nur mit drei Fingern schrieb, ging es schnell. Das Klappern der Tasten ließ Anwältin Borg und Oberstaatsanwalt Halvorsrud schweigen. Karen Borg schloß die Augen und hatte das Gefühl, daß ihr das Schlimmste noch bevorstand. Hanne Wilhelmsen hatte versprochen, ihr nach diesem Verhör alle

Unterlagen auszuhändigen, und das hatte sie akzeptiert. An sich war es ungeheuerlich, zu einem wichtigen Verhör zu erscheinen, ohne auch nur eines der dazugehörigen Dokumente gesehen zu haben. Andererseits wußte sie, daß Hanne sie niemals übers Ohr hauen würde. Nicht direkt. Wenn Karen Borg jetzt eine unangenehme Vorahnung gekommen war, dann, weil sie Billy T. kannte. Sie wußte, was die Flecken auf seinem Hals bedeuteten.

»Na gut«, sagte Billy T. plötzlich und wandte sich wieder Halvorsrud zu. »Sie wußten also nichts von diesen konkreten Trennungsplänen. Aber können Sie mir erzählen, warum in Ihrem Keller in einem alten Medizinschränkchen hunderttausend sorgfältig eingewickelte Kronen lagen?«

Der Oberstaatsanwalt wurde nicht rot. Er brachte auch keinerlei Erstaunen zum Ausdruck. Keine Schuldgefühle. Ihm sackte nicht das Kinn herunter, und er breitete nicht die Hände aus. Er starrte Billy T. vollkommen leer und aus Augen heraus an, die wieder so aussahen wie am Morgen, rot und tot.

»Hallo«, sagte Billy T. und schwenkte fünf Finger durch die Luft. »Ist da jemand? Was hat dieses Geld zu bedeuten?«

Halvorsrud fiel in Ohnmacht, ganz still und ruhig.

Erst schlossen sich seine Augen, als wolle er ein Nickerchen einlegen. Danach glitt sein starrer Oberkörper langsam zur Seite. Und hörte erst damit auf, als sein Kopf gegen die Wand neben dem Fenster knallte. Halvorsrud sah aus wie ein Fluggast, der den Film nicht weiter ansehen möchte. Sein Atem war kaum spürbar.

»Verdammt«, sagte Billy T. »Ist er tot?«

Karen Borg packte Halvorsrud am Revers.

»Hilf mir doch«, fauchte sie, und zusammen bugsierten sie Halvorsrud auf dem Boden in die stabile Seitenlage, dann rief Billy T. einen Unfallwagen und zwei Polizisten, die den Patienten ins Krankenhaus begleiten sollten.

»Habt ihr noch mehr?«

Der Fleck auf Karen Borgs cremefarbenem Rock war größer geworden. Sie versuchte ihn mit der Hand zu verdecken, dann gab sie auf. Sie streifte die Schuhe ab und rieb sich die Fußsohlen. Sie waren allein in Billy T.s Büro. Er gab keine Antwort.

»Hanne hat mir die Unterlagen für heute versprochen«, sagte Karen deshalb. »Ich gehe davon aus, daß dieses Versprechen noch immer gilt.«

Billy T. nahm einen Stapel Kopien aus einem emaillierten Wandregal. Rasch durchblätterte er die Papiere, dann entfernte er zwei mit einer Büroklammer zusammengeheftete Blätter.

»Die kannst du haben«, sagte er und gähnte noch einmal, als er ihr den Stapel reichte. »Der Rest muß warten, bis ich weiter mit deinem Mandanten gesprochen habe. Das mit der Kohle hat ihm ja offenbar so ziemlich eine reingehauen…«

Nachdenklich starrte er aus dem Fenster. Es regnete jetzt; große schwere Wassertropfen jagten einander in Streifenmustern über das schmutzige Fensterglas.

»Kann ich bald mal bei euch vorbeikommen?« fragte Billy T. plötzlich. »Am liebsten abends. Ich muß etwas Wichtiges mit euch besprechen. Mit dir und mit Håkon, meine ich.«

»Natürlich. Kannst du schon mal was andeuten? Worum geht es? Etwas Ernstes?«

Sie tauschten einen so langen Blick, daß Karen schließlich eine Grimasse schnitt und auf ihren wehen Fuß starrte.

»Glaube schon«, sagte Billy T. leise. »Ich komme am Montagabend. Okay? Falls diese Bude hier bis dahin nicht abbrennt.«

»Die bleibt stehen, bis das Dovregebirge einstürzt«, murmelte Karen und zog ihre Schuhe wieder an. »Willst du nicht schon heute kommen? Wir sind zu Hause und haben nichts weiter vor.«

Billy T. dachte nach.

»Nein«, sagte er endlich. »Wir sehen uns am Montag. Gegen acht.«

II

Mit dreizehn schnitt Eivind Torsvik sich beide Ohren ab.

Er hatte durchaus nicht vor, am Blutverlust oder einer Infektion zu sterben. Am Vortag hatte er sich für gestohlenes Geld in der Apotheke sterile Kompressen und drei Rollen Pflaster gekauft. Er legte die abgeschnittenen Ohren in eine mit Watte ausgelegte Schachtel und zog mit blutverkrusteten Ohrlöchern in die Schule, um dem Lehrer sein Werk zu zeigen.

Und das war nötig gewesen.

In vieler Hinsicht hatte er schon damals das Gefühl gehabt, es sei zu spät. Zugleich wußte er, daß ihm noch etwas blieb. Er war für den Rest seines Lebens zerstört, gut, aber noch immer gab es in ihm etwas, das wert war, bewahrt zu werden. Wenn sich nur jemand um ihn kümmerte.

Er mußte seine Ohren opfern, um Hilfe zu bekommen.

Jetzt, mit siebenundzwanzig Jahren, hatte er nicht das Gefühl, daß das Opfer zu groß gewesen war. Natürlich wollte seine Brille nicht sitzen, er mußte sich Modelle kaufen, deren Bügel den Kopf geradezu einklemmten. Außerdem musterten die Leute ihn mit seltsamen Blicken. Aber vielen begegnete er ja nicht. Im Sommer wimmelte es in der Umgebung seiner Hütte nur so von Menschen, doch die festen Feriengäste hatten sich an den ohrenlosen jungen Mann gewöhnt, der immer lächelte und selten etwas sagte. Sie respektierten seine Grenzen; die um sein vier Dekar großes Grundstück und die um ihn selbst.

Tage wie diesen mochte er.

Es war Samstag, der 6. März. Der Regen färbte den Vormittag grau, der Wind malte weiße Schaumkronen auf den Fjord. Eivind Torsvik war nachts bis vier Uhr aufgewesen, fühlte sich aber trotzdem munter und voller Tatendrang. Er würde seinen vierten Roman bald beenden können.

Was gut war. Beim Endspurt, also immer ungefähr um diese Jahreszeit, fühlte er sich im Schreiben ganz und gar gefangen. Seiner eigentlichen Lebensaufgabe konnte er nicht viel Zeit widmen. Seine hochmoderne Computeranlage – die eine Hälfte seines Wohnzimmers dominierte und sie wirken ließ wie ein abgesperrtes Industrielokal – wurde zum schnöden Textverarbeitungsgerät reduziert.

Eivind Torsvik stapfte barfuß über die Felsen. Die Steine waren unter seinen Füßen kalt und uneben, und er fühlte sich stark. Das Salzwasser brachte seine Haut zum Brennen, als er ins Wasser sprang. Es konnte kaum mehr als sieben oder acht Grad haben. Nach Luft schnappend legte er zehn Meter zwischen sich und das Ufer, dann machte er kehrt und schwamm mit blitzschnellen Zügen und dem Gesicht unter Wasser zurück.

Zeit zum Frühstücken.

Und danach wollte er das Buch dann wirklich zu Ende bringen.

12

»Warum passiert das hier immer wieder?«

Hanne Wilhelmsen knallte *Dagbladet* und *VG* auf die Tischplatte. Erik Henriksen verschluckte sich und ließ

einen Regen aus halbzerkauten Brotkrümeln über die Ze
tungen rieseln.

»Was denn?« fragte der Polizeibeamte Karl Sommarøy
und trank einen großen Schluck aus einem Halbliterglas
voll Milch.

»Warum weiß die Presse mehr als wir? Warum hat niemand angerufen und mich geweckt?«

Niemand fühlte sich zu einer Antwort berufen. Hanne
Wilhelmsen setzte sich in dem spartanisch möblierten Zimmer in einen Sessel am Tischende und begann, mit immer
wütenderen Bewegungen in *VG* zu blättern.

»Du hast einen Schnurrbart«, sagte sie plötzlich und sah
Sommarøy an, während sie einen Strich auf ihre eigene
Oberlippe zeichnete. »Stimmt es, daß Halvorsrud eine Vor-
strafe wegen Gewaltanwendung hat?«

»Die ist fast genau dreißig Jahre alt«, sagte Karl Sommarøy
steif und wischte sich den Mund ab. »Mit sechzehn Jahren
wurde er zu fünfzig Kronen Strafe verknackt, weil er auf
einem Fest einem Kumpel eine reingesemmelt hat. Ein
dummer, betrunkener Sechzehnjähriger, Hanne. Das hat
nicht einmal seine Anwaltszulassung verhindert. Oder seine
Karriere bei den Anklagebehörden. Die Episode ist aus
allen Archiven schon längst gelöscht worden. Ich glaube
nicht, daß sie für unseren Fall etwas zu bedeuten hat.«

»Das möchte bitte ich entscheiden«, sagte Hanne übellaunig. »Ich habe es satt, über meine Fälle in der Zeitung zu
lesen. Woher wissen diese Leute das überhaupt alles?«

Sie zog eine Grimasse, ließ die Zeitung fallen und streckte
die Hand nach dem Tablett mit den Kaffeetassen aus, das
mitten auf dem ovalen Tisch stand.

»Tips«, sagte Erik Henriksen, der jetzt wieder zu Atem gekommen war. »Wenn Hoffnung auf zehntausend steuerfreie
Kronen besteht, dann gibt es absolut keine Grenze dafür, was
der Durchschnittsnorweger zu verkaufen bereit ist.«

ß jetzt mehr über diese Disketten«, sagte Kari-
k lächelnd.

e ihre Anwesenheit bisher nicht einmal regi-

ule aus dem Medizinschränkchen?«

Karianne Holbeck nickte.

»Und was weißt du?«

Hanne setzte sich gerade hin und zog ihren Stuhl an den Tisch.

»Sie enthalten Informationen über vier verschiedene Fälle. Wirtschaftskriminalität. Ziemlich dicke Kisten, soviel ich sehen kann. Ich kannte jedenfalls drei von den Namen. Einflußreiche Leute. Das Witzige ist, daß die Disketten keine Kopien der eigentlichen Unterlagen enthalten. Sondern eher Zusammenfassungen. Sie sind zwar detailliert, aber in Form und Inhalt haben sie keine große Ähnlichkeit mit Polizeiberichten.«

Die Luft im fensterlosen Besprechungszimmer war schwer und roch nach alten Käsebroten. Hanne Wilhelmsen merkte, daß sie bereits jetzt Kopfschmerzen bekam. Sie massierte sich die Schläfen mit den Zeigefingern und schloß die Augen.

»Weißt du etwas darüber, wer sie geschrieben haben könnte?«

»Bisher noch nicht. Wir untersuchen sie jetzt natürlich genauer.«

Hanne öffnete die Augen und schaute Erik Henriksen an. Dann lächelte sie kurz und fuhr ihm durch die knallroten Haare. Vor langer Zeit war er einmal in sie verliebt gewesen, ein Welpe, der um ihre Beine herumwuselte und noch für das kleinste Anzeichen von Vertraulichkeit dankbar schien. Als er dann endlich einsah, wie hoffnungslos das alles war, hatten die ewigen Anspielungen der Hauptkommissarin auf seine Unterlegenheit und sein junges Alter angefangen, ihn zu ärgern.

»Hilf ihr, Erik«, sagte Hanne Wilhelmsen. »Und außerdem...«

Wieder schaute sie zu Karianne Holbeck hin. Etwas an dieser neuen Kollegin zog sie an. Karianne konnte kaum älter als sieben- oder achtundzwanzig Jahre sein. Sie war kräftig, aber nicht dick, und immer wieder machte sie eine witzige Kopfbewegung, um ihre halblangen blonden Haare hinter ihre Schultern zu schleudern. Ihr Blick erinnerte Hanne Wilhelmsen an die Augen eines Hundes, den sie als Kind oft ausgeführt hatte. Gelbbraun mit grünen Punkten, lebhaft und zurückhaltend zugleich, direkt und doch nicht ganz leicht zu lesen.

»Gibt's was Neues über diesen Computer?«

»Ja«, Karianne Holbeck nickte. »Die Festplatte war ganz neu.«

Die Tür wurde aufgerissen, und Billy T. kam herein und füllte den Raum dermaßen mit seiner Anwesenheit, daß Karianne Holbeck verstummte.

»Weiter«, bat Hanne Wilhelmsen, ohne zu Billy T. hinüberzublicken.

Verärgert nahm er neben Karl Sommarøy Platz und griff nach den marktschreierischen Zeitungen.

»Die Festplatte ist ganz einfach ausgetauscht worden«, erklärte Karianne Holbeck. »Und vermutlich erst vor kurzer Zeit. Wir haben die Produktionsnummern nachgesehen. Das Gerät war alt, wie wir angenommen haben. Alt und viel benutzt. Aber der Inhalt war eben...«

»Neu«, sagte Hanne nachdenklich und kniff die Augen zusammen.

Seit sie an einem Adventsabend des Jahres 1992 vor ihrem Büro zusammengeschlagen worden war, quälten sie immer wieder Kopfschmerzen. Während des letzten halben Jahres hatten sie sich noch verschlimmert.

»Wissen wir, wer an diesem Computer gearbeitet hat?«

»Bisher noch nicht«, sagte Karianne und versuchte, den Verschluß der klagende, piepsende Geräusche ausstoßenden Thermoskanne festzudrehen. »Aber so, wie die Umgebung aussah, tippe ich auf die Frau. Also auf Doris Flo Halvorsrud. Um den Computer herum lagen lauter Zettel mit Notizen über Einkäufe, Einrichtung und so. Und alles war so … ich weiß nicht richtig, wie ich es nennen soll. Feminin? Topfblumen und ein Teddy, der ganz oben am Computer angeklebt war. Sowas. Irgendwer sollte Halvorsrud fragen. Und die Kinder vielleicht. Die kommen morgen zurück.«

»Wie ist das Verhör gelaufen?«

Hanne Wilhelmsen verschränkte die Hände in ihrem Nacken und sah Billy T. an. Der spuckte sich auf die Finger und blätterte wütend weiter in *VG*.

»Er ist in Ohnmacht gefallen, stell dir das vor.«

»Was?«

»In Ohnmacht gefallen. Mitten im Verhör. Ich hab ihn nach der Kohle im Keller gefragt, und schon war der Typ verschwunden. Ist still und ruhig in sich zusammengesunken.«

»Hast du das Verhör protokolliert?«

»Ja. Aber es ist noch nicht unterschrieben. Halvorsrud ist in Ullevål. Es ist nichts Ernstes, sagen die Ärzte. Morgen kommt er wieder her.«

»Wenn nicht irgendein Weißkittel behauptet, daß er die Luft hier nicht verträgt.« Erik Henriksen steckte sich eine Zigarette hinters Ohr.

»Das wäre dann typisch. Der Durchschnittspöbel muß wochenlang in unserem miesen Hinterhof aushalten. Aber wenn wir einen Kerl in einem teuren Anzug hochnehmen, ist es gesundheitsgefährdend, da länger als drei Stunden zu sitzen.«

»Machen wir einen Spaziergang?« fragte Billy T. und sah Hanne an.

»Spaziergang?« fragte sie ungläubig. »Jetzt?«

»Ja. Du und ich. Einen Spaziergang. Einen Arbeitsspaziergang. Wir können unterwegs über den Fall reden. Ich könnte ein bißchen frische Luft vertragen.«

Er sprang so abrupt auf, daß sein Stuhl fast umgefallen wäre, und ging auf die Tür zu, als sei die Sache schon entschieden.

»Komm!« kommandierte er und schlug ihr auf die Schulter.

Hanne wand sich und blieb sitzen.

»Nimm Kontakt zur Wirtschaftskripo auf, Karianne. Sieh dir die Fälle an, von denen auf den Disketten die Rede ist. Stell fest ...« Sie hob die Hände und zählte an ihren Fingern mit. »...ob da noch ermittelt wird, ob es irgendwann zu einer Anklage gekommen ist, ob die Ermittlungen eingestellt worden sind und ...«

Hanne verstummte.

»Und wer in diesem Fall die Einstellung beschlossen hat«, fuhr sie fort. »Wenn es Halvorsrud war, dann bitte einen Staatsanwalt, sich das genauer anzusehen. Ob die Einstellung wirklich begründet war. Und du, Karl ...«

Sie starrte den Polizeibeamten Sommarøy an. Es fiel ihr immer schwer, ihm in die Augen zu sehen. Ihr Blick wanderte in der Regel über sein Gesicht nach unten; faszinierenderweise war er fast kinnlos. Bei ihrer ersten Begegnung hatte sie einen schicksalhaften Unfall für seine seltsame untere Gesichtshälfte verantwortlich gemacht. Der Mann war hochgewachsen und athletisch, er hatte kräftige lockige Haare. Seine Augen waren groß und grün, mit kurzen, maskulinen Wimpern. Die kühn geschwungene, große Nase hätte seiner ganzen Gestalt eine fast autoritäre Prägung gegeben, wenn das Gesicht nicht unter dem schmalen Mündchen mehr oder weniger aufgehört hätte. Gott schien sich mit Karl Sommarøy einen üblen Scherz erlaubt und ihm die Kinnpartie eines vierjährigen Kindes verpaßt zu haben.

»Du suchst alles zusammen, was wir bisher an Zeugenaussagen haben, schreibst eine Zusammenfassung und legst sie vor morgen früh um neun auf meinen Schreibtisch. Zusammen mit Kopien aller Verhöre.«

»Das sind aber schon fast zwanzig«, klagte Karl Sommarøy und trommelte mit der linken Hand auf dem Tisch herum. »Und in keinem wird etwas wirklich Wichtiges gesagt.«

»Dann kann es ja keine große Aufgabe sein. Morgen früh um neun.«

Hanne Wilhelmsen erhob sich.

»Ich geh jetzt frische Luft schnappen«, erklärte sie und lächelte so breit, daß die Neulinge im Besprechungszimmer sie überrascht anstarrten.

In der Türöffnung fuhr sie noch einmal herum und nickte Karianne Holbeck zu.

»Du weißt doch, worauf ich mit den Fällen auf den Disketten hinauswill?«

»Ich habe mir das auch schon überlegt«, sagte Karianne mit einem tiefen Seufzer. »Wenn wir recht haben, dann steckt Halvorsrud ziemlich in der Tinte.«

»Das tut er ohnehin schon«, murmelte Erik Henriksen. »Ich wette einen Tausender, daß der Kerl lügt wie gedruckt.«

Niemand mochte dagegen halten.

13

Evald Bromo hatte das Internet noch nie für diese Dinge benutzt. Er wußte, wieviel es dort draußen gab. Aber er hatte sich nie getraut.

Apathisch starrte er die sinnlosen Muster des Bildschirmschoners an. Ein Kubus zerfiel zu Kugeln, die dann wuchsen, sich in Blumen verwandelten, die verwelkten und zu einem vierfarbigen Dreieck wurden. Wieder und wieder. Langsam nahm er die Brille ab, putzte sie gründlich mit dem Hemdzipfel und setzte sie wieder auf. Das Dreieck wurde zum Kubus. Der Kubus zu wachsenden Kugeln.

»Der Åsgardausbau«, sagte er halblaut zu sich selbst und griff nach der Maus.

Der Bildschirmschoner verschwand. Eine leere Seite tauchte vor ihm auf. Sie war seit zwei Stunden nicht verändert worden.

Offenbar war Statoil im vielleicht größten Prestigeprojekt der fast dreißig Jahre langen Geschichte dieser staatlichen Ölgesellschaft bei der Budgetplanung ein katastrophaler Fehler unterlaufen. Die endlos lange Åsgardkette – der Ausbau des Feldes auf der Haltenbank, die Rohrgasleitung bis nach Karstø in Rogaland, der Ausbau der Raffinerie und der Rohrgasleitung Europipe II – sollte plangemäß an die fünfundzwanzig Milliarden Kronen kosten. Nach allem, was Evald Bromo gehört hatte, lagen die neuen Berechnungen bis zu fünfzehn Milliarden über dem ursprünglichen Betrag. Wenn das stimmte, dann konnte man unmöglich sagen, wer in zwei Monaten noch aufrecht auf dem Schlachtfeld stehen würde. Bestimmt nicht der Konzernchef. Und auch nicht der Aufsichtsrat.

Evald Bromo konnte kein Wort schreiben.

Er dachte an alles, was im Net lag. Nur einige Mausklicks entfernt. Die Spannung in seinem Leib ließ seine Knie gegeneinander schlagen, unbewußt und immer härter, bis der Schmerz ihn zum Stillhalten zwang.

Evald Bromo wußte, was Spannung bedeutet.

Er wußte, daß er zu tun hatte, aber er wollte nicht. Diesmal nicht. Zwei E-Mails waren in sein Leben eingebrochen und hatten das Arbeiten unmöglich gemacht. Eine Tour im Net konnte vielleicht helfen. Zumindest für eine kleine Weile.

Er konnte nicht.

Elektronische Spuren blieben immer gespeichert.

Evald Bromo beschloß, nach Hause zu laufen. Vielleicht würde er den ganzen Abend weiterjoggen. Er erhob sich, streifte Jacke, Hemd und Hose ab und zog seinen schwarzgelben Trainingsanzug an. Als er sich die Turnschuhe zuband, merkte er, daß er bereits schwitzte. Seine Hände waren feucht, und er nahm seinen strengen Geruch wahr, als er zur Tür lief.

Er vergaß, dem Schlußredakteur zu sagen, daß sein Artikel noch nicht fertig war. Als es ihm einfiel – fünf Kilometer Sprintjogging später –, blieb er für einen Moment stehen, dann investierte er alle Kraft ins Weiterlaufen.

Evald Bromo brachte es nicht einmal über sich, zu telefonieren.

14

Die scharfe Luft biß sie in die Wangen, und Hanne Wilhelmsen blieb stehen. Sie legte den Kopf in den Nacken, schloß die Augen und spürte, wie die Feuchtigkeit aus dem Boden wie eine kühle Liebkosung durch ihre dünnen Schuhsohlen drang und sich um ihre Waden legte. Sie holte tief durch die Nase Luft und merkte, daß sie zum ersten Mal seit langer Zeit keine Lust auf eine Zigarette hatte. Die Bäume standen wintergrau und pessimistisch am Waldweg, doch hier und dort lugte schon ein Huflattich aus dem verfaulenden Laub hervor. Hanne fröstelte und fühlte sich wohl.

»Gute Idee«, sagte sie und hakte sich bei Billy T. unter. »Ich mußte da wirklich mal für einen Moment raus.«

Billy T. hatte ihr von dem Verhör erzählt. Von Halvorsruds standhafter Geschichte über Ståle Salvesen. Von der Tatsache, daß er dem Staatsanwalt widerwillig glaubte. Daß der Fall, der ihn anfangs nur angewidert hatte, ihn inzwischen faszinierte.

»Falls Halvorsrud die Wahrheit sagt«, überlegte er, »sehe ich nur zwei Möglichkeiten. Entweder irrt er sich. Er glaubt, der Mörder sei Salvesen gewesen, aber in Wirklichkeit war es ein anderer. Einer, der Ähnlichkeit mit Salvesen hat.«

Hanne rümpfte die Nase.

»Find' ich auch«, sage Billy T. sofort. »Klingt unwahrscheinlich. Vor allem, wo der Mörder so lange da war und Halvorsrud darauf besteht, daß er es war. Die Alternative wäre natürlich, daß Salvesen gar nicht tot ist.«

»Wäre möglich«, sagte Hanne zustimmend. »Er arrangiert am Montag einen Selbstmord, versteckt sich, um am Donnerstag zuzuschlagen, und setzt sich danach in einen anderen Erdteil ab.«

Sie wechselten einen zweifelnden Blick.

»Ich habe sowas schon mal gelesen«, sagte Billy zögernd. »Und im Film gesehen und so, meine ich. Aber um ehrlich zu sein, von so einem Fall habe ich in Wirklichkeit noch nie gehört.«

»Was nicht bedeutet, daß es nicht passieren kann«, sagte Hanne. »Er kann solche Filme doch auch gesehen haben.«

Sie bogen vom Waldweg ab und folgten einem Pfad, der nach nur wenigen Metern bei einem Rastplatz am Skarselv endete. Das Wasser floß schwer und regenschwanger zum Maridalsvannet weiter; eine Wolke aus rauher Feuchtigkeit hing über dem Flußufer. Ohne den Winterschmutz von der verwitterten Holzbank zu wischen, setzten Hanne und Billy T. sich und schauten aufs Wasser hinaus.

»Aus diesem Duft sollte Parfüm gemacht werden«, sagte Hanne, lächelte und schnupperte in der Luft herum. »Wir müßten ein Motiv finden. Vielleicht.«

»Vielleicht«, wiederholte Billy T. »Wenn wir uns mal, einfach nur so, für einen Moment vorstellen, daß Halvorsrud die Wahrheit sagt. Und recht hat. Warum zum Teufel sollte Salvesen die Frau eines Staatsanwalts umbringen? Die kannten sich doch überhaupt nicht.«

»Nein. Aber Ståle Salvesen war nach den Ermittlungen, von denen du erzählt hast, doch mehr oder weniger ruiniert. Nach dem, was zu Anfang der neunziger Jahre passiert ist. Unter Halvorsruds Leitung.«

»Das schon«, sagte Billy T. und wandte sich Hanne halbwegs zu. »Offenbar hat Salvesens Leben eine dramatische Wendung genommen, als die Wirtschaftskripo ihm draufkam. Das schon. Aber warum jetzt? Wenn der Typ dermaßen von Haß auf Halvorsrud erfüllt war, daß er aus Rache dessen Frau um die Ecke bringen wollte, warum hat er sieben oder acht Jahre damit gewartet?«

Hanne gab keine Antwort.

Die Salvesen-Geschichte ergab keinen Sinn. Hanne Wilhelmsens Devise hatte immer gelautet: Das Einfache ist das Wahre. Das, was auf der Hand liegt, ist richtig. Verbrechen geschehen zumeist impulsiv, sind selten kompliziert und so gut wie nie konspirativ.

Natürlich gab es Ausnahmen von diesen Regeln. Im Laufe der Jahre hatte sie eine nicht unbedeutende Anzahl von Fällen aufklären können, weil sie wußte und begriff, daß jede Regel ihre Ausnahme hat.

»Den eigenen Selbstmord vortäuschen...«

Sie brach einen Zweig von der kleinen Birke und steckte ihn in den Mund. Er schmeckte scheußlich. Der Saft klebte an ihren Lippen.

»Ohne ein anderes Motiv, als daß der Mann vor vielen

Jahren unter Verdacht stand. Wobei es nicht einmal zur Anklage gekommen ist.«

Hanne spuckte aus, ließ den Birkenzweig fallen und ging zum Wasser. Das Rauschen des Flusses ließ ihr Trommelfell aufdröhnen, und sie lachte laut, ohne zu wissen, warum.

»Und jetzt kommt eine andere Theorie«, rief sie Billy T. zu. »Wenn Halvorsrud nun Leuten, gegen die ermittelt wurde, Informationen von der Wirtschaftskripo verkauft hat?«

Das Ufer war glitschig. Hanne balancierte von Stein zu Stein. Plötzlich rutschte ein Fuß unter ihr weg. Das eiskalte Wasser reichte ihr bereits bis zum Knie, dann konnte sie sich verwirrt aufs Trockene retten.

»Vielleicht war seine Frau ihm auf die Schliche gekommen«, sagte sie und schüttelte heftig ihr nasses Bein. »Hat an ihrem Computer darüber geschrieben. Und weil sie mit einem Helden verheiratet sein wollte und nicht mit einem Schurken, wollte sie sich scheiden lassen. Wir sollten wohl zum Auto rennen. Sonst hol ich mir noch eine Lungenentzündung.«

Sie liefen um die Wette. Sie stießen und knufften sich und versuchten, sich gegenseitig ein Bein zu stellen, als sie wie die Besessenen zum Auto stürzten.

»Aber Halvorsrud wollte sich nicht scheiden lassen«, keuchte Hanne und hob die Hand zu einer Siegerinnengeste. »Doris war zu einer Bedrohung geworden. Und zwar zu einer ernsthaften. Er bringt sie um, saugt sich eine dermaßen phantastische Geschichte aus den Fingern, daß irgendwer ihm einfach glauben muß, und hält daran fest – come hell or high water.«

»Aber zum Teufel, Hanne«, sagte Billy T., während er versuchte, sich in den kleinen, ausrangierten Dienstwagen zu zwängen, »warum arrangiert er dann nicht lieber ein Unglück? Einen Autounfall? Feuer im Haus? Ein Samurai-schwert, Hanne! Eine regelrechte Enthauptung!«

Das Auto hustete sich über den Maridalsvei. Es herrschte nur wenig Verkehr, obwohl es Samstagnachmittag war und sie sich in einem der beliebtesten Naherholungsgebiete Oslos befanden. In der Kurve vor den Ruinen der Marien-kirche starb der Motor ab.

»Verdammte Scheißkarre!«

Billy T. hämmerte mit der Faust aufs Lenkrad. Hanne lachte.

»Dieses Auto ist wie ein kleines Kind. Ich kenne es gut. Anfangs ist es eifrig, aber wenn ihm dann die Füße wehtun, mag es keinen Schritt mehr weitergehen. Vielleicht sollten wir es nach Hause tragen?«

Sie keuchte vor Lachen, als Billy T. in seiner Wut irgendwo hängenblieb und aus dem engen Wagen nicht ganz aussteigen und auch nicht wieder einsteigen konnte.

»Ruf die Wache an«, fauchte er. »Ruf die verdammte Feuerwehr an, wenn's sein muß. Hol mich hier raus!«

Hanne Wilhelmsen kletterte aus dem Wagen. Sie zog die Jacke dichter um sich zusammen und schlenderte zum Ma-ridalsvannet hinunter, während sie das Handy aus der Tasche zog. Zwei Minuten später wurde ihr beteuert, Hilfe sei be-reits unterwegs.

Das Eis war noch nicht geschmolzen. Es lag wie ein schmutziggrauer Deckel über Oslos Trinkwasserquelle. Hanne blieb stehen, als sie einen erwachsenen Elch sah, der das Schmelzwasser von der Eisfläche schlürfte. Dann schien er ihre Witterung aufgefangen zu haben; das riesige Tier riß wachsam den Kopf nach oben, dann trabte es zu einem Wäldchen und war verschwunden.

Hanne Wilhelmsen war sich plötzlich auf unerklärliche Weise sicher. Ståle Salvesen war tot. Sie konnte es natürlich nicht wissen. Aber sie wußte es trotzdem.

»Reiß dich zusammen«, sagte sie wütend zu sich.

Dann schüttelte sie diesen Gedanken ab und ging, um Billy T. zu helfen, der noch immer im alten Ford Fiesta feststeckte und dermaßen fluchte, daß es sicher im ganzen Tal zu hören war.

15

Der letzte Punkt wurde immer mit einer kleinen Zeremonie gesetzt. Eivind Torsvik hatte morgens eine Flasche Vigne de l'Enfant Jésus geöffnet. Jetzt atmete der Rotwein schon seit zehn Stunden. Er hielt das Glas ins Licht des Bildschirms und ließ die Flüssigkeit darin kreisen. Er genoß das befriedigende Gefühl, bald zum letzten Mal die Taste für den Punkt berühren zu können.

Er war in der Schule nie gut gewesen. In der Volksschule hatte er sich selten blicken lassen. Nachdem er sich mit dreizehn Jahren die Ohren abgeschnitten hatte und sein Leben ein wenig erträglicher geworden war, hatte er rasch begriffen, daß es ihm an grundlegendem Wissen fehlte. Deshalb gab er mehr oder weniger auf. Er kam ohne zurecht.

Eivind Torsvik wußte kaum etwas über die Geschichte des Parlamentarismus. Natürlich hatte er vom amerikanischen Bürgerkrieg und der russischen Revolution gehört, aber er hatte doch nur unklare Vorstellungen davon, wann sie stattgefunden hatten und worum es dabei gegangen war. Was die Literatur anging, so hielt er sich an drei Bücher: *Moby Dick*, Hamsuns *Hunger* und Jens Bjørneboes *Traum vom Rad*. Mehr las er nicht. Er hatte sie während seiner ersten Wochen im Gefängnis gelesen, als er nicht schlafen konnte. Danach hatte er sie noch dreimal gelesen. Der Schlafmangel hatte zu einer Woche im Krankenhaus geführt. Als er beschloß, es mit Schreiben zu versuchen, hatte er zugleich beschlossen, niemals von anderen verfaßte Bücher zu lesen. Das würde ihn nur durcheinanderbringen.

Beim IQ-Test im Rahmen der gerichtspsychiatrischen Untersuchung staunten alle darüber, daß sein Resultat weit über dem Durchschnitt lag. Eivind Torsvik nutzte seinen scharfen Verstand, um Bücher zu schreiben, die niemand aufschlagen konnte, ohne sie dann zu Ende lesen zu müssen. Außerdem sprach er gut Englisch, das hatte er gelernt, als er sich per Video amerikanische B-Filme angesehen hatte, während die anderen Kinder in der Schule saßen.

Da er nur selten Zeitung las, hatte sein Verlag ihm nach Erscheinen des ersten Buches die Rezensionen per Post geschickt. Zum ersten Mal in seinem Leben hatte Eivind Torsvik sich wirklich zufrieden gefühlt. Nicht, weil die Lobesworte ihm geschmeichelt hätten − was sie natürlich doch taten −, sondern weil er das Gefühl hatte, gesehen zu werden. Verstanden. Sein erstes Buch war ein dicker Schinken von über siebenhundert Seiten und handelte von einer glücklichen Nutte, die in Amsterdams heruntergekommenen Seitenstraßen regiert. Eivind Torsvik war niemals in Amsterdam gewesen. Als er ein Jahr später erfahren hatte, daß sein Buch auch in den Niederlanden ein großer Erfolg war, hatte er dem Wärter in Ullersmo, der ihm einen halbwegs ausrangierten PC in die Zelle gestellt und gesagt hatte: »Hier, Eivind. Hier ist dein Schlüssel zur Welt da draußen«, einen dankbaren Gedanken gewidmet.

Eivind Torsvik dachte selten an seine Jahre im Gefängnis. Nicht, weil die Erinnerung an die Zeit hinter Schloß und Riegel besonders schmerzhaft gewesen wäre. Im Laufe der vier Jahre, die er nach einem an seinem achtzehnten Geburtstag begangenen Mord hatte sitzen müssen, hatte er alles gelernt, was er zu einem guten Leben brauchte. Neben Schreiben lernte er auch den Umgang mit Computern. Die

Wärter machten Eivind Torsvik niemals Probleme, sie behandelten ihn mit Respekt und manchmal sogar mit etwas, das wie Güte aussah. Die anderen Häftlinge ließen ihn mehr oder weniger in Ruhe. Sie nannten ihn »Engelchen«. Obwohl der Name eigentlich seine blonden Locken und sein ewiges, unergründliches Lachen verspotten sollte, hatte er sich nie beleidigt gefühlt. Da er wegen Mordes saß, ließen auch die Neuankömmlinge Engelchen einigermaßen ungestört sein Leben leben. Nach zwei Monaten verlor niemand mehr ein Wort über die fehlenden Ohren.

Wenn er zum ersten Mal seit langer Zeit an die Zelle dachte, in der er vier Jahre verbracht hatte, dann geschah das, weil er jetzt den Schlußpunkt setzen würde. Er schloß die Augen und suchte in seiner Erinnerung. Fünf Tage vor seiner Entlassung hatte er zum ersten Mal die Freude erlebt, ein Manuskript für vollendet erklären zu können. Da er im Gefängnis keinen Zugang zu Wein hatte, hatte er sich schon lange im voraus eine Flasche Obstsprudel gekauft. Ein Wärter hatte über seine Bitte gelächelt, hatte aber trotzdem ein schönes Sektglas besorgt. Als Eivind Torsvik sich und seinem allerersten Roman zugeprostet hatte, war ihm das Prickeln der Kohlensäure an seinem Gaumen als das erschienen, was in seinem Leben jemals einem guten sexuellen Erlebnis am nächsten kommen würde.

Er trank einen Schluck Wein. Es war warm in der Hütte, schwül, fast heiß. Eivind Torsvik trug T-Shirt und Jeans, und als er endlich den Rotwein hinunterschluckte, ließ er einen Finger die Punkttaste berühren.

Und wenn er sich auf die nächsten vier Monate auch nicht gerade freute, so empfand er doch eine tiefe Befriedigung bei der Vorstellung, daß er sich mit etwas anderem beschäftigen würde.

Hanne Wilhelmsen wollte nicht einschlafen. Sie klimperte mit den Lidern, schüttelte heftig den Kopf und versuchte mit aller Kraft, sich wach zu halten. Wieder hatte Essen auf dem Tisch gestanden, als sie nach Hause gekommen war. Wieder hatte Cecilie Kerzen angezündet und schöne Musik aufgelegt, die das Zimmer mit etwas erfüllte, das Aufmerksamkeit verlangte. Und wie jedesmal seit endlos vielen Tagen, Wochen, vielleicht sogar Monaten wurde Hanne von etwas erfüllt, das vor allem Ähnlichkeit mit Irritation hatte. Vermutlich handelte es sich um schlechtes Gewissen. Daran hielt sie sich fest, sie klammerte sich an ein Gefühl der Unzulänglichkeit und versuchte, sich damit zum Wachbleiben zu zwingen.

»Ich geb's auf«, sagte sie endlich. »Tut mir leid, Cecilie, aber jetzt muß ich einfach schlafen. Sonst brech ich zusammen, ich ...«

Die Musik verstummte. Die Stille war so überwältigend, daß Hanne schon glaubte, sie müsse noch eine halbe Stunde hinzugeben. Um des häuslichen Friedens willen. Um Cecilies willen.

»Ich gehe ins Bett«, sagte sie leise. »Danke für das Essen. Es hat wunderbar geschmeckt.«

Cecilie Vibe schwieg. Ihre Gabel verharrte in der Luft. Ein kleines Stück Steinbeißer löste sich, und sie starrte das Fischfleisch an, bis es endlich zurück in die Zitronensoße fiel, die auf dem Teller auf ziemlich unappetitliche Weise geronnen war. Als sie hörte, wie Hanne die Schlafzimmertür hinter sich schloß, hatte sie nicht einmal mehr die Kraft zum Weinen.

Statt dessen blieb sie sitzen und las ein Buch.

Sonntag, der 7. März zog herauf. Die Dämmerung kroch

in die Wohnung. Endlich schlief Cecilie in ihrem Sessel ein. Als Hanne gegen acht Uhr aufstand, breitete sie eine Decke über ihre Lebensgefährtin, ohne sie zu wecken, verzichtete aufs Frühstück und verschwand.

17

Preben Halvorsrud war zu jung, um seine eigene verwirrte Trauer zu begreifen. Sein Gesicht zeigte vor allem Trotz und Verweigerung. Die Pickel um seine Nasenwurzel waren feuerrot, und seine Wimpern – lang und geschwungen wie die eines Mädchens – waren von Rotz und Tränen verklebt. Sein Mund war zu einer abweisenden Grimasse mit feuchten Mundwinkeln verzogen, die er nicht trockenzulecken wagte. Die Augen des Jungen hatten Billy T. nur kurz gestreift, als der ihn bei seiner Tante abgeholt hatte. Seither hatten sie kaum einen Blick gewechselt.

»Schön, daß ihr bei deiner Tante wohnen könnt.«

Billy T. wollte schon resignieren. Er fand Vernehmungen von Kindern grauenhaft. Kinder hatten auf einer Wache nichts verloren. Alle unter zwanzig waren für Billy T. Kinder. Er selbst hatte mit neunzehn ein ausgeborgtes Auto zu Schrott gefahren. Dem Vater seines Kumpels war er dann unendlich dankbar gewesen. Der hatte die Verbrecher zur Strafe sein Haus neu anstreichen lassen. Die Ordnungsmacht hatte von der Sache nie etwas erfahren. Als Billy T. sich drei Jahre später an der Polizeischule bewarb, hatte er sein makelloses Führungszeugnis auf den Tisch hauen können. Die Sache hatte ihn zwei Dinge gelehrt: Erstens, daß es für die Dummheiten, die Jugendliche begehen können, keine Grenzen gibt. Und zweitens, daß das allermeiste verziehen werden kann.

Preben Halvorsrud war neunzehn Jahre alt und hatte nicht einmal eine Flasche Limonade gestohlen. Er hatte gar nichts verbrochen. Trotzdem saß er auf der Wache in einem ungemütlichen Büro und nagte sich die Finger bis aufs Blut ab, weil es schon längst keine Nägel zum Abbeißen mehr gab. Er rutschte in seinem Sessel hin und her und spreizte die Beine, ohne zu begreifen, daß das eher kindisch denn maskulin wirkte.

»Wann kann ich denn mit meinem Alten reden?«

Er richtete diese Frage an seinen eigenen Oberschenkel.

»Schwer zu sagen«, erwiderte Billy T. »Wenn wir den Kopf ein bißchen über Wasser haben und sehen, was hier eigentlich passiert ist.«

Als er das sagte, ging ihm auf, wie sinnlos diese Antwort war. Dem Jungen sagte sie gar nichts. Preben Halvorsrud wollte jetzt zu seinem Vater. Sofort.

»Bald«, korrigierte Billy T. sich. »So bald wie überhaupt nur möglich.«

Er hatte keine Fragen mehr. Vorsichtig hatte er versucht, den Jungen nach der Beziehung seiner Eltern auszufragen. Preben antwortete zumeist einsilbig. Der Junge zeigte aber immerhin eine mürrische, widerwillige Fürsorge für seine Geschwister. Vor allem schien er sich um seine sechzehnjährige Schwester Sorgen zu machen.

»Wann ist die Beerdigung?« fragte er plötzlich und starrte aus dem Fenster.

Billy T. gab keine Antwort. Er wußte es nicht. Preben Halvorsruds Mutter war erst vor drei Tagen enthauptet worden. Bisher hatten Billy T. und die übrigen elf Ermittler sich ausschließlich darauf konzentriert, die losen Fäden zu einem Gewebe zusammenzubringen, das ihnen am Ende zeigen würde, wer Doris Flo Halvorsrud ermordet hatte. Aber die Frau mußte natürlich begraben werden. Für einen absurden Moment sah Billy T. zwei Särge vor sich; einen großen für den Leichnam und einen kleinen, adretten für den Kopf. Er verkniff sich ein äußerst unangebrachtes Lächeln.

»Kann mein Alter gehen?«

Der Junge blickte ihn für einen kurzen Moment an. Er war seiner Mutter wie aus dem Gesicht geschnitten, trotz der spätpubertären und viel zu großen Nase und seiner Haut, die ihm bei den Mädchen sicher arge Probleme machte.

»Von hier weg, meinst du? Nein. Er muß sicher noch eine Weile hier bleiben. Wie gesagt...«

»Ich meine nicht von hier. Ich kapier ja, daß das nicht geht. Ich meine zur Beerdigung. Zur Beerdigung meiner Mutter. Kann mein Alter da hinkommen?«

Billy T. rieb sich das Gesicht und zog lange und hart die Nase hoch.

»Da bin ich mir wirklich nicht sicher, Preben. Ich werde mein Bestes tun.«

»Das wäre auf jeden Fall gut für meine Schwester. Sie ist so ein... Papakind, sozusagen.«

»Und du«, fragte Billy T. »Was ist mit dir?«

Der Junge zuckte mit den Schultern.

»Naja...«

»Glaubst du, es ist wichtig für deinen Vater? Zur Beerdigung gehen zu können, meine ich?«

Preben Halvorsrud zog eine Grimasse, die Billy T. einfach nicht deuten konnte. Vielleicht war er einfach nur müde.

»Mmm«, er nickte kurz.

»Warum?«

»Sie haben sich doch geliebt, Mann!«

Zum ersten Mal durchbrach Wut die abweisende Verschlossenheit. Der Neunzehnjährige richtete sich im Sessel auf und nahm die Hand vom Mund.

»Meine Eltern waren seit über zwanzig Jahren verheiratet. Ich weiß ja auch, daß das nicht immer so verdammt leicht war. Das geht sicher allen so. Sie zum Beispiel…«

Ein schmuddeliger Zeigefinger mit Blut an der Spitze zeigte auf Billy T.

»Sind Sie verheiratet?«

»Nein«, sagte Billy T. »Aber ich heirate im Sommer.«

»Haben Sie Kinder?«

»Vier. Bald fünf.«

»Himmel«, rief Preben Halvorsrud und ließ seinen Finger sinken. »Mit derselben Frau?«

»Nein. Aber hier ist nicht von mir die Rede.«

Billy T. knallte unnötig hart mit einer Schreibtischschublade.

»Doch«, sagte Preben. »Hier ist von Ihnen die Rede. Wenn Ihre Kinder verschiedene Mütter haben, dann wissen Sie doch, wovon ich rede. Daß nicht alles immer so verdammt leicht ist. Sie haben es doch auch nicht geschafft. Sich immer nur an eine zu halten, meine ich. Wenn die Mutter Ihrer Kinder tot wäre, wäre es für Sie dann nicht wichtig, zu ihrer Beerdigung zu gehen, was meinen Sie? Meinen Sie nicht?«

Seine Stimme schlug ins Falsett um, als sei der Junge eigentlich erst fünfzehn. So sah er auch aus. Seine Augen liefen jetzt fast schon über. Der dünne Schild aus Gleichgültigkeit bekam Risse. Billy T. seufzte laut und erhob sich. Das Gefühl, ein Arsch zu sein, lähmte ihn fast, als er sich über den Jungen beugte. Preben Halvorsrud krümmte sich unter ihm zusammen.

»Sie hatten also Probleme.«

Der Junge nickte ganz kurz.

»In welcher Weise denn?«

Preben schniefte laut und rieb sich rasch mit dem Handrücken über die Augen. Dann hob er das Kinn und schaute

Billy T. an. Die Tränen, die schwer an seinen Wimpern hingen und jederzeit herunterfallen konnten, glitzerten im grauweißen Tageslicht.

»Was wissen wir denn schon über unsere Eltern«, sagte er leise. »Über solche Dinge, meine ich.«

Billy T. überlief ein Schauer. Ohne nachzudenken, strich er Preben über die Haare. Der Junge erstarrte unter dieser Berührung, wich jedoch nicht aus.

»Da hast du recht«, sagte Billy T. »Im Grunde wissen wir verdammt wenig. Ich fahre dich jetzt nach Hause. Zu deiner Tante, meine ich. Aber vorher möchte ich dich noch fragen...«

Billy T. öffnete eine Schreibtischschublade und zog eine große schwarze Taschenlampe hervor. Sie steckte in einer durchsichtigen Plastiktüte.

»Kennst du die? Gehört sie vielleicht dir?«

Preben streckte die Hand nach der Lampe aus, ließ sie dann aber sinken.

»Die gehört Marius. Jedenfalls hat er so eine. Die so aussieht, meine ich.«

»Alles klar«, Billy T. lächelte und legte die Lampe wieder weg. »Jetzt gehen wir.«

Als sie in den Nieselregen vor der Wache hinaustraten, um zum Auto zu gehen, blieb Preben Halvorsrud stehen.

»Müssen Sie auch mit Thea und Marius sprechen?«

Billy T. zuckte mit den Schultern und dachte kurz nach. Dann klopfte er dem jungen Mann auf die Schulter. Der war dünner, als er in seinen locker hängenden Kleidern aussah.

»Nein«, sagte er dann endlich. »Ich verspreche dir, daß wir deine Geschwister nicht quälen werden.«

»Schön«, sagte Preben Halvorsrud. »Thea muß Ruhe haben.«

Sein Lächeln, das erste, das Billy T. an ihm sah, ließ den

Neunzehnjährigen wieder fünf Jahre jünger aussehen. Die fettigen, modisch geschnittenen Haare fielen ihm in die Stirn, und Billy T. hoffte, daß er nichts versprochen hatte, das sich als unhaltbar erweisen würde.

18

Polizeipräsident Hans Christian Mykland vom Polizeidistrikt Oslo bekleidete dieses Amt jetzt seit genau zwei Jahren, zwei Monaten, zwei Wochen und zwei Tagen. Diese vier Zweien hatten ihn an diesem Morgen von der Kühlschranktür her angestarrt. Sie waren sorgfältig mit Filzstift auf einen A 4-Bogen aufgezeichnet und mit zwei Magneten befestigt worden, mit einem als Clown verkleideten Schwein und einer Minidarstellung der Prager Astronomischen Uhr. Polizeipräsident Mykland hatte sich sichtlich geärgert, hatte das Blatt aber hängen lassen. Seine Arbeitgeber im Justizministerium wußten nichts von der Abmachung, die er mit seiner Familie getroffen hatte, bevor er sich um den Posten von Oslos oberstem Polizeichef bewarb.

Drei Jahre. Allerhöchstens.

Die Söhne, die damals zwölf und fünfzehn gewesen waren, hatten sich vorbehaltlos auf die Seite ihrer Mutter gestellt. Der jüngere hatte seinem Vater sogar eine Art Vertrag vorgelegt, den dieser vor Antritt der neuen Stelle unterzeichnen mußte. Wenn er sich dem Jungen gefügt hatte, dann deshalb, weil der Zwölfjährige für einen Moment zu seinem ältesten Bruder geworden war. Mit nur zwanzig Jahren hatte sein Sohn Simen sich das Leben genommen. Als er allein im Ferienhaus gewesen war, hatte er sich mit einem verrosteten alten Taschenmesser elf brutale Wunden versetzt. Der Arzt hatte den Blick abgewandt, als Mykland ihn fragte, wie lange der Junge zum Sterben gebraucht hatte.

Kurze Zeit nach Hans Christian Myklands Ernennung zum Polizeipräsidenten, am 4. April 1997, wurde die damalige Ministerpräsidentin Birgitte Volter in ihrem Arbeitszimmer tot aufgefunden. Mit einem Kopfschuß. Der Fall hatte in der gesamten westlichen Welt Aufsehen erregt, und Hans Christian Mykland hatte seiner Familie bestätigt, was sie die ganze Zeit vermutet hatte: Der Posten des Polizeipräsidenten sprengte die normalen Bürozeiten.

Er fühlte sich wohl dabei.

Manchmal kam er sich allerdings wie Sisyphos vor. Die Kriminalität in Oslo ließ sich nicht eindämmen. Der Polizei wurden immer neue Mittel bewilligt, doch ausreichend waren sie nie. Der Polizeidistrikt wurde reorganisiert und effektiviert, doch die Kriminalität war wie eine bösartige Geschwulst, die sich nur eingrenzen, aber niemals entfernen ließ.

Es war trotzdem der Mühe wert.

Noch war Norwegen ein gesetzestreues Land. Noch konnten sich die Bürger – sogar in der Hauptstadt – einigermaßen sicher fühlen. Auf jeden Fall, wenn sie wußten, um welche Orte sie einen Bogen machen und zu welchem Zeitpunkt sie zu Hause bleiben mußten.

Hans Christian Mykland wurde langsam beliebt. Am Anfang war diese Entwicklung eher zögerlich vor sich gegangen. Der Übergang vom fallbezogenen Posten des Chefs der Kriminalpolizei zum eher allgemeinen und viel mehr öffentlichkeitsgerichteten des Polizeipräsidenten war nicht einfach gewesen. Aber er hatte es trotzdem geschafft. Langsam, aber sicher. Jetzt sah er jeden Tag Anzeichen dafür, daß seine Angestellten ihn nicht nur respektierten, sondern ihn auch als Mensch und Vorgesetzten zu schätzen wußten. Dafür dankte der Polizeipräsident Gott jeden Abend vor dem Einschlafen.

Sein Posten war befriedigender, als er sich hätte träumen lassen. Er mochte diese Arbeit. Er liebte den Kontakt zur Öffentlichkeit. Hans Christian Mykland beherrschte sein Metier und wollte durchaus nicht aufhören. Dennoch blieben ihm nur knappe zehn Monate. Ein Versprechen war ein Versprechen, und wenn er noch so sehr dazu gedrängt worden war.

Wenn Hanne Wilhelmsen gewußt hätte, wie der Morgen des Polizeipräsidenten ausgesehen hatte, dann hätte sie möglicherweise Verständnis für dessen schlechte Laune gehabt. Sie konnte nicht verstehen, was die verdrossene Miene und die kurzen, gekläfften Antworten verursachte.

»Warum in aller Welt ist dieser Fall nicht schon am Freitag behandelt worden?«

Polizeipräsident Mykland kratzte sich irritiert an den blauschwarzen Bartstoppeln und starrte die Hauptkommissarin an.

»Wir hatten einfach nicht mehr die Möglichkeit, alle notwendigen Unterlagen ...«

»Und was war mit Samstag? Sonst schicken wir samstags doch ganze Heerscharen in U-Haft, wenn es nötig sein sollte.«

Der Polizeipräsident schüttelte den Kopf und lächelte plötzlich.

»Tut mir leid, Hanne«, sagte er dann in einem ganz anderen Tonfall. »Ich hatte einen miesen Morgen. Meine Familie findet es überhaupt nicht toll, wenn ich sonntags arbeite. Aber ich ...«

Er kratzte sich im Nacken und zupfte danach diskret am steifen Kragen seines Uniformhemdes.

»Dreieinhalb Tage ohne richterlichen Beschluß ...«

Er ließ diesen Satz in der Luft hängen. Hanne Wilhelmsen wußte nur zu gut, daß der Polizeijurist, der am folgenden Morgen vor dem Untersuchungsrichter erscheinen mußte, mit grobem Geschütz zu rechnen hatte. Das Gericht mußte seinen Segen dazu geben, wenn Sigurd Halvorsrud länger hinter Schloß und Riegel bleiben sollte. Das hätte innerhalb von vierundzwanzig Stunden nach seiner Festnahme geschehen müssen. Daß schon zuviel Zeit vergangen war, war das eine. Schlimmer noch war, daß die Unterlagen unmißverständlich klarstellen würden, daß Oberstaatsanwalt Halvorsrud bereits am Freitag zwei Wochen Untersuchungshaft akzeptiert hatte. Also hätte die Polizei den Fall sofort weiterreichen können.

Aber Hanne Wilhelmsen hatte auf mehr als nur zwei Wochen gehofft. Sie fand es schrecklich, unter solchem Zeitdruck arbeiten zu müssen. In der Regel führte das nur zu unnötigem Streß für alle Beteiligten. Die Leute schlampten. Darunter litten die Ermittlungen. Obwohl Hanne Wilhelmsen bis zu einem gewissen Grad das ewige Gequengel der Verteidiger verstehen konnte, der Polizei müßten kurze Fristen auferlegt werden, um die Effektivität zu steigern und die Dauer der Untersuchungshaft zu verringern, fühlte sie sich nie davon getroffen. Wenn sie eine Ermittlung leitete, dann sorgte sie dafür, daß die Untersuchungshaft so genutzt wurde, wie es sich gehörte.

»Wir müssen die Kritik einfach hinnehmen«, sagte sie. »Laufenlassen werden sie ihn auf keinen Fall. Wir haben mehr als genug.«

Der Polizeipräsident legte den Kopf schräg und starrte sie an. Er runzelte die Stirn, griff nach einem Brieföffner aus Zinn und spielte an dem kalten Metall herum.

»Wenn ich dich besser kennen würde, würde ich dich zum Essen einladen«, sagte er so unerwartet, daß Hanne Wilhelmsen nicht so recht wußte, wohin sie blicken sollte. »Aber ich sollte das wohl lassen. Was meinst du?«

»Was ich meine? Hmmmm... könnte nett sein.«

Der Polizeipräsident lachte.

»Ich rede jetzt nicht vom Essen. Sondern vom Fall. Was meinst du? War er es?«

Hanne spürte ein Prickeln hinter einer Schläfe. Sie wollte nicht zeigen, daß sie vor Verlegenheit schneller atmete, und deshalb setzte sie zu der Erklärung an, die sie hier ja eigentlich hatte abgeben wollen.

»Wir haben elf Leute angesetzt. Und die Technik, natürlich. Bisher haben die Aussagen von Nachbarn und anderen nicht weitergeführt. Alle sind schockiert und entrüstet und überhaupt. Niemand hat irgendeine Ahnung, wem Frau Halvorsruds Tod etwas nützen könnte. Niemand hat etwas gesehen, niemand hat etwas gehört. Insgesamt haben wir sechsundzwanzig Vernehmungen durchgezogen, darunter eine ziemlich kurze mit Halvorsruds älterem Sohn. Auch dabei ist nicht sonderlich viel herausgekommen. Nur, daß auch der Junge gemerkt hatte, daß zwischen seinen Eltern nicht alles Friede, Freude, Eierkuchen war.«

Sie verstummte. Cecilie. Hanne hatte vergessen, sie anzurufen. Verstohlen schaute sie auf ihre Armbanduhr und fluchte in Gedanken.

»Aber was wir haben, reicht durchaus. Wir haben seine Fingerabdrücke auf der Mordwaffe. Und sonst keine, nicht einmal die irgendeines vorwitzigen Kindes. Und niemand kann mir erzählen, daß das Schwert jahrelang an der Wand gehangen hat, ohne daß die Kinder daran herumgefingert hätten.«

»Was bedeuten kann, daß das Schwert abgewischt worden ist, ehe es von Halvorsrud angefaßt wurde«, sagte der Polizeipräsident und gab Hanne ein Zeichen weiterzureden.

»Natürlich. Aber das sind Spekulationen. Seine Fingerabdrücke saßen außerdem auch auf der Taschenlampe, mit der seine Frau aller Wahrscheinlichkeit nach bewußtlos geschlagen worden ist. Er streitet energisch ab, diese Lampe je gesehen oder gar angefaßt zu haben. Die Pathologie ist zu dem vorläufigen Ergebnis gekommen, daß sie zwischen zehn und elf Uhr abends umgebracht worden ist. Der Staatsanwalt hat erst um zehn nach zwölf angerufen. Nach Mitternacht also.«

Hanne Wilhelmsen blätterte in den Papieren auf ihrem Schoß, eher aus Gedankenlosigkeit, als weil es wirklich nötig gewesen wäre.

»Halvorsrud hat also anderthalb Stunden bei seiner toten Frau gesessen und erst dann angerufen. Seine Kleidung war mit Blut bespritzt. Und als ob das noch nicht genug wäre...«

Sie schloß den grünen Ordner und schob ihn über den breiten Schreibtisch auf den Polizeipräsidenten zu.

»...waren in seinem Keller hunderttausend Kronen in gebrauchten Scheinen versteckt. Zusammen mit Disketten, die mit seinen Fällen bei der Wirtschaftskripo zu tun haben. Er streitet ab, davon irgend etwas zu wissen.«

»Aber«, fiel der Polizeipräsident ihr ins Wort und griff nach dem Ordner, »gestern habe ich erfahren, daß das Verhör mit Halvorsrud nicht beendet worden ist. Er verlor das Bewußtsein, wie ich höre. Und wurde ins Krankenhaus gebracht.«

»Nur vorübergehend«, sagte Hanne Wilhelmsen trocken. »Heute ist er wieder frisch wie ein Fisch. Und stur wie sonst was. Wir wollten ihn für einen Tag auf die Krankenstation legen, aber er hat sich geweigert. Wollte wieder in den Hinterhof. ›Wie alle anderen‹, hat er gesagt. Ich habe ihn heute nachmittag mehrere Stunden lang verhört.«

Sie erhob sich und vertiefte sich in die großartige Aussicht aus dem sechsten Stock des Polizeigebäudes. Der bleischwere Nachmittag schleppte sich dem Abend entgegen. Grauschwarze Wolken jagten südwärts. Es würde eine kalte Nacht geben. Der Ekebergås lag konturlos und massiv im Osten. Der Oslofjord war weiß, und eine erschöpfte Dänemarkfähre bugsierte sich mühsam auf ihren Anlegeplatz bei Vippetangen zu.

»Früher habe ich diese Stadt einmal geliebt.«

Hanne wußte nicht, ob sie das gesagt oder nur gedacht hatte. Früher einmal hatte sie sich hier zu Hause gefühlt. Oslo war Hanne Wilhelmsens Stadt gewesen. Sie war zwar erst mit neunzehn Jahren in die Hauptstadt gezogen, aber damals hatte ihr Leben angefangen. Ihre Kindheit war eine halb verwischte Erinnerung an etwas, das nicht direkt unangenehm, aber unbedingt belanglos gewesen war. Hanne Wilhelmsens Dasein hatte erst mit Cecilie und der winzigen Wohnung in der Jens Bjelkes gate richtig begonnen. Nach zwei Jahren waren sie von den dreißig Quadratmetern mit Klo im Treppenhaus und dem grausigen Gestank toter Ratten in der Wand weggezogen. Seither waren drei Wohnungen gekommen und gegangen. Immer größere und schönere, wie es sich gehörte.

Hannes Zwerchfell krampfte sich zusammen. Sie sehnte sich zurück in die Jens Bjelkes gate. Zurück an den Anfang, zu dem Leben, wie es einst gewesen war.

Jetzt wohne ich hier, dachte Hanne Wilhelmsen und erkannte plötzlich, daß das Polizeigebäude im Grønlandsleiret 44 der einzige Ort auf der Welt war, an dem sie sich wirklich zu Hause fühlte.

»Wie nimmt er das alles denn so hin?« hörte sie den Polizeipräsidenten sagen und wandte sich ihm wieder zu.

»Ziemlich seltsam«, antwortete sie kurz.

Sie setzte sich wieder und bat um eine Tasse Kaffee. Der Polizeipräsident ging selbst ins Vorzimmer hinaus und kehrte mit zwei weißen Tassen und einem Aschenbecher zurück. Hanne Wilhelmsen nahm die Tasse und ließ den Aschenbecher unbenutzt, obwohl sie eine Zehnerpackung Zigaretten in der Tasche hatte.

»Bis heute war er mal so, mal so. Wechselhaft. Im einen Moment weit weg und fast unter Schock. Im nächsten straff und klar. Und diese Wechsel kamen so plötzlich, daß ... daß ich an sie geglaubt habe. Aber heute ... «

Ihre Finger spielten mit den Konturen der Zigarettenpackung auf ihrer rechten Hosentasche. Dann gab sie auf.

»Heute hätte man meinen können, er wolle seine eigene Verteidigung führen. Wirklich.«

Sie kostete den Zigarettenrauch aus und fragte sich plötzlich, warum der Polizeipräsident auch am Sonntag Uniform trug. Andererseits konnte sie sich nicht daran erinnern, ihn jemals in Zivil gesehen zu haben.

»Er war genauso, wie wir ihn immer gekannt haben. Korrekt. Beharrlich. Energisch. Ziemlich arrogant. Und im Grunde auch logisch. Warum sollte er bei der Leiche sitzenbleiben, das Schwert anfassen, sich vom Blut seiner Frau bespritzen lassen, wenn er sie wirklich umgebracht hat? Und so weiter. Und außerdem: Warum hätte er denn nicht lieber einen Unfall arrangiert, wenn er sie denn loswerden wollte. Im Grunde hat er alle Fragen gestellt, die ein tüchtiger Vertreter der Anklagebehörden in einem solchen Fall stellen sollte. Ganz zu schweigen von einem Verteidiger. Was das Geld und die Disketten angeht, da ist er knallhart. ›Habe keine Ahnung davon‹, sagte er und starrte mich dabei an. Hat nicht einmal mit der Wimper gezuckt. Zu allem Überfluß glaubt er, seit fast zwei Jahren nicht mehr in diesem chaotischen Keller gewesen zu sein.«

»Aber gibt es Fingerabdrücke auf den Geldscheinen?«

Der Sessel des Polizeipräsidenten mußte geschmiert werden. Ein trockenes Knarren folgte seinen monotonen, wiegenden Bewegungen.

»Wissen wir noch nicht. Kriegen die Ergebnisse heute abend oder morgen.«

»Was ist mit den Kindern? Ist der Junge nach dem Geld gefragt worden?«

»Das glaube ich nicht. Gerade diese Karte wollen wir erst einmal so bedeckt wie möglich halten. Die Zeitungen haben zum Glück noch nicht davon erfahren.«

»Noch nicht.«

Der Polizeipräsident machte sich jetzt mit dem Brieföffner die Fingernägel sauber. Seine Hände waren grob und schienen eher von körperlicher Arbeit zu berichten als vom Blättern in Papieren und langen Besprechungen.

»Heute war er ein ganz anderer«, sagte Hanne und drückte die halbgerauchte Zigarette wieder aus. »Oder eher der alte. Ist nicht einen Moment zurückgewichen. Am Freitag schien er ein wenig mit dieser Ståle-Salvesen-Geschichte zu zögern. Ich dachte zuerst, er habe gelogen und begriffen, daß alles zu Ende ist, als er erfuhr, daß Salvesen aller Wahrscheinlichkeit nach tot ist. Aber heute . . .«

»Er scheint also absolut sicher . . .«, murmelte Mykland.

»Total.«

»Und du?«

»Na ja . . .«

Hanne Wilhelmsen zögerte. Sie fuhr sich über die Stirnnarbe und starrte den Aschenbecher an. Die Zigarette sonderte noch immer ein wenig Rauch ab, und sie drückte sie mit einer angeekelten Grimasse noch einmal aus.

»Sehr unsicher.«

Der Polizeipräsident legte den Brieföffner weg und faltete über seinem Bauch die Hände. Sein Sessel knarrte noch energischer.

»Kannst du dich an den Fall mit dem Jungen aus dem Kinderheim erinnern?« fragte Hanne leise. »Damals warst du doch Chef der Kripo? Das war 93, glaube ich.«

»94«, sagte der Polizeipräsident.

Die Sache mit der ermordeten Kinderheimleiterin hatte

ihn tiefer beeindruckt als die meisten anderen Fälle. Vielleicht vor allem deshalb, weil am Ende ein Streifenwagen einen zwölf Jahre alten durchgebrannten Jungen überfahren und tödlich verletzt hatte. Der Fahrer war am Boden zerstört gewesen und hatte drei Monate später gekündigt. Die Nerven.

»Ich war in der Sache nie ganz sicher«, sagte Hanne.

»Maren... Kvalseid? Kvalvik? Sie hat doch gestanden.«

»Kalsvik. Maren Kalsvik. Ja, sie hat gestanden. Und bekam vierzehn Jahre. Das hat mich noch lange gequält. Und quält mich noch immer. Ich bin durchaus nicht sicher, daß sie es wirklich war.«

»Wir können uns nicht mit solchen Überlegungen erschöpfen, Hanne«, sagte der Polizeipräsident müde. »Sie hat gestanden und hat das meines Wissens auch nie widerrufen. Es gibt so viele, die in norwegischen Gefängnissen sitzen und Jahr für Jahr ihre Unschuld beteuern. Und bei einigen stellt sich ja auch noch heraus, daß sie recht haben.«

Er rieb sich die Nasenwurzel und verriet damit eine leichte Gereiztheit, dann trank er einen Schluck Kaffee.

»Aber Ministerpräsidentin Volter, was war mit der?«

Hanne Wilhelmsen klang jetzt ziemlich energisch, sie ließ sich von der skeptischen Miene des Polizeipräsidenten nicht stören.

»Wenn ihr Ehemann uns nicht diese uralten Briefe gebracht hätte, dann wäre dieser junge Neonazi wegen Mordes verurteilt worden.«

»Worauf willst du eigentlich hinaus?« fragte Mykland.

»Worauf ich hinaus will?«

Sie breitete die Hände aus, halb resigniert, halb verärgert.

»Auf gar nichts. Ich finde nur die Vorstellung, daß wir uns irren können, immer schlimmer. Daß Unschuldige verurteilt werden, weil wir uns zu früh sicher sind. Daß wir...

daß sich auf jeden Fall einige von uns an Indizien blind starren und die Augen davor verschließen, daß es bisweilen eben auffällige und seltsame Zufälle gibt. Ab und zu sind Zufälle zufällig.«

»Du wirst langsam alt, Hanne.«

Sein Lächeln war jetzt freundlich, fast kumpelhaft.

»Der jugendliche Eifer hat sich gelegt. Das ist gut. Deine Fähigkeit zu Zweifel und Überlegung ist größer geworden. Auch das ist gut. Das macht dich zu einer noch besseren Polizistin. Falls das möglich ist.«

Jetzt schien er fast mit ihr flirten zu wollen.

»Du bist die beste, die wir haben, Hanne. Nur darfst du jetzt nicht weich werden. Für solche Anfechtungen sind die Verteidiger da.«

»Anfechtungen«, wiederholte sie langsam. »Nennen wir das so?«

Schweigen. Sogar das nervtötende Knarren des ungeölten Schreibtischsessels verstummte.

»Es geht darum, daß ich ihm glaube. Ich habe das Gefühl, daß Halvorsrud vielleicht die Wahrheit sagt.«

Der Polizeipräsident nickte. Seine Wangen waren jetzt noch dunkler, so als sei sein Bart während des Gesprächs gewachsen. Jemand klopfte. Polizeipräsident Mykland kläffte eine Antwort. Karl Sommarøy kam herein.

»Ich dachte, das interessiert dich«, sagte er und lächelte so breit er das mit seinem Babymündchen überhaupt konnte.

Hanne Wilhelmsen nahm den Bogen, den er ihr hinhielt, und überflog den kurzen Text. Dann schaute sie hoch und blickte für einen Moment dem Polizeipräsidenten in die Augen, ehe sie sagte: »Halvorsrud hat auf der Tüte, in dem das Geld liegt, seine Fingerabdrücke hinterlassen.«

Dann erhob sie sich und ging zurück in ihr eigenes Büro, um die Unterlagen für das Haftbegehren am nächsten Tag fertigzumachen.

»Polizeiadjutantin Skar kann jedenfalls morgen mit etwas leichterem Herzen ins Gericht gehen«, sagte sie trocken zu Karl Sommarøy, ehe sie die Tür schloß.

Es war sieben Uhr am Sonntagabend, und sie würde wohl kaum vor elf zu Hause sein. Im Grunde hatte es kaum Sinn, Cecilie anzurufen. Die erwartete sie bestimmt nicht früher. Vermutlich nicht.

Hanne steckte sich die sechste Zigarette an diesem Tag an und fühlte sich erbärmlich.

19

»Miese Kuh!«

Die Steine waren grün und glatt. Die Möwen kicherten hämisch, als sie sich ziellos von den Windstößen umhertreiben ließen. Der Junge spuckte Schnupftabak aus und wischte sich mit dem Jackenärmel schwarzen Klitsch vom Kinn.

Er hatte es kaum glauben können, als Terese ihn am Tag nach dem Fest angerufen hatte. Daß sie bereitwillig mit ihm geknutscht hatte, war das eine; er war ja fast der einzige Junge dort gewesen. Doch dann hatte sie ihn angerufen. Gleich am nächsten Tag. Er hatte rein gar nichts kapiert.

Und das tat er auch jetzt nicht. Er hatte schon lange auf Terese gewartet. Das taten alle. Und sie hatte sich für ihn entschieden. Drei Wochen lang hatte sie dem Jungen den idiotischen Glauben geschenkt, die Welt sei rosa. Aber er war erst siebzehn. Er hatte kein Geld und konnte nicht Auto fahren.

Am Vortag hatte Terese bei Anders Skog im Auto gesessen. In seinem neuen Käfer.

»Wenn ich auf den Felsen hinüberspringen kann, ohne

auf die Fresse zu fallen, dann kapiert sie, daß der Typ ein Weichei ist.«

Der Junge rief in den Wind, und seine Tränen mischten sich mit der Gischt zu einer klebrigen Gesichtsmaske.

Er fiel und prallte auf die Felsen auf.

Für einen Moment glaubte er, das Rote, das zwischen Felsen und Ufer zwischen den Tangdolden wogte, sei Blut, das aus seiner Wade strömte. Dann ging ihm auf, was er da vor sich hatte.

»Selber Weichei«, murmelte er und zog den vom Wasser schweren Berganorak an Land.

In der Brusttasche steckte etwas. Der Reißverschluß klemmte, aber die Anstrengung brachte den Jungen immerhin auf andere Gedanken.

»O Scheiße ... über dreizehnhundert Lappen!«

Die Scheine waren triefnaß. Aber unversehrt und echt, soweit er das beurteilen konnte. »Ståle Salvesen« stand unter dem fast verwischten Bild im Führerschein.

Bei diesem Wetter war hier draußen kein Schwein unterwegs. Nur er. Zwei Fünfhunderter, drei Hunderter und ein Fünfziger verschwanden in seiner Hosentasche. Er legte sich auf den Bauch und stopfte den Anorak in den Hohlraum, den das Wasser im Laufe der Jahrtausende unter dem Felsen gegraben hatte. Dann legte er drei große Steine darauf. Er steckte den Führerschein in die Brieftasche, betrachtete sein zerfetztes Hosenbein mit den Blut- und Tangflecken, richtete sich auf, holte tief Luft und schleuderte die Brieftasche dieses Ståle-Heinis weit übers Meer.

»Fuck you, Terese«, brüllte die Jungenstimme beim Sprung vom Felsen zum Festland.

20

»Sie ist ja ziemlich zusammengestaucht worden«, sagte Billy T. und lud sich Lasagne auf den Teller. »Und wenn du mehr Ärger gemacht hättest, wäre es sicher noch schlimmer geworden. Aber immerhin ist der Typ für drei Wochen eingebuchtet. Wenn er allerdings kein Oberstaatsanwalt wäre, dann hätten wir wohl acht gekriegt. Oder was?«

Er reichte die Auflaufform an Karen Borg weiter.

»Sie ist ziemlich tüchtig«, sagte Karen ruhig. »Ist sie neu?«

»Ist seit drei Monaten bei uns. Nette Frau, diese Annmari Skar. Hat an der Polizeischule angefangen und nebenbei Jura studiert. Dabei kommen gute Polizeijuristen raus.«

Tone-Marit Steen schüttelte den Kopf und faßte sich an den Bauch, als Karen ihr die Schüssel hinhielt. Ihr Gesicht verzog sich zu einer Grimasse.

»Wann ist eigentlich euer Stichtag?«

Håkon Sand legte im Specksteinkamin Holz nach und fluchte leise, als er sich am Funkenschirm verbrannte.

»In einer Woche«, stöhnte Tone-Marit, deren Gesicht plötzlich rot und feucht wurde. »Aber ich glaube, sie kommt vielleicht früher.«

»Er«, sagte Billy so schnell, daß Tomatensoße aus seinem Mund über die weiße Tischdecke spritzte. »Verdammt. Entschuldigung. Der Junge kommt, wenn er so weit ist. An diesen Terminquatsch glaub ich nicht eine Sekunde!«

»Oi«, sagte Tone-Marit.

Eine Lache breitete sich zwischen ihren Beinen aus. Ihr rotes Umstandskleid war bereits dunkel vor Nässe.

»Huch«, sagte Karen.

»Arzt«, brüllte Billy T. »Krankenhaus! Håkon!«

»Was soll ich denn machen?« schrie Håkon, er hielt ein

Holzscheit in der einen und einen Schürhaken in der anderen Hand. Über seinem inzwischen recht umfangreichen Bauch trug er eine grüne Schürze mit der in kindlichen Filzbuchstaben aufgenähten Aufschrift »Koch Sand«. Auf seinem Kopf thronte eine altmodische Kochmütze, die ihm Ähnlichkeit mit einem molligen Kerzenhalter gab.

»Sie kommt«, stöhnte Tone-Marit.

»Er muß warten, zum Henker«, brüllte Billy T. und stürzte auf den Flur, um Mantel und Autoschlüssel zu holen.

»Karen. Sie kommt.«

Tone-Marit lag jetzt auf dem Boden. Sie spreizte die Beine und ließ sich von Karen Strumpfhose und Unterhose ausziehen.

»Verdammt«, sagte Håkon.

»O Teufel«, jammerte Billy T.

»Wasser kochen«, fiel es Håkon ein.

»Wozu denn?«, klagte Billy T.

»Hol Leinenwäsche«, sagte Karen. »Und, ja, mach Wasser heiß, nicht viel, das dauert sonst so lange. Leg die Geflügelschere ins Wasser.«

»Die Geflügelschere«, murmelte Håkon, dankbar, weil er endlich in seiner eigenen Domäne eingesetzt wurde.

»Ruf das Krankenhaus an, Billy T.«

Karen Borg erhob sich und versetzte dem Riesen, der hilflos dastand und mit den Wagenschlüsseln klapperte, einen Stoß.

»Laß einen Krankenwagen kommen. Ich glaube, wir können es noch schaffen.«

»Nein«, fauchte Tone-Marit durch zusammengebissene Zähne. »Hört ihr denn nicht? Sie kommt! Jetzt!«

»Du hast schon vier Kinder«, schimpfte Håkon den blaß gewordenen Billy T. aus. »Jetzt reiß dich zusammen!«

Was sie alle nicht wußten, war, daß Billy T. bei der Geburt seiner Kinder nicht zugegen gewesen war. Von der

Existenz des jüngsten, Truls, hatte er erst drei Monate nach der Entbindung erfahren. Truls war – wie seine drei älteren Brüder Nicolay, Alexander und Peter – das Ergebnis einer kurzen Affäre, die lange vor Ablauf der neun Monate ihr Ende gefunden hatte. Für Billy T. war ein neugeborenes Baby ein duftendes, frischgewaschenes Wuschel in weißen Kleidern und Flanelldecke.

»Der Kopf ist schon zu sehen«, sagte er leise und spürte, daß das Blut langsam in sein Gehirn zurückströmte.

»Setz dich dahin«, sagte Karen gereizt und rannte in die Küche, um selbst anzurufen.

Billy T. kniete sich neben Tone-Marit und nahm ihre Hand.

»Es ist ein Mädchen, Billy T.«, stöhnte sie. »Sag, daß es dir nichts ausmacht, daß es ein Mädchen ist.«

Er beugte sich vor und legte den Mund an ihr Ohr.

»Ich hab mir mein Leben lang ein Mädchen gewünscht«, flüsterte er. »Aber sag das nicht weiter. Es paßt irgendwie nicht zu mir.«

Sie versuchte ein angespanntes Lächeln, aber das verschwand in einer heftigen Wehe. Der Kopf des Kindes war jetzt ganz draußen, und Billy T. setzte sich so, daß er ihn behutsam in die Hände nehmen konnte. Håkon Sand war nähergekommen. Noch immer hielt er Holzscheit und Schürhaken in den Händen.

»Willst du das Kind totschlagen oder was«, sagte Billy T. wütend. »Leg den Kram weg und koch die Scheißschere!«

»Sie kommen, so schnell sie können«, sagte Karen, die ein Kopfkissen und zwei große weiße Laken brachte. »Ich habe Wasser aufgesetzt. Hier.«

Sie schob das Kissen unter Tone-Marits Kopf und half ihr, sich besser zurechtzulegen.

»Scheiße«, sagte Håkon Sand.

Sein fünf Jahre alter Sohn stand in der Türöffnung.

»Billy T.«, sagte er glücklich. »Kannst du mich nochmal ins Bett bringen?«

»Komm her, junger Mann«, sagte Håkon und versuchte, dem Jungen den Blick auf die Ereignisse vor dem Kamin zu versperren. »Du mußt dich heute abend mit Papa zufriedengeben.«

»Laß den Jungen doch kommen«, lächelte Billy T., und ehe die Eltern eingreifen konnten, kniete Hans Wilhelm auf dem Boden und starrte das Baby an, das nun halb zum Vorschein gekommen war.

»Das ist meine Kleine«, sagte Billy T. »Das ist mein und Tone-Marits Baby.«

Das Kind war geboren.

Billy T. war Vater eines großen, gesunden Mädchens. Tone-Marit lachte und weinte und versuchte, das Gesicht des Babys zu finden, das in ein riesiges Laken gewickelt war und ein Einweckgummi um den Nabelstumpf hatte. Karen hielt Hans Wilhelm auf dem Schoß; der Junge lutschte heftig am Daumen und wollte das Neugeborene anfassen. Håkon starrte hilflos auf die Gegenstände in seinen Händen und legte sie dann endlich weg.

Da außer seiner Mutter kein Mensch Billy T. jemals hatte weinen sehen, bat er höflich um Entschuldigung und schloß sich auf dem Klo ein.

Dort blieb er, bis die Krankenwagenbesatzung an der Tür schellte.

21

Es war halb neun Uhr am Montag abend, und die Wohnung war sauber und ordentlich. Da Billy T. zusammen mit Polizeiadjutantin Skar das Haftbegehren vorgetragen hatte, hatte

Hanne Wilhelmsen schon gegen zwei ihr Büro verlassen können. Auf dem Eßtisch stand eine Tonvase mit Blumen, im Herd sackte gerade eine Käsequiche in sich zusammen.

Cecilie war noch nicht nach Hause gekommen. Hanne empfand einen Hauch von Besorgnis, verdrängte diese aber gleich wieder. Wenn irgendein Test schiefgegangen war, konnte das eben seine Zeit dauern. Cecilie wollte im Herbst ihre Doktorarbeit abliefern, und Hanne hatte sich an diese späten Abende gewöhnt. Im Grunde kamen sie ihr sogar sehr gelegen.

Plötzlich stand sie da. Hanne mußte vor den Nachrichten um 21 Uhr eingenickt sein. Cecilie stand mitten im Zimmer, blaß und verhärmt und noch im Mantel.

»Ich bin krank«, sagte sie.

»Du bist krank?«

Hanne richtete sich langsam auf.

»Dann leg dich doch zu mir.«

Sie zeigte aufs Sofa.

»Möchtest du trotzdem etwas essen?«

»Ich bin wirklich krank, Hanne. Ernstlich.«

Hanne Wilhelmsen kniff die Augen zusammen und versuchte, eine Angst hinunterzuschlucken, die ihr den Atem zu rauben drohte.

»Ernstlich?«, wiederholte sie mit heiserer Stimme. »Was heißt ernstlich?«

»Krebs. Ich habe Krebs. Ich werde am Mittwoch operiert. Morgen. Übermorgen, meine ich. Am Mittwoch.«

Noch immer stand sie bewegungslos da und schien weder ihren dicken Wintermantel auszuziehen noch sich setzen zu wollen. Hanne wäre gern zu ihr gegangen, wollte Cecilie an sich ziehen und lächeln und sagen, das sei doch alles nur Unsinn; hier sei keine krank, und leg dich jetzt hin, dann hol ich dir etwas zu essen. Aber Hanne wäre fast gestürzt. Sie mußte ganz, ganz stillstehen, sonst würde sie umkippen.

»Wo wirst du operiert?« flüsterte sie.

»In Ullevål.«

»Ich meine, wo im Körper? Im Kopf? Im Bauch?«

»Du hast mir ja nicht zuhören wollen.«

In ihrer Stimme lag nicht der Hauch von einem Vorwurf. Cecilie stellte nur die Tatsache fest. Die sie beide kannten, seit langem.

»Verzeih mir.«

Diese Worte waren sinnlos, und Hanne hätte sie am liebsten hinuntergeschluckt. Aber sie wiederholte sie, ohne etwas anderes zu bewegen als ihre Lippen.

»Verzeih mir, Cecilie. Verzeih mir.«

Dann hob sie die Hände zum Gesicht und brach in ein so fremdes Weinen aus, daß es ihnen beiden angst machte. Ihr Körper zitterte heftig, und sie sank in die Knie.

Cecilie blieb stehen und sah sie an. Sie hätte gern die bittende, flehende Gestalt berührt. Für einen Moment versuchte sie, die Hand zu heben; Hanne war so nah, daß sie ihr über den Kopf hätte streichen können, als eine Art Segen. Aber ihr Arm war zu schwer. Sie drehte sich um, ging zurück auf den Flur, streifte ihren Mantel ab und ließ ihn auf den Boden fallen.

»Cecilie«, hörte sie Hanne schluchzen.

Eine Antwort war nicht möglich. Nicht jetzt, vielleicht nie. Routinemäßig ging sie in die Küche und drehte den Herd ab, dann ging sie ins Bett. Als Hanne irgendwann in der Nacht hinterherkam, rutschte Cecilie so weit auf ihre Seite im Doppelbett, daß sie fast auf den Boden gefallen wäre.

Wenn sie mich nur anfaßt, dachte sie. Wenn sie sich nur an meinen Rücken schmiegt.

Als langsam die Morgendämmerung heraufzog, hatten Hanne Wilhelmsen und Cecilie Vibe einander eine ganze Nacht lang beim Atmen zugehört. Doch berührt hatten sie einander dabei nicht.

22

Die Müdigkeit umschloß ihren Kopf wie Stacheldraht. Es bohrte und schmerzte, und Hanne Wilhelmsen hatte das Gefühl, sie werde niemals wieder schlafen können. Sie faßte sich an die Stirn und schwankte offenbar, denn Karl Sommarøy griff nach ihr.

»He«, sagte er. »Geht's dir nicht gut?«

»Ich bin bloß müde.«

Sie lächelte schwach und hob die Hand, um ihren Kollegen zu beruhigen.

»Ein bißchen schwindlig. Ist schon wieder vorbei.«

Die Wohnung sah aus wie die Schale eines Lebens, das kaum existiert hatte. Das Sofa war beige und alt, aber nicht abgenutzt. Der Couchtisch war nackt, nur eine dünne Staubschicht verriet, daß auch hier die Zeit verging. Die Wände waren kahl und weiß. Keine Bilder, keine Bücherregale. Nicht einmal eine alte Zeitung war irgendwo zu finden. Auch der Lärm der Stadt hörte sich durch die geschlossenen Fenster fern und unwirklich an, wie eine nur nachlässig angelegte Geräuschkulisse.

»Ich halt diese ganze Salvesen-Kiste für einen Scheißdreck«, murmelte Karl Sommarøy, er stand mit Plastikhandschuhen an den Händen mitten im Zimmer und hatte keine Ahnung, was er machen sollte. »Halvorsrud hat schon so viel gelogen. Über die Trennung. Über das Geld. Und hier lügt er sicher auch. Außerdem ist der Heini doch tot. Glauben wir.«

Hanne gab keine Antwort. Sie ging ins Schlafzimmer.

Ståle Salvesen hatte offenbar nicht mit häufigem Damenbesuch gerechnet. Das Bett war nur siebzig Zentimeter breit. Das Bettzeug sah sauber aus. Ein dunkelblauer Schlafanzug, sorgfältig zusammengelegt, kam zum Vorschein, als sie die Decke hob. Es gab keinen Nachttisch und keine Bücher oder Zeitschriften. Ståle Salvesen hatte nicht einmal einen Wecker. Aber vielleicht hatte er in den letzten Jahren auch nicht viele Termine gehabt.

Die Wände waren leuchtendgelb. Auch hier gab es keinerlei Ziergegenstände. Langsam öffnete Hanne nacheinander drei Kommodenschubladen. Die obere enthielt vier verknüllte Sockenpaare, allesamt schwarz. Die mittlere war leer. Die untere war bis zum Rand mit Unterhosen und weißen Unterhemden vollgestopft.

»Gibt es irgendwo noch andere Schubladen?« fragte sie halblaut.

»Nur in der Küche«, hörte sie Sommarøy im Wohnzimmer sagen. »Zwei mit Besteck und Küchenkram, die anderen sind leer.«

»Wie viele Schubladen hast du zu Hause?« fragte Hanne leicht zerstreut.

»Was?«

Sommarøy lehnte sich an den Türrahmen.

»Schubladen«, wiederholte Hanne Wilhelmsen. »Wie viele hast du?«

»Tja … fünf im Schlafzimmer. Sechs im Bücherregal im Wohnzimmer. Noch einige in einem Büfett, das meine Frau geerbt hat, wie viele, weiß ich nicht. Und die Kinder haben eine ganze Menge, ja, im Badezimmer sind auch noch zwei. Das müßte alles sein.«

»Wie viele davon sind leer?«

»Leer? Keine.«

Sommarøy lachte. Sein Lachen paßte zu seinem winzigen Unterkiefer; hoch und schrill wie das eines Kindes, das vorgibt, etwas komisch zu finden, obwohl es den Witz nicht begriffen hat.

»Meine Frau jammert schrecklich darüber«, fügte er hinzu.

»Genau«, murmelte Hanne Wilhelmsen und öffnete den Schlafzimmerschrank.

Der hatte eine Doppeltür. Eine Hälfte war mit Regalfächern gefüllt, die andere enthielt eine Stange mit Kleiderbügeln. Die Fächer waren zur Hälfte mit ordentlich aufgestapelten Kleidungsstücken gefüllt und dufteten schwach nach Tabak. Sie schob zwei Anzüge zur Seite, in der Hoffnung, daß sich dahinter etwas versteckte. Aber sie fand nichts.

»Siehst du nicht, was das hier ist«, fragte sie und schob den Kollegen beiseite, um in die Diele zurückzugehen, wo unter der Decke eine einsame Birne blauweißes Licht auf einen Wintermantel warf, der ganz allein an einem Haken neben der Wohnungstür hing.

»Was das ist? Das ist eine Wohnung, in der es nicht gerade zum Brüllen komisch zugegangen ist...«

»Hier fehlt etwas.«

Jetzt stand sie in der Küche. Die Einrichtung stammte aus den fünfziger Jahren, mit schrägen Schiebetüren und fettigem Schrankpapier, das mit uralten Heftzwecken befestigt war. Tisch und Bank waren abgenutzt und zerkratzt, rochen aber leicht nach Putzmittel, und sogar der Spüllappen, der über dem Boiler hing, war kreideweiß und stank nach Chlor. Hanne öffnete eine Schublade nach der anderen.

»Wonach suchst du hier eigentlich?«

Wie alle anderen in der Abteilung hatte Karl Sommarøy sich daran gewöhnt, daß Hanne Wilhelmsen sich viel aktiver an den Ermittlungen beteiligte als andere Hauptkommissarinnen. Gerüchteweise sollte sie noch dazu eine Abmachung mit dem Polizeipräsidenten getroffen haben. Sie hatte angeblich mit Kündigung gedroht, als ihre Untergebenen sich allzusehr beklagt hatten. Karl Sommarøy war einer von denen, die mit Hannes Arbeitsmethoden einverstanden waren. In letzter Zeit war sie jedoch immer seltsamer und bisweilen auch aufreizend wortkarg geworden.

»Ich suche das, was nicht hier ist«, antwortete sie und beugte sich über eine offene Schublade. »Schau mal.«

Sie ließ ihren rechten Zeigefinger um die abgerundete Kante der Schubladeneinlage wandern. Als sie dann den Finger hob, sah er auf der Fingerspitze Fussel und Schmutzspuren.

»Und hier«, sagte er und runzelte die Stirn.

»Hier hat etwas gelegen. Diese Wohnung ist zu leer, um wahr zu sein. Ståle Salvesen hat hier doch über drei Jahre gewohnt.«

»Ein Penner mit Sozialhilfe«, murmelte Sommarøy.

»Nein. Eine gescheiterte Größe. Ein Mann, der offenbar über Intelligenz und früher auch über einen Tatendrang verfügte, die ihn weit gebracht haben. Er hat nicht vier Jahre in einem Vakuum gelebt. Er muß Interessen gehabt haben. Irgendwas. Etwas, mit dem er Zeit totschlagen konnte. Aber er hat sich die Mühe gemacht, absolut alle Spuren von gelebtem Leben zu tilgen. Diese Wohnung sieht im Grunde aus wie ein schäbiges Hotel. Identitätslos.«

»Aber«, protestierte Sommarøy. »Es kommt doch sehr häufig vor, daß Menschen mit Selbstmordabsichten aufräumen. Vorher, meine ich. Ehe sie … «

»Aufräumen, ja. Aber diese Wohnung ist doch fast autoklaviert.«

Karl Sommarøy hielt den Mund.

»Desinfiziert«, erklärte Hanne. »Sterilisiert.«

»Im Kühlschrank liegt noch was«, murmelte Sommarøy leicht verstimmt.

Hanne Wilhelmsen schaute nach. Der Gestank alter Lebensmittel schlug ihr entgegen, und sie runzelte die Stirn.

»Warum ist das nicht entfernt worden?« fragte sie gereizt.

»Wer hätte das denn machen sollen?« fragte er wütend zurück.

Hanne Wilhelmsen lächelte matt.

»Du jedenfalls nicht. Wir nehmen das mit. Und du hast recht. Es ist seltsam, daß er vor seiner Übersiedlung ins Jenseits nicht den Kühlschrank leergeräumt hat.«

Sie blieb für einen Moment stehen und starrte einen Milchkarton, einen schimmeligen, offen daliegenden Käse, einen Joghurt, dessen Datum längst abgelaufen war, einen verwelkten Kopfsalat und zwei Tomaten an, die langsam schon flüssig wurden. Plötzlich verzog sich ihr Gesicht, mit einem Zucken, das Karl Sommarøy nicht deuten konnte.

»Natürlich«, sagte sie leise.

»Wieso natürlich?«

»Nichts. Ich bin nicht sicher. Komm, wir werfen einen Blick ins Badezimmer.«

Das war winzigklein. Strenggenommen konnte man gleichzeitig auf dem Klo sitzen, duschen und sich die Zähne putzen. Der Linoleumbelag auf dem Boden hatte sich um den Abfluß herum gelöst, und nicht einmal der beißende Salmiakgeruch konnte den Geruch von Schimmel unterdrücken, der vom Beton unter dem Bodenbelag aufstieg. Das Waschbecken hatte Risse. Der Schrank neben dem Spiegel hing auf halb zwölf und war leer. Nur eine einsame, verschlissene Zahnbürste in einem Wasserglas verriet, daß hier wirklich jemand gewohnt hatte.

»Gehen wir«, sagte Hanne endlich.

Das Telefon stand in der Diele, auf einem kleinen, gebrechlichen Tischchen. Hanne Wilhelmsen hob den Hörer ab, drückte auf die Wiederholungstaste und hielt ihn an ihr Ohr.

»Hier ist die Auskunft«, hörte sie nach dreimaligem Klingeln.

Sie legte wortlos auf.

»Die Auskunft«, sagte sie leise. »Als letztes hat er die Auskunft angerufen. Stell fest, ob der Anruf registriert worden ist. Ob wir in Erfahrung bringen können, was er wissen wollte. Welche Nummer er gesucht hat.«

»Eine Nummer, die er dann nicht angerufen hat«, sagte Karl Sommarøy ungeduldig.

»Auf jeden Fall nicht von hier aus«, erwiderte Hanne.

Sie entdeckte einige Zettel, die auf den Boden gefallen waren, als sie den Hörer abgenommen hatte. Diese Zettel waren offenbar zwischen Tisch und Wand eingeklemmt gewesen. Sie bückte sich und hob sie hoch. Vier oder fünf Rechnungen waren mit einer großen Büroklammer aneinander befestigt. Sie zog eine Plastiktüte aus der Tasche und steckte die Rechnungen hinein.

Neben dem Telefon lag ein kleiner unbeschriebener Notizblock. Ein Kugelschreiber bedeckte ihn schräg, es sah fast aus wie ein kunstvolles Arrangement. Hanne legte den Kugelschreiber beiseite und ging mit dem Block ins Wohnzimmer. Sie hielt das oberste Blatt ins Licht. Auf dem fehlenden Zettel war etwas geschrieben gewesen. Ein schwacher Abdruck tauchte auf, als sie das Papier in einem bestimmten Winkel hielt.

»1.09.99«, las sie langsam. »1. September 1999?«

»Erster September«, wiederholte Karl Sommarøy interessiert. »Was zum Teufel passiert denn da?«

»Das wüßte ich auch gern«, sagte Hanne. »Jetzt gehen wir.«

Sie faltete den Zettel ordentlich zusammen, steckte ihn in eine weitere Plastiktüte und stopfte sich dann alles in die Tasche. Ihre Kopfschmerzen quälten sie jetzt wirklich, aber sie fühlte sich nicht mehr so müde.

23

»Ein Mädchen!«

Billy T. knallte mit der Tür, und ehe Hanne aufblicken konnte, hatte er sie auch schon aus dem Sessel gehoben.

»Ein wunderschönes, schwarzhaariges Mädchen, und sie ist mir wie aus dem Gesicht geschnitten.«

Er kniff die Augen zusammen und verpaßte ihr einen lauten Schmatz, dann setzte er sie wieder hin. Danach zog er zwei riesige Zigarren hervor und bot ihr eine an.

»Sie wurde bei Karen und Håkon geboren«, brüllte er und paffte energisch, um richtig Glut zu entwickeln. Dann setzte er sich. »Ich war Hebamme, Hanne. Das war...«

Der Rauch quoll in zufriedenen Wölkchen aus seinem Gesicht.

»Das war verdammt noch mal das Tollste, was ich je erlebt habe. In meinem ganzen Leben. Aber...«

Er starrte Hanne an.

»Gratuliere«, sagte sie tonlos. »Wie schön. Daß es ein Mädchen ist, meine ich.«

»Was in aller Welt ist denn mit dir los?«

Mit heftigen Bewegungen drückte er seine Zigarre aus und beugte sich zu ihr vor. »Bist du...«

Dann ließ er sich abrupt zurücksinken.

»Du hast mit Cecilie gesprochen«, sagte er langsam.

»Ich spreche jeden Tag mit Cecilie«, sagte sie abweisend. »Wie geht es denn Tone-Marit?«

»Noch steht nichts fest, Hanne.«

»Nichts steht fest? Geht es ihr nicht gut?«

»Ich rede nicht über Tone-Marit. Ich rede über Cecilie. Den Krebs.«

Hanne Wilhelmsen machte sich an der Zigarre zu schaffen.

»Du hast es also gewußt«, sagte sie mit scharfer Stimme. »Ja, wie nett. Daß du und Cecilie Geheimnisse teilen könnt, meine ich. Reizend. Vielleicht könntest du auch mal ein paar Geheimnisse mit mir teilen. Und mir zum Beispiel verraten, wo du dich herumtreibst. Du hättest schon vor fünf Stunden hier sein sollen.«

Die Zigarre zerbrach. Sie nahm in jede Hand eine Hälfte und drückte zu. Die trockenen Tabaksblätter knisterten.

»Hanne Wilhelmsen!«

Billy T. verdrehte die Augen und versuchte, ihre eine Hand zu nehmen. Sie zog sie heftig und demonstrativ zurück. Tabakskrümel stoben nach allen Seiten auf.

»Hanne«, sagte er noch einmal und versuchte, ihren Blick einzufangen. »Ich möchte mit dir darüber sprechen. Bitte.«

Wenn sie seinen Blick erwidert hätte, hätte sie etwas gesehen, was sie an ihm noch nie beobachtet hatte: eine Verzweiflung, die an Wut grenzte. Seine Augen waren jetzt grau, sein Mund stand halboffen und sah resigniert aus, als wisse er nicht, ob er sprechen oder schweigen solle.

»Bitte«, flehte er noch einmal.

Hanne rieb die Hände aneinander.

»Ich sehe ja ein, daß du gute Gründe für deine Verspätung hattest. Vergiß es. Es wäre mir allerdings lieb, wenn du ... «

Sie reichte ihm ein Blatt Papier und starrte aus dem Fenster.

»Ich brauche eine Übersicht über alle grotesken Morde der letzten zehn Jahre. In Norwegen. Ich meine damit Verstümmelungen, abgeschnittene Extremitäten, du weißt schon. Ich brauche Einzelheiten, Täter, Motive, Urteile und so weiter. Und zwar sofort.«

Mehrere Sekunden lang herrschte vollständige Stille. Dann sprang Billy T. auf und schlug mit beiden Fäusten auf die Tischplatte. Der Aschenbecher machte einen Sprung und fiel zu Boden.

»Der ist zerbrochen«, sagte Hanne trocken. »Ich gehe davon aus, daß du mir einen neuen kaufst.«

Billy T. richtete sich zu seiner vollen Größe auf. Weiße Halbmonde zeichneten sich um seine Nasenflügel ab. Seine Wangen waren rotgefleckt, und seine Augen füllten sich mit Wasser.

»Du bist jämmerlich«, spuckte er aus. »Du bist verdammt noch mal jämmerlich, Hanne Wilhelmsen.«

»Zur Zeit kann ich deinen Ansichten über meine Person leider nicht viel Zeit widmen«, erwiderte sie und strich sich die Haare aus der Stirn. »Ich interessiere mich vor allem für Enthauptungen. Falls welche vorgekommen sind, meine ich. Du kannst auch weiter in der Zeit zurückgehen. Und du kannst Karl bitten, sich genauer mit Ståle Salvesen zu befassen. Ich will alles wissen, was es über diesen Kerl zu wissen gibt. Und damit meine ich mehr als das, was ihr hier zusammengescharrt habt ...«

Sie schnippte mit den Fingern in Richtung der zwei Blätter mit spärlichen Auskünften vom Einwohnermeldeamt.

»Als dieses *jämmerliche* Geschreibsel. Und noch etwas ...«

Sie schaute ihm in die Augen. Er zitterte vor Wut, und sie empfand einen Moment lang Befriedigung, als sie sah, daß seine Augen jeden Moment überlaufen konnten.

»Ich schlage vor, daß wir unser Privatleben von jetzt an für uns behalten. Jedenfalls im Dienst.«

Sie lächelte flüchtig und winkte gebieterisch mit der Hand, um ihm klarzumachen, daß er entlassen war.

»Dismissed«, präzisierte sie, als er keinerlei Anzeichen von Gehorsam erkennen ließ.

»Scheiße, du brauchst Hilfe«, fauchte er endlich und ging zur Tür.

»Schön, daß du eine Tochter hast«, sagte Hanne. »Das meine ich wirklich. Grüß Tone-Marit von mir und richte ihr das aus.«

Das Dröhnen der zugeknallten Tür hallte in ihren Ohren wider.

Es war Dienstag, der 9. März, nachmittags, und Hanne Wilhelmsen legte einen stummen Eid ab. Sie würde das Rätsel um Oberstaatsanwalt Sigurd Halvorsruds geköpfte Frau innerhalb von drei Wochen lösen. Oder höchstens vier.

24

Die Kleine war willig und billig gewesen. Alles war rasch überstanden. Evald Bromo stand am Hafenrand und starrte in das schwarze Wasser.

Er war nicht mutig genug.

Der Drang war zu stark gewesen. Margaret wähnte ihn in einem Seminar. Er war einen Tag lang durch die Straßen gestromert, und obwohl er so lange wie möglich versucht hatte, den Kiez zu vermeiden, war er am Ende dort gelandet. Und danach im Hafen. Im Osten zeichnete sich jetzt ein schmaler Lichtstreifen ab, und Evald Bromo brachte die Tage durcheinander. Er drehte sich um und schaute auf. Über ihm ragte drohend das Rathaus auf; dunkelgraue Konturen vor einem schwarzen, sternenlosen Himmel. Er versuchte den nötigen Mut heraufzubeschwören, um den entscheidenden Schritt zurück zu machen, über die Hafenmauer und in den Fjord.

Er schaffte es nicht.

Bis zum 1. September waren es noch fünf Monate und zweiundzwanzig Tage, und er schaffte es nicht einmal, die Finger von kleinen Mädchen zu lassen.

25

Sie fragte sich, warum Krankenhäuser immer nach Krankenhaus rochen. Vielleicht war das so wie mit Abfall. Egal,
was in einem Müllsack steckte, Fleisch oder Gemüse, Win-
deln oder Fisch, alter Käse oder leere Milchkartons, nach
einigen Stunden roch alles gleich.

Hanne Wilhelmsen hatte sich krank gemeldet. Nachdem
sie Beate im Vorzimmer Bescheid gesagt und den Hörer
aufgelegt hatte, mußte sie etwas hinunterschlucken, das mit
Schuldgefühlen Ähnlichkeit hatte. Sie hatte kein Wort von
Cecilie gesagt.

Cecilie hatte protestiert. Hanne müsse nun wirklich nicht
mitkommen. Sie könne ja doch nichts tun. Es sei vergeu-
dete Zeit. Hanne hatte am Vorabend noch lange an ihrem
Bett gesessen; die Krankenschwester hatte nicht nur freundlich versucht, sie aus dem Zimmer zu bekommen, in dem
Cecilie im Bett lag und fast mit der weißen Bettwäsche ver-
schmolz.

»Wenn du nur hier bist, wenn ich aufwache«, hatte sie gebeten und dabei ihre Finger ganz leicht über Hannes Handrücken wandern lassen. »Und das passiert erst am späten
Nachmittag. Dann kommst du, ja?«

Aber sie lächelte trotzdem, als Hanne am Mittwochmor-
gen um sieben eintraf. Ihr Gesicht zeigte eine vergessene
Freude; ein Auge schloß sich schneller als das andere, weil
ihr Lächeln ein klein wenig schief war.

»Da bist du«, mehr konnte sie nicht sagen, dann wurde sie
abgeholt, weil sie zur Operation bereitgemacht werden
mußte. »Du bist doch gekommen.«

Hanne Wilhelmsen schloß die Augen. In ihr herrschte
ein Gedankenchaos, das sie erschöpfte. Eine halbe Stunde
lang hatte sie versucht, einen Kriminalroman zu lesen, doch

der war unrealistisch und langweilig. Also versuchte sie, sich auf den Mord an Doris Flo Halvorsrud zu konzentrieren. Doch vor ihrem inneren Auge sah sie nur die Frau ohne Kopf, umgeben von tiefer schwarzer Finsternis.

Obwohl sie sehr unbequem saß, war sie offenbar eingenickt, denn plötzlich fuhr sie hoch.

»Hier steckst du also.«

Polizeipräsident Hans Christian Mykland trug ein rotkariertes Flanellhemd und eine blaue Hose, die aus den siebziger Jahren stammen mußte. Sie wies eine eingenähte Bügelfalte auf. Über dem Oberschenkel, wo sich der Stoff straffte, als Mykland sich neben ihr in den Sessel setzte, wimmelte es nur so von verschlissenen Noppen. Sie hätte ihn fast nicht erkannt.

»Ich trage nicht immer Uniform«, er lächelte. »Und ich dachte irgendwie, ich könnte nicht herkommen, ohne mich umzuziehen.«

Hanne Wilhelmsen starrte schweigend seine Schuhe an. Sie waren braun und offenbar zusammen mit der Hose gekauft worden. Ihr war schwindlig, und sie konnte nicht begreifen, woher er wußte, daß sie hier war.

»Wann ist das Ganze wohl überstanden, was haben sie dir gesagt?« fragte er und schaute sich um. »Gibt es hier in der Nähe einen Kaffeeautomaten?«

Hanne war noch immer stumm. Der Polizeipräsident legte ihr die Hand auf den Oberschenkel. Hanne Wilhelmsen mit ihrem tief verwurzelten Widerwillen gegen Berührungen von Menschen, die sie nicht gut kannte, schüttelte fast unmerklich den Kopf über die Geborgenheit, die seine Hand ausstrahlte. Sie wärmte, und Hanne wäre am liebsten wieder eingeschlafen.

»Hier«, sagte er und bot ihr eine Pastille an. »Eine Zigarette wäre dir natürlich lieber, aber du mußt dich hiermit zufrieden geben. Haben sie gesagt, wann sie fertig sind?«

»Gegen zwei«, murmelte Hanne Wilhelmsen und rieb sich das Gesicht. Sie konnte sich noch immer nicht vorstellen, warum der Polizeipräsident gekommen war. »So ungefähr, wenn alles nach Plan geht.«

»Wie fühlst du dich?«

Er zog seine Hand zurück und drehte sich auf dem Stuhl um, damit er Blickkontakt zu ihr hatte. Sie wich aus und schlug die Hände vors Gesicht.

»Es geht schon«, sagte sie in ihre Handflächen, sie schien wie durch einen Dämpfer zu sprechen.

Der Polizeipräsident lachte, ein leises Lachen, das leicht von den Betonwänden widerhallte.

»Hast du je zugegeben, daß es dir mal nicht gut geht?« fragte er. »Hast du je geantwortet... zum Beispiel: Nein, jetzt geht es mir im Grunde absolut dreckig?«

Hanne gab keine Antwort, aber sie ließ immerhin die Hände sinken und zwang sich eine Art Lachen ab. Danach schwiegen beide für lange Zeit.

»Mein Sohn ist gestorben«, sagte Hans Christian Mykland dann plötzlich. »Mein ältester Sohn. Vor vier Jahren. Ich dachte, ich müßte selbst auch sterben. Wirklich. Im wahrsten Sinne des Wortes. Ich konnte nicht schlafen. Ich konnte nicht essen. Wenn ich an die Monate nach Simens Tod zurückdenke, dann glaube ich auch, daß ich nicht viel gefühlt habe. Ich habe fast alle Zeit gebraucht, um mich auf...«

Er lachte wieder, und endlich sah Hanne ihn an.

»Ich habe mich auf meine Haut konzentriert.«

»Auf dein Haus?« fragte Hanne und hüstelte.

»Nein. Auf meine Haut. Ich habe versucht, die Grenzen dessen zu finden, was ich selber bin. Sie zu fassen zu bekommen, meine ich. Es war ziemlich faszinierend. Ich konnte die ganze Nacht daliegen und mich abtasten, Stück für Stück, Zoll für Zoll. Ich gehe davon aus, daß ich eine Art Bedürfnis danach hatte...«

Hanne schauderte und er verstummte.

»Seltsam, daß du das sagst«, murmelte sie. »Ich weiß, was du meinst.«

Ein Krankenpfleger schob ein Bett vor sie hin. Im weißen Bettzeug schlief eine alte Frau. An der mageren, von deutlichen, großen Adern geprägten Hand war eine Kanüle befestigt. Aus einer durchsichtigen Plastiktüte tropfte Salzwasser in die Hand der Frau. Sie öffnete kurz die Augen, als ihr Bett zum Stillstand kam. Hanne glaubte für einen Moment, ein für sie bestimmtes Lächeln zu erahnen.

Sie war so schön.

Hanne Wilhelmsen konnte ihren Blick nicht abwenden. Die Haare der Frau waren glänzend weiß und aus ihrem schmalen Gesicht zurückgestrichen. Sie hatte hohe Wangenknochen, und in dem fast unmerklichen Augenblick, als sie vielleicht lächelte und bestimmt die Augen öffnete, konnte Hanne sehen, daß ihre Augen das hellste Blau zeigten, das sie je gesehen hatte. Die Haut, die sich über den Gesichtsknochen spannte, schien so weich zu sein, daß Hanne am liebsten aufgestanden wäre und ihr die Wange gestreichelt hätte.

Das tat sie dann auch.

Die Frau öffnete wieder die Augen, diesmal richtig. Sie hob die freie Hand und legte sie behutsam auf Hannes. Dann kam der Krankenpfleger zurück.

»Und jetzt zu uns«, sagte er, vor allem zu sich selbst.

Hanne blieb stehen und schaute dem Bett hinterher, bis es zwanzig Meter weiter im Flur um eine Ecke bog.

»Woher weißt du eigentlich, daß ich hier bin?« fragte sie halblaut. »Warum bist du hier?«

»Setz dich«, sagte Mykland.

Das tat sie nicht.

»Setz dich«, wiederholte er, diesmal energischer.

Er war ihr Vorgesetzter. Sie sank auf den Stuhl, sah Mykland aber noch immer nicht an.

»Du kannst Pflegeurlaub nehmen«, sagte er. »Der ist hiermit bewilligt. So lange du willst. Du ...«

Er unterbrach sich. Hanne Wilhelmsen beendete den Satz für ihn.

»... hast das verdient«, sagte sie verächtlich. »Ich habe das verdient. Hast du überhaupt eine Vorstellung davon, wie satt ich es habe, immer wieder zu hören, daß ich Urlaub verdient habe? Ist das nicht nur eine schöne Umschreibung dafür, daß ihr Urlaub von mir verdient habt?«

»Jetzt bist du paranoid, Hanne.«

Seine Stimme klang resigniert, als er dann weitersprach.

»Kannst du dich nicht ganz einfach damit abfinden, daß andere dich für tüchtig halten? Und damit basta? Und daß die Leute von der Wache ...«

»Vom Distrikt«, fiel sie ihm säuerlich ins Wort.

»Daß sie es ganz richtig fänden, wenn du dir in dieser Situation ein paar Tage freinimmst?«

Hanne holte hörbar Luft, als wolle sie etwas sagen. Dann hielt sie den Atem an und schüttelte den Kopf.

»Du hast ein gravierendes Kommunikationsproblem«, sagte er ruhig. »Du mußt wissen, daß du die allererste Kollegin bist, der ich vom Tod meines Sohnes erzählt habe. Aber Respons von dir kommt nicht. Ich kann damit leben. Du auch?«

»Tut mir leid«, murmelte Hanne. »Es tut mir wirklich leid. Aber ich möchte in Ruhe gelassen werden.«

»Nein.«

Wieder legte er ihr die Hand auf den Oberschenkel. Diesmal empfand sie nur Widerwillen bei dieser Berührung und erstarrte.

»Das möchtest du nicht«, erklärte Mykland. »Du möchtest vor allem, daß jemand mit dir redet. Dir zuhört. Dich zum Reden bringt. Das versuche ich gerade. Aber es gelingt mir nicht besonders gut.«

Der Krankenhausgeruch wurde plötzlich überwältigend. Hanne Wilhelmsen spannte sich noch mehr, ihr Oberschenkel tat weh, denn sie straffte ihn aus aller Kraft, um den Mann dazu zu bringen, seine Hand zu entfernen. Eine Welle von Übelkeit durchjagte sie, und sie schluckte energisch.

»Ich will arbeiten«, sagte sie durch zusammengebissene Zähne. »Ich will meine Ruhe haben und meine Arbeit tun. Ich habe ... «

Sie sprang auf, stellte sich vor ihn hin, zählte mit den Fingern mit und fauchte: »Einen Messermord, Kneipenprügeleien, rassistisch motivierte Überfälle. Und dazu den Fall einer enthaupteten Frau, bei dem ich rein gar nichts kapiere. Hast du überhaupt eine Ahnung davon, wieviel wir in unserer Abteilung zu tun haben? Hast du überhaupt eine Ahnung von mir und davon, was im Moment für Hanne Wilhelmsen das Beste ist?«

Als sie ihren Namen sagte, klopfte sie sich mit dem rechten Zeigefinger so hart auf die Brust, daß es wehtat.

»Nein. Hast du nicht. Ich aber, ich weiß, daß das einzige, was ich in dieser Situation machen kann, eben arbeiten ist. Meine Arbeit zu tun, verstehst du?«

Es hallte zwischen den Wänden wider. Zwei Pakistani, die zehn Meter weiter im Flur saßen, drehten sich neugierig um. Ein Krankenpfleger verlangsamte sein Tempo und schien anhalten und seine Hilfe anbieten zu wollen. Als er Hanne Wilhelmsens Blick sah, schlug er die Augen nieder und ging wieder schneller.

»Glaubst du an Gott, Hanne?«

»Ha!«

Sie schlug sich mit einer übertriebenen, höhnischen Geste an die Stirn.

»Deshalb bist du also gekommen. Ein kleiner Missionstrip nach Ullevål, um Hanne Wilhelmsens verlorene Seele zu retten. Nein. Ich glaube nicht an Gott. Und um einen berühmteren Menschen zu zitieren, als ich es bin: Er glaubt auch nicht sonderlich an mich.«

Weil ihr nichts Besseres einfiel, ging sie los. Der Polizeipräsident erhob sich langsam und folgte ihr.

»Du irrst dich«, sagte er halblaut hinter ihrem Rücken. »Das hat mich nur interessiert.«

Sie ging schneller, wußte aber nicht so recht, wohin. Als sie dann am Ende des Flurs angekommen war, fuhr sie herum und versuchte, zurückzugehen. Der Polizeipräsident trat ihr in den Weg.

»Ich werde dich nicht länger belästigen. Ich bin zum Reden hergekommen. Und um dir zu zeigen, daß du mir wichtig bist. Ich bilde mir ein, vielleicht zu Unrecht...«

Ein verlegenes Lächeln breitete sich in seinem Gesicht aus.

»Daß ich ein bißchen weiß, wie dir zumute ist. Aber du kennst mich nicht. Dies hier war ein Versuch, das zu ändern. Was immer das bringen mag: Ich bin ganz Ohr, wenn du deine Meinung änderst. Und auf jeden Fall solltest du mit Billy T. sprechen.«

Hanne Wilhelmsen machte noch einen Versuch, an ihm vorbeizukommen. Vergebens.

»Der Mann liebt dich so sehr, wie es unter Menschen, die nicht verwandt sind, nur möglich ist«, sagte Mykland. »Das solltest du dir klarmachen. Und zu schätzen wissen. Es vielleicht sogar ausnutzen.«

Seine Hand berührte ganz leicht ihre Schulter, als er sie gehen ließ. Er blieb stehen und blickte ihr nach.

»Billy T.«, murmelte Hanne Wilhelmsen verächtlich und durchwühlte wütend ihre Tasche nach dem miesen Kriminalroman.

Als sie aufblickte, war der Polizeipräsident verschwunden. Die beiden Pakistani hatten Gesellschaft von einem kleinen Kind bekommen. Das Kind kletterte auf zwei leeren Betten herum, die an der gegenüberliegenden Wand standen. Hanne Wilhelmsen konnte das Gefühl nicht deuten, das in ihr aufstieg, als sie entdeckte, daß er ihr nicht gefolgt war. Es hatte absolut Ähnlichkeit mit Enttäuschung.

26

Die Chefredakteurin von *Aftenposten* gehörte zu denen, die sich vorbehaltlos über die vielen Möglichkeiten der Technologie freuten. Schon 1984 hatte sie sich ihren ersten PC angeschafft; einen angeblich tragbaren Apparat von Toshiba. Er war eher transportabel als wirklich tragbar und hatte über sechzigtausend Kronen gekostet. Sobald es etwas gegeben hatte, das Internet genannt wurde, hatte sie sich damit vernetzen lassen. Sie war so früh dabei gewesen, daß es kaum andere gegeben hatte, denen sie E-Mails schicken konnte.

Jetzt bekam sie pro Tag mehr als hundert elektronische Briefe. Immer wieder hatte sie versucht, ihre Kontaktleute – und nicht zuletzt ihre Angestellten – dazu zu bringen, daß sie wichtige Nachrichten kennzeichneten. Flaggen oder Ausrufezeichen, das war ihr egal, aber ihr Arbeitstag wäre um einiges leichter gewesen, wenn in dieser Hinsicht mehr Disziplin geherrscht hätte.

Fast geistesabwesend ging sie die Post des Tages durch. Sie hatte gerade am linken Bein eine Laufmasche entdeckt. Die drittoberste Schreibtischschublade, in der normalerweise mehrere Reservestrumpfhosen lagen, war leer. Zerstreut zupfte sie am Rocksaum und ging rasch die Liste durch, wobei sie die meisten Nachrichten nur überflog.

Eine Meldung ließ sie innehalten. Im Feld »Betreff« stand: »Kümmer dich.« Die Mitteilung war kurz: »Sie sollten feststellen, was dem Journalisten Evald Bromo fehlt. Er ist in letzter Zeit reichlich außer sich. Als Chefredakteurin sollten Sie ihn fragen, ob er Probleme hat.«

Sie las den Brief zweimal durch. Dann zuckte sie mit den Schultern und schloß die Mailbox, ehe sie auf die Uhr sah. Sie kam zehn Minuten zu spät zu einer Besprechung.

Als sie das Büro verließ, schaute sie an sich herunter und musterte ihre Strumpfhose. Der Nagellack hatte die Laufmasche nicht aufhalten können. Jetzt zog sich eine breite Spur von ihren hochhackigen schwarzen Schuhen bis zum Rocksaum, und sie schluckte einen saftigen Fluch hinunter.

Soviel sie wußte, fehlte Evald Bromo rein gar nichts.

27

»IKEA«, sagte Billy T. höhnisch und schaute sich um. »Is' ja was anderes als in Aker Brygge.«

Vorsichtig setzte er sich in den Besuchersessel, als wisse er nicht so recht, ob der sein Gewicht aushalten könne. Dann zog er eine Halbliterflasche Cola aus der Tasche seiner umfangreichen Jacke.

»Aber gemütlich«, sagte er nach einem kräftigen Schluck und reichte die Flasche an Karen Borg weiter. »Möchtest du?«

»Nein, danke.«

Sie drehte sich mit ihrem breiten Schreibtischsessel hin und her und nippte an einer Tasse Tee. Seit sie bei der angesehenen, auf Wirtschaftsrecht spezialisierten Kanzlei mit eleganter Adresse und Möbeln von Expo-Nova gekündigt hatte, um ihre eigene Kanzlei aufzumachen, in der sie nur eine Sekretärin von Manpower als Hilfe hatte, hatte sie keinen Kaffee mehr angerührt. Es hatte etwas Symbolisches. In Aker Brygge wurde Cappuccino getrunken. Hier, in einem hellen, persönlichen Zimmer mit grünen Pflanzen und einem bunten Repertoire an Aufträgen, war Tee angesagt.

»Das mit Cecilie ist traurig«, sagte sie und schüttelte langsam den Kopf. »Wirklich entsetzlich. Ich wünschte, ich hätte das früher erfahren.«

»Hätte auch nichts gebracht«, sagte Billy T. und gähnte. »Hanne ist absolut unansprechbar. Und sie weiß es auch erst seit Montag. Ich habe gestern mit Cecilie telefoniert. Sie wird operiert…«

Er fischte eine Taschenuhr hervor und starrte aus zusammengekniffenen Augen auf die Zeiger.

»Gerade jetzt.«

Beide schwiegen. Billy T. nahm leichten Vanilleduft wahr und beugte sich zu der Tasse vor, die Karen Borg in den Händen hielt. Dann lächelte er kurz und schaute aus dem Fenster. Ein Mann stand in einem Korb und ließ einen verdreckten Lappen über die Fensterscheibe wandern. Er winkte Billy T. munter zu und ließ dabei den Lappen fallen. Das änderte nichts an seiner munteren Stimmung, er zog einen weiteren Lappen aus einem Eimer mit Wasser, das schon drei Etagen früher hätte erneuert werden müssen.

»Wie gefährlich ist es eigentlich«, fragte Karen endlich und stellte ihre Tasse weg.

»Das wird sich heute herausstellen, wenn ich richtig verstanden habe. Aber ruf Hanne nicht an. Die Frau gehört in einen Käfig. Ist geradezu lebensgefährlich. Sie würde dir nur das Ohr abbeißen.«

Der Fensterputzer war jetzt fertig und winkte fröhlich zum Abschied, als er in den nächsten Stock hochgehievt wurde. Seine Arbeit war kaum der Mühe wert gewesen; Schmutzstreifen zogen sich wie ein Gefängnisgitter über die Fensterscheibe.

»Brötchentüte«, sagte Billy T. plötzlich und legte einen rosa Ordner voller Fotokopien auf Karens Schreibtisch.

»Was?«

»Das Geld steckte in einer Brötchentüte der Bäckerei Hansen. Fünf Fingerabdrücke. Zwei sind noch nicht identifiziert. Die drei anderen stammen von Halvorsrud. Es war also nicht gerade clever von dem Typen, jegliches Wissen um dieses Geld abzustreiten.«

»Daß er eine Brötchentüte angefaßt hat, ist ja wohl kaum ein Beweis«, erwiderte Karen Borg trocken. »Habt ihr auf dem Geld Fingerabdrücke gefunden?«

»Ja. Viele verschiedene. Keiner bisher identifiziert. Aber es waren alles gebrauchte Scheine, deshalb ist das ja kein Wunder.«

Er rieb sich lange und energisch mit den Fingerknöcheln die Kopfhaut. Eine flüchtige Wolke aus trockenen Hautpartikeln umgab im Licht, das durch das Fenster fiel, seinen Kopf wie ein Heiligenschein.

»Ist ja nicht meine Aufgabe, deine Mandanten zu beraten«, sagte er und griff wieder zur Colaflasche. »Aber wäre es nicht eine gute Idee, sich ein wenig glaubwürdiger zu äußern? Alles, absolut alles weist daraufhin, daß er seine Frau wirklich umgebracht hat. Könnte er nicht irgendwas über plötzliche Geisteskrankheit erzählen, daß er ausgerastet ist, weil sie sich von ihm trennen wollte, oder irgendwas in der Richtung? Dann kriegt er zehn Jahre Knast und ist nach sechs wieder draußen. Oder so. Und kommt vielleicht noch rechtzeitig zur Hochzeit seiner Tochter.«

»Aber er hat es eben nicht getan«, sagte Karen Borg und lehnte abermals die lauwarme Cola dankend ab. »So einfach ist das. In seinen Augen. Und dementsprechend muß ich mich verhalten. Übrigens gibt es da eine Sache, von der ich nicht weiß, ob ihr schon daran gedacht habt.«

Billy T. schnitt eine schockierte Grimasse und riß die

Augen auf, als fände er den puren Gedanken, daß die Polizei etwas an diesem Fall nicht sorgfältig durchdacht und analysiert haben könnte, einfach ungeheuerlich.

»Sagen wir, daß Ståle Salvesen am vergangenen Montag wirklich Selbstmord begangen hat. Und daß Halvorsrud sich geirrt hat. Er hält Ståle Salvesen für den Mörder. Aber es war ein anderer. Einer, der ihm ähnlich sieht. Entweder durch einen seltsamen, schicksalhaften Zufall. Oder weil ... «

»Oder weil der Mörder Ähnlichkeit mit Ståle Salvesen haben wollte«, beendete Billy T. den Satz und leerte seine Flasche. »Natürlich haben wir uns das auch schon überlegt. Das tun wir noch immer. But why?«

»Du bist zuviel mit Hanne zusammen«, sagte Karen trocken. »Und das Motiv zu finden ist eure Sache. Das bleibt mir erspart. Zum Glück.«

»Wie geht es übrigens den Kindern?« fragte Billy T. »Es war nicht gerade lustig, den Jungen zum Verhör schleifen zu müssen, wo seine Mutter tot ist und sein Vater für God knows wie lange eingebuchtet ist.«

»Die Jungen kommen zurecht«, sagte Karen und runzelte die Stirn, als mache ihr etwas arg zu schaffen. »Mit Thea sieht es schon schlimmer aus. Mein Bruder, und der ist ein alter Freund der Familie, sagt, sie sei einfach untröstlich. Das Komische ist, daß es ihr viel mehr auszumachen scheint, daß ihr Vater im Gefängnis sitzt, als daß ihre Mutter tot ist. Sie ißt nichts mehr. Will nicht in die Schule gehen, sagt so gut wie nichts. Weint und tobt und will zu ihrem Vater. Will den Vater zu Hause haben. Ihre Mutter erwähnt sie kaum.«

»Unmöglich vorauszusehen, wie Leute in einer solchen Situation reagieren«, Billy T. gähnte. »Vor allem Kinder. Ich muß los. Ich werde dafür sorgen, daß der Ordner so nach und nach komplett wird.«

Als er die Hand auf die Türklinke legte, sagte Karen halblaut und offenbar mehr zu sich selbst: »Vielleicht könnte Håkon...«

Billy T. drehte sich um und starrte sie lange an.

»Ja«, sagte er endlich. »Vielleicht ist Håkon derjenige, der mit Hanne reden kann. Ich bin das jedenfalls nicht.«

»Was finden wir eigentlich an ihr«, sagte Karen Borg, noch immer ins Leere gerichtet. »Warum haben wir Hanne so gern? Sie ist eigen und.... sauer. Oft jedenfalls. Verschlossen und wortkarg. Aber wir sind allesamt immer für sie zur Stelle. Warum?«

Billy T. strich mit der Hand über die Türklinke.

»Weil sie nicht immer so ist. Vielleicht sind wir... wenn sie sich plötzlich öffnet und... ich weiß nicht. Ich weiß nur, daß sie meine beste Freundin ist.«

»Du bewunderst sie. Grenzenlos. Das tun wir alle. Ihre Tüchtigkeit. Ihren scharfen Verstand. Aber... warum sind wir so verdammt verletzlich, wenn es um sie geht? Warum...«

»Ich habe sie gern. Du auch. Es gibt nicht für alles auf der Welt eine Erklärung.«

Seine Stimme klang plötzlich abweisend und schroff, wie ein Echo von Hanne selbst. Dann tippte er sich mit den Fingern an die Schläfe und war verschwunden.

28

Es war Mittwoch, der 10. März 1999, mittags um fünf vor halb eins. Karianne Holbeck hatte bereits sieben Stunden Arbeit hinter sich und versuchte, sich den Nacken zu massieren. Als sie den Arm krümmte, merkte sie, daß sie offenbar wieder zugenommen hatte. Das spürte sie auch an ihren Jeans, die so eng saßen, daß sie den obersten Knopf nicht mehr schließen konnte. Sie ärgerte sich grenzenlos darüber. Am 4. Januar hatte sie optimistisch und fest entschlossen eine Halbjahreskarte für ein Fitness-Studio gekauft. Einmal war sie bisher dort gewesen.

Wieder klingelte das Telefon.

»Holbeck«, kläffte sie in die Sprechmuschel.

»Guten Tag. Ich heiße…«

Die Polizistin verstand den Namen nicht. Gar nicht. Sie begriff nur, daß sie es mit einem Ausländer zu tun hatte.

»Worum geht es«, fragte sie gleichgültig, fischte die Broschüre des Fitness-Studios hervor und versuchte festzustellen, wann dort abends geschlossen wurde.

»Ich rufe wegen diesem Anwalt an«, sagte die Stimme. »Von dem in der Zeitung steht. Er heißt Halvorsröd.«

»Halvorsrud«, murmelte Holbeck und schaute auf die Uhr. »Der ist kein Anwalt. Er ist Oberstaatsanwalt.«

»Ich bin Türke, verstehen Sie.«

Der Mann sprach unbeirrt weiter.

»Ich habe auf Grünerløkka einen Gemüseladen.«

Das Studio hatte bis acht geöffnet. Da bestand immerhin eine gewisse Hoffnung, daß sie an diesem Abend noch einen Besuch schaffen würde.

»Verstehen Sie«, beharrte die Stimme am Telefon. »Im letzten Jahr bin ich angezeigt worden. Das war nur Unsinn, wissen Sie, die haben behauptet, ich hätte nicht genug Steuern gezahlt. Und keine ordentliche Buchführung, haben sie auch gesagt. Dann hat Halvorsröd mich angerufen. Er könnte mir helfen, hat er gesagt. Er wollte sich mit mir treffen. Er wollte mir sagen, was es kosten würde… Ordnung im Nähkasten zu schaffen, hat er gesagt. Ich hab das nicht richtig begriffen. Meine Frau hat nein gesagt.«

Karianne Holbecks Interesse war gewaltig gestiegen. Verzweifelt suchte sie nach einem Kugelschreiber, konnte aber keinen finden.

»Er hat beim Anruf seinen Namen genannt? Hat er sich als Sigurd Halvorsrud vorgestellt?«

»Ja, das hat er gesagt. Er hat nicht gesagt, was er war, nicht Anwalt oder so, aber ich habe den Namen aufgeschrieben. Und den Zettel habe ich hier.«

Karianne Holbeck räusperte sich und riß wütend eine Schublade nach der anderen auf, auf der Suche nach einem Schreibgerät. Ohne Erfolg.

»Ich weiß nicht, ob das die Polizei interessiert, aber ich dachte...«

»Können Sie herkommen?« fiel Holbeck ihm ins Wort. »Ich würde gerne ausführlich mit Ihnen sprechen.«

Sie warf einen Blick auf einen Donald-Duck-Wecker, der vom Schreibtisch zu fallen drohte.

»Um zwei?«

»Nein, ich bin gerade schrecklich beschäftigt. Montag kann ich kommen. Montag um zehn, zum Beispiel. Ich kann kommen und fragen nach...«

»Holbeck«, sagte Karianne überdeutlich, wie zu einem Schwerhörigen. »Ka-ri-an-ne Hol-beck. Aber warten Sie einen Moment...«

Sie legte den Hörer hin und stürzte ins Vorzimmer.

»Hallo«, keuchte sie in die Sprechmuschel, als sie mit einem Kugelschreiber zurückkam. »Sind Sie noch da?«

Das war er nicht. Sie hörte nur ein nervtötendes, monotones Besetztzeichen. Ihr Zeigefinger drückte wütend auf den Knopf, der das Freizeichen bringen sollte. Aber nichts passierte.

»Scheißausländer«, fauchte sie und knallte den Hörer auf die Gabel.

Dann riß sie sich zusammen und hoffte bei Gott, daß niemand sie durch die offene Flurtür gehört hatte.

Sie konnte jetzt nur hoffen, daß der Mann am Montag wirklich auftauchen würde. Was durchaus nicht feststand.

Karianne Holbeck hatte längst die Erfahrung gemacht, daß Ausländer zumeist unzuverlässig waren. Sie war durchaus keine Rassistin. Alle Menschen waren gleich viel wert. Das Problem war nur, daß Türken und Iraner, Pakistani und Nordafrikaner, Vietnamesen und Lateinamerikaner eben unzuverlässig waren. Montag oder Dienstag, ein oder fünf Uhr; unmöglich zu sagen, ob der Mann sich überhaupt wieder melden würde.

Karianne Holbeck wußte nicht einmal mehr, was der Mann eigentlich für einen Laden hatte. Sie glaubte, den Namen des Stadtteils Grünerløkka gehört zu haben. Sicher war sie nicht. Aber er war Türke. Als ob das eine Hilfe wäre.

»So geht es, wenn der Arbeitstag um halb sechs anfängt«, murmelte sie ärgerlich und sah ein, daß sie es womöglich vermasselt hatte.

29

Eivind Torsvik fiel plötzlich ein, daß er seine Stimme seit zwei Wochen nicht mehr benutzt hatte. Er hatte fast vergessen, wie sie sich anhörte. Er legte sich aufs Sofa und versuchte sich darauf zu konzentrieren, welche Farbe sie hatte. Er wußte, daß er jünger klang, als er war. Seine Stimme war klar und melodiös, mit einem fremdartigen Unterton, der irrtümlicherweise vermuten ließ, daß er kein Norweger war. Ein Lehrer von der Volksschule hatte ihn einmal erwischt, als er sich zum Übernachten in die Turnhalle geschlichen hatte. Eivind sang alte Eagles-Songs, um seine Angst zu vertreiben. Der Lehrer war wie aus dem Nichts aufgetaucht, und Eivind hatte den Verdacht, daß er ihm lange zugehört hatte, ehe er dann aus dem Schatten getreten war. Der Mann hatte gesagt, Eivind sei sehr musikalisch.

Eigentlich hatte er wohl freundlich sein wollen. Trotzdem war der Junge davongestürzt. Jetzt, da er zurückdachte und sich fragte, wo er dann hingegangen war, konnte er sich nicht mehr erinnern. Seither hatte er keinen Ton mehr gesungen.

Es war unbequem, so zu liegen.

Er döste in einem ganz besonderen Zustand irgendwo zwischen Schlafen und Wachen vor sich hin. Natürlich konnte er einfach etwas sagen. Aber das wäre zu einfach. Die Punkte, die vor seinen Augenlidern tanzten, sammelten sich langsam zu einem roten Mittelpunkt. Da. So war sie. Langsam und deutlich sagte er: »Jetzt zieht das Netz sich zusammen. Bald haben wir sie.«

Seine Stimme klang genau wie in seiner Erinnerung. Klar und ein wenig kindlich, sie paßte gut zu dem Spitznamen, den sie ihm im Gefängnis verpaßt hatten.

»Ich bin das Engelchen«, sagte Eivind Torsvik zufrieden und schlief ein.

30

»Meine Güte«, sagte Håkon Sand. »Du hier?«

Er ertappte sich dabei, daß er auf die Uhr schaute. Es ging auf Mitternacht zu. Was der Polizeipräsident Hans Christian Mykland vor dem niedrigen Klinkerblock in Lille Tøyen, wo Hanne und Cecilie wohnten, zu suchen hatte, konnte er sich nicht vorstellen. Noch dazu um diese Zeit.

»Du siehst gut aus«, sagte der Polizeipräsident munter und schlug Staatsanwalt Sand kumpelhaft auf die Schulter. »Wirst du drüben am Hambros Plass gut behandelt?«

Håkon murmelte eine Abwehr. Er konnte einfach nicht begreifen, warum der Polizeipräsident hier war. Er steckte sich einen Finger ins Ohr und kratzte sich frenetisch.

»Ich wollte unsere gemeinsame Freundin besuchen«, sagte Mykland und nickte zum Fenster im zweiten Stock hoch. »Nur fragen, wie es ihr geht.«

Seine Jovialität war plötzlich verschwunden. Im bleichen Licht einer Straßenlaterne sah Håkon Sand im Gesicht des Polizeipräsidenten eine Besorgnis, die er ebenfalls nicht verstehen konnte. Der Mann wirkte älter, als er, soweit Håkon wußte, wirklich war. Es konnte am graugelben Halbdunkel liegen oder auch an dem abgenutzten hellbraunen Parka, der ihn für einen Moment aussehen ließ wie einen alternden, heruntergekommenen Junggesellen.

»Kennt ihr euch?« platzte es aus ihm heraus. »Ich meine … kennst du Hanne auch privat?«

Der Polizeipräsident schüttelte fast unmerklich den Kopf.

»Das zu sagen wäre übertrieben. Ich mache mir nur Sorgen um sie. Sie hat es im Moment nicht leicht. Aber …«

Er breitete die Arme aus und lächelte.

»Jetzt bist du hier, und Hanne ist in guten Händen. Ich verziehe mich. Gute Nacht.«

Håkon murmelte eine Art Abschied, blieb stehen und schaute hinter dem Polizeipräsidenten her, der die zwanzig oder dreißig Meter zu einem alten, zitronengelben *SAAB* im Trab zurücklegte. Der Wagen protestierte laut, doch nachdem es im Auspuff zweimal scharf geknallt hatte, rollte er widerwillig mit einem Schweif aus kohlschwarzem Rauch den Hang hoch. Håkon seufzte tief und klingelte.

Keine Reaktion.

Er klingelte noch einmal, gerade so lange, daß es ihm schon als unhöflich erschien. Dann ließ er den Klingelknopf los, trat drei Schritte zurück und schaute zum Küchenfenster im zweiten Stock hoch. Hinter den Vorhängen brannte die Deckenlampe. Ansonsten war es im Block überall dunkel, abgesehen davon, daß offenbar jemand vergessen hatte, das Licht im Keller auszuknipsen. Ein rechteckiges Fenster warf blaukaltes Licht über seine Füße.

Sie war zu Hause. Håkon war sich da sicher. Er hatte im Krankenhaus angerufen. Eine freundliche Krankenschwester hatte ihm mitgeteilt, daß Hanne Wilhelmsen gegen elf eine schlafende Cecilie Vibe verlassen hatte.

»Scheiße, so nicht, Hanne.«

Wütend drückte er wieder auf den Klingelknopf und kümmerte sich nicht mehr um irgendwelche Normen für höfliches Benehmen. Er ließ den Finger, wie ihm schien, für eine Ewigkeit dort und wollte gerade aufgeben, als plötzlich der Summer ertönte. Er drückte gegen die Tür.

Er konnte sein eigenes Angstgefühl kaum begreifen. Sein Herz hämmerte wie zuletzt vor seinem ersten Fall vor dem Obersten Gericht. Als er seine Hände umdrehte, sah er den Schweiß in den Lebenslinien glänzen. Håkon Sand wußte nicht, wovor er sich hier fürchtete.

Hanne Wilhelmsen war eine gute alte Freundin. Er begriff nicht, warum er außer sich vor Angst war, als er sich der Tür mit dem Messingschild näherte, auf dem HW & CV stand.

Es wurde auch nicht besser, als Hanne die Tür öffnete.

Ihr Gesicht war so verweint, daß es kaum noch zu erkennen war. Die Augen waren zwei schmale Striche in der geschwollenen Haut, und die Unterlippe zitterte dermaßen, daß Håkon sich auf etwas anderes konzentrieren mußte. Er starrte einen Speicheltropfen an, der in einer Platzwunde mitten auf Hannes Lippe zitterte; jetzt löste er sich und wanderte zum Kinn hinunter. Hannes Wangen waren glühendrot, und ihre ganze Gestalt schien geschrumpft zu sein. Ihre Hände hingen leblos nach unten, ihre Schultern verschwanden in ihrem viel zu weiten Sweatshirt.

Er wußte nicht, was er sagen sollte. Er setzte sich auf die Treppe. Die Betonstufen fühlten sich unter seinem Hosenboden eiskalt an. Er rieb sich die Hände und konnte Hanne nicht mehr ansehen.

»Komm rein«, sagte sie endlich mit einer Stimme, die er noch nie gehört hatte.

Mühsam und außer Atem erhob er sich und blieb in der Diele stehen, ohne seine Jacke auszuziehen, während Hanne im Wohnzimmer verschwand.

Die Wohnung roch nach Cecilie. Ein Duft von Boss Woman hing in der Luft. Håkon schnupperte. Der Geruch war aufdringlich. Und ungewöhnlich stark, doch dann entdeckte er auf einem Tisch im Flur einen fast leeren Flakon. Zögernd ging er aufs Wohnzimmer zu. Dort war der Geruch noch stärker.

»Du hast die Flasche geleert«, sagte er und biß sich in die Lippe.

Hanne schwieg. Sie saß aufrecht in einem Sessel, ohne sich zurückzulehnen. Ihre Hände lagen in ihrem Schoß, offen, als warte sie auf ein Geschenk. Sie starrte dermaßen intensiv geradeaus, daß Håkon sich nach dem Gegenstand ihres Interesses umdrehte. Es war eine leere, weiße Wand.

Endlich streifte er seine schwere Jacke ab. Sie blieb zu seinen Füßen liegen. Dann ging er langsam zum Sofa und setzte sich. Zerstreut nahm er eine Apfelsine aus einer Obstschüssel und ließ sie von einer Hand in die andere wandern.

»Wie ist es gelaufen?« brachte er dann endlich heraus.

»Game over«, sagte Hanne tonlos. »Metastasen bis zur Leber. Nichts mehr zu machen.«

Die Apfelsine platzte. Lauwarmer Saft floß über Håkons Hände und tropfte auf seinen Oberschenkel. Dann legte er die mißhandelte Frucht wieder weg. Er hielt seine klebrigen Hände hilflos über seine Knie und brach in Tränen aus.

Endlich wandte Hanne ihren Blick.

Sie sah ihn an. Als er sich aufsetzte, um zu Atem zu kommen, schaute er ihr ins Gesicht.

»Du mußt jetzt gehen«, sagte sie. »Ich will, daß du gehst.«

Demonstrativ versuchte er zu lachen. Er schluchzte, und Rotz und Tränen strömten.

»Ich weine«, nuschelte er und fuhr sich mit dem Ärmel über das Gesicht. »Ich weine um Cecilie. Aber vor allem weine ich um dich. Es muß dir schlimmer gehen, als ich es mir vorstellen kann. Du bist eine Idiotin, Hanne, und ich begreife nicht...«

Der Rest erstickte in einem Hustenanfall.

»Du mußt nach Hause zu deiner Familie«, sagte Hanne und strich sich mit einer langsamen Bewegung die Haare aus der Stirn. »Es ist spät.«

Einen Moment lang starrte er sie ungläubig an. Dann sprang er wütend auf. Er schlug mit dem Knie gegen die Tischkante und fluchte wie besessen.

»Und wie«, schrie er mit Fistelstimme. »Und wie ich jetzt nach Hause gehe. Sitz du nur da. Weiger dich nur, mit mir zu sprechen. Mach, was zum Teufel du willst. Aber ich gehe nicht. Ich bleibe hier.«

Weil ihm nichts Besseres einfiel, schob er sich wütend die Pulloverärmel hoch und herunter. Er schluchzte wie ein übergroßes Kind und rieb sich brennenden Saft in die Augen, als er versuchte, seine Tränen wegzuwischen.

»Verdammt noch mal, Hanne. Was ist denn bloß los mit dir?«

Später konnte er nicht mehr erklären, was dann passiert war. Das Ganze war so unlogisch, so unerwartet und so wenig Hanne Wilhelmsen, daß er es fast für einen Traum gehalten hätte. Nur wenn er dann später sein schmerzendes Brustbein berührte, begriff er, daß sie ihn wirklich angegriffen hatte.

Sie sprang auf, ging auf ihn zu und verpaßte ihm eine schallende Ohrfeige. Danach schlug sie ihm mit der Faust in den Bauch. Dann sank sie auf die Knie, hämmerte auf seine

Beine ein und blieb dann liegen, den Kopf zwischen den Knien, die Hände im Nacken verschränkt.

»Hanne«, flüsterte er und ging in die Hocke. »Hanne. Laß mich dir doch ein bißchen helfen.«

Willenlos ließ sie sich von ihm auf die Beine ziehen. Seine Arme durften sie umfangen. Ihr Kopf sank an seine Schulter. Er nahm intensiv Cecilies Duft wahr und wußte plötzlich, daß Hanne den Flakon über sich ausgeleert hatte.

Håkon wußte nicht, wie lange sie dort standen. Alles, was er tun konnte, war, sie im Arm zu halten. Langsam wurde sie schwerer. Endlich erkannte er, daß sie ganz einfach eingeschlafen war. Vorsichtig ließ er einen Arm um ihre Taille gleiten. Wie eine Schlafwandlerin kam sie mit ihm ins Schlafzimmer. Dort legte er sie vollständig angezogen auf den Bauch. Er selbst blieb stehen und horchte auf ihren Atem, während er versuchte, auch in diesem Rhythmus zu atmen. Dann legte er sich leise neben sie, deckte sie beide zu und schloß die Augen.

»Ich habe solche Angst um mich selbst.«

Håkon Sand fuhr aus dem Schlaf hoch und empfand einen Moment lang Angst, dann wußte er wieder, wo er war. Hanne lag noch so da wie vorhin; auf dem Bauch, die Arme an den Seiten, das Gesicht abgewandt. Die Decke lag neben ihr auf dem Boden.

»Ich habe das Gefühl, in dem, was früher einmal ich selber war, gefangen zu sein. In allem, was ich getan habe. In allem, was ich bereue.«

Håkon hustete leise, stützte sich auf einen Ellbogen und ließ das Gesicht in seiner Hand ruhen. Die andere Hand wanderte zu Hannes Kreuz. Dort streichelte er sie langsam, immer in Kreisbewegungen.

»Es kommt mir vor, als wollte ich weg von mir selbst. Als versuchte ich wegzulaufen…«

Sie seufzte und rang um Atem.

»Meinem Schatten wegzulaufen. Es geht nicht. Ich würde gern alles auswischen und neu anfangen. Aber es ist zu spät. Es ist schon seit vielen Jahren zu spät.«

Sie schniefte leise, drehte sich auf die Seite und kehrte ihm den Rücken zu. Er wußte nicht, ob sie sich damit von seiner Hand befreien wollte. Er schwieg noch immer. Das Zimmer war stickig, und im Lichtspalt unter der Tür konnte er den Staub tanzen sehen. In der Ferne war ein Motorrad zu hören, das den Gang wechselte. Dann war es wieder still, und ihm fielen die Augen zu. Plötzlich sagte Hanne: »Wenn ich allein bin, denke ich nur an alles, was in Stücke gegangen ist. Freundschaft. Liebe. Das Leben. Alles.«

»Aber«, sagte Håkon zaghaft.

»Sag nichts«, bat sie leise. »Bitte, sag nichts. Sei einfach nur hier.«

Jetzt krümmte sie sich in Embryostellung zusammen, und er mußte einfach ihre Haare streicheln.

»Du hast recht«, flüsterte sie. »Ich bin eine Idiotin. Eine ... eine Zerstörerin. Eine, die kaputtmacht. Das einzige, was mir in diesem Leben gelingt, ist die Arbeit bei der Polizei. Und das ist wahrlich im Moment eine Hilfe. Eine große. Cecilie ist sicher froh darüber.«

Vorsichtig beugte er sich über sie und hob die Decke vom Boden auf. Dann schmiegte er sich an ihren zusammengekrümmten Leib. Er spürte ihr Rückgrat an seinem Bauch und merkte, wie mager sie geworden war. Er drückte sie an sich und flüsterte sinnlose Worte in ihre Haare. Ihre Hand umschloß seine, und erst, als ihr Zugriff sich lockerte, merkte er, daß sie wieder eingeschlafen war. Ihren Atem konnte er kaum spüren.

31

Sie lag seit einer halben Stunde da und starrte die Decke an. Sie zählte Sekunden, um festzustellen, wie lange sie die Augen offenhalten konnte, ohne zu zwinkern. Die Reflexe erwiesen sich als stärker als ihr Wille; jedesmal und immer. Vorsichtig drehte sie sich im Bett um. Håkons schütterer Pony war schweißnaß und klebte an seiner Stirn. Er schlief tief und unbequem in seinen Kleidern. Die Decke lag wie eine Wurst über seiner Hüftpartie, und Hanne sah, daß er nicht einmal die Turnschuhe ausgezogen hatte. Sein Mund stand offen, und er schnarchte. Vermutlich hatte sie das geweckt. Sie hatte sich an nichts erinnert. In der ersten wachen Sekunde hatte sie sich gefühlt wie an jedem anderen Morgen; leer – weder gut noch schlecht. Dann brach der Vortag über sie herein. Sie konnte kaum atmen. Verzweifelt versuchte sie, die Augen unendlich lange offen zu halten. Aber auch das gelang ihr nicht.

Sie schaute auf die Uhr.

Halb sieben.

Sie wollte nicht duschen. Der scharfe Geruch von Streßschweiß und altem Parfüm, das nicht ihres war – aber das ihr bei jedem Atemzug ins Herz schnitt –, erschien ihr als passende Strafe. Auf jeden Fall als Anfang einer Strafe. Sie zögerte einen Moment, dann beschloß sie, keinen Zettel zu schreiben. Statt dessen legte sie die Reserveschlüssel gut sichtbar auf den Dielentisch. In Kleidern, die sie einen ganzen Tag getragen und in denen sie zu allem Überfluß auch geschlafen hatte, legte sie den Weg zum Grønlandsleiret 44 in einer knappen Viertelstunde zurück.

Da stand das Polizeigebäude, unveränderlich, gekrümmt und grau.

Als sie ihre Schlüsselkarte durch das Lesegerät zog und die

Metalltür, die den Personaleingang nach Westen hin verschloß, öffnete, hatte sie das Gefühl, sich an Bord eines lecken Rettungsbootes zu begeben. Als sie durch die Flure lief und das riesige Foyer erreichte, das sich sechs Stock hoch hinzog, trat sie in die Mitte, statt gleich zu den Fahrstühlen zu gehen. Der große, offene Raum war menschenleer, abgesehen von einem dunkelhäutigen älteren Mann in einem gelbblauen Trainingsanzug, der bei den Schranken vor dem Südostteil des Hauses den Boden putzte. Er schickte ein Nicken und ein Lächeln in Hannes Richtung, bekam aber nichts zurück.

Das Polizeigebäude hatte den Tag noch nicht richtig registriert. Irgendwo in den oberen Etagen schlugen Türen, und aus der Kriminalwache beim Haupteingang drangen halberstickte Rufe durch die kugelsicheren Glaswände. Aber noch herrschte Stille im Haus; eine Ruhe, die Hanne normalerweise liebte.

Sie fühlte sich nicht einmal müde: Erschöpft vielleicht, wie gerädert – aber ihr Kopf kam ihr klar und kalt und zielgerichtet vor.

Auf ihrem Tisch lagen vier Aktentürme. Nett und ordentlich waren sie nebeneinander aufgestapelt, abwechselnd in grünen und rosa Ordnern. Sie stellte die Mumin-Tasse mit schwarzem Kaffee an die Tischkante und steckte sich eine Zigarette an. Beim ersten Zug überkam sie ein heftiges Schwindelgefühl. Auf seltsame Weise fand sie das angenehm, wie einen betäubenden Rausch.

Sie nahm sich zuerst den dicksten Ordner.

Karianne Holbeck hatte die wichtigsten Zeugenaussagen zusammengetragen. Oben im Ordner lag eine Übersicht, aus der in groben Zügen hervorging, wer vernommen worden war und was die Betreffenden gesagt hatten. Hanne Wilhelmsen blätterte langsam den Stapel durch. Sie hielt bei Vernehmung Nr. 3 inne.

Die Zeugin Sigrid Riis betrachtet sich als beste Freundin der Verstorbenen. Sie haben sich mit vierzehn Jahren kennengelernt und füreinander als Trauzeuginnen fungiert.

Bei diesem Satz mußte sie daran denken, daß sie in weniger als drei Monaten Billy T. denselben Dienst erweisen sollte. Was das über die Tiefe ihrer Freundschaft verriet, konnte sie absolut nicht sagen. Sie drückte ihre Zigarette aus. Und ihr fiel ein, daß Cecilie bald nach einer von Drogen betäubten Nacht erwachen würde. Sie rieb sich die Mundwinkel mit Daumen und Zeigefinger und leckte sich die Lippen, ehe sie weiterlas.

Die Zeugin beschreibt die verstorbene Doris Flo Halvorsrud als offenen und munteren Menschen. Die Zeugin kann sich nicht vorstellen, wer der Verstorbenen etwas hätte antun wollen. Die Zeugin meint, daß die Verstorbene normal viele Freunde und einen relativ großen Bekanntenkreis hatte, vor allem aufgrund der Arbeit ihres Mannes. Die Verstorbene konnte bei Diskussionen temperamentvoll und bisweilen auch starrsinnig sein, hatte aber immer einen witzigen Kommentar auf Lager, der die Situation rettete, wenn jemand sich über eine überspitzte Formulierung ärgerte.

Die Zeugin sagt, die Verstorbene habe im Grunde in ihrer Ehe zufrieden gewirkt. In der letzten Zeit – ungefähr dem vergangenen halben Jahr – hatten die Verstorbene und die Zeugin nicht mehr soviel Kontakt. Das liegt vor allem daran, daß die Zeugin fünf Monate in Kopenhagen an einer Waldorfschule unterrichtet hat. Bei ihren Treffen hatte die Zeugin den Eindruck, daß die Ehe nicht mehr so »richtig toll lief«. Unter anderem hat die Verstorbene einmal gefragt, wie die Zeugin nach ihrer Scheidung (die Zeugin hat sich vor anderthalb Jahren scheiden lassen) finanziell über die Runden gekommen sei. Das Thema wurde nicht weiter behandelt, und die Zeugin weiß nicht mehr genau, was sonst noch gesagt wurde. Bei einer anderen Gelegenheit wurde die Verstorbene plötzlich wütend und bezeichnete ihren Mann als »scheinheilig«. Das passierte vor zwei Monaten, als die Zeugin und die Verstorbene zusammen

aßen und nachdem die Zeugin sich positiv über ein Zeitungsinter-
view zwischen einem mutmaßlichen Mörder und Halvorsrud
geäußert hatte. Die Zeugin hat diesen Ausbruch damals nicht wei-
ter ernstgenommen.

Die Zeugin bezeichnet die Verstorbene als gute Mutter, sie hatte
immer Zeit für ihre Kinder und hat ihretwegen ihre eigene Kar-
riere vernachlässigt. Vor allem war das Verhältnis zu den Söhnen
Marius und Preben gut. Thea, die Tochter, war immer »ein echtes
Papakind«. Die Zeugin sagt, sie habe sich darüber nie Gedanken
gemacht, weil Mädchen doch häufig eine besonders gute Beziehung
zu ihrem Vater haben.

Hanne schaute von den Papieren auf, trank einen Schluck
Kaffee und dachte an ihren eigenen Vater. Sie konnte sich
kaum sein Gesicht vor Augen rufen. Hanne Wilhelmsen
war ein Nachzügler, und für ihre beiden Geschwister hatte
sie nie viel empfunden. Sie hatte sich von dem Tag an,
an dem sie alt genug gewesen war, um selbständig zu denken, als Außenseiterin gefühlt. Früher vermutlich auch.
Mit acht hatte sie den Frühling mit dem Bau eines Baum-
hauses ganz hinten im großen Obstgarten verbracht. Der
Nachbar – ein über siebzig Jahre alter Handwerker, der
jeden Samstag Speck briet und ihn mit dem Mädchen in
der blauen Latzhose teilte – hatte ihr ab und zu mit Nägeln
und einer helfenden Hand unter die Arme gegriffen. Es
wurde ein großartiges Haus, mit echten Fenstern, die früher
in einen Omnibus gehört hatten. Hanne legte alte Flicken-
teppiche auf den Boden und hängte ein Bild von König
Olav an die Wand. Das Gefühl, etwas zu haben, das nur
ihr gehörte – und worauf die übrigen Familienmitglie-
der höchstens einen gleichgültigen Blick warfen –, hatte
ihr zum ersten Mal zu der Erkenntnis verholfen, daß sie
allein am stärksten war. Seither hatte sie sich mehr oder
weniger aus dem akademischen, verstaubten Zuhause ab-
gemeldet, wo die Eltern nicht einmal einen Fernseher an-

schaffen wollten, denn »es gibt doch so viele gute Bücher, Hanne«.

Die Zeugin ist schockiert über den brutalen Mord an ihrer Freundin, glaubt aber nicht, daß der Beschuldigte diesen begangen haben kann. Die Zeugin hat ihn als rücksichtsvollen Ehemann und Vater kennengelernt, obwohl er natürlich auch »seine Seiten« hatte, auf die die Zeugin indes nicht näher eingehen will. Die Zeugin verfügt über keine weiteren Informationen, die für den Fall von Bedeutung sein könnten.

Das Protokoll war auf allen Seiten signiert und unten auf der letzten Seite unterschrieben, wie es sich gehörte.

»Ein Durchschnittsleben«, sagte Hanne halblaut zu sich und legte die Mappe beiseite. »Netter Mann, wohlgeratene Kinder, ab und zu ein kleiner Streit.«

Der Kaffee wurde jetzt kalt, und sie leerte die Tasse mit einem Schluck. Der scharfe Nachgeschmack blieb an ihrer Zunge haften, und sie konnte den sauren Weg der Flüssigkeit bis zu ihrem Magen verfolgen, der sich, wenn sie von dem dumpfen Schmerz hinter dem Brustbein ausgehen durfte, ein besseres Frühstück wünschte als Zigaretten und schwarzen Kaffee.

Hanne sollte jetzt im Krankenhaus sein. Sie würde gehen. Bald.

Auch der von Karl Sommarøy stammende Stapel war ordentlich und übersichtlich. Auf den Deckel war mit Filzstift »Ståle Salvesen« geschrieben, in steiler Linkshänderschrift. Oben lagen die alten Papiere, eingeholt von Finanzamt und Einwohnermeldeamt. Die Steuerauskünfte reichten zehn Jahre in der Zeit zurück und zeigten, daß Salvesen noch 1990 über acht Millionen Kronen verdient hatte. Dann folgte eine uninteressante, kurze Liste über derzeitiges Inventar und Besitz. Außerdem gab es Zeitungsartikel aus der Zeit, als Ståle Salvesens Schicksal sich ins Gegenteil verkehrt hatte. Hanne überflog alles, fand aber nichts, was sie noch nicht gewußt hätte. Sie überlegte sich, daß die Artikel ausführlicher, größer und wesentlich dramatischer waren, als es bei einer Untersuchung, die schließlich eingestellt worden war, zu erwarten gewesen wäre.

»What else is new«, seufzte sie.

Ein Foto aus dem Jahre 1989 erweckte dann ihr Interesse. Ståle Salvesen war nicht gerade ein Adonis, aber das Bild zeigte einen Mann mit starkem Blick und frechem, schrägem Lächeln. Die Augen schauten direkt in die Kamera, und Hanne schauderte, als sie sah, wie lebendig das Gesicht wirkte. Salvesen hatte schüttere, nach hinten gekämmte Haare und eine hohe Stirn, und man konnte im breiten Kinn den Schatten eines Grübchens erahnen. Das Foto endete in Brusthöhe, vermittelte aber trotzdem den Eindruck von diskreter, teurer Kleidung. Das Jackett war dunkel, und sogar auf dem schwarzweißen Zeitungsbild war zu erkennen, daß das Hemd unter dem gestreiften Schlips schneeweiß war.

Dann folgte Sommarøys Bericht.

Was Ståle Salvesens finanzielle Vergangenheit angeht, so verweisen wir auf die beigefügten Zeitungsartikel und Steuerunterlagen. Offenkundig hatte er große Summen in Händen, doch hat er – nachdem er aufgrund der Ermittlungen gegen ihn die Firma Aurora Data verlassen mußte – große finanzielle Einbußen hinnehmen müssen. Ich nehme an, daß sehr viel Arbeit nötig wäre, um den Verbleib des Geldes zu ermitteln. Damit warte ich, bis eine entsprechende Anweisung erteilt wird. Tatsache ist, daß er heute keinerlei wertvolle Besitztümer hat. Die Wohnung ist gemietet. Sein Wagen, ein Honda Civic, Baujahr 1984, ist kaum den Schrottpreis wert.

Salvesen hat offenbar während der letzten Jahre stark zurückgezogen gelebt. Er wurde 1994 nach einjähriger Trennung geschieden. Wir haben noch nicht mit seiner Frau sprechen können. Sie ist 1995 nach Australien ausgewandert, und die Erkundigungen der norwegischen Botschaft in Canberra lassen annehmen, daß sie diese Stadt inzwischen wieder verlassen hat. Ich versuche weiterhin, sie ausfindig zu machen. Sie kann ihren Namen geändert und vielleicht auch die australische Staatsbürgerschaft angenommen haben. Ihr Sohn, Frede Parr (er hat den Nachnamen seiner amerikanischen Ehefrau angenommen), lebt in Houston, Texas, wo er als Computerfachmann bei einer Ölgesellschaft arbeitet. Ich habe am Montag, dem 8. März 1999, um 17.30 norwegischer Zeit, ein Telefongespräch mit ihm geführt. Er schien sich über diese Störung zu ärgern, und der mögliche Selbstmord seines Vaters macht ihm merkwürdig wenig zu schaffen. Er behauptet, schon sehr lange nicht mehr mit seinem Vater gesprochen zu haben, vielleicht seit 1993 nicht mehr, genau weiß er das nicht. Von seiner Mutter hat er seit zwei Jahren nichts mehr gehört. Diesen Zeitpunkt konnte er genauer angeben, weil er sie am 23. März 1997 angerufen hat, um ihr die Geburt seines zweiten Sohnes mitzuteilen. Damals lebte Frau Salvesen in Alice, Australien. Frede Parr hat ihre Telefonnummer nicht mehr und weiß nicht, ob seine Mutter sich weiterhin Salvesen nennt.

Auf meine Frage, ob er seinem Vater einen Selbstmord zutraue, antwortete er fast wortwörtlich: »Es ist seltsam, daß er das nicht schon vor vielen Jahren gemacht hat. Er hatte ein vergeudetes Leben. Er war ein vergeudeter Mensch.«

Unsere Untersuchungen weisen ansonsten darauf hin, daß Salvesen keinerlei soziales Umfeld hatte, mit einer Ausnahme (siehe unten). Keiner der Nachbarn in seiner Etage hat ihn gekannt, obwohl er schon im Dezember 1995 in diese Wohnung eingezogen ist. Auf dem Sozialamt war zu erfahren, daß er bei den wenigen Malen, die er dort auftauchen mußte, um seine Frührente zu beantragen, kaum je ein Wort gesagt hat. In Verbindung mit dem Rentenantrag wurde eine Sozialanamnese von Salvesen erstellt, aus der hervorgeht, daß er fast immer allein war. Von irgendwelchen Hobbies ist nichts bekannt, nichts weist auf den Konsum von Alkohol oder anderen Rauschmitteln hin.

Im Mietshaus in der Vogts gate gibt es einen Hausmeister. Ole Monrad Karlsen ist über siebzig Jahre alt und bekleidet diese Stellung noch immer, weil es offenbar niemand übers Herz bringt, ihn aus seiner Dienstwohnung zu vertreiben. Zwei Nachbarn können bezeugen, daß sie Salvesen mehrmals in der Hausmeisterwohnung haben aus- und eingehen sehen. Ich habe am Dienstag, dem 9. März 1999, um 18.00 mit Karlsen gesprochen.

Hausmeister Karlsen war äußerst abweisend, fast wütend. Er wollte nicht mit mir sprechen. Er schlug die Tür zu, als ich sagte, daß ich von der Polizei käme, und erst nachdem wir zehn Minuten lang durch die verschlossene Tür diskutiert hatten, war er zu einem kurzen Gespräch bereit. Das brachte jedoch nichts Neues. Trotzdem besteht Grund zu der Annahme, daß Karlsen und Salvesen eine Art Freunde waren. Soweit ich das beurteilen konnte, hatte er Tränen in den Augen, und seine Mundwinkel zitterten ein wenig, als ich erzählte, daß Salvesen aller Wahrscheinlichkeit tot sei. Er hielt danach den Mund, nachdem er mich viele Minuten lang ununterbrochen angepöbelt hatte.

Hanne ließ sich im Sessel zurücksinken und schloß die Augen.

Hier gab es etwas.

Es gab ein Muster oder vielleicht eher einen Faden. Der war dünn und nur schwer zu entdecken. Die Geräusche hinter ihrer Zimmertür waren jetzt lauter, die Uhr ging schließlich auf neun zu. Das störte sie, sie verlor den Überblick.

»Australien«, flüsterte sie. »Texas. Die Vogts gate. Ein Papakind. Ein scheinheiliger Oberstaatsanwalt.«

Plötzlich brachen heftige Kopfschmerzen über sie herein. Sie faßte sich an die Schläfen, ihre Ohren rauschten wie wild, und sie stöhnte: »Ullevål.«

Es wurde an die Tür geklopft. Hanne gab keine Antwort. Es wurde noch einmal geklopft. Als sich die Tür unaufgefordert öffnete, hatte Hanne gerade die Jacke angezogen.

»Hab keine Zeit«, sagte sie kurz zu Karianne Holbeck

und drängte sich an ihr vorbei. »Ich bin in zwei oder drei Stunden wieder hier.«

»Aber warte«, sagte Karianne. »Ich habe etwas…«

Hanne hörte nicht zu. Sie lief zum Fahrstuhl und hinterließ nur den Geruch von Schweiß und altem Parfüm. Karianne Holbeck rümpfte die Nase. Sonst roch Hanne Wilhelmsen doch immer so gut.

32

Hausmeister Ole Monrad Karlsen war außer sich. Er hatte die Polizei noch nie leiden können. Er mochte überhaupt keine Behörden leiden. Mit dreiundzwanzig Jahren, 1947, war er nach Norwegen zurückgekehrt, nachdem er bereits mit fünfzehn zur See gegangen war. Sofort wurde er zum Militär einberufen. Das könne doch nicht sein, meinte er; er war 1943 und im Januar 1945 torpediert worden und glaubte, schon längst seine Pflicht für das Vaterland abgeleistet zu haben. Die Militärbehörden sahen das anders. Ole Monrad Karlsen mußte zur Fahne und verlor den Job, den die Reederei ihm an Land besorgt hatte.

Der Polizist hatte Ståle für tot gehalten.

Obwohl Ole Monrad Karlsen nicht so recht fassen konnte, daß sein einziger Freund nicht mehr lebte, sah er doch die Logik des Ganzen. Jetzt fand so vieles seine Erklärung. Er saß am Küchentisch, trank pechschwarzen Kaffee mit einem Schuß Eau de Vie, zerdrückte eine Träne und sprach ein stilles Gebet für Ståle Salvesen.

Der ein guter Mann gewesen war.

Ståle hatte ihm zugehört. Ståle hatte Ole Monrad Karlsen dazu gebracht, vom Krieg zu erzählen. Das hatte er noch nie getan. Niemandem hatte er davon erzählt, nicht einmal

Klara, die Karlsen 1952 geheiratet und mit der er sein Bett geteilt hatte, bis sie an einem Wintermorgen des Jahres 1979 nicht mehr wachzubekommen war. Sie hatten niemals Kinder gehabt, aber Klara hatte ihm ein ruhiges Gefühl von Zufriedenheit geschenkt, das nicht durch überflüssiges Gerede über Katastrophen zerstört werden sollte, die er vor so vielen Jahren durchlebt hatte.

Doch der Krieg hatte sich an ihn herangeschlichen. Die Kräfte, mit denen er alles verdrängt hatte, schienen erschöpft zu sein, und immer häufiger fuhr er nachts aus entsetzlichen Träumen über Wasser aus dem Schlaf; eiskaltes Wasser und ertrinkende, schreiende Kameraden.

Ståle hatte zugehört. Ståle hatte ihm ab und zu eine Flasche Schnaps zugesteckt; nicht, daß Karlsen ein Trinker wäre, aber ein Tropfen im Kaffee hatte ihm immer sehr gut geschmeckt. Ståles Leben war von den Behörden ruiniert worden, so wie Karlsen eine gute Stelle an Land verpaßt hatte, weil verdammte Bürokraten sich kein Bild davon machen konnten, wie das Leben eines Kriegsmatrosen ausgesehen hatte.

Karlsen freute sich darüber, daß er den Polizisten nicht in die Wohnung gelassen hatte. Der hatte dort nichts zu suchen. Ole Monrad Karlsen hatte in seinem ganzen Leben nichts Ungesetzliches getan, und er entschied selbst über sich und alles, was ihm gehörte. Bald würde er in den Keller gehen und nachsehen, ob dort alles in Ordnung war. Das schuldete er seinem guten Freund Ståle Salvesen.

Er wischte sich mit seinem verwitterten Handrücken noch eine Träne ab und goß einen guten Schuß Schnaps in seine Tasse.

»Friede sei mit dir«, flüsterte er und trank dem leeren Stuhl auf der anderen Seite des Küchentisches zu. »Ich hoffe, es geht dir gut, da, wo du jetzt bist. Jaja, das hoffe ich wirklich.«

33

Ein Sniffer schleppte sich durch die Akersgate. Seine Knie waren nach fünfzehn Jahren Schnüffelei ruiniert, und er hatte sich einen wiegenden, schleppenden Gang zugelegt. Evald Bromo nahm den Lynolgestank wahr, noch ehe er den Mann entdeckt hatte, und wandte mit plötzlich aufsteigender Übelkeit das Gesicht ab.

»Hasse ma zehn Eier«, nuschelte der Mann und streckte eine magere, verdreckte Hand aus.

Evald Bromo wollte nicht stehenbleiben. Aus Erfahrung wußte er jedoch, daß er den Mann mit Geld am schnellsten loswerden würde. Er verlangsamte sein Tempo und griff mit der rechten Hand in die Hosentasche. Dort fand er ein Zwanzigkronenstück und starrte es einen Moment lang an, dann schüttelte er kurz den Kopf und reichte es dem übelriechenden Mann. Diese Gabe schien überraschend zu kommen. Der Mann ließ die Münze fallen und schwankte unentschlossen hin und her, als habe er nicht begriffen, wo das Geld geblieben war. Evald Bromo bückte sich ärgerlich, um ihm zu helfen. Vielleicht sah es aus, als wolle er das Geld wieder einstecken, auf jeden Fall setzte sich nun auch der Sniffer in Bewegung. Die Köpfe der Männer schlugen gegeneinander, und Evald Bromo stürzte. Der Sniffer jammerte und klagte und wollte ihm unbedingt wieder auf die Beine helfen. Bromo dagegen wollte das lieber allein schaffen. Am Ende lagen beide Männer als zappelndes Chaos vor dem Haupteingang von *Aftenposten*.

Die Chefredakteurin bog bei der Kronenapotheke um die Ecke und lief achtlos zwischen drei auf grün wartenden Autos über die Straße. Als sie das Zeitungshaus erreichte, entdeckte sie Evald Bromo, der unter dem aufdringlichsten

Bettler der Gegend auf dem Boden lag. Sofort war sie davon überzeugt, daß ihr Redakteur überfallen worden war. Wütend hieb sie mit ihrem Regenschirm auf den Rücken des Sniffers ein, dann stürmte sie in die Rezeption ihrer Zeitung und befahl, sofort die Polizei zu verständigen. Dann lief sie wieder nach draußen.

Evald Bromo war jetzt allein, er lehnte an einer Säule und wischte sich Dreck und Steinchen von der Kleidung. Er murmelte etwas Unverständliches vor sich hin, als die Chefredakteurin darauf bestand, ihn zu einem Arzt zu bringen.

»Das war kein Überfall«, brachte er schließlich heraus. »Sondern einfach Pech. Mir geht's gut. Danke.«

Die Chefredakteurin musterte ihn mißtrauisch. Plötzlich fiel ihr diese seltsame, anonyme E-Mail ein.

»Ist alles in Ordnung, Evald?«

Sie legte ihm die Hand auf den Unterarm, und er starrte wie gebannt die langen rotlackierten Nägel an, die halb in seinem Tweedjackenärmel versanken. Er wollte sich losreißen, schluckte dann aber und zwang sich ein Lächeln und besänftigende Worte ab.

»Alles okay. Wirklich.«

»Und sonst auch? Nichts, was dir besonders zu schaffen macht?«

»Nein«, sagte er und hörte selbst, daß das gar zu schroff klang. »Es geht mir ausgezeichnet.«

»Na schön«, die Chefredakteurin lächelte aufmunternd. »Wir müssen eine Zeitung machen, Evald. Bis dann.«

Sie verschwand im Gebäude, hochaufgerichtet und kerzengerade. Die Zufriedenheit lag wie ein angenehmes Heizkissen auf ihrer Brust. Es war für sie eine Herzensangelegenheit, sich um das Wohl und Wehe ihrer Mitarbeiter zu kümmern. Niemand sollte behaupten können, sie habe bei Evald Bromo ihre Pflicht versäumt. Sie achtete nicht einmal darauf, ob er ihr in das große Zeitungshaus folgte. Aber schließlich begegnete ihr auf dem Weg zum Fahrstuhl der Finanzminister.

34

Es war fast halb fünf, als Hanne Wilhelmsen aus dem Krankenhaus zurückkam. Sie hatte eine Viertelstunde vor dem Spiegel in der Toilette zubringen müssen, um ihr Gesicht soweit präsentabel zu machen, daß die Rötung um ihre Augen als Symptome einer heftigen Frühjahrserkältung durchgehen konnte. Sie verdeckte die schlimmsten Flecken auf ihren Wangen mit Tönungscreme und zog sich tiefrot die Lippen nach. Und sie mußte sich bald die Haare schneiden lassen. Nur konnte sie nicht sagen, wann sie Zeit und Kraft dafür finden würde.

»Das waren lange zwei bis drei Stunden«, sagte Karianne Holbeck halb vorwurfsvoll und halb neugierig und ließ ihre Augen dabei an Hanne auf und ab wandern.

Neun Ermittler, gefolgt von Abteilungsleiter Jan Sørlie, quollen aus dem engen Besprechungszimmer. Der unangenehme Geruch eingesperrter Menschen umgab sie und erhob sich wie eine Wand vor Hanne, als sie sich eine Cola aus dem Kühlschrank holen wollte.

»Tut mir leid«, murmelte Hanne ihrem Chef zu, als sie aneinander vorübergingen. »Dringender Auftrag von eher privatem Charakter.«

Er schwieg, bedachte sie aber mit einem Blick, der verriet, daß Billy T. – oder vielleicht dieser verdammt zudringliche Polizeipräsident – den Schnabel zu weit aufgerissen hatte. Sørlies Augen zeigten ein hilfloses Mitleid, und Hanne senkte ihren Blick und schloß ohne Grund hinter sich die Tür.

Billy T. riß sie wieder auf.

»Jetzt hab ich dich!«

Er lächelte schwach und setzte sich auf den Stuhl a. Tischende. Hanne brauchte ewig lange, um die Cola an der Stelle zu finden, wo sie sie drei Tage zuvor deponiert hatte. Schließlich half das Suchen ihr nicht mehr weiter. Sie hatte sie ja schon längst gefunden.

»Möchtest du eine Zusammenfassung?« fragte Billy T., als Hanne sich endlich aufrichtete und den Kühlschrank schloß. »Langsam zeichnet sich da ein Bild ab.«

Er malte mit seinem Zeigefinger ein unsichtbares Muster auf die Tischplatte, als sei seine Aussage wortwörtlich gemeint gewesen.

»Du kannst auch ein Gespräch kriegen«, sagte er dann leise. »Oder eine Umarmung.«

Er legte die Hände auf den Tisch und schaute darauf herunter. Dabei kaute er auf seiner Unterlippe herum. Als Hanne weiterhin schwieg und nur hilflos mit der Flasche in der Hand dastand und die Wand über Billy T.s Kopf anstarrte, sagte er: »Wir könnten zum Beispiel wieder einen Spaziergang machen. Die Luft hier muß doch lebensgefährlich für die Zähne sein. Sie kommt mir geradezu ätzend vor.«

Er versuchte ein Lächeln.

»Ein Spaziergang wäre schön«, sagte sie überraschend schnell. »Ich würde mir gern die Staure-Brücke näher ansehen. Wie lange brauchen wir bis dahin?«

»Keine Ahnung«, sagte Billy T. und erhob sich. »Aber ich habe jede Menge Zeit. Halbe Stunde vielleicht? Komm.«

Er streckte die Hand aus, als sie um den Tisch bog und an ihm vorbeikam. Sie griff nicht danach. Vor der Tür wartete Karianne Holbeck.

»Ich habe etwas, das ...«

»Das muß warten«, fiel Hanne ihr ins Wort. »Können wir es morgen erledigen?«

»Nein, ich fürchte, ich habe einen Fehler gemacht und…«

Hanne schaute auf die Uhr. Dann seufzte sie tief und merkte dabei, daß sie ärger stank als je zuvor. Beschämt preßte sie die Arme an den Leib, in der Hoffnung, etwas von dem Geruch einzusperren. Dann winkte sie Karianne, ihr zu folgen.

»Wir sehen uns in einer halben Stunde«, sagte sie zu dem wartenden Billy T.

Obwohl die Temperatur draußen auf sieben Grad gesunken war, riß Hanne ihr Bürofenster sperrangelweit auf. Dann bot sie Karianne Holbeck eine Schokobanane aus der Emailleschüssel an, die Cecilie ihr zu ihrem 20. Jahrestag geschenkt hatte.

»Was ist denn los?« fragte sie und ließ sich in ihrem Sessel so weit zurücksinken, wie das überhaupt nur möglich war.

Karianne Holbeck berichtete von dem Gespräch mit dem Mann, dessen Namen sie nicht kannte, den sie für einen Türken hielt und der vielleicht einen Laden in Grünerløkka hatte. Sie schlug verlegen die Augen nieder, als sie ihren möglicherweise katastrophalen Patzer schilderte: Der Mann könne über Informationen verfügen, daß Halvorsrud korrupt war, aber sie habe vergessen, sich Namen und Adresse des Anrufers nennen zu lassen. Leider. Es täte ihr ja so leid.

Hanne Wilhelmsen schwieg lange. Im Zimmer wurde es jetzt sehr kalt, und widerwillig schloß sie das Fenster und nahm wieder Platz. Dann nötigte sie Karianne Holbeck noch eine Schokobanane auf. Die nahm sie, spielte aber damit herum, bis die Schokolade schmolz und sie sich verlegen die Finger ablecken mußte.

»Es spricht für dich, daß du Bescheid sagst«, fing Hanne

an, ihre Stimme war monoton und fremd, als presse sie einen auswendig gelernten Satz aus sich heraus. »Vermutlich spielt es keine Rolle. Er kommt doch am Montag. Bist du sicher, daß er deinen Namen verstanden hat?«

»Ziemlich sicher«, erwiderte Karianne Holbeck erleichtert. »Aber ob er wirklich kommen wird, wissen die Götter. Besonders zuverlässig hat er sich nicht angehört.«

»Nicht«, sagte Hanne und hob fast unmerklich die Augenbrauen. »Wie ist das zu verstehen? Kannst du Leuten anhören, ob sie zuverlässig sind?«

»Tja«, sagte Karianne und rutschte auf ihrem Stuhl hin und her.

Hanne fiel wieder auf, daß ihre Kollegin sich auf eine ganz eigene Art die Haare über die Schulter warf. Diese Bewegung war auf anziehende Weise feminin, erinnerte zugleich jedoch an kleinmädchenhafte Verantwortungsverweigerung.

»Ich weiß nicht so recht«, sagte Karianne dann. »Meiner Erfahrung nach nehmen Leute aus diesen Gegenden Verabredungen nicht so genau wie wir. Die Uhr hat für sie irgendwie nicht dieselbe Bedeutung.«

Hanne Wilhelmsen war es jetzt egal, daß sie wie eine Pennerin roch. Sie verschränkte die Hände hinter ihrem Nacken, hob die Ellbogen wie Flügel und musterte ihre Kollegin durch ihren langen Pony hindurch. Dann spitzte sie den Mund, schnalzte kurz mit der Zunge und sagte: »Und wer bitte sind ›wir‹?«

»Was?«

»Wer sind ›wir‹? Wir, die die Prinzipien einer Uhrzeit durchschauen.«

»Naja…«

»Und wo liegen ›diese Gegenden‹? In der Türkei? Kleinasien? Der Dritten Welt?«

»So war das nicht gemeint«, sagte Karianne und rieb sich

einen roten Fleck auf der Wange, der rasch wuchs. »Ich meinte doch nur...«

Mehr sagte sie nicht. Hanne Wilhelmsen wartete.

Sie ließ ihre Arme sinken und beugte sich vor. Sie griff zu einem Stift und malte Kreise und Trapeze auf die Einladung zu einem Gewerkschaftstreffen. Sie ließ sich Zeit. Die Kreise waren groß und klein und überschnitten sich mit den Trapezen zu einer Menge von kleinen, geschlossenen Feldern, die sie sorgfältig mit blauem und rotem Filzstift ausmalte.

»Das glaube ich ja auch nicht«, sagte Hanne so plötzlich, daß Karianne in ihrem Stuhl hochhüpfte. »Ich glaube nicht, daß du etwas Böses meinst, wenn du so redest. Aber ich finde...«

Sie trommelte mit den beiden Filzstiften einen raschen Wirbel auf ihre Schreibunterlage.

»Du solltest dir überlegen, wofür du stehst. Mit welchen Vorurteilen du zu kämpfen hast. Ist dir der Mann aufgefallen, der morgens das Foyer putzt? Der, der immer einen Overall in den schwedischen Farben trägt?«

Karianne schüttelte kurz den Kopf. Jetzt hatte die Röte sich wie ein Gürtel über ihrem Nasenrücken ausgebreitet; sie sah aus wie ein menschlicher und ziemlich hilfloser Waschbär.

»Also nicht. Du solltest dir mal die Zeit nehmen. Komm früh genug und rede mit dem Mann. Er kommt aus Eritrea. Ist Tierarzt. Spricht auch gar nicht schlecht Norwegisch. Aber nach vier Jahren in einem äthiopischen Gefängnis sind seine Nerven nicht mehr die besten.«

»Ich habe doch gesagt, daß es mir leid tut«, sagte Karianne Holbeck jetzt fast trotzig.

»Wir gehen erst einmal davon aus, daß unser Freund aus Grünerløkka kommt. Ich glaube eigentlich, daß ich selbst mit ihm sprechen möchte. Hat er die Telefonzentrale angerufen oder die Operationszentrale?«

»Was?«

»112«, sagte Hanne und rieb sich die Augen, ohne an ihre frischaufgetragene Wimperntusche zu denken. »Wenn er die Notrufnummer angerufen hat, dann ist das Gespräch gespeichert worden. Wenn nicht, dann müssen wir uns darauf verlassen, daß er weiß, was eine Verabredung ist. Überprüf das doch bitte. Und sag mir Bescheid, wenn er kommt.«

Karianne Holbeck nickte und erhob sich.

»Hier, nimm noch eine Banane.«

Hanne reichte der Kollegin die Schüssel, aber Karianne sagte nicht einmal »nein, danke«. Sie knallte unnötig und reichlich hart mit der Tür.

35

Sie fuhren in Hanne Wilhelmsens Privatwagen. Der sieben Jahre alte BMW war weiß und hatte einen roten Kotflügel. Cecilie hatte im vergangenen Herbst einen Unfall gebaut; vier Tage nachdem Hanne die Kaskoversicherung gekündigt hatte.

»Können wir nicht einfach abmachen, daß wir nicht über Cecilie sprechen?« bat Hanne leise und stellte die Scheibenwischer auf die langsamste Stufe. »Es wäre schön, wenn du akzeptieren könntest, daß ich nicht... daß ich jedenfalls noch nicht will. Besuch sie doch lieber selbst. Sie würde sich freuen.«

Billy T. versuchte, den Sitz nach hinten zu schieben. Der Griff an der Vorderseite wehrte sich. Und plötzlich hatte er das ganze Teil in der Hand.

»Mist...«

Er starrte erst den Griff an, dann Hanne, dann wieder den Griff. Sie warf einen raschen Blick auf sein Werk, zuckte dann kurz mit den Schultern und wies mit dem Daumen auf den Rücksitz. Billy T. warf das Metallstück über seine Schulter und schnallte sich an.

Es war später Nachmittag, und die schwachen Reste von Tageslicht wurden von regennassem Asphalt zurückgeworfen. Die Straße hatte sich verengt, und es gab keine Straßenlaternen mehr. Hanne drosselte das Tempo, als sie in einer Kreuzung durch eine tiefe Pfütze fuhr.

Sie fuhren schweigend weiter.

Billy T. betrachtete die blaugraue Landschaft. Die Felder waren für den Frühling gepflügt worden, und strenger Düngergeruch machte seinen Nasenlöchern zu schaffen und ließ ihn an seine Söhne denken. Er plante für dieses Jahr Ferien auf dem Bauernhof. Die Jungs und Billy T., Tone-Marit und die Kleine; sie wollten zusammen nach Westnorwegen, wo Billy T.s Vetter einen kleinen Hof betrieb. Für zwei Wochen. Erst, nachdem alles festgelegt war, war Billy T. auf die Idee gekommen, daß ein Familienurlaub mit vier wilden Stiefkindern vielleicht nicht Tone-Marits Träumen von einer romantischen Hochzeitsreise entsprach. Aber sie lächelte nur, als er sie voller Reue gefragt hatte, ob sie lieber etwas anderes unternehmen wolle. Sie freue sich, hatte sie behauptet. Und er glaubte ihr.

Beim Gedanken an das neugeborene Kind mußte er lächeln.

Ein Fuchs lief über die Straße.

Hanne trat auf die Bremse, ließ sie aber gerade noch rechtzeitig wieder los, um nicht die Kontrolle über das Fahrzeug zu verlieren. Dann drosselte sie ihr Tempo noch weiter. Mit fünfzig Stundenkilometern bogen sie um eine Kurve, hinter der die Felder plötzlich den Blick aufs Meer freigaben. Die Staure-Brücke spannte sich elegant vom Festland bis zur achthundert Fjordufermeter entfernt gelegenen Halbinsel.

Sie hielten auf einem Kiesplatz, der eine Minute von der Brücke entfernt lag. Hanne schaute kurz in die Papiere, die sie zwischen Sitz und Ablagefach eingeklemmt hatte. Hier war Ståle Salvesens alter Honda gefunden worden. Jetzt war der Platz leer. Der Wind hatte einen Papierkorb umgeworfen. Ein Dachs oder vielleicht auch nur ein streunender Hund hatte den Inhalt auf dem Boden verteilt; nicht einmal der frische Geruch von Salz und Meer konnte den fauligen Gestank auslöschen.

»Komisch, daß sowas nicht weggeräumt wird«, sagte sie zerstreut und schloß den Wagen ab.

»Fünfundvierzig Minuten«, brüllte Billy T., der schon losgelaufen war. Seine Stimme ging fast unter in dem Lärm, den das Meer an den riesigen Ufersteinen machte.

»Was?« rief Hanne zurück.

»Wir haben von der Wache bis hierher fünfundvierzig Minuten gebraucht«, erklärte er, als sie ihn eingeholt hatte. »Schön, daß es so etwas so dicht bei Oslo gibt.«

Die Staure-Brücke war ziemlich schmal. Zwei Autos konnten einander durchaus noch passieren, ein Auto und ein LKW dagegen würden bereits Probleme bekommen. Auf der Südseite – zum Meer hin – zog sich ein enger, korridorähnlicher Streifen für Fußgänger hin, der von den Fahrbahnen abgetrennt war. Vermutlich war er erst nach Einweihung der Brücke eingerichtet worden. Hanne lief los. Die Brücke war steil, und schon nach zweihundert Metern blieb sie atemlos stehen. Billy T. schlenderte hinterher.

»Was suchen wir eigentlich?« fragte er und widerstand der Versuchung, ihr die Haare aus dem Gesicht zu streichen; der Wind über dem Fjord war kräftig, und er spürte, wie sich die Brücke unter ihm bewegte.

»Alles und nichts«, sagte sie und setzte sich wieder in Bewegung.

Dann hatten sie den höchsten Punkt erreicht.

Billy T. fühlte sich nicht wohl in seiner Haut.

»Verflixt«, murmelte er und wagte kaum, über das Geländer zu blicken. »Mir müßte es saudreckig gehen, ehe ich hier runterspringen würde...«

Hanne nickte leicht. Sie beugte sich so weit wie möglich vor. Das Wasser erschien ihr als grauweißes Wogen tief unten in einem schwarzen Nichts. Wenn sie nicht gewußt hätte, daß es bis dorthin zwanzig Meter waren, hätte sie es nicht schätzen können. Es gab keine Vergleichsmöglichkeiten, nichts, was einen realistischen Eindruck von Größe und Entfernung erwecken konnte.

»Halt mich fest«, sagte Hanne und fing an, über das Geländer zu klettern.

»Hast du denn völlig den Verstand verloren, Frau?«

Billy T. packte Hannes Oberarme und versuchte, sie wieder auf die Brücke zu ziehen.

»Au«, schrie Hanne. »Das tut weh! Das ist gefährlich! Halt mich an den Schultern fest, aber nicht so hart.«

Billy T. lockerte widerwillig seinen Griff und packte die geräumigen Jackenschultern. Er spürte seinen Puls gegen seine Trommelfelle dröhnen und konnte kaum atmen. Hanne hing am Geländer, und er konnte nicht sehen, wonach sie mit den Beinen suchte.

»Was zum Teufel hast du denn vor«, fauchte er und spürte einen Adrenalinstoß, als er für einen Moment glaubte, Hanne aus dem Griff verloren zu haben.

»Ich will«, stöhnte Hanne und bückte sich so tief nach unten, daß er sie loslassen mußte, um keine Katastrophe zu verursachen. »Ich will feststellen, ob es einen Weg zurück zum Festland gibt und...«

Der Rest war nicht mehr zu hören. Hanne war verschwunden. Billy T.s Höhenangst wich einer noch größeren Angst: daß Hanne ins Meer gestürzt sein könnte. Verzweifelt beugte er sich über das Geländer und versuchte vergeblich, etwas anderes zu entdecken als die grauen Schaumköpfe tief, tief unten.

»Hanne! *Hanne!*«

Er schrie ihren Namen immer wieder und durchwühlte verzweifelt seine Taschen nach dem Handy.

»*O verdammt!*«

Das Telefon lag im Auto.

»Es geht«, hörte er eine Stimme.

Hannes Kopf tauchte über dem Geländer auf. Sie legte die Hände auf das mit Eisen beschlagene Gesims und rollte sich über die Kante. Dann lächelte sie und schaute ihm in die Augen.

»Es wäre möglich«, sagte sie. »Die Brücke ist so konstruiert, daß du über das Geländer klettern und den Eindruck erwecken kannst, daß du ins Wasser springst. Dann kannst du unterhalb des Fußgängerwegs wieder zum Ufer kommen. Es ist bestimmt schwierig, aber durchaus nicht unmöglich.«

»Miststück«, fauchte Billy T.

»Du weißt, daß ich Höhen nicht so toll finde«, tobte er und drängte sich an ihr vorbei.

Sein breiter Rücken bewegte sich auf dem ganzen Weg zurück an Land vor ihr her. Billy T. sagte kein Wort und ließ sie auch auf dem kurzen Weg von der Brücke zum Auto nicht neben sich. Wenn sie einen Versuch machte, steigerte er sein Tempo. Aber sie hatte die Wagenschlüssel.

»Tut mir leid«, sagte sie und legte ihm die Hand auf den Arm, während er wie ein mürrisches Kind dastand und darauf wartete, daß sie aufschloß.

Die Aufrichtigkeit in ihrer Stimme schien ihn zu beeindrucken. Er lächelte und zuckte kurz mit den Schultern.

»Du hast mir wirklich angst gemacht«, sagte er kurz und überflüssig.

»Tut mir leid«, sagte sie noch einmal und schüttelte den

Kopf. »Du hast mir eine Zusammenfassung versprochen. Sollten wir nicht...«

Hanne schaute sich um. Es regnete nicht mehr, und obwohl die Luft rauh war und die See weiß wogte, lag in der Landschaft eine Frische, die sie anzog und zum Bleiben mahnte. Im Windschatten der Staure-Brücke, gleich im Norden des Brückenkopfes, den sie eben erst verlassen hatten, zog sich vor einem Wäldchen ein grober Sandstrand hin.

»Wenn, wenn wir...«

Hanne zögerte kurz. Dann sagte sie: »Glaubst du, wir könnten ein Feuer machen und... ein bißchen hierbleiben?«

»Geht nicht. Zu feucht. Finden kein trockenes Holz.«

Billy T. fröstelte und streckte wieder die Hand nach der Autotür aus. Hanne ging um das Auto herum und öffnete den Kofferraum. Als sie den Deckel wieder zugeknallt hatte, hielt sie einen schwarzen Fünfliter-Benzinkanister in der Hand.

»Schau her«, sagte sie und streckte die Hand mit dem Kanister aus. »Jetzt können wir abfackeln, was immer wir wollen.«

Billy T. zog eine Grimasse, trottete dann aber hinter ihr her zum Strand. Dort blieb er stehen, bohrte die Hände in die Hosentaschen und sah zu, wie Hanne hin und herlief. Immer wieder bückte sie sich, hob hier einen Zweig, dort ein Stück Treibholz auf. Nach und nach häufte sie alles in einer Mulde zwischen größeren Steinen auf; diese Stelle hatte offenbar schon häufiger einem solchen Zweck gedient. Am Ende goß sie zwei Liter Benzin über ihr Werk.

»Willst du den Strand in die Luft jagen oder was?«

Billy T. trat einen Schritt zurück.

Das Feuer loderte heftig auf, als Hanne vier Streichhölzer

zwischen die Holzstücke warf. Beißender schwarzer Rauch quoll zur niedrighängenden Wolkendecke hinauf. Hanne bekam Qualm ins Gesicht und hustete unter Tränen.

»Ist doch gutgegangen«, murmelte sie halblaut und machte für Billy T. Platz auf einem Baumstamm, der wie gerufen nur zwei Meter vom wütenden Feuer entfernt lag.

Hier in der Bucht war es wesentlich weniger kalt als oben auf dem Parkplatz. Trotzdem erfaßte ein Seitenwind das Feuer und trieb den Rauch von Hanne und ihrem Kollegen fort.

»Laß hören«, sagte Hanne Wilhelmsen und wischte sich Ruß aus dem Gesicht.

»Das Wichtigste waren wohl die Disketten«, sagte Billy T. »Die aus dem Medizinschränkchen im Keller. Sie enthalten Informationen über eingestellte Ermittlungen.«

»Die Halvorsrud selbst eingestellt hat?« fragte Hanne tonlos.

»Ja.«

»Und habt ihr euch die näher angesehen?«

»Ein wenig.«

Billy T. hob den Hintern, um sich bequemer hinzusetzen.

»Zwei sind ziemlich klare Fälle. Ermittlungen eingestellt aus Mangel an Beweisen. Was natürlich nicht bedeutet, daß die Schurken...«

»Nicht schuldig sind«, sagten Hanne und er im Chor.

»Genau«, sagte Billy T. »Aber die Fälle sind in Ordnung. Die beiden anderen dagegen...«

»...sind schon zweifelhafter«, sagte Hanne.

Billy T. nickte.

»Wir haben noch jemanden von der Wirtschaftskripo darangesetzt. Eine Frau. Sie hält es nicht für richtig, daß in diesen Fällen die Ermittlungen eingestellt worden sind. Aber das sagt an sich noch nichts. Wir wissen doch, wie das ist. Wichtiger ist, daß Halvorsrud sich wegen eines Falls übel mit seinen Kollegen gestritten hat. Er hat all seine Autorität aufgewandt, um...«

»...die Akten schließen zu lassen«, sagte Hanne.

»Das ist ziemlich nervig«, sagte Billy T. wütend und warf einen Zweig ins Feuer.

»Entschuldigung?«

»Du nimmst mir immer wieder das Wort aus dem Mund.«

»Tut mir leid.«

Sie erhob sich, um mehr Benzin ins Feuer zu gießen. Er hielt sie zurück, nahm ihr den Kanister ab und stellte ihn hinter den Baumstamm, auf dem sie saßen.

»Du bist heute wirklich in Selbstmordstimmung, das muß ich sagen. Wie oft sagst du derzeit ›Tut mir leid‹?«

Nicht oft genug, dachte Hanne und schwieg.

»Erik Henriksen hat mit den vier Leuten gesprochen, gegen die in den Diskettenfällen ermittelt wurde. Alle streiten ab, jemals etwas mit Halvorsrud zu tun gehabt zu haben. Wir überprüfen sie jetzt alle. Halten nach hohen Überweisungen Ausschau, deren Zweck sie nicht richtig belegen können. Nach solchem Kram. Natürlich sehen wir uns auch die Finanzen der Familie Halvorsrud an. Bisher gibt es darüber nichts zu sagen. Aber wir suchen weiter. Außerdem haben wir ja Kariannes Geschichte mit diesem Vielleicht-türken. Hört sich gar nicht gut an für Halvorsrud, wenn sie stimmt.«

»Und ein tüchtiger Jurist kann also blöd genug sein, sich namentlich vorzustellen, wenn er sich bestechen lassen will?«

»Punkt«, Billy T. nickte. »Guter Punkt.«

Plötzlich wechselte der Wind die Richtung. Der Rauch brannte ihnen in den Augen. Billy T. sprang auf und versuchte, ihn wegzufächeln. Hanne lachte kurz und hustete, und der Wind drehte sich noch einmal.

»Der Computer hat seiner Frau gehört«, sagte Billy T. und setzte sich wieder hin. »Das wissen wir zumindest. Ich habe die Tante gebeten, die Kinder zu fragen. Sie konnten nicht erklären, warum die Festplatte leer war. Angeblich hat ihre Mutter dauernd am Computer gesessen, sagen die Kinder.«

»Warum hast du sie nicht selbst gefragt?«

»Ich habe dem Ältesten so mehr oder weniger versprochen, seine Geschwister in Ruhe zu lassen. Thea scheint restlos aufgelöst zu sein, die Arme. Und die Taschenlampe hat Marius gehört. Auch das hat die Tante in Erfahrung gebracht. Er behauptet, sie vor einiger Zeit verloren zu haben. Hat sie an einer Kerbe im Deckel wiedererkannt.«

Das Feuer war jetzt fast erloschen. Als Hanne ein weiteres Stück Treibholz hineinwarf, fauchten die letzten Flammen wütend auf, um dann im Rauch zu ertrinken.

»Eins wüßte ich ja auch noch gern«, sagte sie und schlang sich die Arme um den Leib. »Wie soll dieser angebliche Ståle Salvesen – oder jemand, der sich als er verkleidet hatte – überhaupt in Halvorsruds Haus gekommen sein? Meines Wissens hat da nichts auf einen Einbruch hingewiesen. Zugleich beteuert Sigurd Halvorsrud, daß die Tür abends immer abgeschlossen war.«

»Er ist einfach strohdoof«, murmelte Billy T. »Es hätte viel besser zu seiner Geschichte gepaßt, wenn er behauptet hätte, die Tür sei offen gewesen.«

»Aber sie haben Kinder«, sagte Hanne. »Gehen wir?«

»Was ist mit den Kindern?«

Billy T. blieb sitzen und schaute Hanne an, die aufgestanden war und im immer schneidenderen Wind herumtänzelte.

»Kinder verlieren doch pausenlos ihre Schlüssel. Komm.«

Sie lief in Richtung Auto los.

»Eigentlich begreife ich nicht, worauf wir noch warten«, sagte Billy T., als er sich auf den ramponierten Beifahrersitz fallen ließ. »Die Sache scheint doch ganz klar zu sein. Wir haben nur selten eine so starke Indizienkette wie bei diesem Fall. Halvorsrud ist der Schuldige. Offenkundig.«

»Also, warum zögern wir?« sagte Hanne leise; sie hatte die Hände auf dem Schoß liegen und spielte zerstreut mit dem Autoschlüssel. »Warum sind wir so auf diesen Ståle Salvesen fixiert?«

»Du«, korrigierte Billy T. »Du bist auf diesen Ståle Salvesen fixiert. Ich muß zugeben, daß ich vorübergehend an Halvorsruds Schuld gezweifelt habe. Aber jetzt neige ich zu...«

»Das Ganze ist einfach zu offensichtlich«, fiel Hanne ihm ins Wort und steckte den Schlüssel ins Zündschloß. »Siehst du das nicht? Der Fall ist absurd, aber zugleich offenkundig. Es ist unvorstellbar, daß Halvorsrud seine Frau enthauptet hat, aber zugleich weist alles darauf hin. Siehst du nicht, was für ein Bild hier entsteht?«

Billy T. kämpfte mit dem Sicherheitsgurt und schwieg.

»Ein Set-up«, flüsterte Hanne Wilhelmsen. »Es ist alles inszeniert.«

»Oder ganz einfach ein verdammt ungeschickter Mord, der nach Set-up aussehen soll«, sagte Billy T. trocken und suchte im Radio nach NRK P2.

»Bis ich Ståle Salvesens Leiche mit eigenen Augen gesehen habe, möchte ich die Möglichkeit offenhalten, daß Halvorsrud doch die Wahrheit sagt«, sagte Hanne.

Sie warf einen letzten Blick auf die Staure-Brücke, dann verließ sie den Parkplatz und machte sich an die Rückfahrt. Zwanzig Minuten fuhren sie schweigend dahin. Als sie auf der E 18 an der Kirche von Høvik vorbeikamen, sagte Hanne: »Da war etwas in Ståle Salvesens Wohnung. Ich habe etwas gesehen, was mir zu schaffen macht. Nur komme ich einfach nicht darauf, was das gewesen sein kann.«

Sie kratzte sich an der Nase und musterte die Tankuhr. Bis nach Hause sollte das Benzin wohl noch reichen.

»Wenn es wichtig war, dann fällt es dir wieder ein. Du mußt im Moment ja auch noch an vieles andere denken.«

Billy T. sah Hanne an. Er hätte ihr gern die Hand auf den Oberschenkel gelegt, was er unter anderen Umständen auf jeden Fall gemacht hätte. Wenn alles noch so gewesen wäre wie früher.

Aber nichts war so wie früher. Auf dieser Fahrt hatte Hanne zwar etwas von ihrem alten Ich gezeigt. Sie war ihm mehrere Male körperlich nahegekommen, und ihr Tonfall hatte etwas von der alten Vertraulichkeit gehabt, von der er so abhängig war und die er so sehr zu verlieren fürchtete. Aber trotzdem war etwas anders. Hanne war immer konzentriert. Immer von ihren Fällen in Anspruch genommen. Immer reflektierend, interessiert an der Meinung anderer. Aber jetzt hatte ihre Ausrichtung auf den Fall eine Stärke angenommen, die an Fanatismus grenzte. Das Manöver oben auf der Staure-Brücke war tollkühn und absolut unnötig gewesen. Sie hätten Hannes Theorie auch ohne Lebensgefahr überprüfen können. Ihm war außerdem aufgefallen, daß sie jetzt langsamer sprach als früher und oft eher mit sich selbst zu reden schien als mit anderen.

»Genau da irrt ihr euch allesamt«, sagte Hanne Wilhelmsen plötzlich, als sie im Kreisverkehr bei Bjørvika abbogen.

»Was?«

Billy T. hatte vergessen, was er einige Minuten früher gesagt hatte.

»Ihr glaubt, ich müßte an soviel anderes denken«, sagte Hanne. »Aber Tatsache ist, daß dieser Fall das einzige ist, woran ich denke. Ich denke an gar nichts anderes. Jedenfalls nicht im Dienst. Bestell Tone-Marit einen schönen Gruß.«

Sie hielt vor dem Haupteingang des Polizeigebäudes. Billy T. zögerte mit dem Aussteigen. Dann löste er den Sicherheitsgurt und öffnete die Tür.

»Nur noch eins, Hanne«, sagte er langsam. »Du riechst

ganz grauenhaft schrecklich. Fahr nach Hause und geh unter die Dusche. Puh, du stinkst vielleicht!«

Als er mit der Tür knallte, wäre fast das Polizeiabzeichen von der Windschutzscheibe gefallen, und Hanne hatte für den Rest des Abends Ohrensausen.

36

Es war Freitag, der 12. März. Es war Nachmittag, und eine schwere Wolkendecke hing über der schwedischen Hauptstadt. Lars Erik Larsson fischte eine Plastiktüte aus seiner abgegriffenen Aktentasche. Er strich sie so glatt wie möglich und legte sie auf eine Holzbank. Im Freilichtmuseum Skansen war an diesem Tag nicht viel los. Larsson war eben über den neuen Bärenberg gegangen, ohne auch nur den Schatten eines Bären zu sehen. Vielleicht hielten die ja noch Winterschlaf.

Eigentlich hatte er nach Djurgården gewollt, Stockholms wundervollen Hintergarten. Vielleicht sogar bis an die Westspitze der schönen Insel, nach Plommonbacken, wo er den Bus zurück in die Innenstadt nehmen konnte, wenn er nicht mehr weitergehen wollte. Aber jetzt hing Regen in der Luft. Als er am Nordiska Museet vorbeigekommen war, hatten die grauschwarzen Wolken über Södermalm ihn dazu gebracht, sich die Sache zu überlegen. Er hatte seine sechzig Kronen Eintritt bezahlt und anschließend eine großzügige Runde durch Skansen gedreht.

Zufrieden setzte er sich und zog ein ordentlich eingewickeltes Butterbrot mit Käse und Paprika hervor. Der Kaffee in der Thermosflasche war glühendheiß, und der Dampf tat seinem Gesicht gut. Nachdenklich starrte er nach Djurgårdsbrunnsviken hinüber. Er konnte den Kaknästurm gerade noch erkennen; seine Spitze gab sich alle Mühe, die Wolkendecke oben zu halten.

Lars Erik Larsson war ein zufriedener Mann. Er lebte zwar ein stilles Leben und hatte keine Frau mehr gehabt, seit seine Gattin ihn 1985 verlassen hatte. Aber er wurde bald fünfundsechzig und fühlte sich von seiner Arbeit und seinen beiden Enkelkindern durchaus ausgefüllt. Wenn er in nicht allzuferner Zukunft pensioniert würde, wollte er in die Kate in Östhammar ziehen, Blumen züchten und ab und zu eine Handvoll gute, alte Freunde zu Besuch haben.

In aller Ruhe aß er sein Brot. Nur ein ausländisches Paar – wenn er sich nicht ganz irrte, kam es aus den USA – störte ihn, als es mit drei halbwüchsigen Kindern und lautem Gerede vorbeikam. Als er aufgegessen hatte, wischte er sich mit einer mitgebrachten Serviette den Mund. Dann zog er die aktuelle Ausgabe des *Expressen* hervor.

Lars Erik Larsson arbeitete in der SE-Bank in Gamla Stan. Karrieremäßig trat er seit zwanzig Jahren auf der Stelle, aber das störte ihn nicht weiter. Er war ein Mann ohne anderen Ehrgeiz, als seine Arbeit zu tun und seinen wohlverdienten Lohn zu erhalten. Er führte in einer Zweizimmerwohnung in Södermalm ein schlichtes Leben. Die Kate, die hundertvierzig Kilometer von Stockholm und fünf Minuten vom Meer entfernt lag, hatte er geerbt. Sein Auto war zehn Jahre alt, die letzte Rate war längst bezahlt. Lars Erik Larsson brauchte nicht mehr, als er hatte. Außerdem hatte er bei der Arbeit so viel Geld kommen und gehen sehen, hatte beobachtet, wie leicht ein finanzielles Mißgeschick zur Tragödie werden kann, und deshalb hatte er sich nie nach Reichtum gesehnt.

Eine Norwegerin war enthauptet worden, möglicherweise von ihrem Mann. Er überflog den Artikel. Dort hieß es, ein Staatsanwalt habe seine Frau mit einem Samuraischwert ermordet. Typisch *Expressen*. Warum in aller Welt schrieben sie über diesen Mord? Er war in Norwegen passiert und konnte Menschen in anderen Ländern ja wohl kaum interessieren. Sicher hatte die pikante Mordwaffe die Boulevardzeitung dazu veranlaßt.

Sigurd Halvorsrud.

Lars Erik Larsson schaute von der Zeitung hoch. Über Östermalm regnete es jetzt, und er sammelte seine Habseligkeiten zusammen. Der Name kam ihm bekannt vor.

Sigurd Halvorsrud.

Plötzlich wußte er es. Es war sicher schon einige Monate her, aber es war so seltsam gewesen, daß er sich noch immer daran erinnern konnte. Ein Mann war mit zweihunderttausend Schwedenkronen in einem Koffer in die Bank gekommen. Er hatte unter dem Namen Sigurd Halvorsrud ein Konto eröffnet und das Geld eingezahlt. Der Mann hatte Norwegisch gesprochen.

Zweihunderttausend Kronen waren eine Seltenheit, selbst heutzutage. Vor allem vielleicht heutzutage. Inzwischen war Geld doch meist eine Zahl auf einem Computerbildschirm.

Er machte sich auf den Weg zur Bergbahn.

Er schaute auf die Uhr.

Vielleicht sollte er Bescheid sagen. Aber wem? *Expressen?* Kam nicht in Frage. Der Polizei?

Er dachte an Lena, seine neunjährige Enkelin, die das Wochenende bei ihm verbringen würde. Sie wollten es sich richtig gemütlich machen und am nächsten Tag in die Oper gehen. Er freute sich so sehr darüber, daß die Kleine sich jetzt für echte Musik interessierte.

Besser, er machte keinen Wirbel. Er warf die Zeitung in einen Papierkorb, ehe er Skansen verließ, und beschloß, zu Fuß nach Hause zu gehen, trotz der drohenden Regenwolken. Er würde eine gute Stunde brauchen, aber er hatte ja einen Schirm.

37

Das Krankenhaus schien niemals ganz zur Ruhe zu kommen. Obwohl eine üppige Krankenschwester schon längst ihre Nachtrunde gedreht hatte und alle unnötigen Lichter gelöscht worden waren, waren die alten Gebäude in Ullevål noch immer erfüllt von fernen Geräuschen und Bewegungen, die auch in dem Zimmer zu ahnen waren, in dem Hanne Wilhelmsen schweigend in einem Sessel saß und zu lesen versuchte.

Cecilie wimmerte und versuchte, sich im Schlaf umzudrehen.

Hanne legte ihr vorsichtig die Hand auf den Arm, um sie an dieser Bewegung zu hindern.

Wieder stand die schönbusige Krankenschwester in der Tür. Hanne fuhr zusammen, sie hatte sie nicht kommen hören.

»Sind Sie sicher, daß ich kein Bett für Sie hereinstellen soll?« flüsterte die Frau. »Sie brauchen doch auch ein wenig Schlaf.«

Hanne Wilhelmsen schüttelte den Kopf.

Die Krankenschwester trat neben ihren Sessel. Sie legte Hanne vorsichtig die Hand auf die Schulter.

»Sie werden hier vielleicht viele lange Nächte verbringen müssen. Ich finde, Sie sollten ein wenig schlafen. Und es macht wirklich keine Mühe, ein Bett für Sie zu holen.«

Hanne schwieg noch immer und schüttelte wieder den Kopf.

»Haben Sie sich krankschreiben lassen?« flüsterte die Schwester. »Dr. Flåbakk kann Ihnen sicher behilflich sein, für eine Übergangsperiode.«

Hanne lachte kurz, leise und resigniert.

»Das wird nicht gehen«, sagte sie und versuchte, nicht zu gähnen. »Ich habe einfach zuviel zu tun.«

»Was machen Sie denn so?« fragte die Krankenschwester freundlich und leise und noch immer mit der Hand auf Hannes Schulter. »Nein, lassen Sie mich raten!«

Sie legte den Kopf schräg und musterte Hanne Wilhelmsen.

»Juristin«, sagte sie schließlich. »Sie sind bestimmt Anwältin oder etwas Ähnliches.«

Hanne lächelte und rieb sich mit dem Fingerknöchel des Zeigefingers das linke Auge.

»Close enough. Polizei. Ich bin Hauptkommissarin.«

»Wie interessant.«

Die andere klang durchaus ehrlich. Ihre Hand streichelte zweimal Hannes Oberarm. Sie überprüfte Schläuche und Tropfgestell und schlich dann zur Tür.

»Sagen Sie Bescheid, wenn Sie sich das mit dem Bett anders überlegen«, flüsterte sie. »Ziehen Sie einfach an der Klingelschnur, dann bin ich sofort hier. Gute Nacht!«

»Gute Nacht«, murmelte Hanne.

Sie hörte auf dem Gang Schritte kommen und gehen. Manche hatten es eilig, andere schlurften gelassen dahin. Ab und zu hörte sie leise Rufe der Krankenpfleger, und aus der Ferne waren Polizeisirenen zu vernehmen.

»Hanne«, flüsterte Cecilie und versuchte, den Kopf hin und her zu bewegen.

»Ich bin hier«, erwiderte Hanne und beugte sich vor. »Hier.«

»Ich bin so froh darüber.«

Hanne griff nach der schmalen Hand und versuchte, nicht die Kanüle zu berühren.

»Wie fühlst du dich?«

»Es geht schon«, stöhnte Cecilie. »Kannst du mir beim Aufrichten helfen? Ich möchte gern sitzen.«

Hanne zögerte kurz und schaute hilflos zur Klingel-
schnur, die die freundliche Schwester zurückholen würde.
Sie selbst traute sich nicht, etwas anderes zu berühren als
Cecilies Hand.

»Jetzt hilf mir doch«, sagte Cecilie und mühte sich damit
ab, den Kopf höher zu schieben.

Hanne nahm die beiden zusätzlichen Kissen, die am
Fußende lagen, und schob sie hinter Cecilies Rücken. Dann
schaltete sie die Nachttischlampe ein und richtete den
Lichtschein auf die Wand, um den kräftigen Strahl zu dämpfen.

»Wie fühlst du dich denn?« fragte Cecilie und sah sie an.

Hanne war nicht sicher, ob ihre Augen etwas ganz Neues
enthielten, oder ob der Blick Reste von etwas zeigte, das
einmal existiert hatte.

»Ich fühle mich schrecklich«, sagte sie.

»Das sehe ich. Komm her.«

»Ich bin hier, Cecilie.«

»Komm zu mir. Komm näher.«

Hanne hob ihren Sessel auf und rückte sechs Zentimeter
weiter. Cecilie hob fast unmerklich die Hand.

»Noch näher. Ich will dich richtig sehen.«

Ihre Gesichter waren jetzt nur wenige Zentimeter voneinander getrennt. Hanne nahm den Geruch des kranken
Atems wahr. Sie legte ihre Handfläche an Cecilies Gesicht.

»Was machen wir jetzt?« flüsterte sie.

»Eigentlich mußt du das entscheiden«, sagte Cecilie fast
unhörbar.

»Wie meinst du das?«

Hanne ließ ihren Daumen sanft über Cecilies Wange fahren, wieder und wieder. Sie staunte darüber, wie weich Cecilies Haut war, weich und ein wenig feucht, als habe sie
einen Spaziergang im Nebel gemacht.

»Du mußt eine Entscheidung treffen«, sagte Cecilie

und räusperte sich leise. »Du mußt dich entscheiden. Wenn ich diesen Weg allein gehen muß, dann will ich es jetzt wissen.«

Hanne schluckte. Und schluckte noch einmal.

»Natürlich wirst du nicht allein sein.«

Sie hätte so gern noch mehr gesagt. Sie wollte sagen, wie leid ihr alles tue. Sie wollte von ihrer eigenen Trauer darüber erzählen, daß soviel nicht mehr so war, wie es sein sollte, von ihrem Gefühl, daß alles zu spät sei und daß sie vielleicht nie bereit gewesen war, den Preis für das zu bezahlen, was sie sich mehr als alles andere im Leben wünschte. Hanne wollte sich zu Cecilie ins Bett legen. Sie wollte sie umarmen, so, wie sie sich früher umarmt hatten. Sie wollte ihre Hände über Cecilies Leib wandern lassen und versprechen, daß von nun an und so lange sie zusammen leben dürften, alles anders werden sollte. Nicht wie früher, sondern viel besser, richtiger. Wahrer. Alles sollte wahr werden.

Aber sie schloß den Mund. Im Lichtschein der Lampe sah sie in Cecilies schmalem Gesicht den Anflug eines Lächelns.

»Du hast nie gut reden können, Hanne. Das war das Schwierigste, glaube ich. Es ist oft unmöglich zu wissen, was du denkst.«

Sie lachte kurz, ein trockenes, heiseres Lachen.

»Das weiß ich«, sagte Hanne. »Tut mir leid.«

»Das hast du so oft gesagt.«

»Das weiß ich. Tut mir ...«

Jetzt lächelten sie beide.

»Ich will jedenfalls bei dir sein«, sagte Hanne und beugte sich noch tiefer. »Ich will die ganze Zeit bei dir ...«

Behutsam schmiegte sie ihre Wange an Cecilies. Deren Ohrläppchen kitzelte ihre Lippen.

»Du bist nicht das Problem«, sagte sie. »Du bist nie das Problem gewesen.«

Sie verbarg ihr Gesicht in Cecilies Haaren und sagte: »Ich

war nie gut genug. Ich habe dich nicht verdient. Du hättest dir eine Stärkere suchen sollen. Eine, die es gewagt hätte, sich voll und ganz für dich zu entscheiden.«

»Aber das hast du doch getan«, sagte Cecilie und versuchte Hanne wegzuschieben, um ihr in die Augen blicken zu können.

Hanne wollte nicht.

»Nein«, murmelte sie an Cecilies Hals. »Ich habe mein Leben lang zwei Pferde geritten. Oder drei. Oder sogar vier. Und keins davon paßte zu den anderen. Ich habe mir solche Mühe gegeben, das zu verteidigen. Es für richtig halten zu können. Aber in der letzten Zeit...«

»Du erwürgst mich«, stöhnte Cecilie. »Ich kriege keine Luft.«

Langsam hob Hanne den Kopf. Dann stand sie auf und ging ans Fenster. Der Nebel hatte sich jetzt verdichtet, sie konnte kaum noch den Parkplatz sehen, auf dem ein einsamer BMW mit einem roten Kotflügel stand.

»Bei allem, was ich getan habe, bei allem, was ich gewesen bin, habe ich mich auf die Tatsache gestützt, daß ich tüchtig bin. Tüchtig.«

Sie griff sich mit der Hand an die Stirn und rieb sich energisch mit Daumen und Zeigefinger die Augenhöhlen.

»Aber in letzter Zeit... im letzten halben Jahr vielleicht, sind mir Zweifel gekommen.«

»An uns«, sagte Cecilie, eher um eine Tatsache festzustellen als um zu fragen.

»Nein!«

Hanne fuhr herum und breitete die Arme aus.

»Nicht an uns. Nie an uns! An mir!«

Sie schlug sich auf die Brust und versuchte, ihren Ausbruch in den Griff zu bekommen.

»Ich zweifele an mir«, flüsterte sie. »Ich... ich habe solche Angst davor, etwas Falsches zu tun. Ich blicke zurück und begrabe mich in den vielen Malen, bei denen ich versagt habe. In jeder Hinsicht. Freunden gegenüber. Dir gegenüber. Ich habe alle im Stich gelassen. Eigentlich habe ich immer alle im Stich gelassen.«

Sie atmete heftig aus und ein und drehte sich wieder zum Fenster um. In der Fensterscheibe sah sie ihr Spiegelbild. Als sie weitersprach, starrte sie sich selbst in die Augen.

»Ich habe sogar Angst vor meinen alten Fällen. Vielleicht habe ich zu großem Unrecht beigetragen. Nachts liege ich wach und… nachts habe ich Angst… ich habe sogar Angst vor Entschädigungsklagen. So weit ist es gekommen. Ich habe das Gefühl, alle, die ich ins Gefängnis gebracht habe, rotten sich zusammen und… Ich versuche, Leuten aus dem Weg zu gehen, die ich verletzt habe, und sogar… Leuten, denen ich niemals etwas getan haben kann. So, als ob ich… Und ich kann nur in die Zukunft blicken, wenn ich mich auf neue Fälle konzentriere. Auf immer neue Fälle.«

»Damit du dich nicht mit Leuten befassen mußt.«

»Ja. Vielleicht. Oder ..«

»Und mit mir.«

Hanne ließ sich in den Sessel fallen. Sie umfaßte Cecilies rechte Hand.

»Aber verstehst du nicht, daß ich es nicht will?« sagte sie. »Es hat doch nie andere gegeben als dich. Niemals. Es ist nur so, daß ich, wenn ich dich sehe, auch meine eigene… meine eigene Feigheit sehe.«

Cecilie versuchte, die Lampe zu erreichen. Es war zu dunkel. Hanne schien in ihrem Sessel zu altern, die Schatten machten ihre Gesichtszüge schärfer und ihre Augenhöhlen tiefer.

»Nicht anfassen«, sagte Hanne leise. »Bitte.«

»Es war auch meine Entscheidung«, sagte Cecilie.

»Was denn?«

»Du. Ich hätte härter sein können. Ich hätte mich gegen

die zwei Telefone wehren können. Gegen die Initialen an der Tür. Dagegen, daß ich nie zu deinen Betriebsfesten mitkommen durfte. Ich hätte etwas sagen können.«

»Das hast du doch auch getan.« Hanne lächelte leicht und rieb sich den Nacken.

»Möchtest du ein Kissen?« fragte Cecilie.

»Du hast dich die ganze Zeit gewehrt.«

»Nicht richtig. Ich hab wohl auch zuviel Angst gehabt.«

Hanne richtete sich auf und holte tief Atem. Eine halbe Flasche lauwarmes Mineralwasser auf dem Nachttisch wäre fast umgefallen, als sie versuchte, ihren Sessel zu verrücken.

»Ich habe immer Angst gehabt, Hanne. Davor, dich zu verlieren. Davor, so große Ansprüche zu stellen, daß du dich gegen mich entscheidest.«

Die Tür wurde geöffnet, und ein Bett rollte mit dem Fußende voraus ins Zimmer.

»Jetzt wird geschlafen, ob Sie das nun wollen oder nicht«, sagte die Krankenschwester, als auch sie zu sehen war. »Sie können einfach nicht die ganze Nacht wachbleiben. Und diese Sessel sind einfach unbrauchbar.«

Flinke, geübte Hände manövrierten das schwere Bett neben das von Cecilie. Hanne erhob sich und stand hilflos und wie eingeklemmt am Fenster.

»Geht es Ihnen einigermaßen?«

Die Schwester streichelte Cecilies Kopf und vergewisserte sich ein weiteres Mal, daß der Tropf richtig eingestellt war. Sie summte leise und wartete die Antwort nicht ab. Dann war sie wieder verschwunden.

»Leg dich hin.«

Cecilie nickte zum frischgemachten Bett hinüber. Hanne setzte sich versuchsweise auf die Bettkante. Ohne etwas anderes auszuziehen als ihre Schuhe, legte sie sich vorsichtig auf die Decke.

Ich wünschte, ich wüßte, wieviel Zeit dir noch bleibt,

dachte Hanne Wilhelmsen. Ich wüßte so gern, wieviel Zeit wir noch haben, bis du sterben mußt.

Aber das sagte sie nicht laut, und niemals würde sie wagen, danach zu fragen.

38

Eivind Torsviks Finger jagten über die Tastatur. In einer halben Stunde hatte er fünf Mails an unterschiedliche Adressen verschickt, alle im Ausland.

Sie begriffen es nicht. Sie konnten nicht genug. Sie waren nicht so tüchtig wie er, und ihre Geduld reichte nicht aus. Aber er war vollständig abhängig von ihnen. Nur wenn sie über Landesgrenzen hinweg zusammenarbeiteten, konnten sie auf Erfolg hoffen. Auf den Sieg. Denn darum ging es doch: Sie führten einen Kampf. Einen Krieg.

Warten, schrieb er. Es ist bald so weit, aber wir müssen noch warten.

Auf den entsprechenden Befehl warten.

Die Götter allein wußten, ob sie gehorchen würden.

39

Thea Flo Halvorsrud war erst sechzehn. Da sie seit einer Woche nichts mehr gegessen hatte, war sie in ziemlich schlechter Verfassung. Ab und zu trank sie einen Schluck aus dem Wasserglas auf ihrem Nachttisch, das immer wieder nachgefüllt wurde. Die Mahlzeiten, die ihr viermal am Tag gebracht wurden, rührte sie allerdings nicht an. Tante Vera, die Schwester ihrer verstorbenen Mutter, stand kurz vor dem Zusammenbruch. Sie hatte zweimal versucht, für ihre Nichte psychiatrische Hilfe zu holen. Beim ersten Versuch war sie gebeten worden, sich mit der Patientin beim psychiatrischen Notdienst einzufinden. Da die Kleine nicht aufstehen wollte, half ihr das nicht weiter. Beim zweiten Mal – sie hatte Himmel und Erde in Bewegung gesetzt und sich geweigert, aufzulegen, ehe Hilfe versprochen worden war – erschien ein junger Arzt mit Pickeln und schmalen, nervösen Händen. Thea hatte ihn keines Blickes und noch viel weniger eines sinnvollen Gesprächs gewürdigt. Am Ende hatte der Arzt mit resignierter Geste etwas über Zwangsbehandlung gesagt.

Das kam nicht in Frage.

Tante Vera hatte Karen Borg angerufen.

»Ich weiß einfach nicht mehr, was ich machen soll«, sagte Theas Tante und führte Anwältin Borg ins Gästezimmer, wo die Sechzehnjährige in einem Meer aus rosa Kissen in einem weißlackierten, breiten Einzelbett lag.

»Ich spreche wohl besser allein mit ihr«, sagte Karen Borg leise und winkte der wohlmeinenden, verstörten Tante, das Zimmer zu verlassen.

Tante Vera wischte sich die Augen und ging rückwärts durch die Tür.

Das Zimmer war hell und groß und rosa. Die Kommode war altrosa, die Tapete kleingeblümt, und die Vorhänge hatten hellrote Falbeln. Auf der Fensterbank saßen fünf knallrosa Kuscheltiere – drei Kaninchen, ein Bär und etwas, das wohl ein Nilpferd vorstellen sollte – und starrten blind ins Zimmer. Karen Borg dachte dankbar an Håkon, der sie dazu überredet hatte, das Zimmer ihrer Tochter grün und blau zu streichen.

»Hallo«, sagte sie ruhig und setzte sich in einen Sessel, der am Bett stand. »Ich bin Karen Borg. Die Anwältin deines Vaters.«

Diese Information machte keinen nennenswerten Eindruck. Das Mädchen krümmte sich in Embryostellung zusammen und zog sich die Decke über den Kopf.

»Ich soll dich ganz herzlich von deinem Vater grüßen. Ich habe vorhin mit ihm gesprochen. Er macht sich Sorgen um dich.«

Eine leichte Bewegung unter der Decke konnte andeuten, daß die Kleine immerhin zugehört hatte.

»Gibt es etwas ... gibt es irgend etwas, das ich für dich tun könnte, Thea?«

Keine Reaktion. Jetzt lag das Mädchen totenstill da und schien nicht mehr zu atmen.

»Thea«, sagte Karen Borg. »Thea! Schläfst du? Hörst du, was ich sage?«

Plötzlich warf das Mädchen sich im Bett herum. Ein Kopf kam zum Vorschein. Blonde, fettige Haare standen nach allen Seiten ab.

»Wenn Sie Papas Anwältin sind, dann holen Sie ihn aus dem Gefängnis, statt mich zu belästigen.«

Dann legte sie sich auf den Rücken und begrub sich abermals unter Decken und Kissen. Karen Borg ertappte sich bei einem Lächeln. Es gab klare Parallelen zwischen dieser Halbwüchsigen und Karens knapp zwei Jahre alter Tochter. Aber der Unterschied lag doch auf der Hand. Die kleine Liv lächelte in der Regel nach fünf Minuten wieder. Die große Thea war seit einer Woche im Hungerstreik. Was besorgniserregend und fast schon gefährlich war.

»Wenn du dir die Zeit nimmst, mit mir zu reden, dann kann ich vielleicht bessere Arbeit leisten«, sagte Karen und hoffte im selben Moment, damit nicht zuviel versprochen zu haben.

Ein leichter Kakaogeruch erfüllte das Zimmer. Theas Tante Vera hatte erzählt, daß sie immer wieder versuchte, den Appetit ihrer Nichte anzuregen, indem sie duftende

Köstlichkeiten vor die Tür stellte. Karen Borg glaubte jedoch nicht, daß sich die Tochter einer vor kurzem erst enthaupteten Frau mit Schokolade und Sahne in Versuchung führen lassen würde.

»Soll ich gehen?« fragte sie resigniert und wollte sich schon erheben.

Etwas ließ sie zögern. Ein leichter Luftzug vom halboffenen Fenster her bewegte die Vorhänge, und das kleinste Kaninchen wackelte dabei leicht mit den Ohren. Die Bewegungen unter den Decken waren wieder ruhiger geworden. Und das Mädchen setzte sich widerwillig auf und lehnte den Rücken ans Bettende. Ihr Gesicht war das eines Kindes, aber ihre Augen waren so tief in ihren Höhlen versunken, daß sie durchaus für zehn Jahre älter hätte durchgehen können. Ihr schmaler Mund zitterte, und immer wieder fingerte sie am Zipfel ihres Bettbezugs herum.

»Sie glauben Papa«, sagte sie leise. »Wo Sie doch seine Anwältin sind, müssen Sie ihn für unschuldig halten.«

Karen Borg fand nicht, daß hier ein Vortrag über anwaltliche Ethik angesagt sei.

»Ja«, sagte sie kurz. »Ich glaube ihm.«

Das Mädchen lächelte schwach.

»Tante Vera tut das nicht.«

Karen glaubte, vor der Tür ein Geräusch zu hören. Nach kurzem Nachdenken beschloß sie, den Zuhörer zu ignorieren.

»Das tut sie sicher. Aber sie kennt deinen Vater ja nicht so gut wie du, und ziemlich vieles weist darauf hin, daß er wirklich etwas angestellt hat. Das darfst du nicht vergessen.«

Thea murmelte etwas Unverständliches.

»Dein Vater muß damit rechnen, daß er noch eine ganze Weile in Untersuchungshaft bleiben muß. Und du kannst nicht ohne Essen auskommen, bis er freigelassen wird. Dann verhungerst du am Ende noch.«

»Dann verhungere ich eben«, sagte Thea mit harter Stimme. »Ich rühre kein Essen an, bis Papa kommt. Und wir wieder nach Hause ziehen können.«

»Jetzt bist du ein bißchen kindisch.«

»Ich bin ja auch ein Kind. Laut Kinderkonvention der UNO bin ich ein Kind, bis ich achtzehn werde. Und das dauert noch fast zwei Jahre.«

Karen Borg lachte kurz.

»Das Problem ist, daß du gar nicht erwachsen wirst, wenn du nichts ißt.«

Das Mädchen gab keine Antwort. Sie machte sich immer wieder am Zipfel des Bettzeugs zu schaffen. Ein Faden riß ab, und sie steckte ihn in den Mund.

»Wie gesagt, dein Vater macht sich sehr große Sorgen. Nach allem, was passiert ist, mit deiner Mutter und...«

»Reden Sie nicht über Mama!«

Theas Gesicht verzog sich zu einer nur schwer deutbaren Grimasse.

Karen Borg wußte nicht, was sie selbst schlimmer gefunden hätte. Daß die Mutter ermordet worden war oder daß der Vater unter Mordverdacht stand. Vermutlich würde sie beides nicht fassen können. Schon gar nicht in einem Alter von sechzehn Jahren. Sie strich ihren Rock glatt, fuhr sich über die Haare und wußte nicht so recht, warum sie hier saß. Dieses Mädchen brauchte zwar Hilfe, aber durchaus nicht die einer Juristin.

»Dein Vater kann auf jeden Fall am Montag zur Beerdigung kommen«, sagte sie schließlich, das Mädchen hatte sich ein wenig beruhigt. »Dann siehst du ihn. Und es wäre sicher nicht dumm, am Wochenende etwas zu essen, damit du überhaupt hingehen kannst.«

»Mama«, jammerte Thea. »Papa, Papa!«

Dann legte sie sich auf den Rücken und zog sich wieder die Decke über den Kopf. Ihr Weinen wurde von Federn und

Baumwolle gedämpft, war aber doch immer noch laut genug, um Tante Vera die Tür öffnen zu lassen. Ratlos blieb sie mitten im Zimmer stehen und rieb die Hände aneinander.

»Was sollen wir machen?« fragte sie verzweifelt. »Was in aller Welt sollen wir machen?«

»Wir müssen für Thea einen Arzt besorgen«, sagte Karen Borg energisch. »Und das noch heute.«

Als sie sich umdrehte und gehen wollte, sah sie Preben Halvorsrud am Türrahmen lehnen. Er starrte an ihr vorbei und aus dem Fenster. Das kleine Kaninchen war lautlos auf den Boden gefallen. Es war unmöglich, aus dem Blick des jungen Mannes etwas zu lesen. Zugleich jedoch lag in seinen Augen etwas, das Karen Borg schaudern und sich weit fort wünschen ließ.

»Ich sag das schon die ganze Woche«, sagte er tonlos. »Thea braucht Hilfe. Und unseren Vater. Haben Sie vor, ihn bald aus dem Knast zu holen? Damit Thea nicht mehr in diesem rosa Loch wohnen muß, meine ich.«

Jetzt sah er sie an. Sie hatte das Gefühl, in Greisenaugen zu blicken, die in diesem unfertigen Knabengesicht einfach fehl am Platze waren.

»Werden sehen«, sagte Karen Borg kurz und gab sich alle Mühe, Prebens Blick auszuweichen.

40

Ihr Kopf fühlte sich leer und leicht an.

Hanne Wilhelmsen versuchte, sich immer nur auf einen Gedanken zu konzentrieren. Vor ihren Augen flimmerte alles und mischte sich zu einer halluzinatorischen Farbkarte. Sie nahm sich abgestandenen Kaffee aus einer Thermosflasche und trank ihn fast mit einem Schluck.

Es war Samstagnachmittag. Da sie bis zum späten Vormittag im Krankenhaus geblieben war, glaubte sie nicht, lange vor Mitternacht das Polizeigebäude verlassen zu können. In dieser Nacht wollte sie zu Hause schlafen.

Sie nahm eine kleine Glasflasche mit Plastikverschluß aus einer Schreibtischschublade. Chinesisches Gelee royale. Die Pillen sollten von wundersam belebender Wirkung sein. Sie las das Etikett: »Gegen Rheumatismus, Gewichtsverlust, Haarausfall, Lungenentzündung, geschwächtes Immunsystem und Depressionen.« Depressionen stimmte auf jeden Fall. Hanne schüttelte sich braune Pillen auf die Hand und betrachtete sie einige Sekunden lang. Dann legte sie sich drei auf die Zunge und spülte sie mit dem letzten Rest Kaffee hinunter. Es brannte in ihrer Speiseröhre.

Mißmutig musterte sie die drei Stapel, die vor ihr lagen.

Einer gehörte zum Fall Halvorsrud. Und er war nicht der schlimmste. Sie hatte sich die ganze Woche hindurch auf dem Laufenden gehalten und empfand eine gewisse Zufriedenheit bei dem Gedanken, daß sie vermutlich mehr über den Fall wußte als irgend jemand sonst. Die beiden anderen Stapel dagegen machten ihr wirklich zu schaffen. Die anderen Fälle. Die Überfälle. Die Kneipenschlägereien. Der Rest der Welt hatte in der vergangenen Woche nicht stillgestanden.

»Eckstein, Eckstein«, sie kicherte albern und ließ ihren Zeigefinger von einem Stapel zum anderen wandern.

Trotzdem endete sie bei der Halvorsrud-Akte. Billy T.s nachlässige Handschrift auf einem rosa Umschlag war unlesbar. Sie schlug den Ordner auf. Zum Glück war der Inhalt mit der Maschine geschrieben.

Ich habe deinen Wunsch erfüllt und nach besonders grotesken Morden gesucht. Zum Glück gibt es nicht viele. An einige wirst du dich erinnern; unter anderem hat das Messer von Vater/Tochter

Håverstad in Cato Iversens Eiern sicher die Bezeichnung »grotesk« verdient...

Der schlimmste Fall von allen ist vermutlich der »Homomord«, der vor einigen Jahren im Frognerpark passiert ist. Ich nehme an, ich kann auf eine genauere Beschreibung verzichten, der Bericht liegt bei. Das Problem in unserem Zusammenhang ist, daß der Mörder im Gefängnis Selbstmord begangen hat. Wirklich, meine ich. Er ist mausetot. Falls er nicht von den Toten auferstanden ist, kann er also Frau Halvorsrud nicht enthauptet haben.

Vier andere Fälle liegen in Kurzfassung bei. Der interessanteste stammt von 1990. Ein Achtzehnjähriger (es ist an seinem Geburtstag passiert) hat seinen Pflegevater entführt. Er hat ihn übel mißhandelt (u. a. hat er ihm die Brustwarzen zerfetzt) und ihm den Penis abgeschnitten. Der Mann ist nicht sofort an seinen Verletzungen gestorben und war wohl noch am Leben, als ihm die Hoden abgehackt wurden. Schließlich ist er verblutet. Der Mörder, Eivind Torsvik, war von seinem Pflegevater jahrelang vergewaltigt worden. Als er endlich Hilfe suchte (es war ziemlich dramatisch, er schnitt sich die Ohren ab und nahm sie mit in die Schule, um sie dem Lehrer zu zeigen!), hat es endlos lange gedauert, bis die Sache vor Gericht kam (typisch). Der Mann wurde zu anderthalb Jahren Haft verurteilt und nach einem knappen Jahr entlassen. Eivind Torsvik war mit diesem Strafmaß offenbar nicht zufrieden. Nachdem er den Mann ermordet hatte, stellte er sich selbst der Polizei und bekannte sich schuldig. Komischer Knabe, ich kann mich gut an ihn erinnern. Hochintelligent, freundlich (wenn auch nicht zu seinem Pflegevater), kurz gesagt, ein junger Mann, den man einfach gern haben mußte. Vor Gericht sagte er, er habe mit dem Mord an seinem Pflegevater bis zu seinem achtzehnten Geburtstag gewartet, weil er seine Strafe als Erwachsener auf sich nehmen wollte. Seither hat er als Schriftsteller Erfolg gehabt. Vielleicht hast du was von ihm gelesen. »Rotlicht in Amsterdam« war hierzulande und auch anderswo ein Riesenerfolg.

Also, Eivind Torsvik und zwei der anderen Täter aus der beige-

legten Übersicht befinden sich auf freiem Fuß. Alle diese Morde haben eine Art sexueller Prägung. Mißhandlung, Provokation, Homosexuellenhaß, Vergewaltigung. Sowas.

Aber hältst du Doris Halvorsrud wirklich für eine Sittlichkeitsverbrecherin? Kaum... Wenn du darauf bestehst, dann weite ich meine Suche auf ganz Skandinavien aus. In Schweden hatten sie auch ein paar üble Fälle, unter anderem den berühmten »Zerstückelungsmord«, bei dem eine Prostituierte umgebracht und zerlegt wurde. Zeitverschwendung, wenn du mich fragst. Aber das tust du ja nicht!

Hab ein so erträgliches Wochenende wie möglich, wir sehen uns am Montag. Oder früher, wenn du willst. Tone-Marit und die Kleine kommen heute aus dem Krankenhaus. Aber für ein paar Stunden kann ich mich trotzdem losmachen. Ruf einfach an.

Es klopfte an der Tür.

»Herein«, murmelte Hanne.

Es wurde wieder geklopft.

»Herein, sag ich doch.«

Ein Anwärter öffnete die Tür. Hanne Wilhelmsen kannte sein Gesicht, konnte sich jedoch nicht an seinen Namen erinnern.

»Ja?«

»Ich soll aus dem Arrest grüßen«, sagte der Anwärter.

»Danke. Gruß zurück.«

»Es geht um Halvorsrud.«

»Ja«, sagte Hanne noch einmal. »Was ist mit ihm?«

»Er will unbedingt mit dir sprechen. Ich wußte nicht, daß du hier bist, deshalb habe ich dir zu Hause etwas auf den Anrufbeantworter gesprochen. Das kannst du jetzt natürlich vergessen...«

»Was will er?«

Der junge Mann sah unschlüssig aus, er schien nicht so recht zu wissen, ob es der Mühe wert war, sie so spät am Samstagabend zu stören.

»Angeblich will er ein Geständnis ablegen«, sagte der Junge und legte den Kopf schräg, während er sich am Ohrläppchen zog. »Er will mit dir reden, sagt er, und daß es eilt…« Das Ohrläppchen wurde röter und röter.

Der Junge lächelte verlegen und wollte wieder gehen.

»Hast du seine Anwältin angerufen?« fragte Hanne scharf.

Der Anwärter blieb stehen.

»Neijein«, sagte er. »Sollte ich das?«

»Ja. Jetzt sofort. Karen Borg. Holmenveien 12. Ruf sie zu Hause an.«

Plötzlich kam sie sich bemerkenswert wach vor. Das Blut strömte heiß durch ihre Wangen, während sie zum Arrest lief. Halvorsrud durfte nicht gestehen.

Der Ausflug zur Staure-Brücke hatte Hanne Wilhelmsen in ihrem Glauben an Sigurd Halvorsruds Unschuld bestätigt. Sie konnte sich allerdings nicht erklären, warum. Vielleicht lag es an der Brückenkonstruktion. Vielleicht war es auch nur ein Gefühl, eine Klarheit, die sie in der offenen Landschaft überkommen hatte, weit weg von allem, das sie hier in der Stadt bedrohte. Sie wußte es nicht, empfand es deshalb aber nur stärker.

Halvorsrud durfte nicht gestehen.

Hanne Wilhelmsen hatte schon einmal zugelassen, daß ein vermutlich unschuldiger Mensch wegen Mordes verurteilt worden war. Maren Kalsvik war zu vierzehn Jahren Haft verurteilt worden. Weil sie gestanden hatte. Weil sie ihre Chefin ermordet haben konnte. Weil es die einfachste Lösung für alle war – für Polizei, Presse, Gericht, für alle –, Maren Kalsvik ins Gefängnis wandern zu lassen. Hanne hatte versucht, ihre Zweifel in dem umfassenden, vorbehaltlosen Geständnis zu ertränken, das später niemals widerrufen worden war. Sie hatte nie das Gefühl unterdrücken können, versagt zu haben.

Der Mord an der Kinderheimleiterin Agnes Vestavik, der

1994 geschehen war, war zu grotesk gewesen, um ungelöst liegenbleiben zu dürfen. Maren Kalsvik war bereit gewesen, Buße zu tun, vielleicht stellvertretend für alle anderen. Etwas Vergleichbares durfte nie wieder geschehen.

41

Evald Bromo war zu Bett gegangen. Es war Samstag abend und noch vor elf Uhr. Er war sechzehn Kilometer gelaufen, während Margaret vor dem Fernseher gesessen hatte. Als er nach Hause kam, bot sie ihm Krabbenbrote und kaltes Bier an. Sie sagte nicht viel, als sie das auftischte. Während der vergangenen Woche war sie ständig schweigsamer geworden. Evald Bromo trank das Bier, ließ die Krabben aber stehen. Und Margaret hatte ihn nicht genötigt.

Er hatte ganz bewußt die Badezimmertür einen Spaltbreit offen stehen lassen. Drinnen brannte noch immer das Licht. Das Schlafzimmer war in eine sanfte Dunkelheit getaucht, und von der Straße her konnte Evald den Lärm junger Leute hören, die irgendwo ein Fest feierten. Er schloß die Augen und versuchte, dem Fernseher zu lauschen. Vielleicht hatte Margaret ihn ausgeschaltet. Sie konnte auch weggegangen sein. Es gefiel ihm nicht, daß sie so spät am Abend noch spazierenging. Erst vor zwei Wochen war im Park beim Spielplatz eine Fünfzigjährige vergewaltigt worden.

Er brauchte eine neue E-Mail-Adresse. Die tägliche Mitteilung, wie viele Tage der 1. September noch entfernt war, machte ihn wahnsinnig. Er wollte nicht mehr. Das Problem war, daß er einen plausiblen Grund für die Änderung finden mußte. Alle Adressen bei *Aftenposten* ergaben sich von selbst, seine eigene lautete evald.bromo@aftenposten.no. Natürlich konnte er über unerwünschte E-Post klagen, aber dann riskierte er, daß die Computertechniker Beispiele fordern würden.

Er konnte fast nicht arbeiten. Da er als hart arbeitender, zuverlässiger Journalist bekannt war, würde er noch eine Weile mit Entschuldigungen und Ausflüchten über die Runden kommen. Aber nicht mehr sehr lange. Er sah sich unerwünschte einlaufende Meldungen nicht mehr an, aber das bloße Wissen, daß sie da gewesen waren, ehe er sie gelöscht hatte, kam ihm vor, als werde ihm eine Terminliste für seinen eigenen Untergang aufgezwungen.

Er konnte kündigen.

Dann würde seine Adresse gelöscht werden.

Er konnte bei *Dagens Næringsliv* anfangen. Deren Angebot war sicher noch aktuell.

Andererseits: Auch dann würde der 1. September kommen.

Evald hörte eine Tür ins Schloß fallen.

Als Margaret sich einige Sekunden später ins Schlafzimmer schlich, stellte er sich schlafend. Er lag bis vier Uhr morgens wach und kehrte dabei seiner Frau den Rücken. Danach glitt er in einen fast bewußtlosen Zustand. Drei Stunden später erwachte er, keuchend, die Decke klebte ihm am Leib. Er konnte sich nicht daran erinnern, was er geträumt hatte.

42

Karen Borg schwenkte den rechten Zeigefinger. Er war von drei blauen Pflastern mit lächelnden Micky Mäusen verziert.

»Hab mich mit dem Brotmesser geschnitten«, erklärte sie und ignorierte Sigurd Halvorsruds ausgestreckte Hand.

Der Oberstaatsanwalt saß seit einer knappen halben Stunde in Hanne Wilhelmsens Büro. Das Arrestpersonal war sauer gewesen, als Hanne ihn mitgenommen hatte, statt sich in ein Büro im Arrest zu setzen.

Halvorsrud und die Hauptkommissarin hatten so gut wie kein Wort gewechselt.

»Was ist denn los?« fragte Anwältin Borg atemlos und ließ sich in den freien Sessel fallen. »Aparter Zeitpunkt für einen Einsatz, das muß ich schon sagen.«

Sie warf einen alles andere als diskreten Blick auf die schwarzgoldene Radio-Uhr. Die zeigte zwanzig vor zwölf.

»Halvorsrud wollte mit mir sprechen«, sagte Hanne Wilhelmsen tonlos und langsam. »Ich hielt es für falsch, diesem Wunsch in deiner Abwesenheit nachzukommen. So, wie die Dinge liegen, meine ich.«

Sie ließ ihren Blick von der Anwältin zum Mandanten wandern.

Sigurd Halvorsrud hatte während der letzten vierzehn Tage eine auffällige Veränderung durchgemacht. Er hatte stark abgenommen. Noch immer wollte er unbedingt Anzug, Hemd und Schlips tragen. Obwohl er damit eine Art Würde beizubehalten versuchte, wirkte seine Kleidung trotzig und hilflos. Das Sakko hing traurig über seine Schultern und wurde inzwischen auch schmutzig. Wenn der Mann aufrecht stand, drohte seine Hose, zu Boden zu fallen. Dazu wies sein Mund jetzt einen bleichen, beleidigten Zug auf; ein hilfloses Schmollen, das seine ganze Erscheinung einfach erbärmlich wirken ließ. Die Runzeln um seine Augen hatten sich vertieft, und sein Blick irrte hin und her.

»Ich möchte die Möglichkeit eines Geständnisses diskutieren«, sagte er zaghaft.

Dann räusperte er sich und erklärte mit größerer Überzeugung: »Ich gestehe, wenn die Polizei einen Haftersatz an Stelle der Untersuchungshaft akzeptiert.«

Noch immer sagte keine der beiden anderen etwas. Hanne schaute kurz zu Karen hinüber. Die Anwältin wirkte verwirrt und klappte ganz schnell den Mund zu, als ihr aufging, wie sie geglotzt hatte.

»Vielleicht solltet ihr unter vier Augen darüber reden«, schlug Hanne vor und erhob sich. »Ich kann so lange rausgehen.«

»Nein«, kläffte der Oberstaatsanwalt. »Bitte, bleiben Sie.« Hanne setzte sich wieder.

»Das hier kann keine Geheimbesprechung sein, Halvorsrud. Das wissen Sie. Auf jeden Fall muß ich eine Aktennotiz machen. Sie wissen auch, daß ich keine Vollmacht für solche Verhandlungen habe. So etwas tun wir nicht. Nicht in Norwegen und schon gar nicht in diesem Fall. Sie haben schon genug gesagt, bei dem es schwer fallen wird, es nicht später gegen Sie zu verwenden. Machen wir also nicht alles noch schlimmer.«

Endlich nahm Halvorsrud Blickkontakt zu ihr auf. Für einen Moment erinnerten seine Augen an Cecilies. Der Mann schien zu wissen, daß alles zu Ende war. Niemand konnte noch etwas unternehmen. Hanne Wilhelmsen auf jeden Fall nicht.

»Ich jedenfalls nicht«, flüsterte Hanne.

»Wie bitte?« fragte Halvorsrud.

»Nichts.«

Sie schüttelte den Kopf und ging zur Tür.

»Bitte«, bettelte Halvorsrud. »Gehen Sie nicht.«

Sie blieb stehen und schaute Karen Borg an.

Karen zuckte mit den Schultern und schien noch immer Zweifel zu haben.

»Vielleicht könnten wir kurz auf dem Flur miteinander reden«, schlug sie vor und sah Hanne an.

Hanne Wilhelmsen nickte kurz. Karen Borg folgte ihr durch die gelbe Tür. Hanne blieb mit der Hand auf der Klinke stehen.

»Was in aller Welt soll das bloß?« flüsterte Karen.

»Er will raus.«

»Das ist mir durchaus klar«, sagte Karen Borg leicht gereizt. »Was zum Henker habt ihr mit diesem Mann gemacht?«

»Wir haben gar nichts mit ihm gemacht. Abgesehen davon, daß wir ihn seit zwei Wochen einsperren.«

Hanne fuhr sich über die Augen und fügte trocken hinzu: »Das allein macht schon etwas mit den Leuten. Was gewissermaßen Sinn der Sache ist.«

Zwei uniformierte Polizisten kamen aus der gelben Zone. Hanne Wilhelmsen und Karen Borg schwiegen, als die beiden vorübergingen. Der eine hob kurz die Hand zum Gruß. Als die Männer außer Hörweite waren, flüsterte Karen Borg: »Ich habe heute vormittag mit ihm gesprochen. Er ist verzweifelt wegen seiner Tochter. Sie will nicht essen, sie kann nicht schlafen. Ich habe einen Arzt informiert, aber du weißt ja, wie ungern die zu Zwangsernährung greifen.«

»Zum Glück«, murmelte Hanne kaum hörbar.

»Du hättest sie mal sehen sollen, Hanne.«

»Das hab ich nicht. Zum Glück nicht.«

Sie tauschten einen Blick. Karen musterte Hannes Gesicht so forschend, daß diese sich nach wenigen Sekunden abwandte.

»Und ich fürchte auch, daß er selbst ernstlich krank wird«, sagte Karen. »Nicht, daß er sich beklagte, aber du siehst es ihm doch an. Wir wissen beide, daß die U-Haft eine arge Belastung sein kann, aber hast du je gesehen, daß jemand dermaßen darunter gelitten hätte?«

Hanne ließ die Klinke los und hob die Hände zum Gesicht. Sie rieb energisch ihre Haut und schniefte laut; als sie die Hände sinken ließ, waren ihre Wangen rot.

»Ich könnte einige nennen«, sagte sie säuerlich.

»Aber du kapierst doch sicher, daß dieses *Geständnis*…«

Karen Borg spuckte dieses Wort so energisch aus, daß Hanne einen feinen Regen im Gesicht verspürte.

»Das ist doch der pure Unsinn!«

»Vielleicht«, sagte Hanne Wilhelmsen und kniff die Augen zusammen. »Vielleicht ist es das.«

Karen Borg setzte sich in Bewegung. Nach vier Schritten fuhr sie herum und kam zurück.

»Wir können das nicht zulassen«, sagte sie verzweifelt und breitete die Arme aus. »Du weißt so gut wie ich, wie schwer es ist, ein Geständnis später zurückzuziehen.«

»Naja«, sagte Hanne und starrte die Füße der Anwältin an. »Auch dafür gibt es Beispiele. So schrecklich sind wir bei der Polizei, daß die Leute sich aus fast allem herausreden können. Wir greifen fast schon zur Folter. Um falsche Geständnisse zu erzwingen. So stellt ihr von der Verteidigung das jedenfalls dar.«

Sie lächelte schief und schlug die Arme übereinander.

»Ich habe heute nachmittag Cecilie besucht«, sagte Karen.

»Wenn ich dich hergebeten habe, dann, weil ich deine Argumente ja gut verstehe«, sagte Hanne. »Und auch mir geht es nicht darum, Halvorsrud das Leben noch schwerer zu machen.«

»Es hat gutgetan, sie zu sehen. Gutgetan und zugleich schrecklich wehgetan. Seltsam.«

Karen legte die Hand auf Hannes Unterarm.

»Ich freue mich so, daß es zwischen euch besser läuft«, sagte sie leise. »Cecilie scheint das sehr zu helfen.«

»Ich an deiner Stelle«, sagte Hanne, »würde ihm das ausreden.«

Sie wich fast unmerklich einen Schritt zurück und fügte dann hinzu: »Ich werde sehen, was ich bei der Aktennotiz machen kann. Ich werde sie ein wenig drehen. So weit das möglich ist. Ich kann so ungefähr schreiben, daß er einfach verzweifelt war und um ein Gespräch bat. Und so weiter und so weiter.«

Karen Borg ließ ihre Hand sinken.

»Was wird am Montag?« fragte sie deutlich resigniert. »Mit der Beerdigung, meine ich.«

»Ich werde sehen, was ich machen kann.«

Hanne wich noch weiter zurück und blies sich die Haare aus den Augen.

»Bitte keine Wiederholung der Rashool-Sache«, bat Karen Borg. »Vergiß die Handschellen und diesen ganzen Kram, bitte. Die machen sich bei Beerdigungen einfach nicht gut.«

Hanne zeigte deutlich, daß sie in ihr Büro zurück wollte. Karen hielt sie mit einer Handbewegung auf. Hanne starrte konzentriert die Micky-Maus-Pflaster an und lächelte ein wenig.

»Kannst du schlafen?« fragte Karen.

»Ich an deiner Stelle«, fing Hanne an und schaute sich verschwörerisch zu Karen um, »wenn ich Halvorsruds An-wältin wäre, dann würde ich die Sache mit der Haft noch einmal überprüfen lassen. Stell doch einfach einen Antrag! Der Mann wünscht sich irgendeinen Haftersatz. Versuch das doch. Meldepflicht. Von mir aus zweimal täglich. Mach einen Versuch. Bail the guy out.«

»Bail? Kaution?«

»Ja. Das ist doch auch in Norwegen möglich. Daß es nie gemacht wird, heißt nicht, daß es verboten wäre. Sieh dir Paragraph 188 an. Seine Tochter ist sehr krank. Der Mann hat Freunde im System. Er sieht elend aus. Das hast du ja selbst gesagt. Also reiß dich zusammen und mach einen Versuch.«

Karen Borg schüttelte langsam den Kopf. Jetzt stellte sie sich quer vor die Tür, so breitbeinig, wie das in ihrem engen Rock möglich war. »Was ist nur in dich gefahren?«

»Aber hör doch mal«, sagte Hanne leise und eifrig, ihr Gesicht war nur zehn Zentimeter von Karens entfernt. »Was die überzeugenden Verdachtsmomente angeht, so haben wir Halvorsrud an den Eiern. Es würde ihm doch jetzt arg schwer fallen, noch Beweise verschwinden zu lassen. Wir haben sein Haus durchkämmt. Wir haben eine Unmenge von Zeugen verhört. Wir haben bei seiner Familie und in seinem Büro alles beschlagnahmt, was von irgendeinem Interesse sein kann. Und noch viel mehr, um ehrlich zu sein. Wiederholungsgefahr? Wohl kaum.«

Sie tippte sich mit dem Zeigefinger an die Stirn und sagte dann: »Soll die Kleine vielleicht draufgehen, ehe Papa ihr helfen darf?«

Karen Borg gab keine Antwort. Sie musterte Hannes Augen. Die waren von einem dunkleren Blau als in ihrer Erinnerung. Der markante schwarze Rand um die Iris schien gewachsen zu sein. Etwas Neues war in Hannes Augen gekommen. Ihre Pupillen waren groß, und für einen Moment konnte Karen dort ein weitwinkliges Spiegelbild ihrer selbst sehen.

»Und was ist mit Paragraph 172?« flüsterte sie und versuchte, Hanne von der Tür fortzuschieben. »Ich möchte nicht, daß er uns hört.«

»Haft auf Grundlage besonders schwerwiegender Verbrechen?«

Karen nickte. Hanne seufzte demonstrativ und weigerte sich, einen Schritt zu tun.

»Ist dir klar, wo derzeit die durchschnittliche Anzahl von U-Hafttagen liegt?«

»Irgendwo in den sechzigern.«

Jetzt stemmte Karen Borg beide Handflächen gegen

Hannes Schultern und gab erst nach, als die Hauptkommissarin und die Tür durch zwei Meter getrennt waren.

»Siebenundsechzig Tage«, präzisierte Hanne Wilhelmsen. »In Norwegen sitzen die Leute ohne Urteil siebenundsechzig Tage hinter Schloß und Riegel. Im Durchschnitt. Und das ist ein Skandal. Nein ... versuch es mit unverhältnismäßigen Maßnahmen. Benutz die Kleine. Versuch es doch einfach. Sei nicht so verdammt feige.«

Karen konnte sie nicht mehr aufhalten. Hanne drängte sich an ihr vorbei und öffnete die Bürotür. Sigurd Halvorsrud saß noch immer so da wie während der ganzen Zeit: mit geradem Rücken und den Händen im Schoß. Er schaute kurz auf, dann richtete er seinen Blick wieder auf etwas, das sich auf der anderen Seite der dunklen Fensterscheibe befand.

»Sind Sie jetzt bereit, über die Sache zu sprechen?« fragte er.

»Nein«, sagte Hanne Wilhelmsen. »Ich bin dazu bereit, Sie ausgiebig mit Ihrer Anwältin sprechen zu lassen. Ich selber möchte nach Hause und ins Bett.«

Sie beugte sich über die Sprechanlage und bat, zwei Wärter aus dem Arrest heraufzuschicken.

»Jetzt könnt ihr in aller Ruhe hier sitzen«, sagte sie zu Halvorsrud. »Und wir reden morgen weiter, wenn Sie dann noch immer etwas auf dem Herzen haben. Okay?«

»Sie behandeln mich wie ein Kind«, sagte er leise, noch immer, ohne sie anzusehen.

»Nein«, sagte Hanne Wilhelmsen und schnippte mit den Fingern.

Er fuhr zusammen und wandte den Kopf.

»Ich behandle Sie so, wie es meine Pflicht ist«, sagte sie. »Ich versuche, in diesem Fall die Wahrheit zu ermitteln. Es ist nicht meine Aufgabe, Sie zu einem Geständnis zu bringen. Sondern ein Geständnis zu erwirken, wenn es wahr ist.«

»Sie glauben mir«, sagte er tonlos. »Sie wissen, daß ich unschuldig bin.«

»Das habe ich nicht gesagt«, erwiderte Hanne und versuchte, ihre Stimme weniger hart klingen zu lassen. »Das habe ich durchaus nicht gesagt.«

Zwei uniformierte Männer traten in die Tür. Der eine blies eine Kaugummiblase auf. Hanne beschloß, das zu ignorieren.

»Anwältin Borg kann hier so lange mit ihrem Mandanten sprechen, wie sie möchte. Ihr stellt euch vor die Tür. Du solltest aber sicher bald machen, daß du zu deiner Familie zurückkommst.«

Der letzte Satz war an Karen gerichtet.

»Meine Mutter ist zu Besuch«, sagte Karen leichthin. »Sie paßt auf die Kinder auf. Håkon ist... Håkon ist heute abend unterwegs.«

Karens Lächeln war flüchtig und unmöglich zu deuten. Hanne gähnte ausgiebig.

»Dann bis dann«, sagte sie und zog eine Lederjacke mit Fransen und indianischer Perlenstickerei an. »Ruf mich morgen an, wenn etwas sein sollte. Ich hab das Handy eingeschaltet.«

Als sie die Tür hinter sich zuzog, konnte sie sich nicht mehr beherrschen.

»Kaugummi paßt verdammt schlecht zu dieser Uniform«, sagte sie scharf zu dem einen Uniformierten. »Es macht ganz einfach einen miesen Eindruck.«

Der Mann verschluckte das rosa Zeug auf der Stelle.

43

Die Tür war unverschlossen.

Das Alarmsystem war ausgeschaltet. Mit anderen Worten: das Sicherheitsschloß war offen. Als sie in den Spalt zwischen Tür und Rahmen schaute, sah sie, daß auch das Yale-Schloß geöffnet worden war.

Cecilie konnte es nicht sein. Der Arzt hatte gesagt, sie könne frühestens Mitte nächster Woche nach Hause. Hanne Wilhelmsen starrte angespannt auf die Tür und spürte, wie ihr Puls sich beschleunigte, als warte sie darauf, daß plötzlich jemand aus ihrer Wohnung auftauchte.

Ihr Blick haftete am Türschild: HW & CV.

Sie hatte kaum darüber nachgedacht, wie verletzend das war. Als sie die Messingplatte angeschafft hatte, waren ihr die nichtssagenden Initialen als gute Idee erschienen. Es war doch besser, nicht herauszuposaunen, daß hier zwei Mädels hausten. Frauen, die vergewaltigt werden könnten. Cecilie hatte sich Hannes Polizeiargumente angehört und leise vorgebracht, daß »Wilhelmsen & Vibe« auch nicht zuviel verraten hätte. Mürrisch und ein wenig sauer hatte Hanne das Schild angebracht, und seither war der Fall nicht wieder erwähnt worden.

Vorsichtig legte sie die Hand auf die Klinke.

Sie hörte, daß jemand in der Wohnung war. Als sie das Ohr an die Tür hielt, glaubte sie, Küchengeräusche zu erkennen. Klirrende Töpfe und ein sprudelnder Wasserhahn. Dann riß sie die Tür auf und stürmte in die Diele.

»Hallo«, rief sie laut und hörte ihre Stimme zittern.

Keine Antwort. Es duftete nach Essen, nach Ingwer und Koriander.

»Hallo«, sagte Håkon Sand; er schaute aus der Küche und lächelte breit. »Du kommst aber spät.«

»Du hast mir eine Höllenangst eingejagt«, murmelte Hanne und kratzte sich kurz am Ohr. »Ich wäre vor Schreck fast tot umgefallen.«

»Tut mir leid«, sagte Håkon nicht sonderlich überzeugend. »Ich hatte ja die Schlüssel. Und dachte, daß du im Moment sicher nicht sehr viel ißt. Eine Nachtmahlzeit hatte ich ja eigentlich nicht eingeplant, aber dann hat Karen mich angerufen und gesagt, daß du spät kommst.«

»Das hätte ich auf jeden Fall getan«, sagte Hanne.

Sie wußte nicht so recht, wie ihr zumute war. Noch immer schlug ihr Puls wegen dieser Überraschung schnell und hart, und das ärgerte sie. Sie war nicht schreckhaft. Sonst nicht. Außerdem hatte sie sich dilettantisch verhalten. Wenn wirklich ein Einbrecher in der Wohnung gewesen wäre, hätte sie zu Schaden kommen können. Richtiger wäre es gewesen, sich zurückzuziehen, Verstärkung zu holen und zu warten.

Sie hatte Hunger. Einen ganz gewaltigen Hunger.

Nicht, daß ihr das nennenswert zu schaffen gemacht hätte; sie konnte sich kaum erinnern, wann sie zuletzt Appetit verspürt hatte. Jetzt aber spürte sie ein wütendes Bohren im Zwerchfell, und ihr fiel ein, daß sie seit dem frühen Morgen nur zwei trockene Brotscheiben mit Krankenhauskäse gegessen hatte.

»Was hast du denn gekocht?« fragte sie und versuchte zu lächeln.

»Etwas Leckeres.«

»Du kochst immer leckere Sachen.«

Hanne setzte sich an den Küchentisch. Ein Stechen im Nacken veranlaßte sie dazu, den Kopf hin und her zu bewegen. Der Tisch war schön gedeckt, mit dem Silber, das Cecilie von ihrer Großmutter geerbt hatte, und zwei Kerzenhaltern, an die Hanne sich nur vage erinnerte. Die Serviette vor ihr war kunstvoll zusammengefaltet.

»Die sieht aus wie ein Schwan«, sagte sie leise und schnitt eine Grimasse, weil sie Kopfschmerzen heraufziehen fühlte. »Du bist lieb, Håkon.«

»Ich bin nicht lieb«, sagte er und legte den Kochlöffel weg. »Ich habe dich lieb. Das ist etwas ganz anderes. Jetzt ißt du ein bißchen, und dann massier ich dir den Nacken.«

Er zeigte mit einem Quirl auf sie, dann machte er sich damit rasch und geübt im Soßentopf ans Werk.

»Und danach schläfst du. Ohne Wecker. Was macht der Halvorsrud-Fall?«

Hanne atmete schwer. Eine fremde Wärme breitete sich in ihrem Körper aus. Sie streifte die Jacke ab, blieb dann still sitzen und fragte sich, wie sie sich eigentlich fühlte. Sie griff zum Wasserkrug und goß sich ein Glas ein. Ihre Hand zitterte leicht, und sie kleckerte. Dann ging ihr auf, daß sie sich über den Besuch freute. Sie hatte Hunger, und bald würde es etwas zu essen geben. Sie hatte Kopfschmerzen und würde massiert werden. Sie war zum Umfallen müde und würde vielleicht nicht allein schlafen müssen.

»Bleibst du heute nacht hier?« fragte sie ins Leere hinein.

»Wenn du willst«, sagte Håkon lässig. »Auf jeden Fall kann ich hierbleiben, bis du eingeschlafen bist.«

Sie aßen schweigend.

Hanne verzehrte wortlos vier Portionen Heilbutt mit Ingwersoße. Als sie dann endlich unwillig Messer und Gabel weglegte und widerwillig den Schwan demontierte, um sich den Mund zu wischen, schaute sie Håkon an und sagte: »Irgend etwas an diesem Ståle Salvesen macht mir zu schaffen.«

Håkon gab keine Antwort. Er nahm ihr den Teller weg, wischte sich die Hände an einer schmuddeligen Schürze ab und trat hinter ihren Stuhl.

»Zieh dein Hemd aus«, sagte er dann.

Seine Hände fühlten sich auf ihren nackten Schultern

feuerheiß an. Sie schauderte leicht und schloß die Augen. Seine Daumen drückten auf zwei wehe Punkte unterhalb der Schulterblätter, und sogleich sträubten sich ihre Nackenhaare. Sie stöhnte leise und ausgiebig.

»Etwas mit seiner Wohnung«, flüsterte sie atemlos. »Etwas, das ich gesehen habe. Oder vielleicht gefunden. Oder nicht gefunden. Mir fällt nur nicht ein, was es war.«

»Vergiß es«, sagte er leise. »Vergiß es für heute nacht.«

44

Es war Sonntag, der 18. März, und an diesem Abend fühlte Hausmeister Karlsen sich ziemlich mies. Er hatte am Vorabend beim Schnaps ein wenig zu sehr zugelangt. Karlsen war nichts Stärkeres gewöhnt als ab und zu einen Schuß in den Kaffee. Purer Schnaps war zuviel für ihn. Er war ja schließlich nicht mehr der Jüngste. Zu Kriegszeiten, auf Landurlaub in Amerika, war es manchmal richtig heiß hergegangen. Aber jetzt nicht mehr. Jetzt nahm er nur einen Tropfen, wenn es in seinen Träumen gar zu sehr von Wölfen mit deutschen Helmen wimmelte und der Schlaf sich nicht wieder einstellen wollte.

Hausmeister Karlsen betrauerte seinen Freund Ståle Salvesen.

Und wenn er ehrlich sein wollte, dann ärgerte er sich auch ein wenig. Wenn sein Kumpel vorgehabt hatte, dieses irdische Jammertal zu verlassen – was Karlsen gut verstehen konnte, so, wie die verdammte Obrigkeit mit ihm umgesprungen war – dann hätte er ja wohl irgendein Signal geben können. Eine Art Abschiedsgruß. Karlsen sah ja ein, daß der Mann ihm nicht von seiner düsteren Absicht hätte erzählen können – dann hätte der alte Kriegsmatrose sich doch alle Mühe gegeben, seinem Freund das wieder auszureden. Das Leben hatte doch noch immer die eine oder andere Freude zu bieten. Die guten Abende in dem winzigen Wohnzimmer mit leisem Gespräch und etwas Negerjazz vom Plattenspieler hatten zumindest Karlsen immer gewärmt.

Er seufzte tief und starrte ungeduldig auf das Aspirin, das sich offenbar im Wasserglas nicht auflösen mochte. Dann hob er den Blick und ließ ihn auf Klaras Foto ruhen. Noch immer zeigte der Rahmen den schmalen schwarzen Trauerflor, den er am Tag ihrer Beerdigung gekauft hatte. Beim Anblick der üppigen Frau mit den Dauerwellen und der schönen Brosche auf der Brust traten ihm die Tränen in die Augen. Die Brosche hatte er von seiner Mutter geerbt und Klara zur Verlobung geschenkt. Ärgerlich schüttelte er den Kopf und leerte die Medizin in einem Zug. Der bittere Geschmack ließ ihn zusammenschauern, und er hätte gern den letzten Schluck aus der Schnapsflasche getrunken.

Das tat er aber nicht.

Und dann ging es ihm auf: Ståle Salvesen hatte ihm sehr wohl ein Zeichen gegeben. Eine Vorwarnung, eine Art Lebewohl. Natürlich hatte er das.

Hausmeister Karlsen stand auf und kochte sich noch einen Kaffee. Er fühlte sich jetzt besser. Ståle hatte nur ihn gehabt. Nur auf ihn, Ole Monrad Karlsen, hatte Ståle sich verlassen können. Und deshalb hatte er ihn um einen letzten Dienst gebeten. Natürlich hatte Karlsen sich über diese Bitte gewundert, aber jetzt begriff er alles.

Ståle Salvesen hatte sich verabschiedet.

Auf seine Weise.

45

Mustafa Özdemir stand zu seinem Wort. Schon um halb zehn meldete er sich am Informationstresen im geräumigen Foyer des Polizeigebäudes und bat um ein Gespräch mit Karianne Holbeck. Es war Montagmorgen, und er hatte eine wichtige Verabredung. Entsprechend hatte er sich angezogen, braune Hose und Schuhe, blaues Hemd. Sein Schlips war alt und vielleicht ein wenig zu breit, aber er nahm das nicht so genau. Die Polizistin mußte sich zufrieden geben, ein Schlips war immerhin ein Schlips. Die Jacke war großkariert und ein wenig eng. Mustafa Özdemir fühlte sich trotzdem wohl; er war frischgeduscht und hatte außerdem fast eine Viertelstunde mit dem Zurechtstutzen seines soliden, rabenschwarzen Schnurrbarts verbracht.

Karianne Holbeck durchfuhr bei seinem Anblick ein Stoß der Erleichterung. Er sah zwar genauso aus, wie sie erwartet hatte; sie hatte nie begriffen, warum alle Männer aus seiner Gegend einen Schnurrbart hatten. Vielleicht war es wie mit den Leuten aus Trondheim. Sie mußten einfach etwas unter der Nase haben. Aber dieser Mann stank immerhin nicht nach Schweiß, und er war gepflegt gekleidet – wenn auch reichlich altmodisch.

»Setzen Sie sich«, sagte sie und zeigte auf einen Stuhl. »Schön, daß Sie gekommen sind.«

»Das war doch verabredet, oder?«

Er wirkte ein wenig verärgert, als habe in ihrer Bemerkung der Vorwurf der Unpünktlichkeit gelegen. Was ja auch stimmte, und sie versuchte die Stimmung dadurch zu verbessern, daß sie ihm Kaffee anbot.

»Nein, vielen Dank«, sagte er abwehrend und schwenkte dabei eine Hand. »Wenn ich Kaffee trinke, dann kriege ich Magenprobleme, wissen Sie.«

Özdemir schnitt eine vielsagende Grimasse und lächelte danach breit.

Hanne Wilhelmsen betrat, ohne anzuklopfen, Karianne Holbecks Büro.

»Mustafa«, sagte sie überrascht und streckte die Hand aus. »Du bist das?«

»Hanna«, er strahlte und sprang auf. »Hanna!«

»Hanne«, flüsterte Karianne Holbeck und errötete stellvertretend für den Mann ein wenig. »Sie heißt Hanne. Mit einem E.«

»Hanna, meine Freundin.«

Er mochte Hannes Hand gar nicht wieder loslassen.

»Warum bist du hier, Hanna? Kennst du diese Dame?«

Er zeigte auf Karianne Holbeck und schien eine Bekanntschaft der beiden Frauen für vollständig unvorstellbar zu halten. Dann setzte er sich wieder. Hanne Wilhelmsen blieb an die Tür gelehnt stehen, es gab keinen dritten Stuhl.

»Ich arbeite hier«, sagte sie und schaute ihm lächelnd in die dramatisch aufgerissenen Augen. »Ich arbeite bei der Polizei.«

»Das hast du mir nie erzählt«, jammerte er. »Meine Güte. Meine Hanna ist Polizei!«

Er beugte sich über den Tisch zu Karianne Holbeck vor, der war sein lässiger Umgang mit der Hauptkommissarin offenbar peinlich.

»Hanna ist meine Lieblingskundin«, sagte er und richtete einen mit schwarzen Haaren überwucherten Finger auf Hanne. »So viele gehen zu Sultan in der Thorvald Meyers gate.«

Er verzog traurig das Gesicht und schnalzte leicht mit der Zunge.

»Alle wollen zu Sultan, wissen Sie. Aber nicht Hanna. Sie kommt zu Özdemir Import. Immer, wissen Sie.«

»Ich kann noch einen Stuhl holen«, sagte Karianne Holbeck und versuchte, sich an Hanne Wilhelmsen vorbeizudrängen.

»Nein, das kann ich selber. Nimm schon mal die Personalien auf.«

Schon nach einer knappen Minute war sie wieder da.

»Ich habe gehört, du hattest im vergangenen Herbst einen spannenden Anruf«, sagte sie und setzte sich. »Erzähl doch mal davon.«

Karianne Holbeck fühlte sich überfahren. Und war beleidigt. Daß die Hauptkommissarin einfach ins Zimmer gekommen war, ohne auch nur kurz anzuklopfen, war das eine. Schlimmer war, daß sie jetzt offenbar die Vernehmung leiten wollte. Nicht, indem sie selbst die Verantwortung übernahm; es war deutlich, daß Hanne Wilhelmsen nicht eine Zeile des Berichts schreiben wollte, zu dem dieses Gespräch notwendigerweise führen mußte. Denn dann hätte sie das Verhör in ihr Büro und zu ihrem eigenen Computer verlegt. Karianne Holbeck hätte die Hauptkommissarin gern weggeschickt. Aber sie holte eine weitere Tasse und schenkte ein, ehe sie sie vor Hanne Wilhelmsen hinstellte.

Mustafa Özdemir begann mit seinem Bericht.

Seine Stimme klang jetzt ruhiger. Nach seinen einleitenden Elogen über Hanne Wilhelmsens Vortrefflichkeiten hatte Karianne Holbeck ihn als redseligen und aufdringlichen Türken eingestuft. Jetzt war er ein ganz anderer. Die braunen Augen unter den geraden, breiten Augenbrauen hielten die ganze Zeit Blickkontakt mit einer der beiden Polizistinnen. Die Geschichte seiner Steuerprobleme wurde flüssig, klar und glaubhaft erzählt. Nach einer Rechnungsprüfung waren Mustafa Özdemir mangelhafte Buchführung und Steuerhinterziehung vorgeworfen worden. Er selbst hatte geglaubt, alles beruhe auf einem lästigen Mißverständnis. Er hatte sich sofort an einen Anwalt gewandt, und fünf Monate später waren die Ermittlungen eingestellt worden. Das Problem war, daß sein Fall in einem Artikel in *VG* erwähnt worden war. Darin wurde über unsaubere Methoden in den inzwischen so beliebten und von Einwanderern betriebenen Gemüseläden berichtet und dabei Özdemir Import namentlich genannt. Darunter hatte natürlich der Umsatz gelitten. Und die Schadenersatzklage, die er gegen die Zeitung angestrengt hatte, schien nicht von der Stelle zu kommen.

»Aber vorher«, sagte er endlich und nahm sich eine Pastille aus einer Schachtel, die er dann seinen Gesprächspartnerinnen anbot, »ehe der Fall erledigt war, rief dieser Sigurd Halvorsröd an. Eines Abends, meine Frau war am Telefon. Sie mußte mich erst suchen. Ich war im Lager, wissen Sie. Er sagte, er könnte alles in Ordnung bringen.«

»Und er hat sich vorgestellt«, sagte Hanne Wilhelmsen langsam und schielte zu ihrer Kollegin hinüber. »Mit vollem Namen.«

»Ja, ja«, beharrte Özdemir und fischte einen zusammengefalteten Zettel aus seiner Hosentasche. »Hier seht ihr. Ich habe den Namen aufgeschrieben.«

»Sigürd Halvorsröd«, stand auf dem Zettel. Hanne hielt ihn zwischen Zeigefinger und Daumen und lutschte schmatzend ihre Pastille.

»Und dann«, fragte sie leicht nuschelnd. »Was ist dann passiert?«

Özdemir setzte sich anders hin und schlug das rechte Bein über das linke. Dann legte er die Fingerspitzen aneinander. Seine Hände bildeten ein Indianerzelt. Zum ersten Mal sah er keine der beiden an. Statt dessen betrachtete er einen Punkt zwischen den beiden Polizistinnen und sprach erst nach mehreren Sekunden weiter.

»Der erste Anruf war am 10. November«, sagte er langsam. »Das war ein … Dienstag, stimmt das?«

Karianne Holbeck drehte sich um und schaute auf einen

Übersichtskalender des vergangenen Jahres, der hinter ihr an der Wand hing.

»Mm«, sie nickte. »Dienstag, der 10. November 1998.«

»Ich hab damals nicht viel verstanden, wissen Sie.«

Er sprach jetzt sehr viel langsamer, als durchsuche er seine Erinnerung und wolle nicht zuviel verraten.

»Dann sagte ich naja und so, und ich müßte mir das überlegen, ich…«

Er legte den Kopf schräg, und Hanne hätte schwören können, daß seine dunkle Haut ein wenig errötete.

»Ich war ziemlich verzweifelt über das Ganze, mußt du wissen. Norwegische Polizei und wir Ausländer…«

Er zuckte mit den Schultern und schaute Hanne Wilhelmsen vielsagend an. Sie lächelte kurz und ohne einen Blick zu ihrer Kollegin.

»Alles klar«, sagte sie kurz. »Du hattest also ein bißchen Lust dazu, mit anderen Worten.«

»Ich war aber nicht ganz sicher, was dieser Mann eigentlich meinte«, sagte Özdemir und schüttelte den Kopf. »Er war nicht… nicht ganz deutlich. Verstehst du?«

Wieder nickte Hanne Wilhelmsen.

»Hat er überhaupt von Geld gesprochen? Gesagt, daß du bezahlen solltest?«

»Nein… eigentlich nicht. Aber ich habe es doch begriffen, weißt du. Nein…«

Mustafa Özdemir ließ seinen Blick resigniert von einer zur anderen wandern.

»Es wäre viel besser, wenn ich genau sagen könnte, was der Mann gesagt hat. Aber es ist so lange her, weißt du. Ich weiß es nicht mehr so gut, aber ich habe begriffen, daß ich ihm Geld geben könnte, und dann würde mein Fall verschwinden. Aufgestellt werden. Nein, eingestellt, meine ich.«

Özdemir kratzte sich im Nacken.

»Meine Frau fragte, wer das war, weißt du. Ihr hatte seine Stimme nicht gefallen. Und sie hat mich schrecklich ausgeschimpft, als ich gesagt habe, daß er vielleicht helfen könnte.«

»Aber haben Sie etwas verabredet?« Karianne Holbeck meldete sich zum ersten Mal während dieser Vernehmung zu Wort. »Hat er Ihnen eine Nummer gegeben, die Sie anrufen könnten?«

»Nein, er wollte mich wieder anrufen.«

»Und hat er das getan?« fragte Hanne Wilhelmsen.

»Ja. Zwei Tage später. Wieder abends. Er wußte sicher, daß wir den Laden lange offen halten. Ich und meine Frau, weißt du, wir sind fast immer im Laden. Und auch meine Tochter. Du kennst ja Sophia, Hanna. Sie hat das Wirtschaftsgymnasium besucht.«

Ein weicher Zug breitete sich über sein Gesicht, als er seine Tochter erwähnte. Hanne wußte, daß Mustafa nur ein Kind hatte, diese zwanzigjährige Tochter. Warum Sophia ein Einzelkind war, konnte sie nicht sagen, aber die junge Frau wurde von ihren Eltern um so heißer geliebt und leider auch gar zu sehr beschützt. Hanne wußte, daß sie gern Medizin studieren wollte, daß der Vater jedoch forderte, sie müsse warten, bis sie fünfundzwanzig wäre. Sophia besuchte Abendkurse, um die Fächer nachzuholen, die sie für das Studium vorweisen mußte. Ihr Vater stand dreimal die Woche treu vor dem Privatgymnasium Bjørknes, um sie nach Hause zu bringen.

»Und was hat er diesmal gesagt?«

»Nicht sehr viel. Dasselbe wie beim ersten Mal. Aber diesmal war ich sehr stark und klar. Kommt nicht in Frage, habe ich gesagt. Er war… höflich. Wurde nicht sauer oder so. Sagte nur auf Wiedersehen. Danach habe ich nie wieder von ihm gehört. Aber…«

Er lächelte breit, und unter seinem Schnurrbart kamen seine weißen, ebenmäßigen Zähne zum Vorschein.

»Aber ich hatte ja einen guten Anwalt, weißt du. Der hat Ordnung geschaffen, und alles war gut.«

Hanne Wilhelmsen schloß die Augen.

»Ich möchte dich um einen großen Gefallen bitten, Mustafa. Wenn du nicht willst... wenn dir das unangenehm ist oder so, dann sag einfach Bescheid. Du mußt das wirklich nicht machen.«

Sie riß plötzlich die Augen auf und starrte den Mann im großkarierten, engen Sakko an.

»Für meine Hanna kann ich alles tun.«

»Also«, sagte Hanne. »Es ist nicht so sehr für mich, sondern für die Polizei. Würdest du uns erlauben, die Telefongesellschaft um eine Liste aller Nummern zu bitten, die dich an den aktuellen Tagen angerufen haben? Ich weiß nicht einmal, ob es technisch möglich ist, aber auf jeden Fall brauchen wir dein Einverständnis.«

Mustafa Özdemir zögerte eine knappe Sekunde. Dann lachte er kurz.

»Von mir aus«, sagte er. »Ich habe nichts zu verbergen, weißt du.«

»Dann schreib das auf«, sagte Hanne zu Karianne und erhob sich. »Und stell eine Vollmacht aus, die wir Telenor vorlegen können.«

Sie hielt Mustafa Özdemir ihre Hand hin, und der sprang vom Stuhl hoch und umschloß sie mit seinen beiden.

»Danke, daß du dich gemeldet hast«, sagte Hanne Wilhelmsen.

»Du mußt bald zu mir kommen«, erwiderte er herzlich. »Bring deine schöne Freundin mit, dann bekommst du wunderbare Tomaten, die meine Frau in unserem Badezimmer gezogen hat.«

»Und auch dir vielen Dank«, sagte Hanne zu Karianne Holbeck, ehe sie das Zimmer verließ. »Nett von dir, die Papierarbeit zu übernehmen.«

»So ein kleiner Dank hilft immerhin ein wenig«, flüsterte Karianne fast lautlos und nickte kurz, als die Tür geschlossen wurde. »Aber nicht sehr viel.«

Dann fing sie an zu schreiben.

46

Zuerst glaubte Hanne Wilhelmsen, sie sei mit Billy T. zusammengestoßen. Der Mann war riesengroß, und als er sie mit einem Arm auf die Beine zog und mit dem anderen die Papiere auflas, die ihr hingefallen waren, geschah das mit einer Kraft, die ihr vertraut erschien. Als sie das Gesicht hob, sah sie, daß sie sich geirrt hatte.

»Verzeihung«, sagte der Mann unglücklich und wollte gar nicht wieder loslassen.

»Das war mein Fehler«, Hanne versuchte, sich von ihm zu befreien. »Lange nicht mehr gesehen.«

Er lächelte und knallte eine Visitenkarte auf die Papiere, die er inzwischen aufeinandergestapelt hatte.

»Iver K. Feirand, Hauptkommissar.«

»Herzlichen Glückwunsch«, sagte sie kleinlaut. »Wenn es auch viel zu spät kommt.«

»Ist erst zwei Monate her.«

Iver Feirand war ein frischbeförderter Kollege, der vor allem in Pädophiliefällen ermittelte. Er gehörte zu den wichtigsten Fachleuten des Landes. Nachdem Justizministerium, Anklagebehörden und Polizei zu Beginn der 80er Jahre erkannt hatten, daß Vergewaltigung von Kindern nicht nur im Ausland vorkam, hatten mehrere Ermittler sich spezialisieren können. Sie selbst meinten, sie bräuchten dreimal so viele Leute, aber wenige waren trotz allem besser als gar keine. Iver Feirand war im Laufe der Jahre bei Interpol in Lyon und bei Scotland Yard in London eingesetzt worden und hatte noch dazu einen anspruchsvollen Lehrgang beim FBI mitgemacht. Er teilte Hannes Faszination für alles, was die USA zu bieten hatten.

»Been up to?«

Er lächelte und streckte die Hände aus, um sich als Träger anzubieten. Hanne schüttelte den Kopf.

»Die Halvorsrud-Geschichte. Und zehn Tonnen andere Fälle.«

Sie schaute vielsagend ihre fünf dicken Ordner an.

»O verdammt, was für ein Fall«, sagte er und ging mit ihr zusammen weiter. »Wann werdet ihr den Typen knacken?«

»Weiß nicht. Ich weiß nicht mal, ob er es überhaupt getan hat.«

Iver Feirand lachte laut und herzlich.

»Du weißt nie, ob jemand irgend etwas getan hat.«

»So sollten wir ja eigentlich denken, bis sie verurteilt worden sind. Findest du nicht?«

Er zuckte mit den Schultern und war plötzlich ernst.

»Das Problem bei uns ist ja eher das Gegenteil«, sagte er und schob die Hände in die Taschen. »Die Leute, die wir schnappen, triefen geradezu vor Schuld. Aber es gelingt uns viel zu selten, sie verurteilen zu lassen. Du dagegen ...«

Er unterbrach sich und legte ihr die Hand auf die Schulter. Widerwillig drosselte sie ihr Tempo und drehte sich zu ihm um.

»Ich höre Gerüchte, daß du dein Motorrad verkaufen willst«, sagte er zögernd und kratzte sich an der Schläfe. »Stimmt das?«

»Woher weißt du das?«

Hanne konnte sich einfach nicht erinnern, ob sie ihren Plan, die Harley loszuwerden, anderen als nur Cecilie gegenüber erwähnt hatte.

»Ist doch egal. Aber stimmt es?«

»Ich spiele mit dem Gedanken.«

»Warum?«

Hanne seufzte und setzte sich wieder in Bewegung. »Das ist meine Sache.«

»Stimmt was nicht mit der Mühle?«

»Doch. Ist völlig in Ordnung.«

»Wieviel willst du denn dafür?«

Sie hatten jetzt Hannes Bürotür erreicht. Iver Feirand vertrat ihr breitbeinig den Weg. Abgesehen von seinem kräftigen Blondschopf hatte er eine unheimliche Ähnlichkeit mit Billy T.

»Ich weiß nicht«, sagte Hanne genervt. »Ich habe mich ja noch nicht mal entschieden.«

Das stimmte nicht. Sie wußte, daß die Maschine wegmußte. Sie hatte versucht, nicht daran zu denken; sie wußte einfach noch nicht, wieso es für sie so wichtig war, dieses Motorrad nicht mehr zu haben.

»Wie oft ist es lackiert worden?« fragte Iver Feirand. »Ich meine, es war doch sicher nicht rosa, als du es gekauft hast?«

»Doch. So hatte ich es in der Fabrik bestellt.«

»Hör mal...«

Er kratzte sich am Hals.

»Wenn du verkaufen willst, dann sag Bescheid. Ich bin total interessiert, wenn der Preis okay ist. Meine Frau wird sauer sein, aber irgendwann muß ich ja auch mal an die Reihe kommen. Ich kann es ja neu lackieren. Ruf an, ja?«

Er tippte sich mit zwei Fingern an die Schläfe und lief zur blauen Zone zurück. Hanne schaute ihm noch einige Sekunden nach. Von hinten ähnelte er Billy T. nicht so sehr. Iver Feirand hatte einen viel fescheren Hintern.

»Hundertzwanzigtausend vielleicht«, murmelte sie. »Mindestens.«

47

Ein Junge von vielleicht zwölf Jahren stand allein vor der Versammlung. Er trug einen bodenlangen, weißen Kittel, der ihm ein wenig zu groß war. Seine Hände hatte er brav vor seinem Bauch gefaltet. Vielleicht war ihm streng befohlen worden, sich so hinzustellen, aber sein ausdauerndes Däumchendrehen konnte auch darauf hinweisen, daß der Junge einfach nervös war und nicht wußte, wohin mit seinen bleichen Fingern. Blonde Locken umgaben seinen Kopf wie ein Heiligenschein, und seine Stimme wanderte hell und sakral an den nackten gelben Terrakottawänden entlang.

»Leben ist lieben«, sang der Junge, und damit war die Trauerfeier beendet.

Billy T. öffnete die Augen.

Er saß unbequem und gab sich alle Mühe, vor der zahlreich vertretenen Trauergemeinde die Kapelle zu verlassen.

Alle waren gekommen. Der Generalstaatsanwalt saß in der zweiten Bankreihe, lang und schlank und offenbar über die harten Bänke ebenso unglücklich wie Billy T. Dazu wollten mindestens sechs landesweit bekannte Anwälte Doris Flo Halvorsrud die letzte Ehre erweisen, falls Billy T. richtig gezählt hatte. Des weiteren befand sich in der Kapelle eine unglaubliche Ansammlung von Staatsanwälten sämtlicher Gerichtsinstanzen. Alle zögerten, ehe sie den Mittelgang betraten. Alle reckten Rücken und Hals und wollten gesehen werden. Von Halvorsrud, der in der ersten Bank saß und sich kaum von seiner Tochter befreien konnte, und von einander.

Nur die Polizei strebte nach Diskretion.

Am Rande der ersten beiden Bankreihen saßen insgesamt vier in dunkle Zivilanzüge gekleidete Polizisten. Ein geübtes Auge hätte sie gleich im ersten Moment identifizieren können. Ihre Anzüge schienen ihnen unangenehm zu sein; immer wieder bewegten sie die Schultern, zupften an ihren Hosen und verrieten damit, daß sie an eine funktionellere Kleiderordnung gewöhnt waren. Außerdem hafteten die Blicke der Männer anderthalb Stunden lang an Sigurd Halvorsrud. Während alle anderen versuchten, ihn nicht anzustarren – was ihnen schwerfiel; die meisten waren nur zu neugierig darauf, wie Halvorsrud nach zwei Wochen Untersuchungshaft aussah –, richteten die Polizisten schamlos ihre Blicke ununterbrochen auf die eigentliche Hauptperson dieser Trauerfeier.

»Das ist eine seltsame Demonstration«, sagte Billy T. trocken zu Karen Borg, als sie auf dem Kiesweg vor der Kapelle auf ihn zukam und mit einer weichen Kopfbewegung grüßte.

»Eine Demonstration«, wiederholte sie tonlos und schaute zur Treppe hinüber, wo Halvorsrud die leisen, aber dennoch tief empfundenen Beileidsbekundungen der mehr oder weniger kompletten Anklagebehörden entgegennahm. »Wie meinst du das?«

»O. J. Simpson«, erklärte Billy T. »Alle weißen Amerikaner hielten ihn für schuldig. Und alle schwarzen stritten das ab.«

»Ach was«, sagte Karen Borg gleichgültig.

»Verstehst du nicht? Die Polizei hält Halvorsrud für schuldig. Die Anklagebehörden können das nicht glauben. Um nichts in der Welt. Er gehört doch zu ihnen. Juristen gegen Polizei. Die alte Geschichte.«

Er zupfte sich am Ohrläppchen, in dem das Petruskreuz zur Feier des Tages einem kleinen Diamanten hatte weichen müssen.

»Ziemlich provozierend«, sagte er dann. »Andererseits ist es ja auch ein rührender Anblick, daß ihr Juristen auch mal zusammenhalten könnt. Meistens geht ihr einander doch an die Gurgel.«

Er musterte Karen Borg von Kopf bis Fuß, als habe er sie gerade erst entdeckt, und stieß einen leisen Pfiff aus. Sie trug ein schlichtes, anthrazitfarbenes Kostüm und eine schwarze, kragenlose Bluse. Über ihrem Arm lag ein Umhang. Ein Riß in der Wolkendecke hatte der Sonne plötzlich, als die Menschen anfingen, aus der Kapelle zu strömen, Kraft geschenkt.

»Gut siehst du aus«, sagte Billy T. und streichelte ihren Jackenärmel.

»Ebenso«, antwortete sie mit leichtem Lächeln. »Gut, daß du gescheit genug bist, dieses schreckliche Satanskreuz bei solchen Anlässen wegzulassen.«

»Das ist kein Kreuz«, Billy T. seufzte resigniert. »Das ist ein stilisierter Thorshammer. Ich habe es so satt ... «

Er verstummte. Der Generalstaatsanwalt kam vorbei, nickte langsam und bedachte Karen Borg mit einem reservierten Lächeln. Neben ihm gingen zwei dunkelgekleidete Männer. So, wie sie sich einen Schritt hinter ihrem Chef hielten, konnten sie für Leibwächter gehalten werden; sie gingen mit rhythmischen und festen Schritten. Aber da der eine stark übergewichtig war und der andere knapp eins siebzig, hätte der Generalstaatsanwalt selbst eingreifen müssen, wenn sich eine unvorhergesehene Bedrohung gezeigt hätte.

»O. J. Simpson war schuldig«, sagte Karen Borg.

»Was?«

»Er hatte seine Exfrau und deren Liebhaber umgebracht. Offenkundig.«

Sie strebte jetzt dem Parkplatz zu. Billy T. schlurfte hinter ihr her durch den Kies.

»Ich muß schon sagen!« Er lachte kurz. »Der Mann wurde freigesprochen, wenn ich die Dame an eine so belanglose Tatsache erinnern darf.«

Karen Borg drehte sich zu ihm um. »Habt ihr schon einen Namen?«

Billy T. schüttelte den Kopf und blickte aus zusammengekniffenen Augen zu der unruhigen Wolkendecke hoch, die sich schon wieder vor die Sonne geschoben hatte.

»Nein. Sie wird namenlos bleiben, wenn wir uns nicht zusammenreißen. Tone-Marit steht auf diese modernen Namen, Julie, Amalie oder Matilde. Auf sowas. Ich hätte lieber was Reelles. Ragnhild oder Ingeborg. Etwas in der Richtung.«

»Wie geht es O. J. Simpson jetzt, was meinst du?«

Karen öffnete die Tür ihres alten blauen Audi.

»Verdammt mies, wie es aussieht«, sagte Billy T.

»Genau. Weil alle im Grunde wissen, daß er es war. Das ist bei Halvorsrud anders. Wenn die Anklagebehörden...«

Karen Borg nickte zu den vielen dunkelgekleideten Männern hinüber, die jetzt auf dem überfüllten Parkplatz in ihre Wagen stiegen. Das leise Knallen der Autotüren klang wie ein stockender, unfertiger Trauermarsch.

»Wenn diese Menschen offenbar an Halvorsruds Unschuld glauben, dann spielen dabei keine sozialen Gegensätze mit. Nicht das schwarze Amerika hat an O. J. Simpsons Unschuld geglaubt. Sondern das schwarze, arme Amerika. Oder eher, es war ihnen egal, ob er schuldig war. Für sie war der Mann über Schuld und Unschuld erhaben. Er wurde zum Opfer der weißen Macht. Sie konnten ihn nicht verurteilen. Dann hätten sie sich selbst verurteilt. Also stell hier keine hoffnungslosen Vergleiche an. Halvorsrud ist unschuldig. Das, was ihr ihm vorwerft, hat er ganz einfach nicht getan.«

»Meine Güte, das war aber heftig«, sagte Billy T. und strich sich über den Schädel.

Karen Borg stand schon so lange vor der offenen Autotür und sprach noch dazu so laut, daß die anderen sie jetzt anstarrten. Sie stieg ein und schloß die Tür. Billy T. klopfte mit den Fingerknöcheln an die Scheibe. Er konnte sehen, daß sie resigniert seufzte, ehe sie das Fenster halb öffnete.

»Du irrst dich«, sagte er und stützte sich mit den Unterarmen auf das Autodach. »Deine etwas leichtfertige Analyse des Simpson-Falls ist sicher einigermaßen richtig. Aber wenn du die Parallelen zwischen beiden Fällen nicht siehst, dann hast du dich an deinem Verteidigungsauftrag blindgestarrt.«

Karen Borg kurbelte mit wütenden Handbewegungen das Fenster wieder nach oben.

»Warte«, kläffte Billy T. und packte das Glas. »Siehst du nicht, daß es eben gerade um Identifikation geht? Wenn Halvorsrud schuldig ist, dann ist das eine Niederlage für die gesamte Anklagebehörde. Deshalb sind sie hier. Sie wollen zeigen, daß sie zusammenhalten, daß sie nicht glauben können, daß einer von ihnen, aus ihrem Stand, mit ihrem Hintergrund, ihrer Ausbildung, mit genug Geld und Weib und Kind und Villa... das wäre zu arg. Halvorsruds eventuelle Schuld würde sie alle treffen. Sie fragen sich: Hätte ich es tun können? Die Antwort ist natürlich nein, und deshalb machen sie uns die gefährlichste Übung der Welt vor, die Leute, die das Gesetz vertreten und Lüge von Wahrheit trennen sollen: Sie identifizieren sich mit dem Schurken.«

Er schlug mit den Handflächen auf das Dach.

»Siehst du das nicht, Karen?«

Sie schaute ihn lange an.

»Ich habe eine Zeitlang geglaubt, daß du für seine Erklärungen offen bist«, sagte sie endlich. »Da habe ich mich wohl geirrt. Und Halvorsrud auch. Ich meine mich an eine Tirade darüber zu erinnern, daß du sein einziger Freund und überhaupt wärst. Blöd von uns beiden, natürlich. Sowas zu glauben, meine ich.«

Sie drehte den Zündschlüssel um.

Billy T. schüttelte den Kopf und trat vom Auto zurück. Karen mühte sich mit dem ersten Gang ab, und der Motor gab ein krächzendes Geräusch von sich, dann war er tot. Sie machte noch einen Versuch, aber diesmal wollte die Kupplung nicht. Das Auto sprang zwei Meter vor, dann wurde der Motor abgewürgt.

»Soll ich das machen?« mimte Billy T., dessen Gesicht nur zehn Zentimeter von der Fensterscheibe entfernt war.

Sie sah ihn nicht einmal an. Beim dritten Versuch sprang der Wagen an und rollte langsam auf die Straße, ohne daß sie Billy T. eine Mitfahrgelegenheit angeboten hätte.

Er drehte sich um und ging zu dem Teil des Parkplatzes, der eigentlich für Behinderte reserviert war. Dort wartete ein Streifenwagen. Halvorsrud saß bereits auf dem Rücksitz. Auf der Treppe vor der Kapelle weinte Thea Halvorsrud verzweifelt, und zwei unbeholfene Brüder und eine fast hysterische Tante versuchten vergeblich, sie zu trösten.

48

Wenn er die Augen schloß, sah er nicht den Sarg seiner Frau. Doch an den wollte er denken. Er hatte sich keinen braunen Sarg gewünscht. Niemand hatte ihn gefragt, aber aus irgendeinem Grund hatte er ganz sicher mit einem weißen gerechnet. Mit einem strahlendweißen Sarg und einem schlichten Kranz aus roten Rosen auf dem Deckel. Er hatte das mit bunten Blumen überladene braune Holz gesehen – seiner und der Kinder Kranz wurde fast verdeckt –, und ihn hatte eine Wut erfüllt, mit der er nicht fertig wurde.

Er sah das Gesicht seiner Tochter.

Und öffnete die Augen.

Es war hell hier. Das starke, blauweiße Licht, das nichts über die Uhrzeit erzählte, würde ihn noch um den Verstand bringen. Er wünschte sich ein Fenster. Nur einen kleinen Spalt. Durch den er nicht fliehen konnte, der aber ein wenig von der Tageszeit berichten würde. Sie hatten ihm seine Uhr weggenommen. Er begriff nicht, warum. Wie er sich mit einem schlichten Lederarmband Schaden zufügen sollte, war zu hoch für Sigurd Halvorsrud.

Wieder senkte er langsam seine Lider.

Er sah Theas Gesicht. Er sah die großen verweinten Augen. Er sah ihren Mund, der lautlos Wörter formte, die er nicht sehen wollte. Er spürte ihre Hand in seiner, auf seinem Oberschenkel; ihren ganzen Körper, der sich so fest an ihn preßte, daß er fast nicht sitzen bleiben konnte. Er sah ihre Arme, die sie nach ihm ausstreckte, als er zum wartenden Streifenwagen geführt wurde. Er spürte ihren Blick im Rücken; zwei Strahlen, die sich durch das Jackett hindurchbrannten und es ihm schwer machten, aufrecht weiterzugehen.

Oberstaatsanwalt Sigurd Halvorsrud saß nun in der dritten Woche im Hinterhof des Polizeigebäudes. Die Zellen waren kaum dafür geeignet, länger als einen Tag bewohnt zu werden. Sie hatten ihm Verlegung angeboten. In ein Gefängnis außerhalb der Stadt; sie hatten mehrere Anstalten vorgeschlagen, von denen er wußte, daß sie moderner eingerichtet waren. Aber er wollte nicht. Er hatte kein Vertrauen zu ihnen. Alles, was sie ansonsten unternahmen, kam ihm feindselig vor. Er hatte sich an diesen Raum inzwischen gewöhnt. Er wollte im Polizeigebäude bleiben, und das hatten sie ihm erlaubt.

Plötzlich fuhr er hoch. Übelkeit stieg in ihm auf. Von den Füßen her. Sie spülte in harten Wellen durch seinen Leib, und er kam nicht dagegen an. Er erbrach sich so plötzlich, daß er sich nicht einmal mehr von seiner harten Pritsche abwenden konnte. Sein weißes Hemd wurde mit den Resten der beiden Frühstücksbrote bespritzt.

Er wußte nicht mehr, womit die Brote belegt gewesen waren. Bestimmt mit Makrele in Tomatensoße. So schmeckte es jetzt aber nicht. Es schmeckte bittersüß nach Eisen.

Sigurd Halvorsrud spuckte fast eine Viertelstunde lang Blut, dann konnte er sich zur Tür schleppen und um Hilfe rufen.

49

Hanne Wilhelmsen hatte das Branchenbuch aufgeschlagen. Ihre Hände schienen das dicke Buch wie von selbst unter einer alten Nummer von *VG* hervorgezogen zu haben. Sie hätte schwören können, daß nicht sie selbst die Rubrik »Psychologen« aufgeschlagen hatte. Sie brauchte keinen Psychologen. Sie kannte zu viele von der Sorte.

Das Buch schloß sich mit einem dumpfen Knall, als Billy T. durch die halboffene Tür schaute.

»Es ist gleich halb sechs«, sagte er. »Und du kommst mit mir.«

Er streckte die Hand aus, wie um ein widerspenstiges Kind mitzunehmen.

»Komm schon, komm«, lockte er und grinste breit.

»Wohin denn«, fragte sie, erhob sich halbwegs und schluckte ein Gähnen hinunter.

Cecilie würde am nächsten Tag aus dem Krankenhaus kommen. Hanne wußte nicht so recht, ob sie sich wirklich darauf freute. Natürlich sehnte sie sich nach ihr. In den wenigen Nächten, in denen sie zu Hause geschlafen hatte und nicht im Krankenhaus, in der Hoffnung auf mehr als zwei

Stunden Dösen, hatte sie sich mit einer Sehnsucht in den Schlaf geweint, die nur von den hilflosen Wünschen übertroffen wurde, die sie empfand, wenn sie bei Cecilie saß. Hanne wollte Cecilie zu Hause haben. Aber es kam ihr sicherer vor, wenn sie im Krankenhaus war. Sie hätte bestimmt noch mehr das Gefühl, Cecilie im Stich zu lassen, wenn sie den ganzen Tag bei der Arbeit war und Cecilie allein zu Hause wüßte.

»Nee. Kann nicht. Muß heute ganz viel im Haushalt erledigen. Wie war die Beerdigung?«

»In Ordnung. Aber du kommst jetzt mit mir.«

»Ich kann nicht, hab ich doch gesagt. Ich hab zu Hause zu tun.«

Sie versuchte, sich die Haare zu einer Art Mittelscheitel zu kämmen, den sie sich zugelegt hatte, weil sie es nie zum Friseur schaffte. Der Pony wollte nicht, und sie spuckte sich leicht auf die Finger und zog dann die Hand durch die Haare.

»Worum geht es überhaupt?«

»Wirst schon sehen. Wenn du nicht kommst, schleppe ich dich mit Gewalt davon. So gesehen ist das eine Art Entführung.«

Hanne Wilhelmsen resignierte und folgte ihm, ohne seine ausgestreckte Hand zu nehmen.

50

Sogar hier in der Bucht war das Wasser schaumbedeckt. Er stand auf der mit Steinen ausgelegten Terrasse und schaute aus zusammengekniffenen Augen in den Wind und hinüber nach Østerøya, dabei umklammerte er das schmiedeeiserne Geländer. Natholmen bot nicht viel Schutz, wenn der

Wind von Süden wehte, und er gab den Gedanken auf, zum Angeln auf den Fjord zu fahren. Eine Stunde zuvor hatte er am Kiosk in Solløkka das Nötigste für die kommenden Tage eingekauft. In weiser Voraussicht hatte er auch zwei Packungen tiefgefrorenen Kabeljau erstanden.

Das Ganze war ein phantastischer und unerwarteter Durchbruch.

Nichts weniger.

Als der Name auf dem Bildschirm aufgetaucht war, hatte er zu zittern begonnen. So mußte ein plötzlicher Lottogewinn sein, bildete er sich ein. Oder die überraschende und gänzlich unerklärliche Genesung von einer unheilbaren, tödlichen Krankheit. Oder die Begegnung mit einem geliebten Familienmitglied, das man seit Jahren für tot gehalten hatte. Eine heiße Welle spülte aus seinem Unterleib in sein Zwerchfell und zurück, und er stöhnte mehrmals laut auf.

Seit drei Jahren arbeitete er an dieser Sache!

Im April 1996 hatte er die Entschädigungssumme erhalten, die die Stadt Oslo ihm für eine verlorene und ruinierte Kindheit hatte zahlen müssen. Dazu strömte Geld herein, als »Rotlicht in Amsterdam« in immer neuen Übersetzungen erschien. Vor zwanzig Jahren hatte er hier einen Sommer verbracht; das war seine einzige schöne Erinnerung an die Jahre vor seiner Haft. Seine Tante hatte das Haus längst verkauft. Eivind Torsvik hatte den neuen Besitzer aufgesucht und ihm anderthalb Mal soviel geboten, wie das Grundstück wert war. Der Mann hatte zwei Stunden Bedenkzeit gehabt. Der Anblick von fünf Millionen Kronen in einem Koffer hatte ihn dann überzeugt. Drei Wochen später war Eivind Torsvik eingezogen, mit zweihundert Kilogramm elektronischer Ausrüstung, einem Seesack voller Kleider und einem alten Sofa. Als die Zeit verging und er mit der Arbeit weiterkam, hatte er sich neue Möbel und eine Acuphase-Hi-Fi-Anlage gegönnt. Die Hütte am Hamburg-kilen, ungefähr ein Dutzend Kilometer vom Zentrum von Sandefjord entfernt, war Eivind Torsviks erstes wirkliches Zuhause. Er hatte alles selbst geschafft. Er fühlte sich allein wohl und wußte, daß es immer so bleiben würde.

Der Name hatte sich in ihn eingeätzt.

Eivind Torsvik setzte sich auf die Holzbank unter dem Wohnzimmerfenster. Er horchte auf den Lärm der See und die Schläge, die seine Haare seinen Wangen verpaßten. Er schaute zu zwei Seeschwalben hinauf, die von den Sturm-böen erfaßt wurden und dabei heisere, schrille Schreie aus-stießen. Er füllte seine Lungen mit der salzigen Luft und fühlte sich frei.

Jetzt war alles nur noch eine Frage der Zeit.

51

Das Kind war wirklich besonders schön. Der Kopf war schön geformt, mit einem länglichen Hinterkopf, der jetzt schon verriet, daß die Kleine keine große Ähnlichkeit mit ihrem Vater haben würde. Die Haare fielen schwarz, weich und bemerkenswert üppig in die Stirn und wippten über den Ohren in angehenden Locken. Hanne Wilhelmsen hatte noch nie einen norwegischen Säugling mit so langen Wimpern gesehen. Sie krümmten sich über großen, leicht schrägstehenden Augen, die kugelrund wurden, wenn das Kind ins Licht schaute. Die Iris war von undefinierbarer Farbe und würde wohl irgendwann braun werden. Die Lip-pen waren rot und zeichneten sich scharf von der weißen Haut ab. Ein Saugbläschen auf der Oberlippe zitterte, als Hanne behutsam mit dem kleinen Finger über das Kinn des Kindes strich.

»Sie ist wirklich zum Fressen«, flüsterte sie. »Und sie hat überhaupt keine Ähnlichkeit mit dir.«

»Gott sei Dank«, flüsterte Billy T. zurück. »Ich sag sowas doch nur, weil es von mir erwartet wird. Ich war außer mir vor Erleichterung, als ich gesehen habe, daß sie rein gar nicht nach meiner Familie kommt.«

»Abgesehen von der Größe«, sagte Hanne und lachte leise, als sie unter der rosa Decke an den Füßen des Babys zog. »Sie ist doch sicher größer als normal?«

»Lang und schlank«, sagte Billy T. »Sechzig Zentimeter bei der Geburt. Und nur 3700 Gramm.«

Hanne legte sich das Kind besser in ihrer Armbeuge zurecht. Es war kurz vor dem Einschlafen. Die rechte Hand hielt einen Schnuller. Hanne versuchte, ihn in den kleinen Mund zu stecken, aber er wurde sofort ausgespuckt und landete auf dem Boden.

»Will nicht«, sagte Billy T. und setzte sich neben Hanne auf das Sofa. »Sie will ihn unbedingt in der Hand halten, aber nicht daran nuckeln. Cleveres Kind. Läßt sich nicht betrügen.«

Das Baby machte ein Bäuerchen. Ein schmaler Streifen aus Spucke und Milch sickerte aus seinem Mundwinkel. Hanne atmete tief durch die Nase und empfand den süßen Duft des Kinderatems wie einen Schlag ins Zwerchfell. Rasch kniff sie die Augen zusammen, um ihre Tränen zu unterdrücken.

»Ihr solltet euch auch ein Kind anschaffen«, sagte Billy T. und legte den Arm um Hannes Schultern. »Das hättet ihr schon längst tun sollen.«

»Muß ich sie nicht an meine Schulter legen, wenn sie aufstößt?« murmelte Hanne.

»Nicht doch. Sie schläft jetzt gut und atmet leicht. Warum macht ihr das nicht?«

Hanne schaute sich in Billy T.s Wohnung um. Erst vor

zwei Jahren hatte sie über einen Monat hier gewohnt, als sie und Cecilie für ein Jahr in die USA gegangen waren und der Mord an der Ministerpräsidentin Birgitte Volter sie zurück nach Norwegen gelockt hatte. Jetzt war alles anders. Seit Tone-Marits Einzug waren an die Wände Graphiken und in die Regale Bücher gekommen. Die riesige Stereoanlage war in einen Schrank verbannt worden, nur die Lautsprecher thronten noch immer neben der Dielentür unter der Decke. Es versetzte Hanne einen Stich, als sie sah, daß die damals von ihr genähten und aufgehängten Vorhänge ausgetauscht worden waren.

»Alles ist so anders«, flüsterte sie dem Kind zu.

Billy T. erhob sich und nahm das Kind vorsichtig von Hannes Schoß.

»Jetzt machst du bei Mama ein Nickerchen«, murmelte er und schlich ins Schlafzimmer.

Als er gleich darauf zurückkam, setzte er sich nicht Hanne gegenüber in den Sessel. Er ließ sich aufs Sofa fallen, wo er gesessen hatte, seit das Kind erwacht war – denn so hatten sie gemeinsam das Neugeborene bewundern und betrachten können. Er legte wieder den Arm um Hannes Schultern – ganz leicht –, und seine Fingerspitzen fuhren behutsam immer wieder über ihren Oberarm.

»Ich finde das alles nicht so verdammt leicht«, sagte er so leise, daß sie für einen Moment nicht sicher war, ob sie richtig gehört hatte.

»Was denn?«

»Das hier.«

Mit der freien Hand zeigte er vage auf das Zimmer.

»Die Wohnung. Die gehört irgendwie nicht mehr mir. Tone-Marit...«

Jetzt flüsterte er kaum hörbar, als fürchte er, Tone-Marit könne aufgewacht sein, obwohl er sich doch eben erst davon überzeugt hatte, daß sie tief schlief.

»Ich will sie ja hier haben«, sagte er langsam. »Ich liebe … ich liebe das, was sie mit mir macht. Vieles davon jedenfalls. Und das Kind ist wunderbar. Ich freue mich wahnsinnig über das Kind. Ich bin glücklich über jedes Kind, das ich mir zugezogen habe.«

Hanne lachte leise.

»Dir zugezogen«, wiederholte sie. »Das klingt wie fünf Krankheiten.«

Billy T. legte die Füße auf den Tisch und rutschte auf dem weichen Sofa noch dichter an sie heran. Sie spürte sein Kinn an ihrem Ohr und merkte zugleich, wie sie sich entspannte. Sie wußte nicht mehr, wann das zuletzt der Fall gewesen war.

»Aber ab und zu könnte ich die Wände hochgehen«, sagte er dann. »Ich habe das Gefühl, hier keine Luft mehr zu bekommen. Überall liegt Babykram herum. Im Badezimmer riecht es nach Frau. Tone-Marit ist lieb und geduldig und quengelt nicht so herum wie andere Frauen. Über Klodeckel und Zahnpasta und so. Aber mir kommt es vor … Ich tue Dinge, nur um sie zu ärgern.«

Er setzte sich auf und wandte sich zu Hanne um. Sein Gesicht war nur zehn Zentimeter von ihrem entfernt. Sie starrte in seine eisblauen Augen, konnte das aber nicht lange ertragen und ließ ihren Blick zu seinem Mund hinabwandern. Der wirkte in dieser Nähe so groß; sie sah nur den Mund; die trockenen, gesprungenen Lippen unter dem kolossalen Schnurrbart, der häufiger kam und ging, als irgendwer das im Kopf behalten konnte; jetzt war er riesengroß, und sie musterte jedes steife Haar darin und merkte, daß sie nicht klar denken konnte.

»Und im Sommer heiraten wir auch noch«, sagte er durch zusammengebissene Zähne. »Ich kann doch verdammt noch mal nicht heiraten, solange ich nicht … wenn ich das schon jetzt so empfinde, wo das Kind erst gerade … O Scheiße!«

»Ich muß gehen«, sagte sie hilflos und faltete die Hände in ihrem Schoß.

»Gehen?«

Er zog seinen Arm abrupt zurück und konnte seine Enttäuschung nicht verbergen.

»Mußt du gehen? Jetzt?«

»Ich hab doch gesagt, daß ich viel zu tun habe. Cecilie. Sie kommt morgen nach Hause. Ich muß putzen.«

Hanne stand auf und ging auf die Wohnungstür zu.

»Du hast nicht gesagt, warum ihr kein Kind adoptiert habt«, hörte sie ihn hinter ihrem Rücken.

Langsam, als wisse sie noch nicht, ob sie überhaupt antworten wolle, drehte sie sich um und sah ihn an. Noch immer saß er auf dem Sofa, und noch immer kratzte er sich wie wild zwischen den Schnurrbarthaaren.

»Ich weiß es nicht«, log sie. »Aber jetzt können wir ja nur froh sein, daß es nicht dazu gekommen ist.«

Erst unten auf der Straße fiel ihr auf, daß sie ihr Telefon und eine Tüte mit Lebensmitteln bei Billy T. vergessen hatte. Sie winkte einem Taxi und war zu Hause, ehe die Fernsehnachrichten anfingen. Bestimmt hatte sie noch irgend etwas im Kühlschrank.

52

»Ich finde, du bist so dünn geworden«, klagte Margaret Kleiven. »Du warst ja immer schon schlank, aber jetzt bist du geradezu mager.«

Evald Bromo hatte angefangen, seine Frau zu verachten. Er hatte sie nie geliebt, aber auf seine Weise hatte er dieser dürren Gestalt immer positive Gefühle entgegengebracht; eine Art liebevolle Abhängigkeit, die schon an Dankbarkeit grenzte. Jetzt widerte sie ihn an. An Tagen wie diesem, wo sie von der Arbeit nach Hause hastete, um vor dem Wochenende zu putzen, und ihn deshalb mit einer verschlissenen Schürze und vom Scheuern feuerroten Händen empfing, konnte er kaum das trockene Streifen ihrer Lippen ertragen, während er den Mantel aufhängte.

»Du mußt mit der Lauferei aufhören. Das ist nicht gesund. Übrigens ist ein Paket für dich gekommen.«

»Ein Paket«, wiederholte er tonlos.

Der Geruch von Putzmitteln und gebratenem Seelachs schlug ihm entgegen, als er in die Küche ging. Er ließ sich auf einen Holzstuhl sinken und legte die Ellbogen auf den Tisch.

»Müde«, sagte er.

»Essen?«

»Ja, bitte.«

Sie nahm einen Teller und ging zum Herd. Er betrachtete sie träge und versuchte, einen Appetit herbeizuholen, den er seit mehr als drei Wochen nicht mehr verspürt hatte. Je mehr er lief, desto weniger aß er. Je mehr er rannte, desto schlechter schlief er. Jetzt fuhr er nicht mehr mit dem Bus zur Arbeit. Er lief. Hin und her. Aber Hunger hatte er nie.

»Hier. Iß.«

Sie stellte den Teller vor ihn hin. Gebratener Seelachs mit Zwiebeln und Kartoffeln und wäßrigem Gurkensalat, der schon zu lange gestanden hatte. Er stocherte mit einer Gabel im Fisch herum und hatte keine Ahnung, wie er etwas hinunterbringen sollte.

»Hier«, sagte Margaret wieder. »Das ist mit der Post gekommen. Nun mach schon auf.«

Er legte die Gabel weg. Das Paket war nicht groß, an die fünfzehn mal fünfzehn Zentimeter, und ziemlich flach. Namen und Adresse waren in neutralen Blockbuchstaben geschrieben. Kein Absender.

Er griff nach dem Päckchen und drehte es um. Auch auf der Rückseite war kein Absender angegeben. Dann verspürte er einen heftigen Stoß im Zwerchfell, eine Adrenalinexplosion, die alle seine Glieder erreichte und ihn zwang, das Päckchen auf seine Knie zu legen, wenn er es nicht fallen lassen wollte.

»Nur ein Pulsmesser«, sagte er kurz.

»Ein Pulsmesser?«

Sie lächelte und fing an zu essen.

»Nun mach doch auf.«

»Nein.«

Er zwang drei Gurkenscheiben in sich hinein. Sie blieben ihm im Hals stecken und machten ihm Atembeschwerden.

»Was ist denn bloß los mit dir?« fragte sie ärgerlich. »Kannst du es nicht endlich aufmachen, damit ich sehe, was du gekauft hast?«

»Nein, hörst du nicht? Das ist bloß zum Joggen, und dafür hast du dich doch nie interessiert.«

Die gebratenen Zwiebeln schmeckten nach Gummi und Grillkräutern.

»Also wirklich, Evald. Wieso darf ich diesen… diesen Pulsmesser denn nicht sehen?«

Sie stand auf und lehnte sich an seine Knie. Als sie nach dem Päckchen greifen wollte, packte er blitzschnell ihr Handgelenk und drückte zu.

»Hörst du nicht, daß ich nein sage?«

So hatte er sie noch nie angeschrien. Nicht so heftig. Und er hatte sie auch nie physisch verletzt. Jetzt drückte er ihren Unterarm so fest zusammen, wie er nur konnte, und ließ sie erst los, als ihr die Tränen über die vom Bratendampf feuchten Wangen strömten.

»Verzeihung«, sagte er resigniert. »Ich bin im Moment einfach immer so müde. Und es ist wirklich nur ein Pulsmesser. Ganz uninteressant.«

Sie gab keine Antwort. Sie ging mit ihrem Teller ins Wohnzimmer und setzte sich an den schönen Eßtisch, an dem seit vielen, vielen Jahren keine Gäste mehr Platz genommen hatten.

Evald Bromo ließ das Essen stehen, nahm das Päckchen und verschwand, ohne zu verraten, wohin er wollte.

53

Es war Freitag, der 23. März 1999, und Sigurd Halvorsrud sollte dem Osloer Untersuchungsgericht vorgeführt werden. Er saß jetzt seit genau drei Wochen in der auf vier Wochen begrenzten Untersuchungshaft. Daß sein Fall vor Ablauf dieser Frist neu verhandelt wurde, war ungewöhnlich, wenn auch nicht direkt aufsehenerregend. Es kam zwar bisweilen vor, daß die Polizei Häftlinge freiließ, noch ehe sie dazu gezwungen war. Aber das war nur selten auf irgendeine Weise dramatisch. Sie mußten das tun, wenn die von Untersuchungsgericht und Gesetz vorgeschriebenen Bedingungen für die Haft nicht mehr vorlagen. Die Polizei verspürte indes durchaus nicht den Wunsch, Oberstaatsanwalt Halvorsrud laufen zu lassen.

Durchaus nicht; die Polizeianwältin Annmari Skar arbeitete bereits an einem Antrag auf weitere Haft, den sie am Ende der ersten Frist vorlegen wollte. Als sie am Donnerstag nachmittag Karen Borgs Antrag auf Haftentlassung für ihren Mandanten erhielt und erfuhr, daß der Fall schon am Freitag morgen behandelt werden sollte, schluckte sie einen saftigen Fluch hinunter und dankte zugleich den Göttern dafür, daß sie sich in den Fall schon gründlich eingearbeitet hatte.

»Eine Woche vor dem normalen Haftprüfungstermin«,

murmelte sie Billy T. zu, als sie die Treppe zum Osloer Gerichtsgebäude hochstiegen und im Zickzack eine Hochzeitsgesellschaft durchquerten, die dem kleinen Schild trotzte, aus Rücksicht auf die Vögel keine Reiskörner zu werfen.

»Aber so lange können sie nicht warten. Eine Woche!«

Aus einem Grund, den nur die Verwaltung des Gerichtsgebäudes begreifen konnte, sollte die Verhandlung im Saal 130 stattfinden. Annmari Skar und Billy T. ließen sich durch die doppelten, fast vier Meter hohen Türen schleusen, auf die dann im beeindruckenden Foyer des Gerichtsgebäudes noch eine gigantische Schwingtür folgte. Sofort waren sie in Blitzlicht gebadet. Billy T. mußte die untersetzte Polizeianwältin vor dem Fallen retten, als ein übereifriger Reporter eines kleineren Fernsehsenders sich in den Kopf gesetzt hatte, hier der Frechste und Tüchtigste zu sein, und buchstäblich durch die Beine des riesigen Polizisten kroch, um Annmari Skar sein Mikrofon ins Gesicht zu halten. Sie und Billy T. bahnten sich einen Weg zur Glaswand auf der linken Hallenseite. Sie erreichten ohne weiteres Mißgeschick die Tür zum richtigen Saal, gefolgt von einem ganzen Anhang von Journalisten.

»130«, seufzte Annmari Skar. »Da drinnen haben wir doch kaum genug Platz zum Atemholen. Wie sollen die vielen...«

Sie schaute sich resigniert um.

»Geschlossene Türen«, beruhigte Billy T. sie. »Wir kriegen geschlossene Türen und Ruhe und Frieden.«

»Glaubst du, ja«, sagte Annmari Skar wütend. »Die kriegen wir nur, wenn Anwältin Borg das verlangt. Wir haben nicht...«

»Pst«, fiel Billy T. ihr ins Wort. »Das hat noch Zeit.«

Er schob ein aufdringliches Mädel beiseite. Sie war um die Zwanzig und hatte lange blonde Haare, Kaugummi und Diktiergerät.

»Ihr werdet verdammt noch mal jünger und jünger, ihr von der Kriminalpresse«, sagte er verärgert und laut. »Und auch frecher und frecher. Das hängt sicher zusammen.«

Er setzte gegen einen Grünschnabel von TV2 die Ellbogen ein und mußte am Ende seinen Hintern als Schild nehmen, um Annmari Skar überhaupt das Betreten des Gerichtssaals zu ermöglichen. Karen Borg war schon da. Sie grüßte kurz, und Billy T. nahm an, daß sie zusammen mit ihrem Mandanten aus dem Keller nach oben gekommen war. Karen Borg hatte sich zu dem Fall kaum öffentlich geäußert. Trotz der massiven undichten Stellen auf Seiten der Polizei – Billy T. hatte längst alle Spekulationen darüber aufgegeben, wer hier einen so fahrlässigen Umgang mit der Presse pflegte – hatte sie den Mund gehalten. Was an sich schon beeindruckend war. Jetzt hatte sie beschlossen, die Presse ganz und gar auszuschließen.

Der Antrag der Polizei auf Ausschluß der Öffentlichkeit wurde angenommen.

Annmari Skar wußte, daß das nicht ihr Verdienst war. Pflichtschuldig hatte sie ihre Phrasen darüber vorgebracht, daß Presseberichte über die Verhandlung »den Ermittlungen schaden würden«. Besonders mitreißend hatte sie nicht geklungen. Sie war zwar von Sigurd Halvorsruds Schuld überzeugt und war mehr als einmal durch die Gänge des Polizeigebäudes gerannt, auf der vergeblichen Jagd nach den vielen Polizeiquellen, zu denen die Presse offenbar mehr als nur freien Zugang hatte. Doch da der Fall mit allen bluttriefenden Details schon längst in den Zeitungen breitgetreten worden war, würde es den Journalisten schwerfallen, etwas Neues zu finden, was hier noch irgendeinen Schaden anrichten konnte. Wenn sie trotzdem den Ausschluß der Öffentlichkeit verlangte, dann auch aus Rücksicht auf sich selbst. Sie konnte Journalisten nicht vertragen. Sie waren anmaßend und servil zugleich, allwissend und von bodenloser Ignoranz, unverschämt und verdammt clever. Annmari Skar konnte mit Journalisten nicht auskommen und verachtete sie heiß und innig.

Obwohl Karen Borg – zu Annmari Skars großer Erleichterung – im Hinblick auf die Privatsphäre ihres Mandanten den Antrag der Polizei unterstützte, reichte auch das nicht, um die Türen schließen zu lassen. Die Presse hatte selbst schuld an ihrem schlechten Image. Während der Antrag auf ihren Ausschluß behandelt wurde, schlugen sie sich um die Sitzplätze wie Möwen um eine verlassene Krabbentüte. Richter Birger Bugge, ein untersetzter, übellauniger Mann, der bald in Pension gehen würde und endlich eingesehen hatte, daß mit einer Beförderung nicht mehr zu rechnen war, teilte Skars Verachtung der Journalisten. Er haßte die Presse, und das so energisch, daß er keine anderen Zeitungen mehr las als die *Herald Tribune*, die er jeden Nachmittag am Kiosk im Osloer Hauptbahnhof kaufte, ehe er mit dem Zug zu seiner Frau nach Ski fuhr.

»Das Osloer Untersuchungsgericht behandelt heute Fall 99-02376 F/42«, begann er, als sich der Tumult endlich gelegt, ein wütender Gerichtsdiener die Presse zusammengestaucht hatte und in Birger Bugges kleinem Königreich wieder Ruhe und Ordnung eingezogen waren. »Verteidigerin ist Karen Borg, Anklägerin Polizeijuristin Annmari Skar, Richter bin ich, Birger Bugge. Mir sind keine Umstände bekannt, durch die ich als befangen gelten könnte. Bestehen irgendwelche Einwände?«

Billy T. ertappte sich dabei, wie er zusammen mit den Anwältinnen Skar und Borg den Kopf schüttelte. Ihm liefen nur selten Menschen über den Weg, die ihm als beängstigend erschienen, aber Richter Bugges großer Bulldoggenkopf hätte alle Welt erschrecken können. Mit seinem kräftigen Unterbiß, seinem gewaltigen Doppelkinn und den winzigen Äuglein unter den grauen Augenbrauen, die an den Schläfen wie zwei Hörner nach oben ragten, brauchte er nie große Worte zu machen, um sich Respekt zu verschaffen.

»Brmfrfr«, sagte dann Richter Bugge und zeigte auf den Zeugenstand.

Karen Borg sprang auf.

»Euer Ehren, ich möchte darum bitten, daß mein Mandant aus Gesundheitsgründen hier sitzen bleiben darf.«

Sie legte leicht die linke Hand auf Halvorsruds Schulter, wie um zu betonen, daß der Mann dringend fürsorgebedürftig sei.

»Brmfrrf«, wiederholte Richter Bugge, und Anwältin Borg beschloß, das als Zustimmung zu deuten. »Sie sind also Sigurd Harald Halvorsrud. Geboren?«

Billy T. blätterte in den Unterlagen, während die Formalitäten erledigt wurden. Dann ließ er sich auf seinem Stuhl zurücksinken und schaute zu Annmari Skar hinüber. Sie war eher attraktiv als wirklich hübsch. Sie war klein und ziemlich rundlich, besaß aber eine feminine Ausstrahlung, die ihm mehr als einmal heimliche Blicke entlockt hatte. Ihr Gesicht war stark und offen, mit großen braunen Augen und dunkelbraunen Haaren, die schon Silberstreifen aufwiesen, obwohl sie noch längst keine vierzig war. Billy T. spürte plötzlich ein Bohren im Zwerchfell, und er ertappte sich dabei, die Hand auf ihren Rücken zu legen, während sie zu Richter Bugges großem Ärger mit einem Bleistift auf der Schranke herumtrommelte.

»Würde die Polizeijuristin baldigst mit diesem Lärm aufhören«, kläffte er.

Annmari Skar erstarrte und errötete leicht.

Und ich muß mich verdammt nochmal zusammenreißen, dachte Billy T. und ließ seine Hand sinken, die schon fast den Rücken der Polizeianwältin erreicht hatte.

Jemand öffnete die Tür. Hanne Wilhelmsen betrat langsam den fast quadratischen Gerichtssaal und diskutierte leise mit dem Gerichtsdiener, ob sie das überhaupt dürfe. Er kannte sie gut und ließ sie durch, ehe er sorgfältig die Tür hinter ihr schloß. Billy T. konnte für einen Moment feststellen, daß die Presse noch nicht aufgegeben hatte.

»Tut mir leid«, sagte Hanne laut in Richtung Richtertisch. »Ich habe wichtige Informationen für die Anklage.«

»Brmff«, sagte Richter Bugge noch einmal. »Aber beeilen Sie sich.«

Hanne Wilhelmsen öffnete die niedrige Schwingtür aus Holz, die die Publikumsbänke vom restlichen Lokal trennten. Sie passierte den Zeugenstand ohne einen Blick auf Anwältin Borg und Halvorsrud, beugte sich über die Schranke und stemmte die Hände auf die Tischplatte.

»Ich habe eine Vorladung von Karen Borg«, flüsterte sie Annmari Skar zu. »Die lag auf meinem Schreibtisch, als ich vor einer halben Stunde aus… als ich zurückgekommen bin.«

»Eine Vorladung«, fauchte Billy T., der sich zu den beiden vorgebeugt und alles gehört hatte. »Beim Untersuchungsgericht werden doch keine Zeugen vorgeladen.«

»Pst!«

Annmari Skar legte ihm die Hand auf den Oberarm.

»Daß es nicht üblich ist, heißt ja nicht, daß es verboten wäre. Ich habe es auch erst vor ein paar Minuten erfahren.«

Sie hielt sich die Hand vor den Mund, als habe sie Angst davor, ihre Gedanken laut auszusprechen.

»Weißt du, warum du herbestellt worden bist?« flüsterte sie endlich so leise, daß Billy T. es fast nicht hören konnte.

Hanne Wilhelmsen gab keine Antwort, sondern ließ ihren Blick vom Gesicht der Polizeianwältin zu deren umfangreichem Dokumentenstapel wandern.

»Hattest du das eigentlich mit Karen Borg besprochen?« sagte Annmari Skar dann wütend; jetzt vergaß sie, ihren Tonfall zu dämpfen.

»Nicht direkt«, erwiderte Hanne eilig. »Ich habe nicht über eine Aussage mit ihr gesprochen. Wirklich nicht.«

»Aber warum...«

»Ich denke, das reicht jetzt«, teilte der Richter wütend mit. »Ich nehme an, daß die Polizei alles Lebensnotwendige erledigt hat und wir weitermachen können.«

Hanne Wilhelmsen verließ den Gerichtssaal. Als sie die Treppe in den ersten Stock hochging, um sich aus der Kantine eine Tasse Kaffee zu holen, fiel ihr ein, daß sie jemand anderen mit der Nachricht hätte schicken müssen. Da sie doch aller Wahrscheinlichkeit nach als Zeugin auftreten würde – Richter Bugge hatte zu entscheiden, ob er sie wirklich vernehmen wollte –, hätte sie im Grunde den Gerichtssaal nicht während der Verhandlung betreten dürfen. Sie tat es mit einem Schulterzucken ab. Zum einen war sie keine Juristin. Zum anderen hatte sie nichts mitbekommen.

Und Billy T. auch nicht.

Er hatte Ohrensausen vor Wut.

Hanne Wilhelmsen mußte doch Informationen haben. Wenn Karen Borg sie als Zeugin wollte, dann doch offenbar, weil die Anwältin annahm, Hanne könne irgend etwas zu Halvorsruds Vorteil erzählen. Bisher waren Hannes Zweifel an der Schuld des Oberstaatsanwaltes beruflich bedingt gewesen. Auf jeden Fall sah Billy T. das so. Ja, verdammt, er hatte doch selbst auch geschwankt; das Gefühl der Unsicherheit war gerade ihm durchaus vertraut. Und das war auch gut so. So sollte es sein. Die Polizei mußte immer alle Möglichkeiten offenhalten. Doch wenn Karen Borgs Annahme, Hannes Aussage könne Halvorsrud weiterhelfen, auf einer Information basierte, die Hanne ihr selbst gegeben hatte, dann näherte sich das Verhalten der Hauptkommissarin einem glatten Verrat.

Er ließ seine Augen durch den Saal wandern.

Jeweils in einer Ecke, unmittelbar vor der hüfthohen Absperrung vor den Publikumsbänken, langweilten sich ein Polizist und eine Polizistin. Die Polizistin, eine Frau mit kurzgeschorenen, gefärbten Haaren und viel zuviel Schminke, schien einnicken zu wollen.

Halvorsrud dagegen schien seit Wochen nicht mehr geschlafen zu haben.

Karen Borg hatte ihm offenbar einen neuen Anzug besorgt. Er saß besser als der alte, dunkle am Montag auf der Beerdigung. Das Hemd war blütenweiß und frisch gebügelt. Es hätte Billy T. nicht überrascht, wenn Karen selbst am frühen Morgen das Bügeleisen geschwungen hätte. Der Diamant im Schlips war verschwunden, ein solches Detail konnte auf einen übellaunigen, wütenden Richter zu leicht wie eine Provokation wirken.

Seine tadellose, diskrete Kleidung stand in einem scharfen Kontrast zu dem Kopf, der über dem straff gebundenen Schlipsknoten aufragte. Der Hals hatte durch den raschen Gewichtsverlust truthahnartige Falten geworfen. Die untere Gesichtshälfte war schlaff und graubleich, mit tiefen Furchen auf jeder Seite des eigentlich kräftigen Kinns. Über den Augen zog sich eine Partie von Blutergüssen dahin, wie eine Maske, die jemand in aller Eile aufgemalt hat. Die Lippen bewegten sich kaum, wenn er etwas sagte. Die Wörter kamen undeutlich, die Stimme war tonlos. Ab und zu preßte er sich ein Taschentuch auf den Mund.

Halvorsruds Verhör dauerte seine Zeit.

Richter Bugge stellte selbst nicht sehr viele Fragen. Er

überließ mit irritierten Handbewegungen das Wort den Juristinnen. Ab und zu schien er nicht einmal richtig zu registrieren, was gesagt wurde. Billy T. wußte aber, daß das ein falscher Eindruck war, im ganzen Gerichtsbezirk gab es kaum einen konzentrierteren Richter als Birger Bugge. Die ausbleibenden Beförderungen hatte er seinem schwierigen Wesen und seinem unfreundlichen Umgangston zu verdanken.

Endlich hatte Halvorsrud alles gesagt. Nichts Unerwartetes war dabei herausgekommen. Er beharrte auf seiner Unschuld. Er machte sich Sorgen um seine Tochter. Er litt an einem blutenden Magengeschwür. Was der Polizei alles bekannt war.

»Ich bitte um die Erlaubnis, ärztliche Atteste für Vater und Tochter vorzulegen«, sagte Anwältin Borg im Frageton.

Richter Bugge nickte knapp, seufzte tief und streckte eine riesige Faust nach diesen Papieren aus. Blitzschnell überflog er sie dann und reichte sie an den Protokollführer weiter, der zugeknöpft und stumm auf seiner rechten Seite saß.

»Außerdem bitte ich darum, Hauptkommissarin Hanne Wilhelmsen als Zeugin aufzurufen«, fügte Karen Borg hinzu und blieb vor ihrem Stuhl stehen. »Das ist aus ...«

»Reichlich unüblich«, brummte Richter Bugge. »Was soll das ..«

»Euer Ehren«, fiel Annmari Skar ihm ins Wort und entdeckte zu spät, daß sie damit einen Fehler begangen hatte.

»Wäre die Frau Polizeijuristin wohl so freundlich, das Gericht nicht zu unterbrechen?« fauchte Richter Bugge.

Annmari Skar ließ sich wieder auf ihren Stuhl sinken.

»Worüber soll diese Wilhelmsen denn etwas sagen?« fragte nun der Richter Karen Borg, die aus Verlegenheit über das Verhalten der Polizeijuristin die Augen niedergeschlagen hatte.

»Sie ist die polizeifachliche Ermittlungsleiterin, Euer Ehren, und ich glaube, sie kann erhellen...«

»Erhellen«, quakte Richter Bugge. »Wir haben doch eine Juristin hier, die erhellen kann, wie die Polizei die Sache sieht. Stimmt das nicht, Frau Skar?«

Annmari Skar erhob sich zögernd. »Doch, Euer Ehren, in höchstem Grad. Außerdem ist es so, daß...«

Sie zögerte kurz und zog dann vor, die Erlaubnis zum Weiterreden abzuwarten. Die erfolgte in Form eines heftigen Nickens, bei dem das Doppelkinn des Richters ins Zittern geriet.

»So, wie ich es sehe, hat Anwältin Borg keine Handhabe, um Hauptkommissarin Wilhelmsen auf normale Weise vorzuladen. In dem Grad, in dem Wilhelmsen vor Gericht aussagen kann, muß ihre Erklärung entweder in einer Darstellung der Ermittlungen oder deren Fortschreiten bestehen. Ich sehe durchaus nicht ein, daß das nicht durch meine eigene Darstellung und durch eventuelle Hilfe durch meinen Beisitzer geschehen kann.«

Sie zeigte auf Billy T.

»Ansonsten möchte ich sagen, daß ich sehr stark auf Anwältin Borgs Vorgehensweise reagiere. Wenn sie es für nötig hält, die Hauptkommissarin zu befragen, dann hätte sie mir Bescheid sagen können. Eine Vorladung als Zeugin ist ausgesprochen ungewöhnlich und sieht wie unangebrachtes Taktieren aus. Ich habe außerdem nicht mehr die Zeit gehabt, mit Hauptkommissarin Wilhelmsen zu konferieren...«

»Konferieren«, wiederholte Richter Bugge. »Und worüber sollten Sie mit Ihrer Kollegin zu konferieren haben? Was sie weiß, wissen Sie doch sicher auch, Polizeianwältin Skar?«

Annmari Skar blieb unschlüssig stehen. Ziellos blätterte sie in ihren Papieren, dann beschloß sie, daß sie nichts mehr zu sagen hatte, und setzte sich wortlos wieder hin.

»Das Gericht kann den Sinn dieser Aussage nicht so recht erkennen«, sagte Richter Bugge langsam. »Aber in Anbetracht der schwerwiegenden Vorwürfe, die dem Angeklagten gemacht werden, gestatte ich eine kurze Vernehmung. Ist Hauptkommissarin Wilhelmsen sofort erreichbar?«

»Ich nehme an, sie wartet draußen«, sagte Karen Borg und räusperte sich nervös.

Der Gerichtsdiener öffnete die Tür einen Spaltbreit. Einige Sekunden später stand Hanne Wilhelmsen im Zeugenstand und lieferte ihre Personalien. Sie versuchte, Billy T.s Blick einzufangen, aber der Kollege musterte seine Hände und wandte sich fast unmerklich von Hanne ab, indem er seine rechte Schulter in einer unnachgiebigen Geste hob.

»Ich möchte sofort zur Sache kommen, Hanne Wilhelmsen.«

Karen Borg strich ihr Revers glatt. Sorgfältig vermied sie es, zur Hauptkommissarin hinüberzublicken. Karen Borg wußte, was sie tat. Sie mischte ihre Karten. Nachdrücklich und vermutlich unverzeihlich. Sie hatten so oft darüber gesprochen, Håkon und sie selbst, Hanne und Cecilie und Billy T. Die enge Freundschaft zwischen juristisch gegnerischen Seiten brachte große Konflikte mit sich. Daß Håkon und sie selbst nicht in einem Fall gegeneinander auftreten konnten, lag auf der Hand. Bei Hanne und Billy T. war die Sache nicht so klar. Nach langen Diskussionen waren sie übereingekommen, Ruhe zu bewahren und abzuwarten. Da Karen vor allem Straffälle vertrat, würde es ihr sehr zu schaffen machen, wenn sie niemals einen von Hannes Fällen anrühren dürfte.

Alles war gut gegangen. Bisher. Doch mit Hannes Vorladung hatte Karen Borg Vorteil aus einer Vertraulichkeit gezogen, die ihr als Freundin erwiesen worden war.

Nicht als Anwältin. Für Karen Borg war die Loyalität ihrem Mandanten gegenüber immer das Wichtigste. Immer.

Hanne Wilhelmsen glaubte an Halvorsruds Unschuld. Sie hatte ihre Zweifel am Sinn einer weiteren Haft offen genannt. Sie hatte noch dazu Karen aufgefordert, einen Antrag auf Entlassung zu stellen. Karen Borg mußte da einfach zugreifen. Zumal ihr Mandant offenbar gerade zugrunde ging.

»Meinen Sie wirklich, daß in diesem Fall die Gefahr einer Vernichtung von Beweismaterial besteht?«

Dafür hasse ich dich, hätte Hanne Wilhelmsen gern gerufen. Statt dessen hüstelte sie in ihre geballte Faust hinein und antwortete: »Die Polizei ist dieser Ansicht, ja. Ich möchte nur auf das verweisen, was Polizeianwältin Skar sicher schon vorgetragen hat.«

»Danach habe ich nicht gefragt, Frau Wilhelmsen. Ich möchte wissen, was Sie meinen. Sie leiten diese Ermittlung und müßten in der Frage, ob ausreichende Gründe für weitere Haft vorliegen, eine eigene Meinung haben.«

Etwas war mit Richter Bugge passiert. Sein schlaffes, mürrisches Gesicht hatte sich plötzlich gestrafft. Seine Äuglein funkelten, als er sich vorbeugte und den Kopf schräg legte. Man konnte um seine feuchten Lippen ein boshaftes Lächeln ahnen.

»Ich arbeite bei der Polizei«, sagte Hanne Wilhelmsen hart und kurz. »Wir halten eine weitere Haft für angebracht.«

Karen Borg seufzte demonstrativ und blickte den Richter hilfesuchend an.

»Euer Ehren«, klagte sie. »Könnten Sie mir dabei helfen, die Zeugin dazu zu bringen, daß sie auf meine Fragen antwortet?«

»Meiner Ansicht nach antwortet die Hauptkommissarin

zufriedenstellend«, sagte Richter Bugge gereizt. »Vielleicht stimmt etwas mit den Fragen von Anwältin Borg nicht. Machen Sie weiter.«

»Euer Ehren«, sagte Annmari Skar verzweifelt. »Anwältin Borg verhört die Hauptkommissarin in einer Einschätzungsfrage, die ich als Polizeianwältin zu beantworten habe. Und das geht einfach nicht!«

Es wurde still. Nur das leise Rauschen der Lüftungsanlage mischte sich mit dem Knistern von Papieren, die auf dem Tisch von Anwältin Borg umgeblättert wurden.

»Wissen Sie, daß Halvorsrud an einem blutenden Magengeschwür leidet?« fragte sie Hanne schließlich.

»Ja.«

Wieder Stille.

»Ist Ihnen bekannt, daß seine Tochter als Folge der Festnahme ihres Vaters in eine psychiatrische Klinik eingewiesen werden mußte?«

»Euer Ehren!«

Annmari Skar breitete die Arme aus und verdrehte die Augen. Richter Bugge schob sich einen Bleistift in den Mund und kaute schweigend darauf herum.

Hanne verlagerte ihr Gewicht vom linken auf den rechten Fuß und verschränkte die Arme.

»Ich weiß, daß die Tochter krank ist. Die Ursache dieser Erkrankung ist mir unbekannt. Sie haben mir mitgeteilt, daß sie ihren Vater vermißt, ich selbst aber habe mit keinem Arzt gesprochen. Ich gehe davon aus, daß auch der Mord an ihrer Mutter für eine Sechzehnjährige nicht leicht zu verkraften ist.«

»Aber wenn ich Ihnen sage, daß wir ein ärztliches Attest besitzen, das Theas bedenklichen Zustand unmittelbar mit der Tatsache verknüpft, daß ihr Vater im Gefängnis sitzt, wie schätzen Sie dann die Verhältnismäßigkeit einer weiteren Haft ein?«

»Glücklicherweise brauche ich das nicht zu entscheiden. Das ist die Aufgabe des Gerichts.«

»Aber wenn ich Sie um Ihre persönliche Meinung bitte?«

Endlich merkte Hanne Wilhelmsen, daß Billy T. sich ihr zugewandt hatte, und sie ahnte ein Lächeln unter dem Schnurrbart. Sie sah, wie er die Hand auf Annmari Skars Arm legte; er wußte, daß Hanne jetzt allein zurechtkommen würde.

»Die ist für das Gericht wohl kaum von Interesse«, sagte Hanne langsam und starrte Richter Bugge an. »Ich gehe davon aus, daß ich als Hauptkommissarin hier stehe. Und nicht als Privatperson.«

Karen Borg seufzte demonstrativ und machte mit der linken Hand eine Geste der Resignation.

»Ich gebe auf«, murmelte sie. »Danke.«

Solche Gemeinheiten rächen sich eben, dachte Hanne und wollte sich schon umdrehen und den Zeugenstand verlassen.

Annmari Skar hielt sie zurück.

»Ich habe ebenfalls Fragen an die Hauptkommissarin«, teilte sie dem Richter mit. »Es dauert nicht lange.«

Als er nickte, schien Skar zu zögern.

Sie holte tief Luft, spielte kurz mit ihrem Bleistift, nahm ein Blatt aus ihrem Unterlagenstapel, sah es sich genau an und sagte endlich: »Am vergangenen Samstag, Hauptkommissarin Wilhelmsen ... stimmt es nicht, daß der Angeklagte da ein Geständnis ablegen wollte?«

Hanne wurde es heiß. Sie hatten sich darauf geeinigt, Halvorsruds Angebot als einen verzweifelten Versuch, seine Tochter zu sehen, abzuhaken. Annmari Skar hatte das versprochen. Halvorsruds Geständniswunsch sollte vergessen sein. Die Aktennotiz, die Hanne hatte schreiben müssen, war vage und nichtssagend und war noch nicht einmal ins Protokoll eingetragen worden.

»So kraß würde ich das nicht ausdrücken«, sagte sie leise.

»So kraß?«

»Ich würde absolut nicht von einem Geständnis sprechen.«

»Aber stimmt es denn nicht ..«

Annmari Skar beugte sich vor und schwenkte ihr Papier, als enthalte es ein vorbehaltloses Schuldgeständnis.

»...daß der Angeklagte am späten Samstagabend eine Unterredung mit Ihnen verlangt hat, weil er ein Geständnis ablegen wollte? Und daß Sie sich in Ihrem Büro mit ihm und Anwältin Borg getroffen haben?«

Billy T. war unruhig auf seinem Stuhl hin und her gerutscht. Jetzt griff er zu einem Kugelschreiber und kritzelte eine Mitteilung in seinen Notizblock. Die schob er der Polizeianwältin hin. Sie las schnell, drehte sich halbwegs zu ihm um und flüsterte: »Karen Borg hat angefangen.«

Dann schwenkte sie wieder die Aktennotiz und fragte: »Hatte er vielleicht gelogen? Wollte er gar nicht gestehen?«

Hanne Wilhelmsen schluckte. Ihr Hals brannte, ihre Ohren sausten. Wieder hatte sie das vage Gefühl, gefangen zu sein. Ihre Fingerspitzen prickelten, und sie ertappte sich dabei, daß sie die Kollegin stumm anstarrte. Für einen Moment sah sie ihren alten Vater vor sich, diesen unzugänglichen Mann, der seine älteren Kinder, als Hanne noch klein war, nach dem Essen mit Auszügen aus der Juristenzeitschrift unterhielt und es nie verziehen hatte, daß Hanne nicht Jura studieren wollte. Sie sah seine Augen durch den leichten Dampf seiner Kaffeetasse, blau und hart und bis zum Rand gefüllt mit Enttäuschung über seine Tochter, die die Füße aufs Sofa zog und nicht hören wollte. Hanne musterte ihre Finger und dachte, daß sie bald vierzig würde und während der vergangenen zwanzig Jahre kaum eine Minute an die ersten zwanzig gedacht hatte.

»Er war verzweifelt«, sagte sie endlich und richtete sich auf. »Er wollte sich über die Möglichkeiten eines Haftersatzes informieren. Er hat durchaus nicht gestanden. Wir könnten sagen, er habe das Terrain sondiert. So, wie ich es verstanden habe, wollte er nur eine Hypothese vorbringen. Wenn er ein Geständnis ablegte, würde er dann entlassen werden? So in etwa.«

JETZT REICHT ES!!!

Der in Großbuchstaben beschriebene Zettel wurde vor Annmari Skar auf den Tisch geknallt. Billy T. packte ihren Unterarm und drückte zu.

Das half.

»Danke«, sagte sie und lächelte den Richter verkrampft an.

Hanne Wilhelmsen riß ihre Jacke von der Reihe schmiedeeiserner Haken und verließ den Saal. Als die Tür hinter ihr ins Schloß fiel, wußte sie nicht, wen sie am tiefsten verachtete: Karen Borg, Annmari Skar oder deren Zunft ganz allgemein.

Billy T. war ebenso empört.

Er hatte gedacht, Hanne begehe einen Verrat. Aber dann war es Karen gewesen. Mit der tatkräftigen Unterstützung einer Polizeianwältin, die er vor einer Stunde ganz plötzlich begehrt hatte. Er zitterte, und ihm war schlecht.

Anwälte waren eitel. Das hatte er immer gewußt. Meistens lachte er über sie, diese talartragenden, rotzwichtigen und allwissenden Hofschranzen Frau Justitias. Sie konnten sich einfach nicht beherrschen. Wenn sie eine Niederlage witterten, schlugen sie sofort zu. Wollten ihr Gesicht nicht verlieren. Um keinen Preis. Wollten sich rächen. Feuer frei. Komm heraus!

Und jetzt hatte Hanne darunter leiden müssen.

Billy T. konnte beim besten Willen nicht erkennen, was durch Hannes Aussage erreicht worden sein sollte. Niemand hatte etwas davon. Nichts war gewonnen und nichts verloren worden. Für niemanden.

Außer für Hanne. Die hatte leiden müssen.

Er faltete die Hände, vor allem, um sie auf irgendeine Weise zu beschäftigen. Als Annmari Skar ihn als Beisitzer gewünscht hatte, hatte er natürlich zugesagt.

»Nie mehr«, fauchte er leise.

Es ging noch eine Weile weiter, und nichts Überraschendes wurde gesagt.

»Das Gericht ist der Auffassung, daß Sigurd Harald Halvorsrud mit triftigem Grund der Übertretung von Paragraph 233, 2. Absatz, des Strafgesetzbuches verdächtigt werden kann, wie aus dem Haftbegehren hervorgeht.«

Richter Bugge diktierte langsam, und die Finger des Protokollführers bewegten sich rhythmisch über die Tastatur. Der Richter betrachtete den Bildschirm, der vor ihm in den Tisch eingelassen war, und sagte dann: »Das Gericht verweist auf die polizeilichen Dokumente 2-2 bis 2-9, aus denen hervorgeht, daß der Angeklagte in seiner Wohnung festgenommen worden ist, wo seine Gattin Doris Flo Halvorsrud durch Enthauptung oder einen Schlag gegen den Hinterkopf ermordet worden war. Es wird außerdem darauf hingewiesen, daß sich die Fingerabdrücke des Angeklagten auf dem Schwert befanden, mit dem das Verbrechen vermutlich begangen worden war. Des weiteren legt das Gericht einiges, wenn auch nicht entscheidendes, Gewicht auf die Tatsache, daß der Angeklagte die Polizei nicht unmittelbar nach dem Verbrechen informiert hat. Das Gericht führt außerdem die Tatsache an, daß die drei Kinder des Angeklagten und der Toten zum Mordtermin verreist waren und daß in zwei Fällen diese Reisen auf die Initiative des Angeklagten zurückgingen.«

Annmari Skar ließ sich unmerklich auf ihrem Stuhl zurücksinken. Billy T. hörte ein leises Seufzen. Sie hatte gewonnen. Er schaute zu Halvorsrud hinüber, der seit seinem Verhör absolut bewegungslos dagesessen hatte.

»Das Gericht möchte aber auch betonen, daß der Verdacht gegen den Angeklagten nicht sehr stark ist«, erklärte Richter Bugge jetzt. »Vor allem legt das Gericht Gewicht auf die Tatsache, daß die Polizei kein Motiv anführen kann. Wir verweisen auf die polizeilichen Dokumente...«

Er verstummte für einen Moment und blätterte in den Unterlagen.

»...7-1 bis 7-7, aus denen eine Reihe von Einzeltatsachen hervorgeht, die angeblich die Theorie untermauern, daß der Angeklagte sich in seinem Amt als Oberstaatsanwalt für gesetzeswidrige Handlungen bezahlen ließ. Das Gericht möchte darauf hinweisen, daß diese Behauptungen dermaßen zusammenhanglos sind, daß ihnen wohl kaum Gewicht beigemessen werden kann. Vor allem möchte das Gericht anführen, daß die Polizei bisher, abgesehen von den hunderttausend Kronen, die in einem Medizinschränkchen im Keller des Angeklagten und der Verstorbenen gefunden worden sind, ihm keinerlei finanzielle Unregelmäßigkeiten nachweisen konnte. Der Angeklagte streitet jegliches Wissen um dieses Geld ab, das im übrigen nicht seine Fingerabdrücke aufweist. Das Vorkommen von Fingerabdrücken auf der Tüte, in der das Geld gesteckt hat, kann zufällige Ursachen haben und wird vom Gericht nicht weiter wichtig genommen.«

Annmari Skar fing an, mit dem Fuß zu wippen. Sie schaute Billy T. an, und auf ihrer Stirn zeichneten sich zwei schmale Furchen ab.

»Das Gericht weist weiter darauf hin, daß auch hinsichtlich der vier Personen, um die es auf den zusammen mit der erwähnten Geldsumme gefundenen Disketten geht, keine Unregelmäßigkeiten nachgewiesen werden konnten. Das Gericht wundert sich darüber, daß die Polizei in diesem

Punkt nicht umfangreichere Untersuchungen angestellt hat. Dem Gericht wurden lediglich vorgelegt... nein, streichen Sie das.«

Richter Bugge bohrte den Zeigefinger ins Ohr und kratzte sich ausgiebig. Der Protokollführer gehorchte, und der Richter redete weiter: »Das Gericht stellt fest, daß mit jeder der Personen, die der Theorie der Polizei zufolge den Angeklagten bestochen haben sollen, damit dieser die gegen sie gerichteten Ermittlungen einstelle, jeweils nur eine Vernehmung abgehalten worden ist. Alle Beteiligten streiten jeglichen Kontakt zu dem Angeklagten ab, der über das Normale in solchen Fällen hinausgeht. Die Polizei hat dem Gericht bisher keinerlei Grund dazu geliefert, die Aussagen der Zeugen anzuzweifeln. Des weiteren sieht das Gericht keinen Grund, Gewicht auf die Behauptung des türkischen Zeugen zu legen, der Angeklagte habe ihm im letzten Jahr angeboten, eine Anklage gegen ihn einzustellen. Das Gericht zweifelt die Glaubwürdigkeit dieses Zeugen durchaus nicht an, kann sich aber nicht vorstellen, daß ein hochqualifizierter Jurist und erfahrener Anwalt bei einer solchen Anfrage seinen eigenen Namen angegeben hätte. Das Gericht kann nicht ausschließen, daß von dritter Seite der Angeklagte durch diesen Anruf in Mißkredit gebracht werden sollte. Was die Aussagen der Polizei über den Computer der Verstorbenen angeht, der angeblich vom Angeklagten...«

Er suchte nach dem richtigen Wort und schnalzte schallend mit der Zunge.

»...manipuliert worden ist, so hält das Gericht das für pure Spekulation.«

Richter Bugge hustete energisch und griff zu einem Plastikbecher voll Wasser. Er leerte ihn mit einem Schluck, räusperte sich noch einmal und sagte dann, wobei er die Wörter, die wenige Sekunden, nachdem er sie gesagt hatte, auf dem Bildschirm auftauchten, nicht aus den Augen ließ: »Das Gericht stellt außerdem fest, daß auch die Polizei nicht ausschließen kann, daß der Angeklagte die Wahrheit sagt, wenn er behauptet, der Mord an seiner Gattin sei von einem gewissen Ståle Salvesen begangen worden. Das Gericht gibt sich mit der Zusicherung zufrieden, daß diese Behauptung genauer überprüft werden wird, zumal Ståle Salvesens Leichnam noch nicht gefunden werden konnte.«

Billy T. registrierte, daß Halvorsrud sich die Hand vor die Augen legte. Seine Schultern zitterten leise, er schien zu weinen. Karen Borg wirkte angespannt, immer wieder machte sie mümmelnde Nasenbewegungen, über die Billy T. lächeln mußte, obwohl das Gericht so scharfe Kritik an der Arbeit der Polizei übte.

»Er findet immerhin einen triftigen Grund für einen Verdacht«, flüsterte Annmari Skar. »Gott sei Lob und Dank.«

»Warte mit den Danksagungen«, riet Billy T.

»Das Gericht erkennt unter starken Vorbehalten die Gefahr der Vernichtung von Beweismaterial im Falle einer Haftentlassung des Angeklagten«, sagte Richter Bugge mit heiserer, monotoner Stimme. »Vor allem wird darauf hingewiesen, daß der Verdacht auf Korruption noch nicht wirklich untersucht worden ist. Was die technischen Umstände des Mordes angeht, so geht das Gericht davon aus, daß alle Beweise gesichert und vor Veränderung oder Manipulation geschützt sind.«

»Yes«, formte Annmari Skar mit den Lippen, dann hielt sie ihren Mund an Billy T.s Ohr und flüsterte: »Das hat gesessen.«

Billy T. wich aus.

»Die Bedingungen für weitere Haft nach Paragraph 171 Strafgesetzbuch sind damit erfüllt. Indessen...«

Zum ersten Mal blickte der Richter vom Bildschirm auf. Er ließ seinen Blick von Karen Borg zu Annmari Skar wandern, dann ließ er ihn auf Halvorsrud ruhen, der sich noch immer eine Hand vors Gesicht hielt.

»Streichen Sie ›indessen‹«, sagte Richter Bugge. »Schreiben Sie: Der Angeklagte beantragt Haftersatz entsprechend Paragraph 184, Abschnitt 5, Strafgesetzbuch, sowie Paragraph 174. Das Gericht möchte folgendes anmerken: Es steht fest, daß die Tochter des Angeklagten, Thea Flo Halvorsrud, geb. 10. 02. 83, ernstlich krank ist. Das von Prof. Dr. med. Øystein Glück, Oberarzt der Psychiatrischen Abteilung im Ullevål-Krankenhaus am 22. 03. 99 unterzeichnete Attest belegt, daß Thea seit fast drei Wochen keine Nahrung mehr zu sich genommen hat. Sie erlitt vor einigen Tagen einen psychotischen Zusammenbruch und wurde in eine Klinik eingewiesen. Ihre Krankheit wurde vermutlich ausgelöst durch das Trauma, das durch den Tod ihrer Mutter und die Haft ihres Vaters entstanden ist. Professor Glück betont, das Beste für das Kind wäre zweifellos – der Richter tippte mit einem stumpfen Zeigefinger gegen den Bildschirm, »unterstreichen Sie ›zweifellos‹ – die baldige Zusammenführung mit dem Vater. Ansonsten ist die psychische und physische Gesundheit des Mädchens ernsthaft gefährdet.«

Halvorsrud hatte den Kopf gehoben. Jetzt starrte er den Richter mit halboffenem Mund an. Seine Hände lagen flach vor ihm auf dem Tisch. Billy T. konnte sehen, daß der linke kleine Finger ein wenig zitterte.

»Der Angeklagte führt außerdem an, daß auch sein eigener Gesundheitszustand Haftverschonung mit Meldepflicht oder eine andere Form von Haftersatz angeraten erscheinen läßt. Das Gericht ist nicht der Meinung, daß ein Magengeschwür, das zumindest teilweise durch die Haft verursacht worden ist, den Angeklagten in eine andere Lage bringt, als alle anderen, die eine Untersuchungshaft durchstehen müssen. Das Gericht möchte betonen, daß der Angeklagte ausreichend ärztlich betreut wird. Dennoch erscheint die Rücksicht auf die Tochter des Angeklagten so schwerwiegend, daß sie im Vergleich mit den übrigen Aspekten des Falles die Entlassung rechtfertigt. Deshalb sieht das Gericht keinen Grund, genauer auf die Berufung der Polizei auf Paragraph 172 einzugehen.«

»Was?«

Annmari Skar fuhr sich mit der rechten Hand durch die Haare und umfaßte ihr Kinn mit der linken. Einen Moment lang starrte sie Billy T. an, dann klappte sie laut hörbar ihren Mund zu.

Richter Bugge bedachte diesen Ausbruch mit einem Grinsen und sagte dann, wobei er in seinen Unterlagen herumwühlte: »Die Haftalternativen gemäß Paragraph 188 Strafgesetzordnung erscheinen unter diesen Umständen als ausreichend. Folglich wird Sigurd Harald Halvorsrud mit der Auflage, sich täglich bei der nächstgelegenen Wache zu melden, aus der Haft entlassen. Des weiteren wird die Polizei gebeten, den Paß des Angeklagten einzuziehen. Polizeianwältin Skar?«

Richter Bugge lächelte die Juristin an. Sein Lächeln wirkte ebenso absurd wie seine übrige Erscheinung; ein feuchter Zug um die Mundwinkel, der die Eckzähne entblößte und die Äuglein unter den Stirnwülsten verschwinden ließ.

»Die Polizei erhebt Einspruch«, sagte Annmari Skar laut. »Und wir bitten außerdem um Aufschub.«

Das Lächeln des Richters verschwand. Er saß da wie erstarrt, die Hände voller Papiere und den Blick steif auf die Polizeianwältin gerichtet.

»Wissen Sie«, sagte er plötzlich, als das Schweigen gerade drückend wurde. »Ich glaube, ich bin nicht in der Stimmung, Ihnen das zu gewähren. Wenn Sie zugehört hätten, als ich mein Urteil diktiert habe, dann wäre Ihnen aufgegangen, daß es um die Tochter des Angeklagten sehr schlimm steht. Ihr Einspruch wird am kommenden Montag zur Verhandlung kommen. Es wäre mir lieb, wenn die junge Frau Halvorsrud das Wochenende zusammen mit ihrem Vater zu Hause verbringen könnte. Können wir ansonsten mit einem schriftlichen Antrag rechnen?«

»Ich...«

Annmari Skar war eine tüchtige Anwältin. Anders als die meisten ihrer Kolleginnen und Kollegen, die im Laufe der Zeit ein Jurastudium ablegten, hatte sie ein glänzendes Staatsexamen vorzuweisen. Sie war gründlich und klar. Noch nie war ihr ein Aufschub verweigert worden. Sie hatte nicht einmal von einer solchen Möglichkeit gehört. Einen Aufschub zu erlangen war reine Routine: Selbst wenn die von der Polizei beantragte Haft nicht verhängt wurde, dann geschah dennoch nichts, solange das zuständige Gericht sich noch nicht geäußert hatte.

Doch gerade in diesem Moment, an diesem Freitagnachmittag Ende März, als die Uhr auf halb drei zuging, konnte Annmari Skar sich beim besten Willen an keinen Paragraphen erinnern, der ihr hier zu Hilfe kommen konnte. War es möglich, Einspruch gegen die Ablehnung des Aufschubs zu erheben?

Hektisch blätterte sie in ihrer Gesetzessammlung. Ihre Hände zitterten, und das dünne Papier zerriß, als sie bei der Strafprozeßordnung angekommen war. Sie spürte einen Druck im Hals und atmete mühsam. Ihre Finger flogen über die Seiten, aber die Buchstaben waren winzig und wollten ihr übel; sie fand einfach nichts.

»Die Verhandlung ist geschlossen.«

Der Richter schlug mit dem Hammer auf den Tisch und humpelte zur Hintertür.

»Er hat es getan«, hörte Billy T. Halvorsrud sagen. »Er hat mich laufen lassen.«

Der Oberstaatsanwalt starrte seine Verteidigerin ungläubig an.

»Das stimmt«, sagte Karen Borg leise. »Sie können jetzt nach Hause. Zusammen mit Thea.«

Zweiter Teil

I

Zum ersten Mal seit Mai 1945 führte Norwegen Krieg. Die NATO hatte mit ihren Drohungen ernst gemacht, Slobodan Milosevics serbische Truppen sollten mit Gewalt aus dem Kosovo vertrieben werden. Die ethnische Säuberung, die sicher mehrere Tausend kosovo-albanische Leben gefordert und eine Viertelmillion Menschen heimatlos gemacht hatte, sollte beendet werden. Und Norwegen beteiligte sich an den Angriffen.

Es war nicht zu glauben. Es war die Nacht vor Sonntag, dem 28. März 1999, und Evald Bromo sah nirgendwo Anzeichen von ungewöhnlicher Unruhe. Er wanderte durch Oslos Straßen und trug in einer Tüte unter seinem Arm ein kleines Paket von an die fünfzehn mal fünfzehn Zentimetern.

Einige Rempeleien vor dem Eingang des Lokals Stortorvets Gjæstgiveri waren alles, was mit Gewalttätigkeit Ähnlichkeit hatte. Auf den Straßen wimmelte es von Menschen, denen der Krieg offenbar egal war. Alle waren mit sich beschäftigt oder wollten noch schnell irgendein Lokal aufsuchen, ehe nichts mehr ausgeschenkt wurde.

Er hatte das Paket noch nicht geöffnet.

Der Inhalt konnte ja auch ganz harmlos sein.

Aber zugleich war er sich ganz sicher: Das Päckchen stammte von Pokerface, dem E-Mail-Terroristen. Wieso er das wußte, war ihm nicht klar. Es lag vielleicht an der neutralen Schrift. An dem graubraunen, nichtssagenden Papier. Daran, wie die Briefmarke in der Ecke aufgeklebt war – rechtwinklig und in genau derselben Entfernung zum oberen und zum seitlichen Rand des Umschlags; das alles verriet ihm, daß sich der Absender wirklich Mühe gegeben hatte. Aber seinen Namen hatte er nicht dazugeschrieben.

Es mußte Pokerface sein.

Solange er das Päckchen nicht öffnete, konnte er auf einen harmlosen Inhalt hoffen. Auf Reklame. Die neutrale Verpackung sollte ihn vielleicht einfach veranlassen, es aufzumachen, statt es in den Abfall zu werfen, wo alle anderen grellbunten Sendungen landeten, ungeöffnet und ungelesen.

Ein schwarzes Taxi mit zwei dunkelhaarigen jungen Männern fuhr auf Grensen langsam vor ihm her. Er ging schneller, um sein fehlendes Interesse zu bekunden. Eine junge Frau musterte ihn, als ihm das Päckchen hinfiel und er sich blitzschnell danach bückte. Er erwiderte ihren Blick nicht, sondern zog seine Jacke fester um sich zusammen, starrte zu Boden und trabte weiter.

Bei *Aftenposten* war zuviel los, obwohl es doch die Nacht zum Sonntag war. Das lag natürlich an der Kosovo-Krise. Überall waren Leute. Früher an diesem Tag hatte er einen Artikel über die Folgen des Krieges auf die Börsen der Welt verfaßt. Es war ein nachlässiger, oberflächlicher Artikel geworden, und der Redaktionschef hatte leicht mit dem Kopf geschüttelt, als er ihm mitgeteilt hatte, der Text sei unbrauchbar.

Dieser verdammte Krieg!

Evald Bromo verließ die Redaktion zehn Minuten, nachdem er dort eingetroffen war. Er hatte das Päckchen in seinem Büro in Ruhe und Frieden öffnen wollen. Aber Ruhe und Frieden waren dort nicht zu finden.

Dieser verdammte Krieg!

Er konnte sich ein Lokal suchen. Eine Kneipe, wo er sich in eine stille Ecke setzen konnte.

Solche Kneipen gab es nicht. Nicht einmal um zwei Uhr nachts an einem Samstag.

Ziellos ging er durch die Akersgate.

Blaßgrünes Licht leuchtete aus dem oberen Stock des

Regierungsgebäudes. Justizministerin und Ministerpräsident waren offenbar noch bei der Arbeit.

Dieser verdammte Scheißkrieg.

Evald Bromo bog hinter der Abfahrt zum Ibsen-Tunnel nach rechts. Als er an der Bibliothek vorbeikam, konnte er nicht mehr. Sein Puls schlug beunruhigend schnell, obwohl er nicht gelaufen war. Im Gegenteil, seit er die Zeitung verlassen hatte, war er immer langsamer geworden. Ohne einen wirklichen Entschluß zu fassen, setzte er sich auf die Steintreppe. Die Kälte jagte seinen Rücken hoch, und er fröstelte. Dann riß er das Päckchen auf.

Es enthielt eine CD.

Musik?

Evald Bromo war ungeheuer erleichtert. Es war wie ein Rausch, sein Kopf fühlte sich leicht und warm an, sein Blick trübte sich, sein Atem ging flach. Jemand hatte ihm eine CD geschickt. Das Cover war zwar ganz weiß, doch als er es öffnete, sah er eine ganz normale CD. So, wie er es erwartet hatte.

Und ein zusammengefaltetes Stück Papier.

Er hielt es einige Sekunden lang in der Hand, dann faltete er es langsam auseinander. Es war übersät von winzigen Buchstaben. Er kniff die Augen zusammen und versuchte, die dichtbeschriebenen Zeilen zu entziffern.

Als er den langen Brief zweimal gelesen hatte, faltete er ihn langsam zusammen. Es fiel ihm nicht leicht, ihn dann wieder im engen Cover zu verstauen, aber endlich klappte es doch. Mehr als eine halbe Stunde saß er dann noch auf der Treppe der alten Osloer Zentralbücherei. Er war allein. Er wurde in Ruhe gelassen. Auch vier junge Männer von vielleicht zwanzig würdigten ihn nur eines kurzen Blickes und einiger frecher Sprüche, als sie grölend vorübertorkelten. Evald Bromo schloß die Augen. Der Inhalt des Briefes war so überraschend, so sensationell und so katastrophal, daß er in vieler Hinsicht Erleichterung empfand.

Er erhob sich langsam, steckte die CD in die Innentasche seiner Lederjacke, holte tief Atem und wußte, daß er das Ende seines Weges erreicht hatte. Ihn überkam eine seltsame leere Ruhe. Er wußte, was er zu tun hatte. Er würde sich ein wenig sammeln, zwei Tage vielleicht, und dann mit Kai reden.

Kai konnte ihm helfen.

Kai hatte ihm schon früher geholfen und Kai würde wissen, wie Evald mit den soeben erhaltenen Auskünften umgehen sollte.

2

»Das Türschild ist schön«, Cecilie lächelte.

Hanne zuckte verlegen mit den Schultern.

»Es sieht ein bißchen blöd aus mit dem blassen Rand drumherum«, sagte sie. »Das alte war ein bißchen größer. Ich hätte es ausmessen sollen, ehe ich das neue bestellt habe.«

»Cecilie Vibe & Hanne Wilhelmsen« teilte das neue Messingschild an der Wohnungstür mit. Hanne hatte schon befürchtet, Cecilie habe es nicht gesehen. Sie hatte nichts gesagt, seit sie aus dem Krankenhaus nach Hause gekommen war. Und das war jetzt vier Tage her.

»Woran denkst du?« fragte Cecilie.

Sie hatten am frühen Morgen einen kleinen Spaziergang durch die Nachbarschaft gemacht. Cecilie wurde müde und sagte nicht mehr viel. Aber sie lehnte sich im Gehen an Hanne und nahm ihre Hand, als sie zwanzig Minuten später ihr Haus erreichten und die steilen Treppen hochgehen mußten. Jetzt lag sie mit einer Decke und einer Tasse Tee auf dem Sofa. Hanne saß ihr gegenüber im Sessel und spielte mit einem Apfel.

»An das Türschild«, sagte Hanne.

»Es ist schön. Irgendwie elegant. Schöne Schrift.«

»Ich meine nicht unseres, sondern das, das wir zu Hause hatten. Bei meinen Eltern.«

»Ach.«

Cecilie versuchte, die Tasse auf den Couchtisch zu stellen. Ihre Hand zitterte, und alles floß auf den Boden. Hanne lief in die Küche, um Papier zum Aufwischen zu holen. Als sie zurückkam, blieb sie mit dem Papier in der Hand stehen und schaute zu, wie das Sonnenlicht sich einen Weg durch die Balkonmarkise suchte.

»Ich war nicht dabei. Meine Eltern und meine beiden Geschwister hatten ihre Namen auf dem Schild. Oben stand der von meinem Vater. Dann der meiner Mutter. Darunter Inger und Kaare, in kleinerer Schrift. Ich war überhaupt nicht erwähnt.«

»Aber du – du hast doch auch da gewohnt?«

»Ich war doch ein Nachzügler. Das Schild war schon da. Als ich dazukam, meine ich. Für einen weiteren Namen war kein Platz mehr. Und offenbar kam niemand auf die Idee, ein neues zu besorgen. Das Seltsame ist...«

Sie ging in die Knie und wischte den Tee mit harten, wütenden Bewegungen auf.

»Ich habe nie darüber nachgedacht. Ich kann mich nicht erinnern, daß es mir etwas ausgemacht hätte. Damals, meine ich. Erst, als ich unser neues bestellt habe, ist mir aufgegangen, daß es eigentlich... doch ein wenig seltsam war.«

Sie ächzte leise, als sie sich erhob, und blieb mit dem feuchten Papier in der Hand stehen. Tee tropfte auf ihre Jeans, aber das schien sie nicht weiter zu stören.

»Warum hat es mir nichts ausgemacht?« fragte sie leise. »Kannst du mir erklären, warum es mich nie gestört hat, daß ich nicht mit auf unserem Türschild stand?«

»Setz dich her.«

Cecilie klopfte sich auf den Oberschenkel und rutschte dichter an den Sofarücken. Hanne starrte das tropfende Papier an, legte es in die Obstschale auf dem Tisch und setzte sich auf den schmalen Streifen neben Cecilies Hüfte.

»Du hast es einfach vergessen«, sagte Cecilie. »Du hast vergessen, daß es dich verletzt hat.«

Sie legte ihre rechte Hand auf Hannes. Cecilies Haut war trocken und warm, und sie verflochten ihre Finger miteinander.

»Das glaube ich nicht«, sagte sie und schüttelte den Kopf. »Ich glaube nicht, daß es mir sehr wehgetan hat. Es war genau wie damals... Als ich auf die Polizeischule gegangen bin, waren meine Eltern so enttäuscht. Aber das hat für mich gar keine Rolle gespielt. Trotzdem...«

Cecilie lachte kurz.

»Wenn deine Eltern Juraprofessor und Zoologieprofessorin sind, ist es vielleicht kein Wunder, daß sie es bedenklich finden, wenn ihre Tochter für den Rest ihres Lebens Räuber und Gendarm spielen will. Aber sie haben es doch überlebt.«

»Nicht ganz. Anfangs war es sicher ein bißchen aufregend. Ich hatte bei Familienessen immer die spannendsten Geschichten zu erzählen. In gewisser Weise war ich das wirklichkeitsnahe Alibi der Familie. Aber jetzt... in letzter Zeit...«

»Du gehst nicht mehr zu Familienessen. Überhaupt nicht. Wann hast du sie eigentlich zuletzt gesehen?«

Hanne ließ ihre Hände sinken.

»Wir reden nicht mehr darüber«, sagte sie und wollte aufstehen.

Cecilie hielt sie zurück.

»Es macht mir nichts mehr aus«, flüsterte sie. »Es spielt auch keine Rolle, daß ich sie niemals kennengelernt habe. Ich habe mich für dich entschieden. Nicht für sie.«

»Lassen wir das«, bat Hanne.

»Karen hat gestern angerufen«, sagte Cecilie und streckte die Hand nach der leeren Teetasse aus.

»Die blöde Kuh«, fauchte Hanne. »Mit der Frau rede ich kein Wort mehr.«

Sie ging in die Küche und holte ein Schüsselchen mit Cornflakes und Milch.

»Möchtest du?«

»Nein. Wir sind zu Ostern in ihr Ferienhaus in Ula eingeladen. Von Freitag bis Montag. Ich habe angenommen.«

Cornflakes und Marmelade spritzten aus Hannes Mund und auf den Tisch.

»JA? Du hast ja gesagt? Wo du wußtest, wie wütend ich auf Karen bin!«

Sie knallte die Schüssel auf den Tisch und schlug sich mit dem Löffel aufs Knie, als sie dann sagte: »Erstens will ich an Ostern nicht mit Karen zusammensein. Vielleicht will ich das nie wieder. Und zweitens ist die Fahrt nach Ula zu anstrengend für dich. Kindergeschrei und Hektik und Krach. Kommt nicht in Frage.«

Cecilie schwieg. Sie zog die Decke gerade, die schon zu Boden zu rutschen drohte. Dann ließ sie sich auf die Kissen zurücksinken, als sei sie plötzlich ganz erschöpft. Ihre Gesichtshaut war fast durchsichtig, und Hanne konnte in den dünnen Adern auf ihrer Stirn den Pulsschlag sehen.

»Ich hab das nicht so gemeint«, sagte Hanne und schob die halbleere Schüssel weg. »Ich wollte nicht wütend werden.«

»Ich möchte sehr gern hinfahren«, sagte Cecilie und hielt sich als Schutz gegen das grelle Sonnenlicht die Hand über die Augen. »Du mußt mitkommen. Es wird nicht zu anstrengend. Ich kann doch nicht einfach nur ausruhen, solange ich... bitte. Und komm mit.«

Hanne ging zur Balkontür und zog die Vorhänge vor.

er?« fragte sie.

lie nickte. »Kommst du mit?«

n werd's mir überlegen.«

iehr wollte sie nicht versprechen.

3

Ståle Salvesen wäre wohl kaum erkannt worden, nicht einmal von denen, die ihm zu seinen Lebzeiten am nächsten gestanden hatten. Seine Gesichtszüge waren zu einer graublauen, aufgedunsenen Maske geworden. Haut und subkutanes Fett lösten sich fetzenweise ab, und seine Nase war fast verschwunden.

Er hatte mehrere Wochen lang in zweiunddreißig Meter Tiefe gelegen. Noch immer hing er an einem vergessenen Haken im Steuerhaus des alten Kutters fest, der in einer Winternacht des Jahres 1952 mit Mann und Maus untergegangen war.

Ståle Salvesen hatte seine Stiefel vier Jahre zuvor auf dem Flohmarkt gekauft. Sie waren mehr als gut genug für ihre Verwendung geeignet gewesen, solide grüne Seestiefel. Er hatte sie oft getragen; immer dann, wenn das Wetter nicht zu kalt oder zu warm gewesen war, hatten die alten, abgenutzten Stiefel ihn hervorragend vor Schneematsch oder anderer Feuchtigkeit geschützt.

Jetzt riß der linke Stiefelschaft mehr und mehr ein.

Der Haken an der Steuerhauswand fraß sich durch die letzten Zentimeter des Gummis, als eine kräftige Strömung die teilweise aufgelöste Leiche erfaßte.

Langsam stieg Ståle Salvesens Leichnam zur Oberfläche empor.

4

Sigurd Halvorsrud fand sich nicht zurecht. Er hatte es gespürt, sowie er sein Haus betreten hatte; er mußte fort. Nicht jetzt, nicht in der allernächsten Zukunft, aber bald. Wenn er mit der Sache durch war. Wenn er nicht verurteilt wurde.

Das ganze Haus erinnerte ihn an Doris. Möbel, Tapeten, Vorhänge; sogar die Antiquitäten, die sie zusammen gekauft hatten, auf Auktionen, in engen Seitenstraßen in fremden Ländern und versnobten Boutiquen in Frogner, alle Gegenstände, große wie kleine, zeigten Doris' unverkennbare Signatur. Es war unerträglich. Es lag eine Anklage in den Wänden, eine Bedrohung in allem, was ihn umgab. Er saß in einem Sessel und starrte auf den Oslofjord und dabei empfand er etwas, das Ähnlichkeit mit Heimweh nach der gelben Untersuchungszelle hatte. Dort hatte es immerhin nur ihn gegeben. Er war dort ganz allein gewesen. Hier war Doris überall.

»Papa«, hörte er hinter sich und schaute sich um.

»Ja, mein Kind.«

»Kann ich heute nacht auch in deinem Bett schlafen?«

Theas nackte Beine schauten aus einem riesigen T-Shirt. So, wie sie in der Tür stand und sich mit dem einen Fuß an der Wade kratzte, ungeschminkt und mit offenen Haaren, wirkte sie jünger, als sie war. Das war eine Erleichterung für ihn. Bei ihrem Wiedersehen am Vortag hatte sie ihn stundenlang angestarrt, und ihre Augen hatten uralt ausgesehen. Heute, beim Frühstück, hatte sie gelächelt. Nicht besonders strahlend, aber die vage Mundbewegung war doch ein Zeichen der Besserung. Sigurd Halvorsrud hatte nach seinem Gespräch mit Dr. Glück schreckliche Angst gehabt. Danach war er zu Thea geführt worden. Sie war wirklich krank, schlimmer, als er es sich vorgestellt hatte. Die Jungen hatten sich bereit erklärt, noch einige Tage bei Tante Vera zu verbringen. Bis Thea zur Ruhe gekommen wäre. Bis sie wußten, wie es mit ihr weiterginge.

»Sicher kannst du das«, sagte er mit weicher Stimme. »Ich komme auch bald. Hast du deine Medizin genommen?«

»Mmm. Gute Nacht!«

Er stand auf und ging durch das Zimmer. Dabei breitete er die Arme aus. Seine Tochter schmiegte sich an ihn. Sie drückte ihr Gesicht in seinen flauschigen Wollpullover; im Zimmer war es kühl. Er hatte seit seiner Heimkehr alle Fenster offenstehen lassen.

»Schlaf jetzt«, sagte er und küßte sie auf den Kopf. »Ich komme bald.«

»Mußt du morgen arbeiten?«

»Nein. Wir bleiben beide zu Hause. Damit wir es uns richtig gemütlich machen können.«

Vermutlich wußte sie nicht, daß er nur auf Zeit aus der Haft entlassen worden war. Und sie würde wahrscheinlich auch das restliche Schuljahr verpassen. Auch davon hatte sie keine Ahnung.

»Also, gute Nacht.«

Er küßte sie noch einmal.

Als Sigurd Halvorsrud sich eine halbe Stunde später in den ersten Stock schlich und vorsichtig seine Schlafzimmertür öffnete, konnte er den regelmäßigen, tiefen Atem einer schlafenden Sechzehnjährigen hören. Ihre Medikamente warfen sie vollständig um. Er hatte nach seinem Gespräch mit Dr. Glück nicht so recht gewußt, ob er sie überhaupt nach Hause holen sollte, aber der Psychiater war sich seiner Sache ganz sicher gewesen: Für Thea wäre es einfach das allerbeste, nach Hause zu kommen. Zusammen mit Papa.

Leise schloß er die Tür.

Dann ging er ins Erdgeschoß hinunter, suchte sich in der Abstellkammer eine alte Öljacke, streifte sich eine Wollmütze über den Kopf, hielt das Schlüsselbund so fest in der Hand, daß es nicht klirren konnte, und öffnete die Haustür.

Das Licht der schmiedeeisernen Lampe neben der Auffahrt durchdrang die Schatten bei der Garage und unter den wuchtigen Eichen auf der Grenze zum Nachbargrundstück. Doris hatte das so gewollt. Sie hatte die Dunkelheit nicht gemocht. Sigurd Halvorsrud blieb für einige Minuten stehen. Er konnte nur eine rote Katze sehen, die über den Rasen stolzierte und ihn aus leuchtenden Augen herablassend musterte. Aus der Ferne hörte er das Rauschen der Stadt, doch kein Mensch war zu sehen. Er zog die Tür hinter sich zu, schloß ab und ging zur Straße hinunter. Dreißig Meter weiter den sachten Hang hinab standen zwei Autos, die er aber beide kannte. Pettersens bauten die Garage um, deshalb mußten die Wagen draußen stehen.

Er drehte sich um, stieg in seinen Opel Omega, drehte den Zündschlüssel um und fuhr langsam auf die Straße.

Er wollte nicht zurück ins Gefängnis.

Er würde schon für einen Freispruch sorgen.

Nach nur hundert Metern bremste er. Auf Ruuds Auffahrt stand ein Streifenwagen. Das konnte ein Zufall sein. Im Wagen war niemand zu sehen. Trotzdem drosselte er das Tempo, drehte und fuhr zurück zu seiner eigenen Garage. Er schloß das Auto ab, zog die Garagentür ins Schloß und ging ins Haus.

Er konnte noch einige Zeit warten.

5

Endlich war etwas eingerichtet worden, das mit gutem Willen als Besprechungsraum bezeichnet werden konnte. Daß es im Polizeigebäude nicht genug Dienstzimmer gab, war ein arges Problem, und Hanne Wilhelmsen war der Ansicht gewesen, daß sie vorläufig ohne Besprechungsraum auskommen konnten. Doch nun hatten sie einen freigelassenen Verdächtigen, seltsame Spuren in die absurdesten Richtungen und waren von einer Aufklärung des Falls offenbar weiter entfernt als zu irgendeinem Zeitpunkt, seit Doris Flo Halvorsrud ermordet worden war.

Der Polizeipräsident war frisch rasiert und hatte ein wenig kleidsames Stück Klopapier an seinem blutverschmierten Kinn kleben.

»Hab mittags ein wenig trainiert«, sagte er zu seiner Entschuldigung. »Und mich danach rasiert. Hatte es ein wenig zu eilig.«

Hanne Wilhelmsen setzte sich in dem länglichen, fensterlosen Raum ans Tischende. Hinter ihr stand ein blanker Overheadprojektor. Sie spielte mit zwei Filzstiften und wartete darauf, daß alle sich setzten.

»Die Zeitungen hatten ein Spitzenwochenende«, sagte Erik Henriksen laut. »Nichts als Hohn und Spott. *VG* und *Dagbladet* reiten auf zwei Pferden. Erstens haben wir jetzt einen von den inzwischen so zahlreichen ›Polizeiskandalen‹...«

»...und außerdem ist die Freilassung des Oberstaatsanwalts ein Skandal«, fügte Karianne Holbeck hinzu und trank aus einem Plastikbecher Cola light. »Sie sollten sich wirklich entscheiden. Entweder haben wir schlechte Arbeit geleistet, oder wir machen einen Unterschied zwischen Jupiter und dem Ochsen.«

»Ach, die heulen doch immer«, sagte Karl Sommarøy und gähnte.

Der Abteilungsleiter traf als letzter ein. Die tiefe Furche in seiner Stirn schien nun von Dauer zu sein. Er schaute Hanne an und legte die Hände auf den Tisch.

»Wir haben jetzt alles in allem zwölf Leute auf diesen Fall angesetzt«, sagte Hanne. »Und bei dieser Besprechung wollen wir unseren derzeitigen Stand zusammenfassen und die Aufgaben für die nächsten Tage verteilen. Ich hatte ... «

Sie spielte an der unkleidsamen Haarspange herum, die sie jetzt brauchte, um überhaupt sehen zu können. Billy T. lachte ungeniert.

»Fesches kleines Teil, das da.«

Hanne ignorierte ihn und sagte: »So, wie ich es sehe, können wir aus der Entscheidung des Untersuchungsgerichts allerlei lernen.«

Ein unzufriedenes Gemurmel wogte durch den Raum. Hanne hob die Stimme.

»Richter Bugge hat auf etliche Schwächen in unseren bisherigen Ermittlungen hingewiesen. Wir müssen uns auf drei Hauptlinien konzentrieren.«

Sie erhob sich, zog die Kappe von ihrem blauen Filzstift und begann auf dem Overheadprojektor zu schreiben.

»A: Korruptionsspur. Wo stehen wir da, Erik?«

Erik Henriksen beugte sich vor und betrachtete einen Fleck auf dem Tisch.

»Die Computerleute von der Wirtschaftskripo haben uns geholfen und Halvorsruds PC auf den Kopf gestellt. Da war nichts von Interesse zu finden. Sie waren verdammt gründlich, haben gelöschte Dateien gesucht und so. Nada.«

Er schaute auf.

»Außerdem habe ich die vier auf den Disketten erwähnten Personen zu neuen Vernehmungen bestellt. Aber ich glaube ehrlich gesagt nicht ... «

Wütend fuhr er sich durch den feuerroten Schopf.

»Es sieht nicht gerade verdammt rosig aus. Ich hab ja auch die ersten Vernehmungen geleitet, und entweder sind alle vier saugute Schauspieler, oder sie sagen wirklich die Wahrheit. Und dieser Anruf bei deinem Kumpel, dem Türken, der kam aus einer Telefonzelle am Olav Ryes plass. Beide Male, übrigens. Wer immer angerufen hat, hat dabei mit anderen Worten nur einen Steinwurf von Özdemir Import gestanden. Langsam halte ich die ganze Korruptions...«

»Wir versuchen, noch gar nichts für irgend etwas zu halten«, fiel Hanne ihm ins Wort. »Du und Petter und Karianne, ihr grabt weiter.«

»So verdammt leicht ist das nicht«, murmelte Erik so leise, daß nur Karianne Holbeck neben ihm es hören konnte.

Sie lächelte und hob resigniert die Augenbrauen, ohne die Hauptkommissarin am Tischende anzusehen.

Hanne seufzte demonstrativ.

»Liefert das Geld im Medizinschränkchen irgendeine Spur? Wissen wir irgendwas darüber?«

»Nein«, erwiderte Erik mürrisch. »Nur, daß es sich ausschließlich um benutzte Scheine handelt, und daß keiner später als 1993 gedruckt worden ist. Alt und abgegriffen also. Mit einer Milliarde von uninteressanten Fingerabdrücken.«

»B: Ståle Salvesen«, sagte Hanne Wilhelmsen und wandte sich wieder dem Overheadprojektor zu. »Gibt's da was Neues?«

Karl Sommarøy räusperte sich. »Völlige Leere. Ich habe noch einmal mit dem Sohn gesprochen, aber dabei ist nicht mehr herausgekommen als beim ersten Mal. Er war nur noch saurer. Dann habe ich bei der Telefongesellschaft angefragt, ob sie feststellen können, welche Nummer Salvesen bei seinem letzten Anruf bei der Auskunft erfragen wollte.

Sie können sie vielleicht herausfinden, wenn er um weitere Vermittlung gebeten hat. Sonst nicht. Und auch das erfordert wilde Wühlarbeit, und wir brauchen richterliche Erlaubnis. Ist das so wichtig?«

»Und die Leiche ist natürlich auch noch nicht aufgetaucht«, sagte Hanne, statt zu antworten.

»Nein.«

Sie schwiegen. Der Polizeipräsident pflückte sich das Klopapier von der Wange, rollte es zu einer kleinen Erbse zusammen und steckte es in die Tasche. Der Abteilungsleiter starrte Hanne an, doch Hanne sah zerstreut aus, als finde sie die ganze Vorstellung im Grunde uninteressant. Karl Sommarøy bot eine Runde Pastillen an.

»C«, sagte Hanne plötzlich. »Richtung C ist ein Chaos. Das Motiv für den Mord an Doris Halvorsrud kann in einer ganz anderen Richtung liegen, als wir bisher vermutet haben.«

»Wie wäre es mit einer Kombination«, schlug der Abteilungsleiter leise vor.

Alle starrten auf die Tischplatte. Die dunkelbraunen Augen des Abteilungsleiters unter seinen dicken schwarzen Augenbrauen richteten sich noch immer auf Hanne.

»Kombination«, sagte Hanne nachdenklich und drehte die Kappe auf den Filzstift.

»Ja. Angenommen, Halvorsrud hat seine Frau nicht umgebracht. Bisher wissen wir niemanden, der ein Motiv dafür haben könnte, ihm schaden zu wollen. Abgesehen von Salvesen. Vielleicht.«

»Aber dessen Fall liegt fast zehn Jahre zurück«, sagte Billy T. und schüttelte den Kopf. »Alle, die bei Polizei und Anklagebehörden arbeiten, legen sich sogenannte Feinde zu. Schurken und Banditen, die uns hassen, weil wir sie hinter Schloß und Riegel stecken. Aber sie rächen sich fast nie. Und schon gar nicht nach zehn Jahren.«

»Stimmt«, sagte der Abteilungsleiter geduldig. »Aber wenn wir darin übereinstimmen, daß diese unterschiedlichen Korruptionsspuren...«

Er erhob sich und trat hinter die fünf Kollegen, die auf Billy T.s Seite am Tisch saßen. Er ließ sich von Hanne den Filzstift geben, dann legte er eine neue Folie auf den Projektor und fing an zu schreiben.

»1) Anrufe bei Özdemir.

2) Geld im Medizinschränkchen im Keller.

3) Disketten mit detaillierten, aber dennoch nicht besonders polizeimäßigen Unterlagen über vier eingestellte Fälle.«

Er drehte sich zu den anderen um.

»Von denen auf jeden Fall zwei aus äußerst fragwürdigen Gründen eingestellt wurden, aber dennoch...«

Er wandte sich wieder zum Overheadprojektor um. »4)«, schrieb er weiter. »Eine unerklärliche neue Festplatte im Computer seiner Frau.«

Er machte sich am Filzstift zu schaffen und färbte sich den Daumen blau.

»Was ist das«, fragte er mit einem herausfordernden Blick auf Hanne Wilhelmsen, die die Arme übereinandergeschlagen und ihm mit ausdruckslosem Gesicht zugehört hatte.

»Absolut amateurmäßig«, sagte sie ruhig. »Das riecht doch schon von weitem nach einem Set-up.«

Sie holte Atem und zeigte auf die Punkte an der Wand.

»Die Anrufe: Absolut unwahrscheinlich, daß wirklich Halvorsrud angerufen hat. Das Geld im Keller?«

Sie zögerte kurz, während ihr Finger auf dem zweiten Punkt ruhte.

»Halvorsrud ist clever. Als er uns angerufen hat, wußte er, daß wir sein Haus auf den Kopf stellen würden. Die Disketten...«

Wieder hielt sie den Atem an und strich sich über die Wange.

»Bei denen verstehe ich nur noch Bahnhof. Doris' PC braucht im Grunde gar nichts zu bedeuten.«

»Aber was ist mit den Scheidungspapieren?« fragte Karianne und wurde rot. Hanne hatte inzwischen registriert, daß ihr das immer wieder passierte. »Warum hat er nichts darüber gesagt?«

Hanne nickte langsam.

»Da sagst du was Wahres. Aber sind sie nicht alle so? Haben wir nicht allesamt überflüssige Arbeit, weil Zeugen und Verdächtige es für gut befinden, uns zu beschwindeln, wenn ihnen etwas unangenehm ist?«

Karianne zuckte mit der einen Schulter und starrte die Tischplatte an.

»Aber«, sagte Billy T. »Was wolltest du eigentlich damit sagen, daß wir es mit einer Kombination versuchen sollten?«

Der Abteilungsleiter fischte ein Streichholz aus einer Schachtel in seinen engen Jeans und schob es sich zwischen die Zähne.

»Daß Ståle Salvesen nicht tot ist. Daß er das alles arrangiert hat. Und daß es noch Faktoren gibt, die wir nicht kennen. Mit anderen Worten…«

Er blätterte zu Hannes ursprünglicher Liste zurück.

»A, B und nicht zuletzt C«, sagte er. »Das Chaos. Es gibt Dinge, die wir nicht wissen.«

»Das ist klar«, sagte Billy T. »Aber wir können diese These auch noch weiter ausdehnen.«

Er kicherte kurz und zupfte sich am Schnurrbart.

»Was, wenn es eben wie ein Set-up wirken soll? Was, wenn irgendwo ein Mörder sitzt und sich gelb und grün darüber ärgert, daß die Polizei darauf noch nicht gekommen ist?«

»Und der Witz dabei?« fragte Hanne trocken. »Wenn weder Ståle Salvesen noch Sigurd Halvorsrud den Mord begangen haben, dann muß es doch darum gegangen sein, daß einem von beiden die Schuld zugeschoben wird.«

»Also«, sagte der Abteilungsleiter und spuckte Holzfasern aus. »Ich muß jetzt leider zu einer anderen Besprechung.«

Tischbeine kratzten über Linoleum, als dem Abteilungsleiter Platz gemacht wurde. In der Tür drehte er sich noch einmal um und starrte den Overheadprojektor an. Dann zerbrach er das Streichholz, auf dem er noch immer herumkaute, spuckte die Hälfte auf den Boden und sagte langsam: »Halvorsrud zuliebe müßten wir hoffen, daß Ståle Salvesens Leiche nie gefunden wird. Dem Oberstaatsanwalt zuliebe müßten wir hoffen, daß es ganz einfach keine Leiche gibt. Was ich selber hoffe, weiß ich nicht so recht. Schönen Tag noch.«

Es war Montag, der 29. März 1999, und die Uhr ging auf drei zu. Hanne Wilhelmsen fiel plötzlich etwas ein, das sie sich vor drei Wochen versprochen hatte. Den Fall gelöst zu haben.

Heute.

6

Evald Bromo hatte von den Dönerratten in den Sträuchern von Spikersuppa gehört, hatte sie jedoch nie gesehen. Jetzt stand er vor dem Nationaltheater auf der Straße und sah zu, wie die beiden Riesenbiester sich um die Essensreste des Wochenendes rauften, die betrunkene Nachtschwärmer ins Gebüsch geworfen hatten. Die grauen Nager waren so groß wie halbwüchsige Katzen, und Evald schauderte es. Danach füllte sich der Taxihalteplatz in der Roald Amundsens gate mit Wagen, die die Aussicht versperrten. Er schaute auf die Uhr.

Kai war spät dran.

Außerdem fiel Evald ein, daß er seine Mutter besuchen mußte. Er schaute fast jeden Tag einmal im Pflegeheim vorbei. Jetzt war Dienstagnachmittag, und er hatte die alte Dame am Freitag zuletzt gesehen.

Evald Bromo fühlte sich jetzt wohler als irgendwann sonst in seiner Erinnerung.

Die Ruhe, die ihn in der Nacht zum Sonntag auf der Treppe der Bücherei überkommen hatte, war von Dauer gewesen. Obwohl er in seinem Entschluß immer wieder schwankend wurde, konnte er in regelmäßigen Abständen wieder zu ihm zurückkehren. Das half. Sein Entschluß bedeutete zwar eine Katastrophe. Alles würde vorbei sein. Aber das war besser, als zu warten. Die vergangenen Wochen hatten ihn fast umgebracht. Und bis zum 1. September waren es immer noch fünf Monate. Das war zu lang. Er wußte es jetzt; nach schlaflosen Nächten und unproduktiven Tagen voller Angst wäre alles besser, als so weiterzumachen.

Und egal, wie er das Ganze auch drehte und wendete, er war dabei, das einzig Richtige zu unternehmen. Evald Bromo wandte sich für einen Moment zum Rathaus um und nahm einen Hauch von Kaffeegeruch aus dem Hafen wahr. Er atmete tief ein und versuchte sich zu erinnern, ob er jemals stolz auf sich gewesen war. Froh war er vielleicht gewesen. Er war froh gewesen, als er den Posten bei *Dagbladet* bekommen hatte, und noch mehr, als *Aftenposten* fast schon Headhunter auf ihn angesetzt hatte. Das Angebot von *Dagens Næringsliv* hatte ihm geschmeichelt, und als er am Tag nach seiner mißratenen Hochzeit neben der in einem rosa Nachthemd schlafenden Margaret im Bett erwacht war, hatte er eine Art Zufriedenheit über seine Wahl empfunden. Daß er jemals stolz gewesen wäre, daran konnte er sich jedoch nicht erinnern, seit die Pubertät gekommen war und die Lust auf kleine Mädchen sich wie ein Gewicht auf ihn gelegt hatte, von dem er sich niemals hatte befreien können. Als er noch Marathon gelaufen war und zu den zehn oder fünfzehn besten Läufern des Landes gehört hatte, war er nie mehr als zufrieden gewesen. Niemals stolz.

Jetzt spürte er, was das für ein Gefühl war.

Es machte ihn benommen und ließ ihn in seiner Erinnerung zurückgehen, in die Zeit, als er ein kleines Kind war, das sich wegen gar nichts zu schämen brauchte.

Sein Entschluß war gefaßt, und er klammerte sich daran fest. Zugleich wußte er, daß er zu schwach war. Ohne Hilfe würde er es nicht wagen. Er brauchte jemanden. Jemanden, der verstehen konnte, ohne zu verdammen.

Kai konnte ihm helfen. Kai hatte ihm schon einmal geholfen; damals, als Evald Bromo fast entlarvt worden wäre. Vor sieben Jahren. Kai war es zu verdanken, daß Evald Bromo ungeschoren davongekommen war. Anfangs hatte er nicht begreifen können, warum Kai es getan hatte. Im Laufe der Jahre war ihm eine Art vager Ahnung gekommen, doch der war er nicht nachgegangen. Er hatte seine Dankbarkeit unter Beweis gestellt, immer wieder. Anfangs durch Geschenke und Geld, kleine Aufmerksamkeiten, die die Loyalität bewahren sollten. Dann durch Freundschaftsdienste, die niemals wirklich groß waren, die aber so häufig erfolgten, daß man sich jetzt fragen konnte, wer hier eigentlich wem etwas schuldete.

Evald Bromo hob kurz die Hand, als Kais weißer Ford Escort zweimal mit dem Fernlicht blinkte und dann an den Straßenrand fuhr. Kai beugte sich vor und öffnete die Beifahrertür.

»Hallo«, sagte er munter, als Evald einstieg. »Lange nicht gesehen.«

Evald nickte und schnallte sich an.

»Wohin fahren wir?« fragte er, als sie sich Storo und dem Ringvei näherten.

»Maridalen, dachte ich. Irgendwo da oben, wo wir unsere Ruhe haben.«

»Nein«, sagte Evald unschlüssig. »Was ist mit dem Sognsvann?«

»Wie du willst.« Kai lächelte und bog nach links ab.

Als sie den riesigen Parkplatz beim Sognsvann erreichten, hatte Evald Bromo seine Geschichte erzählt. Die der E-Mails und der Ankündigungen für den 1. September. Über das Paket mit der CD und einen engbeschriebenen Brief. Über den Entschluß, den er jetzt gefaßt hatte, und darüber, warum er Hilfe brauchte.

Kai hielt am Ende des Parkplatzes, wo nur selten Jogger und Spaziergänger vorüberkamen. Sie standen versteckt hinter einem unbenutzten Kastenwagen, und Kai schaltete das Radio ein. Evald stellte es wieder aus.

»Pokerface«, sagte Kai und machte mit dem rechten Zeigefinger Kreisbewegungen auf seinem Oberschenkel. »Bist du sicher, daß dir dieser Name nichts sagt?«

»Völlig«, sagte Evald. »Ich spiele ja nicht einmal Poker.«

Kai machte sich am Lederüberzug des Lenkrades zu schaffen. Er war abgenutzt, der Lederriemen, der ihn spannte, hatte sich gelockert.

»Was hast du mit der CD gemacht?«

»Hier ist sie«, sagte Evald Bromo und fischte sie aus seiner Jackentasche.

Kai blickte das Cover lange an, ehe er es öffnete. Er nahm die CD heraus und hielt sie zwischen Daumen und Zeigefinger. Sie war auf der einen Seite spiegelblank, auf der anderen gerillt und matt. Er studierte das Farbenspiel der bespielten Seite und drehte sie langsam hin und her.

»Hast du sie dir angesehen?«

Er steckte die CD wieder ins Cover.

»Nein. Ich weiß ja, was sie enthält. Steht doch da.«

Evald zeigte auf den Brief, der zwischen Kais Beine gerutscht war. Der Mann auf dem Fahrersitz hob den Brief auf, faltete ihn auseinander und überflog ihn.

»Ich muß schon sagen«, sagte er kurz und reichte alles seinem Nachbarn zurück. »Ich glaube, du hast recht. Du verhältst dich richtig, und ich werde dir natürlich nach besten Kräften helfen. Ich werde mir die Sache überlegen und mich dann bei dir...«

Er kratzte sich die Stirn und rückte danach ein Abzeichen gerade, das sich aus seiner Befestigung am Rückspiegel gelockert hatte.

»Ich rufe dich am Montag an.«

»Das ist der Ostermontag«, sagte Evald und steckte die CD wieder in die Tasche. »Was ist mit morgen?«

»Morgen kann ich ganz einfach nicht. Ich fahr morgen früh mit meiner ganzen Familie in einen kleinen Osterurlaub. Also besser Dienstag. Nächste Woche Dienstag. Dann rufe ich dich an.«

Ein alter Mann trottete nur zehn Meter von ihnen entfernt aus dem Wald. Er bog um einen umgestürzten Baum herum und ging dann am Bach weiter, ohne die beiden Männer im Wagen eines Blickes zu würdigen.

»Du solltest den Kram verstecken«, sagte Kai. »Versteck die CD irgendwo, wo niemand sie finden kann. Auch deine Frau nicht. Niemand. Nicht zu Hause, nicht in der Redaktion. Irgendwo anders. Weit weg. Und laß sie da, bis wir uns wieder treffen. Und dann bringst du sie mit.«

Evald nickte zerstreut und faßte sich an die Jackentasche, in der die CD steckte.

»Nur noch eins«, sagte Kai und drehte den Zündschlüssel um. »Du weißt, daß Sigurd Halvorsrud aus der U-Haft entlassen worden ist?«

Er drehte den Kopf und starrte Evald an, dann legte er

den Rückwärtsgang ein und verließ langsam den eingeklemmten Parkplatz zwischen Kastenwagen und Wald.

»Ja«, sagte Evald Bromo.

»Das ändert nichts?«

»Nein. Ich werde meine Meinung nicht ändern.«

»Gut«, sagte Kai. »Du tust das einzig Richtige.«

Er lächelte und klopfte seinem Kumpel leicht und beruhigend auf den Oberschenkel.

»Gut«, wiederholte er.

7

In der Nacht zum Gründonnerstag des Jahres 1999 unternahm Sigurd Halvorsrud einen weiteren Versuch, ungesehen aus dem Haus zu kommen. Seit seiner Haftentlassung war er fast nur zu seinen täglichen Ausflügen auf die Wache unterwegs gewesen, wo er seiner Meldepflicht nachkam. Die beiden Söhne wohnten wieder zu Hause. Sie übernahmen die nötigen Einkäufe. Nur abends wagte Halvorsrud sich zu einem kurzen Spaziergang hinaus, zumeist zusammen mit seiner Tochter. Thea ging es besser. Sie schlief nachts gut, und an diesem Vormittag hatte sie sich mehrere Stunden auf ein Buch konzentrieren können. Halvorsrud liebte diese abendlichen Spaziergänge mit Thea. Vater und Tochter wechselten dabei kaum ein Wort, aber ab und zu griff sie nach seiner Hand. Wenn er ein wenig zu schnell ging, zupfte sie ihn am Jackenärmel, um ihn neben sich zu behalten. Er legte ihr dann den Arm um die Schultern, und sie lächelte zaghaft und ging noch langsamer.

An diesem Abend hatte sie ihn nicht begleitet.

Sie war früh zu Bett gegangen, und er brach erst sehr spät auf. Es war fast Viertel nach zwölf, als er Schmutz und

Kies von seinen Schuhen schlug und die Tür hinter sich zuzog, nachdem er eine gute halbe Stunde unterwegs gewesen war. Das Haus war still. Nur die schwere Standuhr in der Diele tickte müde; ihr Takt mischte sich mit dem Geräusch seines Pulses, der gegen seine Trommelfelle schlug und ihn dazu brachte, für einen Moment den Atem anzuhalten, ehe er seine Jacke abstreifte und sich ins Wohnzimmer schlich.

Das Eisbärfell war längst entfernt worden.

Das Parkett war an der Stelle, wo das Fell gelegen hatte, heller. Das Fell hatte im Parkett ein Muster hinterlassen, einen klobigen Fleck mit Armen, Beinen und Kopf. Im schwachen Schein der Stehlampe neben dem Sofa erinnerte der Abdruck an einen toten Menschen. Halvorsrud drehte das Licht herunter und wandte sich ab. Er setzte sich in einen Sessel am Fenster, und dort saß er dann, ohne so recht zu wissen, ob er eingenickt war, bis er sich um halb zwei davon überzeugte, daß alle Kinder schliefen.

Dann verließ er das Haus.

Bei seinem Spaziergang hatte er keinen Polizisten gesehen. Er war sehr aufmerksam gewesen und hatte alles genau beobachtet. Die Osterferien hatten angefangen, und die Stelleneinsparungen machten sich vielleicht auch bei der Polizei geltend. Auf jeden Fall war die Straße menschenleer. Die Garage der Pettersens war noch immer nicht fertig, die Autos standen weiter auf der Straße. Ansonsten war weit und breit kein Wagen zu sehen. Sigurd Halvorsrud setzte sich hinter das Lenkrad und steuerte die Osloer Innenstadt an.

Er hielt sich für unbeobachtet, was jedoch ein Irrtum war.

8

Cecilie ging es um einiges besser. Als sie über die E 18 gefahren waren, hatte sie laut zu einer CD mit alten Cat-Stevens-Stücken gesungen und ansonsten ununterbrochen geredet. Sie hatten bei dem seltsamen neuen Kreisverkehr hinter Holmestrand gehalten und getankt, und Cecilie hatte sich ein Eis gekauft und es gegessen, ohne daß ihr schlecht geworden war. Als Hanne auf den holprigen Weg abgebogen war, der zu Karen Borgs Hütte führte – sie war auf den Ruinen der alten errichtet worden, die ein heftiger Brand zu Beginn der 90er Jahre vernichtet hatte, bei dem Karen fast ums Leben gekommen wäre –, konnte Cecilie es kaum erwarten.

»Ich freue mich«, sagte sie laut. »Es wird so schön sein, den Frühling am Meer zu begrüßen.«

Sie lachte, und Hanne hatte vergessen, daß sie so lachen konnte. Hanne schluckte den letzten Rest Widerwillen hinunter und war glücklich darüber, daß sie ja gesagt hatte. Noch immer war sie wütend auf Karen, beschloß aber, sich das nicht anmerken zu lassen, als Karen ihnen von der Veranda aus energisch zuwinkte. Hanne fuhr unter eine alte Kiefer und hielt an.

»Silie, Siiiilie«, heulte Hans Wilhelm und stürmte auf Cecilie zu, als sie aus dem Wagen stieg, doch dann blieb er zwei Meter vor ihr plötzlich stehen und streckte eine schmutzige Hand aus.

»Du bist sehr krank, Silie. Du kannst nicht viel aushalten. Papa hat ein großes Geheimnis.«

Er verbeugte sich. Cecilie lachte und fuhr ihm durch die Haare. Hanne hob Liv hoch, die hinter ihrem Bruder hergetrottet kam und etwas unter dem Arm hielt, das wie eine tote Katze aussah.

»Miez«, sagte die Zweijährige stolz und hielt Hanne ihr schlaffes Schmusetier hin. »Hanne Miez eimachen!«

Hanne machte mit Miez ei. Håkon gesellte sich zu ihnen und half ihnen mit dem Gepäck. Hans Wilhelm vergaß alle Ermahnungen, hing wie eine Klette an Cecilie und erzählte immer wieder von dem Geheimnis, über das er nicht sprechen durfte, das aber groß und rot und toll sei.

Der Himmel war nur leicht bewölkt und verheißungsvoll, die Temperatur war so gestiegen, daß sie mit Kaffee und Waffeln vor der Südwand sitzen konnten. Karen hatte Hannes Waffenstillstandsangebot auf den ersten Blick begriffen. Im Skagerrak trugen die Wellen weiße Kronen, und der Wind drehte im Laufe des Nachmittags nach Nordosten.

»Jetzt kannst du es zeigen«, sagte Karen endlich und nickte Håkon über ihr Mineralwasserglas zu.

Håkon Sand sprang auf, breitete die Arme aus und brüllte dem Meer zu: »JETZT!«

»Jetzt, jetzt«, schrie Hans Wilhelm und stürzte durch die Verandatür.

Sie konnten seine Füße auf der Treppe trommeln hören, dann fiel krachend die Haustür ins Schloß.

»Komm«, sagte Håkon zu Hanne. »Ich zeig dir was.«

»Ich bleibe hier«, sagte Cecilie und zog die Decke fester um sich zusammen, als Hanne sie fragend anstarrte. »Mir geht's richtig gut.«

In der Garage stand ein Motorrad.

Eine Yamaha Diversion 900 Kubik; knallrot und mit Verkleidung.

»Huch?«

Soviel Hanne wußte, hatte Håkon ein einziges Mal in seinem Leben auf einem Motorrad gesessen. Und zwar als Sozius auf einer Maschine, die sie gefahren war. Die sie gestohlen hatte, weil sie die Hütte erreichen mußten, die früher hier gestanden hatte und die an diesem Abend abbrennen sollte. Die Fahrt war lebensgefährlich, eiskalt und naß gewesen, und Håkon hatte später geschworen, daß nichts auf der Welt ihn jemals wieder auf ein motorisiertes Zweirad bringen würde.

»Das ist doch nicht deine?« fragte sie unsicher und schaute Håkon an.

»Dohohoch«, schrie Hans Wilhelm und kletterte blitzschnell auf den Sitz.

»Ups«, sagte Hanne und hob ihn wieder herunter. »Wir müssen es erst auf die Hauptstütze setzen. Laß es nie auf der Seitenstütze stehen, Håkon. Dann kann es umkippen.«

Mit geübtem Griff wuchtete sie das Motorrad auf die Zweibeinstütze vor dem Hinterrad. Dann setzte sie Hans Wilhelm auf den Sitz und stülpte ihm den Helm auf, der am Lenker gehangen hatte.

»So«, sagte sie und klopfte auf den Helm. »Jetzt kann's losgehen.«

»Aber das Motorrad«, murmelte Håkon und kratzte sich am Bauch. »Wie findest du das?«

Hanne gab keine Antwort. Sie umrundete zweimal die feuerrote Maschine, klopfte auf den Benzintank, ging in die Hocke und studierte den Motor, strich leicht über den Ledersitz hinter dem Jungen, der brüllte und heulte und offenbar an einem wichtigen Rennen teilnahm.

»Schöne Farbe«, nickte sie und stemmte die Hände in die Seiten. »Rot, schön.«

Håkon rümpfte die Nase.

»Aber hast du denn«, sagte Hanne dann, »hast du denn so einfach den Motorradführerschein gemacht?«

»Sicher. Vor vier Wochen. Und dann habe ich das hier letzte Woche gekauft.«

Er lächelte breit unter seinem Ferienbart. Seine Oberlippe war von Tabakflocken besetzt, und jetzt tropfte ihm schwarzer Tabaksaft von den Vorderzähnen.

»Daß du dich traust«, sagte Hanne zerstreut.

Håkon nahm Hans Wilhelm den Helm ab, hob den Jungen vom Sitz und gab ihm einen Klaps auf den Hintern.

»Geh zu Mama und sag ihr von mir, daß du dir eine Cola nehmen darfst.«

Der Junge rannte aus der Garage.

»Ich mußte das einfach«, sagte Håkon langsam. »Du kannst es gern einen Bubentick nennen. Oder Midlife-crisis, wenn du willst. Nenn es wie du willst, aber es lag wirklich daran, daß ich mich nicht getraut habe. Und das wollte ich. Mich trauen. Anfangs war es wichtig, den Führerschein zu machen. Dann war es wichtig, die Maschine zu kaufen.«

Hanne schwang ein Bein über das Motorrad und setzte sich rittlings darauf.

»Das ist sicher verdammt leicht zu fahren«, sagte sie trocken und wiegte sich ein wenig hin und her. »Niedriger Schwerpunkt und kindliche Sitzhaltung.«

»Dann probier es doch mal aus.«

Håkon fühlte sich mißverstanden. Und vielleicht verletzt. Er wollte gehen. Er hatte sich so darauf gefreut. Er hatte sich das Motorrad vor allem der anderen wegen angeschafft. Die sollten ihn bewundern. Hans Wilhelm zuliebe wollte er etwas haben, mit dem er prahlen konnte. Karen sollte den Kopf schütteln, die Augen verdrehen und ihn als Machomann bezeichnen. Die Kollegen sollten ihm hinterherstarren, wenn er in Lederkombi und rotem Helm nach Hause sauste. Und Hanne sollte beeindruckt sein. Ganz zu Anfang, vor den ersten unsicheren Runden um den Parkplatz beim Munch-Museum, hatte er sich eingebildet, es auch für sich selbst zu tun. Aber er hatte Angst. Er hatte jedesmal, wenn er sich auf das erschreckende, tosende Monstrum setzte, eine Heidenangst. Nie hatte er die volle Kontrolle, und jede Fahrt war ein schweißtreibender Kampf, nach dem er eine halbe Stunde brauchte, um wieder zu Kräften zu kommen. Håkon Sand hatte Zeit gebraucht, um es sich einzugestehen, und er glaubte, er werde es anderen gegenüber niemals zugeben: er hatte über hunderttausend Kronen vergeudet, um Eindruck zu schinden. Aber Hanne gefiel das Motorrad nicht. Håkon hatte sich seit einer Woche auf diesen Moment gefreut, und dann gefiel ihr sein Motorrad nicht.

»Für eine japanische Maschine gar nicht schlecht«, sagte sie versöhnlich. »Und sehr gut für einen, der sie nicht reparieren kann. Sicher und gut und leicht zu fahren.«

»Mach doch eine Probefahrt«, drängte er. »Hier. Du kannst dir meine Kluft ausleihen. Hast du dein eigenes Motorrad schon frühlingsfit gemacht?«

Zögernd nahm sie die Lederkombi, hielt sie sich an und schüttelte den Kopf.

»Die ist zu groß für mich«, sagte sie. »Und nein. Die Harley steht im Lager. Wartet auf einen neuen Auspuff. Außerdem habe ich keine Minute frei gehabt. Und drittens ...«

Die Kombi noch immer am Leib, starrte sie an sich herunter.

»Drittens will ich sie verkaufen.«

»Verkaufen? Warum denn? Das ganze Sommerhalbjahr bist du auf der Harley doch wie festgewachsen.«

»Eben«, sagte sie kurz. »Zeit, erwachsen zu werden.«

Håkon spuckte Tabak auf den Betonboden, und sie fügte eilig hinzu: »Das soll nicht heißen, daß ich dich für kindisch halte. Um ehrlich zu sein, finde ich es beeindruckend, daß du es geschafft hast. Ich weiß doch noch, was du für einen Schiß hattest, als ...«

Sie lachte laut und streifte ihre Turnschuhe ab.

»Du bist vor Angst doch fast in Ohnmacht gefallen, als wir die Mühle geklaut haben, um damals rechtzeitig hier zu sein. Aber dann bist du als Ausgleich in eine lichterloh brennende Hütte gestürzt, um Karen zu retten. Du bist dann mutig, wenn es darauf ankommt, Håkon. Du bist nicht wie andere Männer. Du bist keiner, der protzt. Du bist lieb und treu und klug. Karen hat keine Ahnung, was sie für ein Glück hat.«

Langsam strich sie über seine Bartstoppeln. Ihre Hand legte sich an seine Wange, und sie stellte sich auf Zehenspitzen und streifte seine Stirn mit den Lippen.

»Das meine ich wirklich«, sagte sie und starrte ihm einige Sekunden lang in die Augen, dann stieg sie in den viel zu weiten Anzug. »Ich habe dir nie dafür gedankt, daß du an dem Abend gekommen bist. Und am folgenden Sonntag. Und ich werd es wohl auch nicht tun. Du bist lieb, Håkon. Richtig und wahrhaft lieb. Und außerdem hast du verdammt zugenommen, seit du Kinder bekommen hast.«

Sie zog am grüngrauen Leder, das um ihren Bauch schlotterte, und zog den Reißverschluß hoch.

»Schau mich mal an. Ein mehrfarbiges Monster! Warum kaufst du dir keine einfarbigen Sachen?«

Håkon setzte sich auf einen alten Sägebock. Die Garage zeigte noch Spuren des Brandes vor fast sieben Jahren, obwohl sie fünfzig Meter von der Hütte entfernt gestanden hatte. Sie war in derselben Farbe wie die neue gestrichen worden, roch innen aber nach Benzin und Öl, muffig und feucht. Irgendwer hatte vor vielen Jahren versucht, ein System zum Lagern von Gartengeräten, Werkzeug und Fahrrädern zu entwickeln. Jetzt waren die Nägel in der Wand krumm, die Silhouetten, die auf die Platten aufgemalt worden waren, um dafür zu sorgen, daß alles an der richtigen Stelle aufgehängt wurde, waren fast nicht mehr zu sehen. Vor der Querwand stand eine alte Hollywoodschaukel, mit schiefen Beinen und Rissen im Stoff.

»Ich mach das nur, um zu beeindrucken«, murmelte er. »Nur um zu beeindrucken.«

Hanne stutzte. Dann setzte sie sich neben ihn auf den Sägebock und nahm den Helm auf den Schoß.

»Wie meinst du das?« fragte sie und strich sich die Haare aus der Stirn.

»Ich wollte einfach Eindruck schinden. Deshalb hab ich den Führerschein gemacht. Und die verdammte Mühle gekauft.«

Er versetzte dem Motorrad einen Tritt und verstummte.

»Ich könnte fast lachen«, sagte Hanne.

»Bestimmt.«

»Ich lache nicht.«

»Lach du nur. Das geschieht mir recht.«

Ihr Lachen hallte zwischen den Wänden wider, und Håkon rieb sich das Gesicht.

»Ich hab eine Scheißangst, wenn ich fahre«, sagte er verbissen. »Du hättest mich mal auf dem Weg hierher sehen sollen. Ich hab von Oslo vier Stunden gebraucht. Hab die Schuld auf den Verkehr geschoben. Aber in Wirklichkeit hab ich in jeder zweiten Raststätte gesessen und versucht, Mut zum Weiterfahren zu sammeln. Und ich weiß nicht, wie ich aus dieser Sache wieder rauskommen soll.«

Er stand auf. Hans Wilhelm war jetzt wieder da und nuckelte an einem Trinkhalm in einer Colaflasche.

»Willst du probieren?« nuschelte der Junge.

»Ja. Ich glaube wirklich, ich dreh eine Runde. Die erste in diesem Jahr.«

»Darf ich mitfahren?«

»Tut mir leid. Da mußt du noch zwei oder drei Jahre warten.«

Hanne schnürte ihre Turnschuhe wieder zu. Dann setzte sie sich den Helm auf und hob das Visier, ehe sie den Zündschlüssel umdrehte.

»Ich bleibe nicht lange weg. Eine Stunde oder so. Wann gibt's Essen?«

Spät«, sagte Håkon und klopfte auf den Gepäckträger. »Wir warten, bis die Kinder im Bett sind. Also laß dir Zeit.«

Als er sah, wie sie aus der Garage fuhr und im losen Kies des Hofplatzes die Maschine wendete, wußte er, daß er seine neue Yamaha Diversion niemals beherrschen würde.

»Ich wollte doch mitfahren«, quengelte Hans Wilhelm. »Ich wollte mitfahren.«

»Komm, wir spielen Nintendo«, tröstete ihn sein Vater.

Aus der Ferne konnten sie beide das verhallende Dröhnen eines kräftigen Motorrades hören. Es wurde jetzt kühler. Die Schwalben flogen hoch über den Baumwipfeln, und es lag Regen in der Luft.

Besser, er machte die Garagentür zu.

9

Ole Monrad Karlsen öffnete die Tür einen Spaltbreit, nahm die Sicherheitskette jedoch nicht ab.

Da hatte er in Ruhe und Frieden hier gesessen und die Montagsnummer von *Østlands-Posten* gelesen, der einzigen Zeitung, die er las. Diese Hauptstadtzeitungen schrieben ja doch nur über Mord und Hurerei. In *Østlands-Posten*, die er gleich nach seiner Hochzeit abonniert hatte, nachdem er einsehen mußte, daß Klara niemals nach Larvik ziehen würde, konnte er die Ereignisse in seiner Heimat verfolgen. Er war zwar noch ein Knabe gewesen, als er vor dem Krieg angeheuert und seine Eltern in dem kleinen Haus in Torstrand verlassen hatte, in der Reipmakergate, beim Framstadion, aber er hatte immer unter Heimweh gelitten. Immer. Nach Klaras Tod hatte er mit dem Gedanken an einen Umzug in den Süden gespielt. Seine Schwester hatte ihm angeboten, zu ihr zu ziehen. Sie war ebenfalls verwitwet und sehnte sich nach Gesellschaft. Monatelang hatte sie ihm zugesetzt. Noch immer kam es vor, daß sie fragte; in ihren monatlich eintreffenden Briefen und den sporadischen Telefongesprächen. Hausmeister Karlsens Schwager war Ingenieur bei der Gemeinde gewesen, und die Schwester hauste jetzt allein in einem großen Eigenheim im Grevevei. Das war nicht schön für sie, das war ja klar. Und die Vorstellung eines Umzugs hatte verlockend gewirkt, aber er hatte doch seinen Hausmeisterposten. Und die Wohnung. Hier wohnte Klara noch in den Wänden, es war seine und Klaras Wohnung. Hier wollte er bleiben, bis er mit den Füßen zuerst hinausgetragen wurde.

Doch dann hatte jemand geklingelt. Am Karfreitag. Mehrmals.

Ole Monrad Karlsen ärgerte sich schrecklich über diese Störung, schlurfte aber dann widerwillig zur Tür.

»Wassn los?« fragte er schroff und legte ein Auge an den Türspalt.

Der Mann draußen war ziemlich groß, trug einen grauen Mantel und wohnte auf jeden Fall nicht in der Vogts gate 14.

»Schon wieder Polizei?« fragte Karlsen wütend. »Ich hab nichts mehr über Ståle zu sagen. Tot is tot. Kann ich auch nix dran ändern.«

»Ich bin nicht von der Polizei«, sagte der Mann. »Ich möchte nur ein paar Fragen zu dem stellen, was heute nacht hier passiert ist.«

Karlsen erstarrte und schob die Tür weiter zu, bis der Spalt nur noch fünf oder sechs Zentimeter breit war.

»Was?« grunzte er.

»Ich bin so gegen zwei Uhr nachts nach Hause gegangen. Wohne gleich um die Ecke, wissen Sie. War auf einem Fest oben in ... darf ich nicht vielleicht hereinkommen?«

Der Fremde trat einen vorsichtigen Schritt auf die Tür zu. Ole Monrad Karlsen reagierte nicht.

»Also«, sagte der Mann und fuhr sich mit einem mageren Finger über die Unterlippe. »Ich kam also hier am Haus vorbei. Und dann habe ich etwas gesehen, das vielleicht...«

Er preßte die Handfläche gegen den Türrahmen und hielt sein Gesicht an Karlsens.

»Es wäre wirklich viel besser, wenn ich hereinkommen könnte«, sagte er. »Auf jeden Fall könnten Sie die Tür öffnen. Es ist nicht so angenehm, mit Ihnen zu reden und Sie dabei nicht sehen zu können.«

Hausmeister Karlsen wußte wirklich nicht, was er machen sollte. Vielleicht hätte er in der vergangenen Nacht ja doch die Polizei rufen sollen. Und die Götter mochten wissen, was dieser Kerl hier anrichten konnte, wenn er sich nicht die Zeit nahm, mit ihm zu reden.

»Moment«, sagte er und schloß die Tür, um die Metallkette abzunehmen.

Dann machte er sie wieder auf, diesmal weiter, ließ die Klinke aber nicht los.

»Das ist schon besser«, sagte der Mann erleichtert.

Er erinnerte Karlsen an irgend jemanden. Er glaubte, ihn schon einmal gesehen zu haben. Und wenn er wirklich in der Nachbarschaft wohnte, dann war das ja durchaus möglich.

»Ein Mann schien die Haustür aufbrechen zu wollen«, sagte der Fremde und zeigte ins Treppenhaus. »Ich habe sofort die Polizei angerufen. Aber ich hatte keine Zeit zu warten. Und ich belästige Sie jetzt, weil ich wissen möchte, ob sie gekommen ist. Die Polizei, meine ich. War sie da?«

Karlsen ließ unwillkürlich die Tür los und strich sich über die wehe Schulter. Er hätte die Polizei selbst anrufen sollen. Der Einbruch letzte Nacht im Keller hatte ihn überrascht. Karlsen war von Geräuschen geweckt worden, die in diesem Haus nichts zu suchen hatten. Mit einem Schürhaken in der Hand hatte er sich der Kellertür genähert, die leise hin und her schlug. Der Mann war aufgetaucht, ehe Karlsen sich gefaßt hatte, er war davongestürzt, als sei der Teufel ihm persönlich auf den Fersen. Er hatte Karlsen angerempelt und ihn fast umgeworfen. Als der Bandit verschwunden war und im Keller nichts zu fehlen schien, hatte Hausmeister Karlsen es nicht der Mühe wert befunden, sich an die Polizei zu wenden.

»Mit der Obrigkeit gibt's doch nur Ärger«, murmelte er und schlug die Augen nieder.

»Sie sind also gekommen?« Der Mann schien da seine Zweifel zu haben.

»Nein.«

»Aber es hat doch einen Einbruch gegeben? Hatte ich recht?«

»Nur im Keller. Nicht der Rede wert. Ich hab ihn selbst verjagt. Wer sind Sie übrigens?«

Der Mann wich langsam zurück.

»Dann bedaure ich die Störung. Schöne Ostern!«

Er tippte sich zum Gruß an die Schläfe und kehrte Karlsen den Rücken zu. Sekunden später war er verschwunden. Karlsen verschloß seine Tür mit zwei Schlössern und Sicherheitskette und kehrte zu seiner Zeitung zurück. Wieder überlegte er sich, daß er diesen seltsamen Menschen schon einmal gesehen hatte. Er wußte nur nicht mehr, wo. Dann verdrängte er diese Überlegung und seufzte tief.

Er hätte die Einladung seiner Schwester, sie über Ostern zu besuchen, annehmen sollen. Es wäre nett gewesen, die alten Jagdgründe aufzusuchen, jetzt, im Frühling. Seit Ståles Verschwinden war sein Leben doch ein bißchen trüb. Vielleicht war der Buchenwald schon grün. Obwohl das eigentlich immer erst um den 17. Mai geschah. Er beschloß, einen Ausflug zu machen.

»O ja, das werde ich«, sagte Karlsen und goß sich ein Schnäpschen ein.

Es war immerhin Ostern, und als er sich das überlegt hatte, goß er noch einen Schluck hinterher.

10

Die Frau im Bett konnte kaum mehr als vierzig Kilo wiegen. Ihre Hände waren mager, und Evald Bromo ärgerte sich schrecklich darüber, daß ihre Nägel schon wieder zu lang waren. Er streichelte den rauhen Handrücken und redete auf seine schlafende Mutter ein.

Immerhin hatte sie ein Einzelzimmer.

Als sie endlich diesen Platz im Pflegeheim bekommen hatte, war sie für die Welt bereits verloren gewesen. Sie erkannte ihn nie, aber sie hatte noch Kraft genug, um ihn dauernd mit anderen zu verwechseln. Im einen Moment flirtete sie auf einschmeichelnde Weise mit ihm und nannte ihn Peder, was vermutlich eine Flamme aus wirklich alten Tagen gewesen war. Im nächsten Moment schimpfte sie ihn aus und schlug mit dem Strickzeug nach ihm. Dann hielt sie ihn für seinen Vater. Während der letzten beiden Jahre hatte sie kaum noch ein Wort gesagt. Meistens schlief sie, und Evald wußte im Grunde nicht, ob seine Besuche ihr überhaupt etwas bedeuteten. Er blieb nie lange, wurde aber trotzdem nervös, wenn er seinen Besuch einen Tag lang hatte ausfallen lassen.

Obwohl das Personal schlampte, was die Körperhygiene seiner Mutter anging – sie roch streng nach alter Frau, und ihre Nägel wurden viel zu selten geschnitten –, war das Zimmer sauber und ordentlich. Evald hatte selbst die Gegenstände ausgewählt, die sie aus ihrer Wohnung in der Altstadt mitgenommen hatte. Ein Büfett, das die Mutter für einen Lotteriegewinn gekauft hatte, nahm den meisten Platz ein. Der Sessel, in dem er saß, war so alt, daß er sich nicht an eine Zeit ohne ihn erinnern konnte. Er war mehrmals neu bezogen worden, und unter den Sitz hatte er einmal, als er krank war und nicht in die Schule gehen mußte, während seine Mutter bei der Arbeit war, seine Initialen eingeschnitzt. In der Ecke beim Fenster stand eine kleine Truhe, die in Rosenmustern bemalt war. Es war eigentlich eher eine große Kiste, und der Vorname seiner Mutter war in eleganter bauernblauer Schrift auf dem Deckel zu lesen.

Evald hockte sich vor die Truhe. Er ließ die Hand über den abgenutzten Deckel fahren; sein Zeigefinger folgte den Buchstaben im Namen seiner Mutter. Er verharrte beim A in Olga und ließ den Finger zurücklaufen. Dann schob er den Schlüssel ins Schloß, diesen schwarzen, handgeschmiedeten Schlüssel, der in der kleinsten Büfettschublade lag, unter einer Schachtel mit vier Silberlöffeln.

Das Schloß klemmte, aber mit leichter Gewalt ließ sich der Riegel in der schlichten Mechanik doch öffnen. Evald klappte den Deckel hoch.

Er wußte nicht, was seine Mutter in ihrer Truhe aufbewahrte. Sie zu öffnen war so unvorstellbar gewesen, wie fremde Briefe zu lesen. Selbst jetzt, wo die Mutter schon im zweiten Jahr ohne andere Lebenszeichen dalag, als ihr hartnäckiges Herz ihr aufzwang, fühlte er sich unbehaglich, als er die Sachen seiner Mutter durchwühlte. Er ertappte sich dabei, daß er über die Schulter zurückschielte, als rechne er damit, daß die alte Frau sich plötzlich im Bett aufrichten und den Sohn für seine Einmischung in Dinge, die ihn wirklich nichts angingen, zusammenstauchen werde.

Oben lag Evald Bromos Zeugnis aus der Volksschule. Er öffnete es nicht, sondern legte es auf die Fensterbank. Darunter lag eine kleine rosa Schachtel, mit verschlissenem Deckel, die mit Bindfaden umwickelt war. Er band den Faden auf und öffnete die Schachtel.

Er hatte nicht einmal gewußt, daß seine Mutter sie aufbewahrt hatte. Als er in dem Sommer, in dem er dreizehn geworden war, seinen ersten Lohn erhalten hatte, nach zwei Monaten Zeitungsaustragen bei Regen und Nebel, hatte er für das ganze Geld eine Kamee gekauft. Evald betastete die Brosche und schloß die Augen. Der leichte Geruch von Lavendel und Schweiß kroch aus seiner Erinnerung hervor. Seine Mutter hatte damals vor vielen Jahren das Geschenk geöffnet und den Schmuck angestarrt, dann hatte sie mit den Augen gezwinkert und ihn umarmt.

In der Schachtel lagen Locken des zwei Jahre alten Evald und alte Postkarten. Es gab chinesische Banknoten, und er hätte gern gewußt, woher sie die hatte. Ein breiter goldener Ehering mit unleserlicher Gravur hing an einem altmodischen Schlüssel mit einem roten Seidenband. Evald blätterte rasch in einem alten Postsparbuch voller Wertmarken, die belegten, daß Evalds Mutter jeden Freitag zehn Kronen eingezahlt hatte. In Evalds Namen. Von dem Geld hatte er nie etwas zu sehen bekommen. Sicher hatte sie gemeint, er brauche es nicht.

Über eine Stunde lang durchsuchte Evald Bromo das Leben seiner Mutter. Dann zog er die moderne CD aus der Jacke, die er an den Nagel neben der Tür gehängt hatte. Er legte die CD ganz unten in die Truhe und häufte dann die Habseligkeiten seiner Mutter darüber; schichtweise, so, wie er sie vorgefunden hatte. Dann schloß er die große Kiste ab.

Als er den Schlüssel wieder unter die Silberlöffel in der kleinsten Büfettschublade legen wollte, zögerte er. Vielleicht sollte er ihn mitnehmen. Dann schüttelte er rasch den Kopf, öffnete die größte Schublade und verstaute den Schlüssel zwischen den sittsamen, weiten Unterhosen seiner

Mutter. Die wurden ja doch nie benutzt. Das Pflegeheim hatte eigene, kochfeste Unterwäsche.

Evald Bromo küßte seiner Mutter zum Abschied die Hand, und dabei ging ihm plötzlich auf, daß sie die einzige war, die er je geliebt hatte.

11

Lars Erik Larsson hatte seine Zweifel. Er verpaßte seiner kleinen Kate in Östhammar gerade die letzten Pinselstriche und ärgerte sich darüber, daß die Farbe wohl nicht ausreichen würde. Er hatte zu Ostern alles fertighaben wollen. Denn dann begann die Sommersaison, und er verbrachte jedes Osterfest hier in der Einsamkeit, um Haus und Garten nach dem Winter wieder herzustellen.

Und er hatte seine Zweifel.

Seit er über diesen norwegischen Staatsanwalt gelesen und den Namen von einer Einzahlung in seiner Bank her wiedererkannt hatte, hatte er jeden Tag die Zeitungen durchgekämmt. Als die Zeit verging und keine weiteren Meldungen kamen, hatte er sich beruhigt. Doch dann hatte der *Expressen* am vergangenen Wochenende eine neue Schlagzeile gebracht. »Norwegischer Polizeiskandal« hatte sie gelautet. Der Mann war offenbar wieder auf freien Fuß gesetzt worden. Er stand zwar noch immer unter Verdacht, aber bis auf weiteres war er ein freier Mann.

Er sollte es vielleicht jemandem sagen.

Zumindest seinem Chef.

Er hatte keine große Lust, mit der Polizei zu reden. Aber wenn er zum Chef ging, würde es ja doch eine Höllenaufregung geben.

Er schüttelte den großen Farbeimer und fluchte leise, weil

die Südwand nicht fertigwerden würde. Andererseits hatte er auch so genug zu tun. Das Rosenbeet, zum Beispiel, war vom Winter und den Rehen übel zugerichtet worden.

Er wußte wirklich nicht, was er tun sollte.

12

Hanne Wilhelmsen gab es ungern zu, aber Håkons Motorrad gefiel ihr. Es fuhr sich anders als die Harley, leichter und feinfühliger. Es war angenehm, leicht vorgebeugt zu sitzen, und die kurze Gabel machte das Kurven viel witziger.

Sie hatte schon die Innenstadt von Sandefjord hinter sich gebracht und fuhr auf dem Riksvei 303 nach Osten. Als sie am Gokstadhaug vorbeikam, spielte sie kurz mit dem Gedanken, anzuhalten. Sie drosselte das Tempo, aber die lange gerade Strecke wirkte zu verlockend. Die Maschine beschleunigte heftig und bäumte sich dann auf. Nach zwanzig Metern auf dem Hinterrad ließ sie das Vorderrad auf den Asphalt knallen. In diesem Straßenbereich waren nur sechzig Stundenkilometer erlaubt, und sie war bei mindestens neunzig gewesen.

Das Schild, das hinter der nächsten Kurve nach rechts zeigte, erinnerte sie an einen Sommer vor fast dreißig Jahren. Ihre Eltern hatten die zwölfjährige Hanne beinahe unter Zwang bei einer christlichen Jugendorganisation angemeldet. Jammern und Klagen waren vergeblich gewesen; einen ganzen Winter lang hatte sie sich zu Treffen und Wandertouren schleppen müssen, mit Mädchen, die sie nicht ausstehen konnte und die zu einem Gott beteten, zu dem sie kein Verhältnis hatte. Sie hatte nie begriffen, warum ihre Eltern, die sich sonst nicht weiter für das Tun und Lassen ihres Nachzüglers interessierten, das so wichtig gefunden hatten. Die Mutter hatte besorgt das Gesicht in Falten gelegt und etwas über soziales Training gesagt, aber Hanne hatte schon damals den Verdacht gehabt, daß sie durch diese Maßnahme ganz einfach aus dem Haus geschafft werden sollte. Das einzig Positive an Hannes zehn Monate langer Karriere bei dieser Gruppe war das Sommerlager Knattholmen gewesen, an dem auch Jungen teilgenommen hatten. Sie erinnerte sich an einen endlosen Sommer mit Baden bei Sonne und Regen und brutalen Fußballspielen. Hanne war außerdem Baumeisterin eines monumentalen Hauses von zwanzig Quadratmetern in der größten Eiche der Insel gewesen.

Sie bog ab.

Sie wollte wissen, ob das Haus noch existierte.

Der Frühling wehte ihr entgegen, und sie schob das Visier hoch, um ihr Gesicht in den Wind zu halten. Es roch nach Dünger und Verwesung, nach Wachstum und Kulturlandschaft. Nieselregen hing in der Luft, aber noch so schwach, daß er beim Fahren nicht störte.

Nach zehn Minuten endete die kurvenreiche Landstraße auf einem Parkplatz. Ein Schild wünschte »Willkommen auf Natholmen«, wo das Sommerlager Knattholmen lag. Hanne ließ vorsichtig das Motorrad auf den schmalen Weg gleiten, an dessen Ende eine Brücke auf die Insel führte. Ein Briefkastengestell stand steif und gebrechlich vor ihr, die Briefkästen waren vollgestopft mit winterlicher Reklame, die sich während der Abwesenheit der Ferienhausbesitzer angesammelt hatte. Nur drei Kästen waren leer, offenbar gehörten sie Seßhaften. Hanne blieb für einen Moment stehen, als sie ein einzelnes rotes Licht sah, das ein aus der Gegenrichtung kommendes Auto anzeigte.

Ihre Augen wanderten zu einem der leeren Kästen.

EIVIND TORSVIK.

Der Name kam ihr bekannt vor. Sie stellte beide Füße auf

den Boden und reckte den Rücken. Dann fiel es ihr ein. Billy T.s Bericht über den ohrenlosen Jungen, den alle im Stich gelassen hatten. Den Schriftsteller. Den Mörder.

Als ein uralter Pritschenwagen langsam den Hang hochkam, riß Hanne sich den Helm vom Kopf und gab dem Fahrer ein Zeichen. Er hielt an und kurbelte das Fenster hinunter.

»Kennen Sie sich hier aus?« fragte Hanne.

»Ich wohne da draußen«, sagte der Mann, schmunzelte und zeigte mit dem Daumen nach hinten. »Und zwar seit dreißig Jahren. Ob ich mich auskenne... doch, das kann man sicher so sagen.«

»Eivind Torsvik«, sagte Hanne und zeigte auf den Briefkasten. »Wissen Sie, wo der wohnt?«

Der Mann lachte, ein heiseres, bellendes Lachen, und schnippte eine nasse Kippe aus dem Fenster.

»Torsvik, ja. Komischer Kauz. Mörder, wissen Sie. Wußten Sie das?«

Hanne nickte, ein wenig ungeduldig.

»Aber er könnte keiner Fliege etwas zuleide tun, wissen Sie. Ich treff ihn manchmal, wenn er angeln geht. Lächelt und grüßt und ist immer freundlich. Sagt nicht viel, ist sonst aber in Ordnung. Wohnt gleich hier unten. Fahren Sie hinter der Brücke nach links und dann immer weiter geradeaus. Er wohnt im letzten Haus. Es ist weiß. Ganz hinten.«

»Danke«, sagte Hanne und hängte den Helm an den Lenker. »Schönen Tag noch.«

Der Fahrer tippte an seine Mütze und fuhr weiter.

Sie hatte eigentlich nicht vor, mit Eivind Torsvik zu reden. Strenggenommen hatte sie das absolut nicht vor. Trotzdem fuhr sie vorsichtig den Hang hinunter, huckelte über einen vernachlässigten Uferweg und entdeckte endlich fünfzehn bis zwanzig Meter weiter ein weißes Haus. Ein rotweißblauer Wimpel hing schlaff und feucht und mit ausgefranstem Ende an einem einige Meter vor der Südwand aufragenden Fahnenmast. Das Haus war phantastisch gelegen, auf einer Felskuppe, nur wenige Meter vom Meer entfernt und mit freiem Blick nach Süden.

Hanne stellte das Motorrad ab, öffnete den Reißverschluß des Anzugs bis zu ihrem Bauch und ging dann zögernd über einen Plattenweg auf das Haus zu.

Die Tür war geschlossen, und die einzigen Lebenszeichen stammten von den Möwen, die über dem Dach schrien. Die Wimpelschnur schlug im leichten Wind müde und traurig gegen den Fahnenmast. Hanne ging zur Tür. Sie sah keine Klingel, deshalb klopfte sie an.

Sie hörte nichts. Sie klopfte noch einmal.

Als sie sich schon umdrehen und gehen wollte – der Abend rückte näher, und sie hatte Cecilie schon viel zu lange allein gelassen, und was wollte sie überhaupt hier? –, wurde die Tür geöffnet.

Der Mann, der sie anstarrte, sah eher aus wie ein Junge. Er war schmächtig und glattrasiert, er trug T-Shirt, Jeans und ein Paar grobe Sandalen. Seine Haare waren schütter und lockig, und obwohl Hanne darauf vorbereitet gewesen war, starrte sie doch einen Punkt an, wo eigentlich sein linkes Ohr hätte sitzen müssen. Eivind Torsvik hielt eine Brille in der Hand, und Hanne fragte sich, wie er die wohl zum Halten brachte.

»Hallo«, sagte er vorsichtig. »Guten Tag.«

»Guten Tag«, erwiderte Hanne und kam sich idiotisch vor, als sie sich an ihrem Reißverschluß zu schaffen machte und verzweifelt nach einem Gesprächsthema suchte. »Hallo.«

Plötzlich streckte Eivind Torsvik die flache Hand aus.

»Es sieht nach Regen aus«, sagte er mit schrägem Lächeln. »Möchten Sie hereinkommen?«

Hanne staunte darüber, daß er sie so einfach hereinbat,

und ging ins Haus. Dort begriff sie, warum Eivind Torsvik das ganze Jahr hier verbringen konnte. Der Flur führte in eine riesige, blau gestrichene Küche, und Hanne sah mehrere Türen, die vermutlich zu Schlafzimmern führten. Eivind Torsvik bedeutete ihr, ihm über eine zweistufige Treppe in einen Raum zu folgen, in dem vor einem nach Süden schauenden Aussichtsfenster ein geräumiger Arbeitsplatz eingerichtet war. Am anderen Ende sah sie eine Sitzgruppe und eine schwarze Stereoanlage.

»Setzen Sie sich«, sagte Eivind Torsvik und zeigte auf einen Sessel. »Kann ich Ihnen etwas anbieten?«

»Nein, danke«, murmelte Hanne, ihr brach jetzt unter dem Lederanzug der Schweiß aus, es war ungewöhnlich heiß im Zimmer. »Oder... vielleicht einen Schluck Wasser.«

Eivind Torsvik brachte eine Halbliterflasche Mineralwasser und ein Glas mit Eiswürfeln. Er öffnete die Flasche, reichte ihr das Glas und schenkte ein. Das Wasser schäumte und spritzte auf Hannes Hand.

»Tut mir leid«, sagte er munter. »Aber es ist ja nur Wasser.«

Sie setzten sich in die Sessel, schauten einander aber nicht an. Hanne fand das Verhalten des Mannes sehr seltsam, bis ihr aufging, daß es für Eivind Torsvik sicher noch viel schwerer sein mußte, sie zu verstehen. Noch hatte sie kein Wort darüber gesagt, warum sie eigentlich hier war.

»Ich arbeite bei der Polizei«, sagte sie endlich und trank einen Schluck Wasser.

Der Mann schwieg, aber sie konnte einen Ausdruck leiser Sorge oder vielleicht eher erstaunter Neugier über sein kindliches Gesicht huschen sehen.

»Aber es geht hier nicht um Sie.«

Sie trank noch einen Schluck und fragte sich, ob es zu frech sei, den Anzug abzulegen.

»Ich war gerade in der Gegend unterwegs, und da habe ich Ihren Namen auf dem Briefkasten gesehen und gedacht...«

Sie spürte, daß aus ihrem Zwerchfell ein peinliches und unpassendes Lachen hochstieg. Wieder versteckte sie ihr Gesicht im Glas. Was wollte sie hier? Warum war sie etwas gefolgt, das nicht einmal als erklärlicher Impuls bezeichnet werden konnte, sondern nur als alberne Folge einer schlummernden Neugier, die sie beim Anblick des Namens auf dem Briefkasten nicht hatte bezwingen können? Sie war derzeit zwar nicht ganz sie selbst, aber wenn sie früher aus einer Augenblickslaune heraus Menschen aufgesucht hatte, dann immer, weil diese eine vage, wenn auch nicht direkte, Verbindung zu einem aktuellen Fall hatten. Eivind Torsviks Name war in einem Dokument aufgetaucht und wieder verschwunden. Es bestand absolut kein Grund zu der Annahme, der Mann könne auch nur die geringste Ahnung von den Umständen haben, die zu dem brutalen Mord an Doris Flo Halvorsrud geführt hatten. Hanne lachte laut auf und bekam Mineralwasser in die Nase.

»Verzeihung«, keuchte sie und wischte sich mit dem Handrücken ab. »Sie müssen mich ja für total verrückt halten.«

»Nein«, sagte Eivind Torsvik ernst. »Ein wenig komisch vielleicht, aber durchaus nicht total verrückt. Wer sind Sie eigentlich?«

»Tut mir leid«, sagte Hanne und hustete. »Ich heiße Hanne Wilhelmsen. Ich bin Hauptkommissarin im Polizeidistrikt Oslo. Ich arbeite gerade an einem Fall, bei dem eine Frau ermordet worden ist. Wir dachten, ihr Ehemann...«

»Sigurd Halvorsrud«, Eivind Torsvik nickte. »Ich habe im Internet darüber gelesen.«

Er warf einen Blick auf den Computer auf der anderen Seite des Zimmers. Dann lächelte er breit und faltete die

Hände vor seinem Bauch. Seine Finger waren lang und elegant, und Hanne ertappte sich bei der Frage, wie dieser Mann zu einem bestialischen Mord fähig gewesen sein mochte.

»Sie haben natürlich eine Liste erstellen lassen«, er nickte noch einmal ruhig. »Eine Liste der besonders spektakulären Morde der letzten... sagen wir zehn Jahre? Fünfzehn?«

Hanne wand ihren Oberkörper aus dem Lederanzug und machte sich an einem Ärmel zu schaffen, ohne den jungen Mann anzusehen.

»Und auf der bin ich natürlich aufgetaucht.«

Er streckte die Beine aus und ließ den rechten Fuß auf dem linken balancieren.

»Habt ihr mich verdächtigt? Tut ihr das vielleicht noch immer?«

Sein Mund verzog sich in leichtem Spott zu einem neckenden Lächeln, bei dem Hanne sich aufrichtete.

»Natürlich nicht«, beteuerte sie. »Wir verdächtigen natürlich niemanden aufgrund früherer Verbrechen.«

Er hatte ein wunderbares Lachen. Es fing tief an und gluckste sich dann auf einer Tonleiter weiter nach oben, die das Ganze wie improvisierten Gesang klingen ließ.

»Natürlich tut ihr das«, sagte er mit gespieltem Vorwurf, als fühle er sich von einer groben Lüge beleidigt. »Und ich finde das ganz normal. Warum sollte sich die Polizei sonst mit Datenschutz und Parlament wegen dieser DNS-Register fetzen? Wenn Sie mich fragen, dann wird der Datenschutz übertrieben.«

Plötzlich war bei dem jungen Mann eine Art Engagement zu bemerken. Bisher hatte er auffällig ruhig gewirkt, wenn man Hannes Verhalten bedachte.

»Sie wissen natürlich, welche Sorte Kriminalität die höchsten Rückfallquoten aufweist«, sagte er. »Diebstahl und Sittlichkeit. Das mit den Dieben ist im Grunde nicht so schlimm. Die Sexualverbrecher dagegen... die setzen ihr zerstörerisches Treiben fast ungehindert von den machtlosen Gesetzen fort.«

Plötzlich stampfte er vor seinem Sessel mit den Füßen auf, starrte Hanne Wilhelmsen ins Gesicht und sagte: »Natürlich nehmt ihr euch frühere Täter vor. Das wäre ja noch schöner!«

Sein Gesicht öffnete sich, und er lachte wieder.

»Aber Sie wären wohl kaum allein gekommen, um mich zu verhaften. Sicher gelte ich noch immer als gefährlich.«

Er musterte die Frau, die sich als Polizistin ausgegeben hatte. Er glaubte nicht, daß sie log. Wenn er von dem großen Lederanzug und der ungepflegten Frisur absah, dann war diese Frau von einem ansprechenden Äußeren. Das Gesicht war fast schön, ungeschminkt und charakterstark. Eivind Torsvik fühlte sich in Gesellschaft nur selten wohl. Es war kein Zufall, daß er hier draußen lebte. Obwohl im Sommer alle Ferienhäuser belegt waren, wurde er doch zumeist in Ruhe gelassen. Das Grundstück war groß genug. Aber diese seltsame Frau unbestimmbaren Alters – sie konnte alles zwischen dreißig und fünfundvierzig sein – gab ihm ein Gefühl von Wohlbehagen, das ihn überraschte. Als es an der Tür geklopft hatte, hatte er zuerst nicht öffnen wollen. Etwas hatte ihn dann doch dazu veranlaßt, und als er sie dann sah, wußte er, daß er sie ins Haus bitten würde. Er wußte nicht, warum. Seit er hier eingezogen war, hatte kaum je ein Mensch das Haus betreten. Aber diese Frau hatte etwas an sich, einen Ausdruck von Einsamkeit in den dunkelblauen Augen, der eine Art Zusammengehörigkeitsgefühl in ihm auslöste, das er sich nicht erklären konnte.

»Was machen Sie denn so hier draußen?« fragte Hanne plötzlich. »Schreiben Sie nur?«

»Nur«, wiederholte er und beugte sich zu ihr vor. »Wenn Sie meinen, die schriftstellerische Arbeit sei so leicht, dann irren Sie sich.«

»So war das nicht gemeint«, sagte sie rasch. »Aber Sie haben dahinten so viel an Ausrüstung, daß ich dachte, Sie machen vielleicht noch mehr. Außerdem, meine ich. Neben dem Schreiben.«

»Das meiste ist ganz überflüssig«, sagte er leichthin. »PC, Bildschirm und Tastatur, mehr brauche ich nicht. Aber ich habe noch einen Scanner, zwei zusätzliche Computer, einen CD-Brenner... ich habe viel zu viel. Und das gefällt mir.«

»Einen Internetanschluß haben Sie auch?«

»Sicher. Ich surfe stundenlang. Meine Telefonrechnungen erreichen manchmal astronomische Ausmaße.«

Hanne Wilhelmsen hörte plötzlich auf zu atmen. Sie legte den Kopf schräg und richtete ihren Blick auf eine Bronzefigur auf der westlich gelegenen Fensterbank: St. Georg im Kampf mit dem Drachen. Das schlangenhafte Biest krümmte sich um das Bein des Pferdes, und St. Georg hob die Lanze zum tödlichen Stich.

»Telefonrechnungen«, wiederholte sie leise und langsam, als fürchte sie, eine Gedankenkette aus dem Griff zu verlieren. »Haben Sie zwei Leitungen? Nummern, meine ich. Eine fürs Telefon und eine fürs Internet?«

»Nein«, antwortete Eivind Torsvik und kniff verwundert die Augen zusammen. »ISDN. Eine Nummer. Zwei Leitungen. Wieso fragen Sie?«

»Wenn jemand zwei Telefonrechnungen bekommt«, sagte sie vor sich hin, »aber nur ein Telefon hat... wie würden Sie das erklären?«

Er zuckte kurz mit den Schultern. »Damit, daß er schon einen Internetanschluß hatte, als es noch kein ISDN gab.«

»Oder vielleicht...«

Sie sprang auf.

»Jetzt habe ich Sie wirklich grundlos und viel zu lange belästigt«, sagte sie. »Ich muß machen, daß ich nach Hause komme.«

»Wollen Sie nach Oslo?« fragte er und schaute aus dem Fenster. »Jetzt regnet es wirklich.«

»Nur nach Ula. Das schaffe ich in knapp zwanzig Minuten.«

Er begleitete sie auf die mit Steinplatten belegte Betonterrasse vor der Haustür. Der Wind hatte sich beträchtlich gesteigert. An einem zwanzig Meter entfernten Steg wurde ein Boot hin und her geworfen.

»Hab es wohl nicht fest genug vertäut«, sagte er zu sich selbst. »Machen Sie's gut.«

Hanne gab keine Antwort, sondern reichte ihm die Hand.

Als sie langsam über den Weg holperte, fragte sie sich, warum Ståle Salvesen für zwei Telefonanschlüsse bezahlt hatte.

Sie hatte seine Wohnung doch gründlich untersucht.

Er hatte nur ein Telefon gehabt.

13

Evald Bromo wußte nicht, ob noch immer Karsamstag war. Er war zwei Stunden gelaufen und dachte, daß Mitternacht sicher schon vorbei sei. An diesem Abend fiel ihm das Laufen leichter als seit langem; er hatte das Gefühl, erwartungsvoll einem Ziel entgegenzulaufen, statt vor einem Schicksal zu fliehen, das er ja doch nicht abschütteln konnte. Seine Turnschuhe trafen mit rhythmischem Swusch-swusch auf den Boden auf, und er fühlte sich stark.

Zu Hause wollte er lange duschen. Und dann die Mahlzeit verzehren, die Margaret sicher für ihn bereitgestellt hatte. Und wenn er Glück hatte, dann schlief sie schon.

Vor ihm lag noch ein letzter Hang. Er steigerte sein

Tempo und spürte, wie sich Blutgeschmack in seinem Mund ausbreitete. Rascher und rascher lief er, ihm blieben nur noch vierzig Meter, dreißig, zwanzig, zehn. Er mußte die Straße überqueren und dann nach links abbiegen, und er sparte einige Meter, indem er unter einer alten Blutbuche in den Seitenweg bog.

Der Schlag, der seinen Kopf traf, war so hart, daß er kaum registrierte, wie er danach auf den Rücksitz eines Autos gelegt wurde. Dort erbrach er sich heftig.

Und alles wurde schwarz.

14

Margaret Kleiven hatte tief geschlafen. Vor Ostern hatte sie einen Arzt aufgesucht, sie hatte in den vergangenen Wochen kaum ein Auge zubekommen. Evald hatte sich so verändert. War mürrisch. Jähzornig. Diese Aspekte der Persönlichkeit ihres Mannes waren ihr zwar nicht ganz unbekannt, aber seine Ausbrüche waren bisher nur selten und nie von langer Dauer gewesen. Jetzt war er stumm und übellaunig und wegen jeder Kleinigkeit wütend. Sie hatte nie so recht begriffen, warum er so exzessiv lief, obwohl es ja gut war, daß er sich in Form halten wollte. In letzter Zeit hatte das Training jedoch Überhand genommen. Er war stundenlang unterwegs und kam restlos erschöpft nach Hause. Margaret hatte mehr als einmal die charakteristischen Geräusche eines Menschen gehört, der sich hinter der verschlossenen Badezimmertür erbricht. Der Arzt hatte ihr ein Schlafmittel verschrieben, und allein das Wissen, daß die kleinen Pillen im Schrank lagen, reichte aus. Sie war nicht an Medikamente gewöhnt und wollte sie nur im äußersten Notfall nehmen.

Am vergangenen Abend war er umgänglicher gewesen. Sie hatten ein wenig ferngesehen, und Evald hatte ab und zu zu ihr herübergeschaut, wenn er glaubte, sie merke es nicht. Das hatte sie beruhigt, und als er eine Runde Backgammon vorgeschlagen hatte, hatte sie lächelnd angenommen. Gegen halb elf war er dann Joggen gegangen. Das gefiel ihr nicht, es war zu spät, aber er hatte sich nun einmal an diese langen Touren vor dem Schlafengehen gewöhnt und gesagt, sie könne sich doch einfach schon hinlegen. Margaret hatte ihm einen Teller mit zwei Broten in die Küche gestellt. Er aß derzeit zwar so gut wie nichts, aber an ihr sollte es nicht liegen.

Sie hob die Arme über den Kopf und gähnte. Sonnenlicht drang durch die dunklen Vorhänge, und ihr fiel plötzlich ein, daß Ostersonntag war.

Sie wollte zum Frühstück Eier kochen.

Evald war schon aufgestanden.

Margaret Kleiven verließ das Bett und ging ins Badezimmer.

Dort roch es nicht nach Seife und Rasierwasser. Der Spiegel war nicht beschlagen. Sie fuhr mit den Fingern über den Duschvorhang. Der war trocken. Sie nahm sich Evalds gelbes Badetuch und drückte es zusammen. Ebenfalls ganz trocken.

Das war seltsam. Wenn er nach der nächtlichen Laufrunde geduscht hätte, dann müßte die Feuchtigkeit noch im Raum hängen. Es war erst acht. Margaret ging zurück ins Schlafzimmer.

Sie starrte das Bett an. Seltsamerweise war ihr nicht aufgefallen, daß Evalds Seite unberührt war. Eine plötzliche Angst schnürte ihr die Kehle zusammen, und sie lief die Treppen hinunter und blieb vor der Küchentür stehen, ohne sich hineinzuwagen. Dann riß sie sich zusammen und drückte langsam die Klinke.

Zwei Brote, eines mit Roastbeef und eines mit Käse und Paprika, lagen auf dem Teller auf dem ovalen Tisch aus Kiefernholz. Die Plastikfolie, mit der sie sie bedeckt hatte, war nicht berührt worden.

Margaret wandte sich um und ging auf den Flur.

Drei Paar Jogging-Schuhe standen dort. Das vierte Paar fehlte. Das neue. Das, das Evald vor einem knappen Monat gekauft hatte. In einem Jahr verschliß er fünf Paare, behielt die alten aber immer noch einige Zeit. Er trug sie, wenn es zu stark regnete.

»Evald«, sagte sie leise und wiederholte lauter: »Evald!«

Fünf Minuten später hatte Margaret Kleiven festgestellt, daß Evald nicht im Haus war und daß die Kleider, in denen er das Haus am Vorabend verlassen hatte, ebenfalls verschwunden waren.

Er war ganz einfach nicht nach Hause gekommen.

Der Telefonhörer fiel ihr aus der Hand, als sie danach griff. Sie setzte sich auf die Treppe und zwang sich zu ausreichend Ruhe, um die Nummer von *Aftenposten* zu wählen.

Dort war Evald nicht. Er war nicht in seinem Büro. Und auch sonst nicht im Haus.

Margaret Kleiven brach in Tränen aus. Sie spielte an ihrem Ehering herum, der in letzter Zeit zu weit geworden war, und spürte, wie sie von ihrer Angst überwältigt wurde.

Evald konnte doch bei Bekannten sein.

Nur fiel Margaret kein Mensch ein, den Evald so früh am Ostermorgen besuchen würde.

Evald konnte nachts nach Hause gekommen sein, nichts gegessen, neben ihr geschlafen, das Bett gemacht haben, er konnte seine Trainingssachen von gestern angezogen haben und zu einer weiteren Laufrunde aufgebrochen sein.

Sie holte tief Atem.

So mußte es sein.

So war es nicht. Das spürte sie. Etwas Schreckliches war passiert.

Wenn Evald bis zehn Uhr nicht zurück wäre, würde sie die Polizei anrufen. Margaret Kleiven blieb mit dem Telefon auf dem Schoß auf der Treppe sitzen und starrte auf die Uhr an der gegenüberliegenden Wand.

Sonnenstrahlen krochen über den Boden und kletterten dann die Wand hoch. Evalds alte Pokale im Bücherregal warfen ihre scharfen Reflexe ins Zimmer und zwangen Margaret, die Augen zu schließen. Es würde wohl ein ungewöhnlich schöner Tag werden.

15

Der Polizist und die Polizistin, die mit zielstrebigen Schritten die Einfahrt vor dem Haus der Familie Halvorsrud hochgingen, trugen Sonnenbrillen. Die Polizistin, eine Frau von etwa fünfundzwanzig, murmelte: »Jura hätte man studieren sollen.«

Die Villa der Halvorsruds machte im Frühlingswetter einen großartigen Eindruck. Die glasierten niederländischen Dachziegel funkelten. Obwohl der Garten nach dem Winter noch nicht hergerichtet worden war, wirkte das Grundstück beeindruckend. Es gab eine Doppelgarage.

Der ältere Kollege, ein Mann mit schwarzen Haaren und kräftigem Schnurrbart, klingelte. Er nahm die Sonnenbrille ab und versuchte durch ungeduldige Zeichen der Frau klarzumachen, daß sie das Gleiche tun solle.

Nachdem sie noch zweimal ausgiebig geklingelt hatten, wurde endlich die Tür geöffnet.

Halvorsrud stand in einem blauweißgestreiften Bademantel vor ihnen und schaute sie aus zusammengekniffenen Augen an.

»Was ist los?« fragte er schlaftrunken, dann fiel sein Blick auf seine Armbanduhr. »Oi. Tut mir leid.«

»Sie müssen sich jeden Tag um zwölf melden«, sagte die Frau und versuchte, über Halvorsruds Schulter zu schauen.

Ein Mädchen in den Teenagerjahren in einem riesengroßen T-Shirt kam die Treppe herunter.

»Das weiß ich«, sagte Halvorsrud resigniert. »Natürlich weiß ich das. Ich habe einfach verschlafen. Ich kann das nur bedauern.«

Der Uniformierte zog ein Papier aus der Brusttasche, faltete es auseinander und hielt es Sigurd Halvorsrud hin.

»Papa?«

Die Stimme der Tochter klang ängstlich, und Halvorsrud drehte sich zu ihr um.

»Alles in Ordnung, Liebes. Wir haben einfach verschlafen.«

Dann überflog er das Papier.

»Haben Sie etwas zum Schreiben?« murmelte er und hielt das Dokument an die Wand.

»Hier.«

Halvorsrud nahm den Kugelschreiber, den der Mann ihm anbot, und kritzelte eine Unterschrift.

»So«, sagte er und band sich den Bademantelgürtel fester. »Ich bedaure noch einmal.«

»Sorgen Sie dafür, daß das nicht wieder vorkommt«, sagte der Polizist und lächelte. »Schönen Tag noch.«

Halvorsrud blieb stehen und schaute ihnen hinterher. Dabei hatte er den Arm um die Schultern seiner Tochter gelegt. Als seine ungebetenen Gäste den Streifenwagen erreicht hatten, der vor der Auffahrt stand, setzte die Polizistin ihre Sonnenbrille auf und sagte: »Wenn ich zu entscheiden hätte, dann hätten wir ihn wieder eingebuchtet. Ein Herr Jedermann würde nicht so behandelt werden.«

»Lawyers rule the world«, sagte der andere und verstaute das unterschriebene Papier im Handschuhfach.

16

Hausmeister Ole Monrad Karlsen in der Vogts gate 14 hatte eine elende Nacht hinter sich. Im Nachbarhaus gab sich eine Bande von Jugendlichen alle Mühe, das gesamte Viertel bis in den frühen Morgen hinein wachzuhalten. Karlsen hatte sich nicht als einziger darüber geärgert; gegen vier Uhr war die Polizei aufgetaucht, offenbar aufgrund von Klagen. Für eine halbe Stunde war daraufhin der Lärmpegel um einiges gesunken, und Karlsen war fast schon eingeschlafen, als es wieder losdröhnte.

Am ersten Sonntag im Monat überprüfte er immer die Glühbirnen in Treppenhaus, Keller und Dachboden. Für Ole Monrad Karlsen spielte es keine Rolle, daß Ostersonntag war. Er hatte seine Routine, und ein Feiertag oder eine schlaflose Nacht waren für ihn kein Grund für ein Pflichtversäumnis. Er fluchte leise, als er feststellte, daß im Treppenhaus A nicht weniger als vier Glühbirnen ihren Geist aufgegeben hatten. Es war ein großes Haus, mit vierundzwanzig Wohneinheiten und zwei Treppenhäusern.

Eigentlich hatte er sich vor dem Keller Treppenhaus B vornehmen wollen. Aber als er mit vier durchgebrannten und sechs neuen Birnen in einer Plastiktüte die Treppe hinunterging, fiel ihm auf, daß die Kellertür nur angelehnt war. Und das nicht zum ersten Mal. In letzter Zeit hatte er dreimal Plakate mit der strengen Mahnung aufgehängt, daß Haustür und Keller immer verschlossen zu sein hatten.

»RUND UM DIE UHR!« hatte er mit Filzstift unten auf das Plakat geschrieben.

Hausmeister Karlsen wurde wütend. Nach dem letzten ungebetenen Gast, dem Banditen, der ihm eine wehe Schulter verpaßt hatte, die ihm nachts noch immer zu schaffen machte, hatte er festgestellt, daß kein Schloß aufgebrochen worden war. Mit anderen Worten war also dieser Mistkerl ins Haus gekommen, weil irgendwer sich nicht an die Vorschriften gehalten hatte. Zum Glück war nichts gestohlen worden. Karlsen hatte den Dieb im richtigen Moment überrascht.

Jetzt hatte jemand die Tür ruiniert.

Sie schlug im schwachen Luftzug gegen den Rahmen. Das Holz um das Schloß war gesplittert und klaffte weiß in der alten blauen Farbe.

»Also zum...«

Karlsen nahm das Ganze als persönliche Beleidigung. Das hier war sein Haus. Er trug die Verantwortung dafür, daß alles in Ordnung war, daß die Mieter regelmäßig die Treppe putzten, daß der Bürgersteig gekehrt wurde, daß unter den Briefkästen keine Werbung herumlag, daß bei Bedarf ein Klempner kam. Er trug die Verantwortung dafür, daß alles funktionierte. In einem Haus wie diesem, in dem ein Drittel der Bewohner Sozialhilfe bezog und in dem die Mieter so rasch wechselten, daß Karlsen ab und zu nicht mehr wußte, wer nun wirklich im Haus wohnte, mußte jemand alles im festen Griff halten.

In seinen Keller war eingebrochen worden.

Wütend trampelte er die Treppe hinunter.

Unten wäre er fast über etwas gestolpert. Er stemmte die Hand gegen die Wand, um sich abzustützen, und konnte sich auf den Beinen halten. Dann schaute er nach unten.

Dort lag ein Kopf.

Ein Stück weiter im engen Kellergang lag der offenbar

dazugehörige Körper. Die Arme lagen an der Seite, die Beine waren übereinandergeschlagen, als wolle die kopflose Leiche einfach nur ein kleines Nickerchen machen.

Karlsen spürte, wie das Blut aus seinem Gehirn strömte, und schluckte energisch.

Karlsen hatte schon Schlimmeres erlebt. Er hatte um sich schlagende Kameraden im eiskalten Meer ertrinken sehen; einmal hatte er seinen besten Freund aus dem vom Öl brennenden Wasser und ins überfüllte Rettungsboot gezogen, nur um entdecken zu müssen, daß der Freund keinen Unterleib mehr hatte.

Ole Monrad Karlsen legte die Hand über die Augen, schluckte noch einmal und dachte, daß er diesmal auf jeden Fall die Polizei verständigen müsse.

17

»Laß es klingeln«, murmelte Cecilie.

Leichte Sommerwolken trieben über ihnen dahin. Konturlos und durchsichtig ließen sie den Himmel verblassen und die Sonne weiß aussehen. Hanne und Cecilie lagen auf dem Rücken und hielten einander an den Händen. Es war schon später Vormittag, und sie spürten die Wärme der Felsen durch ihre Kleidung. Der Wind hatte sich gelegt. Die Seeschwalben schrien, und Hanne hoffte für einen Moment, es sei nur ein Schrei gewesen, als sie ihr Handy hörte.

»Geht nicht«, sagte sie resigniert und setzte sich auf. »Wilhelmsen?«

Irgendwer redete am anderen Ende lange auf sie ein. Hanne Wilhelmsen sagte erst etwas, als sie am Ende versprach, in zehn Minuten zurückzurufen. Dann beendete sie

das Gespräch und schaute aufs Meer hinaus. Ein Colin-Ar-
cher-Schiff tuckerte auf den Hafen zu, und am Horizont
war ein Tanker auf dem Weg nach Westen.

»Wer war das?« fragte Cecilie, ohne die Augen zu öffnen.

Hanne gab keine Antwort. Sie griff nach Cecilies Hand
und drückte sie. Cecilie setzte sich auf.

»Danke, daß du mit hergekommen bist«, flüsterte sie und
pflückte in einer Felsspalte eine trockene Strandnelke. »Es
war so schön hier. Mußt du los?«

Sie lehnte sich an Hanne und kitzelte sie mit der Blume
unter der Nase. Hanne lächelte kurz und rieb sich das Gesicht.

»Ein Mord ist geschehen«, sagte sie leise. »Noch eine Enthauptung.«

Cecilie legte den Arm um sie und spürte ihr Haar an ihrer
Wange.

»Und Halvorsrud ist auf freiem Fuß«, sagte sie langsam.
»Hat das etwas mit ihm zu tun?«

Hanne zuckte mit den Schultern. »Who knows«, sagte sie
resigniert. »Aber zwei Enthauptungen in einem Monat sind
doch ziemlich auffällig. Ich habe keine Ahnung...«

Sie verstummte und schlug die Hände vors Gesicht. Cecilie erhob sich langsam und kniete sich hinter sie. Sie umarmte Hanne und wiegte sie langsam hin und her.

»Es ist Ostersonntag«, flüsterte sie ihr ins Ohr. »Die werden doch sicher noch einen Tag ohne dich fertig, oder?«

Drei Mädels von vielleicht zwölf Jahren tauchten plötzlich zehn Meter von ihnen entfernt auf einer Felskuppe auf.
Die Mädchen flüsterten miteinander, eine prustete los und
schlug sich die Hand vor den Mund. Dann waren sie so
plötzlich verschwunden, wie sie gekommen waren.

»Ich muß los«, sagte Hanne und richtete sich mit steifen
Bewegungen auf. »Aber wenn du noch bleiben willst, dann
kann ich versuchen, dich morgen abend abzuholen. Mit

Håkon und Karen darfst du auf keinen Fall fahren. Mit den Kindern wäre das zu anstrengend für dich.«

Cecilie griff nach ihrer Hand. »Nie im Leben hast du Zeit, um mich zu holen«, erklärte sie. »Ich komme jetzt gleich mit.«

18

Es war Montag, der 5. April, um acht Uhr abends. Hanne Wilhelmsen hatte morgens kurz zu Hause vorbeigeschaut, um sich umzuziehen, und dabei festgestellt, daß die vertrauten Kopfschmerzen im Anmarsch waren. Sie riß die Augen auf und versuchte, ihren Blick auf die Unterlagen zu richten, die Billy T. ihr eine Stunde zuvor gebracht hatte. Sie war dankbar dafür, daß er nie gegen ihren Wunsch nach täglicher, schriftlicher Zusammenfassung protestiert hatte. Die meisten Ermittler meinten, die offiziellen Dokumente müßten ausreichen, sie könnten sich nicht auch noch die Zeit nehmen, um private Mitteilungen für die Hauptkommissarin zu verfassen. Hanne Wilhelmsen bestand aber trotzdem darauf, bei mehr oder minder lautem Widerspruch. Die täglichen Zusammenfassungen der zahllosen Informationen, die in ständig wachsenden Mappen und Ordnern steckten, halfen ihr, ein Gesamtbild zu behalten. Die Ermittler erlaubten sich außerdem erfahrungsgemäß größere Freiheiten, wenn sie wußten, daß das, was sie schrieben, nicht ins Protokoll geraten würde, und sie teilten persönliche Ansichten und Meinungen mit. Hanne Wilhelmsen wollte es so, und so geschah es dann.

Sie spülte mit lauwarmem Kaffee zwei Kopfschmerztabletten hinunter und las, während sie sich mit den Fingerspitzen die Kopfhaut massierte.

Bei dem Ermordeten handelt es sich um Evald Bromo, Journalist in Aftenpostens Wirtschaftsredaktion. Er war 46 Jahre alt, verheiratet mit Margaret Kleiven, kinderlos. Nicht vorbestraft.

Wie Doris Flo Halvorsrud wies Evald Bromo Verletzungen am Hinterkopf auf, die durch einen kräftigen Schlag verursacht worden sind. Ob er daran gestorben ist oder ob er noch lebte, als er enthauptet wurde, wird sich während der nächsten Tage herausstellen. Er wurde in der Vogts gate 14 vom Hausmeister Ole Monrad Karlsen gefunden. Karlsen steht bisher nicht unter Verdacht. Er ist übellaunig und schwierig, aber Sommarøy meint, daß er offenbar nichts mit dem Fall zu tun hat.

Die Vogts gate 14 ist ein Mietshaus mit 24 Wohneinheiten, viele davon sind Sozialwohnungen. Das Haus an sich befindet sich jedoch in Privatbesitz, was erklärt, daß Karlsen trotz seines fortgeschrittenen Alters noch immer als Hausmeister fungiert. Ståle Salvesen hatte dort eine Sozialwohnung.

Wir wissen, daß Evald Bromo am Samstagabend gegen halb elf von zu Hause weggegangen ist, weil er eine Runde laufen wollte. Er war angeblich sehr fit für sein Alter, und seine Frau sagt, daß diese späten Touren nichts Ungewöhnliches waren.

Seine Frau war dann schlafen gegangen. Als sie am nächsten Morgen gegen acht aufwachte, wies alles im Haus darauf hin, daß Evald Bromo nicht nach Hause gekommen war. Der Zeitpunkt seines Sterbens wird auf zwischen Mitternacht und zwei Uhr am Sonntagmorgen angesetzt, es kann also stimmen. Die Frau wartete noch zwei Stunden, dann meldete sie ihren Mann bei der Polizei als vermißt. Sie wollte noch abwarten, ob ihr Mann vielleicht am frühen Morgen wieder losgelaufen war. Karianne, die mit der Frau gesprochen hat, schildert sie als vollständig verzweifelt und aufrichtig verwirrt von diesen Ereignissen. Ich habe darum gebeten, sie morgen noch einmal vernehmen zu dürfen. Am Sonntagnachmittag war kaum ein vernünftiges Wort aus ihr herauszuholen.

Die Waffe, mit der Bromo enthauptet worden ist, ist noch nicht gefunden worden. Vermutlich handelt es sich dabei um ein Schwert.

Es war wohl relativ schwer und sehr scharf; es ist ein glatter Schnitt, und die Gerichtsmediziner meinen, daß zwei oder drei Schläge schon ausgereicht haben, um den Kopf vom Rumpf zu trennen.

Die Kellertür war aufgebrochen worden, die Haustür hatte vermutlich offengestanden. Offenbar haben die Hausbewohner häufiger das Abschließen vergessen. Gegensprechanlage und Türsummer funktionieren zeitweise nicht, und viele wollen nicht alle Treppen hinunterlaufen, um Gäste einzulassen.

Bromo wurde aller Wahrscheinlichkeit nach am Fundort enthauptet. Auf jeden Fall war er dabei bewußtlos (falls nicht tot). Vorläufig haben wir keine Spuren eines Kampfes gefunden. Unter seinen Fingernägeln hatte er nur normalen Schmutz, sein Körper weist keine anderen Verletzungen auf als die, die durch den Schlag auf den Hinterkopf und eben die Enthauptung entstanden sind.

Wir können noch nicht sagen, ob Bromo in den Keller gegangen ist oder ob er hinuntergetragen wurde. Wenn letzteres der Fall ist, dann haben wir es aller Wahrscheinlichkeit mit einem kräftigen Täter (oder vielleicht mehreren) zu tun. Weder die Treppe noch die Leiche lassen annehmen, daß Bromo in den Keller geschleift worden ist (tot oder bewußtlos). Das bedeutet, daß er selbst gegangen ist oder getragen wurde. Da nichts auf einen Kampf hinweist, ist letzteres anzunehmen. Ansonsten ist hinzuzufügen, daß Bromo ein schlanker Mann war, er war 1,82 Meter groß und wog nur 68 Kilo.

Die Polizei war gegen drei Uhr in der Nacht zum Sonntag in der Gegend im Einsatz. Es waren Klagen über Lärm eines Festes im Haus gegenüber dem Tatort eingegangen. Die Streife hat bei oder in der Vogts gate 14 nichts Verdächtiges gesehen oder gehört.

Das Bemerkenswerteste an diesem Fall ist natürlich, daß die Leiche im Keller des Hauses gefunden worden ist, in dem Ståle Salvesen gewohnt hat. Selbst wenn der Mord nicht durch Enthauptung geschehen wäre, wäre diese Tatsache doch aufsehenerregend. Wenn wir es nun zu allem Überfluß mit einem Mord derselben Art wie dem an Doris Flo Halvorsrud zu tun haben, dann spricht doch sicher alles für irgendeinen Zusammenhang zwischen beiden Morden.

Erik H. und Karl untersuchen jetzt mögliche Berührungspunkte zwischen Evald Bromo und Ståle Salvesen. Bromos Frau hat Salvesens Namen nie gehört, von einer engen Beziehung kann also keine Rede sein. Bisher wissen wir nur, daß Bromo damals über die Ermittlungen gegen Aurora Data und Salvesen berichtet hat. Mit anderen Worten können wir annehmen, daß sie damals miteinander gesprochen haben.

Wir überprüfen natürlich auch mögliche Beziehungen zwischen Sigurd Halvorsrud und Bromo. Bisher haben sich keine feststellen lassen. Da sie beide sich mit Wirtschaftsverbrechen beschäftigt haben, ist es jedoch sehr wahrscheinlich, daß sie einander gekannt haben. Wir holen Halvorsrud morgen zum Verhör her. Ich werde es selbst leiten.

Heute wurden sechs Zeugen vernommen (wegen der Osterfeiertage waren sie schwer zu erreichen). Drei davon sind Bromos engste Kollegen, die alle behaupten, ihn ziemlich gut gekannt zu haben. Sie alle beschreiben ihn als relativ stillen, gehemmten Mann, der nicht viel geselligen Umgang gepflegt hat. Sie wissen nicht viel über seinen Bekanntenkreis, behaupten aber, er sei zumeist zu Hause bei seiner Frau geblieben, wenn er nicht gerade lief. Angeblich war er ein sehr tüchtiger Langstreckenläufer. Ein Zeuge beschreibt Bromos Einstellung zum Laufen als »fanatisch«. Kein Zeuge weiß, wer etwas gegen Bromo haben könnte, obwohl alle betonen, daß sie als Journalisten ab und zu durchaus Probleme mit den Menschen haben, über die sie schreiben.

Ståle Salvesen ist also wieder der Joker.

Es wird Zeit, daß wir ihn gezielt suchen lassen. Vielleicht hätten wir das schon früher tun sollen. Die Strömungsverhältnisse bei der Staure-Brücke würden es ermöglichen, daß eine Leiche nach unten gepreßt wird und sich möglicherweise am Boden festsetzt. Ich glaube eigentlich nicht, daß wir etwas finden werden. Ein Gefühl im Bauch sagt mir, daß Ståle Salvesen sich irgendwo bester Gesundheit erfreut.

Hanne Wilhelmsen versuchte, ein Gefühl in ihrem eigenen Bauch zu befragen. Aber das teilte ihr nur mit, daß sie seit vielen Stunden nichts mehr gegessen hatte.

»Teufel auch, Hanne!«

Karl Sommarøy stürzte durch die halboffene Tür und knallte ein Papier mit zwei vergrößerten Fingerabdrücken vor ihr auf den Schreibtisch. Dann trat er neben sie, legte ihr den Arm um die Schulter und richtete einen Zeigefinger auf das Papier.

»Was glaubst du wohl, was das ist?«

Er lachte sein Kleinmädchenlachen und schlug mit der Hand auf den Tisch.

»Fingerabdrücke natürlich.« Hanne seufzte.

Sie unterdrückte ein Gähnen und spielte mit dem Gedanken, ihren Kollegen zur Ordnung zu rufen. Obwohl ihre Tür angelehnt gewesen war, hätte er anklopfen müssen.

»Aber was glaubst du, wem die gehören?«

Karl Sommarøy war außer sich vor Aufregung und redete weiter, ohne auf Hannes Antwort zu warten: »Sie wurden in der Nähe von Evald Bromos Leiche gefunden. Einer an einer Bretterwand zwei Meter weiter. Einer an der Wand neben der Treppe.«

Die Kopfschmerzen waren schlimmer geworden. Irgend etwas pulsierte hinter dem rechten Ohr, so, als stecke dort ein Nagel fest und wolle nach draußen. Hanne steckte einen Fingerknöchel in ihre Augenhöhle und drückte energisch zu.

»Und wem gehören sie also?« fragte sie resigniert und versuchte, sich von seinem Arm um ihre Schultern zu befreien. »Ich bin ein bißchen zu müde für solche Spiele.«

»Sie gehören Sigurd Halvorsrud«, sagte Karl und lachte wieder, laut, dünn und schrill. »Sigurd Halvorsrud war in Ståle Salvesens Keller, wo Evald Bromos Leiche gefunden worden ist. Ich freu mich schon darauf, wie er das zu erklären versuchen wird.«

Hanne Wilhelmsen ließ ihren Finger den feinen Linien der vergrößerten Abdrücke folgen. Sie verschlangen sich miteinander wie die Markierungen auf einer alten Orientierungskarte. Es war ein einzigartiges Terrain; unter den fast fünf Milliarden Menschen auf der Welt konnte nur Sigurd Halvorsrud diese Abdrücke in dem Keller hinterlassen haben, in dem Evald Bromo ermordet worden war. Und aus dieser Sache würde der ehemalige Oberstaatsanwalt sich ganz einfach nicht herausreden können.

19

Das Wasser im Äußeren Oslofjord war spiegelglatt. Zwei Seemeilen südlich des Leuchtturms von Færder lag ein Hochseesegler mit zwei Mann an Bord. Petter Weider und Jonas Broch waren beide fünfundzwanzig und studierten Jura, wenn sie nicht segelten. Was bedeutete, daß sie nur minimal büffelten. Zu Ostern, das sie eigentlich über den Büchern hätten verbringen müssen, weil das Examen nur noch einen Monat entfernt war, waren sie nach Kopenhagen gesegelt, um Marihuana zu holen. Von einer großen Menge konnte nicht die Rede sein, es gab für jeden nur ein Pfund, und das nur zum eigenen Konsum. Vielleicht würden sie Freunden etwas abgeben. Aber das als Geschenk.

Für die Rückfahrt hatten sie länger gebraucht, als sie erwartet hatten. Mitten im Skagerrak war der Wind beträchtlich abgeflaut. Als die beiden Studenten frühmorgens am Dienstag, dem 6. April, Blickkontakt zum Leuchtturm aufnehmen konnten, war das Meer für diese Jahreszeit ungewöhnlich ruhig. Die Sonne brannte am Osthimmel, und sie konnten ihre dicken Schwimmwesten ablegen und in Wollpullovern hinter dem Steuer sitzen.

Es war ein perfekter Tag für einen ordentlichen Joint. Es brachte doch nichts, den Motor anzuwerfen, wenn sie an Land nur ein stickiger Lesesaal erwartete.

Das Gras hatten sie über einen alten Bekannten an der Kopenhagener Uni gekauft, und es hielt, was dieser versprochen hatte. Petter und Jonas hatten schon vergessen, daß sie bereits zweimal durchgefallen waren und daß die Stelle für Studiendarlehen ihnen die Hölle heiß machen würde, wenn sie es diesmal nicht schafften. Das zaghafte Flappen der Segel, die nach Wind suchten, mischte sich mit dem Glucksen des Wassers und ließ die beiden Studenten das Leben positiv sehen. Wenn das Examen auch diesmal in den Teich ginge, könnten sie ja die Erde umsegeln. Zwei Jahre lang vielleicht. Auf jeden Fall wollten sie nach Sansibar, wo Jonas im vergangenen Jahr die Weihnachtsferien verbracht hatte. Und auch zu den Malediven, wo sie von Insel zu Insel schippern und vielleicht mit Touristen, die es satt hatten, immer auf derselben kleinen Insel herumzugondeln, ein wenig Geld verdienen könnten.

»Da liegt einer im Wasser«, sagte Petter träge. »Steuerbord.«

Jonas kicherte.

»Was macht der denn?« flüsterte er dramatisch.

»Der ist tot.«

»Ganz?«

»Ziemlich.«

»Haben wir noch Bier?«

Petter griff in eine Kühltasche und zog eine Halbliterdose Tuborg hervor. Er warf sie Jonas zu und machte sich dann selbst eine auf.

»Der Typ ist noch immer da«, murmelte er.

Jonas setzte sich auf und klemmte das Ruder ein. »Wo denn?«

»Da.«

»Ja, Scheiße! O verdammt, Petter! Der ist doch tot, Mann!«

»Sag ich doch«, murmelte Petter sauer.

Jonas beugte sich übers Dollbord und spritzte sich Salzwasser ins Gesicht. Er rieb sich die Schläfen und schüttelte energisch den Kopf.

»Wir müssen ihn holen. Gib mir den Bootshaken.«

Gemeinsam konnten die beiden Studenten die Kleider des Toten fassen. Langsam zogen sie den bleischweren Leichnam auf das Boot zu. Der Mann – aus irgendeinem Grund war ihnen sofort klar, daß es sich um einen Mann handelte – lag mit dem Gesicht nach unten im Wasser.

»Dreh du ihn um«, sagte Petter zögernd.

»Kannst du machen.«

»Nie im Leben. Meinst du, wir sollen ihn an Bord holen?«

Jonas versuchte, die Leiche unter dem Bauch zu fassen. Das brachte eine Luftblase in deren Kleidern zum Platzen.

»O verdammt. Das stinkt ja vielleicht. Loslassen! Laß los, zum Teufel!« Petter heulte und warf sich auf die Backbordseite. Er stieß mit dem Rücken gegen die Kühltasche und ließ einen Strom von Flüchen folgen.

»Wir können ihn nicht loslassen«, fauchte Jonas und erbrach sich über der Leiche. »Wir müssen die Polizei verständigen, du Idiot!«

Petter rappelte sich auf, rieb sich den wehen Rücken und schnitt Grimassen, weil der grauenhafte Gestank nun schon das ganze Boot erfaßt hatte.

»Können wir ihn nicht einfach an Land schleppen? Wenn wir ein wenig Leine lassen, werden wir diesen Scheißgestank los.«

»Du Obertrottel! Der Kerl löst sich doch schon auf. Wenn wir den auch nur zehn Meter schleppen, ist nichts mehr von ihm übrig. Gib mir jetzt ein Tau und stell dich nicht so an. Hilf mir doch, zum Teufel.«

Eine Viertelstunde später hatten Petter Weider und Jonas Broch ihren Leichenfund gesichert, indem sie ihn am Dollbord festgebunden hatten. Dann hatten sie über Funk die Polizei verständigt. Bestimmt würde die bald eintreffen.

»Verdammt!«

Es war ihnen in derselben Sekunde eingefallen. In der Kajüte lag ein knappes Kilo Marihuana. Obwohl die Polizei vermutlich nicht das Boot der beiden hilfsbereiten Jurastudenten durchkämmen würde, wollten sie das Risiko nicht eingehen. Sie wollten später als Anwälte arbeiten, als Starjuristen mit fetten Bankkonten. Petter war den Tränen nahe, als Jonas resolut zwei Plastiktüten voller tabakähnlicher Drogen ins Meer entleerte.

Sie hatten nicht damit gerechnet, daß das Meer so still war.

Das Marihuana wollte nicht sinken, es klebte an der Schiffsseite.

Und so kam es, daß der halb aufgelöste Mann wunderbar mit Drogen gewürzt war, als die Polizei dann die Verantwortung für die Leiche übernehmen konnte.

20

»Sigurd Halvorsrud«, sagte Billy T. langsam, zog an seinem Ohrläppchen und spielte mit seinem goldenen Petruskreuz. »Sigurd Harald Halvorsrud.«

Dann verschränkte er die Arme und starrte den Festgenommenen an, der stocksteif auf der anderen Tischseite saß. Neben Karen Borg, die diesmal Hosen trug. Sie machte sich an der Aktentasche zu schaffen, die seit zehn Minuten ungeöffnet auf ihrem Schoß stand. Fast unmerklich schob sie ihren Stuhl einige Zentimeter von ihrem Mandanten fort, als habe sie längst jeglichen Glauben an Sigurd Halvorsruds Unschuld eingebüßt und wolle sich eiligst distanzieren.

Billy T. beugte sich plötzlich über den Tisch. »Was wollten Sie denn bloß in diesem Keller, Halvorsrud?«

»Mein Mandant hat bisher nicht zugegeben, daß er dort gewesen ist«, mahnte Karen Borg. »Ich schlage vor, daß wir damit anfangen.«

Billy T. lächelte und biß sich auf den Schnurrbart.

»Bisher hat dein Mandant noch kein Sterbenswörtchen gesagt«, sagte er mit harter Stimme. »Was ja sein gutes Recht ist. Aber was dieses Verhör betrifft, so bestimme ich.«

Er öffnete eine Halbliterflasche Cola und leerte die Hälfte mit einem langen Schluck. Dann knallte er die Flasche auf den Tisch und rieb sich die Hände.

»Ich fange noch einmal an«, sagte er munter. »Was haben Sie in der Nacht zum vergangenen Sonntag im Keller der Vogts gate 14 gewollt?«

In den drei Wochen, die Halvorsrud in Untersuchungshaft gesessen hatte, bis er dann von Richter Bugge zu seiner Tochter nach Hause geschickt worden war, hatte er jeden Tag seine übliche Arbeitskleidung getragen: Anzug, Hemd und Schlips. Jetzt trug er abgenutzte Jeans mit Hosenträgern über einem braungrünen Flanellhemd, dessen offener Kragen einige starre, graue Haare zeigte. Billy T. hatte den Haftbericht gelesen. Der Mann hatte sich umziehen wollen. Das wurde ihm nicht gestattet, und er schien sich in seiner saloppen Kleidung unwohl zu fühlen. Halvorsrud hatte die Hände im Schritt liegen und räusperte sich immer wieder, als sei ihm etwas in den Hals geraten.

»Ich«, setzte er an. »Ich… ich…«

Er kam nicht weiter. Er beugte sich zu Karen Borg hinüber und flüsterte ihr etwas zu. Sie setzte sich aufrecht hin und stellte endlich ihre Aktentasche auf den Boden.

»Mein Mandant möchte von seinem Aussageverweigerungsrecht Gebrauch machen«, sagte sie laut.

Billy T. schaute zu Erik Henriksen hinüber, der auf einem weiteren Stuhl im Verhörzimmer saß und bisher kein Wort gesagt hatte.

»Hast du das gehört, Erik? Unser Freund hier hält es für angebracht, keine Aussage zu machen.«

»Auch egal«, sagte der andere. »Dann geht es viel leichter, ihn in eine Zelle zu stecken. Und später redet er dann bestimmt. ›Passiert es jetzt, dann passiert es nicht später, passiert es nicht später, dann passiert es jetzt, und passiert es nicht jetzt, dann passiert es eben irgendwann.‹«

Er gähnte und streckte die Arme über den Tisch.

»Hamlet«, sagte er müde. »Fünfter Akt. Ich sage Annmari Bescheid. Und schicke zwei Kollegen, die den Oberstaatsanwalt in eine Zelle führen können.«

Karen Borg begleitete ihren Mandanten, als Halvorsrud abgeführt wurde. Billy T. legte ihr eine schwere Faust auf die Schulter und flüsterte: »Jenny.«

Karen fuhr herum.

»Was?«

»Die Kleine soll Jenny heißen. Modern genug, altmodisch genug. Typischer Kompromiß. Zufrieden?«

Karen Borg starrte zu Boden und ging weiter. Billy T. kam hinterher.

»Gefällt dir das nicht?«

»Doch«, antwortete sie ohne ein Lächeln. »Jenny ist total okay.«

»Billy T.!«

Ein Polizeianwärter kam angelaufen, als sie sich beide umdrehten. Atemlos drückte er dem Polizeibeamten einen gelben Notizzettel in die Hand.

»Von Hanne Wilhelmsen«, keuchte er. »Und du sollst sie anrufen. Sobald wie möglich.«

Billy T. las die Nachricht. Dann faltete er den Zettel zusammen und verstaute ihn in seiner Uhrentasche.

»Auch eine Zeit, um nach Vestfold zu fahren«, murmelte er sauer. »Was zum Teufel will sie denn da?«

Als er sich wieder umdrehte, war Karen Borg verschwunden.

21

Im strahlenden Frühlingswetter sah die Gegend noch schöner aus. Das dachte Hanne Wilhelmsen, als sie über den Plattenweg auf Eivind Torsviks Haus zulief. Vestfold war der schönste Regierungsbezirk im Land. Gelbe Felsen zogen sich ins frische, graublaue Wasser hinein. Die Bäume hatten in den letzten Tagen energisch ausgeschlagen, hellgrüne Kronen ragten dem Sommer entgegen, der im Moment wirklich hinter der nächsten Ecke zu warten schien. Im Gras wimmelte es nur so von Leberblümchen. Das Licht tat ihr in den Augen weh, und Hanne setzte eine Sonnenbrille auf. Sie blieb stehen und schaute von der Terrasse aus aufs Meer. Sonnenreflexe spielten im seichten Fjord. Ein Junge im Stimmbruch rief von einem dreißig Meter entfernten Inselchen seinem Kumpel an Land etwas zu. Beide lachten. Das Lachen wurde weitergetragen und hallte über den schmalen Hamburgkilen wider.

»Schön, daß Sie kommen konnten. Und so schnell!«

Hanne Wilhelmsen fuhr zusammen, als sie ihn hörte, und drehte sich um. Auch Eivind Torsvik trug eine Sonnenbrille. Die Bügel waren sehr lang, hinten gebogen und mit einem Gummi aneinander befestigt.

»Clever«, sagte sie spontan und zeigte auf die Brille.

Er lachte; ein faszinierendes, kindliches Lachen, das ihr ein breites Lächeln entlockte.

»Das haben noch nicht viele gesagt«, sagte er und lachte noch einmal.

Er zeigte auf die Sonnenwand mit dem Panoramafenster. Zwei große Holzstühle waren dort seit Hannes erstem Besuch aufgestellt und mit blauweißgestreiften Kissen versehen worden. Hanne setzte sich auf den einen und hob ihr Gesicht in die Sonne. Es war noch keine halb vier Uhr nachmittags. Ihre Wangen brannten.

»Es ist wunderschön hier«, sagte sie leise. »Und Sie haben wirklich ein phantastisches Haus.«

Eivind Torsvik setzte sich wortlos neben sie. Er legte sich eine Decke um die schmalen Schultern, und Hanne konnte durch das Tuckern eines langsam vorüberfahrenden Bootes seinen regelmäßigen Atem hören. Sie schloß die Augen hinter ihrer Sonnenbrille und fühlte sich unsäglich müde.

Er hatte alles so dringend gemacht. Als er angerufen hatte, hatte sie ihn gebeten, nach Oslo zu kommen. Eivind Torsvik hatte sein Verständnis für Hanne Wilhelmsens Arbeitssituation zum Ausdruck gebracht, diese Bitte dann aber aufs Entschiedenste abgelehnt. Er habe die Gegend um Sandefjord seit vielen Jahren nicht verlassen, erzählte er, und so solle es auch bleiben. Wenn sie hören wolle, was er über Evald Bromo zu erzählen hätte, dann müsse sie zu ihm kommen. Persönlich und allein. Mit anderen wolle er nicht reden.

Jetzt saß sie neben diesem seltsamen Knabenmann und hätte einschlafen können. Eivind Torsviks Gesellschaft war ihr angenehm; der ewige Druck hinter den Augen ging zurück, und ihre Schultern senkten sich. Sie hatten zwar nur wenige Worte gewechselt, als sie am vergangenen Samstag höchst unangebracht in die Privatsphäre dieses Mannes eingedrungen war, aber sie hatte doch das Gefühl, ihn schon lange zu kennen.

Eivind Torsvik war ein Mann, der sich und das Seine von allen anderen abschirmte. Seine schriftstellerische Tätigkeit ermöglichte wohl solch eine Einsamkeit; er brauchte sich kaum mit anderen Menschen abzugeben. Eivind Torsvik brauchte niemanden. Hanne ertappte sich bei dem Gedanken, daß sie ihn beneidete, dann nickte sie ein.

Sie mußte einige Minuten geschlafen haben, denn als sie aufwachte, stand er mit einer dampfenden Teetasse und einer weiteren Decke über dem Arm vor ihr.

»Hier«, sagte er und reichte ihr beides. »Nachmittags kann es kühl werden. Und jetzt erzähle ich Ihnen, was ich hier draußen wirklich mache.«

Er nahm auch sich selbst eine Tasse Tee und setzte sich, während er den Zucker verrührte.

»Was ist für Sie das Schlimmste an der Arbeit bei der Polizei?« fragte er mit sanfter Stimme so leise, daß Hanne ihn kaum verstand. »Das Allerschlimmste dabei, der Arm des Gesetzes zu sein, meine ich.«

»Die Strafprozesse«, sagte sie sofort. »Daß es so viele Regeln gibt. Daß wir soviel nicht dürfen, meine ich. Nicht einmal dann, wenn wir ganz sicher wissen, daß jemand schuldig ist.«

»Das habe ich mir gedacht«, sagte er mit einem zufriedenen Nicken.

Der Tee schmeckte ein wenig nach Zimt und Äpfeln. Hanne hielt sich die Tasse ans Gesicht und sog den leichten Dampf ein.

»Soll ich Ihnen erzählen, warum ich schreibe?«

Er starrte sie an und schob seine Sonnenbrille hoch, bis sie fest vor seiner Stirn saß. Hanne nickte ruhig und trank einen Schluck.

»Weil ich ein Leben gelebt habe, über das man schreiben kann«, sagte er und lächelte erstaunt, als habe er gerade erst eine lange gesuchte Erklärung gefunden. »Ich schreibe nie über mich selbst. Und doch tue ich das die ganze Zeit. Die Bücher handeln von gelebtem Leben. Ich habe, bis ich achtzehn wurde, mehr gelebt als die meisten anderen. Danach war Schluß. Ich habe einen Mann umgebracht und mich seither damit abgefunden, daß das eine Leben, das mir zugeteilt worden ist, ein Ende genommen hat.«

Hanne goß sich aus einer Thermoskanne, die zwischen ihnen auf den Steinplatten stand, noch mehr Tee ein. Sie öffnete den Mund zum Widerspruch.

»Ich meine damit nicht, daß ich wertlos wäre«, sagte er energisch und kam ihr zuvor. »Im Gegenteil. Meine Bücher machen vielen Menschen Freude. Und auch mir selbst. Wenn ich schreibe, stehle ich ein Leben, das nicht mir gehört. Gleichzeitig gebe ich anderen etwas, was ich lange Zeit nicht für möglich gehalten hätte. Das Bücherschreiben kann durchaus zufriedenstellen. Glücklich jedoch wird man nicht davon. Ich habe ...«

Er legte den Kopf schräg, schob sich die Brille wieder auf die Nase und ließ sich auf seinem Stuhl zurücksinken.

»Sie kennen meine Geschichte. Ich will Sie damit nicht belästigen. Aber ich war noch nicht sehr alt, als mir aufging, daß ich die Fähigkeit verloren hatte, mich anderen Menschen anzuschließen. ›Reduzierte Bindungsfähigkeit‹. So haben die Psychologen in ihren zahllosen Berichten über mich das ausgedrückt.«

Er zog sich die Decke fester um die Schultern.

»Sie ahnen nicht einmal, was das ist.«

Hanne konnte sehen, wie ein leichtes Zittern über seinen Arm lief. Seine Gesichtshaut war blaß, und sein einer Nasenflügel zuckte.

»Genug davon«, sagte er leichthin und versuchte, die Decke vor seiner Brust zu verknoten. »Nicht deshalb habe ich Sie hergebeten. Ich schreibe nicht nur Bücher. Ich beschäftige mich auch mit etwas sehr viel Wichtigerem. Erinnern Sie sich an Belgien?«

»Belgien«, wiederholte Hanne. »Dioxine und Belgischblau. Korruption und Kinderschänder. Politische Morde. Salmonellen und Importverbot. Belgien: ein wunderschönes Land im Herzen Europas.«

Sie schaute verstohlen zu ihm hinüber. Er lächelte nicht. Verlegen ließ sie ihren Blick zum Fjord weiterwandern. Die lachenden Jungen waren in ein Ruderboot gesprungen und amüsierten sich damit, im Kreis zu rudern.

»Marc Dutroux«, sagte Eivind Torsvik vor sich hin. »Erinnern Sie sich an den?«

Natürlich erinnerte sie sich an Marc Dutroux, das »Ungeheuer von Charleroi«. Die Götter mochten wissen, wie viele Leben er auf dem Gewissen hatte, buchstäblich und auch im übertragenen Sinn. Der Pädophilieskandal, der im Spätsommer und Herbst 1996 über Belgien hereingebrochen war, hatte die ganze Welt schockiert. Massenverhaftungen erfolgten, als immer neue Leichen von kleinen und großen Kindern in Gärten ausgegraben oder verhungert und in Kellern eingemauert aufgefunden wurden. Schließlich hatte sich das Bild eines umfassenden Pädophilenrings abgezeichnet, und es war gegen Polizisten, Richter und eine Handvoll einflußreicher Politiker ermittelt worden.

»Das Schlimmste an der Sache war nicht, daß Marc Dutroux offenbar von mächtigen Gönnern beschützt wurde«, sagte Eivind Torsvik. »Bei der Pädophilie gibt es keine soziale Trennung. Es gibt auch keine Grenzen hinsichtlich der Mittel, zu denen Menschen greifen, deren Existenz bedroht ist. Es gibt überhaupt keine Grenzen. Nein, das Allerschlimmste war...«

Er goß seinen lauwarmen Tee auf die Steinplatten. Die Flüssigkeit malte ein dunkles Muster auf den grauen Untergrund. Der Fleck sah aus wie ein Krebs mit drei Scheren, und Eivind Torsvik betrachtete das Bild aufmerksam und klopfte leise mit den Fingern an die leere Tasse.

»Das Gefährlichste ist, daß das System nachgibt. Marc Dutroux war vorbestraft. Er war wegen einer Serie von Vergewaltigungen zu dreizehn Jahren Haft verurteilt worden. Wissen Sie, wie lange er gesessen hat?«

»Sieben oder acht Jahre?« Hanne zuckte mit den Schultern.

»Drei. Nach drei Jahren haben sie ihn laufenlassen. Wegen guter Führung. Guter Führung! Ha!«

Er sprang auf.

»Es wird hier langsam kühl. Ich friere sehr leicht. Macht es Ihnen etwas aus, wenn wir ins Haus gehen?«

Hanne begriff nicht, wieso der Mann frieren konnte. Es waren bestimmt fünfzehn Grad, und Eivind Torsvik hatte sich während des gesamten Gesprächs in seine Decke gewickelt.

»Durchaus nicht«, sagte sie trotzdem und folgte ihm ins Haus.

»Ich habe etwas zu essen gemacht«, hörte sie ihn in der Küche sagen. »Nur einen Salat und Brot. Ich nehme an, Sie möchten keinen Wein.«

»Ich fahre«, sagte sie und tippte sich auf die Brusttasche. »Darf ich hier rauchen?«

Er schaute sie zwischen zwei Schränken aus der offenen Kochecke her an.

»Hier hat noch niemand geraucht. Was nicht bedeutet, daß es etwas schaden wird. Bitte sehr.«

Ehe Hanne ihre Zigarette geraucht hatte, war der Tisch gedeckt. Mit weißen Tellern und Silberbesteck. Eivind Torsvik füllte ihr hohes Weinglas mit Mineralwasser und schenkte sich selbst Edelzwicker ein.

»Wissen Sie, daß der Monopolladen Wein ins Haus liefert?« fragte er und setzte sich. »Und daß es im Internet von guten Rezepten nur so wimmelt?«

»Sind Sie immer hier?«

Hanne nahm sich Caprese und ein Stück Weißbrot.

»Nein. Leider muß ich gelegentlich in die Stadt. Zum Zahnarzt und so. Außerdem fahre ich manchmal zum Einkaufen mit dem Rad nach Hasle. Das ist fast schon Stadt. Solløkka hier in der Nähe hat eigentlich nur einen großen Kiosk zu bieten. Wußten Sie, daß Dutroux aufgrund von privaten Ermittlungen aufgeflogen ist?«

Hanne kostete den Salat. Der Mozzarella war weich und würzig, die Tomaten ungewöhnlich pikant.

»Ich habe hier hinten ein kleines Gewächshaus. Das kann ich Ihnen nachher zeigen, wenn Sie möchten. Ich leite eine solche Organisation. Oder was heißt schon leiten. Wir sind eine Gruppe von zweiundzwanzig Europäern und fünfzehn Amerikanern. Die anderen akzeptieren mich als eine Art Chef, obwohl es nie eine Wahl oder eine formelle Ernennung gegeben hat.«

Hanne Wilhelmsen ertappte sich bei der Frage, ob er von einer Gemüseorganisation spreche. Sie hörte auf zu kauen und starrte ihn mit erhobener Gabel an.

»Wir sammeln ganz einfach Informationen über Pädophile.«

Er lächelte kurz und starrte fast herausfordernd zurück. Seine blonden Haare umtanzten sein ovales Gesicht, und seine Augen zeigten einen Glanz, den sie bisher noch nicht gesehen hatte. Seine Lippen waren blutrot in der weißen Gesichtshaut, und plötzlich fiel ihr auf, daß er kaum Bartwuchs hatte. Er sah aus wie ein Engel. Wie die Engel, die Hanne vor langer Zeit als Glanzbilder in einem Schuhkarton gesammelt hatte, überirdisch schöne Seraphim mit blauen Augen und Glitzer auf den Flügeln.

»Im Moment sehen Sie aus wie ein Engel!« rief sie.

Er blieb sitzen wie bisher. Sein Blick wich nicht, und Hanne meinte etwas zu sehen, das sie nichts anging, ein Leben, mit dem sie nichts zu tun haben wollte. Eivind Torsvik war nicht nur ein Mann, der sich mit seiner eigenen Einsamkeit arrangiert hatte, mit einem Leben, zu dem sie sich hingezogen fühlte und um das sie ihn vielleicht auch beneidete. So, wie er jetzt dasaß und sie anstarrte, während die Sonnenstrahlen seine Haare wie einen Heiligenschein aussehen ließen, war er noch etwas anderes, etwas, das sie nicht zu fassen bekam, das ihr angst machte und sie dazu brachte, Messer und Gabel hinzulegen.

»Ich bin ein Engel«, sagte er. »Ich bin der Engel. Unsere Organisation heißt The Angels of Protection, TAP im Alltagsgebrauch.«

Hanne wollte gehen, das hier brauchte sie jetzt wirklich nicht. Sie hatte mit einem Mordfall zu tun, bei dem sie gar nichts begriff, und sie wollte nicht mit Informationen über eine okkulte Organisation belastet werden, die im Dienste des Guten durchaus zu Gesetzesbrüchen greifen mochte. Sie räusperte sich, dankte für das Essen und schob ihren Teller zwei Zentimeter zurück.

»Glauben Sie an Gott?«

Hanne schüttelte den Kopf und machte sich an ihrer Serviette zu schaffen. Sie wollte weg. Sie wollte nicht hier sein, in diesem Haus, das viel zu warm war und wo das Dröhnen der umfangreichen Computeranlage ihre Kopfschmerzen wieder steigerte.

»Ich auch nicht. In keiner Weise. Gott ist eine jämmerliche Größe, die die Menschen brauchen, um das Unerklärliche zu erklären. Wenn ich frage, dann, weil ich glaube, daß es eine Art Sinn hat, daß Sie am Samstag hier aufgetaucht sind. Ich halte Ihren Besuch für einen der Zufälle, von denen die Geschichte so viele gesehen hat; plötzliche und unvorhergesehene Ereignisse, die eine Innovation oder eine Katastrophe mit sich gebracht haben. Satt?«

»Ja, danke. Es hat gut geschmeckt.«

Hanne leerte ihr Glas und schaute auf die Uhr.

»Sie dürfen noch nicht gehen. Ich habe Ihnen doch noch nicht gesagt, was Sie wissen müssen. Sie müssen mehr Geduld haben, Hanne Wilhelmsen. Sie sind eine ungeduldige Seele, das sehe ich Ihnen an. Aber gehen Sie nicht.«

»Nicht doch«, sie lächelte schwach. »Noch nicht. Aber ich kann wirklich nicht lange bleiben.«

»Verstehen Sie, ich habe Sie gesucht«, erklärte er beim Abräumen. »Naja, nicht direkt Sie, aber einen Menschen bei der Polizei, zu dem ich Vertrauen haben kann.«

Plötzlich knallte er die Teller auf den Tisch und beugte den Oberkörper vor.

»Wissen Sie, wie lange es gedauert hat?« fragte er.

Seine Stimme hatte einen neuen Klang angenommen, einen Zorn, der sie tiefer werden ließ.

»Von dem Moment an, als ich mir die Ohren abgeschnitten und von den immer neuen Verbrechen meines Pflegevaters erzählt habe, bis die Ermittlungen dann abgeschlossen waren?«

»Nein. Ich kenne die Einzelheiten Ihres Falls nicht.«

»Drei Jahre. Drei Jahre! Vier Psychologen haben mich untersucht. Alle kamen zu dem Ergebnis, daß ich die Wahrheit gesagt hatte. Außerdem mußte ich mit hocherhobenem Hintern auf einem Untersuchungstisch knien, umgeben von Kittelträgern, die mir vorher nicht einmal guten Tag gesagt hatten. Sie begrapschten Teile von mir, die mir gehören sollten. Nur mir! Was sie nie getan haben, natürlich. Ich bin mir selbst immer wieder gestohlen worden, so weit ich mich zurückerinnern kann. Da kniete ich also mit hocherhobenem Hintern und konnte nicht einmal weinen. Ich war dreizehn Jahre alt, und das Urteil der Ärzte erfolgte einstimmig: Massiver Mißbrauch über viele Jahre hinweg. Ich war dreizehn!«

Eivind Torsvik ließ sich wieder auf seinen Stuhl sinken und strich sich müde über die Augen.

»Aber trotzdem dauerte es drei Jahre, bis der Fall zur Anklage kam«, fügte er leise hinzu.

Hanne hätte gern etwas gesagt. Eivind Torsviks Geschichte war ihr nicht neu. Sie hatte sie gesehen, gehört, erlebt. Zu oft. Sie suchte nach Worten, konnte aber nichts sagen. Statt dessen legte sie vorsichtig die Hand auf den Tisch.

»Und das Urteil, das dann endlich gefällt wurde, war einfach nur lächerlich.«

Er holte tief Luft und hielt dann so lange den Atem an, daß eine leichte Röte sich über seine Wangen ausbreitete. Zum ersten Mal ahnte Hanne in seinem Gesicht etwas von einem erwachsenen Mann. Der Engel war verschwunden. Vor ihr saß ein Mann von Mitte zwanzig, der alles verloren hatte, noch ehe er erwachsen geworden war.

»Wir sind alle Opfer«, sagte er nach einer langen Pause. »Alle bei den Angels of Protection. Wir weihen unser Leben der Aufgabe, sie zu finden. Die Vergewaltiger. Die Päderasten. Die Seelendiebe. Wir sind nicht an Grenzen gebunden. Nicht an Regeln. Die Sexualverbrecher kennen keine Gesetze, und sie können nur unter denselben Bedingungen bekämpft werden. Wir überwachen. Wir spionieren. Wir finden sie im Internet. Die meisten können die Finger nicht von der Flut an Kinderpornos lassen, die es dort gibt. Idioten.«

»Aber wie macht ihr das?«

Hanne empfand eine Neugier, von der sie eigentlich nichts wissen wollte.

»Wir haben unsere Methoden«, sagte Eivind Torsvik. »Wir haben viele, die im Feld arbeiten. Die jahrelang verfolgt und ermittelt haben. Wir bewegen uns wie Schatten durch eine der Polizei unbekannte Landschaft. Wir dagegen sind dort geboren und aufgewachsen. Uns fällt es nicht besonders schwer, einen Pädophilen zu erkennen. Wir haben mit ihnen gelebt. Wir alle.«

Er zeigte auf den Computer vor dem Fenster.

»Ich selbst bewege mich nie nach draußen. Ich halte mich ans Net. Da liegt meine Aufgabe. Außerdem systematisiere ich. Lege das Puzzlespiel zusammen. Und das besteht aus vielen Stücken. Manche sind winzigklein. Aber am Ende ergibt sich ein Bild. Und wenn es soweit ist, was nicht mehr lange dauern wird, gehen wir zur Polizei. Im Moment habe ich eine Liste von...«

Er legte seine Hand nur fünf Zentimeter neben Hannes.

»...von elf Norwegern, die systematisch Kinder vergewaltigt haben und von denen die Polizei nicht die geringste Ahnung hat.«

»Aber ihr müßt...«, sagte Hanne. »Warum habt ihr... wollt ihr...«

Eivind Torsviks Mitteilungen waren sensationell.

Hanne Wilhelmsen hatte oft gerüchteweise von solchen Organisationen gehört, wie er sie hier beschrieben hatte. Doch sie hatte das immer als Unfug abgetan. Es war unmöglich. Es hatte unmöglich zu sein. Natürlich litt die Polizei unter Stelleneinsparungen, dem trägen System, strafrechtlichen Sperren und außerdem ziemlicher Unfähigkeit, aber immerhin hatte sie das Gesetz auf ihrer Seite. Sie hatten ein System. Kompetenz. Daß einzelne Menschen den Löffel in die eigene Hand nahmen, wenn der Arm des Gesetzes zu kurz war, war ihr durchaus nicht unbekannt. Mitte der neunziger Jahre hatte sie selbst in einem Vergewaltigungsfall ermittelt, bei dem Vater und Tochter nachdrücklich für das zerstörte Leben der Tochter Rache geübt hatten. Beide waren freigesprochen worden, was niemandem bei der Polizei schlaflose Nächte bereitet hatte.

»Aber eine ganze Organisation«, sagte sie plötzlich. »Ihr müßt doch am Rand der Gesetze balancieren? Oder sie sogar brechen?«

»Ja«, sagte Eivind Torsvik ehrlich. »Wir brechen sie, wenn es sein muß. Unter anderem hören wir Telefone ab. Nicht oft. Das ist schwer zu deichseln, zumindest in Norwegen.«

»Das dürfen Sie mir nicht erzählen.«

Sie legte ihre Hand auf seine. Seine Hand war kühl und schmal, sie spürte die Fingerknöchel unter ihrer Handfläche.

»Sprechen Sie nicht weiter«, sagte sie verbissen. »Ich will das nicht wissen.«

»Ganz ruhig. Das Material, das wir der Polizei übergeben werden, wenn die Zeit reif ist, wird unangreifbar sein. Zeugenaussagen und überhaupt. Wenn wir zu Gesetzesbrüchen greifen, dann nur... aus Ermittlungsgründen? Nennen Sie das nicht so?«

Jetzt lachte er wieder dieses Stakkatolachen, das Hanne nicht hören konnte, ohne zu lächeln. Er wirkte jetzt munterer und zog seine Hand zurück.

»Und Sie werden uns natürlich nicht verraten.«

Hanne hielt sich die Ohren zu.

»Ich will nichts mehr hören. Ich will nichts mehr hören, ist das klar?«

»Evald Bromo hat sein ganzes Erwachsenenleben hindurch kleine Mädchen mißbraucht.«

Langsam ließ Hanne Wilhelmsen die Hände sinken. Ihre Ohren sausten, und sie schluckte mehrere Male.

»Was sagen Sie da?«

»Evald Bromo war pädophil. Er hat viele Jahre hindurch von Mädchen bis hinunter zu zehn Jahren Sex gekauft und gestohlen. Vor allem gekauft, allerdings. Das muß man ihm lassen.«

Seine Lippen strafften sich, er sah aus, als habe ein Kind

ihm mit Filzstift einen Mund aufgemalt. Er erhob sich und zog aus einem Aktenschrank neben dem Computer einen Ordner. Der Ordner war grün und durchscheinend.

»Hier«, sagte er. »Das ist für Sie. Post mortem kann er ja nicht mehr verurteilt werden. Als ich im Net von dem Mord an Bromo gelesen habe, habe ich das zusammengetragen, was wir über den Kerl wissen. Das bekommen Sie. Aber es ist nur für Sie. Als Hilfe auf der Suche nach dem Mörder. Sie können das alles natürlich nur als Hintergrundmaterial für Ihre weiteren Ermittlungen nutzen. Und ich wäre sehr dankbar, wenn Sie nach dem Lesen alles vernichten würden.«

Hanne starrte die grüne Mappe an, als liege ein ausgewachsener Skorpion auf der Tischdecke.

»Ich kann nicht«, keuchte sie. »Ich kann nichts annehmen, was ich meinen Kollegen nicht zeigen darf.«

»Dann lesen Sie hier.«

Er sprang wieder auf und griff zu Besteck und Geschirr.

»Jetzt räume ich ab und stelle neues Teewasser auf. Der Tee hat Ihnen doch geschmeckt? Gut. Rauchen Sie eine Zigarette und lesen Sie, was dort liegt.«

Er nickte zu dem Ordner hinüber. Dann schob er ihr den Aschenbecher zu und ging in die Küche.

Hanne Wilhelmsen ertappte sich dabei, daß sie sich Plastikhandschuhe wünschte. Der Ordner, der vor ihr lag, enthielt Informationen, die entscheidend für die Aufklärung des Mordes an Evald Bromo sein konnten. Am liebsten hätte sie das Gummiband, mit dem der Ordner verschlossen war, sofort abgestreift und sich über den Inhalt hergemacht. Gleichzeitig widersprach das all ihren Prinzipien. Eivind Torsvik leitete eine Organisation, die zur Selbstjustiz griff. Hanne Wilhelmsen war bei der Polizei.

Sie griff sich in die Brusttasche und zog eine Zigarette heraus. Sie gab sich Feuer und blies den Rauch langsam zu dem verbotenen Ordner hinüber. Dann riß sie das Gummi herunter.

Sie brauchte etwas über eine halbe Stunde, um alles genau zu lesen, die Papiere wieder zusammenzulegen und das Gummiband darüberzuziehen, ehe sie dann alles wegschob. Sie nahm sich eine dritte Zigarette und registrierte kaum, daß Eivind Torsvik aus der Küche gekommen war, in einem Sessel saß und zu schlafen schien.

»Hilft Ihnen das weiter?« fragte er mit geschlossenen Augen.

»Wie habt ihr das geschafft?« fragte sie leise.

»Das habe ich doch erklärt. Durch Spionieren. Ermittlungen. Über Jahre.«

»Trotzdem. Das alles. Woher in aller Welt habt ihr das alles?«

Er lächelte und schaute sie an.

»Hilft Ihnen das?«

Hanne wußte nicht, was sie antworten sollte. Wenn Evald Bromo wegen seiner perversen sexuellen Neigungen umgebracht worden war, dann begriff sie nicht, wie das mit dem Mord an Doris Flo Halvorsrud zusammenhängen sollte. Nichts, rein gar nichts legte die Annahme nahe, die Frau des Oberstaatsanwalts sei pädophil gewesen.

»Weiß nicht«, sagte sie endlich.

Thea.

Thea! Hanne verschluckte sich am Rauch und hustete. Sie stand so heftig auf, daß ihr Sessel umkippte. Er knallte gegen eine Vitrine. Die Türscheibe bekam einen Sprung.

»Wer steht sonst noch auf Ihrer Liste?«

Eivind Torsvik hob abwehrend die Hände.

»Sie haben den Ordner über Evald Bromo bekommen, weil er tot ist. Wir können ihn nicht mehr erreichen. Über die anderen auf der Liste erfahren Sie dagegen nichts. Nicht, solange wir noch daran arbeiten. Aber es dauert nicht mehr lange.«

»Wie lange?«

Hanne hörte, wie ihre Stimme brach.

»Das kann ich nicht so genau sagen. Einen Monat vielleicht. Oder ein halbes Jahr. Es ist noch zu früh, um das genau zu wissen.«

Sie richtete den Sessel wieder auf und stellte ihn an seine alte Stelle. Dann ließ sie die Finger über den langen Spalt wandern, der die Glasscheibe in der Tür teilte.

»Aber eins müssen Sie mir sagen.«

Sie trat auf ihn zu, ging neben seinem Sessel in die Hocke und stützte sich mit den Ellbogen auf die Armlehne.

»Steht Sigurd Halvorsrud auf der Liste? Ist auch Halvorsrud pädophil?«

Seine Augen waren nicht mehr dieselben. Hanne hatte mit diesem jungen Mann Verbundenheit gespürt. Sie hatte ihn erkannt, im Grunde hatte sie in den blauen Augen mit dem markanten schwarzen Rand um die Iris etwas von sich selbst wiedererkannt. Jetzt war er ein Fremder.

»Mehr erfahren Sie nicht«, sagte er hart.

Hanne wandte sich ab und richtete sich mühsam auf.

»Dann haben Sie vielen Dank für alles«, sagte sie. »Das Essen und den Tee und ... alles.«

Als sie ihre amerikanische Hirschlederjacke mit der Perlenstickerei und den Fransen am Brustteil angezogen hatte, holte sie eine Visitenkarte und einen Kugelschreiber hervor. Rasch kritzelte sie ihre Privatnummer auf die Rückseite der Karte.

»Rufen Sie mich an, wenn Sie mir etwas sagen möchten«, bat sie und reichte ihm die Karte. »Egal, wann.«

»Das werde ich wohl tun. Früher oder später.«

Hanne hatte heimlich fünfhundert Kronen auf den Küchentisch gelegt. Sie hoffte, daß er begreifen würde, daß das Geld für eine neue Türscheibe in der Vitrine gedacht war. Als sie langsam über den holprigen Weg fuhr, konnte sie ihn im Spiegel sehen. Er stand oben auf der Felskuppe neben dem Haus, hatte sich eine Decke um die Schultern gelegt und starrte hinter ihr her. Dann bog sie um eine Ecke, und Eivind Torsvik war verschwunden.

22

»Wo zum Teufel hast du denn gesteckt?«

Billy T.s wütende Stimme tat ihrem Ohr weh. Hanne hatte eben die E 18 erreicht, als ihr einfiel, daß ihr Handy seit ihrer Abfahrt von Oslo ausgeschaltet gewesen war. Jetzt konnte sie gerade noch registrieren, daß inzwischen acht Anrufe eingelaufen waren, als das Telefon losfiepte.

»Du hast gesagt, ich soll anrufen«, brüllte Billy T. »Und seit Stunden tu ich verdammt nochmal nichts anderes. Es ist gleich acht, zum Henker!«

»Reg dich ab«, murmelte Hanne. »Ist jemand gestorben oder was?«

»Ja. Ståle Salvesen.«

Hanne verlor fast das Lenkrad aus den Händen. Dann bremste sie energisch, fuhr auf den Seitenstreifen und schaltete den Notblinker ein.

»Was hast du gesagt? Ståle Salvesen?«

»Ja! Und du hast gesagt, ich solle anrufen, und dann ...«

»Hör auf, Billy T. Tut mir leid. Hab das Telefon vergessen. Ist Salvesen tot?«

»Das glauben wir. Zwei Jungs haben heute morgen eine ziemlich übel zugerichtete Leiche aus dem Fjord gefischt. Wir haben schon Salvesens Zahnarzt ausfindig gemacht. Die vorläufige Identifikation soll heute abend so gegen zehn vorliegen.«

Hanne Wilhelmsen rieb sich den Nacken. Drei Tage fast

ohne Schlaf machten das Weiterfahren unverantwortlich. Ihr wurde schwarz vor Augen, und sie schlug sich energisch auf die rechte Wange.

»Ich bin in anderthalb Stunden oder so bei dir.«

»Und noch eins, Hanne ...«

»Ich komme in einer guten Stunde, Billy T. Dann reden wir weiter.«

Sie schaltete aus.

Vermutlich stammten alle acht Anrufe von Billy T. Sicherheitshalber wollte sie aber noch einmal nachsehen. Sie hatte am Morgen zuletzt mit Cecilie gesprochen. Und sie konnte das ja erledigen, solange sie noch hier stand.

Die ersten fünf Anrufe stammten von einem immer wütender werdenden Billy T. Der sechste kam aus Ullevål.

»Hier spricht Dr. Flåbakk von der onkologischen Abteilung Ullevål. Ich suche Hanne Wilhelmsen. Cecilie Vibe ist heute vormittag eingeliefert worden, und es wäre mir sehr lieb, wenn Sie mich so bald wie möglich anrufen könnten. Meine Nummer ist ...«

Hanne durchfuhr ein Stoß. Eine Hitzewelle fuhr ihr in den Unterleib und in alle Glieder. Plötzlich war sie hellwach. Sie rief nicht bei Dr. Flåbakk an. Sie schaltete das Telefon aus und erledigte die hundertzwanzig Kilometer bis Oslo in einer Dreiviertelstunde.

23

Cecilie war bewußtlos. Jedenfalls erwachte sie nicht, als Hanne das Zimmer betrat, gefolgt von der üppigen Krankenschwester, die offenbar niemals frei hatte.

»Sie ist ziemlich erschlagen von den schmerzstillenden Mitteln«, sagte die Schwester. »Sie wird sicher erst morgen wieder zu sich kommen. Wenn Sie mit Dr. Flåbakk sprechen möchten, dann soll ich Ihnen ausrichten, daß er bis elf Uhr heute abend zu Hause erreichbar ist. Haben Sie die Nummer?«

Hanne schüttelte den Kopf. Sie wollte mit niemandem sprechen.

»Was ist passiert?« fragte sie. »Seit wann ist sie hier?«

»Sie hat selbst angerufen. So gegen elf, glaube ich. Es ging ihr so schlecht, daß wir einen Krankenwagen geschickt haben.«

Hanne schluchzte auf und versuchte, ihre Tränen zurückzudrängen.

»Aber, aber.«

Die Krankenschwester trat hinter sie und streichelte behutsam ihren Rücken. Ihre Hände waren breit und warm.

»Morgen kann es ihr wieder gut gehen. Das ist so bei dieser Krankheit. Es geht auf und ab. Auf und ab.«

»Aber wenn es ihr nie wieder besser geht«, flüsterte Hanne und gab auf; die Tränen strömten ungehindert über ihr Gesicht. »Was, wenn ...«

»Jetzt machen Sie sich nicht schon im voraus Sorgen«, sagte die ältere Frau energisch. »Cecilie muß einfach ein wenig schlafen. Und Ihnen könnte das auch nicht schaden. Ich hole ein Bett. Haben Sie etwas gegessen?«

Sie beugte sich vor und schaute Hanne ins Gesicht.

»Keinen Hunger«, murmelte Hanne.

Sie war mit Cecilie allein.

Morgens hatte Cecilie so fit gewirkt. Der Osterausflug nach Ula hatte ihr gutgetan. Obwohl sie einen Tag zu früh nach Hause gefahren waren, hatte Cecilie einen ganz zufriedenen Eindruck gemacht. Hanne hatte zuerst Angst gehabt, sie könne sie nicht verlassen, um zur Arbeit zu gehen. Aber Cecilie hatte sie fast aus dem Haus gejagt. Sie werde Besuch bekommen, sagte sie, und außerdem liege sie am liebsten mit einem guten Buch auf dem Sofa. Hartnäckig wiederholte sie, daß die Medikamente sie von den Schmerzen befreiten.

»Mir tut nichts weh«, hatte sie mit resigniertem Lächeln gesagt, als Hanne nicht losgehen wollte. »Und Tone-Marit kommt heute nachmittag mit dem Baby vorbei. Vielleicht schaffe ich vorher den Roman von Knausgård. Es geht mir gut. Geh jetzt.«

Vermutlich hatte Hanne es nicht gesehen. Seit sie krank war, war Cecilies Gesicht nicht mehr so leicht zu lesen. Ihre Züge waren schärfer geworden, ihr Mund schmaler, ihre Augen lagen tiefer. Es war ein Gesicht, das Hanne eigentlich nicht kannte. Das verwirrte sie.

Hanne setzte sich vorsichtig auf die Bettkante.

Cecilie schlief mit offenem Mund. An der Stelle, an der die trockene Unterlippe gesprungen war, war ein feiner Blutstreifen zu sehen. Hanne zog einen Fettstift aus der Tasche und fettete ihren Zeigefinger ein, um dann behutsam damit über die Wunde zu streichen. Cecilie schnitt eine vage Grimasse, kam aber nicht zu sich. Sie hatte Schläuche in der Nase und im Handrücken und außerdem ein Rohr im Hals, das Hanne mehr erschreckte als alles andere in diesem fremden, graugestrichenen Zimmer.

»Was ist das da«, fragte Hanne die Schwester, die jetzt das Bett brachte. »Dieses Rohr, das in ihren Hals führt. Was ist das?«

»Morphium«, sagte die Schwester. »Ich hab zwei Brote mitgebracht. Versuchen Sie jetzt zu schlafen. Cecilie kommt erst morgen wieder zu sich.«

Am Morgen war das zweite Bett noch immer unberührt. Hanne Wilhelmsen saß auf ihrem Stuhl an Cecilies Bett und hielt ihre Hand. Sie hatte die ganze Nacht hindurch gesprochen, leise und manchmal auch stumm. Cecilie hatte geschlafen, unbeweglich und in derselben Haltung. Trotzdem hätte Hanne schwören können, daß ab und zu ein Krampf über das magere Gesicht gelaufen war; immer neue Zeichen für Hanne, weiterzureden.

Am Mittwoch, dem 7. April, um acht Uhr morgens, schrieb Hanne eine kurze Nachricht und legte sie unter ein Glas mit schalem Wasser, das auf dem Nachttisch stand. Dann fuhr sie zum Polizeigebäude am Grønlandsleiret 44.

In vier Tagen hatte sie kaum vier Stunden geschlafen.

24

»You look like something the cat dragged in!«

Iver Feirand musterte Hanne und rümpfte die Nase.

»Komm rein«, sagte sie. »Danke. Nett von dir.«

»War nicht so gemeint.«

Er setzte sich und betrachtete Hanne weiterhin. Am Ende stand er auf und versuchte, unter dem Schreibtisch ihre Beine zu sehen.

»Also, Hanne. Du warst doch immer die schönste Bullenfrau der Welt. Was ist passiert? Deine Haare, zum Beispiel...«

Er hob die Hände über seinen eigenen Kopf und schnalzte resigniert mit der Zunge.

»Und abgenommen hast du auch«, fügte er hinzu. »Nicht gut. Kommt das vom Streß, oder wolltest du das so?«

»Schön, daß du gekommen bist«, sagte Hanne müde und befestigte die Spange in ihrem Pony.

»Grausig«, sagte Iver Feirand und schüttelte den Kopf. »Viel zu bieder. Nimm sie weg.«

Sie ließ die Spange, wo sie war.

»Schon weiter über das Motorrad nachgedacht?« fragte er eifrig.

Hanne schüttelte den Kopf.

»Sag mir Bescheid. Ich hab noch immer Interesse. Ich dachte, du wärst mit dieser Halvorsrud-Geschichte befaßt.«

Er verschränkte die Hände hinter seinem Nacken und wippte mit dem Stuhl.

»Was kann ich also für dich tun?«

Hanne ärgerte sich über sein Gewippe, beschloß aber, nichts zu sagen.

»Wir haben wohl beide gleichermaßen wenig Zeit«, sagte sie und zündete sich die vierte Zigarette dieses Tages an. »Also komme ich gleich zur Sache. Wir haben Grund zu der Annahme, daß Evald Bromo über einen langen Zeitraum hinweg kleine Mädchen mißbraucht hat. Weißt du etwas davon?«

»Evald Bromo?«

Iver Feirand runzelte die Stirn und knallte mit den vorderen Stuhlbeinen auf den Boden.

»Dieser *Aftenposten*-Heini, der am Sonntag enthauptet worden ist?«

»Mmm.«

»Was verstehst du unter ›Grund zu der Annahme‹?«

Hanne befestigte die Spange, die ihr in die Stirn gerutscht war, ein weiteres Mal.

»Was verstehen wir gemeinhin darunter«, fragte sie gereizt. »Ich habe natürlich eine Quelle. Eine verdammt gute Quelle. Mehr kann ich nicht sagen.«

»Nicht einmal mir?«

Er senkte in einer demonstrativen Grimasse der Enttäuschung die Mundwinkel.

Sie hatte sich an diesem Morgen wild mit Billy T. gefetzt. Als sie ihm von Eivind Torsvik und dessen Organisation erzählt hatte, hatte Billy T. mit heulenden Sirenen und zwanzig Mann Rückendeckung nach Vestfold jagen wollen.

»Verdammt, Hanne, kapierst du nicht, daß dieser ohren-

lose Irre auf einem Goldschatz sitzen kann?« hatte er auf
ihre Weigerung hin gefaucht. »Stell dir doch mal vor, Halvorsrud vögelt seine Tochter. Das stinkt doch schon aus der
Ferne nach Motiv. Und ein Motiv hat uns bisher doch gefehlt, zum Teufel!«

Hanne hatte eingewandt, daß sie nur schwer einsehen
könne, warum Halvorsrud seine Frau köpfen sollte, weil er
seine Tochter vergewaltige, und Billy T. hatte sich ein wenig
beruhigt. Verärgert und übellaunig hatte er versprochen,
nichts zu sagen. Das geschah jedoch erst, nachdem Hanne
ihn zynisch darauf hingewiesen hatte, daß hinter ihr eine
lange, durchwachte Krankenhausnacht lag.

»Wie geht es denn Cecilie«, hatte Billy T. kleinlaut gefragt, und damit war die Sache entschieden gewesen; diesmal wollten sie auf Hannes Art vorgehen.

»Hör auf damit«, sagte sie zu Iver Feirand. »Und beant-
worte meine Frage. Weißt du etwas über diesen Evald
Bromo?«

»Vor langer Zeit warst du mal eine sehr sympathische
Frau«, sagte Feirand sauer. »Schön, beliebt, bewundert. Was
ist aus dir geworden?«

Hanne schloß die Augen und versuchte, bis zehn zu
zählen. Als sie bei vier angekommen war, riß sie sie wieder
auf, knallte mit der Faust auf den Tisch und schrie: »Laß den
Scheiß, Iver! Gerade du müßtest doch wissen, wie es bei
diesem Job zugeht!«

Sie ließ sich in den Sessel zurücksinken. Dann riß sie sich
die Spange aus den Haaren und schleuderte sie gegen die
Wand.

»Ich habe dich höflich um Hilfe gebeten«, sagte sie dann
verbissen. »Bisher hast du mich allerdings nur beleidigt. Deiner Ansicht nach bin ich häßlich, mager und schlecht fri-
siert. Von mir aus. Im Moment habe ich andere Sorgen als
mein Aussehen. Ist das klar?«

Sie brüllte so laut, daß ihre Spucke nur so spritzte, und knallte bei jedem zweiten Wort mit der Hand auf die Schreibunterlage. Iver Feirand riß den Mund auf und hob die Handflächen.

»Reg dich ab. Also wirklich. So war das doch nicht gemeint.«

Kopfschüttelnd wollte er sich erheben.

»Sitzenbleiben. Bitte.«

Hanne fuhr sich mit den Fingern durch die Haare und zwang sich ein Lächeln ab.

»Tut mir leid. Ich schlaf im Moment so gut wie nicht. Bleib hier, bitte.«

Iver Feirand schien zu zögern, setzte sich dann aber wieder; wachsam und bereit, beim kleinsten Anzeichen eines neuen Ausbruchs aufzuspringen und den Raum zu verlassen.

»Ich hab nie was mit Evald Bromo zu tun gehabt«, sagte er tonlos. »Hast du sonst noch Fragen?«

Hanne stand auf und schloß die Tür. Dann blieb sie stehen, stemmte die rechte Hand in die Seite und starrte aus dem schmutzigen Bürofenster. Die Frühlingssignale des Osterwochenendes waren ein Strohfeuer gewesen. Der Regen strömte nur so, und es schien schon zu dämmern, obwohl noch nicht einmal Mittag war.

»Können wir nicht noch einmal anfangen?« sagte sie und hörte selbst, wie ihre Stimme zitterte. »Ich muß einfach mit dir reden. Ich war blöd und jähzornig, und das tut mir leid.«

»Na gut.«

Feirand schien das ehrlich zu meinen. Er setzte sich bequemer hin, schlug die Beine übereinander und faltete die Hände über seinen Knien.

»Mir tut es auch leid.«

Hanne Wilhelmsen fing an der Stelle an, an der sie die ganze Zeit hatte beginnen wollen. Sie erzählte, daß sie zumindest Grund zu der Vermutung hatten, daß Sigurd Halvorsrud seine Tochter mißbrauche. In kurzen Zügen trug sie dann die Tatsachen vor, die sie hier zur Sprache bringen mußte. Es stand fest, daß Evald Bromo pädophil war und schon lange kleine Mädchen mißbraucht hatte. Es bestand weiterhin Grund zu der Annahme, daß die Morde an Doris Flo Halvorsrud und Evald Bromo auf das Konto desselben Täters gingen oder daß es zumindest zwischen beiden Morden einen Zusammenhang gab. Die eigensinnige Behauptung des vom Dienst suspendierten Oberstaatsanwalts, ein gewisser Ståle Salvesen habe den Mord begangen, hatte einen kräftigen Schuß vor den Bug erhalten, als selbiger Salvesen im Skagerrak aufgetaucht war, stark geprägt vom mehrwöchigen Aufenthalt in der See. Jetzt saß Halvorsrud stumm wie ein Fisch im Hinterhof und war seit dem Vortag zu weiteren vier Wochen Untersuchungshaft verdonnert worden. Seine Fingerabdrücke im Keller der Vogts gate 14 hatten den Untersuchungsrichter überzeugt. Die Verhandlung hatte zwanzig Minuten gedauert, und Halvorsrud hatte es nicht einmal der Mühe wert befunden, dort überhaupt vorgeführt zu werden.

»Wir wissen, daß Halvorsrud eine ganz besondere Beziehung zu seiner Tochter hat«, endete sie. »Wir sind ja daran gewöhnt, daß es der Familie arg zu schaffen macht, wenn jemand ins Gefängnis muß. Das gilt vor allem für gutangepaßte Menschen, um es mal so zu sagen. Aber dieses Mädchen ist einfach psychotisch geworden. Das Seltsame ist, daß die Verhaftung ihres Vaters für sie schlimmer zu sein schien als der Mord an ihrer Mutter.«

»Vielleicht ist sie einfach ein Papakind«, sagte Feirand trocken. »Von der Sorte gibt's doch genug.«

»Schon....«

Hanne suchte in der obersten Schreibtischschublade nach einem Teebeutel. Sie fand einen, legte ihn in ihre Tasse und fluchte, als die Thermoskanne kein heißes Wasser mehr hergab.

»Aber ist es nicht so, daß Übergriffe gegen Kinder in beiden Richtungen wirken können?« fragte sie. »Daß das Kind paradoxerweise dem Übergreifer näherkommt als andere Kinder ihren Eltern?«

»Da muß man ganz klar unterscheiden.«

Iver Feirand nickte und stahl eine Zigarette aus der Packung, die auf dem Tisch lag.

»Ein Übergriff von Fremden ist das eine. Das kommt natürlich vor. Es ist traumatisierend, entsetzlich und in einigen Fällen fatal. Aber das Kind kann leichter darüber sprechen. Es bringt dem Täter keine Loyalität entgegen, und obwohl ihm oft mit Tod und Verderben gedroht wird, kommt die Wahrheit doch leichter ans Licht.«

Er ließ drei Rauchringe zur Decke hochsteigen.

»Die meisten Verbrechen dieser Art werden jedoch von Leuten ausgeführt, die das Kind kennen. Und zwar mehr oder weniger gut. Von Pfadfinderleitern über Pfaffen bis zu Onkeln, Brüdern und Vätern. Und dann ist es schwerer für uns, das herauszufinden.«

Er lächelte bitter und machte einen Lungenzug. Dann hielt er Ausschau nach einem Aschenbecher.

»Hier. Nimm die.« Hanne schob ihm eine halbvolle Coladose hin.

»Je näher der Täter dem Kind steht, desto stärker wird die absurde Loyalität des Kindes. Manche bezeichnen diese Loyalität als Liebe. Möglicherweise haben sie recht. Wir wissen alle, daß wir Menschen sogar dann lieben können, wenn sie uns verletzen. Trotzdem möchte ich behaupten, daß hier in erster Linie von anderen Bindungen die Rede ist, von Loyalität und nicht zuletzt von Abhängigkeit. Du darfst nicht vergessen, daß zum Beispiel ein Vater fast unbegrenzte Einflußmöglichkeiten auf die eigenen Kinder hat.

Wir hatten schon Fälle, wo das Kind hartnäckig beteuerte, ihm sei gar nichts geschehen, nachdem der Täter schon zusammengebrochen war und gestanden hatte. Es kommt soviel dabei zusammen. Schuldgefühle. Angst. Und vielleicht eine Art Liebe. Komplizierte Sache. Ich kann dir Bücher leihen, wenn du willst.«

Hanne hob abwehrend die Hand.

»Keine Zeit«, sagte sie. »Im Moment jedenfalls nicht.«

Der Regen war stärker geworden. Schwere Tropfen trommelten gegen die Fensterscheiben, und Hanne knipste die Architektenlampe am Tischende an.

»Aber du hast mich wohl kaum kommen lassen, damit ich dir einen Vortrag über etwas halte, das dir schon bekannt ist«, sagte Iver Feirand. »Was willst du eigentlich?«

»Zwei Dinge.«

Hanne ließ eine halbgerauchte Zigarette in die Coladose fallen. Die Zigarette fauchte wütend auf, und Hanne legte die Hand auf die Dose, um den übelriechenden Rauch einzusperren.

»Erstens: Ist es auffällig, daß du nie etwas über Evald Bromo gehört hast? Ich meine, ihr sitzt doch auch auf allerlei Informationen von Gewährsleuten.«

»Tja. Ja und nein. Ich weiß nicht. Eigentlich ist es kein Wunder. Aber wenn ich etwas mehr wüßte als das, was du mir hier erzählt hast, dann könnte ich deine Frage leichter beantworten. Ich muß mehr über sein Vorgehen wissen.«

Hanne dachte nach. Dann sagte sie: »Vergiß es. Als zweites wollte ich dich fragen, ob du wohl Thea mit richterlicher Vollmacht vernehmen würdest. Sie ist auf jeden Fall eine harte Nuß, und du bist der Beste.«

Iver Feirand lachte laut.

»Danke für dein Vertrauen, aber ist dieses Mädchen nicht schon fünfzehn oder sechzehn?«

»Sechzehn.«

»Bestens. Die Polizei kann sie also ganz normal als Zeugin vorladen. Dann braucht sie einen Vormund und diesen ganzen Kram. Der wird vom Jugendamt bestimmt, wenn Mama tot ist und Papa hinter Gittern sitzt. Natürlich tu ich dir gern den Gefallen, aber eine Vollmacht brauchen wir nicht.«

Billy T. klopfte an und kam herein, ohne auf Antwort zu warten.

»Sorry«, murmelte er, als er Feirand sah.

»Schon gut«, sagte Feirand und schaute auf seine Armbanduhr. »Ich muß ohnehin los. Hör mal ...«

Er ging auf die Tür zu und drehte sich zu Hanne um, als Billy T. sich auf den freigewordenen Stuhl fallenließ.

»Ruf einfach an, wenn du Fragen hast. Wenn ihr die Spur verfolgen wollt, von der wir gesprochen haben, brauchst du einen verdammt guten Plan. Können wir nicht eine formellere Besprechung abhalten, du, ich und Leute von der Ermittlungsleitung?«

»Schön«, Hanne lächelte und gähnte laut. »Ich melde mich.«

»Hab den Kerl noch nie leiden können«, murmelte Billy T. und nahm sich eine Schokobanane aus der Emailleschale. »Igitt. Alt!«

Er spuckte sich in die Hand und starrte die braungelbe Soße an.

»Hab in letzter Zeit wirklich anderes zu tun, als Süßigkeiten einzukaufen«, sagte Hanne. »Und es gibt nur einen Grund, aus dem du Iver nicht leiden kannst. Er sieht besser aus als du. Und größer ist er auch.«

»Ist er nicht. Er ist zwei Meter groß. Und ich zweinullzwei. Auf Socken.«

»Was willst du eigentlich?«

Billy T. wischte sich mit einer alten Zeitung die Hände

ab. Dann rieb er sich mit den Fingerknöcheln den Kopf und prustete wie ein Pferd.

»Ich habe einen Vorschlag«, sagte er schließlich. »Du bist zum Umfallen müde. Ich auch. Jenny hat die ganze Nacht geschrien. Tone-Marit mußte ins Bett, sie hat sich die Nacht davor um sie gekümmert. Ich nehme an, daß du heute nachmittag zu Cecilie willst, aber könnten wir vielleicht danach ... «

»Zu mir nach Hause gehen, uns etwas zu essen machen und danach schlafen?«

Er verdrehte die Augen.

»Und dann gibt es noch Leute, die behaupten, du wärst nicht mehr die alte. Die kennen dich einfach nicht. Du hast mir das Wort aus dem Mund genommen. Also, machen wir das so?«

Hanne gähnte wieder, ausgiebig, bis ihre Augen tränten.

»Ich glaube, es wird auf wenig Reden, wenig Essen und viel Schlaf hinauslaufen«, sagte sie und rieb sich das Gesicht. »Aber wenn das für dich in Ordnung ist ... «

»In Ordnung? Super ist das. Ich schlafe auf dem Sofa, und du breitest dich im Doppelbett aus.«

»Ich finde, du solltest auch daran denken, warum ich allein in diesem Bett liege«, sagte sie leise und rieb sich mit der linken Hand die rechte Schulter.

Er legte den Kopf schräg und beugte sich zu ihr vor.

»Du weißt sehr gut, wie sehr mir die Sache mit Cecilie zu schaffen macht«, sagte er leise. »Das weißt du verdammt gut. Aber wir brauchen beide Schlaf. Die Kleine hat drei Nächte lang wie besessen gebrüllt. Tone-Marit sagt, ich könnte bei dir übernachten, so, wie dieser Fall uns auffrißt.«

»Schön«, sagte Hanne. »Aber die anderen haben recht. Ich bin nicht mehr die alte. Wir sehen uns gegen fünf. Spätestens halb sechs.«

25

»Geschenk? Für mich?«

Hanne Wilhelmsen blickte fragend zu Billy T. hoch, der schon vor ihr in der Wohnung gewesen war. Sie konnte sich nicht vorstellen, woher er die Schlüssel hatte.

»Ja. Mach schon auf.«

Hanne riß das Papier weg.

»Ein Aschenbecher«, sagte sie tonlos. »Wie schön.«

»Den in deinem Büro habe ich doch zerbrochen. An dem Tag, als du so sauer auf mich warst. Weißt du das nicht mehr? Da hast du mir befohlen, einen neuen zu kaufen.«

»Ach«, sagte Hanne. »Stimmt. Danke. Und der ist wirklich schön. Schöner als der alte.«

»Wie geht es Cecilie?«

»Besser.«

Hanne ließ sich auf das Sofa sinken und legte die Beine auf den Tisch.

»Sie war wach. Der Arzt sagt, wenn alles gut geht, dann kann sie morgen nach Hause. Woher hast du eigentlich die Schlüssel?«

Er war offenbar schon länger in der Wohnung. Es roch nach altmodischem Essen. Der Dampf eines Gerichtes, das schon lange kochte, hing in der Luft, und das Küchenfenster war beschlagen.

»Billy T.s Fleischsuppe à la Puccini«, sagte Billy T. zufrieden und stellte einen riesigen Topf auf den Küchentisch. »Bitte sehr. Kräftige Kost für kräftige Jungs und Mädels.«

»So komm ich mir nicht gerade vor«, sagte Hanne skeptisch und hob den Deckel. Sie hatte sich vom Sofa aufgerappelt und wußte nicht so recht, ob sie noch immer Hunger hatte. »Was ist das hier?«

»Suppe. Jetzt setz dich schon.«

Er klatschte eine riesige Portion in den Teller, der vor ihr stand. Die hellbraune Flüssigkeit schwappte über den Rand, und ein gekochtes Kohlblatt landete auf Hannes Schoß. Sie fischte es auf und hielt das schlaffe, fast durchsichtige Stück Gemüse zwischen Daumen und Zeigefinger.

»Was in aller Welt ist das hier?«

»Kohl. Iß.«

Vorsichtig tunkte sie den Löffel in die Suppe. Die war glühendheiß und tropfte von ihren Lippen, als sie den Löffel abschlürfte.

»Gut?«

Billy T. hatte seinen Teller schon zur Hälfte geleert.

»In Ordnung.«

Sie aß eine halbe Portion. Sie hatte zwar schon besser gegessen, aber die Suppe wärmte sie immerhin. Sie spülte den Geschmack mit einem Glas Wasser hinunter und erklärte sich für satt.

»Du bist viel zu dünn«, sagte Billy T. mit vollem Mund. »Iß mehr!«

»Die Schlüssel. Woher hast du die?«

»Von Håkon. Wir haben uns überlegt, daß es besser ist, wenn wir sie eine Weile behalten. Solange Cecilie im Krankenhaus ein und aus geht.«

»Ihr hättet fragen können.«

»Wir haben gefragt. Cecilie fand die Idee gut.«

Hanne war zu müde, um zu widersprechen.

»Der Tote war wirklich Salvesen«, sagte Billy T. »Wie wir vermutet hatten.«

Er schmatzte so schrecklich, daß Hanne sich die Ohren zuhielt.

»Tschuldigung«, nuschelte er. »Elegant kann man diesen Kram nicht essen.«

»Du könntest es immerhin versuchen. Hat der Zahnarzt das festgestellt?«

»Ja. Es ist Ståle Salvesen, ohne Zweifel. Vorläufig können sie noch nicht viel über den Todeszeitpunkt sagen, aber die Konsistenz der Leiche spricht für einen Selbstmord am Montag, dem 1. März.«

»Die Konsistenz der Leiche«, wiederholte Hanne in angewidertem Tonfall.

»Du hättest ihn mal sehen sollen.«

»Danke. Wir essen. Du ißt.«

»Mir macht das nichts aus.«

Er nahm sich zum vierten Mal.

»Dann kam heute nachmittag noch etwas Interessantes«, sagte er plötzlich. »Das hast du wohl nicht mehr mitgekriegt. Ein Mann hat unmittelbar vor Weihnachten bei einer Bank in Gamla Stan zweihunderttausend schwedische Kronen eingezahlt. Und rat mal, in welchem Namen.«

»Bin zu müde.«

»Sigurd Halvorsrud.«

Hanne kicherte. Dann lachte sie. Am Ende legte sie den Kopf in den Nacken und brüllte vor Heiterkeit, daß es von den Wänden widerhallte. Ein Stück geräuchertes Hammelfleisch im Mund, glotzte Billy T. sie an.

»Halvorsrud«, keuchte Hanne unter Tränen. »Das hat uns gerade noch gefehlt. Zweihunderttausend!«

Sie konnte nicht aufhören. Billy T. kaute langsam und musterte sie kritisch. »Bist du bald fertig«, fragte er säuerlich.

»Aber kapierst du das denn nicht? Schweden! Es muß doch ein Set-up sein. Wer zum Henker würde denn schwarzes Geld bei einer schwedischen Bank einzahlen? Die haben doch dieselben Vorschriften wie wir, Mann. Schweden! Wenn es noch die Schweiz gewesen wäre. Oder die Cayman-Inseln oder sowas. Schweden!«

»Dauernd kommst du mit dieser Set-up-Theorie«, sagte Billy T. noch sauer. »Anfangs hat sie mich ja auch angesprochen. Eine Zeitlang. Aber jetzt, wo Ståle Salvesen nachweisbar tot ist und es schon vor dem Mord an dieser Doris war, verliert deine ganze Argumentationskette doch den Boden unter den Füßen.«

Hanne gickelte und keuchte und versuchte, sich zusammenzureißen.

»Aber haben die denn keine Videoaufnahmen von dem Mann, der das Geld eingezahlt hat?« fragte sie versöhnlich. »Schwedische Banken werden doch auch mit Videokameras überwacht.«

»Das wissen wir noch nicht genau«, erwiderte Billy T., noch immer beleidigt. »Solche Aufnahmen werden wohl nur eine begrenzte Zeit aufbewahrt. Wir haben uns schon erkundigt. Keine Ahnung, wann Antwort kommt.«

Schweigend räumten sie den Tisch ab. Hanne dachte, daß sie endlich waschen müßte. Die schmutzigen Kleidungsstücke quollen schon aus dem Korb auf dem Flur, und blitzschnell las sie eine schmutzige Unterhose vom Boden auf, die herausgefallen war. Zerstreut steckte sie sie in die Tasche. Sie war so müde, daß sie schon nicht mehr gähnen konnte.

»Strenggenommen stehen wir also mit leeren Händen da«, sagte Hanne und setzte sich aufs Sofa.

»Mit leeren Händen?«

Billy T. brachte zwei Tassen Kaffee und stellte die eine vor sie hin.

»Darf ich daran erinnern, daß wir einen Mann in U-Haft haben?«

»Und warum sitzt er da?« fragte Hanne heftig und antwortete dann selbst. »Auf Grundlage vieler kleiner Tatsachen, die so seltsam und auffällig sind, daß eigentlich keine Rede von einem Zufall sein kann, die aber zugleich eine dermaßen schwache Indizienkette ergeben, daß wir meilenweit von einer Verurteilung Halvorsruds entfernt sind. Sowohl wegen des Mordes an seiner Frau als auch an Bromo. Wenn Halvorsrud nicht die Aussage verweigert hätte, hätten wir ihn wahrscheinlich nicht mal einsperren dürfen.«

»Aber was ist mit den Fingerabdrücken? Was zum Teufel hatte Halvorsrud im Keller der Vogts gate 14 zu suchen? Und außerdem: Wenn er unschuldig ist, warum will er dann keine Aussage machen? Wir reden hier über einen Staatsanwalt, Hanne! Er weiß besser als die meisten anderen, daß eine Aussageverweigerung einem Schuldgeständnis fast gleichkommt. Und er hat am Tag nach dem Mord seine Meldepflicht nicht eingehalten. Ziemlich auffällig, wenn du mich fragst.«

Hanne gab keine Antwort. Sie fühlte sich am ganzen Leib wie gerädert. Billy T.s Stimme klang aus der Ferne zu ihr, wie aus einem anderen Zimmer. Vorsichtig massierte sie sich mit den Daumen ihre Fußsohlen. Der Schmerz jagte von einem Punkt unter der Ferse die Waden hoch.

»Was uns eigentlich verwirrt, ist diese Pädophiliekiste«, sagte Billy T. »Ich meine noch immer, daß wir mit aller Kraft die Korruptionsspur verfolgen sollten. Da haben wir immerhin allerlei handfeste Anhaltspunkte. Das Geld in Stockholm, zum Beispiel.«

Er ließ vier Stück Zucker in seinen Kaffee fallen und rührte mit einem Kugelschreiber um.

»Nein«, sagte Hanne. »Wir haben so gut wie nichts. Wie ich bis zum Gehtnichtmehr wiederholt habe: Alle Faktoren in diesem Fall, die an sich darauf hinweisen könnten, daß Halvorsrud korrupt ist, sind zugleich seltsam. Unlogisch. Dilettantisch. Unvollständig. Dieser Fall hat etwas, das ...«

Sie schnitt eine Grimasse, als sie versuchte, sich aufzurichten. Heftige Stiche wüteten in ihrem Kreuz.

»Ståle Salvesen ist im Grunde das einzige, was wir haben. Gut, er hat Selbstmord begangen. Also kann er nicht Doris umgebracht haben. Aber für eine Leiche hat er eine seltsame Fähigkeit, überall – wohin wir uns auch drehen und wenden – aufzutauchen. Die Morde an Bromo und an Doris haben nur zwei gemeinsame Nenner. Beide sind enthauptet worden. Und dann gibt es unseren Joker, Ståle Salvesen. Wenn wir seine Rolle im ganzen Spiel finden, finden wir auch die Lösung. Da bin ich mir ganz sicher. Und was Evald Bromos Umgang mit kleinen Mädchen angeht...«

Sie tunkte ein Stück Zucker in ihren Kaffee und legte es sich auf die Zunge.

»Der braucht nicht unbedingt etwas mit dem Fall zu tun zu haben. Aber mal angenommen, Bromo und Halvorsrud sind beide pädophil. Was wissen wir über solche Leute? Daß sie einen auffälligen Drang besitzen, Kontakt zueinander aufzunehmen. Material zu tauschen. Bilder. Erfahrungen...«

»Bromo und Halvorsrud wären dann also Mitglieder in einer Art pädophilem Ring, ja?«

Billy T. rümpfte die Nase und ging zur Stereoanlage. Er durchwühlte das CD-Regal und sagte: »Aber was hat unser kleiner Ståle damit zu tun? Ist der dann auch Pädo, oder was?«

»Nein... oder ja. Ich weiß es nicht. Aber sehen wir uns doch das an, was wir sicher wissen. Das hier ist Halvorsrud.«

Sie stellte ihre Tasse mitten auf den Tisch und griff nach Billy T.s.

»Und das ist Evald Bromo.«

Eine Silberschale mit alten Erdnußresten wurde vor die beiden Tassen gestellt und vollendete das Dreieck.

»Wo ist Doris?«

»Scheiß auf Doris«, sagte Hanne müde.

Sie zeigte zuerst auf die Halvorsrud- und dann auf die Bromo-Tasse.

»Gemeinsame Nenner? Beide haben sich mit wirtschaftlichen Fragen beschäftigt. Beide haben eine ziemlich gute Karriere gemacht. Keiner ist vorbestraft.«

»Beide sind Männer und beide sind in mittlerem Alter«,

murmelte Billy T. »Hier gibt's mal wieder verdammt viel Dudelmusik.«

Er ließ ungeduldig seine Finger über die CD-Rücken wandern.

»Und dann sehen wir uns ihre Verbindung zu Salvesen an«, sagte Hanne. »Bitte, leg keine Musik auf. Ich kann das jetzt nicht aushalten. Salvesen war im Gegensatz zu ihm und ihm....« Ihr Zeigefinger klopfte gegen die Tassen. »...ein gefallener Mann. In den achtziger Jahren ein Löwe und ein Jahrzehnt später nur noch Bettvorleger. Die einzige Verbindung zwischen ihm und den anderen, von der wir wissen, ist die Konkurssache und die Ermittlungen gegen ihn. Halvorsrud war dafür verantwortlich, Bromo hat darüber geschrieben.«

»Vor zehn Jahren«, sagte Billy T. gereizt, dann strahlte er und legte eine CD ins Gerät. »Schubert!«

»Dann dreh es wenigstens leise. Aber was, wenn...«

Billy T. drehte lauter. Er stand mit geschlossenen Augen mitten im Zimmer und lächelte breit.

»Das nenne ich Musik.«

Hanne hielt sich die Ohren zu und starrte die drei Gegenstände vor ihr auf dem Tisch an.

»Was, wenn Bromo gewußt hat, daß Halvorsrud seine Tochter oder andere Kinder mißbraucht«, flüsterte sie vor sich hin. »Was, wenn er Halvorsrud bedroht hat? Aber warum... mach die Musik leiser, verdammt noch mal!«

Endlich gehorchte Billy T. Hanne starrte zu ihm hoch und sagte: »Wenn Halvorsrud Bromo aus irgendeinem Grund umbringen wollte, warum hat er das in der Vogts gate 14 erledigt? Und warum um Himmels willen hat er seine Tat noch damit signiert, daß er den Typen enthauptet hat? Er mußte doch einsehen, daß wir sofort in seine Richtung blicken würden...«

»Copycat«, sagte Billy T.

»Genau…«

»Jemand wollte, daß es aussieht wie der Halvorsrud-Mord.«

»Eben.«

»Und es ist nachts passiert. Zu der Zeit, wo die meisten von uns kein anderes Alibi haben, als ihre Bettgenossen ihnen liefern können. Wenn sie welche haben.«

»Genau.«

»Kann es…«

»Doris und Bromo können von zwei verschiedenen Personen umgebracht worden sein«, sagte Hanne langsam und deutlich. »Und wenn es in keinem Fall Halvorsrud war… dann sind nicht nur ein, sondern gleich zwei Mörder auf freiem Fuß.«

»Zwei«, wiederholte Billy T. erschöpft. »Ich muß ins Bett.«

Hanne hob die Halvorsrud-Tasse an ihren Mund. Der Kaffee war kalt geworden.

»Ich glaube, ich nehme eine Tablette«, sagte sie. »Ich bin übermüdet.«

Billy T. ließ sich neben sie aufs Sofa fallen. Schuberts Unvollendete hatte einen dramatischen Wendepunkt erreicht, und er drehte es mit der Fernbedienung wieder lauter und legte Hanne den Arm um die Schultern.

»Hör jetzt zu«, flüsterte er. »Hör gerade jetzt zu.«

Sie entspannte sich. Billy T. roch leicht nach Mann und gekochtem Kohl. Die Wollfasern seines Pullovers kratzten ihre Wange. Er saß ganz still da, hatte den Kopf in den Nacken gelegt und die Augen geschlossen. Sein Arm lag angenehm schwer auf ihr. Behutsam streichelte sie seine Hand. Die war groß und warm und ruhte ganz bewegungslos nur wenige Zentimeter von ihrer rechten Brust entfernt. Sie ließ zwei Finger über die Adern wandern, die sich auf seinem Handrücken abzeichneten. Als sie aufschaute, lächelte er. Sie musterte die vertrauten Züge, die große, gerade Nase, die blaßblauen Augen, die in diesem Moment grau und tiefer wirkten, als sie sie je gesehen hatte, die Lippen, die er mit der Zunge anfeuchtete, ehe er sehr ernst wurde, die freie Hand an ihre Wange legte und sie lange, lange küßte.

26

Ein Mann schlug mit der Faust gegen die mit Fliesen bedeckte Wand.

»Scheiße. Scheiße. Scheiße.«

Das Wasser spülte glühendheiß über seinen Leib.

Er hätte nie damit gerechnet, daß jemand etwas über Evald Bromos Umgang mit kleinen Mädchen erfahren würde. Bromo war der vorsichtigste Vergewaltiger, mit dem der nackte Mann unter der Dusche je zu tun gehabt hatte. Nur einmal hatte er sich fahrlässig verhalten. Das war viele Jahre her, und sein Fehler hatte sich ausbügeln lassen.

»Shit. O verdammt!«

Er hätte heulen können. Statt dessen hämmerte er noch einmal gegen die Wand.

Es gab nur eine Verbindung zwischen ihm selbst und Evald Bromo. Er war sich hundertprozentig sicher gewesen, daß diese niemals entdeckt werden könnte. Einhundertprozentig.

Jetzt wußte er nicht, was er tun sollte.

»Papa!« schrie eine Stimme vor der abgeschlossenen Tür. »Du verbrauchst ja das ganze heiße Wasser. Jetzt bin ich an der Reihe. Papa!«

Wenn er gewußt hätte, daß jemand es wußte, hätte er alles anders gemacht.

Als Hanne am Donnerstagmorgen erwachte, begriff sie zuerst nicht, wo sie war. Es war halbdunkel im Zimmer, und die stickige Luft roch unbehaglich.

Sie war zu Hause. Sie lag in ihrem eigenen Bett. Daß die Vorhänge sich nicht bewegten, lag am geschlossenen Fenster. Sonst schliefen sie immer bei offenem Fenster. Cecilie und Hanne.

Billy T. lag neben ihr auf dem Bauch. Er schlief noch immer tief, mit offenem Mund und leichtem Schnarchen. Seine Decke war heruntergeglitten. Obwohl der Sommer noch weit war, sah sie eine klare Grenze zwischen seinem weißen Hintern und dem dunkleren Rücken.

Hanne hatte plötzlich Angst; ein physischer Schmerz überall im Körper. Billy T. murmelte im Schlaf vor sich hin und drehte sich um.

Hanne versuchte, sich zu bewegen. Er drückte sie nicht länger nach unten. Sein Gesicht war abgewandt. Sein Rücken berührte sie nur ganz leicht. Sie hatte die Arme starr an ihrem nackten Leib ausgestreckt und konnte nicht atmen.

An diesem Tag würde Cecilie nach Hause kommen.

Olga Bromo lag im Sterben.

Der Pfleger, der sie wusch, ertappte sich bei dem Gedanken, daß es vielleicht das allerletzte Mal war. Der Zustand der alten Frau hatte sich in der Nacht zum Sonntag plötzlich verschlechtert. Ihr Puls – der sie zuverlässig durch zwei sinnlose Jahre nahe dem Koma getrieben hatte – war plötzlich unregelmäßig und schwach geworden. Der Pfleger hatte gelesen, daß Olga Bromos Sohn fast zur selben Zeit ermordet worden war. Seither hatte ihr Herz schon zweimal ausgesetzt. Doch das Leben war dann zurückgekehrt, wie aus wütendem Trotz angesichts der Erleichterung des Personals darüber, daß die senile, zweiundachtzig Jahre alte Dame endlich erlöst werden sollte.

»Ihr habt einander so nahe gestanden«, sagte der Pfleger freundlich und mit leiser Stimme, als er den Waschlappen auswrang. »Er hat dich ja fast jeden Tag besucht. Nicht alle haben solches Glück.«

Olga Bromo trug ein weißes Flanellnachthemd mit hellroten Bändern am Hals. Der Pfleger hatte sich die Mühe gemacht, ihr ein eigenes Kleidungsstück anzuziehen, an Stelle des praktischen, geschlechtslosen Kittels, in den die Kranken sonst gesteckt wurden.

Er hatte gerade die Schleife am Hals gebunden, als Olga Bromo starb. Nur ein schwaches Gurgeln war noch zu hören, dann atmete sie nicht mehr. Der Pfleger ließ noch minutenlang den Zeigefinger an der Innenseite ihres schmalen alten Handgelenks liegen.

29

Hanne Wilhelmsen konnte nicht klar sehen. Eine Haut schien sich über ihre Augen gezogen zu haben; immer wieder kniff sie die Lider zusammen, um sich von etwas zu befreien, das ihr wie eine zähe graue Masse vorkam, die an ihrer Hornhaut klebte und das Sehen erschwerte. Bei jedem Atemzug empfand sie einen Stich der Angst. Sie atmete in kurzen, flachen Zügen.

»Tut mir leid«, sagte sie zu Iver Feirand und spielte an ihrer Zigarettenpackung herum, ohne sich daraus zu bedienen. »Ich glaube, ich brauche vielleicht eine Brille.«

»Bestimmt bist du nur müde. Ich weiß doch, wie das ist.«

»Sind wir eigentlich jemals unmüde?«

»Unmüde?«

Hanne Wilhelmsen hob Daumen und Zeigefinger zu ihrer Augenhöhle und rieb sie energisch.

»Ich glaube, ich bin schon seit zwanzig Jahren müde«, sagte sie leise. »Je mehr ich arbeite, um so mehr habe ich zu tun. Je mehr ich arbeite, um so weniger...«

Plötzlich richtete sie sich auf und warf die halbvolle Packung Marlboro light in den Papierkorb.

»Damit muß ich auf jeden Fall aufhören.«

»Gescheit. Sollte ich dir nachmachen.«

»Du siehst auch ziemlich fertig aus.«

Iver Feirand lächelte schwach und nahm sich eine Zigarette aus seiner eigenen Packung.

»Wenn du glaubst, ihr hättet viel zu tun, dann solltest du dir mal mein Büro ansehen. Ich mußte meine Familie allein in die Osterferien fahren lassen, weil ich nicht loskam. Alles türmt sich auf. Alles ist schwieriger geworden. Der ganze Apparat scheint feiger geworden zu sein. Richter, Ärzte, Kindergartenpersonal... Die Bjugn-Affäre war eine Katastrophe. Danach sind erstmals deutlich weniger Anzeigen erstattet worden. Das war wohl nicht anders zu erwarten. Und die Lage hat sich inzwischen ja auch wieder geändert. Aber schlimmer ist...«

Er schnitt eine Grimasse und drückte die halbgerauchte Zigarette aus.

»Ich muß auch aufhören. Und es schmeckt ja nicht mal. Thea wird eine harte Nuß. Ich habe schon einiges an Material gesammelt. Aus der Schule und...«

Iver Feirands Stimme rückte immer weiter weg und kam

usehends dünner und monotoner vor. Am Ende
sie die einzelnen Wörter kaum noch voneinander
heiden. Sein Gesicht wurde undeutlich; ein schim-
er Fleck vor farblosem Hintergrund. Sie versuchte,
tiefer zu atmen, aber bei jedem Atemzug krampfte ihr
Zwerchfell sich zusammen. Cecilie, dachte sie.

Cecilie, Cecilie.

Am liebsten wäre sie aus dem Bett aufgestanden und verschwunden. Hätte Billy T. dort liegenlassen und wäre gegangen. Für immer. Wollte alles sausen lassen. Ihren Job vergessen. Sigurd Halvorsrud und Evald Bromo, Billy T. und
den aufdringlichen Polizeipräsidenten, der mehr begriff, als
ihr lieb war, das ganze Grønlandsleiret 44 mit allen Menschen dort sollte aus ihrer Erinnerung verschwinden, aus-
getilgt werden. Sie wollte nie mehr an Cecilie und ihre
Krankheit denken müssen. Sie könnte nach Rio gehen und
mit Straßenkindern zusammenwohnen. Vergessen, wer und
was sie war.

Noch nie hatte sie ein so starkes Verlangen nach Flucht
verspürt.

Als ihr Leben ihr im Laufe der Jahre immer schwerer vorgekommen war, hatte sie sich in sich selbst versteckt. Und
hatte dort ihre Stärke hergeholt, schon seit einer stillen
Nacht, in der sie mit elf Jahren auf dem Dach der alten Villa
gelegen hatte, während alle anderen schliefen. Das spürte sie
jetzt; sie spürte, wie sich die Dachziegel in ihre Schultern
bohrten, sie fühlte den kalten Duft des Septemberabends
und der schweren Bäume, sie sah vor sich das Himmelsge-
wölbe, mit Myriaden von Sternen, die ihr sagten, wie stark
sie sei, wenn sie nur allein war. Wenn niemand wirklich
wußte, was sie tat oder dachte.

Hanne Wilhelmsen war auf diese Weise lange zurechtge-
kommen. Der Anfang, der ihr Cecilie geschenkt und sie ihre
Familie und ihre Kindheit vergessen ließ, war so einfach ge-

wesen. Sie waren so jung. Sie fühlte sich so stark. Ihr Schutzwall, die Grenzen, die die anderen aussperrten und sie selbst dort festhielten, wo sie zu Hause war, waren so deutlich. Als ihr aufging, daß ihre Lebensweise, verschlossen und immer korrekt, tüchtig und hart arbeitend, den anderen Respekt abnötigte, wußte sie, daß sie die richtige Wahl getroffen hatte. So hatte sie es immer gewollt.

Cecilie war die erste Frau, in die Hanne sich verliebt hatte, und Hannes erste Liebhaberin. Sie sah sie plötzlich vor sich, im Raucherschuppen des Gymnasiums, neckend und fast wie im Flirt. Zwei Jahre hatte Hanne sie insgeheim angestarrt, bevor sie endlich mit ihr sprach. Cecilie war beliebt und laut und umgab sich mit Menschen, die Hanne nicht ausstehen konnte. Hanne Wilhelmsen war eine ernste junge Frau, die ihr Aussehen in Isländerpullovern und einer alten Militärjacke versteckte und die ihre Zigaretten hinter dem Schuppen drehte, in dem alle anderen standen. Hanne war eine gute Schülerin, und vielleicht hatte das Cecilie dazu veranlaßt, eines Tages auf sie zuzugehen, als es so schrecklich regnete, daß Hanne nicht draußen bleiben konnte.

»Du«, sagte sie und legte den Kopf auf eine Weise schief, die Hanne ihr Gesicht tief in ihrem Palästinensertuch vergraben ließ. »Ich hab gehört, du bist saugut in Mathe. Würdest du mir mal helfen?«

Hanne hatte Cecilie seit diesem Moment geliebt. Sie liebte sie noch immer. Sie rang um Atem, als sie in ihrem Büro im dritten Stock des Polizeigebäudes saß und versuchte, einem Kollegen zu lauschen, während sie doch nur das Echo von Cecilies Stimme hörte: »Ich bin krank. Ernstlich krank.«

Hanne Wilhelmsen floh immer nach innen. Als sie an diesem Morgen erwacht war, mit Billy T. neben sich und einem Gefühl vollständiger Lähmung, hatte sie erkannt, daß sie am Ende des Weges angelangt war. Weitere Fluchtmöglichkeiten gab es nicht.

Als sie endlich hatte aufstehen können, duschte sie eine Viertelstunde. Dann zog sie sich an und weckte ihn, indem sie seinen Namen rief. Als er grunzte und nach ihr griff, hatte sie sich ihm entwunden. Sie sagte nur, sie müsse das Bett neu beziehen. Er versuchte, zu ihr durchzudringen, er redete und fluchte und breitete die langen Arme aus, er drohte und flehte und stand im Weg, als sie das Bett abzog, die Bettwäsche in die Maschine stopfte, den Waschgang auf neunzig Grad einstellte, frisches Bettzeug hervorsuchte, das Bett bezog, im Schlafzimmer staubsaugte und noch einmal duschte, ehe sie zur Arbeit ging. Sie sagte nur dieses eine: »Das Bett muß frisch bezogen werden.«

Er hatte mit ihr zusammen die Wohnung verlassen. Als sie vor der Tür standen, hatte sie gebieterisch die Handflächen gehoben. Dann schaute sie ihm zum ersten Mal in die Augen. Als sie die Verzweiflung darin sah, senkte sie ihren Blick und forderte: »Die Schlüssel.«

Er hatte ein kleines Schlüsselbund hervorgezogen und in ihre Hand gelegt.

Dann waren sie getrennt zum Grøndlandsleiret 44 gegangen. Sein Rücken hatte seltsam schmal gewirkt, als er über den Rasen auf der Rückseite des Blocks verschwunden war. Hanne selbst hatte den Umweg durch den Tøyenpark genommen.

»...so schonend wie überhaupt nur möglich.«

Hanne riß die Augen auf.

»Hmm.«

Sie hatte nicht die geringste Ahnung, was Feirand gesagt hatte.

»Schön«, murmelte sie. »Tu, was du für richtig hältst. Welche Zeitperspektiven hast du?«

Feirand blickte sie verwundert an.

»Also, wie gesagt. Ich rede am Samstag mit ihr. Wenn ich es richtig verstanden habe, dann ist sie noch in Behandlung, und alles geschieht natürlich in Zusammenarbeit mit...«

»Gut.«

Hanne zwang sich ein Lächeln ab. Er sollte gehen. Sie mußte allein sein. Übelkeit preßte ihren Hals zusammen; ihr Mund füllte sich mit Speichel, und sie versuchte, zu schlucken.

»Wir reden später weiter, ja?«

»Okay. Ich halte dich auf dem Laufenden.«

Ehe er sie verließ, blieb er einen Moment zu lange stehen und starrte sie an. Dann zuckte er leicht mit den Schultern und schloß ruhig hinter sich die Tür.

Hanne Wilhelmsen kotzte wie ein Reiher und konnte sich nicht einmal mehr den Papierkorb schnappen. Kotze und Galle ergossen sich über Schreibtisch und Ordner.

»Himmel, bist du krank?« fragte Karl Sommarøy, der plötzlich in der Tür stand. »Kann ich irgendwas für dich tun?«

»Laß mich in Ruhe«, murmelte Hanne. »Kann ich ausnahmsweise mal ein wenig Ruhe haben? Und wird hier mal bald die Sitte eingeführt, vorm Reinkommen anzuklopfen?«

Karl Sommarøy wich zurück und knallte die Tür zu.

30

»Du müßtest deine Freundin mal zur Ordnung rufen. Jetzt geht sie verdammt noch mal zu weit.«

Karl Sommarøy starrte Billy T. an, der mit einer Cola und einer Zeitung in der Kantine im sechsten Stock saß. Sommarøy balancierte einen Bienenstich auf einer Tasse Kaffee in der einen und eine Schüssel mit Cornflakes auf einem Glas Milch in der anderen Hand.

»Hast du mal was von einem Tablett gehört?« fragte Billy T. sauer und vertiefte sich ins *Dagbladet*, um seinen Kollegen zu vertreiben; außer ihnen hielt sich in dem großen Raum kaum ein Mensch auf.

Karl Sommarøy begriff den Wink nicht.

»Daß die Frau soviel auf dem Kasten hat, ist das eine«, er redete unverdrossen weiter, nachdem er sich Billy T. gegenüber auf einen Stuhl gesetzt hatte. »Ich hab ja von Leuten gehört, die länger hier sind als ich, daß sie so ungefähr genial ist. Aber es gibt doch wohl Grenzen für schlechtes Benehmen. Du hättest mal sehen sollen, was sie ...«

»Halt die Fresse«, sagte Billy T. wütend.

»Aber ehrlich ...«

»Halt die Fresse!«

»Meine Güte. Das scheint ja ansteckend zu sein.«

Er hob die Cornflakesschüssel an den Mund und spachtelte los. Seine winzige Kinnpartie verschwand hinter der Schüssel.

»Es muß doch verdammt noch mal erlaubt sein, seine Meinung zu sagen«, nuschelte er. »So, wie sie mit ihren Untergebenen umspringt, hätte sie einen ordentlichen Rüffel verdient. Aber offenbar ist sie ja für den Polizeipräsidenten zu einer Art Maskottchen geworden. Ich kapier wirklich nicht, wieso. Du ...«

Billy T. hielt sich das *Dagbladet* vors Gesicht und blätterte wütend darin herum.

»Angeblich soll sie ja früher die Supersause gewesen sein«, flüsterte Karl Sommarøy. »Stimmt das? Und daß sie eigentlich ... naja, vom anderen Ufer ist? Lesbisch, meine ich? Sieht ja nicht gerade so aus, aber ...«

Billy T. faltete die Zeitung zusammen. Dann beugte er

sich über den Tisch und packte die Hemdbrust seines Kollegen. Sein Gesicht war nur zwanzig Zentimeter von dem des anderen entfernt, als er fauchte: »Hanne Wilhelmsen ist die beste Kraft hier im Haus. Ist das klar? Was sie nicht über Polizeiarbeit weiß, kann auch allen anderen egal sein. Sie kennt den Unterschied zwischen richtig und falsch, sie weiß mehr über Gesetze als die allermeisten Polizeijuristen hier, inklusive deiner selbst, und sie ist außerdem sehr schön. Im Moment ist sie überarbeitet und mit einer Person zusammen, die jeden Moment sterben kann, also mußt du...«

Er schlug mit der freien Hand auf den Tisch, daß die Cornflakes nur so tanzten.

»...verdammt noch mal hinnehmen können, daß sie gerade nicht die längste Lunte aller Zeiten hat.«

Er ließ Sommarøy plötzlich los und starrte ihn verachtungsvoll an, dann trank er den Rest seiner Cola und sprang auf.

»Aber hör doch mal«, sagte Sommarøy verdutzt und versuchte, sein Hemd gerade zu ziehen.

»Nein«, brüllte Billy T. und schwenkte seinen riesigen Zeigefinger. »Wer hier jetzt zuhört, das bist du. Was Hanne Wilhelmsen in ihrer Freizeit macht, geht dich nichts an. Klar? Wenn sie möchte, daß du etwas über ihr Privatleben weißt, dann wird sie es dir schon sagen. Und ansonsten ist es reichlich idiotisch von dir, mir solchen Dreck über eine Person zu erzählen, von der du ja wohl wissen müßtest, daß sie meine allerbeste Freundin ist.«

»Okay, okay, okay.«

Sommarøy machte mit der rechten Hand das Friedenszeichen und senkte den Kopf.

»Das war es eigentlich nicht, worüber ich mit dir sprechen wollte«, sagte er zaghaft. »Tut mir leid. Wirklich. Setz dich.«

Billy T. spürte, daß er zitterte. Zum zweiten Mal in seinem Erwachsenenleben hätte er gern geweint. Seit dem Morgen versuchte er, die richtigen Worte für Hanne zu finden; er mußte ihr irgend etwas erzählen, das es ihnen ermöglichen würde zu behalten, was sie hatten und immer schon gehabt hatten. Billy T. mußte Hanne behalten dürfen; ein Leben ohne sie kam ihm ebenso sinnlos vor wie ein Leben ohne seine Kinder. Seine Gedanken wirbelten von Hanne zu Tone-Marit weiter; er mußte seiner zukünftigen Frau erzählen, was passiert war. Er mußte seinen Verrat gestehen und Verzeihung erlangen, damit sie ganz schnell heiraten könnten, morgen, oder besser noch heute abend; sie würden heiraten, und er würde sich selbst bändigen und nie mehr etwas Ähnliches anrichten.

Billy T. wußte, daß er es niemals erzählen könnte. Tone-Marit würde es nicht erfahren. Am Nachmittag würde sie ihn am Essenstisch anlächeln, sich nach der Arbeit erkundigen und vielleicht von Jennys erstem Lächeln erzählen. Abends würde sie sich im Bett an ihn schmiegen. Sie würde mit ihrer Hand in seiner einschlafen, das hatte sie sich seit der Geburt so angewöhnt, als sei die Existenz des Kindes der endgültige Beweis dafür, daß sie zusammengehörten. Billy T. würde Tone-Marit nie erzählen, was passiert war, als er bei seiner besten Freundin übernachtet hatte, um einem heulenden Säugling zu entgehen und eine Nacht ungestört zu schlafen.

»Was denn sonst?« fragte er und ließ sich wieder auf den Stuhl sinken.

»Ich wollte noch mal in die Vogts gate 14«, sagte Sommarøy jovial und versuchte, den Blick seines Kollegen einzufangen, während er auf seinem Bienenstich herumkaute. »Die Telefongesellschaft hat bestätigt, daß Salvesen zwei Anschlüsse hatte. Der eine war fürs Internet.«

»Internet«, wiederholte Billy T.

»Ja. Komisch. In der Wohnung war nicht die Spur von einem Computer zu entdecken, und außerdem: Was zum

Henker wollte so ein Typ mit dem Internet? Also dachte ich, ich schau mir das alles noch mal an, weißt du. Kommst du mit?«

Billy T. wollte nach Hause. Er hatte das Gefühl, nie mehr nach Hause zurückkehren zu können.

Er wollte mit Hanne sprechen. Hanne wollte nicht mit ihm sprechen. Dreimal hatte er an ihre Bürotür geklopft. Jedesmal hatte sie sich bei seinem Anblick abgewandt. Sie hatte kein Wort gesagt, aber es war unmöglich gewesen, ihren gehobenen Schultern und dem eiskalten Blick zu trotzen, mit dem sie ihn bedachte, ehe sie sich umdrehte.

»Wann wolltest du denn los?« fragte er müde.

»So gegen vier. Vorher kann ich nicht. Du kommst mit?«

»Wir treffen uns um vier in der Garage. Sorg du für ein Auto.«

Als Billy T. die Kantine verließ, sah er den Rücken von Hanne Wilhelmsen, die den Fahrstuhl ansteuerte. Da sie nicht in der Kantine gewesen war, nahm er an, daß sie eine Besprechung mit dem Polizeipräsidenten gehabt hatte, dessen Büro im selben Stock lag. Billy T. blieb stehen, als sich die blanken Metalltüren schlossen. Dann trottete er die Treppen hinunter, so langsam, daß sie verschwunden sein würde, wenn er im dritten Stock ankäme.

31

Sigurd Halvorsrud saß auf einer matratzenlosen Pritsche in einer Zelle im Hinterhof des Polizeigebäudes und umklammerte seine Knie. Er bohrte die Nägel durch den Jeansstoff und in seine Haut, bis seine Fingerspitzen taub wurden. Für einen Moment ließ er los, um dann die Übung zu wiederholen.

»Unschuldig«, flüsterte er in die stickige, nach Schweiß stinkende Luft hinein. »Ich bin unschuldig. Unschuldig. Ich bin unschuldig.«

Der Oberstaatsanwalt Sigurd Halvorsrud hatte niemanden getötet.

Seines Wissens hatte er nie etwas Schlimmeres verbrochen, als ab und zu eine Geschwindigkeitsbegrenzung zu mißachten. Wenn ihm klares Denken hier noch möglich gewesen wäre, dann wäre ihm sicher eingefallen, daß er einmal eine Buße hatte zahlen müssen, weil er im kindischen Suff einem Kumpel eine gesemmelt hatte; am 17. Mai in dem Jahr, in dem er sechzehn geworden war.

Doch Sigurd Halvorsruds Gehirn war heißgelaufen. Während seiner ersten Untersuchungshaft, als diese ganzen Absurditäten noch so neu waren, daß er seinen Scharfsinn einsetzen konnte, hatte er gehofft. Das hier war Norwegen. In Norwegen wurden keine Unschuldigen verurteilt. Wenn es doch ein seltenes Mal vorkam, dann ging es meist um Penner, Suffbrüder und halbkriminelle Verlierer, die das Verbrechen, für das sie verurteilt wurden, zwar nicht begangen hatten, die sich aber selbst dafür danken konnten, daß sie überhaupt ins Suchlicht der Polizei geraten waren.

Sigurd Halvorsrud gehörte zu einem System, an das er glaubte; es war eine traditionsbewußte, zivilisierte Rechtspflege, der er nicht nur sein Arbeitsleben geweiht hatte, sondern die zugleich mit seiner Persönlichkeit verflochten war, seinem Ego, allem, was ihn ausmachte. Sein Glaube an sich selbst und an seine eigene Kraft beruhte deshalb in hohem Grad auf dem Vertrauen zum System. Während der ersten Wochen – als die gelben Wände ihn zu ersticken drohten und er sich jeden Morgen mit dem Wachpersonal gestritten hatte, weil er duschen wollte, wie er es gewohnt war, weil er Anzug und Schlips anziehen, sich ordentlich die

Haare mit Haarwasser kämmen und sich einmal die Woche die Nägel schneiden wollte, wie seine Gewohnheiten das vorschrieben – in dieser Zeit hatte er trotz allem an sich und damit an das System geglaubt. Daß er des Mordes an seiner Frau verdächtigt wurde, war einfach ein Versehen. Früher oder später würde die Polizei die Wahrheit erkennen.

So funktionierte das System.

Als er aus der Untersuchungshaft entlassen worden war, war ihm paradoxerweise sein Irrtum aufgegangen.

Anfangs – als der Beschluß diktiert wurde und Sigurd Halvorsrud seinen Blick zu dem Richter mit dem Bulldoggengesicht gehoben und begriffen hatte, daß er wirklich nach Hause durfte – hatte sich seine ungläubige Erleichterung mit einem hochmütigen Triumphgefühl gemischt: Der Gerechtigkeit war Genüge getan worden.

Am ersten Abend zu Hause, als Thea endlich schlief, war ihm aufgegangen, daß das alles nur eine Illusion war. Bei seinem Fall ging es nicht mehr um Gesetz und Ordnung. Sein Leben, das seiner Tochter, das gesamte Dasein der Familie Halvorsrud waren von einer Macht zerstört worden, die viel größer war als Frau Justitias blinde Gerechtigkeit.

Sigurd Halvorsrud war stigmatisiert. Er hätte auch ein Kainszeichen auf der Stirn tragen können. Als er in seinen eigenen Notizen blätterte – in eleganter Handschrift beschriebene Blätter mit Analysen und Tatsachen von allem, was er seit dem Mord an Doris bis zu dem Tag, als der Beschluß ergangen war, durchgemacht hatte – sah er ein, daß er etwas unternehmen mußte.

Karen Borg hatte recht.

Richter Bugge hatte recht.

Die Polizei war sehr weit von einer Anklage entfernt. Und noch viel weiter von einer Verurteilung. Wenn Sigurd Halvorsrud sich an die nackten Tatsachen seines eigenen Falls hielt, sah er, daß er aller Wahrscheinlichkeit nach niemals vor einer Jury würde stehen müssen. Das machte ihn glücklich; es ließ sein Blut brausen und seine Wangen brennen, bis er dann eifrig die Zeitungen durchblätterte, die seine Schwägerin für ihn aufbewahrt und in chronologischer Reihenfolge sortiert auf den Küchentisch gelegt hatte.

Sigurd Halvorsrud war bereits verurteilt worden.

Er war soeben auf freien Fuß gesetzt worden, aber dennoch war er für den Rest seines Lebens verurteilt. Als er mit Brief- und Besuchsverbot in Untersuchungshaft genommen worden war, waren ihm auch Zeitungen und Radio entzogen worden. Er hatte alte Illustrierte und Taschenbücher gelesen und das Schlimmste befürchtet. Doch die Wahrheit war schlimmer.

Sein Fall hatte zeitweise den Kosovokrieg in den Hintergrund gedrängt.

Sein Leben war wie ein Picassobild über die Zeitungsseiten verschmiert worden; verzerrt und entstellt, unverhältnismäßig und in Farben, die er einfach nicht wiedererkannte. Trotzdem war hier die Rede von ihm. Unwiderruflich von ihm. Die Journalisten hatten seine gesamte Vergangenheit durchwühlt. Er fuhr zusammen, als er ein seitengroßes Bild von sich selbst mit Studentenmütze sah, sein nacktes, achtzehn Jahre altes Gesicht mit vorgeschobenem Kinn und selbstsicherem Lächeln, als könne nichts ihn daran hindern, bis zum Himmel emporzuklettern, während seine Augen eine verletzliche Unsicherheit verrieten, die er noch nicht zu verbergen gelernt hatte. Anonyme Schulkameraden, unsichtbare Kollegen, namenlose Nachbarn – alle hatten sie bereitwillig und mit schlecht verhohlener Begeisterung, weil sie endlich über etwas Wichtiges sprechen konnten, ihre Ansichten über den Gattinnenmörder Sigurd Halvorsrud von sich gegeben. Stark und stur, schleimig und jähzornig, schlau und unberechenbar, Familienfreund und gesellschaftlicher Mittelpunkt; diese Charakteristiken brannten ihm in den Augen, und er klappte die Zeitungen zu und faltete sie zu dicken Packen zusammen, die er dann in den folgenden zwei Stunden im Kamin verbrannte.

Sigurd Halvorsrud hatte alles verloren.

Es gab nur eine Möglichkeit, um ihn und das, was von seiner Familie noch übrig war, zu retten. Er konnte nicht einfach stillsitzen und hoffen, daß er nicht verurteilt werden würde. Er mußte sich von seinem Stigma befreien. Nur dann würde er auf volle Rehabilitation hoffen können. Nur so würden die Zeitungen nach und nach zurücknehmen, was sie bisher geschrieben hatten, und neue, positivere Artikel bringen. Nur so konnte er die Zeitungen zwingen, sich später auf die Brust zu schlagen und zu sagen: »Schaut her! Wir haben die ganze Zeit die Möglichkeit im Auge behalten, daß dieser Mann unschuldig ist. Wir haben schon, als er noch in Untersuchungshaft saß, geschrieben, er sei ein guter Familienvater und ein geachteter Kollege.«

Sigurd Halvorsrud mußte Doris' Mörder finden. Er wußte, wer der Mörder war. Nämlich Ståle Salvesen.

Aus diesem Grund hatte er einen ungeschickten Versuch unternommen, die Wohnung in der Vogts gate 14 zu untersuchen. Er hatte nicht gewußt, was er eigentlich suchte. Da die Polizei ihm ja nicht hatte glauben wollen, konnte sie leicht etwas übersehen haben. Für sie war Ståle Salvesen ein mutmaßlich verstorbener Sozialfall. Nur für Sigurd Halvorsrud war er ein Mörder.

Da er keine Erfahrung als Einbrecher hatte, hatte er sich dumm genug angestellt, um von einem alten Mann im Keller überrascht zu werden, nachdem er bei der Untersuchung von Salvesens Wohnung nur stinkende Lebensmittel gefunden hatte.

Deshalb hatte er an einem Ort Fingerabdrücke hinterlassen, an dem einige Tage später eine Leiche gefunden wurde. Ein enthaupteter Journalist, dessen Name ihm natürlich ein

Begriff war; der Mann schrieb seit vielen Jahren über sein eigenes Fachgebiet. Vermutlich hatten sie auch schon einmal miteinander telefoniert, aber seines Wissens waren sie sich nie begegnet.

Und dann hatte es sich herausgestellt, daß Salvesen doch tot war.

Was alle seine Aussagen torpediert hatte.

Salvesen hatte nicht tot zu sein. Salvesen sollte an einem brasilianischen Strand sitzen und ein kaltes Bier genießen. Er sollte durch die Anden wandern, allein mit der großartigen Natur, von der er immer geträumt hatte. Vielleicht konnte er in einer Seitenstraße von Manila auch in der klebrigen Umarmung einer Nutte liegen oder sich vorübergehend in Neuseeland als Schafscherer verdingt haben.

Statt dessen war er als aufgelöste Leiche im Skagerrak aufgetaucht.

Und dann war Halvorsruds Gehirn heißgelaufen.

Das einzige, wozu er noch fähig war, war, an seiner Unschuld festzuhalten. Er klammerte sich daran; verbiß sich in den Satz, den er immer wieder vor sich hin murmelte: »Ich bin unschuldig.«

Als der Rollwagen mit dem Essen kam, wollte er nichts annehmen. Der Wärter zuckte gleichgültig mit den Schultern und ging weiter. Als er einige Stunden später abermals Essen verteilte, saß Sigurd Halvorsrud noch in derselben Stellung wie zuvor da; ganz gerade, die Hände um die Knie geschlungen, wobei er sich fast unmerklich hin und her wiegte und etwas murmelte, das der uniformierte Mann nicht verstehen konnte.

Das war im Grunde ziemlich unheimlich, und der Wärter spielte mit dem Gedanken, einen Arzt zu holen. Auf jeden Fall am nächsten Tag, wenn es dem Mann dann nicht besser ging.

Vielleicht verlor der Oberstaatsanwalt gerade den Verstand.

32

»Ich hab schon mal mit dem Kameraden gesprochen. Laß mich das übernehmen.«

Karl Sommarøy wußte nicht so recht, warum Billy T. ihn begleitete. Er sah absolut gleichgültig aus, als er in seiner abgewetzten Lederjacke im scharfen Frühlingswind fröstelte. Entweder war dieser Riese erschöpfter, als Karl Sommarøy es je erlebt hatte, oder es gab etwas, das ihn wirklich quälte. Billy T. gab fast nur einsilbige Antworten. Er hatte auf der ganzen Fahrt vom Grønlandsleiret bis in die Vogts gate mit einem Schlüsselbund herumgespielt, eintönig und aufreizend. Seine Augen waren tot, und sein Gesicht – das in der Kantine in beängstigender Wut aufgeflammt war – war jetzt flach und ausdruckslos. Außerdem stank Billy T. nach Streßschweiß, der ihn bei jeder Bewegung umgab.

»Hausmeister Karlsen ist schrecklich übellaunig. Aber ich glaube, er meint es nicht böse.«

Sie schellten zum zweiten Mal.

»Ja«, schnarrte eine Stimme durch den Lautsprecher.

»Hier ist Karl Sommarøy vom Polizeidistrikt Oslo. Wir würden uns gern…«

Das Geräusch des Türsummers ließ ihn verstummen und Billy T. verschwörerisch zuzwinkern. Er griff nach der Klinke und riß die Tür auf.

»Da siehst du's«, sagte er.

»Unnötig«, murmelte Billy T. »Wir haben doch die Schlüssel.«

Er hielt das Schlüsselbund vor Sommarøys Augen zwischen Daumen und Zeigefinger hoch.

»Scheiße«, sagte der Oberwachtmeister sauer. »Das hättest du ja wohl sagen können.«

»Ich dachte, du könntest dir denken, daß ich niemals ohne Schlüssel in eine verschlossene Wohnung fahren würde.«

»Was ist los?«

Hausmeister Karlsen stand breitbeinig vor ihnen im Flur, sockenlos, in gelbbraunen Pantoffeln. Er trug eine beige Hose und Hosenträger. Sein Hemd wies auf der Brusttasche einen großen Fettfleck auf, und Billy T. entdeckte Essensreste in seinen Bartstoppeln.

»Alles in Ordnung«, sagte Billy T. und zeigte seinen Dienstausweis. »Wir wollen nur mal einen Blick in Salvesens Wohnung werfen.«

»Viel Vergnügen. Die ist leer.«

»Leer?«

Karl Sommarøy und Billy T. tauschten einen Blick.

»Ich hab sie letzte Woche ausgeräumt.«

»Was haben Sie gemacht?«

»Ausgeräumt. Die Wohnung. Ståles Sachen geholt. Die Wohnung wird bestimmt bald neu vergeben. Und ich wollte nicht, daß Fremde in Ståles Sachen herumwühlen.«

Billy T. schaute zur Decke, und sein Mund bewegte sich stumm. Dann holte er tief Luft, senkte den Kopf und bedachte Hausmeister Karlsen mit einem breiten Lächeln.

»Würden Sie vielleicht so überaus liebenswürdig sein, uns in Ståles Wohnung zu begleiten«, sagte er mit samtweicher Stimme und legte dem Alten die Hand auf die Schulter.

Karlsen war vierzig Zentimeter kleiner als Billy T. Er wand sich unter dessen Berührung und erklärte lauthals, er sei soeben beim Essen gewesen. Billy T. änderte seinen Zugriff. Jetzt packte er den Oberarm des Hausmeisters und ging mit energischen Schritten auf den Fahrstuhl zu.

»Und in welchen Stock geht es also?«

»In den vierten«, sagte Sommarøy.

»Loslassen«, sagte Karlsen.

»Ja. Wenn Sie ein paar grundlegende Regeln gelernt haben.«

Der Fahrstuhl machte pling und seufzte tief, dann hielt er an. Die drei verließen ihn und stampften durch den Flur. Karl Sommarøy vornweg, Billy T. mit Karlsen im Schlepp hinterher.

»Sieh an«, sagte Billy T. und tippte mit einem verdreckten Zeigefinger das Schloß an, das von der polizeilichen Plombierung nur noch Reste zeigte. »Könnten es zum Beispiel Sie gewesen sein, der dieses kleine Teil entfernt hat?«

Ole Monrad Karlsen versuchte noch einmal, sich loszureißen.

»Das werde ich melden«, sagte er wütend, als der Griff sich durchaus nicht lockern wollte.

»Gut so«, fauchte Billy T. »Und ich sorge dafür, daß Sie für das hier eine richtig feine Buße zahlen müssen.«

Er steckte den Schlüssel ins Schloß. Der ließ sich problemlos umdrehen. Dann griff er zur Klinke und öffnete die Wohnungstür. Stickige Luft und fauliger Gestank schlugen ihm entgegen. Unwillkürlich trat er einen Schritt zurück und starrte dann eine kleine handgeschriebene Karte an, die mit zwei Heftzwecken am Türrahmen befestigt war. »S. Salvesen.« Er blieb so lange in Gedanken versunken stehen, daß Karl Sommarøy sich schließlich räusperte und ihn kumpelhaft in den Rücken knuffte.

»Sollten wir den Hausmeister vielleicht laufenlassen?«

Billy T. schaute schräg auf den alten Mann hinunter und nickte ruhig.

»Das sollten wir unbedingt. Dann kann er sich in seine Wohnung setzen und warten, bis wir fertig sind. Falls wir dann noch Fragen an ihn haben. Okay?«

Karlsens Ansicht in dieser Sache blieb den beiden Polizisten unbekannt. Der kleine Greis stapfte unter heftigem Gemurmel unverständlicher Wörter durch den Flur. Sie blie-

ben stehen und schauten ihm hinterher, bis die Fahrstuhl-
türen sich schlossen.

»Ein bißchen zu hart vielleicht? Alter Kriegsmatrose und
so.«

Sommarøy wartete nicht auf Antwort. Er betrat Ståle Salvesens Wohnung. Als er vor einer Zeit, die ihm jetzt als
Ewigkeit erschien, mit Hanne Wilhelmsen hier gewesen
war, hatte die Wohnung unbewohnt ausgesehen. Jetzt
wirkte sie verlassen. Im Flur konnte er ein helleres Feld auf
der Tapete sehen, dort hatte der Telefontisch gestanden. Ein
Schmutzstreifen zeichnete sich auf der Wohnzimmertapete
ab, hinterlassen vom Sofarücken. Weitere Spuren von gelebtem Leben waren kaum vorhanden, abgesehen von all-
gemeinem und heruntergekommenem Mißmut, der alles
hier prägte. Und dem Gestank aus der Küche.

Hausmeister Karlsen hatte alles entfernt, was als Ståle Salvesens persönliche Habseligkeiten hätte bezeichnet werden
können. Die spartanischen Möbel, die wenigen Küchen-
geräte und die ordentlich zusammengefalteten Kleidungsstücke, die nach Salvesens prämortaler Aufräumaktion in
der Wohnung gelegen hatten. Der Kühlschrank dagegen
war Gemeindeeigentum. Karlsen hatte sich nicht dazu berufen gefühlt, einen Joghurt, einen Milchkarton, einen blau
gewordenen Käse und das, was vielleicht einst ein Salat und
zwei Tomaten gewesen waren, ebenfalls mitzunehmen.

»O verdammt! Hanne und ich wollten das neulich schon
wegwerfen. Aber dann haben wir es einfach vergessen.«

Sommarøy schnitt heftige Grimassen über den Kühl-
schrankinhalt, dessen Geruch dadurch, daß die Tür lange offengestanden hatte, nicht besser geworden war. Billy T.
schnappte sich Milchkarton und Joghurt.

»27. Februar«, las er langsam. »Diese Milch kann wahrscheinlich von selber gehen. 23. Januar. Januar! Könnte witzig sein, den Joghurt aufzumachen.«

Er reichte seinem Kollegen den Becher. Sommarøy wich zurück und hielt sich die Nase zu.

»Von einem PC ist hier jedenfalls keine Spur zu entdecken«, sagte er nasal. »Laß uns mal die Telefonsteckdose unter die Lupe nehmen.«

Billy T. stellte die Milchprodukte wieder weg und schloß den Kühlschrank. Dann machte er das Fenster einen Spaltbreit auf und folgte Sommarøy auf den Flur. In dem fensterlosen Gang war es recht dunkel. Billy T. drückte mit dem Finger den Lichtschalter neben der Wohnungstür. Die Birne war durchgebrannt.

»Hier ist nur eine Buchse«, stöhnte Karl Sommarøy; er hockte auf dem Boden und konnte nur mit Mühe etwas sehen. »Eine gute, altmodische Telefonsteckdose mit drei Löchern.«

Billy T. ging in die Knie und ließ die Hand der Leitung oberhalb der Wandleiste bis zur Wohnungstür folgen. Es war eng für die beiden Männer, und Karl Sommarøy verlor die Balance und stützte sich mit den Händen ab.

»Hier ist noch eine«, sagte er aufgeregt. »So eine moderne mit einem Plastikdings.«

Billy T. starrte die kleine, viereckige Plastiksteckdose, die unmittelbar über dem Boden an der Wand befestigt war, aus zusammengekniffenen Augen an. Dann schob er Karl beiseite und tastete die Leitung ab.

»Scheint mit demselben Anschluß verbunden zu sein wie die andere«, sagte er, ehe er die Wohnungstür öffnete und die schmutziggrüne Wand neben dem Türrahmen betrachtete. »Jepp. Beide Leitungen verschwinden hier in der Röhre. Ganz normal also. Seltsam ist nur ...«

Er schaute wieder in die Wohnung.

»Der Anschluß scheint aus der Wohnung herauszuführen.«

Karl Sommarøy stieß ein schrilles Kichern aus, als er sich erhob.

»Das ist wirklich erstaunlich«, sagte Billy T. und kratzte sich am Schnurrbart. »Mal sehen, ob wir die Leitung verfolgen können.«

Offenbar hatte jemand versucht, das Kabel zu verbergen. Obwohl es relativ neu sein mußte – das war daran zu sehen, daß es in der Wohnung vor der verschossenen Wand weiß aufleuchtete – hatte jemand es übermalt, wo es an einer abgenutzten braunen Fußleiste entlang durch den Flur lief. Das Fenster klemmte und war vermutlich eine Ewigkeit nicht mehr geöffnet worden. Als Billy T. die Schulter dagegen stemmte, zersprang eine der acht kleinen Scheiben.

»Sieh mal«, sagte er und bückte sich vor, so weit er sich traute, dann zog er sich rasch wieder zurück. »Siehst du? Es scheint nach unten zu laufen. Wie weit wohl, was meinst du?«

»Schwer zu sagen. Es geht jedenfalls immer weiter, so weit ich sehen kann.«

Sie schlossen das Fenster.

»Der Keller«, sagten sie plötzlich wie aus einem Munde.

»Der Keller«, wiederholte Billy T. mit breitem Grinsen. »Sieht aus, als brauchten wir die Hilfe des Hausmeisters.«

Sie rannten die fünf Treppen hinunter. Der Lärm, den Billy T.s eisenbeschlagene Stiefel machten, hallte zwischen den Wänden wider, und als sie unten ankamen, war Ole Monrad Karlsen auf schwarze Schuhe übergewechselt.

33

Cecilie mochte gesund genug sein, um nach Hause zu dürfen, aber sie sah nicht so aus. Sie lag auf dem Sofa, als Hanne gegen fünf Uhr eintraf; verhärmt, bleich und mit einem

Lächeln, das nur ihre Lippen bewegte und ihre Augen nicht erreichte.

»Tone-Marit hat mich gefahren«, sagte sie und streckte die Hand nach Hanne aus, ohne auch nur den Versuch zu machen, sich zu erheben. »Ihre Mutter hat für eine Stunde auf Jenny aufgepaßt, damit sie mich nach Hause schaffen konnte.«

»Aber warum... warum hast du mich nicht angerufen?« stammelte Hanne.

»Hab ich doch. Die Vorzimmerdame, oder wer das nun war, hat gesagt, sie wisse nicht, wo du bist.«

»Aber das Handy!«

Hanne wurde laut und schlug sich auf die Tasche der Lederjacke mit Fransen und Perlenstickerei, die Cecilie ihr für ein Vermögen in den USA gekauft hatte. Dann zog sie ein fast unbenutztes Ericsson-Modell hervor.

»Verdammt. O verdammt!«

Sie schlug sich mit dem Telefon an die Stirn.

»Shit. Shit. Shit.«

»Du vergißt immer, es einzuschalten«, flüsterte Cecilie. »Komm und setz dich endlich.«

Hanne streifte die Jacke ab und ließ sie zu Boden fallen. Dann schob sie den Couchtisch mitten ins Zimmer und fiel vor dem Sofa auf die Knie.

»Verzeih mir«, sagte sie und küßte die Innenseite von Cecilies Handgelenken. »Es tut mir so entsetzlich leid. Ich verspreche dir, daß ich es nie wieder ausstellen werde. Nie. Wie fühlst du dich? Ein wenig besser?«

Sie musterte Cecilies Gesicht. Davor hatte ihr den ganzen Tag gegraut. Hanne hatte Schmerzen in der Brust und Krämpfe im Unterleib, aus Angst davor, Cecilie anzusehen. Sie ließ vorsichtig ihren Zeigefinger um Cecilies Mund wandern, um die grauweißen Lippen mit der vertrockneten Zahnpasta im Mundwinkel; ihr Finger umfuhr die Nasenflügel und die bläulichen, fast durchsichtigen Schwellungen unter den Augen.

»Ich liebe dich, Cecilie. Ich weiß nicht, wie ich es schaffen soll, ohne dich zu leben.«

»Das wirst du aber müssen.«

Cecilies Stimme klang brüchig, und sie hustete vorsichtig. Dann legte sie die Hand auf Hannes Kopf und fuhr mit den Fingern durch die ungepflegten Haare.

»Ich will nicht.«

Hanne versuchte, ihr Weinen dorthin zu stecken, wo es hingehörte, tief unten ins Zwerchfell, wo es sie quälen konnte, ohne Cecilie zu stören.

»Ich will nicht allein sein.«

»Du wirst niemals allein sein. Wenn du nur bald erwachsen wirst und einsiehst, daß viele dich lieben, wirst du nie allein sein müssen.«

Hanne wich zurück. Sie lag noch immer auf den Knien und starrte Cecilie an, während ihre Tränen sich nicht mehr zurückhalten ließen.

»Wenn du stirbst, habe ich niemanden.«

Cecilie lächelte wieder, diesmal echter. Ihre matten Augen leuchteten auf, als sie Hanne wieder an sich zog.

»Kind! Du bist wirklich Weltmeisterin im Selbstmitleid. Hör zu, meine Liebste. Du bist noch keine vierzig Jahre. Du kannst noch doppelt so lange leben. Mindestens. Und es wimmelt nur so von Leuten, die ein Teil deines Lebens sein möchten.«

»Die will ich aber nicht. Ich will dich. Ich habe immer dich gewollt.«

Cecilie küßte sie lange auf die Stirn. Ihre Lippen fühlten sich schon tot an; kalt, trocken, mit Rissen, die über Hannes Haut schabten.

Hanne schluchzte auf und lehnte dann ihren Kopf an Cecilies Oberkörper.

»Ist das zu schwer für dich?« fragte sie halberstickt in die Wolldecke hinein. »Tut es weh, wenn ich so sitze?«

Cecilie roch nicht so wie sonst. Hanne nahm den fremden Duft von Seife und Krankenhaus in sich auf und verschloß die Augen vor der plötzlichen Erinnerung daran, wie Cecilie in ihrem Zimmer gesessen hatte, über die Mathehefte gebeugt, mit gerunzelter Stirn und mit einer ihrer langen Locken im Mund; sie hatte laut gejammert und immer wieder über die Unbegreiflichkeit der Integrale geklagt. Sie hatte so wundervoll gerochen. Nach junger Frau: ein Hauch von süßem Körperduft, der das billige Parfüm besiegte und Hanne dazu brachte, sich plötzlich vorzubeugen und sie auf den Mund zu küssen; dann war sie schnell zurückgewichen und hatte ihr aller-, allererstes »Tut mir leid« gesagt.

Damals, vor fast zwanzig Jahren, hatte Cecilie gelacht. Sie lachte leise, die feuchte Locke klebte an ihrem Mundwinkel, bis sie ihre Haare hinters Ohr schob und Hanne zurückküßte; länger diesmal, viel länger und sehr viel kühner.

Hanne würde Cecilie niemals erzählen, was in der letzten Nacht geschehen war. Auf dem Heimweg war sie entschlossen gewesen. Cecilie hatte einen Anspruch auf die Wahrheit. Hanne konnte mit einem solchen Geheimnis nicht leben.

Dann hatte sie den Geruch von Seife und Krankenhaus wahrgenommen.

Cecilie würde es nicht erfahren. Es gab nichts zu erfahren.

»Kann ich dir etwas holen«, flüsterte sie und rieb unter der Wolldecke behutsam ihre Wange an Cecilies Brust. »Hast du auf irgend etwas Appetit, Herzchen?«

»Joghurt. Ich glaube, ich möchte ein bißchen Joghurt. Wenn wir welchen haben.«

»Weißt du noch, mit welcher Rechenaufgabe du dich an dem Tag, an dem wir zusammengefunden haben, herumgeschlagen hast?«

Hanne war aufgestanden.

»Was?«

»Damals. Als du bei mir warst, weil ich dir bei Mathe helfen sollte. Weißt du noch, welches Integral du nicht geschafft hast?«

Cecilie zog vorsichtig an der Decke und sah aus, als habe sie am ganzen Körper Schmerzen.

»Nein…«

Hanne zog eine alte Zeitung und einen Kugelschreiber aus dem Bücherregal.

»Dieses«, sagte sie und hielt die Zeitung vor Cecilies Gesicht.

$$\int_0^3 (x^2 + 3x + 4)dx$$

Cecilie lachte herzlich. Sie lachte lange, fast so wie damals, vor neunzehn Jahren, und als sie endlich aufhörte, schüttelte sie den Kopf und sagte: »Du bist seltsam, Hanne. Du bist wirklich seltsam. Weißt du das noch so genau, oder schwindelst du mir was vor?«

»Ein bestimmtes Integral. Die Antwort ist 34,5.«

Hanne konnte Cecilie noch immer leise lachen hören, als sie die Kühlschranktür öffnete. Sie griff nach einem Natur-Joghurt und überprüfte das Datum. Noch vier Tage haltbar. Als sie den Aluminiumdeckel abzog, kam ihr plötzlich ein Gedanke.

»Hanne?«

Offenbar stand sie schon seit mehreren Minuten schweigend in der Küche.

»Hanne, was machst du da?«

»Komme schon«, sagte sie und nahm einen Teelöffel aus der Besteckschublade.

Sie goß den Joghurt in eine Schüssel, gab ein wenig Erd-
beermarmelade in die Mitte und stellte alles auf den
Couchtisch.

»Muß nur schnell mal telefonieren«, sagte sie leichthin.
»Dauert nicht lange.«

Cecilie hörte aus der Diele Hannes förmliche Stimme,
während sie versuchte, den Joghurt hinunterzuschlucken.

»Hier ist Hauptkommissarin Wilhelmsen. Ich wüßte
gerne etwas über einen gestohlenen Wagen. Aha. Es geht
um einen ...«

Ein plötzlicher und heftiger Schmerz ließ Cecilie den
Löffel verlieren. Joghurt und Marmelade klatschten auf den
Boden, und ihre Hand zitterte, als sie versuchte, die Schüssel festzuhalten. Vorsichtig griff sie zur Morphiumpumpe,
die hinter ihr gelegen hatte. Sie setzte sich eine zusätzliche
Dosis und entspannte sich langsam, als die Schmerzen nach-
ließen.

»Du mußt jetzt nicht auf die Wache«, sagte sie, als Hanne
wieder ins Wohnzimmer kam. »Bitte.«

»Nicht doch«, sagte Hanne mit weicher Stimme und
holte einen Lappen, um den Joghurt vom Boden zu wischen. »Das hat Zeit bis morgen. Aber du ... soll ich das Sofa
ausklappen, dann können wir nebeneinander liegen? Ich
habe drei neue Videos gekauft. Vielleicht können wir uns
eins davon ansehen?«

»Schön. Sehr gern. Es wäre so schön, wenn du in nächster Zeit ein wenig mehr zu Hause sein könntest.«

Hanne nahm ihr Gesicht zwischen die Hände und küßte
sie behutsam auf den Mund.

»Wenn ich so genial bin, wie alle behaupten, dann kann
ich mir bald freinehmen«, flüsterte sie. »Richtig frei. Dann
können wir die ganze Zeit zusammensein. Nur du und ich.«

»Das klingt nun wirklich furchtbar neu und er-
schreckend ...«

»Ich helf dir jetzt beim Aufstehen. Und mache uns ein Bett.«

Cecilie entschied sich · für »Casablanca«. Hanne weinte während der gesamten zweiten Hälfte. Für sie hatte Cecilie immer schon Ähnlichkeit mit Ingrid Bergman gehabt.

34

Der Kellergang in der Vogts gate war lang und nicht besonders eng. Billy T. stellte zu seiner Verwunderung fest, daß er in dem fast fünfzehn Meter langen Korridor aufrecht stehen konnte. Wenn er die Arme zu beiden Seiten ausstreckte, konnte er mit den Fingerspitzen gerade noch die Wände berühren. Tief unten am anderen Ende malte ein rechteckiges Fenster einen Lichtkegel auf den Boden. Eine nackte Glühbirne gleich neben der Treppe machte es möglich, auch in diesem Teil des Kellers etwas zu sehen.

»Die Kellerräume sind nicht markiert«, sagte Ole Monrad Karlsen mürrisch. »Aber diese beiden hier gehören mir.«

Er schlug mit der flachen Hand an die ersten zwei Türen.

»Und darin dürft ihr ohne Durchsuchungsbefehl nicht herumwühlen. Ich kenne meine Rechte. Meine Keller gehen euch gar nichts an.«

»Und welcher gehört dann Ståle Salvesen?« fragte Billy T. ungeduldig. »Ehrlich gesagt ist es mir scheißegal, was Sie hier unten verstaut haben. Zeigen Sie mir Ståles Keller.«

Karlsen schlurfte durch den halbdunklen Gang. Als Billy T. an der Glühbirne vorüberging, versperrte er das Licht. Karlsen brummte und ärgerte sich lautstark. Endlich hatte er sein Ziel erreicht. Der Kellerraum war mit einer schlichten Brettertür mit Querriegel und einfachem Hängeschloß gesichert.

»Hier.«

Hausmeister Karlsen schlug mit der Faust gegen die Tür. Billy T. verdrehte die Augen und bat ihn, freundlicherweise aufzuschließen.

»Hab keinen Schlüssel.«

Der alte Mann starrte auf den Betonboden und spuckte aus. Ein brauner Klecks Tabaksaft landete vor Billy T.s Stiefeln.

»Und wo haben Sie Salvesens Sachen untergebracht?«

»Das geht Sie nichts an. Aber wenn Sie es absolut wissen müssen, dann steht fast alles in meinen Kellern.«

»Sie lügen«, sagte Billy T., ohne Karlsen anzusehen. »Natürlich haben Sie einen Schlüssel.«

Er machte Karl ein Zeichen, und der trat neben ihn und stemmte die Schulter gegen die wenig solide wirkende Tür.

»Und jetzt eins, zwei, drei«, sagte Billy T.

Die Tür gab schon beim ersten Versuch nach. Die beiden Polizisten hatten mit größeren Schwierigkeiten gerechnet und stürzten in den engen Verschlag. Karl stolperte über ein Paar Skier und kippte nach vorn.

»Verdammt. Scheiße. Hilf mir!«

Endlich kam er wieder auf die Beine und wischte sich Schmutz und Spinnweben von der Catalina-Jacke, die vielleicht modern gewesen war, als er fünfzehn war, und die so eng und hellblau war, daß sie gut aus jener Zeit stammen konnte.

Die Bude war fast leer. Abgesehen von den unmodernen Slalomskiern, über die Karl Sommarøy gestolpert war, enthielt der rechteckige Raum nur ein radloses Fahrradgestell, einen schwarzen Müllsack mit alten Kleidern und vier abgenutzte Winterreifen, die in einer Ecke aufgestapelt waren.

»Könnten wir vielleicht ein bißchen mehr Licht haben?«

Billy T. stieg ärgerlich über den Müllsack und versuchte,

die Furnierplatte abzureißen, mit der anscheinend ein Fenster vernagelt worden war.

»Ein Brecheisen, Karlsen, haben Sie so etwas?«

»Hier«, sagte Karl. »Nimm meine Lampe.«

Billy T. richtete den kräftigen Strahl der Taschenlampe auf das vernagelte Kellerfenster.

»Voll ins Schwarze«, sagte er leise.

Karl leuchtete den Punkt an, auf den Billy T. zeigte. Er konnte deutlich das Loch erkennen. Er bückte sich, und Billy T. leuchtete den Boden ab.

»Frischer Mauerstaub«, sagte Karl zufrieden und leckte einen Finger ab, tunkte diesen in den Staub und erhob sich. »Das ist kein altes Loch.«

»Und hier ist unser Kabel«, sagte Billy T. »Aber wohin führt es?«

Die beiden Polizisten folgten der dünnen Leitung, die sich an der Wand entlangzog. Sie war nicht befestigt, sondern hing in einem schlaffen Bogen vor der Seitenwand, wo sie in einem weiteren Loch verschwand.

»Wem gehört der Nachbarkeller?«

Karlsen versuchte, die Reste der aufgebrochenen Tür aufzulesen. Er hatte den Schraubenzieher eines Schweizer Messers aufgeklappt und versuchte, das Türholz von den verbogenen Angeln zu kratzen. Er ließ sich Zeit mit seiner Antwort.

»Der gehört jedenfalls nicht Ståle Salvesen. Und das heißt, daß ihr da nicht rein könnt.«

Billy T. und Karl tauschten einen Blick. Der Mann hatte recht. Auf sie wartete eine Menge Papierarbeit, wenn sie die Tür zum Nebenkeller aufbrechen wollten. Einfacher wäre es natürlich, den Besitzer selbst um Erlaubnis zu fragen.

»Und wem gehört der Keller?« fragte Billy T. noch einmal.

»Gudrun Sandaker. Aber die ist in Urlaub.«

Der alte Mann arbeitete weiter, ohne die beiden Polizisten eines Blickes zu würdigen.

»Billy T.!«

Karl schnappte sich die Taschenlampe und richtete den Lichtkegel auf die Seitenwand.

»Schau her. Die Bretter sind alt und abgenutzt. Aber sieh dir die Nagelköpfe an!«

Es waren neue Nägel. Das Holz um sie herum war vor kurzer Zeit gesplittert, das hellere Holz zeichnete sich deutlich von seiner dunklen, verschmutzten Umgebung ab.

»Her mit dem Schraubenzieher«, kommandierte Billy T.

Der Hausmeister unterbrach seine Arbeit an der ruinierten Tür und rückte widerwillig sein Schweizer Messer heraus.

Die ersten Bretter waren die schlimmsten. Es stellte sich heraus, daß die Wand auf der Rückseite mit Steinwolle isoliert war, was Billy T. zunächst seltsam fand. Wieso jemand sich die Mühe machte, die Innenwand eines Kellers zu isolieren, konnte er sich nicht vorstellen. Hinter der Isolationsschicht stießen sie wieder auf Bretter, die vom Boden bis zur Decke reichten, und zusammen mit Karl konnte Billy T. die erste Steinwollematte herausziehen.

Die Wand verbarg ein Versteck; einen kaum mehr als anderthalb Meter breiten Raum. Er war auf allen Seiten isoliert, und jetzt war auch klar, warum. Das charakteristische Summen eines Computers füllte inzwischen den ganzen Kellerraum. Schweigend rissen sie den Rest der Wand ein.

»Ein Computer«, sagte Karl leise. »Ein ganz schnöder Computer.«

»Aber kein Bildschirm und keine Tastatur«, sagte Billy T. und entfernte die letzte Steinwollematte.

»Unnötig«, sagte Karl. »Im Moment wird er ja schließlich nicht benutzt.«

»Und was zum Teufel soll dann das Ganze?«

Billy T. beugte sich vor und musterte das grüne Licht, das bestätigte, daß der Apparat lief.

»Keine Ahnung. Aber ich wette, daß dieses Teil hochinteressante Informationen enthält. Nein!«

Karl Sommarøy packte seinen Kollegen am Arm und riß ihn zurück. Billy T. hatte gerade den Stecker aus der offenbar erst vor kurzem angebrachten Steckdose ziehen wollen.

»Wir müssen das Gerät doch mitnehmen«, sagte er ärgerlich. »Und jemand muß sich den Inhalt ansehen.«

»Das muß hier passieren. Er könnte doch so programmiert sein, daß alles zusammenbricht, wenn der Strom ausfällt.«

»Dann mußt du die Fachleute holen«, sagte Billy T. »Ich bleibe hier. Ich gehe erst wieder, wenn mir irgendwer was über dieses Gerät erzählen kann.«

Karl Sommarøy nickte und schaute Hausmeister Karlsen an.

»Und Sie kommen mit mir«, sagte er. »Ich glaube, wir haben einiges zu besprechen.«

Billy T. konnte das wütende Gemurmel des Hausmeisters hören, bis die Kellertür geschlossen wurde. Dann setzte er sich auf einen Haufen aus Brettern und Steinwolle, lehnte den Rücken an die Wand und schlief ein.

35

Der Mann, den Evald Bromo Kai genannt hatte, war jetzt beim Packen. Er hatte einen Anzug, zwei Pullover, vier Hemden und zwei Paar Jeans hervorgesucht, ordentlich zusammengefaltet und in einen steifen Koffer gelegt. Darauf legte er Unterwäsche und einen Kulturbeutel. Er hatte sich vergewissert, daß nichts von alldem seine Identität verraten konnte. Danach nahm er alle persönlichen Gegenstände aus seinen Taschen. Die Bilder der Kinder, eine IKEA-Quittung, seinen Führerschein und andere Ausweiskarten; alles wurde zerschnitten und in eine Plastiktüte gesteckt, die er an einem sicheren Ort wegwerfen wollte.

Dann füllte er seine Brieftasche wieder und steckte den neuen Paß in seine Anzugjacke.

Jetzt hatte er einen anderen Namen.

Die Verzweiflung, die ihn während der letzten Tage gelähmt hatte, war verschwunden. Übrig war nur ein Gefühl von Entschlossenheit; die Sache war erledigt, und ihm blieb nichts anderes übrig als die Flucht. Die Vorstellung, die Kinder für immer verlassen zu müssen, hatte er brutal verdrängt, als er die Bilder zerschnitten hatte. Er konnte nicht denken. Konnte sich keine Gefühle leisten. Er mußte handeln, und das ganz schnell.

Er wollte nach Kopenhagen fahren. Und von dort ein Flugzeug nehmen, in ein weit entferntes Land, wo er Freunde hatte.

Denn er hatte Freunde.

Im Laufe dieser vielen Jahre hatte er einige wenige Auserwählte beschützt. Niemals, um Nutzen daraus zu ziehen. Und nicht, weil er sich bedroht gefühlt hätte. Die einzige Ausnahme war Evald Bromo.

Er schloß den Koffer, verließ das Haus und legte ihn in den Kofferraum seines Autos. Er wollte noch in dieser Nacht aufbrechen. Am liebsten hätte er sich sofort hinter das Steuer gesetzt, aber das wäre zu riskant gewesen. Seine Frau würde Alarm schlagen, wenn er zwei Stunden nach Dienstschluß noch nicht nach Hause gekommen wäre.

Ein Aufbruch gegen drei Uhr nachts würde ihm einen Vorsprung von vielen Stunden sichern. Und viel mehr brauchte er nicht. Er öffnete die Motorhaube, entfernte den Verteilerdeckel und legte ihn in ein Regal an der Rückwand der Garage. Er mußte behaupten können, der Wagen springe nicht an. Sonst lief er Gefahr, daß seine Frau am Nachmittag damit fahren und dabei den Koffer entdecken könnte.

36

Karl Sommarøy gehörte zu den wenigen im großen, grauen Polizeigebäude, die einen ehrlichen Versuch gemacht hatten, ihr Büro anheimelnd aussehen zu lassen. Er hatte dunkelblaue, von seiner Frau genähte Gardinen aufgehängt, auf dem Schreibtisch standen rotgerahmte Fotos seiner Kinder, in den Regalen Töpfe mit grünen Pflanzen. An der einen Wand hing ein großes Plakat mit einem Bild von Gustav Klimt; an der anderen hatte er hinter einer Glasplatte eine Collage aus Kinderzeichnungen angebracht. Karl Sommarøys kleinmädchenhafte untere Gesichtshälfte schien nicht nur ein boshafter Scherz der Natur zu sein, sondern auch eine feminine Ader in dem ansonsten so maskulinen Körper zum Ausdruck zu bringen. Ein Flickenteppich in munteren Farben dämpfte die Akustik, und der Kugelschreiberbehälter auf dem Schreibtisch paßte zur hellen ledernen Schreibunterlage. Als maskuliner Ausgleich zu allem hing an der Wand eine Art Kuckucksuhr. Zu jeder vollen Stunde kam ein uniformierter Polizist mit erhobenem Gummiknüppel hervor und schrie mit metallischer Stimme: »You're under arrest.«

»Wissen Sie«, sagte Karl Sommarøy und setzte sich auf seinen ergonomisch korrekten Schreibtischsessel. »Mein Großvater war während des Krieges bei der Handelsmarine.«

Ole Monrad Karlsen brummte mürrisch etwas vor sich hin und rutschte nervös in seinem Sessel hin und her.

»Er war zweiter Steuermann auf der M/T Alcides. Reederei Skaugen. Ist mit Bunkeröl von Abadan nach Freemantle gefahren. Wurde im Juli 43 im Indischen Ozean torpediert.«

»Himmel«, sagte Karlsen und setzte sich eine Spur gerader hin. »Und ist vom Japs hochgenommen worden?«

»Genau. Mein Großvater hat bis Kriegsende in japanischer Gefangenschaft gesessen.«

»Wie schrecklich«, sagte Karlsen und schüttelte den Kopf. »Die Jungs, die bei den Schlitzaugen gelandet sind, haben schlimmer gelitten als alle anderen. Ich bin zweimal torpediert worden. Aber nie in Gefangenschaft geraten.«

Er starrte den Polizisten an. Sein Gesichtsausdruck hatte sich ein wenig verändert; er biß sich auf die Unterlippe und wirkte nicht mehr ganz so feindselig.

»Norwegen hat euch Kriegsmatrosen einfach übel mitgespielt«, sagte Sommarøy mitfühlend. »Kaffee, Karlsen?«

Er füllte eine gelbe, mit Marienkäfern verzierte Tasse, ehe der Hausmeister antworten konnte. Dann schob er dem Alten die Tasse hin und lächelte, so breit er konnte.

»Aber Sie haben es doch geschafft. Schon in Rente, Karlsen? Sie sind doch sicher...«

Er schaute zur Decke hoch und rechnete nach.

»Sechsundsiebzig?«

»Fünfundsiebzig. Angemustert Weihnachten 39. Da war ich fünfzehn. Ich kann trotzdem weiter als Hausmeister arbeiten. Krieg kein Gehalt, wissen Sie, aber die Alte, der die ganze Kiste gehört, läßt mich in der Wohnung bleiben, wenn ich mich ein bißchen nützlich mache. Billig für sie und schön für mich. Früher war es besser, als wir noch nicht so viele Nichtstuer im Haus hatten. Seit die Gemeinde so viele Wohnungen übernommen hat, kommen die seltsamsten Leute. Ihr Kumpel, dieser lange...«

Karlsen hob die Hand über den Kopf.

»Der ist keine gute Karte. Kennt keinen Respekt.«

»Sie müssen Nachsicht mit Billy T. haben. Der steht im Moment arg unter Streß.«

»Braucht sich deshalb trotzdem nicht wie der Pöbel aufzuführen. Ist ja schließlich Polizist. Sieht aber gar nicht so aus.«

Karlsen musterte die vielen Marienkäfer auf seiner Tasse skeptisch und trank dann vorsichtig einen Schluck Kaffee.

»Sie haben also Ståle Salvesen gekannt.« Sommarøy verschränkte die Hände im Nacken. »Waren Sie befreundet?«

Ole Monrad Karlsen schmatzte und stellte seine Tasse weg. Dabei kratzte er sich mit der linken Hand an der Schläfe.

»Es ist nicht verboten, mit Leuten zu reden«, sagte er, jetzt wieder im alten, aggressiven Tonfall.

»Durchaus nicht. Und ich glaube, daß Ståle Salvesen im Grunde ein sympathischer Mann war. Einer, mit dem das Leben übel umgesprungen ist.«

»Er war früher mal Geschäftsmann«, sagte Karlsen. »Wußten Sie das?«

»Ja. Und dann gab es Ermittlungen, die eingestellt wurden, und Konkurs und überhaupt.«

»Genau. Verdächtigen können sie. Ermitteln und schreiben und bohren und ihm alles kaputtmachen, das können sie. Aber ist was dabei rausgekommen? Nichts, alles hat sich in Luft aufgelöst. Und Ståle saß einsam und verlassen da. Seine Alte ist abgehauen, und der Junge ist nie aus Amerika zurückgekommen. Undankbarer Bengel! Sein Vater hatte ihm doch die Möglichkeit besorgt, rüberzufahren und zu studieren und so. Ståle ging es ungefähr wie mir, wissen Sie. Als ich aus dem Krieg zurückkam und gerade eine Stelle gefunden hatte...«

Karl Sommarøy sah ein, daß das hier dauern konnte. Er bat um Entschuldigung und verschwand, um mit einer

Stange Weißbrot und zwei Flaschen Traubenlimonade zurückzukehren. Als beide Flaschen leer waren und nur noch Krümel auf dem Pappteller lagen, war seine Geduld arg strapaziert.

»You're under arrest«, schrie der Kuckucksuhrpolizist siebenmal.

»Mann, der hat mich aber geweckt«, sagte Karlsen und drehte sich zur Uhr um.

»Dieser Computer im Keller«, sagte Karl freundlich. »Haben Sie davon gewußt?«

»Ist ja wohl nicht verboten, im eigenen Keller solchen Computerkram zu haben.«

»Durchaus nicht. Wie lange steht der schon da?«

»Warum wollen Sie das wissen?«

Karl Sommarøy atmete schwer. Dann stand er auf, kehrte Karlsen den Rücken zu und schien sich in die Betrachtung seiner Kinderzeichnungen zu vertiefen.

»Hören Sie«, sagte er langsam und legte eine Handfläche auf etwas, das vermutlich einen Rennwagen darstellen sollte. »Wir stecken mitten in der Arbeit an einem schwierigen Fall. Es würde uns alles etwas leichter machen, wenn Sie einfach meine Fragen beantworten würden. Ich begreife ja, daß Sie für die Behörden nicht viel übrig haben. Aber Sie sind ein ehrlicher Mann und haben sich meines Wissens noch nie etwas zuschulden kommen lassen. Machen Sie weiter so.«

Dann drehte er sich abrupt zum Hausmeister um.

»Helfen Sie mir«, sagte er. »Bitte.«

»Seit Februar«, murmelte Karlsen. »Februar.«

»Hat Ståle gesagt, warum er den Computer verstecken wollte?«

»Nein.«

»Haben Sie ihm bei der Wand geholfen?«

»Ja.«

Ole Monrad Karlsen starrte ihn mit trotzigem Blick an. Trotzdem wirkte er jetzt ein wenig kleinlauter. Er sah eher aus wie ein Greis als wie ein alter Mann.

»Schön.«

Sommarøy setzte sich wieder.

»Wissen Sie noch mehr über diesen Computer?«

Karlsen schüttelte den Kopf.

»Wissen Sie überhaupt mehr? Etwas, das uns verraten kann, warum Ståle sich umgebracht hat? Sie haben doch viel mit ihm gesprochen, und er muß ja . . . «

»Das wissen Sie doch schon. Ståle hatte nichts mehr im Leben. Er hatte alles verloren. Das habe ich Ihnen doch gesagt.«

»Bedeutet das, daß Sie von seinem Selbstmordplan gewußt haben?«

Karlsens Unterlippe bewegte sich. Ein Zittern lief durch sein Gesicht. Seine unsaubere Rasur konnte darauf hinweisen, daß er nicht mehr gut sah.

»Ich hab nichts gewußt«, sagte er so leise, daß Sommarøy sich zu ihm vorbeugte. »Bei Ihrem ersten Besuch hab ich gar nichts kapiert. Ich dachte, er hätte einfach einen kleinen Ausflug gemacht, ohne Bescheid zu sagen. Aber dann . . . «

Jetzt zitterten seine Hände, und er fuhr sich mit den Zeigefingern über die Augen.

»Aber ich hätte es vielleicht kapieren sollen, als er mir das Paket gegeben hat.«

»Das Paket?«

»Er hat mir ein braunes Päckchen mit einer Adresse gegeben. Und Briefmarken und allem. Ich brauche es bloß in den Briefkasten zu stecken, hat er gesagt, wenn ihm irgendwas passieren sollte. Ich sollte zwei oder drei Wochen oder so warten. Nachdem ich ihn zuletzt gesehen hatte, meine ich. Also fragte ich ihn, ob er verreisen wolle. Das wolle er nicht, sagte er, und dann haben wir über was anderes gesprochen. Ich hab später nicht einmal sofort an das Päckchen gedacht. Erst nach einer ganzen Weile. Und dann dachte ich, daß das eine Art Abschied gewesen sein muß. Weil er mir vertraut hat, dieser Ståle.«

Karl Sommarøy starrte die Hände an, die die Tischkante umklammerten. Die Fingerknöchel waren weiß.

»Haben Sie das Päckchen abgeschickt?«

»Ja, das mußte ich doch.«

»Und für wen war es bestimmt?«

»Mir fällt die Adresse nicht mehr ein. Aber der Name ...«

Ole Monrad Karlsen schaute auf und sah den Polizisten an. Ein schmales braunes Rinnsal sickerte aus seinem Mundwinkel, und eine Träne hatte sich gleich neben dem einen Nasenloch in den Bartstoppeln festgesetzt.

»Der Name war jedenfalls Evald Bromo. Das hab ich nicht vergessen. Das war ja der, der ohne Kopf in meinem Keller gelegen hat.«

»You're under arrest«, schrie die Kuckucksuhr, diesmal achtmal.

37

Margaret Kleivens Eltern waren längst tot, und andere Angehörige hatte sie nicht. Es gab zwar eine vier Jahre jüngere Schwester, aber die beiden hatten einander nie nahe gestanden. Schon als Kinder waren sie sich auffällig unähnlich gewesen; Margaret verschlossen, gehemmt und vorsichtig, die Schwester offen und voller Charme. Nachdem die Schwester einen Engländer geheiratet und nach Manchester gezogen war, schlief nach und nach jeglicher Kontakt ein. Selbst die Weihnachtskarten, die sie in den ersten Jahren pflichtschuldig Ende November losgeschickt hatten, waren seit sechs Jahren ausgeblieben.

Margaret Kleivens Leben war Evald. Evald und ihre Arbeit als Geschichts- und Französischlehrerin. Sie wußte, daß ihre Schüler sie nicht besonders liebten. Dazu war sie wohl zu langweilig und leistungsorientiert. Aber sie war durchaus nicht unpopulär. Die Jugendlichen wußten auf ihre Weise den traditionellen Unterricht zu schätzen und erkannten, daß der sich bezahlt machen konnte. Im vergangenen Jahr hatten zwei die Klasse gewechselt, weil sie lieber bei Studienrätin Kleiven Französisch lernen wollten. Beide hatten in der Prüfung beste Noten erhalten. Danach tauchte im Lehrerzimmer ein in orangefarbenes Zellophanpapier gewickelter kleiner Strauß Wickenblüten auf. Und solche Erlebnisse erfüllten sie dann mit einer zaghaften Erwartung an das kommende Schuljahr.

Margaret Kleiven war nicht gerade von großen Gefühlen verwöhnt. Bei ihrer Heirat mit Evald war sie alt genug gewesen, um nicht mit großen Erwartungen in diese Ehe einzutreten. Im Laufe der Jahre hatte sie zu einer vagen Zufriedenheit mit dem Dasein gefunden. Ihr Leben mit Evald verlief ruhig. Im Laufe der Zeit lebten sie immer isolierter, aber Margaret sah es so, daß sie einander liebten und sich wohlfühlten, obwohl sich nie ein Kind eingestellt hatte.

Jetzt war Evald nicht mehr da.

Der Schock war nach den ersten vierundzwanzig Stunden einer lähmenden Verzweiflung gewichen. Inzwischen war es vier Tage her, daß die Polizistin mit dem flackernden Blick ihr mitgeteilt hatte, daß Evald tot sei, vermutlich ermordet. Es war Donnerstag, der 9. April, und Margaret war wütend.

Es war erst sechs Uhr morgens, und sie hatte nicht eine Minute geschlafen.

Es interessierte sie nicht, wer Evald ermordet haben könnte.

Neben dem Schuhregal in der Diele lagen die Zeitungen der letzten vier Tage, doch sie hatte keinen Blick hineingeworfen. Am Montag hatte *Aftenposten* auf der ersten Seite ein Bild von Evald gebracht, das Bild eines laufenden, sabbernden Mannes, den sie fast nicht erkannt hatte. Sie nahm die Zeitungen jeden Tag von der Fußmatte, legte sie beiseite und ging zurück zum Bett.

Evald war tot, nichts konnte daran etwas ändern.

Die geheimnisvollen Umstände dieses Mordes – der, wie die leicht übergewichtige Polizistin gesagt hatte, irgendwo in Torshov stattgefunden haben sollte – erinnerten Margaret daran, daß Evalds Leben eine Schattenseite gehabt hatte, zu der ihr niemals Zugang gewährt worden war. Sie wußte es natürlich; es gab etwas, das er mit sich herumschleppte und von dem er sich nicht befreien konnte. Während der ersten Jahre hatte sie sich den Kopf darüber zerbrochen, und zweimal hatte sie versucht, mit ihm darüber zu reden. Doch das hatte nur dazu geführt, daß er noch mehr gelaufen war und weniger geredet hatte. Deshalb hatte sie die Sache auf sich beruhen lassen.

Und dabei würde es jetzt bleiben.

Margaret Kleiven war wütend auf ihren verstorbenen Mann. Er war nachts losgelaufen, obwohl sie ihn immer wieder davor gewarnt hatte. Sie würde ihm nie verzeihen.

Sie stand auf und ging unsicher durch das Zimmer.

Neben der Badezimmertür stand eine kleine Truhe. Die war mit Rosenmustern bemalt und eigentlich eher eine große Kiste. Als das Pflegeheim ihr Olgas Tod mitgeteilt hatte, hatte sie nichts dabei empfunden. Sie hatte der alten Frau nie Gefühle entgegengebracht. Sie hatte sie seit über zwei Jahren nicht mehr gesehen; als die Schwiegermutter in der totalen Senilität versunken war, fand Margaret es sinnlos, aus purer Heuchelei Besuche zu machen, da Evald doch ohnehin fast jeden Tag dort hinging. Aber das Pflegeheim kannte keine anderen Angehörigen. Sie riefen Margaret an, und Margaret kam. Olga Bromo hatte nur ein Büfett mit Wäsche und einige kleine Silberlöffel besessen. Und eine kleine Truhe, auf deren Deckel in blauer Schrift ihr Name geschrieben war. Der Pfleger hatte zu Boden gestarrt, als er unter heftigem Räuspern mitteilen mußte, daß sie das Zimmer sofort benötigten, die Alten und Kranken stünden Schlange, und er hoffe, sie werde es nicht übelnehmen, wenn er sie frage, was mit den Habseligkeiten der Toten geschehen solle.

Margaret Kleiven hatte die Truhe mitgenommen, mit dem Rest sollten sie machen, was sie wollten.

Jetzt hockte sie im Morgenlicht, das sich durch einen Vorhangspalt ins Zimmer stahl, in einem hellroten Morgenrock da, steckte den schmiedeeisernen Schlüssel ins Schloß und drehte um.

Sie schauderte, als sie den Deckel hob. Wie ein Schock wurde ihr klar, was sie im Grunde immer gewußt hatte: Sie hatte ihn nicht gekannt. Vorsichtig nahm sie zwei alte Zeugnisse heraus. Eine Schachtel enthielt eine Kamee, die sie noch nie gesehen hatte. Ein steifes, fleckiges rotes Postsparbuch war auf Evalds Namen ausgestellt, obwohl die Einzahlungsdaten in eine Zeit fielen, als Evald noch zu klein gewesen war, um Ahnung vom Sparen zu haben.

Als Margaret Kleiven den Inhalt der kleinen Holztruhe mit der blauen Schrift auf dem Deckel durchgesehen hatte, erhob sie sich langsam und spürte, daß ihre Beine eingeschlafen waren. Sie schüttelte sie aus und ging langsam ins Erdgeschoß hinunter, wo sie in einem großen eisernen Ofen Feuer machte. Es dauerte nicht lange, das Holz war trocken, und neben dem Schuhregal in der Diele lagen Zeitungen genug. Dann ging sie ins Schlafzimmer zurück, um die Truhe ihrer Schwiegermutter zu holen. Sie nahm einen Gegenstand nach dem anderen heraus und warf ihn ins Feuer. Manches brannte gut wie die Zeugnisse und eine Pappschachtel mit alten Locken. Anderes lag noch lange in den Flammen wie die Kamee und ein breiter goldener Ehering. Nach und nach wurden auch die Metallgegenstände schwarz, und sie wußte, daß alles verschwinden würde, wenn sie nur lange genug wartete.

Ganz unten in der Truhe lag eine CD.

Margaret stutzte, alles andere war alt gewesen, sehr alt, doch die CD sah nagelneu aus. Einen Moment lang spielte sie mit dem Gedanken, die Hülle zu öffnen, aber eine innere Stimme riet ihr davon ab.

Also warf sie die CD in den Kamin.

Das Feuer zischte, und eine klare blaue Flamme loderte auf. Die Hülle rollte sich in der Hitze, und der Gestank des verbrannten Kunststoffs quälte Margarets Nase. Als der Deckel zersprang, war ein Stück Papier zu sehen, nur für einen Moment, dann war auch dieses in den Flammen verschwunden.

Margaret Kleiven klappte die Ofentür zu.

Sie war noch immer wütend auf Evald und schluckte drei Schlaftabletten, ehe sie ins Bett ging.

38

Evald Bromo,

Sie haben mich sicher vergessen. Bei Ihrer Jagd auf neue Opfer haben Sie sicher keine Zeit, sich Gedanken darüber zu machen, was Sie den Menschen antun, die Sie verfolgen. Aber wenn Sie in Ihrem Archiv nachschlagen, werden Sie meinen Namen finden. Oft sogar. Sie müssen allerdings weit in der Zeit zurückgehen. In den letzten Jahren bin ich absolut in keiner Zeitung mehr erwähnt worden. Niemand weiß überhaupt noch, wer ich bin.

Ich hatte eine Gesellschaft namens Aurora Data. Es war ein vielversprechendes Unternehmen. Ich will Sie nicht mit dem Märchen langweilen, wie ich praktisch aus dem Nichts eine erfolgreiche, zukunftsträchtige Computerfirma aufbauen konnte. Sie werden sich an die Geschichte erinnern.

Das Ende der 80er Jahre war eine schwierige Zeit. Zu Beginn der neunziger Jahre gingen viele Männer meines Kalibers über den Jordan. Firmen wie Aurora Data kippten um wie Dominosteine. Aber wir nicht. Bis dann ein früherer Angestellter, ein treuloser Mensch, dem ich einen großen Dienst erwiesen hatte, indem er nur entlassen worden war, uns bei der Wirtschaftskripo verklagte. Ich hätte ihn natürlich anzeigen sollen, er hatte über zweihunderttausend Kronen unterschlagen.

Ich hatte mir wirklich nichts zuschulden kommen lassen. Damals noch nicht.

Es hieß, mein Sohn habe Aktien von einer Gesellschaft besessen, deren Aufsichtsrat ich angehörte, und das unmittelbar bevor diese Gesellschaft einen großen Vertrag vorlegen konnte, der von einer Minute auf die andere den Wert der Aktien verdoppelte. Die Wirtschaftskripo vermutete Insidergeschäfte und brauchte lange, um das festzustellen, was die ganze Zeit zu beweisen gewesen war: Der Vertrag war noch nicht geschlossen worden, als mein Sohn die Aktien gekauft hatte. Aber die Wirtschaftskripo hatte Blut geleckt. Sie stellte Aurora Data auf den Kopf. Und mich. Mein Feind, der ehemalige Angestellte, hatte sich so viele Geschichten aus den Fingern gesogen, hatte so viele Tatsachen verdreht und so nachdrücklich gelogen, daß die Ermittlungen erst viele Jahre später eingestellt wurden. Inzwischen wurden natürlich etliche Kleinigkeiten gefunden. Ein Betrieb wie Aurora Data kann nicht auf den Kopf gestellt werden, ohne daß irgend etwas zu Boden fällt. Kleinkram natürlich, und nichts, was jemand mir anlasten konnte. Nichts, was mir mehr als eine Abmahnung oder vielleicht ein kleines Bußgeld ein-

gebracht hätte. Aber die Ermittler fanden gerade genug, um weiterzumachen.

Sie haben über den Fall geschrieben. Andere Medien haben sich angeschlossen. Aber Sie und Ihre Zeitung, Sie waren die »Anführer«. Was Sie geschrieben haben, wurde von den anderen zitiert. Sie waren wichtig.

Ich konnte die Ermittlungen hinnehmen. Noch heute, nach allem, was passiert ist, möchte ich behaupten, daß ich verstehe, daß die Anklagebehörden den groben Vorwürfen nachgehen mußten, die gegen mich erhoben wurden. Was ich nicht ertragen konnte, war die Vorverurteilung.

Sie haben mich durch Ihren Artikel verurteilt. Und Halvorsrud tat es, indem er so bereitwillig mit Ihnen gesprochen hat.

VIERMAL habe ich Sie angerufen, um Ihnen die wahre Sachlage auseinanderzusetzen. Sie haben zugehört und vorgegeben, Sie fänden meine Geschichte interessant. Doch Ihre Artikel waren durchsetzt von Annahmen und Vermutungen der Polizei, von Anklagen und unbewiesenen Behauptungen.

SECHS BRIEFE habe ich an Sigurd Halvorsrud geschrieben. Er hat keinen davon beantwortet. Ich bat um ein persönliches Gespräch und wurde mit langen Vernehmungen durch seine Untergebenen abgespeist. Niemals durfte ich den Mann treffen, den Sie so ausführlich zitiert haben und der glaubte, so viel über mich und mein Leben zu wissen.

Ihr habt euer Ziel erreicht.

Obwohl es nie zu einer Anklage kam, wurde mir alles genommen. Aurora entgingen wichtige Verträge, und die Firma ging schließlich in Konkurs. Ich wurde von meinen alten Geschäftspartnern zunehmend geschnitten, von Menschen, die großes Zutrauen zu mir und zu Aurora Data gehabt hatten. Ich arbeitete rund um die Uhr, um die Katastrophe abzuwehren, aber das war unmöglich. Meine Frau verließ mich, mein Sohn distanzierte sich verachtungsvoll von einem Vater, den er nicht mehr bewundern konnte, und ich stand mit leeren Händen da. Als die Ermittlungen gegen *mich eingestellt wurden, erschien es Ihnen als ausreichend, das in einer kurzen Notiz zu melden.*

Nun gut, ich war nicht ganz mittellos. Als die Welt einzustürzen begann, war ich klug genug gewesen, einige hunderttausend Kronen in bar beiseite zu schaffen. Das Geld wollte ich jedoch nicht für mich selbst verwenden. Das konnte ich nicht.

Ich versuchte mehrere Jahre hindurch, mich zu rehabilitieren. In den achtziger Jahren hatte ich ein Börsenmärchen geschaffen, und »alle« kannten meine Fähigkeiten. Niemand hatte wirklich begriffen, daß die Ermittlungen gegen mich zu rein gar nichts geführt hatten. Niemand wollte etwas mit mir zu tun haben. Am Ende gab ich auf.

Und beschloß, Sie und Sigurd Halvorsrud zu zerstören. Der treulose Angestellte, der die Hetzjagd auf mich ausgelöst hatte, war zu seinem Glück bereits 1995 durch einen Autounfall ums Leben gekommen. So viel Glück haben Sie nicht. Ich verfolge Sie seit drei Jahren. Immer aus der Entfernung, aber doch näher, als Sie sich vorstellen können. Ich habe mich im Schatten bewegt und die Leben untersucht, die Sie für Ihre halten. Drei Jahre lang habe ich kaum etwas anderes unternommen, als Sie beide auf den Kopf zu stellen.

Es war leicht, Ihre Schwäche zu finden, Evald Bromo. Bei Halvorsrud war es schon schwieriger. Deshalb werdet ihr unterschiedlich behandelt.

Beigefügt finden Sie eine CD-ROM. Sie haben keine Ahnung von Computern, deshalb werde ich Ihnen kurz erklären, was das bedeutet. ROM bedeutet »read only memory«. Das heißt, Sie können nichts manipulieren, redigieren oder verändern. Die CD enthält eine Videoaufnahme meiner selbst, bei der ich berichte, was ich getan habe. Unter anderem stelle ich klar, daß Halvorsrud an dem Mord an seiner Frau unschuldig ist.

Ich habe nämlich vor, sie selbst umzubringen.

Und nicht nur das — ich werde sie außerdem auf überaus spektakuläre Weise ermorden. Halvorsrud soll spüren, wie die Medien arbeiten. Wenn ich Doris Flo Halvorsrud enthaupte, dann sorge ich für vernichtende Schlagzeilen. Die Presse wird ihn zerstören, so wie sie einmal mich zerstört hat.

Wenn alles gutgeht – und es ist gutgegangen, wenn Sie das hier lesen – dann werden so viele Indizien gegen Halvorsrud sprechen, daß der Verdacht für den Rest seines Lebens an ihm haften bleibt. So wurde mein Leben ruiniert, und so soll er mein Schicksal teilen.

Wenn Sie den Mann nicht retten. Ich nehme an, er hat schon einen Blick in die Hölle getan, die von falschen Anklagen geschaffen wird, einen Blick, der ihm sicher zu denken geben und ihn vielleicht für den Rest seines Lebens prägen wird.

Wenn Sie bereit sind, sich zu opfern, dann wird er mit diesen Wochen davonkommen.

Die Vorstellung, Sie in ein moralisches Dilemma zu stürzen, belustigt mich wirklich. Gibt es Moral in einem Mann, der sich im Schutze seines respektablen Berufes an Kindern vergreift? Sie wissen es nicht mehr, aber bei meinem vierten Anruf bei Ihnen haben Sie über Pflicht geredet. Es sei Ihre Pflicht, über die Ermittlungen zu berichten. Es sei Ihre Pflicht wiederzugeben, was die Polizei glaubt, fühlt, meint und annimmt. Ihre Pflicht.

Auf der CD-ROM schildere ich nicht nur den umfassenden und vernichtenden Terror, den ich gegen die Familie Halvorsrud gerichtet habe; mit Hilfe der Schlüssel, die ich während seines Trainings vom jüngeren Sohn gestohlen habe, des Computers der Frau, bei dem ich nachts die Festplatte erneuert habe, nur um Ärger zu machen, des Geldes, das ich in seinem Namen eingezahlt habe, und so weiter und so weiter und so weiter...

Ich gebe auch Sie preis. Ich berichte über die Verbrechen, die Sie in den vergangenen Jahren immer wieder begangen haben. Sie werden davon überrascht sein, wieviel ich weiß. Eine einigermaßen tatkräftige Polizei wird Sie nach kurzen Ermittlungen vor Gericht bringen und verurteilen lassen können.

Die Entscheidung liegt bei Ihnen.

Wenn Sie Ihre Entscheidung fassen, dann vergessen Sie nicht das Versprechen des alten Pokerface, Ihrer Chefredakteurin am 1. September ein Päckchen zu schicken. Vielleicht lügt Pokerface, vielleicht nicht. Da ich Pokerface bin, weiß ich die Wahrheit.

Sie dagegen können nur raten.

Sie haben mir alles genommen. Sie haben mich zu dem Tod verurteilt, in dem ich jetzt meine Zuflucht genommen habe. Zum Ausgleich habe ich Sie beide in die Hölle geschickt.

Ståle Salvesen.

Erik Henriksen war als erster fertig.

Er legte mit leisem Kopfschütteln den Ausdruck auf den Tisch.

»Das 8. Gebot«, sagte er düster. »Du sollst kein falsches Zeugnis ablegen wider deinen Nächsten. Das kann dich verdammt teuer zu stehen kommen.«

Das Rascheln des Papiers wurde von schockiertem und immer lauter werdendem Gemurmel abgelöst. Hanne Wilhelmsen saß am Kopfende des Tisches im stickigen Besprechungszimmer, zwischen dem Abteilungsschef und Polizeipräsident Mykland.

»Karianne«, sagte sie kurz und hob die Hand, um für Ruhe zu sorgen.

»Also«, begann Karianne Holbeck. »Das war das einzige Dokument, das wir auf der Festplatte finden konnten. Es war gelöscht worden, aber nicht sehr schwer zurückzuholen. Salvesen muß die im Brief beschriebene CD-ROM mit einem anderen Gerät hergestellt haben.«

»Heißt das, daß wir vom Inhalt der CD-ROM keine Ahnung haben?«

Billy T. versuchte, Hannes Blick einzufangen, mußte aber aufgeben. Also starrte er Karianne an, die mit tiefrosa Wangen vor ihrem Laptop saß.

»Der ist im Brief doch ziemlich gut beschrieben. Aber

wenn wir mehr von Salvesens Hardware finden... nein...
also... naja, wir könnten doch das Glück haben, daß wir die
CD auftreiben. Oder eine Kopie. Die Jungs stellen gerade
die gesamte Vogts gate 14 auf den Kopf. Sie sind allerdings
schon die ganze Nacht dabei und haben noch nichts auf
irgendeine Weise Interessantes gefunden. Also sollten wir
nicht gerade optimistisch sein.«

»Verdammt«, sagte Billy T. und schlug die Fäuste gegeneinander.

»Die brauchen wir nicht«, sagte Hanne trocken.

»Nein, aber überleg doch mal! Mehr Details wären doch
verdammt interessant. Von einem Set-up dieses Ausmaßes
hab ich noch nie gehört. Der Typ hat doch Jahre seines Lebens dazu verwendet, um seine Rache vorzubereiten.«

Wieder schaute er Hanne an. Er wollte ihr seine Aner-
kennung zeigen, seinen Respekt. Hanne Wilhelmsen hatte
von Anfang an an Halvorsruds Unschuld geglaubt. Sie hatte
unangefochten von der Hartnäckigkeit der anderen für ihre
Theorie argumentiert, logisch und selbstverständlich, allen
gegenüber, die ihr zuhören mochten. Billy T. empfand einen
physischen Schmerz in der Brust, er schaute Hanne an, die
vor ihnen stand, bleich, verhärmt und ungeschminkt, älter,
als er sie jemals gesehen hatte, mit mageren Händen, die sich
am Filzstift zu schaffen machten, und einem Blick, der seinem nie begegnete, so sehr er sich auch darum bemühte. Er
wollte sie zurückhaben. Sie sollte ihm verzeihen, so, wie er
ihr verziehen hatte. Als er an dem Abend schlafen gegangen
war, am Abend danach, hatte er bis zwei Uhr wachgelegen.
Er hatte Jennys Kleinkindgeräuschen gelauscht, bei denen
immer wieder Zuckungen über Tone-Marits schlafendes
Gesicht gehuscht waren. Als er ihre Hand in seiner spürte,
als ihre Hand sich im Schlaf zu seiner hingetastet hatte, hatte
er Hanne und sich selbst verziehen. Er wußte, daß alles wie
früher werden konnte, wenn sie nur seinem Beispiel folgte.

Sie weigerte sich, seinen Blick zu erwidern.

»Der Joghurt im Kühlschrank«, sagte sie plötzlich und drehte sich zum Overheadprojektor um. »Warum sollte Ståle Salvesen sich soviel Mühe damit geben, in seinem Leben und seiner Wohnung aufzuräumen, um danach datierte Lebensmittel in seinem Kühlschrank zu vergessen?«

Sie zeichnete einen Joghurtbecher und einen Milchkarton. Ihre Zeichnungen waren kein großer Erfolg. Der Becher sah aus wie ein ramponierter Eimer, der Karton wie ein dänisches Ferienhaus.

»Weil er das schwächste Glied in seinem Plan verstärken wollte«, sagte sie. »Salvesen hat sich nicht am Montag, dem 1. März, umgebracht. Er war an dem Tag an der Staure-Brücke. Er hat seinen Wagen abgestellt. Er ist auf das Brückengewölbe geklettert und hat gewartet, bis Leute kamen und nahe genug heran waren, um ihn zu sehen, aber doch zu weit weg, um zu erkennen, daß er sich nicht ins Meer gestürzt hatte. Er gab vor zu springen, kroch unter die Brücke und gelangte auf irgendeine Weise zurück in die Stadt.«

»Genau, wie du geglaubt hast«, sagte Billy T. und bereute es sofort; er kam sich vor wie ein Hundebaby, das schwanzwedelnd den Mundwinkel einer arroganten alten Hündin leckt.

»Wie das passiert ist, werden wir nie erfahren«, sagte Hanne unbeeindruckt von seinem dämlichen Lob und zeichnete ein Auto. »Woran ich dagegen nie gedacht habe ...«

Sie hob eine Plastiktasse mit Wasser an den Mund und trank.

»... ist, daß Ståle Salvesen sich nicht ins Ausland abgesetzt hat. Er ist nicht nach Südamerika oder in irgendein Land mit mangelhafter Registrierroutine und vagen Auslieferungsabsprachen mit Norwegen gegangen.«

»Er hat sich einwandfrei das Leben genommen, aber erst nach dem Mord an Doris«, sagte Erik langsam und spuckte Tinte aus. Der Kugelschreiber, an dem er herumgenagt hatte, leckte aufs übelste. »Genial. Halvorsrud würde doch als Verrückter dastehen, wenn er behauptete, seine Frau sei von einem Toten ermordet worden.«

»Genau.«

Hanne zeichnete Räder an das blaue Auto.

»Am Sonntag, dem 7. März, wurde auf dem Parkplatz bei der Staure-Brücke ein gestohlener Volvo entdeckt«, sagte sie dann. »Sein Besitzer hatte ihn am Donnerstag, dem 4., als vermißt gemeldet. Das war die Nacht, in der Doris ermordet wurde. Der Besitzer wohnt in Grünerløkka.«

»Fünf Minuten von der Vogts gate entfernt«, sagte Karl Sommarøy. »Salvesen hat Doris umgelegt, ist mit einer gestohlenen Karre nach Staure gefahren und ins Meer gehüpft. Meine Fresse.«

»Aber es war doch ein unglaublich riskantes Spiel«, wandte Erik ein. »Wenn er im Laufe der ersten Tage gefunden worden wäre, hätte sich leicht feststellen lassen, daß er nicht seit Montag, dem 1., im Wasser gelegen haben konnte. Und wo hat er sich inzwischen versteckt? Zwischen Montag und Donnerstagabend, meine ich? Und was, wenn er mit dem gestohlenen Auto erwischt worden wäre – wenn jemand ihn in der Nacht auf den Freitag gesehen hätte, als er wirklich ins Wasser gegangen ist?«

»Riskant, sicher. Einwandfrei. Und ich fürchte, auf viele Fragen werden wir nie eine Antwort erhalten.«

Hanne Wilhelmsen blies die Wangen auf und ließ die Luft langsam durch ihre zusammengebissenen Zähne entweichen.

»Aber was hatte Salvesen denn zu verlieren? Er hatte keine Kraft mehr. Sein Leben war inhaltslos. Vor einigen Tagen habe ich einen seltsamen Mann getroffen, der sagte, daß es keine Grenzen dafür gibt, wie weit Menschen gehen, deren Dasein ernstlich gefährdet ist.«

Sie verstummte. Es schien so lange her zu sein. Eivind Torsvik war uninteressant. Er war nur ein Umweg auf dem Weg nach Hause. Sie schloß für einige Sekunden die Augen und fragte sich für einen Moment, ob der ganze Mann ein Produkt ihrer eigenen Phantasie sein könne.

»Die Grenzen sind vermutlich noch leichter zu überschreiten, wenn du dich selbst schon verloren hast«, sagte sie ruhig. »Salvesen hat sich lange Zeit hindurch nur am Gedanken an seine Rache festhalten können; der Vorstellung, daß Evald Bromo und Sigurd Halvorsrud jedenfalls eine Kostprobe von der Hölle erleben würden, in der er selbst gelebt hatte. Natürlich wußte er nicht, ob seine Leiche gefunden werden würde. Aber er konnte ja hoffen, daß es dauern würde. Je länger, desto schwieriger würde es sein, den genauen Zeitpunkt seines Todes festzulegen. Je länger es dauern würde, desto weniger Grund hätte die Polizei, die Zeugenaussage vom Montag, dem 1., in Zweifel zu ziehen. Joghurt und Milchkarton waren nur winzige Spielfiguren. Eine Kulisse gewissermaßen. Eine kleine Raffinesse, auf die wir nicht wirklich geachtet haben, die unser Unterbewußtsein aber dazu angeregt hat, das Bild zu sehen, das Ståle Salvesen uns zeigen wollte.«

»Ziemlich genial, das mit den zeitversetzten Mails«, sagte Karianne und tippte ein Kommando in ihren Laptop ein. »Er hat ganz einfach ein nettes kleines Programm entwickelt, das noch lange nach seinem Tod immer neue Mails an Bromo sandte. Die Liste der verschickten E-Mails in dem Computer im Keller ist sehr lang, und alle sind im Abstand von etwa vierundzwanzig Stunden abgeschickt worden. Er hat übrigens auch zwei an die Chefredakteurin von *Aftenposten* geschickt.«

»Du hast blaue Lippen, Erik.«

Hanne fuhr sich demonstrativ mit den Fingern über ihre eigenen.

»Wasch das ab, sonst setzt es sich fest.«

»Aber«, sagte Erik und blieb hinter seinem Stuhl stehen, während er versuchte, die Tinte mit dem Ärmel abzureiben. »Denkt doch an das viele Geld. Hunderttausend im Keller und zweihunderttausend auf der schwedischen Bank. Hat er tatsächlich ein kleines Vermögen verschenkt, nur um den Verdacht gegen Halvorsrud zu verstärken?«

Hanne Wilhelmsen zuckte mit den Schultern und versuchte, ihre Haare hinter die Ohren zu streichen.

»Was sollte Salvesen mit Geld? Es ging schließlich nicht um ein Vermögen, mit dem er ins Ausland hätte gehen können, um einen neuen Anfang zu machen. Es war gerade genug, um Halvorsrud noch mehr Probleme zu bescheren. Natürlich hat er das Geld nach Schweden gebracht. Natürlich hat er es im Keller versteckt. Wir sollten es ja finden. Wenn er das Geld in eine Schweizer Bank eingezahlt hätte, dann hätten wir nie auch nur eine Krone gefunden.«

»Und da haben wir ein Riesenproblem, das ich nicht ganz verstehe.«

Karl Sommarøy machte sich aufgeregt an einer Thermoskanne zu schaffen, die am Vortag vergessen worden war. Plötzlich löste sich der Verschluß, und bitterer, vierundzwanzig Stunden alter Kaffee floß auf seinen Schoß.

»Halvorsrud wäre am Ende doch nicht verurteilt worden«, sagte er, ohne auf seinen triefnassen Schritt zu achten. »Das hast du doch die ganze Zeit gesagt, Hanne. Wir hatten nicht genug für eine Verurteilung.«

»Richtig«, sagte Polizeipräsident Mykland mit kurzem Lächeln. »Was natürlich erklären kann, warum Salvesen Halvorsrud vom Haken gelassen hätte, wenn Evald Bromo bereit gewesen wäre, sich zu opfern. Salvesen ging es also nicht darum, Halvorsrud verurteilen zu lassen. Denkt doch an die Disketten aus dem Arzneischränkchen. Karianne hat doch immer wieder darauf hingewiesen, daß die nicht sonderlich ›polizeiaktenmäßig‹ waren.«

Mykland zeichnete Anführungszeichen in die Luft.

»Vermutlich hat Salvesen einfach Material zusammengetragen, das er in Zeitungen gefunden hatte. Die Presse hatte doch über alle diese Fälle berichtet. Er muß eingesehen haben, daß wir irgendwann Zweifel an der gesamten Indizienkette bekommen würden. Aber das war nicht so wichtig. Es ging ihm darum, Halvorsrud klarzumachen, was es für ein Gefühl ist, unschuldig in Verdacht zu geraten. Und von der Presse vorverurteilt zu werden. Salvesen war ja kein Dummkopf.«

»Wasch dir endlich die Tinte ab, Erik«, sagte Hanne Wilhelmsen leicht gereizt. »Du siehst aus wie ein Clown. Und Blutvergiftung kannst du auch davon kriegen.«

»Ja, sicher, Mama«, erwiderte er sauer. »Aber noch eins. Bedeutet das, daß die ganze Pädophiliekiste nur Unsinn war? Daß Thea Halvorsrud wirklich nur ein Papakind ist?«

»Ja. Aller Wahrscheinlichkeit nach.«

»Ja? Aber was ist mit Evald Bromo? War der pädophil, oder war auch das nur Unfug? Und wer ... wer zum Teufel hat Evald Bromo umgebracht?«

Alles schwieg. Es wurde so still, daß Hanne deutlich den Magen von Hasse Fredriksen hungrig brummen hören konnte, einem Techniker, der am anderen Tischende saß und beschämt den Atem anhielt, als ob das helfen könnte. Die Luft im langgestreckten, stickigen Raum war fast unerträglich. Hanne spürte ihre Wangen brennen, und der klebrige Film zog sich wieder über ihre Augen.

Evald Bromo interessierte sie nicht.

Evald Bromos Schicksal hatte Hanne Wilhelmsen nie weiter berührt.

Ab und zu kam das vor. Häufiger jetzt als noch vor einem

Jahr. Früher, als sie jünger, stärker – naiver vielleicht – gewesen war, hatte sie jeden einzelnen Mord, jede Vergewaltigung, jeden Fall grober Gewalt als persönliche Beleidigung aufgefaßt. Die Morde betrafen sie, die Vergewaltigungen verletzten sie zutiefst, die Messerstechereien provozierten sie. Und deshalb hatte sie fast zwanzig Jahre ihres Lebens einer Aufgabe gewidmet, von der sie im Grunde wußte, daß sie nicht zu bewältigen war: die Kriminalität in Oslo zu drosseln.

Die Gewißheit umklammerte mit eisernem Griff ihren Hals, und ihr wurde plötzlich schlecht.

Sie hatte angefangen, die Menschen zu sortieren.

Hanne Wilhelmsen war von der Aufklärung des Mordes an Doris Flo Halvorsrud besessen gewesen. Doris war eine respektierte Karrierefrau, Mutter und Gattin gewesen. Ihr Mann war ein tüchtiger Jurist. Hanne sollte, wollte und mußte den Mord aufklären.

Evald Bromo dagegen war nur eine Pflichtübung. Evald Bromo war ein Sittlichkeitsverbrecher, der sich an unglücklichen Kindern vergriff.

»Ich scheiße inzwischen darauf«, flüsterte sie sich selbst zu und schnappte nach Luft, ehe sie sich wieder setzte.

»Geht's dir nicht gut?« fragte Mykland leise und legte die Hand auf ihre. »Bist du krank?«

Hanne gab keine Antwort. Sie riß sich zusammen; sie schloß die Augen und suchte nach einer letzten Kraftreserve. Sie mußte diese Besprechung zu Ende bringen. Sie mußte fertig werden, einen Schlußstrich unter den Halvorsrud-Mord ziehen und die Verantwortung für den Bromo-Mord einer fähigen Person übertragen. Wenn sie nur diese Besprechung überlebte, dann würde sie sich freinehmen. Sich beurlauben lassen. Sie wollte Tag und Nacht zu Hause bei Cecilie sein, solange das nötig wäre, solange sie einander hätten, solange Cecilie leben durfte.

Wenn sie nur erst diese Besprechung hinter sich hätte.

Sie stand wieder auf, beugte sich vor, legte die Handflächen auf den Tisch und holte tief Luft: »Evald Bromos Tod hat vermutlich nichts mit Halvorsrud zu tun«, sagte sie unnötig laut. »Ich bin immer noch von seiner Pädophilie überzeugt. Es ist gut möglich, daß ein Zusammenhang besteht zwischen seinen sexuellen Perversionen und der Tatsache, daß er ermordet worden ist. Aber in unserem eigentlichen Fall, dem Mord an Doris Halvorsrud, war Evald Bromo nur ein Umweg. Wir müssen natürlich noch eine Menge Fäden entwirren, zum Beispiel, warum wir Halvorsruds Fingerabdrücke im Keller in der Vogts gate gefunden haben. Aber meine persönliche Theorie ist, daß er in einem Anfall von Verzweiflung versucht hat, eine Möglichkeit zu finden, um seine Unschuld zu beweisen. Ungeschickt und blöd, natürlich. Aber andererseits...«

»Überlegt doch mal, wie er sich gefühlt haben muß«, fiel Annmari Skar ihr ins Wort. Bisher hatte sie während der ganzen Besprechung in einem Buch geblättert, das für Hanne ausgesehen hatte wie ein Roman. »Er hat die ganze Zeit die Wahrheit gesagt. Niemand hat ihm wirklich geglaubt. Auch du nicht, Hanne.«

Sie blickte die Hauptkommissarin herausfordernd an.

»Wenn du Halvorsruds Geschichte wirklich geglaubt hättest, dann hättest du dich mehr engagiert. Nicht zeitmäßig. Alle wissen, daß du dir den Arsch abgeschuftet hast.«

»Im wahrsten Sinne des Wortes«, murmelte Erik, seine Lippen waren nach seinem Toilettenbesuch immerhin heller geworden, und er schaute Karianne an, die mit ihrer Hand ein Lächeln verbarg.

»Aber du hättest stärker argumentiert. Dich mehr eingebracht. Du hättest dich geweigert, ihn Woche für Woche da draußen sitzen zu lassen, wenn du ihm wirklich geglaubt hättest. Und er hat das natürlich begriffen. Das Netz hat sich immer mehr um ihn zusammengezogen; seine Lage muß ihm immer absurder vorgekommen sein. Als ob er ... «

»Und er mußte damit leben, daß er seine Frau im Stich gelassen hat«, sagte Hans Christian Mykland. »Inmitten all der falschen Anklagen war er vermutlich sein strengster Richter. Er hat ihren Mord zugelassen. Er hat sie nicht verteidigt.«

»Wir hören jetzt auf«, sagte Hanne plötzlich.

Die Wände schienen auf sie zuzukommen. Sie hob noch einmal die Plastiktasse zum Mund, aber die war leer.

»Aber Hanne«, drängte Erik streitsüchtig. »Wir können doch nicht mit Sicherheit behaupten, daß Halvorsrud Bromo nicht umgebracht hat. Salvesen hat post mortem eine Art Verantwortung für den Mord an Doris übernommen, na gut ... aber Tatsache ist, daß wir im Keller bei der Leiche die Fingerabdrücke des Staatsanwaltes gefunden haben, er hatte kein Alibi, er hat sich nicht pflichtgemäß gemeldet ... «

»Annmari hat recht«, sagte Hanne scharf und starrte den jüngeren Kollegen mit dem lächerlich babyblauen Mund und der kreideweißen Haut unter den knallroten Haaren an. »Ich habe mich nicht genug für Halvorsrud eingesetzt. Aber das tue ich jetzt. Er ist unschuldig. Das wissen wir alle. Der Mord an Evald Bromo war ein jämmerlicher Copycat-Versuch. Das ist doch Kindergartenweisheit.«

Sie breitete die Arme aus. Dann umarmte sie sich selbst, als friere sie in dem überhitzten Zimmer.

»Serienmorde oder Signaturenmorde sind leicht zu erkennen. Wir finden einen gemeinsamen Nenner für die Opfer. Er kann schwer zu entdecken sein, aber er ist vorhanden. Und woran sehen wir, daß ein Mord als Glied in der Kette eines Serienmörders erscheinen soll? Das Opfer stimmt nicht. Evald Bromo und Doris Flo Halvorsrud hatten kaum eine andere Gemeinsamkeit als ihre norwegische Staatsbürgerschaft.«

Sie schob die Gegenstände vor ihr auf dem Tisch zusammen. Sie steckte zwei Ordner und ein altes Federmäppchen aus Leder in ihren schwarzen Rucksack. Die anderen Anwesenden ließen sie dabei nicht aus den Augen.

»Und apropos Norwegen«, sagte sie ohne ein Lächeln und richtete den Zeigefinger auf Erik Henriksen. »So siehst du in der Visage aus, wie eine Flagge. Rot, weiß und blau.«

Niemand lachte. Stuhlbeine schrammten über den Boden. Die anderen unterhielten sich leise, und ihre Stimmen vermischten sich zu einem nichtssagenden Gemurmel, das dann auf dem Flur verhallte. Billy T. blieb einige Sekunden lang in der Tür stehen, in der Hoffnung, Hanne werde ihm folgen, doch als er sah, daß der Polizeipräsident ihr die Hand auf den Unterarm gelegt hatte, gab er auf.

»Was willst du jetzt?« sagte Hans Christian Mykland leise zu Hanne. »Sag mir, was du willst.«

»Danke«, sagte sie leise.

»Was?«

»Danke für deinen Schutz in letzter Zeit. Ich gehe davon aus, daß Klagen gekommen sind.«

Mykland lächelte breit. »Drei«, flüsterte er. »Sie liegen unten in meiner Schublade, und da bleiben sie auch, solange ich etwas zu sagen habe.«

Hanne stützte sich auf den Nylonrucksack, der vor ihr auf dem Tisch stand. Dann beugte sie sich plötzlich zum Polizeipräsidenten vor und umarmte ihn.

»Tausend Dank«, murmelte sie an seiner Schulter. »Ich begreife nicht, warum du so lieb zu mir bist. So geduldig. Ich verspreche, wenn das hier vorbei ist, und Cecilie ...«

»Still jetzt«, sagte er leise und streichelte ihren Rücken.

Er wollte sie nicht loslassen. Das spürte sie; als sie vorsichtig versuchte, sich loszumachen, hielt er sie fest. Seltsamerweise fand sie das angenehm.

»Laß andere den Bromo-Mord übernehmen«, sagte er. Sie

spürte dabei immer wieder einen leisen Lufthauch an ihrem Ohr. »Nimm dir jetzt frei, Hanne. Das sei dir gegönnt.«

»Werd ich machen. Ich muß nur noch zwei Dinge erledigen.«

»Aber nimm dir nicht zuviel vor«, sagte er und ließ sie los.

»Nein«, sagte sie und lud sich den Rucksack auf. »Nur zwei Kleinigkeiten.«

»Du, Hanne.«

Sie hatte das Tischende erreicht und drehte sich zu ihm um.

»Ja?«

»Wer sollte die Verantwortung für die Bromo-Ermittlungen übernehmen?«

Hanne zuckte mit den Schultern.

»Einer von den anderen Hauptkommissaren, nehme ich an.«

»Ich habe an Billy T. gedacht. Was meinst du?«

Sie zog den Rucksack gerade und ging los.

»Mir egal«, sagte sie tonlos und mit dem Rücken zum Polizeipräsidenten. »Es ist mir restlos egal, was du mit Billy T. anstellst.«

39

Der Aschenbecher, den Billy T. ihr geschenkt hatte, paßte nicht in ihr Zimmer. Er war sicher teuer gewesen. Er sah aus wie ein Teil von Alessi, ein großes, schlichtes Gefäß mit einer Stahlschale, die nach jeder ausgedrückten Zigarette umgedreht und geleert werden konnte. Der Raum war zu nichtssagend für so ein Stück. Sie war hier nie zur Ruhe gekommen. Hatte sich nie die Mühe gemacht, ihr neues Büro gemütlich einzurichten. Hatte nie Zeit gehabt. Früher hatte sie sich Mühe gegeben. Nicht nur, weil sie das schön fand, sondern auch, weil es auf Zeugen und Verdächtige beruhigend wirkte, wenn sie nicht in einem Raum vernommen wurden, der aussah wie eine Zelle, und das war bei den neuen Büros im Grunde der Fall.

Sie machte sich am Aschenbecher zu schaffen und drehte die bewegliche Schale immer wieder um. Da sie nicht mehr rauchte, brauchte sie ihn nicht. Sie warf ihn in den Papierkorb und hoffte, daß der Putzmann ihn vielleicht bemerken und mit nach Hause nehmen würde.

Es wurde höflich an die Tür geklopft.

Der Polizeibeamte Karsten Hansen lächelte sie an. Er war längst über fünfzig, konnte aber mit keiner Beförderung rechnen. Rund wie eine Tonne stapfte er prustend zum Besuchersessel. Hanne Wilhelmsen hatte sich nie mit der Vorstellung anfreunden können, daß Karsten Hansen einmal schlank und einigermaßen gelenkig gewesen war; aber er hatte schließlich wie alle anderen die Aufnahmeprüfung zur Polizeischule bewältigen müssen. Hansen arbeitete in der Verkehrs- und Umweltabteilung und fühlte sich wohl dabei, Jahr um Jahr.

»Wie geht's?« fragte er und wischte sich den Schweiß von der Stirn.

»Geht schon. Und dir?«

»Großartig. Mir geht's einfach gut. Aber weißt du, vor einer Stunde hab ich was entdeckt.«

Hanne Wilhelmsen wollte durchaus nicht hören, was der Kollege entdeckt hatte. Sie wollte nach Hause.

»Du weißt doch, diese Kästen«, er redete unverdrossen weiter. »Unsere Geschwindigkeitsmesser.«

»Mmm.«

»Ich wollte dem Büropersonal helfen und ein paar Filmrollen durchsehen, damit wir Bußbescheide verschicken können. Und was finde ich da?«

»Das weiß ich wirklich nicht.«

»Du weißt aber, Wilhelmsen, daß es nicht besonders witzig ist, wenn Leute von uns auf diesen Bildern auftauchen.«

Er saß unbequem und versuchte, seinen umfangreichen Leib besser dem schmalen Sessel anzupassen. Hanne merkte, wie sie rot wurde und versuchte verzweifelt, sich zu erinnern, ob sie so unvorsichtig gewesen sein konnte, zu schnell an einem dieser Kästen vorbeizufahren. Sie wußte, wo die angebracht waren, und drosselte deshalb rechtzeitig ihr Tempo. Die Rückfahrt von Sandefjord, dachte sie plötzlich. Sie war wie eine Besessene nach Ulleväl gedüst.

»Tut mir wirklich leid, Hansen«, stotterte sie und versuchte, ihre Röte zu unterdrücken. »Es gibt natürlich keine Entschuldigung... wie schnell bin ich gefahren?«

»Du?«

Er stutzte und lachte dann.

»Aber Wilhelmsen! Ich rede doch nicht von dir. Schau mal!«

Er zog ein Foto aus einem Hanfumschlag und legte es vor sie hin. Noch immer spürte sie ihren Puls zu heftig schlagen, Geschwindigkeitsüberschreitungen waren für Hauptkommissarinnen keine Lappalien. Vor allem, wenn sie so gravierend waren, wie sie an dem Abend gewesen sein mußten, an dem sie auf der Strecke Sandefjord-Oslo einen neuen Geschwindigkeitsrekord aufgestellt hatte.

»Es geht nur um vier Stundenkilometer«, sagte Hansen. »Vierundsechzig unmittelbar vor der Tåsenkreuzung, auf der nach Westen führenden Fahrbahn. Aber was ich mich frage...«

Er drückte seinen fetten Zeigefinger auf das Gesicht des Fahrers. Das Bild war grobkörnig und undeutlich, aber trotzdem mehr als gut genug, um den Fahrer zu identifizieren.

»Das ist doch Iver Feirand, oder? Das Auto gehört jedenfalls ihm, das habe ich schon überprüft.«

Hanne Wilhelmsen gab keine Antwort. Hansen hatte recht. Dieser Fund war interessant. Er war geradezu sensationell. Hanne hatte den Beifahrer nämlich schon erkannt.

»Wann ist dieses Bild aufgenommen worden?« fragte sie und ließ ihren Blick an seinem Finger entlang zu einem Feld wandern, in dem der Zeitpunkt angegeben war.

Dienstag, der 30. März 1999, 17.24.

Hanne griff nach dem Foto und musterte es eingehender. Sie durfte sich jetzt nicht irren. Sie konnte sich jetzt nicht irren.

»Und du kannst dir ja denken, als ich den Kumpel da gesehen habe... Das ist doch dieser Evald Bromo, der kürzlich ermordet worden ist. Von dem waren doch jede Menge Bilder in der Zeitung. Ich fand es ja doch komisch, daß der Typ dienstags mit einem Polizisten auf Tour geht und dann am Samstag enthauptet wird. Dann habe ich gedacht, daß ich bestimmt von großen Teilen dieses Falls keine Ahnung habe, und natürlich kann ja alles in schönster Ordnung sein. Aber ich bin ja auch ein bißchen altmodisch, und da...«

Er lächelte verlegen.

»Und es ist doch besser, sich zu blamieren, als an Fragen zu ersticken. Das finde ich eben.«

»Du bist phantastisch.«

Sie schwenkte das Foto, griff nach seiner Hand und drückte zu.

»Du bist einfach unglaublich«, sagte sie und biß sich in die Lippe. »Ich muß ganz schnell telefonieren. Bleib sitzen. Unbedingt.«

Sie zog einen gelben Zettel unter ihrer Schreibunterlage hervor und wählte die Nummer, die sie erst vor wenigen Tagen hingekritzelt hatte.

»Eivind Torsvik«, sagte endlich eine Stimme, das Telefon hatte eine kleine Ewigkeit lang geklingelt.

»Hallo, hier ist Hanne Wilhelmsen. Sie erinnern sich doch?«

»Aber klar.«

Sie hatte sich nicht einmal eine Strategie zurechtgelegt. Das Foto von Evald Bromo neben einem Mann, der beteuert hatte, ihn nie gesehen zu haben, ließ sie auf eine Spur losgehen, die sie durch Unvorsichtigkeit zerstören könnte.

»Ich stecke in einer entsetzlichen Klemme«, sagte sie ehrlich nach einer peinlichen Pause. »Sie wollen nichts von Ihrem Material hergeben. Das muß ich natürlich respektieren. Aber trotzdem müssen Sie mir eine Frage beantworten. Eine einzige Frage. Würden Sie das tun?«

»Es kommt darauf an. Ich habe ja versprochen, Ihnen alles zu übergeben, wenn wir unsere Arbeit getan haben. Wenn Beweise vorliegen. Aber erst dann.«

»Aber Sie müssen...«

Sie schaute zum Papierkorb hinüber, der einen nagelneuen Aschenbecher und eine halbvolle Packung Marlboro light enthielt. Sie bückte sich, hob beides heraus und ließ sich von Hansen, der erstaunt diesem ihm unverständlichen Gespräch lauschte, Feuer geben.

»Haben Sie einen Polizisten auf Ihrer Liste?« fragte sie und behielt den ersten Zug so lange in der Lunge, wie sie es nur aushielt.

»Sie würden staunen, in welchen Gesellschaftsklassen wir Sexualverbrecher finden. Wußten Sie, daß Pädophile in Berufen, in denen man viel Kontakt zu Kindern hat, überrepräsentiert sind? Ärzte, Entwicklungshelfer, Pfadfinderführer, Konfirmationspastoren, Handballtrainer...«

»Das weiß ich, Eivind!«

Sie hatte ihn noch nie mit Vornamen angeredet. Sie hatte ihn überhaupt nicht mit seinem Namen angeredet. Und das ließ ihn verstummen.

»Ich kann nichts sagen«, hörte sie endlich; er schien sich

zu bewegen, denn er atmete stoßweise. »Noch nicht. Aber es dauert nicht mehr lange. Das kann ich versprechen.«

»Eivind, warten Sie ...«

Hanne hörte ihre eigene Stimme, die von einer Fremden zu stammen schien. In diesem Augenblick beschloß sie, alle Computerexperten, die halbwegs aufrecht stehen konnten, auf Eivind Torsvik loszujagen, wenn er ihr keine Antwort gab. Sie würde selbst die Attacke leiten, sie würden das Haus am Hamburgkilen stürmen und alles auf den Kopf stellen. Wenn er keine Antwort gab.

»Sie müssen antworten. Es geht um ein Leben.«

Hansen starrte sie besorgt an. Sie legte die Hand auf den Hörer und flüsterte über den Tisch: »Etwas schwierige Quelle. Muß übertreiben.«

»Ja.«

»Was? Was haben Sie gesagt?«

»Ja. Wir haben einen Polizisten auf unserer Liste. Zusammen mit zwei Lehrern, einem Zahnarzt, zwei Geistlichen, die noch dazu Pflegekinder haben ...«

»Heißt er Iver Feirand?«

Es wurde ganz still. Hanne schloß die Augen, um besser hören zu können; Eivind Torsvik hielt sich offenbar mit seinem schnurlosen Telefon im Freien auf. Sie glaubte, Möwengeschrei und das ferne Tuckern eines Außenbordmotors zu hören.

»Ja«, sagte er müde. »Er heißt Iver Kai Feirand. Das war der, der drei Jahre gebraucht hat, um gegen meinen Pflegevater zu ermitteln. Iver Kai Feirand hat meinen Fall sabotiert.«

»Iver K. Feirand«, sagte Hanne Wilhelmsen langsam. »Danke.«

Eivind Torsvik hatte schon aufgelegt.

40

Der Mann, der seinem Paß zufolge Peder Kalvø hieß, saß in einer Lufthansa-Maschine, die eben in Kopenhagen gestartet war. In einer guten Stunde würde sie in Frankfurt am Main landen. Von dort würde er nach Madrid weiterfliegen und dort einige Tage verbringen. Jedoch nicht mehr als vier.

Er war seit langem auf diese Situation vorbereitet.

Einen falschen Paß und ein ausländisches Bankkonto hatte er sich schon vor Jahren zugelegt. Iver Kai Feirand war ein hochqualifizierter Polizist, der wußte, was er zu tun hatte.

Seit er das geschlechtsreife Alter erreicht hatte, hatte er sich zu kleinen Jungen hingezogen gefühlt. Nie zu Männern. Wenn er überhaupt mit Erwachsenen Sex hatte, was er jedoch zu vermeiden suchte, dann mit Frauen. Nie mit kleinen Mädchen. Wenn er es mit einem Kind machen wollte, was in regelmäßigen Abständen sein mußte, dann nahm er Jungen. Er selbst hatte zwei Töchter. Die hatte er niemals angerührt, nicht auf diese Weise.

Natürlich war er ein tüchtiger Ermittler, wenn es um sexuelle Übergriffe ging. Er wußte, worauf er zu achten hatte. Er sah es in den Augen der Verdächtigen, er brauchte nur Sekunden, um die Frage von Schuld oder Unschuld zu entscheiden. Methodisch und zielbewußt hatte er sich in seine jetzige Stellung manövriert; seit sich die Möglichkeit zu Beginn der 80er Jahre abgezeichnet hatte, hatte er gewußt, was er erreichen wollte.

Seine Stellung gab ihm Macht.

Und das reizte ihn.

Sie gab ihm eine einzigartige Möglichkeit, um genau zu erfahren, wohin er gehen mußte, um das Gewünschte zu finden.

Sieben Jahre zuvor hatte eine Streife zwei Mädchen von vielleicht zwölf Jahren auf dem Straßenstrich aufgelesen. Sie waren übertrieben geschminkt, und eine hatte so schrecklich geweint, daß eine Kollegin von der Wache mit ihr zum Arzt gegangen war. Die andere war in Iver Feirands Büro sitzengeblieben, hatte ihn frech gemustert und Kaugummi gekaut, während sie auf das Jugendamt warteten.

Aufgegriffene Kinder durften nicht ohne einen vom Jugendamt bestimmten Vormund verhört werden. Aber niemand konnte Iver Feirand das Plaudern verbieten. Vielleicht war die Kleine schon so zerstört, daß ihr sexualisiertes Verhalten sich automatisch einstellte. Auf jeden Fall versuchte sie immer wieder, sich ihre Freilassung zu erfeilschen; an ihr sollte es nicht liegen, wenn er Lust hatte, sie in eine Wohnung zu begleiten, die sie kannte und die derzeit unbewohnt war.

Als die Alte vom Jugendamt kam und das Kind mitnahm, fiel ihm eine Visitenkarte auf dem Stuhl auf, dort, wo der schmale Mädchenhintern gesessen hatte, der jetzt auf aufreizende Weise aus dem Zimmer getragen wurde. Evald Bromos Visitenkarte. Iver Feirand wollte wissen, was dieser Mann mit einer zwölfjährigen Prostituierten zu tun hatte, und lud den Journalisten zu einem Gespräch vor.

Bromo brach vollständig zusammen.

Er konnte nicht begreifen, woher die Kleine seine Visitenkarte hatte. Iver Feirand nahm an, daß der Mann so blöd gewesen war, sie in seiner Erregung über zwei schmale Mädchenschenkel zu verlieren. Das wunderte ihn sehr; alles, was Evald Bromo erzählte, wies darauf hin, daß dieser Mann ungeheuer vorsichtig vorging und ungewöhnlich lange ungeschoren davongekommen war. Doch Feirand sagte nichts. Er legte die Daumenschrauben an; Iver Feirand brachte die meisten nach einem halben Stündchen zum Plappern.

Evald Bromo sagte zuviel.

Evald Bromo erzählte von einem Kontakt, von dem Iver Feirand nichts hören wollte. Über einen Lateinamerikaner mit einer Art Filiale in Kopenhagen. Dieser Mann war Iver Feirands private Verbindung. Evald Bromo kannte Iver Feirands sexuellen Zufluchtsraum.

Iver Feirand verfügte über einzigartige Kenntnisse der pädophilen Psyche. Er war ein hervorragender Polizist mit gutem Instinkt und scharfem Verstand. Außerdem kannte er sich selbst. Und hatte im Laufe von fünfzehn Jahren die beste Weiterbildung erhalten, die die Polizei in Europa und den USA anbieten konnte. Er wußte alles, was es über pädophile Organisationen, Ringe, Klubs und Einzelpersonen zu wissen gab. Nie hatte er deshalb die Entlarvung gefürchtet.

Bis Evald Bromo ihn zu der Erkenntnis gebracht hatte, daß auch noch andere Pedro Diez und dessen Keller in der königlichen Stadt kannten.

Die Vernehmung hatte eine andere Wendung genommen.

Bromo war ein Schwächling. Bromo gehörte zu den Menschen, die im ewigen Spannungsfeld zwischen der lähmenden Angst vor der Entlarvung und dem heimlichen Wunsch lebten, an dem gehindert zu werden, was sie auch selbst als Verbrechen erkannten. Als er nun schon auf der Wache saß, strömten Geständnisse, Namen, Adressen und Daten nur so aus ihm heraus.

Wenn Iver Feirand mit seinen Ermittlungen gegen Bromo weitergegangen wäre, wäre der Name Pedro Diez auch noch anderen zu Ohren gekommen. Bromo hatte so viel zu erzählen, daß er vier Ermittler für lange Zeit beschäftigen konnte. Der Keller in Kopenhagen würde auffliegen. Doch das wäre noch nicht das Schlimmste. Iver Feirand hatte noch andere Kontakte, andere Namen, andere Adressen, noch weiter entfernt und noch sicherer.

Das Gefährliche war, daß Evald Bromo alle Karten auf den Tisch legte.

Evald Bromo würde der Polizei eine Spur geben, die diese zu Iver Feirand führen konnte. Wenn die dänische Polizei sich über Diez' Filiale in dem alten, ehrwürdigen Gebäude an den Kopenhagener Seen hermachte, dann konnte Iver Feirands Identität auftauchen. Nicht namentlich natürlich; er war immer ohne Papiere gereist, aber wer konnte schon wissen, welche Beschreibungen dann erfolgen würden. Sein zwei Meter langer, athletischer Körper und die blonden, fast weißen Haare konnten ihm Probleme machen. Besser, die Sache auf sich beruhen zu lassen.

Weshalb er Evald Bromo laufenließ.

Nicht nur ließ er den Mann ungeschoren davonkommen, er hielt ihn danach an einem strammen Zügel. Er wußte immer, was er von ihm zu halten hatte.

Als Iver Feirand nun hier saß, ein Lufthansaglas voll Kognak in der Hand, und die riesigen EU-Äcker in der Tiefe betrachtete, sah er Evald Bromo vor sich. Der hatte vor seinem Schreibtisch gestanden, restlos erschöpft und in glücklicher Verwunderung darüber, daß Iver Feirand ihn unter starken Vorbehalten diesmal noch laufen ließ. Vielleicht hatte er im tiefsten Herzen begriffen, warum. Natürlich fand er es seltsam, daß ein Polizist ihn in Ruhe ließ, nach allem, was er erzählt hatte. Aber Iver Feirand kannte die pädophile Psyche. Und in diesem Moment galt: Wenn Evald Bromo das Polizeigebäude als freier Mann und mit perfektem Leumundszeugnis verließ, würde er das Ganze bereits bagatellisieren. Rationalisieren. Verdrängen.

»Ich h-h-habe«, stotterte er und schüttelte dankbar Iver Feirands Hand, »ich habe Ihren Namen nicht verstanden.«

»Kai. Sie können mich Kai nennen. Wenn es Probleme gibt, können Sie mich unter dieser Nummer erreichen. Ich bin fast nie im Büro. Aber mein Handy ist immer eingeschaltet.«

Evald Bromo hatte den Zettel genommen und war gegangen.

Es war ein arger Fehler gewesen, Evald umzubringen.

Aber was hätte er sonst tun sollen?

Als sie im Schutz des Kastenwagens beim Sognsvann gestanden hatten, war ihm klar geworden, daß Evald seinen Argumenten nicht zugänglich war. Eine entschlossene Ruhe hatte diesen Mann überkommen, er war ein ganz anderer gewesen als das verzweifelte, aufgelöste Wrack, das vor sieben Jahren in seinem Büro gesessen hatte.

Aber natürlich konnte er Evald nicht zur Polizei gehen lassen. Die Gefahr, die mit Diez' Keller verbunden war, war zwar nicht mehr so groß – Feirand hatte seither seine Jagdgründe gewechselt –, aber Evald würde erzählen, daß Feirand ihn damals nicht festgenommen hatte. Nicht, um diesem zu schaden oder zu klatschen, vermutlich hielt er die Entscheidung, Gnade vor Recht ergehen zu lassen, noch immer für recht und billig. Evald Bromo würde davon erzählen, weil er beichten wollte. Alles auf den Tisch legen. Alle Details, alle Tatsachen.

Vielleicht würde Feirand sich aus der Sache herausreden können. Vielleicht auch nicht. Auf jeden Fall würde der Boden unter seinen Füßen sehr heiß sein. Wenn seine vielen Jahre als Ermittler ihn eines gelehrt hatten, dann, daß alles zum Teufel ging, wenn so ein Fall erst einmal aufflog.

Da er geglaubt hatte, Evald Bromo sei ein für die Polizei unbeschriebenes Blatt, hatte er sich in Sicherheit gewähnt. Gestreßt und verzweifelt, weil er Bromo zum Schweigen bringen mußte, das ja, aber ganz sicher, daß niemand, absolut niemand ihn mit diesem Mord in Verbindung bringen würde.

Als Hanne Wilhelmsen ihn mit ihren Informationen konfrontiert hatte, hatte er das Gefühl gehabt, von einer Lawine mitgerissen zu werden. Das Atmen war ihm schwergefallen, und er war gestürzt und gestürzt, ohne sich irgendwo anklammern zu können. Immerhin hatte er seine Maske nicht gänzlich verloren; es hatte ihm geholfen, daß Hanne selbst offenbar ziemlich aus dem Gleichgewicht geraten war.

Die Ermittlungen gegen Evald Bromos Mörder würden sich nicht wie geplant gegen Sigurd Halvorsrud richten. Als Iver Feirand Halvorsrud mitten in der Nacht verfolgt und in der Vogts gate 14 hatte verschwinden sehen, hatte er vor Triumph die Fäuste geballt. Er wartete eine halbe Stunde in einem Torweg, dann kam der Oberstaatsanwalt, verfolgt von einem alten Mann, wieder zum Vorschein. Am Tag darauf hatte Feirand den Alten aufgesucht. Er wollte wissen, wo im Haus Halvorsrud sich aufgehalten hatte. Als er dann später von den Fingerabdrücken im Keller hörte, hatte er sein Glück fast nicht fassen können. Bis Hanne Wilhelmsen ihm erzählt hatte, was sie wußte.

Sie flogen jetzt sicher über Deutschland. Er schaute auf die Uhr und bat eine Stewardeß, sein Glas wieder zu füllen.

Die Ermittlungen würden in der Pädophilie des Toten ihren Ausgangspunkt nehmen.

Iver Feirand konnte sich nicht mehr darauf verlassen, daß er ungeschoren davonkommen würde. Zwei Nächte lang hatte er wachgelegen und alles immer wieder durchdacht. Am Ende hatte seine Frau protestiert; er wälzte sich so oft herum, daß sie auch nicht schlafen konnte. Also setzte er sich an den Küchentisch. Wenn er kalte Logik anwandte, konnte er sich einbilden, daß er nichts zu befürchten habe. Nicht viel, auf jeden Fall. Evald Bromo war – trotz seines Patzers mit der Visitenkarte vor sieben Jahren – ungeheuer vorsichtig gewesen. Es war durchaus möglich, daß die Polizei steckenbleiben würde, wenn sie von einem durch Bromos pädophile Veranlagung ausgelösten Mord ausging. Andererseits war Bromo offenbar nicht vorsichtig genug gewesen. Jemand wußte Bescheid. Jemand hatte Hanne Wilhelmsen mit diesen Informationen versorgt.

Eine Quelle, hatte sie gesagt.

Es mußte eine gute Quelle sein. Die Götter mochten wissen, was diese Gewährsperson noch zu bieten hatte.

Die Vorstellung, daß eine Quelle gut genug informiert war, um über Evald Bromo Bescheid zu wissen, ließ ihn um sechs Uhr am letzten Morgen, den er bei Frau und Kindern zu Hause verbrachte, einen Entschluß fassen.

Er mußte seinem Instinkt gehorchen und fliehen.

Und das war ihm nun sogar gelungen.

41

Es war später Nachmittag am Donnerstag, dem 9. April, und niemand konnte Iver Feirand finden. Seine Frau konnte berichten, daß er und das Auto verschwunden waren und daß er offenbar einen Koffer mitgenommen hatte.

Hanne Wilhelmsen merkte, daß es ihr egal war.

Evald Bromos Tod war nicht mehr ihre Sache.

Sie wollte sich auf unbestimmte Zeit beurlauben lassen und nach Hause fahren.

Nur eine Aufgabe war noch zu erledigen, und sie wußte nicht so recht, ob sie sich darauf freute oder ob ihr davor grauste.

»Ich will allein mit ihm sprechen«, sagte sie abweisend zu dem Wärter, der ihr die Tür zur Zelle aufgeschlossen hatte, in der Sigurd Halvorsrud auf einer Pritsche saß und sich langsam hin und her wiegte. »Du kannst ruhig gehen. Und schließ die Tür nicht ab.«

Sie betrat die Zelle. Der Mann dort murmelte eine Art Mantra. Hanne hockte sich vor ihn. Behutsam legte sie ihre

Hand auf seine. Dabei spürte sie seine Anspannung, die Sehnen in seinem Handrücken bohrten sich wie scharfe Kanten in ihre Handfläche.

»Es ist vorbei, Halvorsrud. Wir haben alles geklärt.«

Er hob ganz leicht den Kopf.

»Was sagen Sie?«

Sie lächelte kurz und wiederholte: »Wir haben alles geklärt. Sie hatten recht. Salvesen hat Ihre Frau umgebracht. Und Evald Bromos Tod hat nichts mit Ihnen zu tun.«

Für einen Moment glaubte sie, Sigurd Halvorsrud ringe mit dem Tod. Sein Gesicht wurde dunkel, fast blaulila um Augen und Mund. Er schloß die Lider, dann befreite er plötzlich seine Hand und stand auf. Er zog seine Hosenträger gerade und strich sich hilflos über die Hemdbrust.

Hanne hatte schon unzählige Male das Innere einer Arrestzelle gesehen. Es gefiel ihr darin nicht, aber sie hatte bisher nie ein solches Unbehagen empfunden, wie es jetzt über sie hereinbrach. Sie sah Halvorsruds raschen Blick zur offenen Tür, als schätze er seine Fluchtmöglichkeiten ab. Sie sah ihn einen winzigen Schritt in Richtung Ausgang machen, dann hielt er plötzlich inne und schlug die Hände vors Gesicht.

»Was haben wir Ihnen nur angetan«, flüsterte Hanne Wilhelmsen und versuchte, ihn zu berühren, eine sinnlose, tröstliche Geste.

Der Mann wich aus und weinte so heftig, daß er zitterte, und dabei preßte er die Ellbogen an den Leib und senkte den Kopf.

»Was haben wir Ihnen und Ihrer Familie nur angetan«, sagte sie, diesmal lautlos.

Und diese Frage war an sich selbst gerichtet.

Epilog

Hanne Wilhelmsen war seit zwei Monaten beurlaubt. Sie wußte noch nicht, ob sie je zur Polizei zurückkehren würde. Der Polizeipräsident hatte gesagt, sie sei jederzeit wieder willkommen, doch sie nahm an, daß auch seine Befugnisse irgendwann ein Ende nehmen würden. Sie mußte sich bald entscheiden.

Iver Kai Feirand war noch nicht festgenommen worden. Sie hatten bald gewußt, daß er mit einem falschen Paß über Frankfurt nach Madrid gereist war. In Spanien verloren sich alle Spuren. Nach ihm wurde fast überall auf der Welt gefahndet, und Hanne war davon überzeugt, daß sie ihn finden würden. Wenn nicht früher, dann eben später.

Während dieser Zeit war sie nur einmal im Büro gewesen. Das war jetzt fünf Wochen her, und es war nur passiert, weil Eivind Torsvik sie angerufen und auf einem Treffen bestanden hatte. Er wollte sich nicht mit irgendwelchen Kollegen abspeisen lassen. Und da er freiwillig nach Oslo gekommen war, mußte es um etwas Wichtiges gehen.

Das Material, das er ihr überreicht hatte, hatte der Osloer Polizei den größten Triumph aller Zeiten beschert, was die Bekämpfung von sexuellen Übergriffen auf Kinder betraf. Die »Operation Engel« war nur eine Woche, nachdem Eivind Torsvik auf der Wache fünf Ordner und zwanzig Disketten auf den Tisch geknallt hatte, losgetreten worden. Das Material war so detailliert, so gründlich und so solide, daß die Polizei nur zwei Tage brauchte, um allem auf den Grund zu gehen. Erik Henriksen, der jetzt als Oberkommissar mit Spezialgebiet »sexuelle Übergriffe« fungierte, war mit seiner Aufgabe gewachsen. Der Mann zeigte einen ganz neuen Ernst. Er war zu jung für diesen Posten, erst zweiunddreißig Jahre, aber Hanne hatte ihn immer für tüchtig gehalten. Und sie war bei ihrer Beförderung auch nicht viel älter gewesen.

Die Zeitungen hatten sich in der »Operation Engel« gesuhlt, und diese hatte wirklich jede Menge Stoff geboten. Allein in Norwegen waren neun Verhaftungen durchgeführt worden. Einer der neuen Untersuchungshäftlinge war ein bekannter Politiker, zwei andere waren angesehene Ärzte. Dann kam das Pfingstwochenende mit einem blutigen Dreifachmord in Sørum, einige Dutzend Kilometer im Nordosten der Hauptstadt, und der Polizeidistrikt Oslo konnte sich für einige Zeit vom scharfen und bisweilen ausgesprochen anstrengenden Suchlicht der Medien erholen.

Auch der Kosovo-Krieg war jetzt Vergangenheit.

Es war Mittwoch, der 9. Juni 1999, und die Uhr ging auf Mitternacht zu. Seit Hannes Beurlaubung hatte Cecilie immer wieder ins Krankenhaus gemußt. Es konnte ihr tagelang recht gut gehen, dann verschlechterte sich ihr Zustand dermaßen, daß Hanne schon glaubte, alles sei zu Ende. Aber dann erholte sie sich erstaunlicherweise wieder und konnte für eine Woche oder auch mehr nach Hause.

Sie waren die ganze Zeit zusammen.

Oft kam Besuch für Cecilie, zu Hause und im Krankenhaus. Hanne war nie dabei, sie grüßte nur kurz im Vorübergehen und verließ solange das Haus. Cecilie griff nicht ein. Vielleicht hatte sie mit den anderen gesprochen, denn die machten nicht mehr den Versuch, Hanne aufzuhalten. Auch Billy T. nicht.

Es nieselte.

Hanne hatte einen langen Spaziergang gemacht, durch die gesamte Umgebung des Krankenhauses, bis nach Tåsen, über die Kreuzung hinweg, auf der Iver Feirand von einer Kamera entlarvt worden war, weiter nach Nordberg und zum Sognsvann. Sie war zwei Stunden unterwegs gewesen und wurde nervös.

»Bist du sicher, daß ich niemanden anrufen soll?« fragte die mollige Krankenschwester, als Hanne zurückkam.

Sie hieß Berit und war außer Cecilie der einzige Mensch, mit dem Hanne seit langer Zeit ernsthaft gesprochen hatte.

»Soll denn heute nacht sonst niemand herkommen?«

Hanne schüttelte den Kopf.

Cecilie war bewußtlos. Als Hanne sich neben das Bett setzte, wußte sie Bescheid. Cecilie wog knapp fünfundvierzig Kilo und hatte keine Reserven mehr.

Hanne sprach die ganze Zeit mit Cecilie. Sie streichelte ihr behutsam das Haar und erzählte die Dinge, über die zu sprechen ihr bisher immer der Mut gefehlt hatte. Sie hatte nicht mit Cecilie darüber gesprochen, und auch sonst mit niemandem.

Als der Morgen kam, starb Cecilie Vibe.

Es geschah ganz lautlos, ein kurzes Zucken huschte über ihre Augen, dann war es zu Ende.

Hanne Wilhelmsen hielt noch eine weitere Stunde die Hand ihrer Geliebten. Dann kam Berit und lockerte ihren Griff behutsam, und dabei versuchte sie, Hanne zum Aufstehen zu bewegen.

»Es ist jetzt vorbei«, sagte sie leise und mütterlich. »Komm jetzt, Hanne. Zeit, um loszulassen.«

Als Hanne auf steifen Beinen ins grelle Licht des Korridors trat, saßen dort Cecilies Eltern. Sie hielten einander an den Händen und weinten leise.

»Danke«, sagte Hanne und sah Cecilies Mutter für einen Moment an.

Die alte Frau hatte solche Ähnlichkeit mit ihrer Tochter. Sie hatte die gleichen Augen, schrägstehend und mit breiten Augenbrauen, den gleichen Haaransatz, den gleichen pikanten Amorbogen, der Cecilie immer Probleme mit dem Lippenstift beschert hatte.

»Danke dafür, daß ich mit ihr allein sein durfte.«

Dann verließ Hanne Wilhelmsen das Krankenhaus, ohne die geringste Vorstellung davon zu haben, was sie nun machen sollte.

Gemma O'Connor

Zeit des Vergebens

Roman. Aus dem
Englischen von Inge Leipold.
352 Seiten. SP 3565

Aus dem hüfthohen Gras am Bach steigen Schmetterlinge auf, während die Luft erfüllt ist von dem unheilvollen Grollen in der Ferne. Es ist 1944, und von seinem sicheren Versteck aus muß ein Junge mit ansehen, wie seine Freundin von einem Soldaten erschossen wird. Jahrzehnte später, Oxford 1997: Die junge Polizistin Juliet Furbo wird Zeugin eines scheinbar harmlosen Unfalls. Doch während sie Hilfe holt, verschwindet der alte Mann, der eben noch auf der Straße gelegen hat, und von seinem Retter fehlt jede Spur. Niemand schenkt Juliets Geschichte auch nur den geringsten Glauben, und schon beginnt sie an sich selbst zu zweifeln – bis eine schicksalhafte Entdeckung sie auf die richtige Fährte bringt. Kühn und phantasiereich wirft Gemma O'Connor ein dichtes, psychologisches Netz aus und stellt einfühlsam die Frage nach Schuld und Vergebung, Moral und Rache.

Fallende Schatten

Roman. Aus dem
Englischen von Inge Leipold.
412 Seiten. SP 3563

»Das ist eine Geschichte, von der man nicht mehr loskommt. Eine Geschichte von Schuld und Sühne, von Ehrgeiz und Geldgier. Gemma O'Connor verdient eine Menge Punkte auf der nach oben offenen Krimi-Skala.«
Frankfurter Rundschau

Wer aber vergißt, was geschah

Roman. Aus dem
Englischen von Inge Leipold.
426 Seiten. SP 3564

Holy Retreat, ein Nonnenkloster hoch über einer Bucht bei Dublin, muß renoviert werden. Die verarmten Schwestern lassen sich deshalb dazu überreden, das Friedhofsgelände zu verkaufen. Die junge Rechtsanwältin Tess Callaway soll die heikle Angelegenheit abwickeln. Doch bei der Umbettungsaktion taucht plötzlich ein Sarg zuviel auf. Tess wittert skrupellose Machenschaften, Geldgier und Verrat. Sie beginnt, viele unangenehme Fragen zu stellen – und setzt eine Katastrophe in Gang.

Anita Shreve

Das Gewicht des Wassers
Roman. Aus dem Amerikanischen
von Mechtild Sandberg.
292 Seiten. SP 2840

»Anita Shreve ist eine clevere
Mischung aus schaurigem Kri-
minalfall und psychologisch
ausgefeiltem Beziehungsdrama
gelungen.«
Der Spiegel

Gefesselt in Seide
Roman. Aus dem Amerikanischen
von Mechtild Sandberg.
344 Seiten. SP 2855

Maureen, die junge Journa-
listin, lebt mit ihrem Mann
Harrold und ihrem kleinen
Töchterchen Caroline in einer
trügerischen Idylle. Denn niemand ahnt, wieviel Gewalt und
Mißhandlung Maureen von
ihrem Mann ertragen muß.
Und sie schweigt, vertraut sich
niemandem an, entschuldigt
seine Handlungen vor sich
selbst. Erst nach Jahren flieht
sie vor ihm. Für eine kurze Zeit
findet sie in einem kleinen
Fischerdorf Unterstützung, Zu-
neigung und Liebe. Aber
Harrold spürt sie auf, und die
Tragödie nimmt ihren Lauf.

Eine gefangene Liebe
Roman. Aus dem Amerikanischen
von Mechtild Sandberg.
253 Seiten. SP 2854

Durch Zufall stößt Charles
Callahan in der Zeitung auf das
Foto einer Frau, die ihm seltsam bekannt vorkommt. Es ist
Siân Richards, die er vor ein-
unddreißig Jahren als Vier-
zehnjähriger bei einem Som-
mercamp kennengelernt hatte
und die seine große Sehnsucht
blieb. Überwältigt von den Er-
innerungen schreibt er ihr und
bittet um ein Treffen. Auch für
Siân war die Geschichte mit
Charles nie beendet, sehr zart
sind die Bilder der Vergangenheit, sehr heftig das Verlangen.
Und aus der unerfüllten Liebe
von einst wird eine leiden-
schaftliche Affäre. Aber beide
sind inzwischen verheiratet,
haben Kinder und leben in verschiedenen Welten. Sie geraten
in einen Strudel von Ereignissen, die unaufhaltsam auf einen
dramatischen Höhepunkt zu-
steuern.

Daniel Silva

Double Cross – Falsches Spiel

Roman. Aus dem Amerikanischen von Reiner Pfleiderer. 568 Seiten. SP 2816

Operation Mulberry: so lautete das Kodewort für die alliierte Invasion in der Normandie und war das bestgehütete Geheimnis des Zweiten Weltkriegs. Als der englische Geheimdienst meint, alle deutschen Spione enttarnt und umgedreht zu haben, setzt die deutsche Abwehr ihre attraktivste Geheimwaffe ein: Catherine Blake, Top-Agentin, eiskalt und brillant. Mit atemberaubender Präzision geht sie auf die Jagd nach den alliierten Plänen. Auf der Gegenseite wurde, von Churchill persönlich, der Geschichtsprofessor und geniale Analytiker Alfred Vicary eingesetzt – ihr absolut ebenbürtiger Gegenspieler, der in letzter Minute entdeckt, daß es ein zweites deutsches Spionagenetz gibt. Catherine Blake ist in seiner nächsten Nähe … Daniel Silva verdichtet den teuflischen Wettlauf mit der Zeit, als das Schicksal Europas auf des Messers Schneide steht, zu einem rasanten Thriller.

Dean Fuller

Tod in Paris

Roman. Aus dem Amerikanischen von Inge Leipold. 435 Seiten. SP 2744

Alex Grismolet ist ein Lebenskünstler: Er wohnt mit seinem Mündel auf einem Hausboot mitten in Paris, in seiner Freizeit spielt er Tuba. Grismolet ist Chefinspektor der Sûreté, seine Methoden sind alles andere als alltäglich. In seinem kauzigen Assistenten Varnas hat er einen kenntnisreichen Helfer. Als in der Abenddämmerung eines kalten Novembertages im Parc Monceau die Leiche des betagten, angesehenen Diplomaten und Geschäftsmannes Andrew Wilson gefunden wird, weisen die Spuren zunächst auf einen Raubmord hin. Schnell wird ein junger Araber verdächtigt, aber Grismolet und Varnas bleiben skeptisch: Die geheimnisvolle Mordwaffe und der Freundeskreis des Toten führen das Duo zum Motiv der Tat. – Dean Fuller versteht sich auf präzise Charakter- und Milieubeschreibungen und verfügt über das nötige Maß an Humor, so daß die Lektüre immer ein spannendes Vergnügen bleibt.